János Kodolányi

Dort zwischen den himmelhohen Bergen

János Kodolányi

Dort zwischen den himmelhohen Bergen

Herausgegeben
und aus dem Ungarischen übersetzt
von Heinrich Weissling

St. Benno-Verlag GmbH Leipzig

Originaltitel: Julianus barát
Gekürzt in Zusammenarbeit mit
Dr. János Kodolányi, dem Sohn des Autors

ISBN 3-7462-0120-9

ERSTER TEIL

Drei Knaben saßen im Sommersonnenschein unter einem Strauch. Sie folgten mit den Blicken den Ochsengespannen, die auf dem Weg am Fuße des Hügels der Berglehne des Zengő zustrebten und dann zwischen Gebüsch und Gestrüpp in einem tiefen Tal verschwanden. Die Sonne neigte sich dem Nachmittag zu, die Hitze ließ nach, silberweiße Lämmerwolken weideten am Himmel. Im Gras zirpten Zikaden, in dem Wipfel einer hohen Pappel saß gleich einer kleinen schwarzen Fliege ein Stieglitz, aber seine helle zwitschernde Stimme war bis hierher zu hören. Rechts auf der flachen Weide graste die Kuhherde des Klosters.

„Man sagt, am Ende der Welt gibt es unendliche Meere", sagte der größte der Knaben und blinzelte schläfrig mit seinen rot entzündeten Lidern. Sein Kopf war groß wie ein gefüllter Wasserschlauch. Träge saß er da, reglos wie eine satte Kropfgans.

„Am Ende der Welt ist gar nichts", widersprach ihm ein kleiner untersetzter Junge und winkte heftig ab. Seine kleinen schwarzen Augen leuchteten lachend unter dem dunkelbraunen Haar, das ihm in die Stirn fiel.

„Meere gibt es dort, und in den Meeren wimmelt es von Drachen und furchtbaren Schlangen. Ich weiß es. Vater hat es gesagt."

„Und woher weiß er das? War er vielleicht dort?"

In dem Großkopf mochte sich schwach etwas regen, denn er wandte sich träge dem kleinen untersetzten Knaben zu, und der Speichel spritzte zwischen den dicken Lippen, als er sagte:

„Mein Vater dient im Kloster bei den Mönchen, und von ihnen kann er es wissen. Die Mönche werden es erzählt haben, die wissen alles."

„Nun, wenn es die Mönche erzählt haben, dann ist es wahr", antwortete der Kleine versöhnlich. „Aber wenn nur du es sagst ..."

„Warum? Ich bin doch kein Lügner", entrüstete sich Busa.

„Wisch dir erst den Mund und den Riecher, du Triefnase. Nein, ein Lügner bist du nicht, aber ein Schafskopf."

„Und du bist ein Schwein. Ein Hund."

Träge hob er die große schmutzige Hand, blinzelte heftig und schnüffelte wie ein giftiger Hamster.

Der kleine Untersetzte lachte nur und rollte geschickt im Gras zur Seite. Er wußte, daß der Großkopf sich so schwer bewegte wie ein Büffelkalb, aber wenn er in Wut geriet und zuschlug, sah man die Spur seines Schlages noch lange.

Der dritte, ein hagerer, schwächlicher Junge, verhielt sich unbeteiligt, als achte er gar nicht auf die beiden Streitenden. Er kaute an einem Grashalm, seine grünbraunen Augen starrten zum Himmel empor, das eine Bein über das andere geschlagen, wippte er damit und summte leise vor sich hin.

„Und was sagst du dazu, Györki?"

Der Hagere fuhr zusammen, als hätte man ihn aus seinen Träumen geweckt.

„Dort gibt es unendliche Meere", antwortete Györk angeregt. „Wenn ich groß bin, werde ich hingehen und sie mir ansehen."

Der lebhafte, schwarzäugige kleine Junge lachte auch darüber laut. „Wer könnte schon dahin gehen", rief er. „Noch nie ist ein Menschenkind am Ende der Welt gewesen. Dahin kann man nicht gehen. Denn dazwischen gibt es große Schwefelseen und feuerspeiende Berge. Dort hausen die Teufel."

„Ich mache nur das Kreuzzeichen und bete ein Vaterunser, dann öffnen sich die flammenden Berge, das Feuer erlischt, die Schwefelseen erstarren. Unversehrt laufe ich dann darüber", erklärte Györk begeistert, und seine Augen leuchteten, sein schmales Gesicht glühte, seine langen Finger malmten eifrig den Grashalm, seine nackten Füße wühlten ungeduldig im Gras wie ein ruheloses Fohlen.

„Gerade du wirst gehen", muffelte Busa träge.

„Dein Vater läßt dich gar nicht", fügte Vajka hinzu.

„Ich werde ihn nicht fragen, sondern mich kurz entschlossen aufraffen und gehen", antwortete Györk, und sein Gesicht verdüsterte sich.

„Du bist noch nicht einmal aus dem Wald heraus, da setzt er dir schon nach, schleift dich heim und verhaut dich", sagte Busa verächtlich.

„Im Wald wird er mich nicht finden."

„Es war einmal vor langer, langer Zeit, da lebte ein Mann", begann Vajka und wiegte sich im Takt der Wörter hin und her, „er hatte so viele Kinder wie Grashalme auf der Wiese, und sogar noch eins mehr . . ."

„Das ist nicht sicher", unterbrach ihn Györk heftig, „sicher aber ist, daß einst weit weg von hier ein schönes weißes Pferd lebte. Dieses Pferd hatte ein Junges. Es war ein sehr schönes, stattliches, braves Fohlen, es hieß Schimmelsohn."

„Woher willst du das wissen?" wandte sich Vajka neugierig an ihn.

„Hast du es nicht gehört, als Majs, der Schamane, es erzählte, der oben auf dem Zengő am Ufer des Rékabaches wohnt?" fragte Györk verwundert.

„Majs lügt und steht mit dem Teufel im Bunde. Alle Welt weiß, daß Majs vom Teufel besessen ist. Mein Vater hat es auch gesagt", beteuerte Busa.

„Ich bin bei Vater Majs gewesen und habe keinen Teufel gesehen."

„Aber er ist vom Teufel besessen, das wissen alle."

Vajka hielt es nicht mehr auf seinem Platz. Er sprang vor Aufregung auf, schlug sich mit der Hand aufs Gesäß und rief:

„Auch ich sage euch, Majs hat den Teufel im Leib. Meine Großmutter hat erzählt, er zieht nur einen Kreis auf der Erde, stellt sich hinein, dann ruft er den Teufel. Und wenn der erscheint, sagt er ihm, was er tun soll, und der Teufel macht es."

„Er hat sogar ein schwarzes Huhn", fügte Busa schläfrig hinzu wie einer, der es nicht für wert hält, mit ihnen zu streiten.

„Das sagen alle", fuhr Györk fort. „Aber ich war bei ihm und habe den Teufel nicht gesehen."

„Den Teufel kann man nicht sehen, aber er sieht uns", schrie Vajka immer heftiger und stieß vor Aufregung mit dem Fuß gegen Kieselsteine. „Ein rechtgläubiger Christ geht auch nicht zu Vater Majs, denn dann wird er verdammt. Und du bist dann auch kein rechtgläubiger Christ. Aber du warst ja gar nicht bei ihm. Du sagst es nur."

Jetzt konnte sich auch Györk kaum noch beherrschen. Er war ebenfalls aufgestanden, um seinen Worten größeren Nachdruck zu verleihen, und wohl wissend, was er sagte, erklärte er mit Würde:

„Ich war bei Vater Majs, und er ist auch bei uns gewesen, als jemand meine Stiefmutter verhext und ihr Hiz, den Plagegeist, geschickt hatte. Er quälte sie, beschwor ihr solche Kreuzschmerzen, daß sie keinen Schritt gehen konnte. Da ist Vater Majs bei uns gewesen und hat gesagt, was meiner Stiefmutter fehlt. Später bin auch ich zu ihm gegangen, und ich war sogar in seiner Hütte. Und da hat er vom Schimmelsohn erzählt. Aber einen Teufel habe ich bei ihm nicht gesehen."

„Auch kein schwarzes Huhn?" fragte der Großkopf gelangweilt.

„Ein schwarzes Huhn . . ., das habe ich wohl gesehen . . ."

„Na also!"

„Dieses schwarze Huhn macht alles für ihn, was immer er verlangt", beteuerte Vajka. „Denn dieses schwarze Huhn hat er selbst unter dem Arm ausgebrütet, und nun macht es ihm alles, was er von ihm begehrt. Alles macht es. Es steigt sogar hinunter in das dunkle Loch."

Jetzt entschloß sich auch Busa, ausführlicher über diese Angelegenheit zu sprechen. Schwerfällig schickte er sich an, wischte sich mit dem Handrücken Mund und Nase und begann stöhnend, wie einer, der selbst die Mühe zum Reden scheut, weil er alle Kraft für das Essen aufspart.

„Dieses schwarze Huhn, wenn du dem sagst, bringe mir Wasser aus dem Meer, so bringt es das im nächsten Augenblick. Wenn du ihm befiehlst, alle Eier aus dem ganzen Land zusammenzutragen, so bringt es sogar noch die Spatzeneier. Sagst du ihm, es soll ins Schlafgemach des Königs gehen und Tinte in seinen Becher gießen, so tut es auch das. Wenn du ihm sagst, es soll pflügen, so pflügt es. Wenn du ihm sagst, es soll säen und ernten, dann sät und erntet es. Und es kommt und geht ständig, in Haus und Hof, es nickt mit dem Kopf und scheint immer wieder zu fragen: Was-was-was? Denn es muß immer was zu tun haben."

Busa seufzte tief und schwieg. Offenbar hatte er lange nicht so viel in einem Atemzug gesprochen.

Vajka winkte ab.

„Das ist gar nichts. Ein schwarzes Huhn kann jeder haben."

„Das ist alles wahr", Györk kam wieder auf seine Angelegenheit zu sprechen. „Aber Vater Majs ist deshalb doch nicht vom Teufel besessen. Ein Huhn mag er wohl haben, aber er hat keinen Teufel im Leib. Den Schimmelsohn jedoch hat es tatsächlich gegeben, das ist wahr, das wissen alle."

Vajka setzte sich wieder zurück ins Gras.

„Erzähle also weiter, wie es gewesen ist."

Auch Györk setzte sich wieder auf seinen Platz und erzählte begeistert.

„Als das weiße Pferd den Tod nahen fühlte, sagte es zu seinem Sohn: ‚Gehe, mein Sohn, klettere in den Wipfel der hohen Birke und ziehe die Rinde bis zur Erde herab.' Schimmelsohn kletterte auch hinauf, konnte aber die Rinde nicht ganz herabziehen, nur bis zur Hälfte. ‚Nun, dann sterbe ich noch nicht', sagte das weiße Pferd, und es lebte noch an die hundert Jahre. Da sagte es wieder zu seinem Sohn: ‚Gehe, mein Sohn, und ziehe die Rinde der Birke bis zur Erde herab.' Wieder kletterte Schimmelsohn hinauf, aber er konnte die Rinde nicht ganz herabziehen, ein Stück fehlte noch immer."

„Und hat er sie am Schluß gänzlich herabgezogen oder nicht?" drängte Vajka.

„Zum Schluß dann hat er sie herabgezogen – nach etwa hundert Jahren. Und da sagte das weiße Pferd: ‚Jetzt werde ich sterben, mein Sohn, du aber ziehe in die weite Welt. Gehe immer gen Abend. Gott möge dich behüten.' Und damit starb es ..."

„Gut, daß es gestorben ist", seufzte Busa und spuckte aus. „Mein Vater hat gesagt, solche Märchen darf man sich nicht anhören, sonst kommt man in die Hölle."

„Du Büffelkalb!" schrie Vajka ihn grimmig an. „Jedermann weiß, daß dieses weiße Pferd tatsächlich gelebt hat und daß es ein Fohlen hatte, das Schimmelsohn hieß. Vater Majs kann vom Teufel besessen sein, kann ein Zauberer, ein Schamane und alles sein, aber es ist nicht alles Lüge, was er sagt."

Györk kümmerte sich nicht viel um sie, sondern erzählte weiter.

„Da brach Schimmelsohn auf gen Abend, ging und ging, immer abendwärts. Einmal begegnete er einem Mann, der auf der Erde saß und zwei schrecklich große Felsbrocken zermalmte. Schimmelsohn fragte ihn: ‚Wer bist du, Väterchen?' – ‚Ich bin der Felsbrecher.' – ‚Wenn du der Felsbrecher bist, laß uns miteinander ringen.' So begannen sie einen Ringkampf, schleuderten sich gegenseitig zu Boden, und schließlich warf Schimmelsohn Felsbrecher so auf die Erde, daß dieser sich kaum mehr aufrappeln konnte. Da sprach Schimmelsohn: ‚Du siehst, daß ich der Stärkere bin, komm, laß uns zusammen gehen.' So wurde es dann auch. Sie gingen nun zu zweit, gingen immer gen Abend."

„Und wem begegneten sie dann?"

„Das weiß ich noch nicht, denn das hat Vater Majs noch nicht erzählt."

„Ich weiß es, dem Baumzieher."

„Wer war das?"

„Ich weiß es nicht, ich hab's nur gehört."

„Vater Majs sagt schon manchmal die Wahrheit, obschon man ihn im Kloster immer nur beschimpft und schmäht."

„Vater Majs lügt."

„Bist ein Büffelkalb."

„Zu wem hast du das gesagt?" Busa sprang ergrimmt auf und fuhr sich mit dem Handrücken über die Nase.

„Zu dir."

„Wer bist du?"

„Ich bin der Baumzieher", Vajka lachte und wich ihm aus.

Busa setzte träge hinter ihm her, konnte ihn aber nicht einholen.

Als die Dämmerung hereinbrach, hatten die Knaben genug von dem Herumliegen, dem Streiten, Ringen, Märchenerzählen, dem Aufspüren von Eidechsen und Schlangen am alten Mauerwerk des Klosters. Sie verspürten auch kräftigen Hunger. So zogen sie denn in Richtung des Dorfes heimwärts. Die kleinen Häuser aus Lehm und

Stroh duckten sich am Fuße des Hügels rings um das Kloster, und sanfter blauer Rauch ringelte sich empor, denn es nahte die Zeit der Abendruhe. Auch von den Klosteräckern zogen die Bauern heimwärts, die Hacken geschultert. Von allen Seiten kläfften die Hunde laut vor Freude, weil ihre Herren nach Hause kamen. Die Mädchen und Frauen zogen in einer langen Reihe zum Brunnen im Tal. Ihr Schwatzen hörte sich in der weichen abendlichen Stille wie Gänseschnattern an.

Györk begab sich mißmutig auf den Heimweg. Langsam trotteten seine nackten Füße auf dem staubigen Pfad. Er war immer traurig, wenn er heimgehen mußte. Morgens kehrte er dem Haus fröhlich den Rücken und lief hinaus in die Flur, am Abend jedoch wurde er traurig, und als zöge ihn etwas an, sehnte er sich nach dem Zengő. Am liebsten wäre er den ganzen Tag, das ganze Jahr über dort herumgestreunt, im großen Wald, unter den riesigen Eichen, den mannshohen Farnen, im undurchdringlichen Gestrüpp, am Ufer des Rékabaches, wo behende Frösche in das glasklare Wasser sprangen, Käfer und Wasserspinnen schwammen, fingerlange Fischlein beim kleinsten Geräusch erschrocken davonhuschten, wo träge graue Krebse unter den Steinen hausten und wo am Ufer auf einer kleinen runden Lichtung mit silberweißen nickenden Birken die Hütte Vater Majs' stand. Dort lag der kleine, schwarze, struppige Hund des Alten, dort stolzierten sein schwarzer Kater und das geheimnisvolle schwarze Huhn in Gesellschaft der anderen Hühner und Hähne. Hier, fern von Dorf, Kloster und Kirche, in der Tiefe des dunklen, unberührten Waldes hielt sich der kleine Györk am liebsten auf.

Aber es war Abend, und der Hunger nagte in seinem Magen. Schon von weitem roch er den Duft des Hirsebreis und der Zwiebeln. So entschloß er sich, doch nach Hause zu schlendern.

Györks Vater war ein magerer, schweigsamer Mann mit einer Hakennase und einem langen Schnurrbart. Er war stolz darauf, Waldhüter des Klosters zu sein. Mit Bogen und Köcher zog er durch den Wald, und manchmal kam er tagelang nicht nach Hause. Für Györk waren das die Tage der Freiheit. Aber nicht nur Györk, auch seine Stiefmutter und sogar das Brüderchen im Wickelkissen schienen dann freier zu atmen; die Stiefmutter lachte freier, das Brüderchen weinte freier. Farkas war nicht gerade ein schlechter Mensch; aber er war übermäßig auf Würde bedacht. Nie lachte er, er lächelte höchstens. So hatten seine junge Frau, die hübsche Hajnal, und selbst das winzige Brüderchen Istefán es schnell begriffen, daß man hier ständig ernst sein mußte. Der Frau freilich war es schwergefallen. Sie konnte sich nicht damit abfinden, daß Frohsinn und

Heiterkeit für immer aus ihrem Leben verbannt sein sollten. Ihr Gesicht war darum ständig von Verbitterung und Kränkung umwölbt. Der kleine Istefán aber verstummte auf der Stelle, wenn Vater Farkas ihn anknurrte, er riß verwundert die braunen Augen auf, spitzte die Lippen, runzelte nur die Stirn und wagte selbst dann nicht zu weinen, wenn seine Windeln naß waren oder er trinken wollte.

Und am allerwenigsten konnte sich Györk mit diesem freudlosen Leben abfinden. Tag für Tag tat er etwas, was er nicht hätte tun dürfen. So scharte er seine Freunde zusammen und hetzte die Jagdhunde des Vaters auf die Hühner. Es war das gleiche, was sein Vater mit dem Wild tat; schließlich wollten die Knaben dann und wann auch jagen. Die Hunde aber, der alternde Duna, der ausgelassene junge Szellő und die zahme Hündin Rika, die Schwester und zugleich die Frau Dunas, verstanden sich ausgezeichnet auf die Jagd. Man brauchte ihnen nur zu sagen: „Faß das Weiße dort", da stürzten sie sich alle auf das weiße Huhn, trennten es geschickt von der Hühnerschar und brachten es heran, ohne daß es auch nur eine einzige Feder verloren hätte. Mit ihren kleinen Bogen und Pfeilen und den kurzen Jagdspießen richteten die Knaben häufig großen Schaden unter dem Geflügel an. Das brachte dann Farkas richtig in Wut. Nicht als ob er die Hühner übermäßig bedauerte. Er verachtete sie – das Geflügel war Sache der Frau –, aber der Hunde wegen . . . Denn wenn er das nächstemal mit ihnen in den Wald zog, waren die drei wackeren Hunde nicht auf ernste Arbeit bedacht, sondern wollten spielen. Sie rannten hin und her und verschwanden manchmal spurlos. Da konnte Farkas pfeifen oder sogar ins Horn blasen, sie scherten sich nicht darum. Sie jagten nach eigenem Trieb. Wenn sich ein Schuß bot, verharrten sie nicht, wie man das von einem guten Jagdhund erwartet, sondern stürzten einfach los, und Farkas hatte seinen Bogen noch nicht gespannt, da rannten sie schon nach dem Wild. Häufig gerieten sie in Streit, wer die Beute apportieren sollte. Das Ende solchen Streites war, daß sie das Wild zerzausten, sein Fell zerrissen und schließlich übereinander herfielen und sich grimmig rauften. Selbst der alte Duna hatte seinen Ernst verloren, die harte Schule seiner Jugend vergessen, denn wenn er auf das laute Geschrei seines Herrn zu ihm zurückkehrte, sprang er ihm an die Brust und leckte ihm aus lauter Freude das Gesicht, wo er es traf. So war das mit den Hunden. Und Györk bekam Schläge von seinem Vater wegen der Hunde.

Doch die Knaben verstanden sich auch darauf, mit Wurfhölzern im Obstgarten der Mönche die Äpfel und Birnen von den Bäumen zu schlagen. Der sanfte Abt, der alte, schlurfende, ewig hüstelnde

Pater Bernald, seufzte häufig zwischen seinen Obstbäumen und sagte kopfschüttelnd zum Gärtner: „Bruder Vaska, welche vermaledeiten bösen Geister waren schon wieder im Garten und haben die vier schönen gelben Birnen von dem kleinen Baum heruntergeschlagen?“ Vaska kratzte sich ratlos im Nacken, spuckte aus und antwortete grimmig: „Es war der Bengel des Herrn Farkas mit seiner Bande, aber nun besorge ich einen guten Hund, der wird den Garten bewachen . . . Vergeblich halte ich Tag und Nacht die Augen offen, sie überlisten mich immer wieder.“ Der Abt aber gestattete nicht, daß Vaska irgendeinen scharfen Hund besorgte, wußte er doch, daß nach den Worten Jesu den Kindern das Himmelreich gehört. Man konnte doch nicht einen Hund auf Kinder hetzen! Aber auch dieser Streich kam Farkas zu Ohren, denn man konnte ja nicht verbieten, daß sich Vaska beschwerte. Das Ende vom Lied waren wieder Schläge.

Györk ertrug sie tapfer, ohne einen Wehlaut. Langsam gewöhnte er sich an das Sausen der Gerte wie an das Rauschen des Windes. Er nahm die auferlegten Schläge hin, verzog sich mit ernster Miene und steifen, ruhigen Schritten und strich sich erst über den Hosenboden, wenn sein Vater es nicht mehr sehen konnte. Dann und wann geschah es, daß gerechterweise auch die anderen ihren Teil der Strafe abbekamen. Vajka versuchte stets davonzulaufen, auf seine unwahrscheinlich schnellen Beine vertrauend; wenn es aber nicht gelang, dann drehte er den Hintern so unter den niederprasselnden Hieben, daß der Stock ihn niemals in ganzer Länge traf. Und danach rannte er davon, versteckte sich hinter einem Strauch und wartete dort mit festlichem Empfinden und frohem Herzen auf das Brüllen Busas. Denn Busa, selbst für einen Ausreißversuch zu träge, ließ mit weitschallendem Gebrüll geschehen, daß man ihn versohlte, wenngleich sein dickes Büffelfell die Gerte vielleicht gar nicht spürte. Er brüllte schon, bevor ihn Farkas richtig zu fassen bekam, brüllte, als würde man ihm die Haut abziehen. Das Brüllen setzte sich auch dann noch fort, wenn Farkas, entsetzt von dem lauten Geschrei, den Bengel nach einigen Schlägen fahrenließ. Trotteten sie dann wieder zu dritt unterhalb der hohen, dicken alten Klostermauern dahin, zwischen Schierling, Sauerampfer, Schlehdorn und Borstenhirse, verstummte das Weinen, als hätte man es abgeschnitten. Und Busa war wieder schläfrig und gleichgültig wie gewöhnlich.

Auch wenn Györk alle Schimpfworte und Schläge, die ganze Strenge des Vaters gleichmütig hinzunehmen schien, war er in der Tiefe seines Herzens doch sehr verbittert. Häufig grübelte er darüber nach, daß er davonlaufen müßte, weit weg, wo er tun könnte, was ihm beliebte. Ganz besonders gefiel ihm das Leben des alten Majs. Der brauchte nicht zu klagen. Er hatte ein schönes, gutes Häuschen aus Holz, hatte einen Hund, ein paar Hühner und eine Katze. Vater Majs litt keine Not und hatte auch keine Sorgen. Gewiß, die Priester schimpften ständig über ihn, und alle behaupteten, er habe den Teufel im Leib, aber das Volk wandte sich doch an ihn, wenn es in Not war, denn er war ein weiser Mann. Er kannte jede Krankheit, jede Verwünschung. Es wäre schön, so zu leben wie Majs. Aber nicht hier. Irgendwo weit weg von hier. So gelehrt zu sein wie Majs, wie er die bösen Geister zu kennen und über Krankheiten zu herrschen – und allein zu sein in der Wildnis!

Nur ein Mädchen würde er mitnehmen. Die Tochter Opors, die Schwester Vajkas, die kleine, braunhaarige Cseperke. Nur sie allein. Sie würden dort zu zweit in Eintracht leben wie die Wildtauben im Wald. Umgeben von alten Bäumen, von singenden Vögeln. Im kleinen Holzhaus nur er und Cseperke. Auch das Haus würden sie selbst bauen, damit niemand wüßte, wo sie wohnten ...

Györk kam daheim an. Ihr Haus war größer und schöner als die kleinen Häuser der Bauern, die aus Ruten und gestampftem Lehm gebaut waren. Farkas' Haus war ganz aus Holz, aus dicken, schweren Balken gezimmert, und es gab zwei Stuben darin, nicht nur einen Raum wie in den anderen Behausungen. Es war ein richtiges vornehmes Haus. Das Dach wurde von schön geschnitzten und bemalten Säulen getragen, und der Schmuck der Giebelsparren, der zur Abwehr böser Geister diente, war so kunstvoll wie der Spieß eines Ritters. Es fehlte nur noch der Roßschweif daran. Durch das Rauchloch über dem Sturzbalken der Tür kräuselte vergnügt beißender Rauch heraus, denn Györks Stiefmutter bereitete das Abendessen. Sie kauerte in der Mitte der Stube am Herdstein, strich sich immer wieder das kastanienbraune Haar aus der Stirn, richtete ihr weißes Leinentuch und rührte die Hirse. Der Duft von Fleisch und Zwiebeln verbreitete sich, die Flammen umzüngelten den Topf und beleuchteten im Dämmerlicht das sanfte, traurige, gekränkte Gesicht Hajnals, ihre ein wenig lange Nase und die dunklen Augen. Sie warfen flackerndes Licht auf die lange Bank, den schweren Eichentisch, die kreuzbeinigen Stühle, die zottigen Wolfs- und Bärenfelle, die an der Wand in schöner Ordnung hängenden Waffen, das riesige Blashorn, an dem der Beschlag golden glänzte – und schließlich auf die niedrige Wiege, aus der die fuchtelnden Händchen des kleinen Istefáns herausschauten und seine lallende Stimme zu hören war.

Farkas war nicht im Haus. Man hatte ihn hinauf ins Kloster bestellt. Aber Hajnal wartete schon auf ihn, denn als Györk eintrat, drehte sie das Gesicht erschrocken zur Tür.

„Ich glaubte, dein Vater kommt“, sagte sie erleichtert. „Und das Abendessen ist noch nicht fertig. Das Fleisch ist zäh, es wird schwer weich. Du könntest mir einen Armvoll Reben holen, hinten am Haus unter der Traufe findest du welche, die richtig trocken sind.“

Györk verließ wortlos die Stube, achtete darauf, daß er die Schwelle nicht berührte, und trottete nach hinten unter die Dachtraufe. Er suchte einen Armvoll Reben zusammen, sah sie sich gründlich an, brach sie prüfend, ob sie auch richtig trocken waren. Die Wünsche seiner Stiefmutter erfüllte er gern.

„Bist ein braver Junge, ich danke dir“, sagte Hajnal freundlich, als er die Reben hingelegt hatte. „Damit wird es besser kochen . . . Hast du Hunger, mein Sohn? Es knurrt dir der Magen, was?“

„Nun, drei Tage würde ich es noch aushalten“, sagte Györk mannhaft. Und mit schweren, langen Schritten wie sein Vater ging er zu einer mit einem Bärenfell überdeckten breiten Lade, die auch als Bett diente, setzte sich nieder und stemmte die Ellenbogen auf die Knie wie die Alten. Er spuckte aus und starrte ins Feuer.

„Nun, Hirse mit Fleisch wird dir schon schmecken“, sagte die Frau lächelnd.

„Da sage ich nicht nein.“

Er betrachtete seine Stiefmutter, wie sie am Feuer kauerte, den heißen Topf immer wieder drehte und schüttelte. Als Hajnal ihn ansah und lächelte, wendete er den Kopf ab, als hätte er es gar nicht bemerkt, und räusperte sich kräftig. Denn er dachte gerade daran, daß auch Cseperke eine solch tüchtige, sanfte und liebenswerte Frau würde, wenn sie heranwuchs, daß auch sie so am Herdstein kauerte und der Feuerschein in ihrem Gesicht spielte, wenn sie einmal zusammen in jener Wildnis in ihrem Haus wohnten. Und Cseperke würde ihm zulächeln wie seine Stiefmutter, sich ebenso erheben und zu ihm treten und ihm über den Kopf streicheln . . .

Hajnal hatte sich erhoben, trat zu Györk, strich über sein Haar, das ihm bis auf die Schultern reichte und mit Fett sorgfältig geglättet war, dann neigte sie sich zu ihm und küßte ihn zärtlich. Györk errötete und drehte den Kopf weg.

„Was hast du, mein Junge?“ fragte Hajnal besorgt. Denn sie war um Györk besorgt, als wäre es ihr leiblicher Sohn.

„Nichts“, antwortete Györk verdrießlich.

„Was ist dann?“

„Mag nicht, wenn man mich tätschelt.“

„Oh, du alter Brummbär. Bist genau wie dein Vater."

„Das bin ich nicht."

„Bist genauso kratzbürstig."

„Hiz ist kratzbürstig."

„Du magst es nicht, wenn ich dich streichle, dich liebkose."

„Du hast dort den anderen, den du streicheln und liebkosen kannst." Györk zeigte mit dem Kopf unfreundlich zur Wiege.

„Deshalb kann ich doch auch dich streicheln und liebkosen." Hajnal lachte und kauerte sich wieder ans Feuer. Györk brummte, räusperte sich und spuckte so würdevoll wie ein Alter. Er hatte solche Weiberrede nicht gern. Die Frauen wollten nur immer streicheln und küssen. Auch diese hier. Dabei war sie gar nicht seine Mutter. Seine richtige Mutter war schon lange tot, war verschwunden. Er entsann sich ihrer gar nicht mehr, so lange war es her. Vielleicht war sie gar nicht das angetraute Weib seines Vaters gewesen. (Farkas sprach nie darüber.) Hier war sein kleiner Bruder, das heißt, sein Halbbruder, die Stiefmutter sollte sich mit dem begnügen. Sie hatte den Kleinen ohnehin nur deshalb zur Welt gebracht, damit er ihn, Györk, verdrängte. Früher hatte ihn der Vater nicht so oft geschlagen. Manchmal hatte er ihn sogar auf sein Knie gesetzt und ihm etwas erzählt. Aber seit der Kleine da war, kümmerte er sich nicht mehr um ihn. Sollte sie sich nur auch mit Istefán begnügen. (Wie ruhmvoll selbst sein Name klang, nicht so derb wie seiner: Györk. Ja, dem konnten sie einen schönen Namen geben!) So grübelte der Junge, starrte ins Feuer und lauschte dem eintönigen, anheimelnden Wallen des Hirsebreies, das klang, als grunzte ein sattgefressenes Schwein im Schlaf. Und er lauschte dem Lallen und Jauchzen des kleinen Istefán, dem Knacken der Reben, dem Rauschen des Windes draußen und dem Hundegebell. Er dachte an Cseperke. An ihre glänzenden, langen Zöpfe, an ihre runden, nackten Beine, ihr lachendes, verschmitztes Gesicht, ihre Augen, die wie Leuchtkäfer blitzten. Er sah, wie sie sich auf den Rücken eines großen Pferdes schwang und dahinjagte, daß ihre Zöpfe nur so flogen, ihr weißer Leinenrock sich bauschte. Süße Erregung prickelte in Györks Herz . . . Ja, bald würde die Zeit kommen, daß er dieses Haus verließ, wo sich alles gegen ihn richtete. Dann mochte Istefán im Vordergrund stehen, mochten sie ihn lieben, ihn streicheln und liebkosen . . . Er selbst würde sich nie hierher zurücksehnen.

Plötzlich erschien ein dunkler Schatten in der Tür: Farkas trat ein.

„Ist das Essen fertig?" fragte er mit ruhiger, tiefer Stimme und sah sich um. Im Schein des Feuers schien es, als wäre der Lockenkopf mit der starken Nase, den breiten Wangenknochen und dem hängenden Schnurrbart aus Holz geschnitzt und als wären seine kurzen Stiefel aus noch dunklerem Holz gehauen. Nur sein Hemd, seine weiten, fettgetränkten Leinenhosen glänzten im Halbdunkel.

„Es ist fertig“, sagte Hajnal schnell und sprang auf.

Eilig nahm sie den Kienspan aus dem Fackelhalter, hielt ihn ins Feuer und steckte ihn wieder zurück. Flackerndes Licht erhellte den Raum. Mit einemmal begannen die Waffen an der Wand, die mit Gold und Silber beschlagenen Trinkhörner und die Salzbehälter zu gleißen, als wären sie zum Leben erwacht.

Farkas trat an das Wasserbänkchen an der Tür, nahm einen Schluck Wasser, ging hinaus und spülte sich den Mund aus. Sie setzten sich um den Topf und begannen, mit ihren Holzlöffeln den Hirsebrei zu essen.

„Was gab's heute?“ fragte schließlich die Frau, die die Stille nicht ertragen konnte.

„Nichts“, brummte Farkas zufrieden, „wenn man ißt, soll man nicht reden.“

Sie schwiegen also, solange das Essen dauerte. Die Kränkung im Gesicht Hajnals nahm zu. Györk aß mit gesenktem Kopf und in Gedanken vertieft. Endlich waren sie fertig, und Farkas wischte sich mit dem Handrücken über den Schnurrbart.

„Hat der Kleine getrunken?“ fragte er.

„Sein erster Gedanke ist der Kleine“, schoß es Györk durch den Kopf, er schluckte.

„Er hat getrunken, der Süße.“

„Hat er nicht geweint?“

„Nein.“

„Und du?“ wandte sich der Vater nun an Györk. „Wo hast du dich herumgetrieben, wo haben dich die bösen Geister gejagt?“

Györk antwortete nicht gleich.

„Die bösen Geister haben mich nicht gejagt“, sagte er dann mürrisch.

„Wart ihr nicht wieder am Obst der Mönche?“

„Nein, waren wir nicht.“

„Und was habt ihr getrieben?“

„Nichts. Sag, Vater . . .“

„Was soll ich sagen?“

„Ist es wahr, daß einmal ein weißes Pferd gelebt hat, das ein Fohlen hatte, das Schimmelsohn hieß?“

„Ja, das ist wahr.“

„Wo hat dieses Pferd gelebt?“

„Weit weg von hier, im Morgen. Dort, wo einst unsere Ahnen gelebt haben."

„Und was ist aus Schimmelsohn geworden?"

„Was weiß ich. Der war einmal und ist wohl nicht mehr. Wird gestorben sein."

„Und was ist aus dem Felsbrecher geworden?"

„Sicher ist auch er längst gestorben und begraben."

„Und warum ist Schimmelsohn gen Abend gezogen? Wo ist er angekommen? Was hat er getan?"

„Einst ist Schimmelsohn hinabgestiegen in die Unterwelt, hat den kleinen Gott der Unterwelt besiegt, und dann stieg er wieder herauf und war König. Bis er gestorben ist. Aber warum willst du das wissen?" Farkas kniff die Augen zusammen und sah den Jungen an.

„Ich will es eben wissen."

„Dummes Zeug."

„Warum? Ist es vielleicht nicht wahr?"

„Wahr ist es schon, aber man braucht nicht immer neugierig zu sein, denn dann wird man schnell alt. Ich hörte übrigens, daß du bei diesem vom Teufel besessenen Schamanen gewesen bist."

Györk erschrak und schaute forschend auf den Vater. Sollte er es leugnen?

„Ja, ich war bei ihm", sagte er schließlich trotzig.

„Ich will's nicht noch einmal hören." Damit ging Farkas aus der Stube, um nach seinem Pferd zu sehen und es für die Nacht zu versorgen. Seine drei Hunde lauerten an der Schwelle und warteten auf die Knochen vom Abendessen.

„Leg dich schlafen, mein Junge", ermahnte die Stiefmutter Györk, während sie den Kleinen auswickelte und für die Nacht trockenlegte. „Schau, der Tag war lang, du bist viel umhergerannt und müde geworden."

Györk jedoch war nicht müde, spürte noch keinen Schlaf. Aber er wollte keinen Streit, besonders nicht mit dem Vater. Daher zog er sich auf sein Lager zurück, deckte sich mit dem Wolfsfell zu und schwieg. Später kam der Vater herein, zog die Stiefel aus, stöhnte, kratzte sich, dann legte auch er sich schlafen. Nur Hajnal hantierte noch, ging hinaus und kam wieder herein, das Kleine quengelte leise. Schließlich kroch auch sie unter das warme Wolfsfell zu ihrem Mann, und es wurde still im Haus.

Das war die Zeit des Träumens. Wenn der Kienspan nicht mehr brannte, das Feuer nur noch sanft glühte und seinen immer matteren Schein über die Wände streute. In der Stube war nur das leise Schnaufen der Schlafenden zu hören und draußen das Kläffen der wachenden Hunde. Der an den Balken entlanglaufende gelbe Schein malte wundersame Gestalten. Ein Reiter jagte geräuschlos an der Decke dahin, das Laub der Bäume neigte sich, Wolken ballten sich im Glanz der Glut, ein Drache stieg aus der Dunkelheit, Vögel flogen lautlos dahin. Eine Prinzessin mit goldenem Haar beugte sich nieder, löste ihre langen Flechten, und ihr gelber Schleier flatterte . . . Am Ende wußte Györk nicht mehr, was Wahrheit und was Zauber war. Obwohl er all seine Kräfte zusammennahm, um nicht einzuschlafen, damit er sich weiter am Spiel des erlöschenden Feuers erfreuen und sich eine Welt im tiefen Meer des Alleinseins erträumen konnte, wie er sie sich ersehnte, wurden seine Lider schwer, als hätte man Sand darauf gestreut. Und als er wieder zu sich kam, schien die Sonne bereits durch die geöffnete Tür herein, Hajnal saß am Rande der Lade – mit dem Kleinen im Schoß –, hielt ihre weiße volle Brust zwischen zwei Fingern, damit der Säugling besser trinken konnte, und summte leise dazu.

Györks erster Gedanke war, gleich auf den Zengő zu Vater Majs zu gehen. Doch dann erinnerte er sich des Verbotes. Wenn er dennoch ging, bekäme er solche Schläge, daß er sie bis auf seine alten Tage nicht vergessen würde. Aber er fühlte auch, daß er gehen mußte, selbst wenn man ihm alle Knochen im Leibe brach. Denn die Geschichte Schimmelsohns ließ ihn nicht ruhen. Auch Schimmelsohn war in die weite Welt gezogen. Gewiß, noch vermochte er die Rinde der Birke nicht bis zur Erde herabzuziehen, doch was tat das? Einst würde er es schaffen. Ein Stück konnte er es jetzt schon. Vor zwei Tagen hatte er es versucht, hatte sie ein gutes Stück herabgezogen, obwohl der Ast gar nicht schwach war . . .

Aber im Kloster behauptete man, Majs stehe mit dem Teufel im Bunde, wirke mit dessen Macht, und wenn die Stunde seines Todes gekommen sei, stünde der Satan an seiner Liegestätte und lauere auf die entweichende Seele. Majs würde eines schrecklichen Todes sterben. Die Schamanen stürben sehr schwer, wenn nicht in ihrer letzten Stunde jemand neben ihnen sei, der ihnen Glut auf die Füße legte.

Györk raffte sich auf, nahm den Mund voll Wasser und ging hinaus vor das Haus, um sich zu waschen. Prächtig hob sich die Sonne aus den dichten Bäumen, als wäre sie aus purem Gold. Auch die Pirole schienen aus Gold zu sein und machten einen Lärm, daß die ganze Umgebung davon widerhallte. Unter der Dachtraufe nisteten Schwalben, das Schwalbenpaar huschte zwitschernd heraus und schwirrte davon. An einen alten Birnbaum angebunden, starrte eine Kuh mit sanften Augen auf Györk, reckte den Hals und begrüßte ihn muhend. Die Hühner gackerten, der Hahn auf dem Baumstumpf plusterte sich auf und krähte herausfordernd. Auch seine Federn waren aus Gold. Und aus Gold waren die dünnen Blätter am Baum, durch die die Sonne schien, und golden auch die reifenden Früchte. Nur das Himmelszelt hoch oben breitete sich dunkelblau aus, kein Wölkchen war zu sehen.

Györk atmete die duftende Luft tief ein. Jetzt würde er gleich zu Vajka gehen, um ihn und Cseperke zum Spielen an den Bach zu rufen, der über die Weide der Mönche eilte, von Stein zu Stein hüpfend.

Ja, aber die Spuren verrieten ihm, daß sein Vater den Hof zu Pferd verlassen hatte, und auch von den Hunden war keiner zu sehen.

Er ging zurück ins Haus. Der Säugling lag wieder in der Wiege und schlief, die geballten Händchen am Kopf. Im Winkel seines kleinen Mundes glänzte ein Milchtropfen. Györk wandte sich mißmutig ab und setzte sich auf die Lade. Hajnal reichte ihm eine Schale Milch und ein Stück Hirsefladen.

„So iß."

Er nahm es ihr ab, trank langsam, schluckweise die Milch, kaute und malmte den Fladen, und eine besondere Erregung lief ihm über den Rücken. Sein Blick fiel auf die Waffen des Vaters. Der stärkste Bogen, der größte Köcher fehlten, auch das Horn und der Salzbehälter.

„Ist er auf große Jagd?" fragte er und deutete mit dem Kopf nach den Waffen.

„Drei oder vier Tage wird er fortbleiben."

Györks Herz schlug heftig, so sehr, daß er es bis zum Halse spürte.

Er machte sich auf, um Vajka zu suchen. Aber während er den Hang hinaufschritt, bog er nicht nach rechts zum Haus von Vajkas Eltern ab, sondern eilte nach links auf den tiefen Hohlweg zu. Anfangs ging er gemächlich, sobald er aber das dichte Gestrüpp erreicht hatte, das von beiden Seiten gleichsam ein Dach über dem Weg bildete, begann er zu rennen. Und je tiefer er in den Wald eindrang, um so schneller lief er.

Alsbald erreichte er den Anstieg, nun konnte er nicht mehr rennen. Er holte tief Atem und schritt gemächlich weiter. Der Lärm des Dorfes verhallte hinter ihm, nur ganz leise noch hörte man das Brüllen einer Kuh, das Bellen eines Hundes, einen einsamen langgezogenen Ruf oder das Krähen eines Hahns. Im Innern des Waldes war selbst das nicht mehr zu hören. Die Wildnis umgab ihn mit ahnungsvollem Halbdunkel, seltsamem Strahlen, mit tiefen

Geheimnissen, schwatzenden Vögeln, klopfenden Spechten und schreienden, unsichtbaren Adlern.

Die Sonne stand schon hoch, und Györk schwitzte tüchtig, als er den Rékabach erreichte, an dem er nun immer weiter hinaufging und sich die nackten Füße bespritzen ließ. Sorglos watete er im klaren kühlen Wasser, hielt vergnügt Umschau und bewunderte einen rotköpfigen Specht. An einer glatten, rasenbewachsenen Stelle standen so viele Vergißmeinnicht, daß die Erde blau davon war.

Über die Lichtung schlich gerade eine alte Frau, als Györk zwischen den Bäumen hervortrat. Er konnte nicht sehen, wer es war. Sicherlich war sie wegen einer Medizin gekommen oder in der Angelegenheit von Liebenden unterwegs. Schnell wie ein Schatten verschwand sie im dunklen Wald.

Kaum war die Alte gegangen, kam Vater Majs aus dem Haus. Er erblickte Györk auf der Stelle und winkte ihm. Seine grauen Haarflechten wehten im frischen Wind.

»Hei, hei! . . .“

„Hei, hei! . . .“ erwiderte Györk schmetternd den Ruf und rannte dem alten Mann entgegen.

Der streckte die Hand aus und drückte die kleinen Finger Györks kräftig. Freundlich, mit brummender Stimme begrüßte er ihn und freute sich seiner, wie sich ein alter Hund eines jungen Artgenossen erfreut.

„Ich glaubte schon, du wärst verloren.“

„Es ist weit zu dir, Vater Majs. Und man verbietet mir, hierher zu kommen.“

„Diese Welt kennt nur Verbote, immer nur Verbote“, brummte der Alte und zupfte sich am langen, hängenden Schnurrbart. „Nun, komm herein. Hast du Hunger? Es ist etwas gebratener Hase da, habe ihn gestern abend am Spieß gebraten, schmeckt sehr gut. Es gibt auch Zwiebeln dazu, junge Zwiebeln, noch ganz milchig. Und Weizenfladen.“

Vater Majs hatte alles. Die Leute von weit und breit, die mit ihren Anliegen zu ihm kamen, versorgten ihn reichlich. Das Brot hatte offenbar die Alte gebracht, die soeben gegangen war, denn es war ganz frisch und knusprig.

Györk schmeckte es nirgends so gut wie bei Vater Majs. Der Hasenbraten daheim mundete nicht, die Hirse hatte nicht die richtige Würze. Hier aber war selbst die Zwiebel süß wie Honig, duftete, daß einem das Wasser im Munde zusammenlief, und der weiße Weizenfladen hätte sich sogar auf dem Tisch des Königs sehen lassen können. Györk setzte sich gleich auf einen Baumstumpf, zog das Messer aus dem Gürtel, schnitt sich vom Braten, brach vom Fladen, schälte sorgfältig die Zwiebel, bestreute sie mit Salz und aß dann so hastig, daß ihm die Augen tränten. Auch der Alte ließ sich auf dem Baumstumpf nieder, schnitt sich gemächlich vom Fleisch und biß in eine Zwiebel. Er zermalmte sie und ließ sie krachen wie das Pferd den Hafer. Mit seinem von weißen Fäden durchzogenen braunen Bart spielte der Wind.

„Und was hast du auf dem Herzen, daß du heute gekommen bist?" fragte er Györk.

„Die Geschichte vom Schimmelsohn möchte ich hören. Wohin er dann gegangen ist, wem er begegnet ist und was sonst er getrieben hat."

„Ja, ja, Schimmelsohn! Das war ein richtiger Held!" Der Alte lachte, und um seine Augen liefen die Falten zusammen. Er aß langsam, wohl nur zur Gesellschaft, damit Györk nicht allein essen sollte. Und er versank in Gedanken. Seine kleinen dunklen Augen, von buschigen Brauen überschattet, die so breit waren wie eine Dachtraufe, prüften den Himmel. „Schimmelsohn, das war ein richtiger Held . . . Denn als sie weiterzogen, begegneten sie einem Mann . . ."

„Dem Baumzieher", fiel Györk ihm voreilig ins Wort.

„Ja, dem Baumzieher. Du weißt es also schon, Junge? Dieser Mann war so stark, daß er große weitausladende Bäume samt Wurzeln aus der Erde zog wie die Frauen den Hanf. Da fragte ihn Schimmelsohn: ‚Wer bist du, und was treibst du?' Der Mann antwortete: ‚Ich bin der Baumzieher. Und wer bist du?' Schimmelsohn sagte ihm nun, wer er war. Da wußten sie gleich, daß sie die Kräfte messen mußten. Und sie rangen miteinander."

„Schimmelsohn hat dann gesiegt."

„Sie schleuderten einander so lange auf die Erde, bis Schimmelsohn schließlich siegte. Er mußte siegen."

„Weil er der Sohn des weißen Pferdes war."

„So ist es. Daraufhin reichte ihm Schimmelsohn die Hand, denn er reichte jedem die Hand, den er besiegt hatte. Und so zogen sie zu dritt weiter, immer gen Abend. Als sie so in schöner Eintracht dahinschritten, sahen sie mit einemmal einen Mann, der ein riesiges Stück Eisen knetete, wohl so groß wie ich selbst. Das war der Eisenkneter. Er knetete das Eisen wie die Frauen den Brotteig. Er knetete und formte es und verlor dabei nicht einen einzigen Tropfen Schweiß. Auch diesen Eisenkneter fragte Schimmelsohn, wer er sei. Und dann maßen sie ihre Kräfte und rangen miteinander, Schimmelsohn besiegte auch den Eisenkneter. Wieder gelobten sie sich Freundschaft und zogen zusammen weiter, immer gen Abend."

„Warum sind sie immer nur gen Abend gegangen?"

„Weil Schimmelsohn eine Waise war, er hatte weder Vater noch Mutter und mußte sich eine Heimat suchen. Er konnte nicht blindlings umherstreifen, hinein in die weite Welt, ist es nicht so?"

„Aber er hätte auch mitternachtwärts gehen können."

„Nun, es war schon eine göttliche Eingebung, daß er gen Abend ziehen sollte."

„Und warum konnte er alle drei im Ringkampf besiegen?"

„Weil er der Klügste von allen war. Er besaß Verstand. Ja, so ist es, er besaß Verstand ... Denn die anderen drei waren so einfältig, daß der eine immer und ewig nur Felsbrocken zermalmte, der andere wahllos die schönen starken Bäume herausriß, der dritte aber ganz ohne Sinn Eisen knetete, Tag und Nacht immer nur knetete, aber nichts damit anzufangen wußte."

„Was geschah dann?"

„Sie kamen in einen großen Wald, die Nacht brach über sie herein, und sie bekamen Hunger. Da sagte Schimmelsohn: ‚Wir gehen jetzt und sehen uns um im Wald, ob hier irgendwo Wild aufzutreiben ist. Felsbrecher, du bleibst da auf der Lichtung, denn hier bietet sich ein guter Lagerplatz. Koche Hirsebrei, bis wir zurückkommen.' So geschah es auch, die anderen zogen fort, Felsbrecher aber zündete Feuer an, schüttete Hirse in den Kessel, goß Wasser darüber und begann die Hirse zu kochen. Und als die beiden anderen zurückkamen, was meinst du, gab's da Hirsebrei?"

„Gewiß."

„Es gab keinen!" rief Majs so laut, daß ein Specht erschrocken in seinem fleißigen Klopfen innehielt, sich die rote Mütze über den Kopf zog und ängstlich in die Tiefe des Waldes floh. Majs schlug sich mit der derben, behaarten Hand aufs Knie und sah Györk triumphierend an.

Györk staunte. Der Bissen in seinem Mund blieb ungekaut.

„Warum gab's denn keinen?"

„Das verrate ich dir jetzt nicht", brummte der Alte zufrieden, und um seinen Bart spielte ein fröhliches Lächeln. „Ich werde es dir erzählen, wenn du das nächste Mal wieder kommst."

Sie schwiegen eine kurze Weile. Györk hätte gar zu gern erfahren, was dann geschah, aber er wußte, daß man Vater Majs nicht drängen durfte. Ehrerbietig sah er ihn an, seine Gedanken weilten noch immer bei der Geschichte. Er stellte sich den Baumzieher vor, der ziellos durch die Welt ging und nacheinander die Bäume samt

Wurzeln aus der Erde zog. Und den Eisenkneter, der auf seinem dicken Hintern saß und in einem fort ein großes Stück Eisen knetete, daß die Adern an seinen Armen schwollen. Und Györk stellte sich die Wildnis vor, die wohl so dicht war wie der Wald hier, in dem sie jetzt saßen und unter den Bäumen dem Rauschen des Windes lauschten und den Stimmen der Vögel, ihrem Pfeifen, Singen, Piepen, Klopfen, Rufen und Kreischen.

„Worüber denkst du nach?" fragte Majs neugierig.

„Nur über das eine, daß man fortgehen müßte, dahin, wo Schimmelsohn gelebt hat."

„Oh, du Närrchen. Das ist lange her. Und Schimmelsohn ist sicher schon gestorben."

„War das schon in deiner Kindheit?"

„Ach, noch viel früher."

„In der deines Vaters?"

„Noch viel früher."

„In der deines Großvaters? Deines Urgroßvaters? Deines Ururgroßvaters?"

„Irgendwann damals mag es wohl gewesen sein. Mir hat die Geschichte mein Großvater erzählt, der sie von seinem Großvater hörte. Und dem hat sie dessen Großvater erzählt."

Für Györk waren es die glücklichsten Stunden, wenn Majs erzählte. Der Alte wußte viel darüber zu berichten, wie die Welt in seiner Kindheit gewesen war. Als noch Béla der Geblendete regierte „und die Menschen sich immer und ewig bekriegten", wie Majs es ausdrückte.

„Wahrlich, mein Sohn, als Béla der Geblendete gestorben ist, war ich ein kleines Kind." Majs seufzte tief. „Aber mein Vater hat ihn noch gesehen. Hier war er eingesperrt, der Arme, hier im Kloster. Im Turm an der Ecke der hohen Steinmauer. Du weißt es."

„Ja, ich weiß es."

„Er war ein guter König, erzählten die Alten damals in meiner Kindheit, und obwohl er blind war, regierte er das Land weitsichtig. Ein gütiger König, alle haben ihn verehrt. Dabei war er ein leidgeprüfter, elender Mann. Denn es ist gar schlimm, mein Sohn, wenn man blind ist ... Aber er hatte eine liebe, gute Frau, die ihm in allem beistand ... ihm gute Ratschläge gab, ihn nie allein ließ. Tag und Nacht war sie an seiner Seite. Eine fromme Frau."

Er seufzte tief.

„Sag, Vater Majs, bist du ein Heide?" fragte Györk unvermittelt.

„Wie kannst du nur so eine dumme Frage stellen, mein Sohn", entsetzte sich Majs. „Der Glaube an unseren Herrn Jesus Christus ist der wahre Glaube, und das ist auch mein Glaube."

„Warum bist du dann Schamane?"

„Das Wissen habe ich von meinem Vater und meinem Großvater geerbt. Doch Wissen ist nicht gleich Heidentum."

„Aber schau, die Priester..."

„Ach, die Priester..." Majs winkte mißmutig ab und wandte den Kopf zur Seite. „Sie wissen nicht immer, wo die Kraft wohnt. Denn sieh", fuhr er nachdenklich fort, „wenn jemand unseren Herrn Béla betrachtete, konnte er meinen, in ihm wohne nichts Gutes. Denn er war ein Krüppel und obendrein blind. Seine Bitterkeit ertränkte er im Wein, denn wenn er auch eine gesegnete gute Frau hatte, sein Herz war doch voller Bitterkeit. Daher stand der Wein Tag und Nacht auf seinem Tisch. Nicht einmal schlafen konnte der Arme, man erzählt, er wälzte sich nur in seinem Bett, seufzte, stand auf, ging rastlos auf und ab, legte sich wieder nieder, griff nach dem Wein. Doch schau, sein Vorgänger, König István, ein äußerst starker, stattlicher Mann, ein harter und streitbarer Mann, der viele Kriege führte. Doch was hat er erreicht? Nichts. Was der blinde, elende Béla einst schuf, hat heute noch Bestand. Das Werk Istváns aber taugt keinen Pfifferling. So ist das, mein Sohn."

Untätig saßen sie auf dem Baumstumpf, lauschten den Stimmen des Waldes, beobachteten die über den Baumkronen dahinziehenden krausen Lämmerwolken und das Putzen der Vögel, die sich am Bach zum Trinken niederließen, ihr Flattern und ihr Liebeswerben. Die beiden drängte keine Arbeit, Majs pflügte nicht, säte nicht und erntete nicht. Er lebte nur so dahin. Für ihn war es einerlei, ob es Morgen war oder Abend, ob es regnete oder ob die Sonne schien. Ob es Winter war oder Sommer.

Der Unterhaltung müde, erhob sich Majs vom Baumstumpf.

„Nun, komm, wir wollen uns die wilden Bienen ansehen. Es gibt da eine neue Baumhöhle, die ich gestern entdeckt habe. Ein schönes, kräftiges Volk haust darin."

Er trottete im Gras voraus, Györk folgte ihm.

Weit drinnen im Wald, am Rande einer felsigen Schlucht, stand eine vom Blitz getroffene Eiche. Um ihren Stamm schwirrten die wilden Bienen, man konnte sie schon von weitem in den durch das Laub einfallenden Sonnenstrahlen sehen. Wie summender Goldstaub mutete das Bienenvolk an.

„Wir werden sie ausräuchern, wenn die Zeit gekommen ist", brummte Majs zufrieden. „Es ist ein ziemlich großes Loch, da gibt es Honig, keine Bange. Selbst ins Dorf kann ich welchen hinunterbringen, soviel Honig werde ich im Herbst haben. Und hier zieht der Fuchs entlang", er zeigte ins Gras zwischen dem Gebüsch. „Da ist seine Fährte. Er hat die Stelle gut gewählt, zu der er zum Trinken kommt. Aber ich werde Reineke erwischen, damit nicht er meine Hühner erwischt."

Als die Sonne den Zenit erreicht hatte, kehrten sie zum Häuschen zurück. Unterwegs schaute Majs nach den Kürbissen, aber die waren alle leer. Majs lachte.

„Die Schlaumeier kennen meine Fallen schon", brummte er. „Ein Vogel ist entkommen und hat es den anderen verraten. Fortan muß ich meine Fallen woanders aufstellen."

Aber eine Amsel hatte sich doch gefangen. Die nahmen sie mit. Für zwei Esser war das freilich sehr wenig, selbst für einen. Dennoch rupften sie den Vogel, nahmen ihn aus, bestreuten ihn mit Salz und stecken ihn auf den Spieß. Das Feuer knisterte vergnügt auf dem Herdstein vor dem Haus. Der blaue Rauch stieg einem Schleier gleich zwischen dem Laub empor. Das Eichenholz war zu einer kräftigen Glut niedergebrannt, sie stellten den Spieß darüber und beobachteten, wie sich das Fleisch der kleinen fetten Amsel bräunte.

Nach dem Essen ruhten sie eine Weile im Schatten. Sie sahen zu, wie sich ein Specht mit dem Hervorholen von Würmern mühte, wie er am Baumstamm aufwärtsschritt, mit dem rotgefiederten Kopf nickend, als würde er seiner eigenen Arbeit zustimmen. Das war die Zeit des Schweigens. Als dann die Wärme nachließ, erhoben sie sich, und Majs holte sein Netz zum Krebsfang, brachte den in einem Tontopf aufbewahrten Köder, durchdringend stinkende Leber. Dann trotteten sie an einen flacheren Abschnitt des Baches und ließen das Netz mit der Leber zwischen den Steinen ins Wasser. Schon bald tauchten träge schmutziggraue Krebse auf, ihre schweren Scheren schleppend wie Ritter ihre Stechlanzen. Da bot sich eine reiche Auswahl. Die kleineren warfen sie ins Wasser zurück, und nur die großen alten steckten sie in den mit Brennesseln gefüllten Sack. Währenddessen jagte Majs' kleiner schwarzer Hund nach Schmetterlingen und bellte die sich aufs Wasser niederlassenden Vögel an.

Majs sprach über das Verhalten der Krebse und unterwies Györk, wie man sie fängt, wenngleich Györk kaum noch einer Unterweisung bedurfte. Denn auf dergleichen verstand er sich. Dennoch lauschte er freudig den Worten des Alten, denn selbst wenn Vater Majs etwas sagte, was Györk schon wußte, so schien ihm dies doch etwas ganz Neues zu sein.

Drinnen im Haus gab es die vielen seltsamen, geheimnisvollen Gerätschaften des Schamanen. Auf sie blickte Györk mit Schauer und doch mit einer gewissen Ehrerbietung. Auf die große, mit Pferdefell bezogene alte Trommel, die ein Vorfahre Majs' mit allerlei

Figuren, menschlichen und tierischen Gestalten bekritzelt und die er mit schwarzen Linien in sieben Felder geteilt hatte. Auf die aus Hirschknochen gefertigten, ebenfalls sehr alten, ganz gelben Trommelschlegel, die zerbeulten, vielgebrauchten Kessel, in denen Majs das Opferfleisch kochte, den an der Wand hängenden Schamanenpelz, geschmückt mit sieben Reihen Glöckchen. Den Mantel zog der Alte an, wenn er seine Tänze vollführte. Györk blickte auf die aus uralter Zeit stammenden goldbeschlagenen Trinkhörner und Salzbehälter, die Krummesser in reichgeschmückten Scheiden, einen seltsamen Bogen, der aus einem schwarzen, langen, eisenharten Holz gefertigt und dessen Sehne mit roter Seide umwickelt war. Györk hatte nie gesehen, nur gehört, wie Majs die Trommel schlug, wie er in dem auf der Erde gezogenen Kreis wirbelte und wie er in Ekstase fiel. Man erzählte, er würde dabei die bösen Geister in seinen Bann ziehen und ihnen all ihre Geheimnisse entreißen. Gern hätte er Vater Majs einmal dabei belauert, aber er befürchtete, Majs könnte es durch seine Fähigkeiten bemerken und ihn dafür bestrafen. So gesehen kam Györk vergebens zur Hütte, denn Majs zeigte sich bei der Geisterbeschwörung nie vor Fremden.

Der Schamane besaß auch allerlei kleine Näpfe, in die er Wachs goß, wenn man ihn zu Kranken rief oder wenn jemand von einem Feind verhext worden war. Wie zum Beispiel im Falle von Tante Hangics. Die alte Frau war fast schon ganz dahingesiecht, sah gelb aus wie eine teigige Birne, sie konnte nichts mehr essen, nichts trinken, nicht schlafen, mutete schon an wie ein Geist, vegetierte nur noch dahin. Vater Majs hatte beim Wachsgießen herausgefunden, woher die Behexung rührte, und er befreite die alte Frau. So auch, als Cseperke krank geworden war. Die Krankheit zehrte sie allmählich auf, der Schüttelfrost beutelte sie, und alle glaubten, sie müsse sterben. Frater Anselmus war schon bei ihr gewesen und hatte sie mit geweihtem Öl gesalbt, damit Sankt Petrus die Arme zur Pforte des Himmelreiches einließe. Die Mutter des Mädchens rannte in ihrer Verzweiflung zu Vater Majs. Der hat dann Wachs gegossen und die Krankheit gebannt. Cseperke wurde gesund, fühlte sich wohler als je zuvor. So hatte es Györk Vater Majs zu danken, daß die Liebe seines Herzens am Leben geblieben war.

In zahlreichen kleinen Beuteln bewahrte der Alte allerlei Medikamente auf. Getrocknete Kräuter und Blumen, zerstampfte Samenkörner, allerlei Wässer, Wurzeln und grüne Salze. Diese gab er den Kranken zum Schwitzen, Baden, Einreiben, reichte sie ihnen zum Einnehmen.

Seine Speisevorräte bewahrte Majs in einem winzigen Häuschen auf, das auf vier hohen Pfahlbeinen stand, damit kein Wild herankommen und es ausrauben konnte. Hier lagerte er den Honig, das Fleisch, den Käse und den Quark. Majs hatte alles, jeden Tag brachte man ihm Geschenke.

In einem Mörser zerstampfte er recht gemächlich irgendwelche Samenkörner, Györk aber saß ihm gegenüber auf der Erde, betrachtete das bärtige Gesicht, das geflochtene, an der Seite zu einem Knoten gesteckte fettige Haar, die langsamen Bewegungen der Hände des Alten, seine Bundschuhe, deren Spitzen sich stolz nach oben bogen, und seine behaarten Beine. Und er lauschte seinen spärlichen Worten.

„Ja, wahrlich", brummte Majs, „dort im Wald ist der große Götze, nach dem man den Ort Bálványos genannt hat. Die Menschen haben sich vor langer Zeit von ihm abgewandt, aber er besitzt noch immer Kräfte. Zwar liegt er schon halb auf der Erde, und sein Gesicht ist kaum noch zu sehen. Den Napf, in den man ihm einst Hirse goß, hat ihm ein Mönch im Namen unseres Herrn Jesus Christus aus der Hand geschlagen, aber noch immer hat er große Kraft. Ich weiß es. Er ist der große Kajár, der Fürst der Unterwelt. Sollte dich einst dein Weg an dem Götzen vorbeiführen", fügte er hinzu, den knotigen Zeigefinger mahnend erhoben und die struppigen Brauen hochgezogen, „weiche ihm im weiten Bogen aus, mein lieber Sohn."

„Aber dieser mutige Mönch, der vor hundert Jahren hierher kam, hat ihm schon die Kraft gebrochen."

„Hundert Jahre!" rief Majs und lachte. „Das ist viel früher gewesen, noch vor König István, als hier an dieser Stelle noch Bajan, der Fürst der Awaren, mit seinem Volke lebte. Aber diesem alten armen Mönch ist es schlecht ergangen, denn der Götze ist auf ihn niedergestürzt und hat ihn auf der Stelle erschlagen. Danach richtete man den Götzen wieder auf, denn er wurde weit und breit verehrt und gefürchtet, aber er ist wieder umgestürzt. Doch er hat noch immer Kraft. Ganz gewiß . . . Man sagt, er sei niemals ohne Hirse, auch sieht man häufig neues Blut an ihm, jemand beschmiert ihn damit. Wer das tut, weiß man nicht . . ."

So erzählte Majs, dabei hantierte er mit seinen Medikamenten.

„Vater Majs, hör mal", sagte Györk nach langem Schweigen.

„Ich höre."

„Ich will fort von hier, dahin, wo Schimmelsohn gelebt hat."

„Nun so gehe, wenn du groß bist."

„Aber ich weiß doch nicht, in welche Richtung ich gehen muß."

„Wirst es schon erfahren, bis du erwachsen bist."

„Aber dann muß ich Cseperke, die Tochter Opors, hierlassen."
„Läßt sie eben nicht hier."
„Schön und gut, aber dahin kann ich sie nicht mitnehmen."
„Dahin kannst du nur allein gehen. Wenn du fort willst, mußt du allein gehen."
„Das ist ja das Übel. Sag mir, Vater Majs, werde ich einst fortgehen?"
„Setz dich her zu mir und zeig mir deine Hand."
Györk kauerte sich pochenden Herzens neben Majs. Dieser nahm die kleine dünne Hand in die breite gebräunte Rechte und musterte unter zusammengezogenen Brauen die zarten Linien. Dann öffnete er auch Györks andere Hand, betastete sie leicht, drehte und wendete sie und nickte.
„Du wirst gehen, mein Sohn."
„Gott sei es gedankt", rief Györk glücklich, und Wärme durchströmte ihn.
„Du wirst auf große Reisen gehen, dahin, wo Schimmelsohn lebte und wo dessen Mutter starb", fuhr Majs ernst fort und versank in Gedanken. „Du wirst Mühe und Not auf dich nehmen, Hunger, Durst und Krankheit erleiden, die Gefährten an deiner Seite werden zurückbleiben. Du aber gehst unbeirrt, bis du ans Ziel gelangst. Gott wird mit dir sein, mein Sohn. Ein hoher Herr schickt dich aus, und ein hoher Herr erwartet dich zurück. Nun, begnüge dich mit diesen Worten."
„Ich werde fortgehen! Ich werde fortgehen!" rief Györk beglückt und begann auf einem Bein zu hüpfen. „Und wenn ich dann wieder zurückkomme, baue ich im Wald ein Haus und ziehe mit Cseperke dort ein. Wir werden fröhlich leben wie zwei Turteltauben, bis wir dereinst sterben. Und auch wir werden einen Györki haben, einen Vajka, eine Cseperke, und auch eine Anicska und einen Opor . . ."
Majs kaute an seinem Schnurrbart und schwieg. Seine Hand hob den Stößel im gleichmäßigen Takt.
„Stimmt es, Vater Majs?" rief Györk mit überschäumender Freude.
„Alles wird werden, wie der himmlische Vater es will", brummte der Alte verdrießlich. „Aber jetzt mache dich auf nach Hause, sonst verwalkt dich dein Vater."
Györk schaute zur Sonne. Er hatte gar nicht gewahrt, daß sie schon tief hinter dem Wald versunken war, nur noch den Gipfel des Zengő überzog der abendliche Schein mit rötlichem Gold. Györk verabschiedete sich von dem Alten. Der drückte ihm lange die Hand und schaute ihm forschend ins Gesicht. Dann hob er den Blick gen Himmel, und lautlos bewegten sich seine Lippen.

„Nun, so gehe in Frieden, mein Sohn", sagte er schließlich und ließ den Knaben ziehen.

Györks Herz war voller Glück. Als er den Wald betrat, begann er laut zu singen. Dann wieder flötete er wie eine Amsel. Das Dickicht hallte wider von seinem Frohsinn. Behende wand er sich durch die Büsche. Und wenn er dann und wann für einen Augenblick stehenblieb und verstummte, hörte er das eintönige Summen der Hirschkäfer.

Leichten Herzens ging er heim.

Als er das Haus betrat, fand er seine Stiefmutter wieder vor dem Herdstein am Feuer, wie sie die Hirse rührte. Der Kleine strampelte auf dem Bärenfell, seine Ärmchen und Beinchen muteten an wie dicke Würste. Györk sagte vergnügt guten Abend, setzte sich auf das Fell und begann den Kleinen zu krabbeln. Der jauchzte laut, streckte Györk die Arme entgegen, faßte dann sein Füßchen und wollte es unbedingt in den Mund stecken. Hajnal sah ihnen erstaunt zu und schlug die Hände zusammen.

„Sieh an, hast den kleinen Unschuldigen also doch gern!"

Györk erwiderte nichts, spielte weiter mit dem Kind, schielte aber dabei zum Kessel hinüber, ob der Brei bald fertig wurde. Er hatte mächtigen Hunger.

Beim Essen sagte er:

„Ich gehe fort, dahin wo Schimmelsohn gelebt hat."

„Aber das ist sehr weit weg, ein Menschenkind kann da niemals hinkommen." Hajnal lachte.

„Ich komme hin."

„Oh, mein Söhnchen, man kann nicht wissen, wohin man kommt, wenn man groß wird." Die Frau seufzte.

„Ich komme hin. Jemand, der es weiß, hat es mir gesagt."

Zwei Tage später kam Farkas todmüde, dreckverkrustet und mürrisch nach Hause. Hajnal zündete Feuer im Badehaus an, Farkas wusch sich gründlich, genoß das Dampfbad und peitschte sich mit Birkenreisern. Dann aß er mißmutig, und gleich nachdem er das Messer in den Gürtel gesteckt hatte, wandte er sich Györk zu.

„Und was hast du gemacht? Wo hast du dich herumgetrieben, Junge?"

Györk schwieg klugerweise.

„Dich hat wieder Hiz gehetzt", fuhr der Vater streng fort. „Ich hörte, man hat dich abermals im Wald gesehen, dort wo der alte Majs haust. Aber ich werde dir Majs schon austreiben, du Taugenichts. Hatte ich dir nicht gesagt, du sollst nicht wieder dahin gehen?"

Er sah den sich duckenden Györk mit stechendem Blick an, als wollte er ihn aufspießen. Dann schimpfte er ohne Atem zu holen vor sich hin.

„Es fehlt gerade noch, daß die frommen Brüder und der Pater Abt mir Vorhaltungen machen, mein Sohn halte es mit dem Schamanen. Er lerne bei ihm gar das Zaubern. Vielleicht beschwört er mit dem Alten sogar den Teufel. Das fehlte gerade noch, wenn ich als wahrer Christenmensch hören müßte, mein Sohn wird am Ende ein Schamane. Ich wache über den Wald des Klosters, hüte sein Wild, lasse sein Holz einfahren, mein Sohn aber steckt bei Majs. Das fehlte gerade noch."

Aufgeregt zupfte er sich am Bart, zog die Brauen zusammen und starrte Györk so eindringlich an, daß dem angst und bange wurde.

Györk wußte, in solchen Fällen durfte er sich nicht mucksen, denn sonst brach die Wut seines Vaters aus, und es folgten unweigerlich Schläge.

„Ich glaubte", der Vater kam nicht vom Thema ab, „mein Sohn wird einmal ein rechtschaffener Mann, wie ich es bin oder mein seliger Vater und Großvater es waren. Ein guter Christ, ein treuer Diener des Klosters. Aber ich sehe schon, daraus wird nichts. Umsonst habe ich dich verprügelt. Umsonst habe ich dich immer wieder ermahnt. Was soll nur aus dir werden, was?" fragte er mit tiefer Besorgnis und beantwortete die Frage sogleich selbst. „Du wirst ein Pál Ohrenlos, dir wird der Scharfrichter die Ohren abschneiden wie jenem Beutelschneider. Aus dir wird ein Wegelagerer, ein Strauchdieb, ein ehrloser Strolch, ein Nachtheld, ein Ochsendieb. Oder du wirst gar ein Schamane wie Majs und all seine Vorfahren, machst Bocksprünge, rührst die Trommel, beschwörst böse Geister, wirst Priester in Höllendorf. Nichts wird aus dir werden."

Der Junge hielt seine Entgegnung auf diese Anschuldigung nur schwer zurück. Die Worte des Vaters empörten ihn. Sie schmerzten ihn mehr, als wenn er ihn geschlagen hätte. Er empfand sie, als hätte man ihn angespuckt. Aus ihm sollte ein Beutelschneider, ein Wegelagerer, ein Strauchdieb, ein ehrloser Strolch, ein Nachtheld werden? Ein Ochsendieb? Priester in Höllendorf?

„Damit du's weißt, ich werde fortgehen, dahin, wo Schimmelsohn gelebt hat!" sagte er mit gepreßter Stimme; seine Augen funkelten, und sein Gesicht glühte.

„Wo willst du hin? Nirgends wirst du hingehen!" schrie Farkas wütend. „Von Haus zu Haus wirst du ziehen und im Namen Jesu Christi um Almosen betteln."

„Jemand hat mir gesagt, daß ich ausziehen und ans Ziel gelangen werde", sagte der Junge leise.

„Schweig! Halt den Mund!" fuhr ihn der Vater an, und wie einer, der des nutzlosen Gespräches überdrüssig ist, ging er schweren Schrittes zum Bett und legte sich nieder. „Hätte dich deine Mutter doch nie zur Welt gebracht."

Betretene Stille lastete auf dem Haus. Erschrocken ging Hajnal rein und raus, der Kleine in der Wiege schwieg, verängstigt durch den lauten Ton, selbst die Flamme des Kienspans schien nur verhalten zu flackern.

„Geh schlafen", brummte Farkas noch, dann seufzte er tief, als ob ihm ein schwerer Stein auf dem Herzen lastete.

Györk scherte sich auf seinen Platz und kroch unter das Wolfsfell. Tränen würgten ihn, aber er schämte sich ihrer nicht. Heftig klopfte sein Herz. Am liebsten wäre er aufgesprungen und noch in dieser Nacht davongelaufen, aber er rührte sich nicht.

Warum glaubte ihm der Vater nicht, daß er kein Nachtheld, kein Pál Ohrenlos und kein Schamane würde? Warum glaubte er ihm nicht, daß er ganz gewiß einst dahin gehen werde, wo Schimmelsohn gelebt hatte und wo das weiße Pferd begraben war? Warum traute ihm der Vater nichts Gutes zu? Was taugte das ganze Leben, wenn er von den Lippen des Vaters ewig nur hören mußte, aus ihm würde nichts?

Langsam beruhigte er sich, und gleich einem wehmütigen Schmerz überkam ihn eine heiße Sehnsucht. Dieses Gefühl ließ ihn erstarren. Eine geheimnisvolle Kraft zog ihn, zog ihn fort in die unsichtbare Ferne, er wußte nicht weshalb und wohin, er kannte nicht einmal die Richtung. Ihm war, als würde ihn irgendwo, am Ende der Welt, am Ufer eines Baches, inmitten singender Vögel jemand erwarten, der ihn liebte, ihn im Schlaf streichelte und küßte und sich dann in Nichts auflöste. Dieses Wesen war einst vielleicht in diesem Haus ein- und ausgegangen. Und dann war es für immer verschwunden. Und es rief ihn, erwartete ihn, weil es ebenso unglücklich war wie er selbst.

Die Traurigkeit begann ihn ganz langsam zu wiegen und versenkte ihn in Schlaf.

Aber tagsüber verdrängte und vergaß er die Sehnsüchte der Nacht. Sobald er hinausrannte zur „Burg" – so nannten sie das Kloster wegen seiner dicken alten Mauern, seines gedrungenen Eckturmes und der schweren Zugbrücke – und mit seinen Freunden zwischen den dichten Sträuchern umherstreifte, mit Pfeil und Bogen

Jagd spielte, mit einem weggeworfenen Topf den Schamanen nachahmte, in die Rolle des Felsbrechers, des Baumziehers und Eisenkneters schlüpfte – obwohl er die Geschichte nicht fortsetzen konnte, weil er das Ende noch nicht kannte –, flog sein Kummer gleich einem Vogel davon. Häufig spielte auch Cseperke mit den Knaben, dann war Györk der Schimmelsohn, Cseperke aber die verzauberte Prinzessin, die er aus der grausamen Herrschaft Vajkas und Busas, der beiden Riesen, befreien mußte. Der Lohn für die Errettung war ein willig geschenkter Kuß im Schierlingsgestrüpp. Cseperke hatte feste kühle Lippen, die es wert waren, daß ein Held sich mühte und sein Leben wagte. Häufig spielten sie auch Messe. Dann war Györk der Priester, der vor einem großen Stein, dem Altar, die Arme ausbreitete, das Dominus vobiscum sang, das Knie beugte, sich umdrehte und verneigte, Vajka und Busa aber ministrierten ihm eifrig, schüttelten die Glocke und plapperten etwas Unverständliches. Cseperke aber sang andächtig. So war Györk einmal Schamane, der mit einem Stock einen Kreis auf der Erde zog, tanzte und fuchtelte, wie er sich einen Zauberer vorstellte, freilich schaudernd bei dem Gedanken, daß der Teufel oder auch nur Hiz, Dobroc, Mirigy, Vahor oder der Fürst der Unterwelt, der schreckliche Kaján, erscheinen könnten –, bald aber war er ein frommer Mönch, der ebenso unverständliche Worte leierte, das Knie beugte, sich vor dem Altar nach dieser und jener Seite wandte, einen flachen Stein emporhielt und mit großer Würde den Dienst der Ministranten empfing. Ob er die Rolle des einen oder des anderen spielte, stets erweckte er in seinen Gefährten eine gewisse Achtung, ja, er glaubte sogar selbst steif und fest daran, daß eine überirdische Macht sich seiner bemächtigte.

Später, nachdem ihm Majs die Geschichte von Schimmelsohn zu Ende erzählt hatte, spielte Györk kaum noch etwas anderes. Der Name Schimmelsohn, von seinen Gefährten zu „Pferdesohn" verkürzt, blieb an ihm haften. Cseperke war der Baumzieher, Vajka der Felsbrecher und der große, träge Busa der Eisenkneter. Da aber niemand weiter mitspielte, mußte Cseperke auch die Rolle des Wichtes mit dem Siebenellenbart übernehmen und mal Vajka, mal Busa den Brei vom Bauch essen. Und wenn es dann soweit war, daß Schimmelsohn den niederen Gott aus der Unterwelt besiegte und an einen Baum fesselte, bekam er die Belohnung des Spieles. Er durfte mit Cseperke ringen und das sich sträubende Mädchen, das heißt den Wicht, an einen Baum binden.

Das Dorf bescherte Györk täglich viele Wunder. Die Häuser standen in kleineren und größeren Gruppen zusammen inmitten der hügligen Landschaft, meistens nach dem tiefen Wasserlauf ausgerichtet, der vom Zengő herunter am Kloster vorbeiführte und der bei der Schneeschmelze und bei Gewittergüssen gelb und schäumend dahinflutete, sonst aber im Sommer nur als klares Bächlein zwischen den dichten Sträuchern plätscherte. Auf einer terrassenartigen Anhöhe oberhalb des Klosters ragte die Kirche mit ihrem gedrungenen Turm über das Dorf. Ein Weg schlängelte sich hinauf, auf ihm rollten die Wagen, wenn sie in den Wald oder in die Weingärten des Klosters fuhren. Ein Teil des Dorfes hieß Winzerwinkel, weil dort die Weinbauern des Klosters wohnten, eine zweite kleine Häusergruppe wurde Ochsenwinkel genannt, dort waren die Häusler mit ihren Ochsengespannen zu Hause, eine dritte hieß Hüterwinkel, hier wohnte Farkas mit den Hegern, den Wald- und Wildhütern. Es gab dann noch den Schusterwinkel mit lauter Schuhmachern und das Schmiedeeck, wo die Schmiede auf ihren klingenden Ambossen das Eisen schmiedeten. In diesen Winkeln und Ecken konnte man den ganzen Tag über die aufregendsten Dinge erleben. Im Ochsenwinkel war es bei schönem Wetter still, denn seine Bewohner arbeiteten draußen auf den Feldern, nur die Alten strichen um die Häuser, und manchmal lärmten und tollten Kinder um die Wette mit den bellenden Hunden. Dieser Winkel war der größte. Zwischen den Häusern der Schuhmacher roch es nach Leder, hier waren auch die Sattler und die Riemenschneider zu Hause. Man konnte ihnen den ganzen Tag zusehen, wie sie das Leder zuschnitten, nähten und klopften, wie sie Peitschen, Karbatschen flochten sowie Sättel und Zaumzeug nähten und verzierten. Bei den Schmieden aber zogen rußverschmierte Burschen am Blasebalg, rotes Feuer flackerte in der Tiefe der Werkstätten, rings um die Häuser war alles voll von Pflugscharen, Steigbügeln, Spaten, Hacken, Harken, Beilen und Äxten. Rhythmisch hämmerten die Gesellen das glühende Eisen, sangen zu den Hammerschlägen und schmückten manchmal den Kehrreim mit leichten Schlägen am Amboßrand, daß es wie Glöckchen klang. An Pfosten waren Pferde angebunden, die beschlagen werden sollten, und stets gab es den einen oder anderen frohgelaunten Mann, der sein Pferd über den grünen Klee lobte, das des anderen aber schmähte, und das war gar lustig anzuhören.

Abends jedoch ging es im Ochsenwinkel am aufregendsten zu. Selbst aus den anderen Ecken und Winkeln des Dorfes versammelte sich jung und alt, um nach getaner Arbeit die Zeit bis zum Schlafengehen hier zu verbringen. Unter den Bauern gab es uralte Männer, die seltsame Lieder kannten. Vater Ölyved zum Beispiel, der berühmteste, war so alt, daß er an zwei Stöcken ging. Sein Haar, sein

Bart und selbst seine Brauen waren schlohweiß, und wenn er sich einmal gesetzt hatte, konnte er ohne Hilfe kaum wieder aufstehen. Aber sobald er sich zur Abenddämmerung am Feuer niederließ und zu singen begann, lauschten ihm alle mit offenem Mund. Es drängten Männer und Frauen herbei, Greise und Kinder, Schmiede und Riemenschneider, wenn Vater Ölyved in einen der Höfe tappte, sich auf den weichen Rasen oder unter die Holzbirne oder die Eiche setzte. Da wurde es mucksmäuschenstill. Er öffnete den zahnlosen Mund, schloß die Augen, wiegte sich in den Hüften hin und her und begann zu singen, mit heiserer Stimme, die sich dann und wann überschlug. Allmählich begannen auch die Zuhörer sich in den Hüften zu wiegen, und leise summten sie mit dem Alten das Lied.

Da hörte Györk gerne zu.

Denn was sang Vater Ölyved?

Er sang von den sieben Fürsten, die mit großem Heer durch die weite Welt gezogen waren und sich Ruhm und Namen erworben hatten. Am liebsten trug er die Worte Bulcsus vor, aber es kam die Reihe auch an Botond, dessen Geschlecht Baranya und Somogy besiedelt hatte. Gleich einem alten Geier hockte Ölyved eine Weile mürrisch auf seinen sehnigen Knöcheln, die Hände ruhten auf den Knien.

Andere Lieder erzählten von einem Hirsch, der am grasreichen Ufer eines Baches weidete, auf dessen Geweih Kerzen strahlten und an dessen Flanke Sonne und Mond leuchteten. All dem lauschte Györk selbstvergessen, obgleich ihm Busa drohte, er werde verdammt. Er mußte es wissen, denn Busas Vater diente im Kloster. Aber hätte denn Györk widerstehen können, wenn Vater Ölyved von den alten Madjaren, den Fürsten und dem Wunderhirsch sang oder gar, wenn er den Tambur bei sich hatte! Seine alten Finger vermochten ihn so zauberhaft schnell und wohlklingend zu zupfen, wenn er sein Lied begleitete, daß Györk kein Auge von ihm wenden konnte.

Als Györk zum erstenmal unter dem behauenen Bogen der Pforte hindurchschritt, die mit Gestalten würdevoller frommer Männer geschmückt war, staunte er sehr. Gedrungene Säulen hielten schwindelerregend hohe Gewölbe, und alles strahlte in Gold und in Silber. An langen Stangen hingen rote, blaue, weiße Fahnen, und durch die Fenster drang die Sonne in allen Farben des Regenbogens herein. Tiefe Stille herrschte in der Kirche. Ein Priester im weißen Hemd drehte, wendete, verneigte sich vor einem der kleinen Altäre, im Halbdunkel knieten die Männer und Frauen, bevor sie zur Arbeit gingen; ihre Hacken, Sicheln, Äxte hatten sie draußen an die Wand gelehnt. Wie blasses Sternenlicht flackerten die Kerzenflammen. Manchmal konnte man hören, wie der Priester in der andachtsvollen Stille unverständliche Worte murmelte, wie Vater Majs oder der alte Ölyved. Aber es waren ganz andere Worte, das wurde einem schon beim ersten Hören bewußt.

Dem Eingang gegenüber, über dem großen Altar, befand sich ein gewaltiges Bild, das bis hoch ans Gewölbe reichte. Ein solches Bild hätte sich Györk selbst im Traum nicht vorstellen können. Es wollte ihm nicht in den Kopf, wie man diesen gewaltig großen Heiligen hatte an die Wand malen können. Das Bild und die Kirche waren sehr alt; wie es hieß, war sie bereits zur Zeit Istváns, des ersten Königs, erbaut worden. Er hatte das Kloster gegründet, er hatte es mit Äckern, Wäldern, Fischersiedlungen und mit etwa vierzig Dörfern samt Menschen und Vieh beschenkt. (Der Abt hielt die Urkunde des heiligen Königs streng verwahrt im Kloster, in einer eisenbeschlagenen Eichentruhe.) Györk verschlug es den Atem. Er rieb sich die Augen, verrenkte den Hals und schaute überwältigt immer und immer wieder zu den goldenen Verzierungen, den Fahnen, den Kerzen und auf das unermeßliche wundervolle Bild. Der Heilige dort über dem Altar breitete die Arme aus, blickte nach unten, als wollte er herunter auf die Erde kommen, Györk bei der Hand nehmen und zu ihm sprechen. Und obwohl der Heilige sanft aussah, erschrak Györk bei diesem Gedanken. Wenn dann noch die Engel mit schwirrenden Flügeln die Säulen umflögen . . . sicherlich stiegen sie nachts herunter, wenn sich niemand in der Kirche aufhielt und der Bruder Pförtner die Pforte geschlossen hatte. Dann würden sie wohl heruntersteigen und sich in der Sprache unterhalten, in der die Mönche redeten, würden lachen, die Glöckchen schütteln und ein wenig umherfliegen. Der Heilige aber würde zwischen ihnen einherwandeln und mit ihnen sprechen.

Noch etwas gab es in der Kirche, was Györk selbst in seine Träume verfolgte. Es gab das große, schwere, steinerne Kreuz. An diesem Kreuz hing ein Mann, mager, nackt, Hände und Füße von Nägeln durchbohrt, den Kopf zur Seite geneigt, betrübt herunterblickend, er hatte das Antlitz eines Toten. Györk wußte, wer dieser Mann war; Jesus Christus, den man gekreuzigt hatte, der Sohn Gottes, der uns von den Sünden erlöste. Györk kannte die ganze traurige Geschichte Jesu, seine Stiefmutter hatte sie ihm erzählt. Hier nun sah er ihn von Angesicht zu Angesicht. Er hing dort am steinernen Kreuz, leblos. Györk schauderte. Dieser tote Mann hing da am Kreuz, als wäre er nicht tot, als würde sich sein Brustkorb beim Atmen heben und senken.

Aber warum hatte man ihn nicht begraben?

Und wie war es möglich, daß sein Körper nicht verweste?

Györk schaute nur und staunte. Am liebsten wäre er aus der Kirche gerannt, aber er wagte es nicht. Und als hätten seine Füße Wurzeln geschlagen, hielten ihn der Zauber der seltsamen Stätte und dieser erschreckende Anblick fest.

Am Abend fragte er Hajnal, warum man Jesus nicht beigesetzt habe. Und wenn Jesus auferstanden und gen Himmel gefahren sei, wie es da möglich sei, daß sich sein Leichnam noch in der Kirche befände? Es hieße doch, er sitze zur Rechten Gottes . . . Und wenn er ein wirklicher Mensch gewesen sei, wie könne es sein, daß sein Leib am steinernen Kreuz nicht verweste?

Und er staunte noch mehr, als er erfuhr, daß dort in der Kirche nicht der wirkliche Jesus sei; man brauche ihn nicht zu begraben, denn es sei nur ein Bild aus Stein. Der wahre Jesus aber sitze im Himmel zur Rechten Gottes, und er werde am Jüngsten Tag wieder zur Erde kommen und richten. Das Kruzifix stehe in der Kirche, um den Menschen immer wieder vor Augen zu führen, wie qualvoll der Heiland für sie gestorben sei.

Als Györk dann Mut faßte und fragte, wenn aber Jesus der Sohn Gottes sei, warum er es dann zugelassen habe, daß man ihn kreuzigte, da rief Hajnal entrüstet:

„Du sprichst, mein Sohn, wie die Juden, als sie unseren Herrn gekreuzigt haben! Auch sie sagten zu ihm: Wenn du Gottes Sohn bist, steig herab vom Kreuz. Aber er stieg nicht herab, weil er die Menschen von ihren Sünden erretten wollte."

„Wenn er der Sohn Gottes war, warum hat er die Menschen nicht auf andere Weise erlöst, warum mußte er dafür den Martertod am Kreuz sterben?" fragte Györk.

„Oh, mein Sohn, er hat es aus eigenem Willen so gewollt. Denn er hat die Menschen so sehr geliebt, daß er sein Leben für sie gab."

„Aber warum verurteilt er sie dann am Jüngsten Tag zur ewigen Verdammnis?"

„Nun, wenn sie sündig sind, wenn sie sich nicht bekehren."

„Aber ist er nicht auch für die Sünder gestorben?"

„Ja, er ist auch für diese gestorben, für uns alle."

„Aber warum schickt er sie dann in die Hölle?"

Die Geduld Hajnals riß. Sie fuhr den Jungen an.

„Scher dich fort, quirl mir nicht im Weg herum. Wenn du groß bist, werden es dir die Mönche erklären."

In jenen Tagen, als Györk zum erstenmal in der Kirche gewesen war und ihn diese Dinge bewegten, war er sehr schweigsam und verhielt sich still und ernst. Er grübelte. Es wollte ihm durchaus nicht in den Kopf, was er gesehen und gehört hatte. Erst beim Spiel beruhigte er sich langsam, besonders als sie Messe spielten und er der Priester war. Er verneigte sich, kniete nieder, wandte sich nach rechts und links, breitete die Arme aus, murmelte unverständliche Worte, so, wie er es in der Klosterkirche gesehen und gehört hatte, seine Kameraden aber schwangen Glöckchen, füllten Wasser in eine Nußschale – das war der Kelch –, und Cseperke sang.

Unter den Jungen im Dorf waren die Söhne der Waffenträger am stolzesten. Mehr oder weniger zählte auch Farkas zu ihnen, hütete er doch zu Pferd mit der Waffe in der Hand den Wald und mußte häufig gegen Wegelagerer, Räuber und Diebe zu Felde ziehen. So konnte Györk mit Recht stolz auf seinen Vater sein. Er wollte es auch. Und die Zeit war da, daß er Reiten, Bogenschießen, die Lanze führen, mit dem Säbel und dem Morgenstern umgehen lernte. Der Vater nahm ihn auch heran, verlor aber schnell die Geduld. Da Györk ewig Fragen stellte und diskutierte, geriet Farkas in Zorn, fuhr Györk an und erklärte, es werde nie etwas aus ihm werden, wie sehr er sich auch anstrenge. Györk fiel häufig vom Pferd. Den Bogen vermochte er nicht richtig zu spannen, Säbel und erst recht der Morgenstern waren noch zu schwer für seine Hand. Györk war schmächtiger und schwächer als die gleichaltrigen Jungen. Odriáns Sohn Kurd, obwohl gleichaltrig mit Györk – sie waren fast am gleichen Tag geboren –, ritt wie ein Teufel und schleuderte die Lanze, schoß den Pfeil wie sein Vater. Der Sohn Teges aber, des geharnischten Ritters, dem der König das Tragen eines Harnischs verbrieft hatte, würde vielleicht schon seinen Vater übertreffen. Farkas schämte sich der Schwäche seines Sohnes, seufzte nur, wenn er daran dachte, was aus ihm werden sollte, wenn er heranwuchs, taugte er doch zu gar nichts. Anfangs ließ er ihn frei umherstreifen, in der Hoffnung, er würde auf diese Weise kräftiger werden; aber weil das bequemer war, gab er seine Unterweisungen schließlich ganz auf. Manchmal nahm er ihn auf seine Wege mit, aber er wurde seiner schnell überdrüssig und grämte und ärgerte sich nur, einen hoffnungslosen Sohn zu haben, der zu nichts taugte. All seine Zuversicht richtete er auf den kleinen Istefán, und er tröstete sich mit ihm.

Györk jedoch, wenn er allein war, kletterte im geheimen auf kleinere Birken und versuchte, wie Schimmelsohn die Rinde herunterzuziehen. Es wollte und wollte ihm nicht gelingen. Erst wußte er gar nicht, wie er es anstellen sollte. Mit seinem Krummmesser, das er im Gürtel trug, ritzte er die Rinde an einem Ast im

Wipfel, faßte sie mit den Fingern, zerrte daran und versuchte, sie mit aller Kraft herunterzuziehen. Seine Fingernägel rissen ein, von der Handfläche schürfte er sich die Haut ab. Der Ast, auf dem er saß, brach unter ihm, und er landete, von Ast zu Ast fallend, auf der Erde. Sogar der Atem stockte ihm. Er glaubte, seine Eingeweide rissen ihm entzwei. Dann sah er sich um und dachte verbittert, sein Vater habe wohl recht. Aus ihm würde nie etwas. Niemals würde er dahin gehen können, wo Schimmelsohn einst gelebt hatte.

Doch wenn seine Wunden geheilt waren und er den schlimmen Sturz vergessen hatte, kletterte er wieder auf eine Birke und versuchte es erneut. Seine Fingernägel und seine Handflächen kamen wieder zu Schaden, doch jetzt paßte er besser auf und fiel nicht wieder vom Baum. Es gelang ihm sogar, die Baumrinde ein Stück herunterzuziehen.

Einmal jedoch, als er sich wieder mühte und sich fast schon als Schimmelsohn fühlte, erblickte er aus dem Wipfel des Baumes Tege auf seinem Pferd, von Kopf bis Fuß in Eisen. Er wurde von seinen beiden kräftigen Söhnen sowie von Odrián und Kurd und Farkas, dem Vater Györks, begleitet. Auch sie waren zu Pferd, aber angetan mit nur leichter Rüstung. Tege saß auf einem großen, schweren Pferd, seine Rüstung glänzte, seine Feder wehte, sein gewichtiger Säbel klirrte. Seine Söhne ließen stolz ihre Pferde tänzeln, ihre violetten Röcke und die violetten Satteldecken leuchteten schön zwischen den grünen Bäumen. Odrián war nur schlicht gekleidet, so wie er auch sonst durch den Wald zu streifen pflegte, sein Pferd wirkte müde, war schlammig bis an die Fesseln. Sein Sohn jedoch stolzierte zwischen den anderen beiden großen Jungen, und er spornte sein Pferd an, damit es genauso einhertänzelte wie die Pferde seiner Freunde. Sie kamen von Pécs her. Tege hatte offenbar beim Hundertschaftsführer zu tun gehabt.

Kummer beschlich Györks Herz. Aus der Höhe blickte er hinunter und sah sie so schön, so stolz und heiter, daß er gern auf den Ruhm Schimmelsohns verzichtet hätte, wenn er nur mit ihnen hätte reiten können.

Zu seinem Unglück kamen sie dicht an der Birke vorbei. Und sie bemerkten ihn auf der Stelle, wie er da oben hockte und stumm auf die berittene Schar hinunterblickte. Die Reiter hielten ihre Pferde zurück und riefen lachend und scherzend zu ihm hinauf:

„Sieh da, welch seltsamer Vogel“, sagte Tege mit tiefer Stimme.

„Da gibt es keine Spatzeneier, du“, fügte Odriáns Sohn Kurd hinzu, fast kreischend vor hämischer Freude.

„Was treibst du da oben?“ brüllte Farkas verärgert. „Scher dich herunter.“

Györk kletterte schwerfällig, als wären all seine Knochen verrenkt, herunter und stand mit niedergeschlagenem Blick vor den Reitern.

„Zeig deine Hände!“

Er hielt sie hin. Sie sahen aus wie rohes Fleisch. Odrián lachte. Tege sagte weise zu Farkas.

„So werden die dünnen Hände dick. Es ist gut, wenn er die Haut abstreift.“

„Dreh dich um“, befahl der Vater.

Györk drehte sich langsam und mit einer gewissen Würde um. Das würdevolle Verhalten konnte jedoch den langen Riß nicht verdecken, der vom Hals bis zu den Hüften reichte und Györks Hemd auf dem Rücken in zwei Hälften teilte.

Schmach und Schande. Alle lachten schallend, nur Farkas kaute wortlos am Schnurrbart.

„Der Junge, der sein Hemd nicht zerreißt, zerreißt später auch den Feind nicht“, bemerkte wieder Tege weise.

„Er sollte nicht mehr auf Bäumen sein Hemd zerreißen“, brummte Farkas beschämt. „Aber welch unseliger Geist ist es, der ihn auf den Baum treibt? Weder Früchte gibt es da oben noch ein Vogelnest, nicht einmal wilde Bienen“, grübelte er und musterte aufmerksam die Birke. Daß sich Györk ausgerechnet auf der Birke abmühte, machte ihn stutzig. »Du übst wohl gar einen Zauber?“ forschte er mit zusammengezogenen Brauen. „Treibst wohl etwas Schamanenhaftes?“

Györk tat, als würde er lachen, trat von einem Bein auf das andere und blickte besorgt auf den Baum. Er konnte doch nicht sagen, was er hier im geheimen übte. Farkas jedoch war nicht umsonst sein ganzes Leben durch den Wald gezogen, er gewahrte gleich die abgezogene Rinde. Da ging ihm ein Licht auf. Da hatte man's, Györk trieb tatsächlich Zauberei, die ihm wohl der verdammte Majs beigebracht hatte. Auf der Stelle schwang er sich vom Pferd, bekam Györk zu fassen und verabreichte ihm eine gehörige Tracht Prügel.

„Keine Bange, bekommst noch schlimmere, wenn du erst herangewachsen bist“, bemerkte Tege wieder weise von seinem hohen Pferd herunter, während noch die schwere väterliche Hand auf Györks Hintern klatschte.

„Ich werde dir Birke geben“, schrie Farkas, „ich werde dich Zauber lehren. Ich werde schon noch einen Christen aus dir machen.“

Györk weinte nicht, wie üblich biß er die Zähne zusammen und ballte seine Fäuste. Aber sein Gesicht glühte, und seine Blicke bohrten sich in die Augen Farkas'. Die Schande war ihm unerträglich. Hier vor den Bewaffneten, vor den Augen seiner gleichaltrigen Gefährten schlug ihn der Vater. Und warum? Er hatte nichts Böses getan. Einmal verlangte der Vater, daß er stark würde, dann wieder schlug er ihn, weil er stark werden wollte. Und obendrein schlug er ihn im Beisein anderer...

„Sieh einer an!" Farkas dehnte die Worte, als er den aufbegehrenden, glühenden Blick des Jungen sah. „Möchtest wohl zurückschlagen?"

„Du bist kein Vater!" rief der Junge blutrot, die Hände hinter seinem Rücken verkrampften sich, so stand er da – wie ein aufgerichteter, in die Enge getriebener Hamster.

Die Bewaffneten lachten. Farkas brüllte.

„Was? Ich bin kein Vater? Warte du..."

„Du bist kein Vater!" wiederholte Györk düsteren Gesichtes.

„Pack dich aus meinen Augen!" fuhr Farkas ihn an.

Der Junge drehte sich um und ging langsam, stolzen Schrittes davon.

Farkas machte die Sache betroffen. Er erzählte es Hajnal. Die Frau erschrak und bat ihn flehentlich, sich nicht wieder an ihm zu vergreifen. Aber die Worte Györks hatten Farkas tief in seiner Ehre gekränkt, er konnte den herausfordernden, glühenden Blick nicht vergessen, er hatte das Gefühl, ratlos zu sein. Also mußte er sich Rat holen, damit nicht noch mehr in die Brüche ging. Aber er wußte nicht, wie er es anstellen sollte.

Vorerst rührte er den Knaben nicht an, beobachtete ihn nur unfreundlich. Doch er sagte nichts. Beide waren tief gekränkt. Denn auch Györk saß mit finsterem Gesicht wortlos am Kochkessel, er sah niemanden an. Er aß kaum einige Bissen, und selbst die brachte er nur schwer hinunter.

Am nächsten Tag jedoch, da er gerade Zeit hatte, schickte sich Farkas an, ins Kloster zu gehen und dort um Rat zu bitten.

„Du kommst mit!" warf er Györk in der Frühe hin, als sie die Milch getrunken, den Fladen und das Fleisch gegessen hatten. „Gib ihm sauberes Zeug, Frau."

Györk widersetzte sich nicht. Hajnal kam und ging mit besorgter Miene und gab Györk ein frisches Hemd und saubere Hosen.

„Zieh auch Stiefel an", sagte der Vater.

Györk zog ohne Widerrede die Stiefel an, zwängte trotz der sommerlichen Hitze die breitgetretenen Füße in die Marterstiefel.

Dann brachen sie wortlos auf. Sie sprachen auch auf dem Weg zum Kloster nicht, trotteten nebeneinander den Hügel hinauf, wie zwei, die Angst voreinander haben.

Györk kam zum erstenmal ins Kloster. Der Bruder Pförtner öffnete ihnen die kleine Pforte im eisenbeschlagenen Eichentor. Durch die Pforte gelangten sie in einen geräumigen viereckigen Hof. Die Klausurgebäude öffneten ihre zahlreichen Fenster zum Hof, der an drei Seiten von einem arkadenartigen Kreuzgang umgeben war. Ein paar in den Himmel ragende Fichten, drei riesige alte Linden und ein jahrhundertealter Nußbaum warfen ihren Schatten in den Hof. Die Bäume flüsterten schläfrig, fröhlich aber zwitscherten die Vögel. Györk erkannte Vaska, den Gärtner. Er war zwischen den Blumenbeeten beschäftigt. Hier gab es so viele Blumen, daß einem die Augen davon flimmerten. Ganze Gruppen roter, blauer, weißer, gelber Blumen blühten allenthalben und ließen nur die Wege frei. Auf den Wegen aber schritten die Mönche zu zweit oder zu dritt, in leise Gespräche vertieft.

Das war ein schöner Ort, ein schönes Leben. Klafterbreite Basteien, auf denen man sogar in Gruppen ungehindert gehen konnte, beschützten ringsum das Kloster, das vom ersten König gegründet worden war. Von dem geräumigen Hof aus konnte man nichts weiter sehen als den Kreuzgang mit seinen Arkaden, den gedrungenen runden Turm, in dem einst Béla der Geblendete dahinsiechte, die großen Bäume und die Blumenbeete. Vom Zengő war gerade nur der Gipfel zu erspähen, gleich einem großen, flauschigen, grünen Hut.

Györk sah sich staunend um, sein Vater aber wechselte einige Worte mit einem jungen hageren Mönch, der ihnen dann vorausging. Sie folgten ihm in eins der Gebäude.

Über breite Steinstufen stiegen sie hinauf, gelangten durch eine großflügelige, mit Beschlägen verzierte Tür in gewölbte Gänge; sie gingen nach rechts, nach links, nach vorn und wieder zurück, Stufen hinauf und Stufen hinunter. In der andächtigen Stille klangen die Steinplatten leise unter ihren klopfenden Stiefeln. Wie aus weiter Ferne drang hinter dicken Wänden leiser Gesang, klang in ihren Ohren wie Bienensummen. An den Biegungen der Gänge stand jedesmal ein großes, braunes, hölzernes Kruzifix. Der Mönch beugte vor jedem Kruzifix das Knie und machte in tiefer Demut ein Kreuzzeichen. Auch Farkas bekreuzigte sich und neigte den Kopf; Györk aber staunte nur.

Dann traten sie in einen geräumigen Saal, dessen Wände mit bewundernswerten Bildern geschmückt waren, ähnlich dem Altarbild in der Kirche. Fromme Männer und fromme Frauen in weiten Gewändern mit einem goldenen Teller über dem Kopf starrten gen Himmel, aus dem sich lange gerade Strahlenbündel auf sie herab ergossen. Teufel mit Pferdefüßen, dicken Bäuchen, Schweinsgesichtern und Ziegenhörnern lungerten rings um die Heiligen.

Farkas verkehrte häufig hier, dennoch stand er mit gebührender Achtung und Andacht inmitten des Saales. Györk aber verschnürte Angst die Kehle. Sollte ihm vielleicht hier etwas Arges widerfahren? Allmählich jedoch wich seine Beklemmung, und er betrachtete mit Bewunderung die schweren geschnitzten Stühle, über die Bären-, Wolfs-, Luchs- und Tigerfelle gebreitet waren, die derben Tische, das Kruzifix und davor den mit rotem Tuch bedeckten Betschemel, das Schreibpult, auf dem ein dicker Pergamentband lag, daneben stand ein Tintenfaß mit einem Federkiel.

Die Tür öffnete sich, und mit freundlichem Lächeln kam der alte Abt herein. Pater Bernald schritt schwerfällig mit seinen gichtigen Beinen, die behaarten Hände über dem Leib gefaltet, sein zahnloser Mund verzog sich, und die grauen Brauen sprangen ihm in die Stirn.

„Gelobt sei Jesus Christus“, sagte er mit klingender Stimme, aber sogleich begann er zu krächzen und zu husten und mußte sich auf den nächststehenden Stuhl setzen. „Farkas . . . Nun, was führt dich zu uns, Bruder in Christo? Und das ist wohl dein Sohn?“

„Begrüße den ehrwürdigen Vater“, flüsterte Farkas dem Jungen zu. Er selbst verneigte sich und führte die Rechte ehrerbietig an die Stirn. „Sei gegrüßt, Vater. Jawohl, dieser Junge ist mein Sohn, der mir Sorgen bereitet.“

Auch Györk berührte die Stirn mit den Fingern und verneigte sich verlegen.

„So, so, das ist dein Sohn. Laß dich ansehen. Komm näher, ich beiß dir die Nase nicht ab. Warst du noch nie im Kloster?“

Györk faßte Mut, trat vor den Abt und sah ihm in die braunen müden Augen mit den entzündeten Lidern.

„Ich war noch nicht hier, Vater.“

„Sag ehrwürdiger Vater“, tadelte ihn Farkas.

„Laß nur“, der Abt winkte ab. „Zu unserem Herrn hat auch niemand gesagt, daß er ehrwürdig sei. Und er war der Sohn Gottes. Stimmt es, mein Sohn?“

Der Abt sah ihn lächelnd an, ganz aus der Nähe, so daß Györk sogar die kleine Warze in seinem dicken, faltigen Gesicht sehen konnte. Er stellte den Knaben zwischen die Knie, faßte ihn an beiden Armen und prüfte ihn mit zur Seite geneigtem Gesicht, so wie der Rabe eine auf der Erde liegende Glasscheibe untersucht. Als Györk dieser Vergleich einfiel, erschrak er. Niemals durfte er den Klostervorsteher mit einem Raben vergleichen . . .

„Wie heißt du?“ fragte der Abt.

„Györk.“

„Ein schöner Name.“ Der Abt nickte zufrieden. „Du bist also der Györk, der mit seinen Freunden meine schönsten Früchte heruntergeschlagen hat?“

„Ja“, antwortete der Junge mutig, unbekümmert um die Folgen seiner Worte. Aber ihm geschah nichts, denn der Abt lachte.

„Es gibt doch auch nirgends so gute Birnen, wie sie auf unserem Baum wachsen! So süße, große, gelbe, saftige Birnen. Stimmt's?“

„Es stimmt.“

Der Abt wandte sich jetzt an Farkas.

„Was führt dich hierher, Bruder Farkas?“

Hierauf begann Farkas mit tiefer Ehrerbietung würdevoll zu berichten, trug seinen Kummer vor, seine Ratlosigkeit. Daß Gott ihm ein großes Werk anvertraut habe: dieses Kind zu einem Mann zu erziehen, er aber wisse nicht, wie er diese Aufgabe erfüllen solle. Der Teufel, der zur Linken des Knaben stehe, durchkreuze all seine Bemühungen. Er wisse sehr wohl, daß einer, der sein Kind liebt, nicht mit Züchtigung sparen solle, aber auch das habe nicht geholfen. Denn was könne man mit einem Kind beginnen, das seine Strafe nicht in gebührender Demut, sondern sogar ohne Tränen erdulde. Und was alles übertreffe, dürfe denn ein Kind dem Vater vorhalten, er sei kein guter Vater? Er habe von Gott eine Gabe erhalten und möchte, daß diese Früchte trage. So habe er es von seinem Vater und von den frommen Mönchen gelernt. Aber Gott habe ihm nicht nur eine Gabe anvertraut, sondern ihm auch Macht gegeben. Wie dürfe ein Kind es wagen, sich dieser Macht entgegenzustellen? Bis jetzt habe er Nachsicht geübt, immer wieder versucht, die schlechten Triebe in Györk auszumerzen. Doch nun sei er hilflos. Die Macht des Teufels scheine stärker zu sein als all sein Bemühen. Er habe Angst, sein Sohn könne der ewigen Seligkeit verlustig gehen. Denn trotz Verbotes gehe er auf den Zengő zu Majs, zu diesem Schamanen, der mit dem Teufel paktiere, und gestern nun habe er ihn dabei ertappt, daß er mit der Rinde einer Birke Zauber auszuüben versuchte. Seufzend und bis ins Innerste erschüttert, beendete er seine Klage: Was sollte werden, wenn alle in seinem Sohn einen trommelnden, tanzenden, Hexerei treibenden Schamanen sähen, der mit dem Teufel, mit Hiz, Vahor, Mirigy, Dobroc im Bunde stehe, wenn sein

Sohn den ehrlichen christlichen Namen des eigenen Vaters beschmutze? Wenn man seinem Sohn Glut auf die Sohle legen müsse, damit er einen leichten Tod fände. Wenn der Teufel dann auf seine entweichende Seele lauere und böse Seelen zu Mitternacht auf seinem Grab Zusammenkunft hielten.

Zwei dicke Tränen rollten Farkas über den Bart. Er wandte sich ab, damit der Abt seine Rührung nicht sehen sollte.

Györk war von den Worten des Vaters tief erschüttert. Seine Kehle verschnürte sich, als er die dicken Tränen seines Vaters sah. Ihm war, als hätte ihm jemand zugeflüstert: Geh, küß dem Vater die Hand, umfaß seine Knie und bitte ihn um Verzeihung . . . Sag, du bist kein Zauberer und willst auch keiner werden . . . möchtest nur dem Beispiel Schimmelsohns folgen, möchtest so stark werden, wie er es war, und möchtest in seine Heimat ziehen, wo seine Mutter, das weiße Pferd, begraben wurde.

Aber er stand nur da, stand reglos und voller Trauer da und starrte auf die steinernen Fliesen.

Der Abt hörte mit großer Geduld gespannt zu, bald verfinsterte sich seine Miene, bald wieder erheiterte sich sein Gesicht bei den bitteren Worten Farkas'. Als er geendet hatte, schaute der Abt vor sich hin und schwieg eine Weile. Dann hob er den forschenden Blick und ließ ihn lange auf dem Gesicht Györks ruhen. Györk hielt dem Blick stand, er lächelte sogar ein wenig. Ihm war, als hätte ihn ein Sonnenstrahl getroffen, als der alte Mönch seinen Blick auf ihn richtete.

„Du irrst, mein Bruder in Christo", Abt Bernald schüttelte den Kopf. „Das Kind ist nicht so, wie du sagst."

„Gebe Gott, daß du die Wahrheit sprichst, daß der Fehler bei mir liegt", brummte Farkas.

„Warum gehst du wider das Verbot deines Vaters zu Majs?" fragte der Abt den Knaben sanft.

„Weil ich hören wollte, wie Schimmelsohn endete."

„Was wolltest du hören?"

„Die Geschichte von Schimmelsohn, einem Fohlen des weißen Pferdes, der gen Abend aufgebrochen ist. Der den Felsenbrecher, den Baumzieher und den Eisenkneter besiegt hat. Und der dann durch ein großes Loch in die Unterwelt hinabstieg und auch deren Herrscher besiegte. Das Ende dieser Geschichte wollte ich erfahren."

Abt Bernald schaute auf Farkas.

„Nun, was sagst du dazu?"

„Daheim spricht er auch allzeit von diesem Schimmelsohn; ich habe schon befürchtet, sein Geist sei verwirrt."

„Warum wolltest du es erfahren, wie die Geschichte endete, sag?"

„Wenn ich groß werde, will ich dahin gehen, wo dieses weiße Pferd gelebt und wo man es begraben hat."

Der Abt machte große Augen.

„Wo das Pferd aus dem Märchen gelebt hat? Da kann man nicht hingelangen, mein Sohn."

„Das haben auch andere gesagt, aber ich möchte dennoch hingehen. Ich will es versuchen."

„Nun gut. Und was hast du im Wipfel der Birke gesucht? Weißt du denn, daß die Birke nach altem heidnischen Glauben Gerichtsbaum war? Hat Majs gesagt, daß du da etwas machen sollst?"

„Ich wollte die Rinde herabziehen, wie Schimmelsohn es einst getan. Ich wollte sehen, ob ich schon stark genug bin."

Abt Bernald brach in ein herzliches Lachen aus. Sein ganzer Körper bebte. Tränen verschleierten seine entzündeten Augen. Sein breites Gesicht wurde rot, seine Stirn zog sich in Falten. Dann überkam ihn ein erstickender Husten, er beugte sich weit nach vorn, wischte sich mit dem Handrücken die hervorquellenden Tränen und den Schweiß.

Endlich legte sich der Anfall, und er sagte mit heiserer Stimme:

„Welch harmlose Verirrung, von der du berichtet hast, Bruder Farkas. Dieser Knabe will kein Zauberer werden. Er hat mitnichten Teuflisches auf der Birke geübt. Gehe in Frieden und achte seiner, denn er wurde nicht geboren, um in deine Fußstapfen zu treten, die Wälder des Klosters zu hüten, über sein Wild und sein Holz zu wachen und schädliche Wegelagerer und Rottenbuben zu jagen. Ihn hat der Herr zu Größerem ausersehen, wenn mein schwacher Geist und meine alternden Augen mich nicht trügen."

Farkas kam aus dem Staunen nicht heraus.

„Aber sieh, Vater, er geht hinauf auf den Zengő zu Majs, sie hocken beisammen ... Dieser alte Zauberer wird am Ende noch seinen schwachen Geist verwirren ..."

„Bei dir ist dieser Majs nie gewesen?" fragte der Mönch und sah Farkas mit zusammengekniffenen Augen an.

Farkas räusperte sich.

„Er war, er war ... ein einzigesmal ... als meine Frau schwer krank war und sich mit ihrem Kreuz schleppte ... Majs gab ihr ein Kraut, damit machte sie heiße Umschläge ... Aber wenn die Krankheit nicht gewesen wäre ..."

„Na, siehst du."

„Ich weiß, wir haben beide gefehlt ...", murmelte Farkas mit rot angelaufenem Gesicht. „Aber das Übel ... und wenn schon wir gefehlt haben, kann ich nicht tatenlos zusehen, daß auch er fehlt ..."

„Die eigenen Sünden lassen uns die Sünden anderer erkennen, ist es nicht so?" Der Abt lächelte. Dann wandte er sich wieder an Györk. „Ich sehe, die Sorgen deines Vaters sind unbegründet. Du willst kein Schamane werden. Nicht wahr? Nur dieses Märchen, dieses Märchen ... Aber schau, es ist eben ein Märchen, ist vielleicht gar nicht wahr. Denn dieses weiße Pferd hat nie gelebt, ebensowenig sein Sohn und der Felsenbrecher, der Baumzieher, der Eisenkneter, sie haben nie Felsen gebrochen, Bäume herausgezogen, Eisen geknetet. Dahin also kannst du nicht gehen, wo Schimmelsohn gelebt hat, denn er hat nicht wirklich gelebt."

„So hat Vater Majs gelogen", flüsterte Györk und schüttelte ungläubig den Kopf.

„Das ist keine Lüge, mein Sohn, sondern ein Märchen. Aber möchtest du nicht eine Birne? Denn ich habe noch welche, auch wenn ihr welche vom Baum geschlagen habt. Wenn du mit mir kommst, will ich dir welche geben. Du brauchst sie nicht herunterzuschlagen."

Er richtete sich schwerfällig auf und nahm Györk bei der Hand.

„Du aber gehe in Frieden an deine Arbeit, Bruder Farkas. Györk wird auch allein nach Hause finden", sagte er lächelnd und nickte.

Farkas verneigte sich tief und hob die Hand an die Stirn. Dann ging er zur anderen Tür hinaus. Das laute Klopfen seiner Stiefel verhallte auf den steinernen Platten des Ganges.

Györk aber schritt ergriffen hinter dem Abt her. Nicht als hätte ihm der Mönch diese Ergriffenheit befohlen, durchaus nicht. Györk hatte das Empfinden, als hätte er den Abt schon immer gekannt, als wäre er schon immer in seiner Nähe gewesen. Aber die ständig neuen Wunder des riesigen Gebäudes, die dicken Säulen, die auf Schritt und Tritt auftauchenden Kruzifixe, die Bilder an den Wänden, die schweren, geschnitzten Möbel, die großen gewölbten Säle lösten Bewunderung in ihm aus. Der Abt blieb oft stehen, das Gehen fiel seinen alten Beinen schwer. Er hustete immer wieder und mußte sich von Zeit zu Zeit setzen. Dabei erklärte er Györk, was die Bilder darstellten. Wer dieser und jener Heilige war, was sie getan, welche Wunder sie vollbracht hatten. Györk lauschte ihm mit offenem Mund und offenen Ohren. All das war noch schöner als die wundervolle Geschichte von dem weißen Pferd.

Sie gingen auch Gänge entlang, von denen sich mehrere Türen öffneten. Die eine oder andere Tür stand offen, man konnte in die Räume sehen. Es waren kleine, weißgetünchte Zellen, mit einem schmalen Bett, über das eine Decke gebreitet war, mit einem Tisch, mit Stühlen, einem Schreibpult und dem Betschemel, darüber der Gekreuzigte. Durch handgroße Fenster schien die Sommersonne herein. In der einen oder anderen Zelle saß ein Mönch wie eine Biene in der Wabe und besserte leise summend seine Kutte, seine Sandalen aus. Ein anderer blätterte in einem großen Pergamentband, die Zelle und sein Herz mit dem Lobpreis Gottes erfüllend. Wieder andere eilten in rauschenden Kutten in irgendeinen der Säle zu gemeinsamer Arbeit. Die Köpfe tief verneigend, grüßten sie den Abt freundlich.

Dann trat der Abt mit seinem Gast in eine ebenso enge, weißgekalkte, schlichte kleine Zelle, wie Györk sie schon vom Gang aus gesehen hatte.

„Das ist meine Zelle", sagte der Abt und setzte sich schwer keuchend auf das Bett. „Schau, dort auf dem Tisch sind die Birnen."

Auf dem tintenbekleckšten Tisch lächelten die viel gelobten gelben Birnen, schön wie eine Reihe Goldklumpen.

„So suche dir eine aus. Geh", ermunterte ihn der Mönch.

Györk nahm sich behutsam die nächstgelegene und biß hinein. Genießerisch drangen seine Zähne in das süße, butterweiche Fleisch der Frucht. Er saugte den Saft wie Kälbchen die Milch aus dem Euter der Mutter.

„So gib mir auch eine", der Abt zeigte auf die Birnen.

Der Knabe wählte schnell die schönste aus und reichte sie ihm, als wären es seine eigenen. Der Alte drehte die Birne hin und her, wischte sie bedächtig ab und betrachtete sie mit Wohlgefallen. Mit zwei Fingern schlug er das Kreuzzeichen darüber, raunte etwas, dann biß er vorsichtig hinein.

„Du hättest auch ein Kreuz über der Birne machen sollen", mahnte er Györk und zermalmte mit seinen wenigen Zähnen den Bissen. „Denn man kann nicht wissen, wo überall der Teufel wohnt. Hauptsächlich wohnt er in den Dingen, die wir gern mögen. Nach denen es uns gelüstet. Zum Beispiel in der Birne. Aber auch im Fleisch und im Brot. Je mehr wir etwas begehren, um so sicherer ist es, daß darin der Teufel wohnt."

Györk dachte angestrengt über die Worte des Abtes nach. Dann steckte vielleicht auch an dem Ort der Teufel, zu dem er gehen möchte, wo die Mutter Schimmelsohns gestorben war. Unmöglich war es nicht. Der Pater hatte zwar gesagt, daß dies nur ein Märchen sei. Dann aber konnte sich hinter dem Begehren tatsächlich der Teufel verbergen. Und wie verhielt es sich mit Cseperke? War es doch sein sehnlichster Wunsch, daß sie seine Frau würde. Sollte auch das eine Eingebung des Teufels sein? Und das kleine Haus im Wald und ihr gemeinsames Leben, das dem zweier Turteltauben gleichen sollte? Und daß auch sie einen Vajka, eine Cseperke und all die anderen bekommen sollten? Györk wurde tief betrübt.

Der alte Mönch kaute still die Birne und ließ den Blick lange auf dem Knaben ruhen. Als er gegessen hatte, nahm er einen dicken Pergamentband vom Regal.

„Hast du so etwas schon einmal gesehen?" fragte er neugierig und sah den Knaben wieder mit zusammengekniffenen Augen von der Seite an wie ein Rabe.

„Ist das jenes Buch, in dem man am Altar blättert?"

„Nein, das ist es nicht. Denn dieses Buch berichtet über die Taten der Madjaren."

Er legte sich das Buch auf die Knie, zog den Jungen neben sich und zeigte ihm die schönen zinnoberroten, kobaltblauen und ockergelben Initialen und die kleinen Bilder darin.

„Dieses Buch enthält die ruhmreiche Geschichte der Ungarn. Darin steht geschrieben, woher sie gekommen, wohin sie gewandert sind, wer ihre Fürsten und Heerführer waren. Und es steht darin geschrieben, was die Hunnen taten, die vor uns in Pannonien gewesen sind. Und wie unsere Stammutter Emese im Traum erfuhr, daß ihr ein Sohn geboren und sie die Mutter eines großen Geschlechtes werden würde. Und weiter steht darin, wie unsere Vorfahren, angeführt von Fürst Árpád, in dieses Land kamen und wie sie in harten Kämpfen die hier herrschenden Fürsten und ihre Völker besiegten. Und alle Fürsten, Stämme und Geschlechter sind namentlich vermerkt, und es wird über ihre Taten berichtet und beschrieben, in welchem Gebiet sie sich angesiedelt haben." Er suchte eine Stelle im Buch und zeigte mit knotigem Finger darauf. „Schau, hier ist zum Beispiel von jenen die Rede, die Baranya, unser Gebiet, besetzten und deren Geschlechter noch heute hier leben und herrschen und die alle Gefolgsleute des Königs wurden. Aber es hat hier auch Petschenegen gegeben und Chabaren und von früher die Awaren, noch aus der Zeit Bajans ... Wahrlich."

Er nickte zufrieden.

„In diesem Buch steht auch geschrieben, was die Fürsten dann in weiter Ferne taten, auf welch heidnische Weise sie fremde Länder zerstörten und die Völker in Angst und Schrecken versetzten. Aber auch von Herrn Géza ist die Rede, dem Vater unseres heiligen Königs, und von Gyula, dessen Tochter Sarolta Gézas Frau war. Und von jenem Herrn Csanád, der Herrn Alton besiegt hat, und von jenem Vater Tonuz, den unser heiliger König zu Pferd hat begraben lassen, weil er das Christentum nicht annehmen und wie seine Vorfahren einst mit seinem Pferd begraben werden wollte. Er war der Urvater des Geschlechtes Tomaj, jener Petschenegen."

Voll Staunen lauschte Györk. Von den Namen kannte er so manchen aus den Gesängen Vater Ölyveds und aus Erzählungen, aber das ganze war wie in wallende Nebel gehüllt. Er sah anstürmende Reiter, hörte den Schlachtruf der Krieger, und aus dem einen oder anderen Bild im Buch sah ihn zwischen verschnörkelten roten oder grünen Buchstaben düster dreinblickend ein bärtiges, langhaariges Haupt an. In diesem großen Buch war also alles drin, was sich einst ereignet hatte, worüber die Männer in den Ruhepausen sprachen und von dem die Alten zu singen pflegten.

„Davon singt auch Vater Ölyved", sagte er.

„Lausche du nicht Ölyved", der Abt hob mahnend den Finger, „was er sagt, ist einfältiges Gerede, das Geschwätz einfacher Leute. Diese kindischen Lieder berichten nicht, wie es gewesen ist, und häufig schlägt ein heidnisches Herz darin. Die Wissenschaft, die Wahrheit, befindet sich in diesem Buch. Aber das Buch muß man zu lesen verstehen, mein Sohn."

„Ich kann nicht lesen", raunte Györk kleinlaut.

„Du kannst nicht, gewiß, aber wer kann es schon? Nur sehr wenige, mein Sohn. Sag, möchtest du gerne lesen?" Er betrachtete lange forschend Györks Gesicht, seine niedergeschlagenen Augen.

„Wie könnte ich das?"

„Indem du es lernst. Möchtest du?"

„Aber ja, schon recht bald." Begeistert hob Györk den Blick. „Aber ist das auch alles in menschlicher Sprache geschrieben?"

„Natürlich in menschlicher Sprache", Abt Bernald lachte.

„Würde ich es auch verstehen?"

„Nein, du würdest es nicht verstehen, denn es ist Latein."

„So, wie die Heiligen und die Engel und Jesus Christus und Gott sprechen."

Der Abt lachte, daß ihm die Tränen liefen. Dann überkam ihn ein erneuter Hustenanfall, seine Stirn rötete sich, er drückte die Hand auf die Brust und stöhnte. Als der Krampf nachließ, wischte er sich die Augen und das Gesicht mit dem Kuttenärmel und sah Györk matt, aber zufrieden an.

„Die Heiligen, Jesus und Gott sprechen also lateinisch? Es ist gut, ich sehe, daß du ein kluger Junge bist."

Er nahm eine kleine silberne Glocke vom Tisch und schüttelte sie. Kurz darauf trat ehrerbietig ein großer, schwarzhaariger Mönch mit hervortretenden Wangenknochen herein. Seine Hände steckten in den Kuttenärmeln. So blieb er wartend an der Schwelle stehen und fragte etwas in lateinischer Sprache. Sie begannen nun lang und breit sich in der Sprache Gottes und der Heiligen zu unterhalten. Györk hörte staunend zu. Er hätte nicht geglaubt, daß Menschen sich in der Sprache der Himmlischen so fließend und leicht unterhalten könnten. Was sie jetzt zueinander sagten, das verstanden nicht nur die aus dem Himmel niederblickenden Heiligen und Engelscharen, sondern auch Jesus Christus und Gott selbst. Wenn sie wollten, konnten diese gelehrten Mönche sich direkt an sie wenden. Und die Bewohner des Himmels wiederum konnten ihnen in der Kirche offenbaren, was sie möchten. Sie riefen es ihnen von den Bildern zu, und die Mönche verstanden es. Mit einemmal ging Györk ein Licht auf: Vater Majs konnte in der Tat niemand anders anrufen als den Teufel und die bösen Geister. Denn jene Worte, die Györk das eine oder andere Mal von Majs gehört hatte, wenn sie ihm zufällig über die Lippen kamen, klangen anders, die verstand kein Mönch. Er wurde tief betrübt, als er sich nun davon überzeugen mußte, daß der arme, gute Vater Majs in der Tat mit dem Teufel paktierte.

Die Mönche beendeten ihr Gespräch und redeten wieder in der Sprache der Menschen.

„Du möchtest also gern lesen lernen?“ fragte der große, schwarzhaarige Mönch den Knaben.

„Ja.“

„Vater Bernald hat mir aufgetragen, es dich zu lehren.“

Györks Herz klopfte heftig. Er wurde ganz blaß.

„Du kommst täglich am zeitigen Vormittag und suchst Frater Pelbart. Der Bruder Pförtner wird dir den Weg zeigen.“

„Bene“, der Abt nickte.

Der schwarzhaarige Mönch verneigte sich wieder und verließ rückwärtsschreitend die Zelle. Abt Bernald aber strich Györk über den Kopf, tätschelte ihm die Wange und sagte lächelnd:

„Nun, such dir noch eine Birne aus und geh in Frieden.“

Nach langem Überlegen griff Györk nach einer schönen gelben Birne und huschte ohne ein Wort zur Tür hinaus. Auf dem Gang begann er zu rennen. Er lief pochenden Herzens und mit gerötetem Gesicht an den großen Kruzifixen in den Wandnischen vorbei, und ihm war, als schaute der traurig dreinblickende Gekreuzigte hinter ihm her.

Zu Hause vernahm Hajnal staunend die Worte Györks. Sie schlug die Hände zusammen und hörte den kleinen Istefán gar nicht, obwohl er in seinem Bastkörbchen unter dem Baum laut schrie. Dann schüttelte sie den Kopf.

„Nein, das kann nicht wahr sein . . . du scherzest, machst mir was vor.“

„Es ist so wahr, wie mich der Vater geschlagen hat“, bekräftigte Györk.

„Man wird dich im Kloster unterrichten?“

„Freilich wird man mich unterrichten. Der Herr Abt hat einen kräftigen, großen Mönch herbeigeläutet und in himmlischer Sprache mit ihm gesprochen. Und er hat ihm streng befohlen, mich zu unterrichten.“

„Und du gehst jeden Vormittag ins Kloster, um zu lernen?“

„Wo sollte ich sonst hingehen?“ fragte Györk mit stolzgeschwellter Brust. „Oder lehrt man vielleicht auf der Weide die himmlische Sprache?“

„Na so was, na so was! . . .“ rief Hajnal verwundert. „So wirst du also ein Mönch.“

„Ob ich das werde, weiß ich noch nicht. Aber die Mönche haben erkannt, daß man mich nicht hinterm Zaun aufgelesen hat, und wollen mir durchaus die himmlische Sprache beibringen, in der sich die Heiligen und die Engel unterhalten. Und Jesus Christus. Und der Herrgott. Weißt du, wenn ich sie gelernt habe, kann auch ich mit ihnen sprechen. Dann werde ich mit den Himmelsbewohnern reden wie mit dir. Oder mit meinem Vater. Ganz gewiß.“

Auch Farkas blieb der Löffel in der Hand stehen, als Hajnal erregt darauf zu sprechen kam, weil sie nicht bis zum Ende der Mahlzeit warten konnte.

„Die Mönche werden Györk im Kloster Latein lehren. Der Abt hat angeordnet, daß ihn ein Frater unterrichtet.“

Den Mann hatten die Ermahnungen aus dem Munde Abt Bernalds schon ziemlich durcheinandergebracht, aber hierauf geriet er in noch größere Verwirrung.

„Was?“ sagte er betroffen und starrte auf Hajnal, als sähe er ein Gespenst. „Wer hat das gesagt?“

„Dieser Knabe da.“

„Lügst du auch nicht, Junge?“ Farkas sah ihn argwöhnisch an.

„Ganz bestimmt nicht“, erwiderte Györk stolz.

„Die wollen doch nicht einen Mönch aus dir machen, hm?“

„Kann schon sein“, sagte Györk leichthin und errötete.

„Ei da . . .“

Weiter sagte er nichts. Er aß ohne ein Wort, dann legte er sich hin, und diesmal ermahnte er Györk noch nicht einmal, sich auf seinen Platz zu scheren. Der kleine Istefán schrie wieder, als spürte er, daß die väterliche Härte nachgelassen hatte, aber der Vater beachtete auch ihn nicht. Die Sache schien ihn sehr zu beschäftigen.

In der Frühe machte sich Györk ins Dorf auf, rannte in alle Ecken und Winkel. Jedem Jungen und Mädchen, dem er begegnete, sagte er, wie nebenbei, mit gespielter Gleichgültigkeit:
„Von nun an habe ich keine Zeit, vormittags zum Bach zu gehen oder auf die Weide zu kommen, kann auch nicht mehr durch den Wald streifen. Ich muß ins Kloster, ich werde lernen."

Jedesmal genoß er aufs neue den herrlichen Anblick der verwunderten Gesichter, der vor Staunen offengebliebenen Münder.

„Was lernst du, sag? Gartenarbeit? Du bist doch kein Gärtner."

„Ich lerne Latein. Werde Bücher lesen."

„Latein? . . ."

„Gewiß doch, so wie die heiligen Bewohner des Himmels sprechen."

Der Lehrbub eines Schmiedes war mit einem glühenden Hufeisen beschäftigt und stieß beim Drehen gegen Györk. Da fiel ihm das Hufeisen fast auf den Fuß.

„Der Himmel soll auf dich niederbrechen", brüllte er, „was quirlst du hier herum, du Tolpatsch?"

Damit faßte er Györk am Hosenboden, versetzte ihm einen Stoß, daß er sich überschlug.

Györk sprang auf und rief mit gekränkter Würde:

„Hiz soll dich heimsuchen, Vahor dich küssen, Mirigy dich umarmen, ekelhafter Rußgesell."

„Waaas?" dehnte der rußverschmierte Gesell drohend das Wort, und mit langsamen Schritten näherte er sich Györk von der Seite. „Dir werde ich die Nase wischen."

„Den Rasen wirst du lecken, dort, wo die Gänse weiden", rief Györk.

„Rotznase, dafür werde ich dich in den Staub tauchen."

„Kannst du, aber wenn es der Abt erfährt, wird er dich abkanzeln . . ."

„Haha!"

„Denn mich lehrt man im Kloster Latein."

Hierauf blieb der Schmiedejunge stehen, maß Györk von Kopf bis Fuß und schwenkte noch einige Male die Arme. Aber dann spuckte er nur aus und ging in die Werkstatt zurück.

Am kommenden Vormittag eilte Györk mit großer Erregung in das Kloster. Der Bruder Pförtner nahm ihn bei der Hand und führte ihn in einen anderen Flügel des Gebäudes. Vom Gang aus traten sie gleich in einen kleineren Saal. Dort saßen vier kleinere und größere Knaben auf niedrigen Schemeln, sie verschwanden fast in den Falten ihrer schweren, weiten Kutten. Auf ihren Knien lagen Schreibtafeln und Pergamentblätter, in der Hand hielten sie Federkiele. Neben ihnen auf der Erde standen dickbauchige Tintenfässer. Der große, schwarzhaarige Mönch ging im Saal auf und ab, trat mal zu dem einen, mal zu dem anderen und unterwies ihn mit knappen Worten. Er nahm selbst eine Schreibtafel zur Hand, schrieb den Buchstaben auf und gab sie zurück: „So wird er geschrieben." Durch das Marienglas der bleigerahmten Fenster schien die Sonne herein. Auf einem großen Bild, das auf die Wand gemalt war, kniete ein Heiliger, aus der Höhe fiel ein himmlischer Schein auf ihn, neben ihm stand gesattelt und mit Waffen behängt sein Pferd und wandte ihm den Kopf zu.

„Der neue Knabe ist da", sagte der Bruder Pförtner und ließ Györk in der Tür stehen.

„Nun, wenn du eintrittst, grüße, wie es sich geziemt", wandte sich Frater Pelbart mahnend, aber nicht böse an ihn.

Györk hob seine Hand an die Stirn und verneigte sich tief.

„Gott schenke uns einen guten Tag", sprach er leise.

„Gut so, aber zuvor mußt du noch sagen: Laudetur Jesus Christus. Nun, so sprich's."

Györk wiederholte es beschämt, aber sein Stolz wuchs, weil es ihm gelang. So also grüßte man sich im Himmel.

„In aeternum, amen." Der Mönch nickte.

Die vier Knaben sprachen das „In aeternum" wie aus einem Munde und betrachteten neugierig den Ankömmling.

Györk verharrte mit Angst gepaarter Erwartung auf der Stelle. Er wußte nicht, was er tun sollte. Seine Finger zupften verlegen an seinen weiten Hosen, und er trat von einem Bein auf das andere. Jetzt fühlte er sich nicht so sicher wie in Gesellschaft des alten Abtes. Er hätte viel dafür gegeben, wenn dieser hier gewesen wäre. Er hatte ein wenig Angst vor diesem großen schwarzhaarigen Bruder mit den hervortretenden Wangenknochen, und er fürchtete sich auch vor den vier Knaben in den weiten Kutten, hatte das Gefühl, er erlernte die Sprache der Himmelsbewohner leichter, wenn der Abt sein Lehrer wäre.

„Nimm dir einen Hocker und setze dich", sagte der Mönch zu ihm.

Györk zog sich ungeschickt einen Hocker heran und setzte sich, ziemlich weit von den anderen entfernt.

„Nimm auch eine Schreibtafel, ein Pergamentblatt und einen Federkiel", ermunterte ihn der Mönch.

Beschämt sprang Györk auf, nahm vom Tisch die Tafel, ein Stück Pergament, einen Federkiel und setzte sich auf seinen Platz zurück.

Sein Herz war voller Erregung, so daß der Federkiel in seiner Hand zitterte.

Der Frater stellte sich vor die Knaben und sagte:

„Seht, liebe Jungen, ein neuer Gefährte ist zu uns gekommen, Györk, der Sohn unseres Bruders Farkas. Der Pater Abt hat angeordnet, daß wir ihn zum Ruhme Gottes unterstützen, die wahren Wissenschaften zu erlernen, die aus den Worten Jesu sprießen wie reiche Blüten aus ausgesäten Samen. Unserem Vater scheint, der Geist dieses Knaben sei zur Aufnahme der Wissenschaften geeignet. Nehmen wir ihn mit christlicher Liebe in unserer Mitte auf, als unseren Bruder in Christo, und seien wir ihm behilflich. Nun laß mich sehen, wie du die Feder hältst und die Tafel", fuhr er fort und trat zu Györk. „So mußt du den Federkiel halten und so die Tafel. Tauche in die Tinte ein, so, ja. Nun setze den Kiel ganz leicht auf das Pergament. Stütze die Hand mit dem Ellenbogen."

Györk biß sich auf die Zungenspitze und mühte sich angestrengt, alles so zu machen, wie der Frater es sagte und wie die anderen Knaben es taten. Krampfhaft hielt er den Federkiel, er zitterte. Ihm war, als müßte er einen breiten Graben überspringen, in den er jeden Augenblick hineinstürzen könnte. Betrübt sah er, daß die anderen bereits lange Zeilen auf ihr Pergament geschrieben hatten, daß sich unter ihren Händen spitze, schwarze Buchstaben aneinanderreihten. Was die schon alles konnten! Vielleicht verstanden sie sogar schon die Sprache der Himmlischen.

Er aber konnte noch gar nichts. Vielleicht würde er auch nie etwas können.

Dann aber würde man ihn verspotten, womöglich sogar schlagen. Und man würde ihn aus diesem mächtigen Gebäude verjagen. Man würde ihn vertreiben aus dem Reich der roten, blauen, gelben und grünen Bilder, der Heiligen und der Engel, aus der Heimstätte Gottes. Und er würde sich schämen müssen.

Seine Freunde würden ihn auslachen. Wie lautstark und stolz hatte er doch verkündet, fortan zu lernen und in der Sprache Gottes zu sprechen.

Ihm war, als hörte er die Worte seines Vaters: „Aus dir wird nie etwas . . . Du bringst es zu nichts . . ."

Im Raum herrschte tiefe Stille, der Mönch zeigte, erklärte mit ruhigen, eintönigen Worten, den würdigen Ernst für keinen Augenblick verlierend. Alle starrten sie ihn mit weitgeöffneten Augen an.

Als die Sandhuhr auf dem Tisch abgelaufen war, sagte Frater Pelbart:

„Nun geht ein wenig hinaus, vertretet euch die Füße, reckt euch und verrichtet eure Notdurft, damit die Spannung des Leibes euch nicht von der Wissenschaft ablenkt."

Alle legten das Schreibzeug nieder und zogen in geziemender Ordnung hinaus auf den Hof. Györk trottete allein den anderen hinterher.

Auch im Hof stand er allein, betrachtete die Blumenbeete und die ausladenden großen Bäume. Auf den hohen, rauschenden Tannen hausten Tausende Spatzen und lärmten ohrenbetäubend. Györk dachte darüber nach, wie leicht man ein Wurfholz zwischen sie schleudern könnte, da würden mindestens acht, wenn nicht gar zehn herunterfallen.

„Nun, was gaffst du denn?" fragte ihn einer der Jungen.

Es war ein großer, grobgliedriger Knabe, sein gefettetes Haar fiel ihm auf die Schulter, er hatte eine gerade, spitze Nase, seine Lippen waren schmal und fest, sein Kinn stand spitz vor, als würde er schwimmen und es aus den Wellen herausrecken.

„Ich betrachte die Vögel."

„Was gibt's da zu betrachten?"

„Ich überlegte, daß man ein Wurfholz zwischen sie werfen könnte."

Der große Junge schätzte in Gedanken die Zahl der Spatzen und die Entfernung.

„Da würden an die zwanzig purzeln", sagte er.

„Nicht mehr als zehn."

„Wenn ich zwischen sie würfe, purzelten zwanzig."

„Glaub ich nicht."

„Einmal habe ich zwanzig heruntergeworfen."

„Dann mußt du sehr gut werfen können." Györk nickte anerkennend.

„Und das war damals, als ich noch draußen war in der Welt", fuhr der Knabe mit seltsam spröder Stimme fort, als wäre er erkältet. „Es ist schon eine Weile her."

„Ich verstehe mich auch ein bißchen aufs Werfen", erklärte Györk und tat bescheiden, „aber mehr als zehn Spatzen könnte ich schwerlich treffen."

„Dann kannst du auch nicht gut werfen."

„Wer sagt das?"

„Ich, Johannes, Sohn des Szongor."

„Ich aber, Györk, Sohn des Farkas, sage, daß du prahlst", schleuderte ihm Györk entgegen und wurde rot.

„Willst du damit sagen, daß ich lüge?"

„Ich will damit sagen, was du verstanden hast."

Sie wandten sich einander zu und musterten sich von der Seite wie zwei langsam in Kampfeslust geratene Hähne. Johannes, Sohn des Szongor, der große Hahn und Györk, Sohn des Farkas, der kleine.

„Mir scheint", flüsterte Johannes mit unterdrückter Stimme, „du meinst es nicht so, wie ich es meine. Aber ich werde es dich schon meinen lehren."

„Es gibt welche, die haben im Rékabach schon so lange Fische gefangen", entgegnete Györk und deutete Armlänge an.

Jetzt musterten sie sich nicht mehr von der Seite, sondern Aug in Aug. Tief bohrten sich die beiden braunen, glühenden Augenpaare ineinander. Györk lauerte auf den Augenblick, daß die Faust des anderen ausholte, und hielt seine Hand schlagbereit. Zugleich aber verspürte er große Angst: Was würde geschehen, wenn hier in dieser heiligen Stätte eine Rauferei entstünde? Man würde ihn hinauswerfen, daß seine Füße nicht einmal den Boden berührten. Und mit dem Lernen wäre es dann aus. Der Junge in der Kutte war größer als er, war mit allem hier vertraut, und er hatte auch drei Freunde. Er trug das gleiche Gewand wie die Mönche. Man würde nicht zulassen, daß ihm etwas zustieß. Womöglich schaffte man ihn, Györk, sogar in eine der kleinen Zellen, und die alten Mönche verprügelten ihn. Aber er konnte nicht zurückweichen, nirgends gab es einen hinteren Ausgang wie im Fuchsbau.

Bevor er mit diesen Gedanken zu Ende gekommen war, hatte die schwere Faust seines Gegners schon auf ihn eingeschlagen. Der Schlag traf ihn gegen die Brust, daß sein Atem stockte und er taumelte. Nun blieb keine Wahl mehr. Er schlug zu, geradewegs auf den Kopf des Angreifers. Dann entstand ein dichtes Knäuel, denn beide wälzten sich im Staub und schlugen aufeinander ein, wo immer sie sich trafen. Györk war fest entschlossen, lieber zu sterben, als sich von dem anderen beschämen zu lassen.

In dieser großen Rauferei wurden beide taub und blind. Sie kamen erst zu sich, als die anderen Jungen herbeigerannt kamen und sie voneinander trennten.

„Halt, halt!" schrien die Jungen. „Was treibt ihr, Bösewichte?"

„Dem werde ich Flötentöne beibringen", wetterte Györk.

„Er hat sogar ein Messer", schrien die Jungen.

„Laßt mich, ich wische ihm die Nase im Staub", rief Johannes gebieterisch.

Aber dazu kam es nicht mehr, denn die anderen hatten sie auseinandergezerrt. Es war auch höchste Zeit, schon kam der schwarzhaarige Mönch in seinen breiten Sandalen auf sie zugerannt.

„Was gibt es hier?" donnerte er so laut, daß es über die Basteien hinaus im Dorf zu hören war. „Ihr gottlosen Heiden, ihr Sorgenbereiter unseres Herrn, niederträchtige Bengel, ihr! Wollt ihr wohl auseinandergehen!"

Gesenkten Hauptes standen die Knaben da.

„Ich lege euch Pönitenz auf", schmetterte der Mönch weiter. „Johannes, Sohn des Szongor, du betest fünfzig Ave, bekommst eine Woche lang kein Fleisch und schläfst auf der bloßen Erde. Ich werde dir dein heidnisches Verhalten schon austreiben. Du, Györk, aber schreibst deine Aufgaben eine Woche lang im Knien und betest ebenfalls fünfzig Ave. Schert euch aus meinen Augen."

Wie begossen schlichen sie in den Saal. In der Tiefe seines Herzens jubelte Györk. Man würde ihn also doch nicht hinauswerfen. Er würde knien müssen, das war alles. Die fünfzig Ave betrachtete er nicht als Strafe: Er wußte nicht, was Ave sind. Er ahnte nicht einmal, was es sein könnte . . . Aber seine Ehre hatte er gerettet. Ihm konnte man nicht einfach glauben machen, daß jemand mit einem Wurf zwanzig Spatzen treffen kann.

Nach dieser mit Erregung verbundenen Rauferei fühlte er sich erleichtert. Er fand die dicken Mauern, die behauenen Säulen, die hohen Gewölbe, die wundervollen Bilder fortan nicht mehr so bedrückend würdevoll und furchteinflößend.

Der Herbst rückte heran, und es kam die Zeit der trübsinnigen, eintönigen Regen und des tiefen Schlammes. Györk gewöhnte sich allmählich an das Lernen und bemerkte kaum, wie die wahre Wissenschaft an ihm haftenblieb. Langsam löste er sich aus dem Kreis seiner alten Freunde, auch zu Hause gewöhnte man sich daran, daß er täglich ins Kloster ging, und seine Stiefmutter war deshalb sehr stolz auf ihn. Aber Farkas wiederholte nun wieder, daß doch nichts aus ihm würde, daß die Mönche ihm bald den Laufpaß geben würden. Dergleichen sagte er immer dann, wenn Györk etwas angestellt hatte. Im geheimen aber bewunderte auch er seinen Sohn, weil er lesen und schreiben konnte. Das wollte ihm einfach nicht in den Kopf. Wie machten sie das nur? Sie kritzelten allerlei Schnörkel aufs Pergament und formten diese zu Lauten und zu Wörtern. Und was für Wörter sie formten . . . Keiner verstand sie . . . Aber Farkas verbarg sein Staunen, wollte nicht, daß man sah, wie sein Sohn über ihn hinauswuchs und seine Prophezeiungen zunichte wurden.

Auch einen neuen Beinamen erhielt Györk. Man nannte ihn nicht mehr Pferdesohn, sondern Györk, den Schreiber. Und die Bauern sagten halb rühmend, halb spöttelnd:

„Ja, wenn unser Györk heranwächst und Schreiber wird am königlichen Hof ... dann werden wir es gut haben. Er braucht nur im Namen des Königs die Schenkungsurkunden auszufertigen, und wir bekommen Burgen und Diener. Ja, ja. Der König macht uns zu seinen Mannen, wir werden in Rüstung einherreiten und Federhelme tragen!"

Obwohl der Knabe noch dieselbe Kleidung trug wie früher, sah man ihm doch an, daß er Györk, der Schreiber, geworden war. Er grüßte mit Laudetur, machte über Brot, Fleisch und Milch das Kreuzzeichen, bevor er zu essen anfing, ging nicht mehr in die Häuser, wo sich abends die Jugend zum Spielen, zum Spinnen traf, bei lautem Gesang, ausgelassenem Necken, bei Umarmungen und Küssen. Er lauschte auch nicht mehr den Gesängen Vater Ölyveds. Im Kloster besorgte er sich eine Schreibtafel, Pergament, Federkiel und Tinte und schrieb zu Hause, bis es dunkel wurde, mit großem Fleiß Hunderte von Buchstaben. Mit Vajka, Busa und Cseperke spielte er fortan weder Schimmelsohn noch Messe. Er ließ sie vielmehr der Reihe nach hinsetzen, und nun war er Bruder Pelbart, und sie waren seine Schüler. Mit großem Ernst bemühte er sich, ihnen das Schreiben beizubringen, sie die Sprache der Mönche zu lehren, und er regte sich immer wieder auf, wenn sie der Wissenschaft überdrüssig ihre eigenen Wege gingen.

Cseperke vertraute er dennoch. Er hegte große Pläne.

„Ich lehre dich schreiben und lesen und lateinisch", sagte er begeistert zu ihr, wenn sie allein bei ihm daheim waren, am prasselnden Feuer saßen und auf das Brüderchen aufpaßten, bis die Mutter nach Hause kam. „Aber richtig, nicht als Spiel. Möchtest du?"

„Wozu brauche ich das?" fragte das Mädchen verwundert und schüttelte verständnislos ihr in zwei Zöpfe geflochtenes Haar.

„Damit du ebenso gelehrt wirst wie ich. Damit du, wenn wir dann am königlichen Hof wohnen, inmitten herrlich gemalter Bilder und von Säulen getragener Wände, genauso gelehrt bist wie ich. Oh, wie werden dich die anderen Frauen beneiden, weil sie nichts wissen ..."

„Wozu brauche ich das?" wiederholte Cseperke traurig. „Ich will nicht an den Hof des Königs. Ich will hier bleiben bei meinem Vater und bei meiner Mutter, bei Großvater und meinen Verwandten."

„Aber wenn ich dort Schreiber werde!"

„Ich möchte im Wald wohnen, in dem kleinen Haus, das wir uns aus Holz bauen wollten, in dem wir leben wollten wie zwei Turteltauben."

„Aber wenn ich am Hof sein werde bei den hohen Herren, den Kriegern und gelehrten Priestern ..."

„Ich will da nicht hin", sagte das Mädchen traurig.

„Bei Bischöfen, Erzbischöfen und Bannerherren ..."

„Bauen wir denn kein Haus im Wald?"

Györk schwieg, er sah Cseperke nicht an. Sie saß auf der Erde und schaukelte gleichmäßig die Wiege Istefáns.

„Werden wir denn nicht wie zwei Turteltauben leben? Werden wir keinen kleinen Györki, keine Cseperke, keinen Vajka und Opor haben? Sag?"

„Weißt du, man geht nicht ins Kloster, lernt nicht Latein, Lesen und Schreiben, um dann im Wald zu leben, in einem kleinen Holzhaus."

„Also nicht? Nein?" fragte das Mädchen, sogar zweimal, mit immer leiser werdender Stimme. Dann beugte sie den Kopf und fing an bitterlich zu weinen. „Györki, Györki, du bist mir untreu geworden ... Du bist mir kein wahrer Freund ..."

Ratlos sah sie der Knabe an, ihm brach fast das Herz, weil sie ihn untreu nannte. Er kein wahrer Freund? ... Aber wenn er an ihre früheren Pläne zurückdachte, an den Wald, das Holzhaus, schien ihm alles wie ein Märchen. Vielleicht war alles nur ein Traum ... Wie dumm sind doch die Mädchen. Sie glauben, der Mann, den der Abt selbst zum Lernen ausgesucht hat, den die Mönche persönlich unterrichten, könnte einfach zu Hause sitzen. Ein Mann, der in der Sprache sprechen wird, die niemand versteht, nur der Herrgott und einige seiner Diener. Ein Mann, der mit dem Federkiel auf Pergament schreibt und auf dessen Brief ein großes Siegel kommt an seidenem Faden.

„Bist dumm", sagte er versöhnlich.

„Nun bin ich auf einmal dumm, früher aber war ich für dich niemals dumm", brach die Bitterkeit aus Cseperke. Sie verbarg das Gesicht in den Händen, neigte sich auf die mit einem Bärenfell überdeckte Liegestätte, ihre Schultern zuckten. „Ich soll auf einmal dumm sein, doch bisher war ich nie dumm ... wenn du davon gesprochen hast, daß wir uns ein kleines Haus bauen und im Wald wohnen werden wie zwei Turteltauben."

„Liebste, nur dort am Hofe des Königs, wo mutige Männer herrschen, ist das wahre Leben. Dort wirst du meine einzige Cseperke sein. Ich werde dich alles lehren, du wirst meine Gefährtin sein, nur wir beide wissen ..."

„Ich will nicht lateinisch sprechen", rief das Mädchen und schüttelte heftig den Kopf. „Ich verstehe das nicht! Ich will nicht fortgehen von hier an den Hof des Königs, denn ich habe Angst vor dem König. Ich will weder lesen noch schreiben. Das kleine Haus möchte ich, das du mir versprochen hast."

„Das kleine Haus . . .“, stammelte Györk hilflos.

„Ja, das kleine Haus.

„Hör mich an“, begann Györk erneut, faßte das Mädchen an den Schultern, neigte das Gesicht an das ihre.

„Geh“, Cseperke sprang auf und stampfte mit ihren Stiefeln. „Bist treulos, bist nicht mein wahrer Freund!“

Györk wollte sie streicheln, sie liebkosen, Tränen standen ihr in den Augen, sie tat ihm leid. Aber sie stieß ihn von sich, wischte sich mit dem Ärmel die Tränen ab und sagte entschlossen, wenn auch mit versagender Stimme:

„Ich kenne dich nun. Du hast mir was vorgemacht, hast mir alles versprochen, und nun läßt du mich im Stich. Kloster, Latein, Federkiel brauchst du, aber nicht mein Herz. Den königlichen Hof, nicht das kleine Haus im Wald. Nun weiß ich es. Suche dir ein Mädchen, das lesen wird und schreiben und lateinisch sprechen. Ich bin zu dumm für dich, denn ich war nur deine treue Freundin und sehnte mich nach dem kleinen Haus . . .“

Damit ging sie zögernd zur Tür, verließ das Haus. Ihre Schritte erstarben im Schlamm.

Györk wartete noch, vielleicht kam sie zurück, warf sich ihm in die Arme und lachte ihn an. Er wollte nicht glauben, daß es Wirklichkeit war, was sich ereignet hatte. Cseperke war nicht mehr seine Freundin . . . wie war das möglich? Er konnte es nicht verstehen. Aber der Regen goß, rauschte so eintönig draußen, daß es sich anhörte, als weinte jemand bitterlich. Und das vom Dach rinnende Wasser klang wie anhaltendes Schluchzen.

Jetzt war er allein. Er kauerte am Feuer, stützte das Kinn in der Art der Alten in die flache Hand und betrachtete die golden leuchtende Glut, das Züngeln der blauen, gelben und roten Flämmchen, die Tränen der feuchten Scheite, die das Feuer verzehrte. Niemals hätte er geglaubt, Cseperke zu verlieren, seine treue Freundin, die mal die Mutter seiner Kinder werden sollte. Er sah deutlich, wie sie Wald und Flur durchstreift, gespielt, gesungen und getanzt hatten, Jahre hindurch, draußen auf sonnenbeschienenen Wiesen, zwischen lispelnden Sträuchern, unter fruchtbeladenen Bäumen. Ihm war, als wäre ihr Leben bisher ein einziger Sommer gewesen, immer schien die Sonne, immer flöteten die Amseln, immer gab es süße Früchte, das Gestrüpp war immer dichtbelaubt, die Wiesen immer voller Blumen. Und über allem wölbte sich ein ewig blauer Himmel. Er entsann sich jener Nachmittage, als sie zu zweit am Hang des Burgberges saßen, zu ihren Füßen das Tal, zwischen den hohen Pappeln die untergehende Sonne, dahinter die gewaltigen braunen Basteien.

Sie hielten sich umschlungen und schmiedeten Pläne, bauten das kleine Haus im Wald. Das Mädchen legte dabei den Kopf mit den langen Zöpfen auf Györks Schultern und reichte ihm ihre kühlen, festen Lippen.

Doch wo war jetzt dieser Wald, wo das kleine Haus, und wo war Cseperke?

Er sollte besser nicht wieder ins Kloster hinaufgehen, sich nicht mehr auf den niedrigen Schemel zwischen die Jungen setzen und nicht mehr den Gänsekiel führen.

Er würde auch nicht wieder gehen.

Langsam rollten ihm Tränen über die Wangen.

Am nächsten Tag ging er tatsächlich nicht ins Kloster. Er trottete zum Schmiedeeck, hockte sich unter das Schuppendach, unter dem bei Regenwetter die Pferde standen, und schaute von hier den Gesellen zu, die vergnügt mit Hämmern, Zangen und glühendem Eisen hantierten. Er atmete den beißenden Geruch der versengten Pferdehufe ein, lauschte den Neckereien der Bauern und ihren Ansichten über das Wetter. Aber er bekam es bald satt und zog weiter unter den von Regen tropfenden, laublosen Bäumen. Er ging in den Ochsenwinkel, wo seit dem Einfahren der Ernte fleißig gedroschen wurde. In einer großen Scheune standen bärtige Männer, ältere und jüngere, einander gegenüber und schlugen im gleichmäßigen Rhythmus auf die ausgebreiteten Garben. Die Frauen richteten und drehten das Dreschgut mit breiten hölzernen Gabeln. An diesem grauen, schläfrigen Herbsttag klangen die regelmäßigen, gemessenen Schläge der Dreschflegel noch eintöniger als sonst.

„Bei der Arbeit muß man nicht zusehen, sondern mitmachen, Herr Schreiber Györki“, sagte ein alter Mann zu ihm.

Schreiber Györki ... Er müßte jetzt auf dem Hocker sitzen und im silbrigen Schein der bleigerahmten Scheiben Buchstaben aneinanderreihen, dem Kratzen der Federkiele lauschen und den ruhigen, ernsten Erklärungen Frater Pelbarts. Was mochte dieser wohl denken? Und die Jungen, die nun schon alle seine guten Freunde waren, an ihrer Spitze Johannes? Sicher würden sie glauben, er sei krank oder sein Vater lasse ihn nicht ins Kloster. Nein, das würden sie nicht glauben ... Vielleicht eher, daß jemand in der Familie krank sei. Und sie würden einen Frater zu ihnen schicken, damit er nachsähe, wo es fehlte. Der Frater würde zu ihnen kommen und sich erkundigen. Hajnal würde verwundert sagen: „Ich weiß nicht, wohin Györki gegangen ... Ist er denn nicht im Kloster?“

Die frommen Herren und Frauen auf den Bildern richteten ihren Blick nachdenklich in die Höhe. Sie wußten, warum Györk nicht gekommen war. Sein Herz sehnte sich nach Cseperke, nach dem Wald, dem kleinen Haus. Und was man am meisten begehrte, darin wohnte mit größter Gewißheit der Teufel. Er verließ den Druschplatz. Aber was zum Kuckuck sollte er machen? Sollte er auf den Zengő zu Majs gehen, bei diesem Regen und Schlamm? Sollte er seinen Märchen lauschen? Zusehen, wie er Samenkörner und Salz zu Arznei zerstampfte?

Eine Weile noch streifte er ziellos umher, dann schlug er den Weg hinauf zum Berg ein. Als er aber den Pfad erreichte, erblickte er Cseperke, wie sie mit einem großen Leinentuch über dem Kopf in Gesellschaft Busas eilenden Schrittes auf dessen Haus zuging. Györks Herz klopfte heftig, als er den leichten Gang, die kleinen Stiefel des Mädchens sah. Er hatte das Gefühl, er müßte Busa eins gegen den Kopf schlagen, ihn in seiner neuen Pelzjacke im Schlamm wälzen, ihm die Mütze vom Kopf reißen und in den Graben werfen. Im Nu hatte er die beiden eingeholt.

„Wo geht ihr hin?" fragte er mit erzwungener Heiterkeit.

„Unseres Weges, immer der Nase nach", antwortete Busa träge und mißmutig, sich mit dem Handrücken die tropfende Nase wischend.

„Ich möchte mit dir reden, Cseperke", wandte sich Györk verlegen dem Mädchen zu.

„Aber ich nicht mit dir", warf sie ihm keck zu und wandte sich ab, beschleunigte ihre Schritte und hielt das große Tuch fester unter ihrem Kinn zusammen.

Die beiden zogen davon, in dem patschenden Schlamm, Cseperke flink, Busa träge. Györk blieb zurück.

Bitterkeit nagte an seinem Herzen. Einen Augenblick stand er noch auf dem Weg, hoffend, daß Cseperke zurückschauen und ihm zulachen oder ihm winken würde, daß er mitgehen solle. Aber sie blickte nicht zurück, lachte nicht und winkte nicht. Die beiden verschwanden zwischen den dunkelgrauen Bäumen.

Györk aber machte sich auf nach dem Kloster. Als auf sein zaghaftes Klopfen der Bruder Pförtner die kleine Pforte öffnete, betrat er erleichtert den Hof.

„Laudetur Jesus Christus."

„In aeternum", antwortete fröhlich der junge Mönch. „Na, bist du doch gekommen? Wo hat's denn gefehlt?"

„Nirgends."

„Frater Pelbart meldete Pater Bernald, daß du heute nicht gekommen seiest. Er aber hat Bruder Vaska zu euch geschickt. Hast du ihn nicht gesehen?"

„Ich war nicht daheim."

„Geh nur, sie werden sich freuen, wenn sie dich sehen."

Györk ging die Treppen hinauf, auf dem Kreuzgang kam ihm der Abt entgegen, fröstelnd in seine Kutte gehüllt.

„Siehe da, mein Sohn Györk", rief er, und sein Gesicht strahlte vor Freude. Aber auf der Stelle überkam ihn der krampfhafte Husten. Er lehnte sich an eine Säule im Kreuzgang und brachte lange kein Wort heraus. Dann wischte er sich die Stirn mit dem Ärmel seiner Kutte und fuhr heiser fort. „Wir haben schon befürchtet, daß du krank seiest. Warum kommst du erst jetzt, sag?"

Der Junge stand traurig da und antwortete nicht.

„Warum sagst du nichts?"

Györk kamen die Tränen.

„Aber, aber", der alte Abt schüttelte betroffen den Kopf, „ist vielleicht etwas geschehen? Bist du krank? Ist dein Vater krank? Oder deine Mutter oder dein Brüderchen?" Und als der Junge auf jede Frage den Kopf schüttelte, nahm ihn der Abt bei der Hand und führte ihn sanft den Gang entlang.

Sie gingen nach rechts, gingen nach links, Treppen hinauf, Treppen hinunter, von einem Gang in den anderen. Der Gekreuzigte an den Kruzifixen in den Nischen schaute ihnen betrübt hinterher. Endlich waren sie wieder in jener Zelle, in der Györk nicht wieder gewesen war, seit er das Kloster zum erstenmal betreten hatte.

Der Abt setzte sich tief stöhnend aufs Bett und verschnaufte erschöpft. Aber seine braunen Augen mit den entzündeten Lidern blickten forschend auf den Jungen. Dann zog er ihn zwischen die Knie, strich ihm über den Kopf und lächelte.

„Nun, so sprich schon."

Györk stieß stockend, stöhnend, mit sich selbst ringend die Worte hervor, mal einzeln, mal im schnellen Fluß.

„Ich wollte nicht wieder ins Kloster kommen ... wollte nicht mehr lernen, weder schreiben, lesen, noch lateinisch sprechen ..."

„Warum? Hat dir jemand was getan? Hast du dir's anders überlegt?"

„Es ist mir bewußt geworden, wenn ich ein gelehrter Mann werde und an den königlichen Hof komme, zu hohen Würdenträgern, zu tapferen Männern, zu den Bischöfen, dann kann ich nicht im Wald leben, in einem kleinen Haus. Denn zusammen mit Cseperke wollte ich aus Holz ein Haus bauen, und dort wollten wir leben wie zwei Tauben ..."

„Ich verstehe dich, mein Sohn", der Abt nickte ernst.

„Denn Cseperke lernt weder lesen noch schreiben, auch nicht lateinisch sprechen. Und sie will sich nicht von ihren Eltern trennen. Sie möchte mit mir im Wald leben, in dem kleinen Haus. Und dort würden wir unsere Cseperke, unseren Györki, Vajka, Opor haben und alle, die uns geboren werden. Cseperke will nicht am Hofe des Königs leben, unter tapferen Männern und Bischöfen . . .“

„Ich verstehe.“

„Und jetzt hat sie mich verlassen und geht mit Busa.“

Der Abt schaute ernst auf Györk, aber ein Hauch des Lächelns drang durch seinen Blick.

„Ich kenne diese Versuchung, mein Sohn, alle kennen sie, die sich der göttlichen, der wahren Wissenschaft verschrieben haben. Plötzlich melden sich der Wald, das kleine Haus, die Familie . . . Bei einem anderen sind es die Waffen, der schöne Krummsäbel, der starke Bogen, der glänzende Schild, der federgeschmückte Helm, die blutroten Fahnen. Bei einem anderen sind es die Hörner, Pfeifen, Geigen und Tambure. Bei anderen wieder die fröhlich wippenden Röcke, die goldenen Armspangen und Ringe, der Kopfputz . . . die weichen Frauenarme und die flüsternden Lippen . . . Wenn du auf ihr Rufen hörst, mein Sohn, dann gehe in Frieden. Du kannst auch draußen in der Welt ein gottgefälliges Leben führen. Lieber sollst du dort leben als im Inneren verbrennen. Aber wer hat gewollt, daß aus dir ein Bewohner des königlichen Hofes wird?“

„Ich“, flüsterte Györk.

„Und wer hat gewollt, daß du ein Mönch wirst, mein Sohn?“

Hierauf antwortete Györk nicht. Nie war es ihm in den Sinn gekommen, ein Mönch zu werden. Ein gelehrter Mann, der lesen und schreiben kann und lateinisch sprechen, das ja. Schreiber in der königlichen Kanzlei, das ja. Ein gelehrter Mann unter den Großen des Landes. Das möchte er werden. Aber Mönch? Noch nie hatte er daran gedacht.

„Alles, was du hier siehst, mein Sohn“, sprach der Abt weiter und atmete schwer und keuchend, „dieses mächtige Gebäude, diese Basteien, den Turm, die dicken Säulen, die Gewölbe, die herrlich gemalten Bilder an den Wänden, die großen Bücher und alles, was darin geschrieben steht von menschlichen Schicksalen, göttlichem Willen und von Gesetzen, die schönen bunten Fenster aus strahlendem Marienglas, die schmalen weißen Zellen der Mönche, all das ist aus den Worten Jesu Christi entstanden. Und die gen Himmel ragenden Kirchen überall in der weiten Welt, geschmückt zum Ruhme Gottes mit Samt, Gold und Silber, die Paläste in den Städten mit ihren blendenden Schönheiten, sie alle sind gegründet auf der göttlichen Wissenschaft. Hunderterlei Bilder und hunderterlei Sprachen rühmen Gott und Jesus Christus, unseren Erlöser. Alle bilden eine Herde, unter einem Hirten. Und die Zeit wird kommen, da alle Völker dieser Erde bis hin zum Ozean, bis hinauf zu den Bergen des Tartaros, bis zu den Schwefelseen allesamt Schafe einer Herde werden unter einem Hirten, dem Statthalter unseres Herrn Jesus Christus. Daran mußt du arbeiten. Ganz gleich, ob als Mönch im Kloster oder als Mann draußen in der Welt."

Györk verstand sicher nicht die Hälfte von dem, was der Abt sagte, er fühlte es wohl nur. Seine Phantasie öffnete sich, die Wunder aller Klöster, voll von Säulen, Bildern, Büchern, strahlten auf, Kirchen, deren Türme den Himmel berührten, verziert mit Gold und Silber, voll mit Fahnen und Bildern, Kirchen, aus denen himmlische Musik ertönte. Und dann sah er Paläste, strahlend schön, hoch, stark und kunstvoll geschmückt. Überall wurde in der himmlischen Sprache gesprochen. Und es war da eine einzige Herde, eine riesige Herde, in deren Mitte stand der Statthalter Jesu Christi, vom Scheitel bis zur Sohle in einen weißen Mantel gehüllt, mit großem goldenem Hirtenstab. Und er wartete, daß sich alle seiner wundervollen Herde anschlössen, jene Völker, die noch immer im heidnischen Irrglauben gefangen waren – wie Frater Pelbart es schilderte –, in Elend, Krankheit und Armut darbten und auf die Erlösung warteten – oder auf ihren Untergang. Wenn Györk an die außerhalb der Herde lebenden Heiden dachte, fielen ihm die Sklaven ein, die ein ismaelitischer Kaufmann von seinen Dienern im Frühjahr aneinandergekettet in langen Reihen hier vorbei hatte treiben lassen wie das Vieh. Wenn er aber an die Bewohner jener Stätten dachte, die auf der wahren Wissenschaft errichtet worden wären, dann erschienen die großen ungarischen Fürsten auf den schönen bunten Bildern der Chronik vor ihm.

„Jetzt genug. Ich möchte heute nicht mehr darüber reden", beendete der Abt das Gespräch. »Gehe jetzt und lerne. Wenn dein Geist gereift ist, werde ich über das weitere mit dir sprechen. Wenn du später meinst, du müßtest zu uns kommen, dann sagst du es. Die Pforte des Klosters steht dir offen, vergiß das nicht."

Damit ließ er Györk gehen.

Zu Ostern erschienen die Bienen und die Schmetterlinge aus ihrem Winterversteck, und die Veilchen dufteten bereits unter den alten Bäumen. Das Dorf war erfüllt von heiterem Summen. Von allen Seiten hörte man Singen und schrille Pfeifentöne, die wie Jauchzen klangen. Im Ochsenwinkel bereitete man sich eifrig auf die

Frühjahrsarbeiten vor. Die Pferde wieherten, die Kühe sprangen einander auf den Rücken, die Ochsen brüllten mit hochgerecktem Hals.

Die Festzeremonien erschütterten Györk tief. Vor dem Grabe Jesu brach er in Tränen aus, bei der Karfreitagsliturgie antwortete er dem in Trauer gekleideten Priester mit verschnürter Kehle und hörte schaudernd die Leidensgeschichte unseres Herrn und die Klagelieder Marias. Er gab sich so sehr der Trauer hin, daß ihm der blaue Frühlingshimmel fast schwarz erschien. Als er das Wehklagen, Stöhnen und Seufzen des andächtigen Volkes hörte, bemächtigte sich der Seele Györks solche Verzweiflung, als hätte der Schwarze Tod die Welt heimgesucht. Die Schleier der Wehmut, des Fastens und Betens breiteten sich über das Dorf und hüllten den Frühlingsglanz in Trauer.

Als dann aber das Fest der Auferstehung herankam und das singende Volk mit den in festliches Ornat gekleideten Mönchen durch das Dorf zog, erschien ihm die ganze Welt mit einemmal wie neu geboren. Die Menschen jauchzten, Lieder erklangen. Das Gold der Monstranz, das Blau, Rot und Grün der Fahnen, die Blumenkränze der Mädchen strahlten im Sonnenschein. Und durch die Rauchlöcher der Häuschen kringelte sich heiter der Rauch, man briet das Lammfleisch für das Mahl. Es war ein unvergeßlicher Tag.

Bekannt und Unbekannt küßten sich. „Der Herr ist auferstanden", frohlockte das Volk. Von weit und breit versammelten sich groß und klein, jung und alt. Selbst die Petschenegen von jenseits des Berges strömten in ihren schwarzen Tüchern, Hemden und Gewändern herbei.

Freudig rannte Györk nach Hause. Er hatte das Gefühl, auch daran beteiligt zu sein, daß sich die tiefe Trauer in Fröhlichkeit verwandelte, weil Jesus Christus auferstehen konnte. Wenn er nicht mitgewirkt hätte, läge er vielleicht noch in seinem Grabe . . .

Hungrig, mit vollen Backen verschlang er den duftenden Lammbraten, ließ die Rapünzchen krachen und stopfte den Hirsebrei in sich hinein. Nach dem langen Fasten, den Tagen der Trauer schmeckte selbst das Wasser doppelt gut.

Bei der allgemeinen Versöhnung sollte Györk in der Kirche auch Cseperke küssen. Aber als sie voreinander standen, waren sie beide befangen. Györk klopfte das Herz. Wieder sah er das runde, braune Gesicht des Mädchens ganz aus der Nähe, die beiden Zöpfe, die ihr auf die Schulter fielen, das schneeweiße Leibchen und – was den tiefsten Eindruck auf Györk machte – ihre schönen, braunen, warmglänzenden Augen. Cseperke lächelte und bot ihm ihr Gesicht dar. Györk bezwang seine Erregung und küßte sie leicht auf die Wange. Doch im nächsten Augenblick war Cseperke schon weit weg von ihm, und eine alte Frau neigte sich zu ihm, um ihm einen schmatzenden Kuß auf das kühle Gesicht zu drücken. Das Herz Györks hatte sich zusammengekrampft, als er nach so langer Zeit wieder das glatte, runde Gesicht an seinen Lippen fühlte. Seine Arme bewegten sich, um Cseperke an sich zu drücken. Györk berührte es auch deshalb so tief, weil das Mädchen gewachsen und hübsch geworden war. Zwei kleine Hügel wölbten ihr dünnes Leibchen. Aber das Gefühl ging vorüber, nur sein Gesicht brannte noch ein wenig dort, wo die Lippen Cseperkes es berührt hatten.

Am Nachmittag versammelte sich die Jugend des ganzen Dorfes auf dem Anger zum ersten Frühlingstanz in diesem Jahr. Auch Györk war inmitten der wimmelnden, lachenden, sich neckenden Menschenmenge.

Alle fanden ihre Partner. Nur Györk stand einsam am Rande des Festplatzes. Selbst die tölpelhaftesten Jungen hatten eine Tänzerin. Busa drehte sich träge mit Cseperke, gefolgt von einer hübschen Petschenegin mit einem schlanken, stolzen Burschen. Ihre feste Brust hüpfte, als sie gleichgültig an Györk vorbeitanzte, der mit sehnsüchtigen Blicken hinter ihr herschaute.

Er schluckte, war traurig und fühlte sich sehr einsam. Lange überlegte er, was er anfangen sollte. Sollte er bis spät in der Nacht hier herumlungern? Langsam trottete er weiter, wußte selbst nicht wohin.

Als er am Tor des Klosters den Klopfer betätigte, sah ihn der Bruder Pförtner durch den Torspalt verwundert an.

„Nun, was führt dich hierher, sag?"

„Ich bin nur gekommen, um den Herrn Abt zu sprechen."

„Wenn du dich beeilst, triffst du ihn noch an, denn er wird gleich zur Andacht gehen."

Györk begann zu rennen. Er kannte den Weg im Kloster, verirrte sich nicht in den Gängen. Vor den Kruzifixen schlug er schnell ein Kreuz. Die dem Kapitelsaal zustrebenden Mönche erwiderten seinen Gruß verwundert: „In aeternum."

Vor der Zelle des Abtes verschnaufte Györk, zögerte eine Weile, horchte, dann klopfte er leise an die Tür.

Er trat ein, berührte die Stirn mit den Fingern und verneigte sich tief.

„Sieh an, mein Sohn Györk", wandte sich der alte Abt auf seinem Sessel ihm zu. Er saß an seinem Tisch und hatte sich über ein großes Buch gebeugt. „Wo fehlt's? Was führt dich zu mir? Es ist Feiertag, die Jugend vergnügt sich auf heidnische Weise auf dem Festplatz."

„Gerade deshalb bin ich gekommen", antwortete Györk, „damit du mich aufnimmst wie Johannes, Anselmus und die anderen. Ich möchte auch Mönch werden."

„Wie bist du zu einem so schnellen Entschluß gekommen, sag?"

„Eben deshalb, weil sich die Jugend, aber auch die Alten auf dem Anger auf heidnische Weise vergnügen. Sie haben Hiz ins Wasser gestürzt, mit großem Jubel das gesegnete Fleisch, die Eier und die Fladen herbeigebracht, und nun vergnügen sie sich."

„Der Mensch muß sich auch vergnügen, mein Sohn."

„Aber auf so heidnische Weise?"

„Sie empfinden es nicht als heidnisch, obgleich wir wissen, daß es so ist. Doch es ist recht, wenn Gott einem den wahren Weg so bestimmt hat, dem anderen anders. Deinen hat er so bestimmt. Aber die Entscheidung ist schwer, mein Sohn. Was wird dein Vater dazu sagen? Deine Mutter?"

Györk war nach diesen Worten entmutigt. Er hatte gar nicht daran gedacht, daß er ohne Zustimmung seines Vaters nicht ins Kloster eintreten konnte. Sein verborgener Wunsch war so schnell hervorgebrochen, daß ihm das gar nicht eingefallen war. Man kann doch nicht, wenn man etwas Gutes tun möchte, erst um Erlaubnis bitten.

„Kann denn ein Mensch das, was Gott uns befiehlt, verhindern?" fragte er.

„Pro primo: Er kann es. Wir alle haben unseren freien Willen. Pro secundo: Es ist auch göttliches Geheiß, daß das Kind seinem Vater und seiner Mutter gehorchen soll. Nur wenn sie dich zu etwas offensichtlich Bösem bewegen wollten, brauchtest du ihnen nicht zu gehorchen. Aber dein Vater ist nicht der Mensch, ich kenne ihn."

Györk trat verlegen von einem Bein auf das andere.

„Über meinen Weg habe ich zu entscheiden", flüsterte er verstimmt.

„Und was meine Aufgabe ist, muß ich entscheiden. Meine Entscheidung aber ist, daß ich dich ohne die Zustimmung deines Vaters und deiner Mutter nicht ins Kloster aufnehme."

„Nun, dann wird mein Vater hereinkommen und darum bitten."

„So will ich es."

„Die Mutter hat da nicht hineinzureden, denn sie ist nicht meine richtige Mutter, sondern meine Stiefmutter."

Der Abt schüttelte mißbilligend den Kopf und hüstelte krächzend.

„Wie eigensinnig und stolz du bist . . . Bitte nur auch die Mutter, sag ihr, daß ich auch ihr Wort hören möchte."

Da blieb keine andere Wahl. Dabei hatte Györk geglaubt, als er pochenden Herzens den Weg hier heraufgerannt war, daß er gar nicht wieder heimgehen, sondern für immer im Kloster bleiben würde, als Mönch. Auf der Stelle würde er die weiße Kutte anlegen und hierher gehören wie die anderen vier Jungen. Verdrießlich blickte er auf den lächelnden alten Abt und zupfte mit den Fingernägeln unwillig an seinem weiten schneeweißen Festgewand.

Der Abt betrachtete ihn lange von der Seite und lächelte. Dann schüttelte er den Kopf.

„Mein Sohn", rügte er den Knaben mit heiserer, brummender Stimme, „vertreibe den Teufel der Bitterkeit aus deinem Herzen, ich sehe, er hetzt dich arg gegen mich."

Der Knabe neigte beschämt den Kopf.

„Solange wir das Gute ohne den Widerstreit der anderen verrichten können, müssen wir so handeln. Nur wenn sie uns mit Gewalt von unserem Vorhaben abbringen wollen, sollten wir uns ihnen entgegenstellen. Dazu hat es noch lange Zeit, mein Sohn." Er lächelte wieder. „Dein Vater wird sich freuen, wenn er hört, daß du dich zum Dienst für Gott entschlossen hast. Und deine Stiefmutter ist eine nicht minder fromme, gläubige Seele. Aber weißt du denn auch, welch schweren Weg du zu beschreiten gedenkst?"

„Ich weiß es", erwiderte Györk entschieden.

„Du kannst es nicht wissen", der Mönch winkte ab und seufzte. „Es ist ein schmaler Weg, voller scharfer Steine und tiefer Schluchten, voller giftiger Schlangen und lauernder wilder Tiere. Doch all diesen Fährnissen kannst du noch entgehen. Aber am Wegesrand bieten sich süße Früchte an, auf den Feldern singen schöne Frauen, versuchen dich zum Vergnügen zu verführen. Plätschernde Teiche locken dich im heißen Sonnenschein zum Baden, warme Häuschen zur Rast bei winterlicher Kälte. All dem kann man nur schwer widerstehen, mein Sohn . . . Ja, ja, und doch wären noch mehr diesen Weg gegangen, so ermüdend, qualvoll und anstrengend er auch ist . . . Viele hätten das überwunden. Aber wie oft müssen wir zur Geißel greifen, um unseren schwachen Körper auf dem schweren Weg weiterzutreiben, gleich einer müden Mähre. Wie oft müssen wir qualvoll die Augen schließen, um das Lächeln der Früchte, die Bequemlichkeiten des Schönen, die Süße der Liebe, die mannigfachen Verlockungen an unserem harten Weg nicht zu sehen. Denn selbst der Pfirsich ist verlockend, die Weintraube verführerisch, und das Lächeln des Apfels gleicht dem Antlitz eines lieblichen Mädchens. Dann peitscht die Geißel unseren Rücken . . . Weißt du das, mein Sohn?"

Györk wußte, daß die Mönche ein gar hartes Leben führten, er hatte gehört, daß sie sich selbst und sich gegenseitig geißelten, aber es hatte ihn bisher kaum gekümmert. Er wußte auch, daß einer, der sich für das Klosterleben entschieden hatte, fortan keine Frau mehr anblicken, keine Schätze sammeln und sich nicht dem Vergnügen an Essen und Trinken hingeben durfte . . . Allem mußte er entsagen, was die Menschen draußen in der Welt für schön und gut erachteten. Alle Wonne mußte er im ununterbrochenen Gespräch mit Gott, mit Jesus, mit den Heiligen finden. Vieles, was einen Menschen draußen in der Welt glücklich machte, war in den Augen eines Mönches eine Versuchung. Und dennoch waren die Mönche sanft, heiter, liebenswürdig, gut, sie lebten in Frieden, waren duldsam und konnten verzeihen. Sie erlernten die Sprache der Heiligen und vertieften sich in Gespräche mit ihnen. Sie waren gelehrte, kluge Männer und kannten die Gebote Gottes. Hatten sie denn nicht recht? Doch, sie hatten recht.

Beim weiteren Grübeln dachte Györk auch an Cseperke. Warum sollte er ihr nachtrauern? Sie hatte ihn verlassen und sich einem anderen zugewandt. Cseperke gab es für ihn nicht mehr, sie war für ihn gestorben. Sie würde nicht seine Frau werden. Wozu gab es dann die Frauenzimmer, wenn Cseperke nicht mehr für ihn da war?

Györks Herz verkrampfte sich, er ließ den Kopf hängen. Unsagbare Bitterkeit würgte ihn.

„Ich weiß nun alles, was ich wissen muß“, sagte er leise, aber mit großer Entschiedenheit. „Dennoch möchte ich eingekleidet werden, ehrwürdiger Vater.“

„Nun gut, ich habe verstanden“, der Abt nickte ernst. „Gehe jetzt nach Hause und sage es deinem Vater und deiner Mutter, und wenn auch sie es wollen und deinem Vorhaben zustimmen, dann sehen wir weiter. Schlafe erst noch ein- oder zweimal darüber.“

Und er segnete Györk und entließ ihn.

Der Junge schritt heimwärts, als wäre er um einen Kopf gewachsen. Er fühlte, daß sein Entschluß stark und unerschütterlich war. Er würde ins Kloster einziehen, das Gewand der Mönche anlegen, sich der göttlichen Wissenschaft widmen, den schweren Weg gehen, und keine Verlockungen der Welt würden ihn davon abbringen können. Er betrachtete die Menschen, Häuser, Bäume, das ganze in der Pracht des Frühlings erstrahlende Dorf, als käme er in eine fremde Welt. Stolz schritt er aus wie ein Hahn, wölbte die Brust, ließ den Blick in die Ferne schweifen. Ein oder zwei Tage – und er würde die Mönchskutte tragen, dann bald Novize werden. Seine

Weisheit, sein Wissen, seine Sanftmut, seine Güte und seine Heiterkeit würden strahlen wie der schöne sommerliche Mondschein. Das Kloster würde stolz auf ihn sein. Die Mönche würden auf ihn zeigen und sagen: „Hier geht der Frater mit dem größten Wissen, man braucht nur auf ihn zu schauen, dann wird einem das Herz rein ..." Er würde sogar die Schreiber am königlichen Hof, die dort Briefe aufsetzen, übertreffen. Bischof würde er werden. Erzbischof. Er würde in die Hauptstadt des Papstes gehen und in der Sprache der Himmlischen mit dem Heiligen Vater sprechen, dem Hirten der einen Herde.

Zwischen den hohen steinernen Häusern würden sich die aus aller Welt versammelten Priester nach ihm umdrehen und einander zuflüstern: „Dort geht der ungarische Pater ... keiner kann sich in der wahren Wissenschaft mit ihm messen ..."

Cseperke aber würde draußen im Wald wohnen mit Busa, in dem kleinen Holzhaus. Er, Györk, würde weit weg von ihr sein, und keine Nachricht von ihm würde sie hören. Doch sie würde in Tränen ausbrechen, wenn man im Dorf über ihn sprach. Gott segne sie ...

Vorsichtig schritt er über die Schwelle, stand plötzlich da.

Er trat ins Haus erhobenen Hauptes, als trüge er den vollen Ornat eines Bischofs. (Er hatte zwar noch keinen Bischof gesehen, aber er stellte sich vor, daß er aussehen mochte wie der Herr Abt beim festlichen Hochamt zu Ostern.)

Farkas war verwundert, dann begann er zu spötteln.

„Was gibt's? Hast du vielleicht einen Bären erlegt?"

Stolz schwieg Györk. Nach dem Essen erst wollte er mit seinem großen Entschluß herausrücken.

Dann sagte er den Eltern, daß er mit dem Abt gesprochen habe und sie übereingekommen seien, er werde das Mönchsgewand anlegen wie seine vier Freunde, die doch Söhne vornehmer Herren seien – wenn sein Vater und seine Stiefmutter einwilligten.

Seine Worte erregten großes Staunen. Farkas saß lange regungslos, dann begann er an seinem Schnurrbart zu kauen und brummte. Schließlich stand er auf, zog seinen Gürtel fester und trottete zu seinem Pferd hinaus. Wenn er schwere Gedanken wälzte, ging er immer hinaus zu seinem Pferd.

„Hast dich also endgültig entschlossen, Györki?" raunte Hajnal voller Ergriffenheit.

„Wenn ich mich entschlossen habe, dann führe ich es auch aus. Ihr dürftet mich kennen." Györk warf sich in die Brust und tat, als berührte ihn das Ganze nicht weiter.

„Wirst also Priester?"

„Ich hab's gesagt."

„Mein Gott, welch Ruhm, welch große Ehre wird diesem Haus zuteil ..." Hajnal seufzte.

„Ich tue es nicht deshalb, weil es um weltlichen Ruhm und weltliche Ehre geht", verbesserte Györk mit gerunzelter Stirn. „Ich begebe mich auf den schweren Weg zum Ruhme Gottes."

„Ich verstehe, mein Söhnchen, ich verstehe. Aber es ist dennoch großer Ruhm und große Ehre. Du wirst für uns beten, mich armes Weib der Gnade Gottes empfehlen und auch deinen Vater, trotz seiner großen Sünden. Und auch dein Brüderchen Istefán. Und die Seele deiner verstorbenen Mutter."

Hierauf antwortete Györk nichts.

Nach geraumer Zeit kam Farkas herein. Er kam ernsten Schrittes, noch ernster als gewöhnlich. Diesmal ging er nicht an seine Liegestätte, sondern setzte sich vor das Feuer, starrte lange in die Glut und dachte nach. Schließlich sagte er:

„Du taugst ohnehin zu nichts anderem. Meinetwegen. Als Mönch dienst du dem Ruhme Gottes. Kannst ein guter Priester werden."

Damit hatte er das große Siegel auf das Vorhaben Györks gesetzt. Der Weg stand ihm offen. Er brauchte ihn nur zu betreten.

„Dann gehen wir also zum Herrn Abt?" fragte Györk, als handelte es sich nur darum, ob sie morgen Reisig sammeln gingen. Aber sein Herz klopfte so heftig, daß er sich mit Gewalt zur Ruhe zwingen mußte.

„Ja."

„Ist gut."

Damit ging er ohne Aufforderung zu seinem Lager und legte sich hin. Sein Vater saß noch lange am Feuer, betrachtete wortlos das Spiel der Glut und dachte nach. Tiefe Stille herrschte im ganzen Haus.

Györk war beim ersten Hahnenschrei noch wach. Aber er wußte, daß auch sein Vater und seine Stiefmutter nicht schliefen. Nur der kleine Istefán schlummerte friedlich in seiner Wiege.

Györk war es, als würde er auf eine große Schlucht zulaufen, um sie zu überspringen. Am Ufer stand stumm eine große Menschenmenge, sie feuerte ihn nicht an, schaute nur zu, ob er es schaffte. Wenn er es nicht schaffte, brach er sich den Hals, und niemand holte ihn aus der Tiefe der Schlucht wieder herauf. Aber weil er Anlauf genommen hatte, mußte er springen. Niemand hatte ihn zum Springen aufgefordert. Er selbst hatte es in die Welt geschrien, damit alle sahen, daß er springen wollte. Nun hatte er Anlauf genommen, und die Schlucht näherte sich zusehends.

Er konnte nicht schlafen, nicht essen, auch nicht lernen in diesen Tagen. Die hohen, braunen Klostermauern standen vor ihm, auch wenn er nicht an sie dachte. Er sah die Wände, die behauenen Säulen, die leuchtenden Bilder, die gewölbten Gänge, die ausgebreiteten Arme der Kruzifixe, das seltsame Licht, das durch die funkelnden Fenster einfiel, sah das Flackern der Kerzen. Er hörte das wohlklingende Summen, das das große Gebäude ständig erfüllte gleich einem riesigen Bienenkorb. Er spürte den Duft, die Mischung von Weihrauch, welkenden Blumen und dem Geruch aus der Klosterküche. In Gedanken ging er im Ordenshaus auf und ab, aß, betete, sprach und lernte mit den Mönchen. Vor Aufregung fand er seinen Platz nicht.

Hajnal legte ihm frische Wäsche heraus, seufzte, bevor sie sie dämpfte. „Wie der Schnee, so weiß sollst du sein." Heimlich hatte sie in Györks Hosenbund ein Stückchen Brot eingenäht, es sollte seinem Träger Glück bringen.

Farkas tat gleichgültig, als stünde in seiner Familie kein besonderes Ereignis bevor. Aber Györk gewahrte dennoch, daß er ihn lange und nachdenklich ansah und seufzte. War es der Gedanke, daß aus seinem Sohn nun doch etwas werden sollte? Freute er sich im geheimen, daß seine Prophezeiungen nicht in Erfüllung gingen? Er sprach noch weniger als gewöhnlich, aber er war nicht so streng. Den kleinen Istefán nahm er mehrmals auf den Schoß und krabbelte ihn. Györk warf er keine strengen, zurechtweisenden Blicke zu wie sonst, auch seiner Frau nicht. Und zwei Tage vor dem Eintritt Györks ging er nicht mehr in den Wald, sondern trottete hinüber zu Opor und besprach mit ihm die Aufgaben. Als er heimkam, sagte er sanft zu Györk:

„Opor wünscht dir viel Glück. Und Cseperke läßt dich durch mich grüßen."

„Danke", sagte Györk verklärt, aber Trauer senkte sich in sein Herz, und in Gedanken fügte er hinzu: „Du würdest meine Schritte wohl noch umwenden . . ."

Wieder ließ ihn der Schreck erschauern: Nun mußte er springen, die Schlucht war da. Dann dachte er, Gott und alle Heiligen sähen ihn aus der Höhe, und sie nickten zufrieden.

Das Kloster thronte hoch über dem Dorf, alle konnten es tagtäglich sehen, konnten sogar hineingehen, wenn sie wollten. Farkas selbst verkehrte häufig im Kloster. Er kannte auch die Mönche gut. Auch Györk war jeden Tag hineingegangen, war dort fast schon zu Hause. Dennoch stand Farkas an diesem Morgen, da sie aufbrechen mußten, zeitiger als gewöhnlich auf, flehte vor der Tür lange zu Gott und legte dann wortlos mit großer Andacht sein Festgewand an. Er zog neue Stiefel an, nahm vom Nagelhaken den alten Gürtel herunter, den er von seinem Großvater geerbt hatte, und schnallte ihn um, kämmte sich das Haar, fettete es und flocht es ein. Das gleiche tat Hajnal mit Györk. Als wäre er ein Schoßkind, zog sie ihn trotz seines Widerstandes zu sich, kauerte nieder, richtete seinen Gürtel, kämmte ihn, fettete und flocht ihm schön das braune Haar. Györk ärgerte dieses liebkosende Umsorgen, er sträubte sich dagegen und brummte, er sei doch kein kleines Kind mehr, er könne sich selbst fertigmachen. Aber Hajnal schaute ihn mit mitleidigem Stolz an. Vor Ergriffenheit war sie zu Tränen gerührt und kümmerte sich nicht um sein Sträuben. Dann küßte sie ihn sogar, Györk ließ es nur widerwillig geschehen. Aber so sehr er sich auch stark zeigen wollte, Rührung verschnürte ihm die Kehle.

Der Morgen strahlte in voller Frühlingspracht, die Bäume, die kleinen Häuser inmitten des leuchtenden Grüns waren ihm nie so schön erschienen wie heute. Süßer Blumenduft breitete sich aus, Schmetterlinge flatterten, Bienen summten, Fliegen tanzten in den Sonnenstrahlen. Györk sah sich um und saugte den Lenz tief in sich ein. Das Himmelszelt wölbte sich hoch, hoch über ihm, und es war so blau wie der Mantel der frommen Frauen mit den schönen Gesichtern.

Hajnal umarmte und küßte Györk noch einmal und flüsterte ihm ins Ohr:

„Bete für uns Sünder, mein Söhnchen . . . Verzeihe mir, wenn ich Unrechtes getan habe . . . Sei unser Mittler beim Herrgott, beim Heiland und bei der Gottesmutter . . .“

„Ich gehe doch nur hier ins Kloster“, Györk versuchte zu lächeln, um seine Verlegenheit und Rührung zu verbergen.

Als sie den Hof verließen, warf ihnen Hajnal ein Sieb hinterher und murmelte glückverheißende Worte.

Farkas war diesmal mehr auf verheißungsvolle Anzeichen bedacht als sonst. Sie begegneten keinem Menschen, der ein leeres Gefäß trug. Keine alte Frau kam ihnen entgegen. Sie sahen weder einen schwarzen Hund noch eine schwarze Katze. Es war auch nicht Freitag, sondern Sonntag, noch dazu der dritte Sonntag nach Neumond. Strahlender Frühling, voller Düfte, erfüllt von Vogelgezwitscher und dem freudigen Schwirren der Schwalben. Alles war in schönster Ordnung, alles deutete auf großes Glück. Die Zeichen lachten Györk und den ihn ernst betrachtenden Vater förmlich an. Einen besseren Anfang konnte man sich nicht wünschen.

Wortlos schritten sie den Hügel hinauf, diesmal nicht so wie vor langer Zeit. Györk hätte gern die Hand des Vaters ergriffen, aber er wagte es nicht. Doch Farkas spürte die Absicht seines Sohnes, denn er blieb stehen, räusperte sich und sagte:

„Es war wohl doch ein Fingerzeig Gottes, daß ich dich damals zum Pater Abt brachte . . ."

Und er schritt weiter.

Der Klopfer brach mit festlichem Dröhnen die Stille des Sonntages, die kleine Pforte knarrte in tiefer Verehrung ihren Gruß, der Bruder Pförtner lächelte und legte die Hand aufmunternd auf das vom frischen Fett glänzende Haar Györks. Sie waren angekommen.

Zur gleichen Zeit hatte Opor, vor seinem Haus sitzend und sich sonnend, Ausschau nach dem Weg zum Kloster gehalten und gesagt:

„Dort schreitet Farkas mit Györk. Sie gehen nun ins Kloster."

Aus dem Haus trat Biola, die Frau Opors, hielt die Hand schirmend über die Augen, betrachtete lange die beiden langsam dahinziehenden, in festliches Weiß gekleideten Gestalten.

„Er geht nun zu den Mönchen", stellte sie fest. „Farkas ist ein beneidenswerter Mensch, weil er einen so frommen Sohn hat. Unser Vater im Himmel überschüttet ihn mit Glück."

Biola war keine junge Frau mehr, sie hatte viel Kummer und Sorgen mit ihren Kindern, aber noch mehr mit dem greisen Gyilán. Das viele Zanken hatte ihn streitsüchtig gemacht. Selbst in diesem feierlichen Augenblick, da er Györk mit seinem Vater auf das Kloster zugehen sah, rief er laut:

„Schau, Vajka! Wo bist du denn? Dort geht dein Freund. Er hat sich zu einem gottgefälligen Leben entschlossen. Du aber beziehst tagtäglich Prügel."

Vajka kam herbeigetrottet, ein Stückchen Hirsefladen kauend. Gleichgültig betrachtete er seinen Freund von einst, weder Verwunderung noch Neid waren ihm anzusehen.

„Soviel Blattern will ich im Gesicht haben, wie Pfaffen in den Himmel kommen", brummte er.

Biola fuhr Vajka leicht über den Mund und ging wieder zur Tür hinein. In dieser Bewegung hatte sie große Übung. Sie schlug immer mit dem Handrücken zu und traf jedesmal. Dabei kannte Vajka diese Handbewegung und war auf der Hut. Freilich, der Schlag tat nicht weh. Auch jetzt sprang er lachend zur Seite und rannte wie ein Fohlen hinaus auf den Weg.

Durch den „Wolfsspäher" schaute Cseperke lange aus dem Haus. Vater und Sohn gingen ruhigen Schrittes auf dem grauen Weg, wurden dann und wann für einen Augenblick durch einen Busch oder einen Baum verdeckt und tauchten dann, noch leuchtender, wieder im Sonnenschein auf. Ja, dort schritt Györki langsam auf das Kloster zu, sein braunes Haar glänzte silbern.

Cseperke hatte nur ihr Hemd an. Sie kniete auf der Lade an der Wand, um besser sehen zu können. Das Haar hing ihr ins Gesicht, ihre braunen Augen funkelten. Nun ja, sie hatte Györk den Laufpaß gegeben. Für sie war das Häuschen im Wald das wichtigste . . . und Busa. Györk ging nun, um die Kutte eines Mönchs anzuziehen, schloß sich im Kloster ein, verließ die Welt für immer . . . Vielleicht kam er einst tatsächlich nach Esztergom, an den Hof des Königs, zu glänzenden Herren, gelehrten Bischöfen. Würde einmal selbst Bischof werden.

Sie sah Györk als Bischof im purpurroten Mantel, mit einer hohen goldenen Mitra auf dem Kopf und einem großen goldenen Kreuz auf der Brust, vor ihm eine ganze Schar Priester in weißen Chorhemden und hinter ihm das Volk. In der Hand hielt er den goldglänzenden Krummstab. Sein Gesicht hob sich in würdevoller Ruhe über die Menschenmenge, seine ernsten braunen Augen schauten zum Himmel empor.

Sie beide würden kein Haus im Wald haben, wahrhaftig nicht . . .

Sie würden nicht wie zwei Wildtauben leben.

Sie würden keinen kleinen Györk, keinen kleinen Vajka, Opor, keine Cseperke und all die anderen haben, die ihnen Gott schenken sollte. Mit Busa würde sie wohl kein Haus im Wald bauen.

Cseperke weinte.

Dann überlegte sie es sich anders. Mit dem Zipfel ihres Hemdes wischte sie sich das tränenfeuchte Gesicht, sprang von der Lade, und, als würde sie nur ziellos umherschlendern, ging sie hinaus auf den Weg, wo Györki mit seinem Vater soeben entlanggegangen war. Sie kauerte nieder und schaute lange prüfend auf die Erde. Endlich entdeckte sie die Schritte, die leichten Spuren von einem Paar großen und einem Paar kleinen Stiefeln. Sorgfältig kratzte sie eine Handvoll Erde auf den Fußtapfen Györks zusammen und lief damit hinter das Haus. Hier, im Schatten unter der Traufe, wo sie niemand sehen konnte, befeuchtete sie die Erde mit Wasser, das sie im Mund herbeiholte, und knetete daraus eine menschliche Gestalt. Sie drückte sogar Augen in den Kopf, formte mit einem kleinen Zweig einen Mund. Dann verbarg sie die Gestalt sorgfältig unter einem Balken am Hausende.

Den ganzen Tag über rannte, spielte, lachte sie.

Am Abend aber huschte sie hinaus, setzte sich auf einen Baumstumpf, auf dem sich Großvater Gyilán zu sonnen pflegte, und stach mit erregter, zitternder Hand eine Knochennadel in die aus Erde geformte Menschengestalt. Sie flüsterte dazu: „Nie sollst du Ruhe finden . . . Dein ganzer Körper, all deine Glieder sollen dir schmerzen . . . Krankheit soll dich quälen, bis du zu mir zurückkommst . . . Dein Arm soll dir schmerzen . . .", und sie stach die Nadel mit Wollust in den Arm der Gestalt. „Das Bein soll dir schmerzen . . ." Sie stach ins Bein. „Dein Kopf soll dir schmerzen . . . Deine Augen sollen dir schmerzen . . . Dein Herz soll dir schmerzen . . ."

Ins Herz stieß sie die Nadel am tiefsten.

Der Mond glitt sanft zwischen den silbergrauen Wolken dahin und breitete mit dem Schatten des Laubes ein schwarzes Spitzentuch auf die Erde. Ein leichtes Lüftchen erhob sich, die Blätter lispelten. Cseperke huschte erschrocken ans Hausende, steckte die zerstochene Figur unter den Balken, und leise vor sich hinsummend, ging sie in das dunkle Haus. Sie warf sich auf das Wolfsfell, grub das Gesicht in den schmeichelnden Pelz, verhielt den Atem, und ihre Tränen flossen wie ein Bach. Warm fielen sie auf ihre Hand, auf ihre Brust . . . Ringsherum war lautlose Stille. Unter dem Wolfsfell hörte sie nicht einmal das Schnarchen Großvater Gyiláns.

Auch Györks Augen fanden nur schwer Schlaf. Die gewaltigen Wände des großes Hauses umgaben ihn, schlossen ihn ein wie die harten Schalen die Muschel, und dennoch glaubte er, ständig Geräusche, Flüstern, Seufzen, schwebendes Kommen und Gehen zu hören. Györk war sehr müde, und im Dormitorium war es kühl und still, dennoch konnte er nicht einschlafen. Die Lider fielen ihm zu, aber immer wieder schwebten ihm neue Bilder vor.

Vielleicht warfen sich reumütige Mönche, die keinen Schlaf fanden, vor dem Kreuz nieder? Vielleicht geißelten sie sich jetzt? Stöhnten und seufzten sie in der Qual des Schmerzes und der Reue? Tropfte vielleicht Blut auf die Dielen, und erbebten hinter festverschlossenen, dicken Zellentüren nackte, geschundene Rücken im Kerzenschein?

Er setzte sich auf und lauschte gespannt. Aber er hörte nur das gleichmäßige, friedliche Atmen seiner Gefährten. Irgendeiner, vielleicht Anselmus, sprach im Schlaf, man konnte seine Worte nicht verstehen. Györk legte sich wieder hin, zog die Decke über den Kopf und schloß die Augen.

Sicher stiegen die Heiligen jetzt von den Wänden, sicher flogen die Engel jetzt mit rauschenden Schwingen kreuz und quer durchs Haus und unterhielten sich in der Sprache der Himmlischen . . .

Die Mauern waren stumm und dennoch voller Laute und Bewegungen, voller Leben.

Auch der Teufel mochte sich um diese Stunde heranschleichen, um die Diener Gottes zu versuchen; wenn es ihm im wachen Zustand nicht gelang, so versuchte er es im Traum. Vielleicht waren es seine Hufe, die da leise klopften, seine Flügel, die verhalten rauschten, und seine Worte, die verlockend flüsterten.

Das Haus stand dort unter den Bäumen. So klein es auch war, war es doch größer und schöner als die anderen. An den großen Birnbaum gebunden, wiederkäute eine Kuh. Das Pferd weidete im taufeuchten Gras. Drei Hunde rannten emsig um das Haus: Duna, Szellő und Rika. In den Baumkronen schliefen Hühner, den Kopf unter die Flügel gesteckt. Gleich schwarzen Schatten schwirrten Fledermäuse leise durch die Luft.

Dort unter niedrigen Bäumen stand ein Haus, dunkel, in tiefer Stille. Auf einer der drei Liegestätten schliefen Opor und Biola, auf der anderen Vajka mit seinem Bruder, und auf der dritten schnarchte Großvater Gyilán. Auf dem dicken Wolfsfell in einer Ecke aber schlief Cseperke. Wie weit entrückt war sie. Eine klafterstarke Mauer, ein schweres Eichentor und ein tiefer Graben trennten sie voneinander. Noch im Sommer hatten sie nebeneinander auf der dicken Mauer gesessen . . . Sie wollten ein kleines Haus bauen im Wald. Wie lange war das her.

Damals hatte er ein weißes Hemd an, weite weiße Beinkleider, und er ging barfuß. Jetzt trug er eine schwere Kutte und Sandalen an den Füßen. Das kleine Haus war in die Ferne entrückt wie ein Traum.

Und es stand ein kleines Haus oben auf dem Zengő, am Ufer des Rékabaches, umgeben von gewaltigen Eichen und Tannen. Ein kleiner kohlschwarzer Hund hütete es. Im Haus lag eine schäbige, alte Trommel, abgenützt, mit seltsamen Gestalten und Buchstaben bemalt, mit Schlegeln aus Hirschknochen. Beutel mit Heilkräutern, getrockneten Wurzeln, zerstampften Samenkörnern hingen von der Decke. Die Wand schmückten Bogen und Köcher, die mit Messing und Silber beschlagen waren, ein goldener Säbel, ein Salzbehälter und Trinkhörner. Und ein mit Schellen und Fransen verziertes Gewand. In der Ecke standen Bundschuhe aus Birkenrinde.

Auch das weiße Pferd war weit im Wald entschwunden. Als wäre es nur ein Traum gewesen.

ZWEITER TEIL

Was man in der ersten Nacht an einem fremden Ort träumt, soll in Erfüllung gehen. Györk aber hatte in der ersten Nacht einen gar seltsamen Traum. Ganz allmählich sank er in eine weiche, dunkle, wirbelnde und schaukelnde Tiefe, und das Schaukeln ließ ihn sanft und leicht dahinschweben. Dann war ihm, als hätte jemand gesungen. Wer es war, wußte er aber nicht; er wußte nur, daß der Gesang wundervoll klang, klar und lieblich, als käme er aus dem Himmel, von den Lippen der Engel. So weich, so wohlklingend und rein mochten sie gesungen haben, daß es klang wie silberne Saiten – damals in Betlehem, als Maria ihren kleinen Sohn aus der Krippe hob, ihn auf ihren Schoß legte und ihn stillte.

Györk lauschte dem Lied und genoß das Schaukeln mit Wohlbehagen. Dann schoß ihm plötzlich durch den Kopf: Wer sang da, und wer schaukelte ihn? Denn er konnte niemanden sehen. Jäh setzte er sich auf und blickte sich um. Allzu gern hätte er das Gesicht der Frau gesehen, die ihn auf so wundervolle Weise schaukelte, wenn er auch ihre Worte nicht verstand. Aber er sah sie nicht, und selbst wenn er ihre Hand oder ihr Gewand gesehen hätte – vielleicht brauchte er nur fest zu wollen, und er hätte es sehen können –, doch ihr Gesicht konnte er nicht sehen, denn sie hatte kein Gesicht.

Was aus einem so dummen, verworrenen Traum sollte in Erfüllung gehen?

Der Traum verrät die Geheimnisse, die Gott uns nicht direkt und verständlich offenbart. Aber was wollte er mit einem solchen Traum sagen? Wer war die Frau, die ihn schaukelte ohne Hände, für ihn sang ohne Worte, ihm zulächelte ohne Gesicht?

Und dieser Traum war süß und schmerzlich zugleich.

Györk kam der Gedanke, er müßte ihn jemandem erzählen. Vielleicht ließe er sich deuten. Aber dann sprach er doch zu niemandem davon.

Sein Leben veränderte sich grundlegend. Bisher hatte er geglaubt, das Kloster und das Leben der Mönche zu kennen, aber jetzt sah er, daß es hier drinnen ganz anders war, als es von dort draußen schien. Es dämmerte noch nicht einmal, da war bereits das ganze Kloster auf den Beinen. Die jüngeren Mönche, die zusammen mit den fünf Knaben im Dormitorium schliefen, sprangen beim Wecken aus ihren Betten. In der Kapelle versammelte sich alsbald das ganze Kloster zur Morgenandacht. Aus vollem Herzen, mit tiefer Andacht dankten sie Gott, der eine mit höherer, der andere mit tieferer Stimme, daß er sie zum neuen Tag erweckt und vor der Versuchung bewahrt habe. Sie baten um Kraft, die Aufgaben des Tages erfüllen zu können. Alle beteten auf den Knien, und es gab welche, deren

Gesicht von Tränen überströmt war. Hell hob sich die Stimme der Knaben aus dem Gemurmel der Mönche heraus.

Anschließend kehrten sie in die verschiedenen Abteilungen des Klosters zurück, wo sie die üblichen Morgenarbeiten verrichteten. Als das geschafft war, folgte die Messe. Nun zogen sie wieder aus der Kapelle und begaben sich ins Refektorium zum Frühstück. Die Küchenmönche brachten große dampfende Kessel herein. Alle begaben sich auf ihre Plätze, und der Abt begann laut zu beten. Kaum hatte er das erste Wort gesprochen, schlossen sich ihm alle an, das andächtige Gemurmel der höheren und tieferen Stimmen erfüllte nun die weiten Gewölbe des Refektoriums. Danach nahm der vorlesende Mönch gemächlich seinen Platz am Pult ein, öffnete den Folianten und begann langsam mit eintöniger Stimme die Taten oder die Lehren eines Heiligen zu lesen, die für diesen Tag bestimmt waren. Währenddessen saßen alle stumm da, die Augen auf den Zinnteller gerichtet und bedächtig das Brot brechend. Die Diensthabenden bewegten sich auf Zehenspitzen um die Tische und teilten mit tiefen Schöpflöffeln die Milch aus.

In den Werkstätten versammelten sich jene, die sich an irgendeinem gemeinsamen Werk mühten. Ein junger Mönch mit einer Hakennase las zum Beispiel mit greller, weithin zu hörender Stimme aus einem Buch vor, vier andere aber, an hohen Schreibpulten sitzend, schrieben fleißig das Gehörte auf Pergamentblätter. In der Stille war nichts anderes zu hören als das leise Kratzen der Federn. So entstanden neue Meßbücher.

Jene, die außerhalb des Klosters einen Dienst verrichteten, brachen jetzt auf.

Die mit dem Ausbessern oder Nähen von Kutten beschäftigt waren, holten Tuch und Nähzeug herbei. Sie saßen auf niedrigen Hockern und arbeiteten bei friedlichem Gespräch. Andere wieder sangen bei ihrer Arbeit fröhlich einen Psalm.

Die zahllosen Angelegenheiten des Klosters und der mehr als vierzig dazugehörenden Dörfer mit all dem Ackerland, den Weiden und den Fischersiedlungen wurden zu dieser Stunde vom Abt und seinen Gehilfen in dessen Zelle erledigt. Aufzeichnungen wurden gemacht, die Aufstellungen über die Einnahmen aus den Pfründen kontrolliert, Tod und Geburt eingetragen sowie vorgemerkt, wann und wohin man aus dem Kloster jemanden zum Beerdigen oder zum Taufen schicken mußte. Denn die Ortspriester schafften die Arbeit in den verstreut in den Waldungen der Bergregion verborgenen kleinen Dörfer und Gehöfte nicht allein. Dann mußte die Korrespondenz mit der bischöflichen und erzbischöflichen Kurie, mit den einzelnen Ordensobern, mit Mönchen und Ordenshäusern im Ausland erledigt werden. Wahrlich, der Abt mußte all seine Klugheit und all sein Wissen aufbieten, um so vielen, mannigfaltigen Aufgaben gerecht zu werden. Aber es mangelte ihm auch nicht an Klugheit und an Wissen.

In den Kammern und in der Küche herrschte um diese Zeit reges, fröhliches Treiben. Die hier arbeitenden Mönche kümmerten sich zusammen mit den Laienbrüdern um den Bedarf der Klostergemeinschaft und lagerten die eingebrachten Lebensmittel ein. Im breiten Herd in der Küche prasselte das Feuer, auf den Tischen schnappten Fische nach Luft, lag rotschimmerndes Fleisch, dufteten Zwiebeln, standen Fett und Butter zuhauf. Die Mönche arbeiteten am Herd mit hochgekrempelten Kuttenärmeln, ein Tuch in ihre Gürtelschnur gesteckt.

Der Verwalter der Kleiderkammer war bei der Arbeit, er legte zurecht, was ausgebessert werden mußte, suchte entsprechend Neues heraus und prüfte gründlich das Werk des Schuhmachers.

Die in der Abgeschiedenheit ihrer Zellen lebenden einsamen Mönche gingen jetzt beim Licht des Tages an ihre gelehrte Arbeit. Auf dem Betschemel kniend, flehten sie lange um Gottes Hilfe, setzten sich dann auf ihre hohen Stühle, breiteten das Pergament aus, prüften und schnitten sorgfältig ihre Federkiele, schüttelten das Tintenfaß, rührten die Farbnäpfchen, prüften auf der Zungenspitze die Spitzen der feinen Pinsel und begannen ihre Arbeit.

Mönche aus fremden Ländern gingen mit großen Schritten in ihren Zellen auf und ab und lernten aus lateinisch-ungarischen Registern die für sie schier unaussprechbaren Wörter. Es gab ihrer drei, der eine Mönch war aus Venedig gekommen, der zweite aus Slowenien, und der dritte war ein Slowake.

Im Garten betätigte sich Vaska, der Gärtner, mit Spaten und Rebschere. Um die Blumen schwirrten emsige Bienen, trugen Blütenstaub zu Honig ein.

Die Knaben aber pellten unter Anleitung von Frater Pelbart die harten, wundersamen Samenkerne der göttlichen Wissenschaft aus.

Dann folgte das Mittagessen, danach erneut Andacht und Arbeit. Am Abend aber versammelten sich alle im Kapitelsaal, bei flackerndem Kerzenlicht, um vor dem Klostervorsteher öffentlich ihre Sünden zu bekennen. Hier konnte dann Györk über die Proskynesen staunen, die mit völliger Offenheit geraunten Geständnisse, das Bekennen der Verfehlungen gegen die Brüder, die vor Erschütterung bebenden Lippen, die tränenfeuchten Augen, die schamgeröteten Gesichter sowie über die Güte und die Sanftmut des Abtes, seine leisen, tadelnden Worte, sein freundliches Lächeln. Nach dem Glaubensbekenntnis erhob sich der Abt von seinem Stuhl, warf sich schwerfällig auf die Erde und gestand mit hüstelnder, heiserer Stimme, worin er gefehlt, was er versäumt hatte und bat um die Vergebung der Gemeinschaft.

Wieder zogen alle in die Kapelle, beteten und sangen, dankten Gott und flehten um Hilfe gegen die Versuchungen der Nacht. Abendessen. Wieder öffnete der Vorleser sein Buch, stellte die flackernde Kerze näher an seine schwachen Augen und las mit singender Stimme, die Worte langsam Silbe für Silbe sprechend.

Ein Tag war wie der andere.

Langsam wurde dann dieses Leben auch für Györk alltäglich, und nun quälte Heimweh sein Herz.

Auf dem Weg zur Kirche auf dem Hügel blickte er sehnsuchtsvoll nach den ihm wohlbekannten kleinen Häusern. Vertraut klang seinen Ohren das Klingen der Ambosse im Schmiedeeck. Ein Bauer fuhr mit zwei Ochsen an ihm vorbei, ermunterte mit leisen Worten die träge mit tropfenden Mäulern dahintrottenden Tiere, und diese Worte trafen Györk ins Herz. Vajka galoppierte auf einem alternden Falben, eine große Staubwolke aufwirbelnd. Er saß so stolz zu Pferd, sein Haar, seine Beinkleider flatterten, als zöge er in einen siegreichen Kampf. Györk warf er keinen Blick zu, erkannte ihn wohl gar nicht in seiner weiten, warmen, schweren Kutte. Mit verhängten Zügeln ritt er auf den Bach zu. Der Bach . . . dort ließ man jetzt vergnügt die Pferde schwimmen, badete und neckte einander.

Györks Blick glitt über die sonnenbeschienene Landschaft, bis hinauf zum grünen Gipfel des Zengő, und er atmete tief die frische Luft.

Dann gingen sie wieder in geordneten Reihen ins Kloster zurück, um die für diese Stunde des Tages bestimmten Aufgaben zu verrichten.

An den Sonntagnachmittagen durften die Mönche nicht ihrer alltäglichen Arbeit nachgehen. Wenn die Messe zu Ende war und sie zu zweit oder zu dritt zwischen duftenden Blumenbeeten, unter den Obstbäumen im Garten einherschritten und sich still an der Pracht der Schöpfung Gottes erfreuten, wartete Györk beklommenen Herzens auf das Dröhnen des Klopfers am Tor. Auch er ging mit seinen Freunden im Garten umher, unterhielt sich mit ihnen, aber er lauschte ständig nach dem Tor. Und wenn der Klopfer erdröhnte, hämmerte es auch in seinem Herzen, als hätte man nicht gegen das Tor, sondern gegen sein Herz geschlagen. Leer schien ihm die Welt, wenn nicht Farkas oder Hajnal die Eintretenden waren, sondern jemand anderes, der im Kloster etwas zu erledigen hatte, wozu an Wochentagen keine Zeit war, oder ein Bauer, der ein oder zwei Hühner, eine Gans oder ein Lamm für das Kloster brachte, als Zeichen seiner Zuneigung für die wohltätigen Mönche.

Aber meist besuchte ihn Farkas oder Hajnal. In dem Augenblick, wenn sie zum Tor eintraten, straffte Györk sein Rückgrat, sein Gesicht wurde ernst, er schlug die Augen nieder, steckte die Hände in die weiten Ärmel seiner Kutte und ging ihnen mit großen, gemessenen Mönchsschritten entgegen. Er sprach wenig, fragte auch nichts, er wartete vielmehr, wann die Rede auf etwas kam, was seine Neugierde schon sehr plagte. Wie die hungrige Meise im Winter den Nußkern, so verschlang er diese kurzen Nachrichten. Er freute sich, wenn er hörte, wer ihn grüßen ließ. Und es ließen ihn alle grüßen, denn alle waren stolz auf ihn, erwarteten viel von ihm, beneideten Farkas und seine Familie. Fast alle dachten an ihn. Fast . . .

Entweder kam Farkas ihn besuchen oder Hajnal. Beide zusammen kamen sie nie. Farkas war ein Mann, der nie mit seiner Frau zusammen ausging, auch nicht zu seinem Sohn. Wenn der Vater kam, saßen sie meist wortlos auf dem Mauersims des Kreuzganges.

„Regen wird gebraucht“, erklärte Farkas schließlich. „Und die Erzsók wird heiraten“, fügte er später hinzu.

Offenbar wagte er nichts anderes zu sagen, um sich vor seinem gelehrten Sohn nicht bloßzustellen. Er war ein äußerst stolzer Mann.

Hajnal hingegen berichtete alles, was ihr gerade einfiel. Wieviele Küken ihr gestorben waren, daß die Kuh erkrankt sei, jemand habe sie wohl verhext. Man habe sie bereits an einem Pfahl angebunden und gemolken, aber auch das habe nichts geholfen. Die Katze habe einen Sperling gefangen, man habe ihn Istefán in die Hand gegeben, und das kleine Dummchen wollte sich den Spatzenkopf in den Mund stecken. Hajnal redete alles durcheinander. Györk hörte ernst zu, wie sich das für einen schickte, der schon fast ein Mönch war, nur manchmal lächelte er. Aber sich von der Stiefmutter küssen zu lassen, gestattete er jetzt erst recht nicht mehr. Das Gesicht eines Mönches durften keine Frauenlippen berühren.

Von der einen jedoch, über die Györk so gern etwas gehört hätte, sagte Hajnal nichts. Warum sollte sie auch? Höchstens ganz zufällig hätte die Rede darauf kommen können, wenn ein Wort das andere gab. Györk hatte ohnehin mit ihr nichts mehr zu schaffen. Und wenn er neugierig war, dann war er auf sie nicht neugieriger als auf jede andere.

Manchmal brachte Hajnal sogar ihr Söhnchen mit. Es saß fest auf ihrem Arm, sein rundes Gesicht neigte leicht zum Lachen, aber ebenso leicht auch zum Weinen, und wenn man ihm eine Blume ins Händchen gab, steckte er sie sogleich in den Mund. Und wenn einmal ein Frater den Kreuzgang entlangkam, zur Mutter trat und ihr den Kleinen abnahm, begann dieser gleich zu stöhnen; er schien darüber nachzudenken, wie er sich für die Liebe des guten Mönches bedanken könnte. Und dessen Kutte wurde dann jedesmal feucht.

Györk betrachtete den Kleinen mit verdrießlicher Sanftmut, in heiklen Augenblicken lachte er sogar, aber es war ihm lieber, wenn Hajnal ihn nicht mit ins Kloster brachte – zur Schande Györks.

Zuweilen stieg er in den Turm hinauf, wo einst der geblendete König Béla gefangengehalten wurde. In dem engen, runden Raum herrschte immer Halbdunkel, weil die Sonne nicht hineinscheinen konnte. Die Möbel waren niedrig und schwer, an den Wänden standen Bücherregale und eisenbeschlagene Truhen. Györk blickte aus dem vergitterten Fenster weit über das Land. Hügel, Täler, Gärten, weite Ackerfelder schwammen in der Ferne, als hob und senkte sie die vor Hitze flimmernde Luft. Gegen Abend schwebte blauer Dunst über der Landschaft, und rechterhand, in Richtung Pécs, glühte rot die untergehende Sonne. Györk stand lange Zeit in dem stillen Turmzimmer und grübelte darüber nach, wohin wohl die Sonne verschwand, was es unter dem endlos großen Teller gab, was sich jenseits des Ozeans befand, dort, wo die Welt mit den feuerspeienden Bergen und den Schwefelseen begann.

Dann wieder dachte er über das Schicksal des geblendeten Königs nach. Er stellte sich vor, wie man ihn unerbittlich festgehalten und ihm die Augen ausgestoßen hatte. Kein Jammern, Flehen und Klagen hatte ihm geholfen. Wie mochte er gelitten haben, die Hände auf das blutende Gesicht drückend? Wie hatte er wohl Gott und den Heiland um Hilfe angerufen! Wie hoffnungslos hatte er dann in ewiger Finsternis gesessen, war im Zimmer auf- und abgegangen, tastend die Hand ausgestreckt, nach Halt suchend . . . bis ihm Gott, der ihm diese schreckliche Heimsuchung auferlegt hatte, eine getreue Gefährtin zur Seite gab, Ilona.

Oft fragte er Frater Pelbart nach all dem.

Er fragte ihn häufig auch danach, was sich am Rande der Welt befände. Pelbart war ein äußerst gelehrter Mönch, er kannte die Bücher, die die Märchen und kindlichen Glaubensvorstellungen aus alter Zeit widerlegten und die Menschheit die göttliche Wahrheit lehrten.

„Das haben die Alten richtig und zutreffend vermittelt“, erklärte der Frater, im Saal auf- und abgehend, in seiner gewohnten Weise die Hände in die weiten Ärmel gesteckt, „daß die Sonne, der Mond und die Sterne seit Erschaffung der Welt ununterbrochen um die Erde kreisen. So hat es Gott befohlen, und so bestimmt es sein Gesetz. So steht es geschrieben, und daran zu zweifeln, haben wir keinen Grund. Denn ihr wißt, daß jener Josua die Sonne auf ihrem Weg anhielt, bis er die Feinde besiegt hatte. Hätte er sie anhalten können, wenn sie nicht kreiste? Nun, das steht geschrieben. Und dies wird so lange sein, bis Gott dem Kreisen in seiner Welt ein Ende setzt und durch seine Engel mit schmetternden Posaunen das Jüngste Gericht verkünden läßt. Dann wird sich die Sonne verdunkeln und vom Himmel herunterstürzen, Mond und Sterne werden niedersinken, der Himmel wird bersten, und aus dem Schoß der Erde werden die Toten emporsteigen, um vor das Angesicht des richtenden Gottes zu treten. Auch das steht geschrieben.

Was aber geschrieben steht, was mit den Worten Gottes kundgetan wurde, ist gewiß und bedarf keiner Prüfung. Es gibt jedoch Dinge, die Gott nicht offenbart hat, die er unserem begrenzten menschlichen Verstand zu erforschen überließ. Jene alten römischen und hellenistischen Völker aber konnten sie nicht erforschen und haben ihre Wissenschaft nur aus verschiedenen Berichten und Gerüchten, aus dem Geschwätz heidnischer Völker zusammengetragen. Da sie keine Christen waren, konnten sie die reine Wahrheit gar nicht kennen. Heute jedoch hat die Lehre Christi unseren Geist erhellt, und so halten wir den Schlüssel in der Hand, mit dem wir das Schloß zu den Geheimnissen zu öffnen vermögen. So können wir dessen gewiß sein, was gelehrte christliche Männer über den Zustand der Erde und ihre Völker geschrieben haben.

Dort also, wo unsere Vorfahren vor mehreren Jahrhunderten mit ihren großen Herden, ihren bewaffneten Scharen lebten und in heidnischer Finsternis irrten, dort streifen auch heute noch heidnische Völker umher. Aber es gibt unter ihnen auch welche, die starke Städte errichteten. Ausgedehnte grasbewachsene Flächen, Weiden und ödes Land erstrecken sich dort, und es gibt gewaltige Flüsse, von deren einem Ufer man nicht zum anderen hinübersehen kann. Wilde Völker streifen dort umher, weiden ihre Herden, in der Finsternis des Heidentums irrend morden sie einander und beten ihre abscheulichen Götzenbilder an. An die grasbewachsenen Flächen grenzen endlose Wälder mit wilden Menschen darin, die schmutzig sind wie die Schweine, grausam wie nach Blut lechzende Wölfe, listig und verschlagen wie Füchse, die ihre Getränke nicht in Bechern oder Trinkhörnern schöpfen, sondern mit den Hirnschalen menschlicher Schädel, wilde Menschen, die sich in der Tiefe ihrer Wälder verkriechen wie die Ameisen im Gras."

„Und was ist jenseits davon?“ fragte Györk.

„Davon wird nach und nach auch noch die Rede sein. Dahinter gibt es ein so gewaltiges Gebirge, das weder gegen Mitternacht noch gegen Mittag ein Ende hat, dessen Gipfel ewiger Schnee und ewiges Eis bedecken, das man nicht erklimmen kann und vor dem selbst dem stolzen Adler schwindelt, so daß er abstürzt. Undurchdringliche Wälder bedecken die Hänge dieser Berge, und gewaltige Felsen schützen sie von allen Seiten. Am Fuße dieser Berge, in fruchtbaren Tälern, an Flußauen liegt Magna Hungaria, das Land, in dem jene Madjaren leben, die sich von uns getrennt haben, stark und mächtig, so wie einst unsere Vorfahren gelebt haben. Und sie harren der Ankunft des Wortes Gottes und der Verkündigung der Frohen Botschaft. Sie leben dort in großer Sicherheit, denn kein Feind kann sie angreifen.

Und jenseits dieser großen Berge regiert Johannes der Priester in Macht und Ruhm, er hält die muselmanischen Türken im Zaum, die uns Christen hassen. Er nennt ein großes Land sein eigen, viele Millionen Einwohner stehen unter Waffen, und er wartet nur auf den geeigneten Augenblick, die Feinde Jesu Christi zu besiegen. Dann wird er sich mit der Macht Seiner Heiligkeit des Papstes vereinen, und die Voraussetzung für einen ewigen Frieden und für eine einzige Herde auf dieser Welt schaffen. Und dann werden sich alle Völker ihnen anschließen und den Namen Gottes und das Erlösungswerk Jesu Christi laut loben und preisen.

Es gibt noch weitere Völker, zum Beispiel jene, die mitternachtwärts von den großen Wäldern leben, dort, wo der Winter länger währt als der Sommer, wo nachts das rötlich lodernde himmlische Feuer den Wald entzündet. Lateinische Bücher berichten von den Fennen. Aber das kann nicht wahr sein. Denn in einem Land, in dem himmlische Flammen die Wälder verbrennen, können keine menschlichen Wesen leben. Es sei, es wären irgendwelche teuflischen Geschöpfe. Aber in jener Gegend, die zwischen den eben erwähnten Gebieten und dem Reiche Tartaros liegt, gibt es vortreffliche menschliche Wesen. So das Volk der Einbeinigen. Sie bewegen sich auf einem Bein hüpfend wie die Spatzen, aber ihre Sohle ist so groß, daß, wenn die Glut der Sonne gar heftig brennt, sie sich hinlegen und ihren Fuß als Schirm über sich halten. Dann gibt es auch die Einäugigen. Aber dieses eine Auge befindet sich nicht am Kopf, denn einen Kopf haben sie nicht, sondern mitten auf der Brust, und auf der Brust haben sie auch die Nase und den Mund. In wieder anderen Gebieten leben die Pferdefüßler und in wieder anderen die Werwölfe mit langen Schwänzen wie die Wölfe. Die Langnasen aber haben einen Rüssel, der ihnen bis an die Knie reicht, und sie können damit auch greifen, selbst eine Nadel können sie damit von der Erde aufheben. Wieder andere Völker sind von Kopf bis Fuß mit Haaren bedeckt, nur ihre Gesichter sind nackt. Sie verständigen sich nicht in menschlicher Sprache, sondern bellen wie die Hunde und ernähren sich von rohen Fischen. Und in dem weiten Ödland leben sogar Menschen, welche einen langen Hals haben wie die Reiher und einen großen Vogelkopf . . ."

Frater Pelbarts Wissen verschlangen die Knaben mit lauschenden Ohren und staunenden Augen. Wieviele wundersame Bücher mußte er studiert haben, daß er all das wußte. Und wenn er gar erst dort gewesen wäre, wo man all das sehen konnte?

Während Györk den Worten des Mönches wissensdurstig und mit großem Gefallen lauschte, dachte er darüber nach, daß man mit zwei oder drei mutigen, geschickten Männern aufbrechen müßte, um all diese Gebiete zu durchstreifen, bis hin zu den feuerspeienden Bergen, den Schwefelseen des Tartaros, und sich alles genau ansehen.

Vor allem aber Magna Hungaria.

Nachdem Györk das erstemal davon gehört hatte, setzte sich der Gedanke daran so in seinem Herzen fest, daß er an nichts anderes mehr denken konnte.

Auch die Bauern hatten manchmal davon erzählt, daß sich unsere Vorfahren vor ihrem Aufbruch in Richtung Donau und Theiß in zwei Teile spalteten. Das war damals, als die Petschenegen über sie hergefallen waren, ihre Wohngebiete zerstört, in Brand gesetzt und ausgeraubt hatten, so daß das ganze Land von bitterem Klagen, Wutgeschrei und Verwünschungen erfüllt war. Damals wurde großer Rat gehalten und beschlossen, das Gebiet zu verlassen, denn die Madjaren waren so schwach, daß sie den Kampf gegen die Petschenegen nicht noch einmal hätten aufnehmen können. Ein Teil des Volkes, mehrere Sippen der Stämme Jenő, Kurt, Jermatu, wollten nach dem Osten ziehen. Die anderen aber nach dem Westen. Darüber konnten sie sich nicht einigen. Auch trugen ihnen die Chasaren ein Bündnis an. So trennten sich die Madjaren im Frieden voneinander. Ein Teil kam hierher und lebte nun im wahren Glauben. Die anderen aber zogen zwischen jene himmelhohen Berge. Dort lebten sie auch heute noch, in großer Sicherheit, stark und reich, aber in heidnischer Finsternis.

Als sich dann die grauen, lautlosen, langen Herbsttage einstellten, träumte Györk immer häufiger von Magna Hungaria. Er verrichtete zwar seine Andachten, nützte auch die Zeit des Lernens, aber dann sagte er bei sich: „Jetzt gehe ich nach Magna Hungaria . . .“ Und in Gedanken durchstreifte er das Land am Fuß der hohen Berge, sah die dahineilenden Flüsse, die Herden, die in Gruppen beieinander stehenden Zelte und hörte das Bellen der Hunde. Und er sah auch schrecklich große Götzenbilder, wie hier in Bálványos eins stand. Von dem hieß es, es habe einen großen Kopf, breite Füße, das Gesicht sei mit Blut beschmiert, in der Hand aber halte es einen Napf für Opferfleisch und Hirse. Das erschreckte ihn. Selbst das halbumgestürzte Götzenbild in Bálványos übte große Kraft aus, wie gewaltig mußten dann erst jene sein, deren Kraft Jesus Christus noch nicht gebrochen und deren Standbild die Priester noch nicht zerstört hatten . . . Wie konnten die aufrechten Madjaren, unsere Brüder, mit ihnen leben? Dort mußte es viele Vater Majs geben, nicht wie hier nur diesen einen, der auch kein richtiger Schamane war. Sie schlugen auf ihre Trommeln, schrien laut, drehten sich und schüttelten dabei die Rasseln an ihren Gewändern, sie beschworen die bösen Geister, unterhielten sich mit ihnen und erteilten ihnen Befehle, sie entfachten den Zorn des sich im heißen Wind drehenden Geistes und bezwangen ihn. Um ihre Feinde zu verhexen, schickten sie Hiz aus, paktierten mit dem Teufel und bereiteten der holden Jungfrau und unserem Herrn Kummer. Györk sah den sich emporschlängelnden Rauch ihrer Opferfeuer. Und er stellte sich vor, daß das Volk niederkniete und zum himmlischen Vater betete wie hier in der Kirche.

Wie konnten Menschen in solch schrecklicher Finsternis leben? Raubend und plündernd? Einander mordend? Wälzten sie sich im Sündenpfuhl, hatten sie acht bis zehn Frauen, Beischläferinnen, wie man es von den Kumanen und anderen heidnischen Völkern erzählte?

Ja, manchmal hatten auch die älteren Bauern von ihnen gesprochen, hauptsächlich Vater Ölyved und Majs am Rékabach. Doch Frater Pelbart meinte, daß sei nur eitles Geschwätz. Die Wahrheit stehe in der *Großen Gesta* geschrieben. Wenn sich Györk so weit in seinen Lateinkenntnissen vervollkommnet habe, daß er alles zu lesen vermöge, könne er sich in die Geschichte über die Taten unserer Vorfahren vertiefen, die hier aufgezeichnet seien.

Bis dahin streute Frater Pelbart noch viele Körner Weisheit über die Taten der Ungarn aus.

Allmählich nahm Györk all diese winzigen Samenkörner auf, und sie keimten in ihm und wuchsen, ohne daß er es gewahrte.

Als Pelbart sah, mit welch brennender Neugier sich Györk der Geschichte zuwandte, richtete er es so ein, daß er da und dort die

Aufmerksamkeit des Knaben auf die alten Ereignisse lenkte, ihn an die Taten der Fürsten erinnerte und im Auf und Ab der Geschichte auf die Gesetze, den Willen und die künftigen Absichten des allmächtigen Gottes hinwies. Wie trockener Sand den Mairegen, so nahm Györk gierig die zufälligen oder wohl nur scheinbar zufällig fallengelassenen Worte und weisen Lehren des Fraters auf.

Pelbart teilte seine Beobachtungen dem Abt mit. Als er vom Fortschritt der Knaben, von ihren guten und schlechten Eigenschaften berichtete, kam er auf Györk zu sprechen und wies nachdrücklich darauf hin, wie stark er sich für die längst vergangenen Ereignisse interessierte.

„Györk hat einen klugen Kopf, entsinnt sich, was ich vor vier oder fünf Monaten nur beiläufig erwähnt habe. Wenn Gott uns beisteht, Vater, hat dein gütiger, weiser Blick wieder einen Edelstein gefunden, der unserer Kirche zur Zierde gereichen kann."

Der Abt nickte zufrieden, das Lob aber wies er zurück.

„Wenn dem so ist, war es eine Eingebung Gottes."

„Sobald er in seinen Lateinkenntnissen genügend fortgeschritten ist, müßte man ihn fortschicken, damit er die Welt kennenlernt und seinen Geist weiter schärft."

„Er soll nur noch ein wenig reifen, dann schicken wir ihn weiter. Ich befürchte nur, Bruder, daß in dem Knaben zuviel Herz wohnt, sein Wille aber schwach ist."

„Wahrlich, an die Regel gewöhnt er sich schwer", bestätigte der Frater, „doch er wird reifen, mit Gottes Hilfe."

Der Abt dachte ein wenig nach, sein Gesicht zeigte gespannte Aufmerksamkeit.

„Gewiß, die menschlichen Seelen sind sehr verschieden, und die unermeßliche Weisheit Gottes überläßt es dem freien Willen eines jeden einzelnen, sich den Weg zu ihm auszusuchen, und wer könnte die Wege zählen – dennoch bin ich der Meinung, ein bißchen mehr Wille, gepaart mit seinem scharfen Geist, und ein bißchen weniger Gefühl würde vielversprechender sein."

„Das Gefühl gebärt den Willen, Vater", widersprach Frater Pelbart.

Doch der Abt schüttelte den Kopf und lächelte.

„Das Gefühl tötet, es verdirbt den Willen", sagte er. „Das Gefühl gebärt den Teufel. Wer eine leichte Beute seiner Gefühle ist, wird auch eine leichte Beute für den Teufel. Aus diesem Grunde muß man die Gefühle in dem Knaben beschneiden, damit er sich ihnen nicht so leicht hingibt. Stattdessen sollte man die Einsicht, die Weisheit in ihm nähren, damit sie seinen Willen beeinflussen."

In der Tat, Györk klammerte sich an alle Dinge vornehmlich mit seinen Gefühlen wie ein Vogel mit seinen Krallen an den Zweig des Baumes. Oft hatte er das Gefühl, auf einem sehr schwankenden Ast zu sitzen. Die Einsamkeit übermannte ihn, er empfand das Kloster mit den Mönchen, den Freunden als öde, hart und kalt. Am liebsten wäre er auf Bäume geklettert, hätte Vogelnester ausgenommen. Pferde gebadet, Krebse gefangen, wäre durch den Wald gestreift. Gern hätte er aus vollem Halse geschrien, gelacht. Er empfand Lust zu rennen, eine Schierlingspfeife zu schnitzen, zu singen. Ihm war, als wänden sich langsam Stricke um ihn und bänden ihn unzerreißlich fest. Es gab Stunden, in denen er darüber nachdachte, was wohl geschähe, wenn er heimlich die Zunge herausstreckte. Der Gedanke ließ ihn erschauern, als schaute er in einen Abgrund. Er stellte sich vor, wie der Zorn Gottes in Gestalt des Blitzes ihn unverzüglich träfe, wie der himmlische Zorn aufflammte, wie der Teufel kichernd aus der Erde kröche und ihn freudig mit sich risse, wie der gelbe, schwere Schwefelrauch hinter ihm herzöge. So wie es jenem Mönch ergangen war, der seinem Hunger nicht länger widerstehen konnte und den Leib des Herrn mit vollem Magen empfing. Dann wieder in schlaflosen Nächten, wenn trostloser Regen gegen das Marienglas der Fenster des Dormitoriums schlug und der Wind heulend zwischen den hohen Mauern des Klosters dahinfegte, erhob sich das Verlangen in ihm, aus dem Haus zu schleichen, die Basteien entlangzurennen wie ein Gespenst und sich in die Tiefe hinunterzulassen. Und manchmal wollte er sein Vaterhaus besuchen, die Hunde streicheln, dem Atem der Schlafenden lauschen, dann aber weiterziehen. Und er verspürte gar Lust, auch in ein anderes Haus zu huschen, den Kopf zur Tür hineinzustecken und dort den arglosen Schlaf von jemandem zu beobachten. Dann aber müßte er für immer fortgehen, verschwinden in den Wäldern des Mecsek-Gebirges, auf dem Grund felsiger Schluchten wie ein geflohener Sklave. Eine bittere Begeisterung trieb ihn auszubrechen, zu rennen, umherzustreifen, fern von den Augen der Menschen.

Draußen war das Leben schöner und besser als hier. Dort könnte man frei reiten, baden, schreien, singen . . .

Aber warum war er dann ins Kloster gekommen? Er hätte ja auch draußen bleiben können. Dort, wo man ihm ständig vorhielt: Aus dir wird nie etwas . . . Taugst zu nichts . . . Und wo jenes Mädchen weinend das Haus verlassen hatte. Wo seine Freunde schon wie Krieger ritten und ihn verspotteten. Wo man Hiz im Frühjahr ins Wasser warf und Petschenegenmädchen ihn spöttisch von Kopf bis Fuß musterten.

Auf solch schwankendem Zweig saß Györk.

Vom Kreuzgang konnte man auf den umwölkten Hang und den rauchenden Gipfel des Zengő sehen. So mochten die himmelhohen Berge aussehen, in deren sicheren Schluchten und Tälern die Madjaren lebten. Das dort war Magna Hungaria . . . „Seht ihr, Brüder? Es ist etwas Großes, Bruder Anselmus, Bruder Johannes, Bruder Paulus . . . dort stehen die Götzen, mit dem Gesicht gen Morgen. In ihrem Napf ist junge Hirse, frisches Fleisch. Ihr Gesicht ist neu mit Blut beschmiert. Dort stehen die Zelte. Daneben angepflockt die Pferde. Bellende Hunde kommen gerannt. Ein Schamane schreitet würdevoll einher, gar nicht wie ein Diener des Teufels, er heißt Majs, ist ebenso ein Ungar wie der hiesige Majs."

Die Knaben schauten auf den Berg. Ihre Phantasie regte sich. Sie vermeinten fast selbst zu sehen, was Györk begeistert, leuchtenden Auges gesagt hatte.

„Diese Ungarn dort gibt es vielleicht gar nicht mehr", winkte Johannes schließlich ab.

„In den Büchern steht es geschrieben, daß es sie gibt", bekräftigte Györk.

„Vielleicht hat es sie gegeben, aber sie sind schon alle gestorben."

„Wir sind doch auch nicht ausgestorben."

„Und wer hat sie gesehen, he?" forschte Paulus.

„Jene, die davon berichtet haben, daß es sie gibt und wie sie leben."

„Wenn sie wenigstens hierher kämen", sagte Johannes, „doch so weit reicht ihr Verstand nicht."

„Vielleicht kommen sie einmal doch", erwiderte Györk nachdenklich.

„Nun, Gott geleite sie."

Aber Györk begnügte sich nicht damit zu warten, bis er den lateinischen Text vollkommen verstand und die *Große Gesta* richtig lesen konnte. Immer häufiger stahl er sich in den Turm Bélas des Geblendeten und stöberte zwischen den auf Regalen stehenden Folianten. Er blätterte sie der Reihe nach durch.

Meistens waren es alte ausgediente Meßbücher, Predigten, Gebetssammlungen, Gleichnisse. Man hatte neue Abschriften von ihnen angefertigt, diese aber bewahrte man aus Pietät auf. Darunter war jedoch ein gelbes, an den Ecken stark abgenütztes, in Holztafeln gebundenes Buch, das der längst verstorbene Mönch zu einem Viertel in ungarisch geschrieben hatte. Die Augen Györks erhaschten ein Wort, das ihm unter den anderen, fast unlesbaren, in die Augen stach: wünneclîch. Nun setzte er sich auf einen Schemel, legte das Buch auf die Knie und ließ den Blick gierig über die verheißungsvollen Zeilen gleiten. Er setzte den Finger auf das Pergament, strengte all seinen Geist an, versuchte jeden Buchstaben zu entziffern, um den Sinn der krakeligen Schrift zu erfassen. Der Text war wohl sehr alt, denn Györk vermochte kaum herauszufinden, was die Worte bedeuteten. Endlich fand er eine Zeile, die ähnlich klang wie Györk sprach. Es hieß: „Sendlinge zogen von hinnen gen Morgen und brachten Kunde von den Madjaren, und jene Madjaren dort empfingen sie mit Freuden."

Das Herz Györks klopfte so heftig, als wäre er nach schnellem Lauf plötzlich gegen eine Wand gestoßen. Er ließ das Buch sinken und schaute durch das vergitterte Fenster weit hinaus. Sein Gesicht war gerötet, sein Körper schweißgebadet. Wie gelähmt lagen seine Finger auf den Blättern. ‚Wollen doch mal sehen, was dann ist', dachte er, ‚gehen wir dieser Spur nach. Hier ist von Madjaren die Rede, die als Sendboten im Osten waren, wo ebenfalls Madjaren lebten, welche sich ihrer erfreuten. Wollen doch mal sehen, wann dieses Buch geschrieben wurde . . . vor hundert Jahren? Vor zweihundert? Noch eher? Das Buch ist sehr alt. Aber die Buchstaben sprechen.'

Nun erfüllte sich das Herz Györks mit unaussprechlichem Dank und mit Bewunderung gegenüber seinem eigenen Schicksal.

Nach einer augenblicklichen Lähmung fand er nun keine Ruhe. Er legte das Buch auf den Tisch, sprang auf und schritt hastig im Zimmer auf und ab. Hier, wo ihn die Erinnerung an die Leiden des geblendeten Königs umgab, war für ihn alles von geheimnisvoller Bedeutung. Dann schritt er zum Fenster und schaute in die Landschaft hinaus, die im matten Grau herbstlichen Nebels und Regens gleichsam schwamm.

Man hatte Sendboten nach dem Osten geschickt, und die dortigen Madjaren empfingen sie freudig . . .

Er setzte sich zurück und griff wieder hastig nach dem Buch. Jetzt ging er daran, den ganzen Absatz Buchstabe für Buchstabe zu enträtseln. Er kam dabei ins Schwitzen. Die Schriftlinien des Mönches von einst liefen da und dort ineinander, verschmolzen miteinander, manche Buchstaben hatte er ausgeschmückt, wenngleich die Schrift sonst krakelig, starr und einfach war. Die Tinte auf dem dicken Pergament war blaß geworden. Die Augen flimmerten Györk in diesem Halbdunkel, während er mit der Schrift rang. Aber die innere Erregung trieb ihn und ließ ihm keine Ruhe.

Nach großer Anstrengung war er so weit, daß er noch einige Sätze enträtseln konnte, und die Worte reihten sich verständlich in seinem Kopf.

Nun konnte kein Zweifel mehr bestehen. In dieser alten Schrift war von jenen Madjaren die Rede, die im Osten geblieben waren und zu denen noch lange Zeit Sendboten gingen wie zu leiblichen Brüdern, ihnen Geschenke brachten und über den Verlauf ihres Lebens berichteten. Die Bauern im Dorf waren also keine Schwätzer, und auch die Wissenschaft Pelbarts kündete die Wahrheit. Hier stand es geschrieben.

Györk mühte sich mit dem Buch ab, bis die Glocke des Klosters ihn zu anderer Arbeit rief. Behutsam, mit großer Sorgfalt, stellte er das Buch auf seinen Platz zurück und beschloß, nicht eher zu ruhen, bis er das Ganze enträtselt hatte. Er sagte niemandem etwas davon. Es sollte sein Geheimnis bleiben.

Er rannte die Stufen hinunter, obwohl das als unschicklich galt und gegen die Ordensregel verstieß. Aber er vermochte seine Aufregung, sein Glück nicht zu zügeln. Er mußte rennen wie das Pferd im Frühling.

An einem verschneiten, aber milden Tag, als das Schmelzwasser reichlich von den Dächern lief, sagte Pelbart zu Györk: „Geh in die Zelle zum Pater Abt."

Györk ging, von verwunderten Blicken der Knaben begleitet, aus dem Saal.

Der Abt saß auf dem Rand seines Bettes, beugte den Kopf auf die Knie und kämpfte mit einem erstickenden Husten. Er winkte Györk nur mit der Hand zu, geduldig zu warten, bis der Krampf nachließ. Der Junge sah mitleidig die Qual des guten alten Paters, sein gerötetes Gesicht, den kahlen Kopf, und sein Herz krampfte sich vor Angst zusammen, daß der Abt ersticken könnte.

Aber er erstickte nicht; nach einer Weile ließ der Husten nach. Nun richtete sich der Abt seufzend auf, wischte den rinnenden Schweiß und die Tränen mit dem Ärmel seiner Kutte ab und versuchte zu lächeln. Soeben noch war er lebhaft rot, jetzt aber fahl und blaß. Und seine Stimme klang, als hätte er einen Schwamm im Hals.

„Mein Sohn", begann er mühsam und fuhr sich mit den Fingern über die Stirn, „siehe, mein Leben geht langsam dem Ende entgegen . . ." Er seufzte. „Der Hund, der in mir bellt, erstickt mich, bringt mich um. Es ist der Hund des Todes . . . Sag nichts, mein Sohn, du brauchst mich nicht zu trösten", wehrte er ab, als Györk beklommenen Herzens widersprechen wollte, „was wären wahrer Glaube und Wissenschaft wert, wenn sie uns nicht mit dem Tod versöhnten? Sich auflehnen, sich entsetzen, mit Händen und Füßen fuchteln können nicht nur die Heiden, das kann sogar das unwissende Getier. Ich sage das nur so, weil du gesehen hast, wie mich der Tod würgt."

Wieder schaute er heiter auf Györk, blickte von unten herauf wie ein Rabe.

„Aber es geht nicht darum, sondern daß ich von einem ehrwürdigen Frater, der bei uns zu Gast weilt, einen Brief aus Fejérvár erhalten habe. Der Prior des dortigen Klosters, Pater Aloisius, ein hochgelehrter, frommer Mann, entbietet unserer armen Klostergemeinde seinen Gruß und bittet mich, einen unter euch Zöglingen auszuwählen, der zu ihm käme, um sein Lernen dort fortzusetzen. Er wird dann jene, die dessen würdig sind, sowohl auf Grund ihres Geistes als auch der Reinheit ihres Herzens, zu höheren Studien an die Universität zu Bologna schicken. Der Pater Prior fragt bei mir an, ob ich einen jungen Mann schicken könnte, der geeignet wäre."

Er schwieg einen Augenblick, prüfte Györk auch weiterhin heiteren Sinnes, aber scharfen Blickes.

Das Gesicht Györks war gerötet, und es wurde ihm sehr warm.

„Nun, ich habe mich mit Bruder Pelbart beraten und bin zu dem Entschluß gekommen, dich nach Fejérvár zu Pater Aloisius zu schicken als seinen Sohn."

„Mich?" flüsterte Györk, und er hatte das Gefühl, als würde sich der Weg, von dem er so oft geträumt hatte, von allein öffnen. Der Weg, der an den königlichen Hof führte, in den Kreis gebildeter Priester.

„Dich. Nun, wie denkst du darüber? Sag!"

Der Junge stand zögernd da. Er wußte nicht, was er sagen sollte. Jetzt konnte er also gehen, gehen in eine ferne Stadt, die hohen Mauern taten sich vor ihm auf. Doch in dem Augenblick, als ihn die Freude überkam, erfaßte ihn auch Beklemmung. Das Kloster mit seinen ihm wohlbekannten Bewohnern, mit seinen Sälen, den Säulen und Bildern wurde ihm plötzlich lieb und teuer. Und der Zengő erst, das Dorf, in dem er jeden Winkel kannte . . . die kleinen, aus Lehm gebauten Häuser mit all ihren Bewohnern . . . Eines der Häuser, ein kleines, wo er jemandes Atmen belauschen wollte . . . Die Bäche, die Bäume, die Haine . . .

Er warf sich vor dem Pater auf die Knie und neigte das Haupt.

Die Finger des Abtes fuhren in das nußbraune, lang herunterwallende Haar Györks, strichen über seinen Kopf.

„So ist es richtig, mein Sohn . . .", brummte er zustimmend. „Wir müssen dem Schicksal mit christlicher Demut entgegengehen, das uns Gott bestimmt hat. Ihm müssen wir uns anvertrauen. Ich sehe, du handelst so. Nun, stehe auf und vernimm die Worte deines Abtes.

Es sind die letzten in diesem Leben, und du mußt sie dir ins Herz einprägen."

Ergriffen erhob sich Györk und neigte den Kopf.

„Bereite dich also auf den Weg vor; du wirst in Begleitung unseres Gastes, des Fraters, nach Fejérvár reisen. Du verläßt nun das Nest, in dem du aufgewachsen bist, wo wir dich mit den nährenden Körnern des wahren Glaubens und der Wissenschaft gefüttert haben wie der Vogel seine Jungen. Nun gehst du in ein anderes Kloster, kommst unter andere Menschen, bleibst aber in der gleichen christlichen Gemeinschaft, in der gleichen Herde. Wir aber werden einander in dieser Welt nicht mehr sehen. Als Rat möchte ich dir auf den Weg mitgeben, mein Sohn: Bilde deinen Geist, aber vertraue ihm nicht allein. Stärke deinen Willen, daß dich nichts von dem Weg der erkannten Wahrheit abbringt. Und halte deine Gefühle im Zaum, dein Herz, denn es ist das Tor, das für den Teufel am weitesten geöffnet ist. Außer deiner Liebe zu Gott soll dein Gefühl keine andere Liebe entzünden. Denn deine Schwäche, mein Sohn, ist dein Herz. Achte darauf."

Györk öffnete die Ohren weit, damit die Worte des Mönches tief eindringen konnten. Sie machten ihn betroffen. Ihm war, als würden die müden, entzündeten roten Augen, die mit dem Blick eines Raben auf ihn schauten, bis auf den Grund seines Herzens sehen. Dahin, wo sich seine geheime Liebe für ein Mädchen verbarg, von wo sehnliche Erinnerungen aufstiegen und von wo auch das Aufbegehren kam, wenn er daran dachte, aus dem Kloster zu fliehen, an der Mauer und der hohen Bastei hinunterzusteigen und in den Waldungen zu verschwinden. Mit flackerndem Blick schaute er auf den Abt, wie einer, den man ertappt hat.

Doch der Abt wollte Györks Geheimnisse und Erinnerungen, die Sache des Beichtstuhls waren, jetzt nicht erforschen. Er sprach vielmehr mit lächelndem Gesicht weiter, seine Ergriffenheit verbergend.

„Ich will dich jetzt nicht mit tausend und abertausend Ratschlägen belasten, mein Sohn, was du wissen mußt, weißt du ohnehin. Was du aber noch nicht weißt, wird dein Geist dir mit eigenem Schlüssel eröffnen, und nur so erschließt es sich wirklich. Nun, komm näher, und knie nieder."

Györk trat näher und fiel auf die Knie. Der Abt aber legte ihm die gefalteten Hände auf den Kopf, segnete ihn und schlug über ihm das Kreuzzeichen.

„Mein Sohn Julianus", sprach er ihn mit seinem neuen Namen an, „gehe in Frieden auf dem Weg, den Gott dir gewiesen, werde eine

Zierde unseres christlichen Glaubens und unserer ungarischen Heimat. Geh und wirke im stillen, untertänig, arm, wie es sich gebührt, aber mit fröhlichem Herzen und in Frieden. Wo du eintrittst, sollen alle wissen, daß mit dir unser Herr eintritt. Und abends, nach getaner Arbeit, wenn du deinen Weg zurückschaust, möge zuweilen auch ich dir in den Sinn kommen. Sprich dann ein Ave für mich, und bitte Gott, unseren Vater, er möge nicht streng mit mir armen Sünder ins Gericht gehen. Er möge den Stab seiner Güte nicht über mir brechen. Steh jetzt auf und gehe."

Leise flüsterte Györk seinen Dank und verließ rückwärtsschreitend die Zelle.

Als er zu Frater Pelbart und den Jungen zurückkam, setzte er sich auf seinen Platz und beugte sich über seine Schreibtafel. Die erklärenden Worte Pelbarts fielen eintönig in die Stille. Er wußte also von den Plänen des Abtes. Seine Kameraden aber erfuhren es erst in der Pause. Johannes empfing die Nachricht kalt, aber man sah ihm an, daß der Teufel des Hochmuts ihn packte. Hielt er sich doch für den vortrefflichsten. Er war älter als Györk und hatte auch schon früher mit dem Lernen begonnen. Sein Vater war Gespan, ein hoher Herr. Und dennoch war die Wahl des Abtes auf diesen erst vor kurzem aufgenommenen schmächtigen Bengel gefallen. Paulus dagegen freute sich. Anselmus aber wurde traurig. In Eusebius stieg Begeisterung auf, mit hastigen Worten, wie er stets sprach, und die eine Schulter von Zeit zu Zeit hebend, erklärte er, was er tun werde, wenn der Abt ihn einmal auswählen sollte. Welch großer Gelehrter er würde. Er war ein einfältiger, aber ein gesegnet guter, sanfter Junge, stämmig und beleibt und stets lächelnd.

Györk stand zwischen den Knaben, die Hände in die Kuttenärmel gesteckt wie ein alter Mönch im kühlen Wind des Kreuzganges. Er zog die Brauen zusammen und versuchte, seinen Stolz zu unterdrücken. Das Plätschern des Schneewassers vom Dach war Musik für seine Ohren. Wundersame Melodien verbargen sich darin, als läuteten Engel silberne Glöckchen. Er sagte nichts. Die Lippen zusammengepreßt, rang er mit dem Stolz und dem Kummer, daß er diese Stätte, seine Heimat verlassen mußte. Der Zengő glänzte in der matten Wintersonne, als hätte man Gold darauf gegossen. Zerfetzte, dunkle Wolken schwammen über dem Gipfel wie leichte Segel, die um die Bergspitze herumfuhren.

Noch am gleichen Abend machte ihn Frater Pelbart mit dem Gast bekannt, seinem künftigen Reisegefährten. Der Mönch war ein träger Mann mit einem massigen Körper und einem flachen Gesicht, im Haar an seinen Schläfen zeigten sich schon graue Fäden. Auf der Tonsur trug er gegen die Kälte eine kleine schwarze Kappe. Er hieß Georgius, sprach mit tiefer Stimme, begrüßte Györk mit heller Freude, legte ihm schwer die große behaarte Hand auf die Schulter, als wollte er selbst seine Hand nicht halten.

„Nun, du bist also dieser Julianus? Du kommst also mit mir nach Fejérvár? Nun gut. Aber hast du keine Angst vor der langen Reise? Denn ein weiter Weg steht uns bevor."

Ohne auf eine Antwort zu warten, ließ er ihn stehen und trottete mit den Brüdern zu Tisch. Zu Ehren des Gastes hatte der Küchenbruder seine ganze Kochkunst aufgeboten und einen Wildbraten mit brauner Soße bereitet, dessen Duft sich verlockend im ganzen Kloster ausbreitete. Es gab frisches Brot dazu, aus neuem Mehl, und prickelnde, säuerliche Kuhmilch. Georgius drehte die spitze Nase nach den Schüsseln, zog den Duft tief ein und brummte zufrieden.

„Ich werde nicht nur diesen Jungen mitnehmen, Brüder, ich sehe schon, ich nehme auch euren Koch mit", sagte er heiter. „Unserer versteht es nicht, einen Rehbraten zuzubereiten, ohne ihn anbrennen zu lassen, wodurch das Fleisch bitter schmeckt. In die braune Soße aber mischt er soviel Honig, daß es einem den Magen umdreht."

Alle lachten über das fröhliche Plaudern des Georgius. Die übliche Strenge ließ nach, der Abt hob sogar das Silentium auf. Selbst der am enthaltsamsten lebende Frater, der ständig fastende, sich kasteiende, meist in Psalmen, Gebete und einsame Andacht versunkene blasse Gerhardus lächelte und hielt dem Küchenbruder seinen Zinnteller hin, als dieser den gepriesenen Braten und die braune Soße austeilte.

Julianus saß am Tisch der Novizen und beobachtete mit einem Auge den Gast. Bruder Georgius langte kräftig zu. Das Fleisch verschwand in wenigen Augenblicken in seinem Magen, was auch kein Wunder war, denn er verschlang auf zweimal, was für die anderen fünf oder sechs Bissen ergab. Mit seinem Messer zerschnitt er geschickt das Fleisch und ließ es mit zwei Bewegungen im Mund verschwinden. Er kaute wohl gar nicht, schlang nur wie ein Reiher. Denn er sprach ohne Unterlaß. Er schilderte die Zustände im Kloster von Fejérvár, sprach von dem Prior, von dessen Gesundheitszustand und erzählte von allen möglichen Angelegenheiten dort. Zwischendurch hob er immer mal seinen Teller, und der Küchenbruder sprang freudig herbei, um ihn wieder zu füllen. Georgius legte große Brothappen in die Soße, spießte sie mit der Messerspitze auf und schickte sie mit großem Genuß dem Fleisch hinterher. Ein hoher Zinnbecher stand vor ihm, bis zum Rand mit gesäuerter Milch gefüllt. Georgius schüttete den Inhalt auf einmal hinunter, ohne zwischendurch zu schlucken. Den Knaben imponierte das. Anselmus versuchte es ihm nachzumachen, aber es geriet ihm in die falsche Kehle, er spuckte Paulus die Milch auf die Kutte und hustete wie der Abt in seinen schlimmsten Stunden. Georgius jedoch füllte soviel Milch in sich hinein, als wäre sein Magen ein Faß. Sein Leib war auch entsprechend dick.

Die Abreise war für zwei Tage später, für die Zeit nach der Messe festgelegt. Sie fiel auf einen Sonnabend, und es war der Tag nach Neumond. Den Sonntag wollten sie in Pécs verbringen, um dort die Messe zu hören und den geheiligten Tag nicht durch Reisen zu entweihen. Außerdem waren samstags weder die Juden noch die ismaelitischen Marktleute, auch nicht die Salzpächter, die Geldwechsler und die Sklavenhändler unterwegs, und so hatte man wenig Grund, sich vor den Räubern der Umgebung zu fürchten. (Wenngleich diese reisenden Mönchen ohnehin kaum etwas antaten.)

Von Pécs nach Tolna wollten sie auf der Heerstraße fahren, in der Hoffnung, sich Kriegsleuten anschließen zu können, um somit wieder in Sicherheit reisen zu können. Von dort sollte es an der Donau entlang ebenfalls auf der Heerstraße weitergehen; so gedachten sie die nach Fejérvár führende Heerstraße zu erreichen und auf dieser an ihr Ziel zu gelangen.

Dem Bauern, der mit dem Spanndienst an der Reihe war, ließ man ausrichten, er solle sich für den Weg nach Pécs vorbereiten.

Auch sie rüsteten sich. Der Bruder in der Kleiderkammer suchte für Julianus eine neue Kutte und neue Sandalen aus. Er war sogar darauf bedacht, daß diese weder zu groß noch zu klein waren, aber doch etwas größer als gerade gebraucht, denn wie er sagte, die Knaben wüchsen schnell, aber nicht so die Kleidung. Der Beschließer der Speisekammer überlegte umsichtig, von welchem Wein er ihnen ein Fäßchen für die Reise füllen sollte.

Im ganzen Kloster flatterten die Fahnen in feierlicher Erwartung, als hätte man nicht auf jemandes Abreise, sondern auf eine Ankunft gewartet.

Indessen tauchte der Gast überall auf, sah sich alles an, fragte nach allem. Mit Ausnahme der vorgeschriebenen Andachten und der Messen sprach er ununterbrochen. Er erklärte alles, wußte alles besser. Er wirkte dabei aber nicht aufdringlich oder gar überheblich, er tat es nur, damit man ihn nicht für geringer halten sollte als andere. Als er dem Unterricht der Novizen beiwohnte und Frater Pelbart darlegte, wie man sich die Engel vorstelle, die zwar eine

Seele, aber keinen Körper hätten, ergriff Georgius sogleich den Faden, schlang und knüpfte ihn ohne Unterlaß weiter. Pelbart hörte lächelnd zu und sagte auch nichts, als der Gast einen Kirchenvater falsch zitierte. Paulus tadelte er lang und breit wegen seiner schlechten Schrift. Der Arme schämte sich so sehr, daß er sich am liebsten in ein Mauseloch verkrochen hätte. Alle waren durch das viele Reden todmüde. Gott möge es ihnen nicht als Sünde anrechnen, aber sie wünschten sogar: Wenn er sich nur schon auf den Wagen setzte.

Der Abt beobachtete Georgius mit verschmitztem Lächeln. Offenbar galt dieses Lächeln der Anordnung seines Amtsbruders in Fejérvár, gerade Georgius zu schicken. Vermutlich war auch er manchmal dessen Erklärungen überdrüssig.

Inzwischen machte sich Georgius auch mit seinem Reisegefährten näher bekannt. „Nun, mein Sohn Julianus", sagte er mit dröhnender Stimme und legte ihm die schwere Hand auf die Schulter, „gibt es denn in diesem Kloster einen ‚Barttrockner'?"

„Wir nennen die Bastei so."

„Komm, zeige sie mir."

Julianus führte den Mönch hinauf zu der sich ausweitenden Ecke der Bastei, von wo aus sie im Sommer still den Sonnenuntergang und die Ereignisse auf der großen Straße, die nach Pécs führte, zu beobachten pflegten: mal einen Reiter, ein Ochsengespann, auch wohl einen zu Fuß dahinziehenden Reisenden. Jetzt zur Winterszeit konnte man sich hier nicht lange aufhalten, auch war die Landschaft trostlos. In der Ebene breitete sich Nebel aus. Georgius sah sich um wie ein Ismaelit, der ein zum Verkauf angebotenes Rind mustert.

„Nun, als Barttrockner nicht gerade behaglich."

„Aber im Sommer ...", entgegnete Julianus.

„Unserer ist im Winter und im Sommer besser. Hier erfriert man im Winter, wird naß, im Sommer aber brät man."

Und auf der Stelle begann er in dem pfeifenden Wind hier oben auf der Bastei zu erörtern, wie ein guter Barttrockner beschaffen sein müsse. Breit, damit man mit Bärenfellen überdeckte Bänke oder Lehnstühle aufstellen könne, überdacht, damit der Regen nicht hereinfegen und die Sonne nicht hereinscheinen könne, er dürfe auch nicht nach dem Norden sehen, woher die schlimmen Winde wehen, und er müsse hoch liegen, damit das Auge frei über die Landschaft schweifen könne. Das sei der richtige Barttrockner. Aber schließlich könne nicht jeder hoch sein, in Fejérvár beispielsweise gäbe es keine Berge. Dennoch könne man von dem dortigen Barttrockner die Stadt übersehen.

Da Georgius ein allwissender Mann zu sein schien, fragte ihn Julianus, wie er über die Madjaren dachte, die zwischen den himmelhohen Bergen zurückgeblieben sind.

„Ah, du sprichst gewiß von Magna Hungaria, mein Sohn“, erwiderte er, ohne lange zu überlegen, und warf sich in ganzer Länge auf sein Bett, denn inzwischen waren sie in seiner Zelle angekommen. Er legte sich auf den Rücken, stieß die Sandalen von den Füßen, griff sich unter die Kutte, kratzte den gewölbten Bauch und machte ein ernstes Gesicht. „Habe davon gehört, sogar darüber gelesen, doch ein wahrhaft gelehrter Mann gibt nichts auf dergleichen unnütz Geschwätz.“

Julianus war überrascht und sah den Mönch befremdet an.

„Sowohl bei uns als auch in anderen Ländern gibt es Berichte über Magna Hungaria, ich weiß es, ich weiß von allen. Auch in den Chroniken ist davon die Rede, doch wenn es dies gegeben hat, so ist das lange her. Mag sein, daß sich diese Madjaren zur Zeit der Petschenegen oder noch früher von uns getrennt haben, weil sie dachten, dort würden sie es besser haben, fern von den Völkern des Abendlandes, nun, mag sein, daß es so war. Kümmere dich nicht um sie. Vielleicht gibt es sie gar nicht mehr. Wenn sie so töricht waren und nicht mit uns gekommen sind, so mögen sie den Schaden haben. Gott hat es so gewollt.“

„Aber in einem Buch steht geschrieben“, widersetzte sich Györk hartnäckig, „daß wir Sendboten mit Geschenken zu ihnen schickten und daß sie erfreut waren.“

„Das steht nicht geschrieben“, erklärte der Mönch, „das ist Geschwätz.“

„Aber ich habe es selbst gesehen und gelesen.“

„Was weißt du, was das bedeutet, was du entdeckt und gelesen hast. Wenn ich sage, das gibt es nicht, dann gibt es das auch nicht.“

„Aber in der Schrift wird berichtet, daß Sendlinge von hinnen gen Morgen zogen und Kunde von den hiesigen Madjaren brachten und daß jene Madjaren dort sie freudig empfangen haben . . .“

„Wo steht das geschrieben?“ fragte Georgius, sich aus dem Liegen halb erhebend und die blauen, wässrigen, hervortretenden Augen auf den Knaben gerichtet.

„In einem alten Buch, auf altem Pergament, mit alter Tinte geschrieben.“

Der Mönch legte sich träge zurück.

„Das meinst du? Ich weiß, ich weiß. Das kenne ich auch, das habe ich auch gelesen, wie du dir denken kannst. Nun gut, einst mag es so gewesen sein. Doch seitdem ist viel Zeit vergangen. Offenbar haben wir uns damals noch im Sündenpfuhl des Heidentums gewälzt, wir und auch sie, und sie wälzen sich wohl heute noch darin, wenn es sie überhaupt noch gibt. Doch wir haben die heilbringende Lehre Jesu Christi kennengelernt, sie jedoch nicht. Ein Volk aber, das die Lehren Jesu nicht kennt, geht verloren. Nun, so sind sie eben verlorengegangen."

Julianus hatte plötzlich einen bitteren Geschmack im Mund. Leidenschaft regte sich in seinem Herzen. Warum nur hatte er zu diesem Mönch davon gesprochen? In dessen Augen waren ja die Ungarn in Magna Hungaria Fremde. Selbst wenn sie wegen ihres Heidentums verlorengegangen wären, müßte man Mitleid mit ihnen haben und um ihrer Seelen willen die Gnade Gottes erflehen. Wenn sie aber doch nicht verlorengegangen sind, müßte man zu ihnen gehen, nach ihnen sehen und ihnen das lebenspendende Heil verkünden. Mißmutig und voller Unbehagen hörte er sich die Erklärungen des Georgius von der Nutzlosigkeit der alten Auffassungen an.

Er horchte nur mit halbem Ohr hin, hörte aber auch so genug, um Groll gegen Georgius zu empfinden.

Als er sich seiner sündhaften Empfindungen bewußt wurde, schämte er sich sehr. Auf der Stelle gelobte er, sie zu beichten und jeden Tag ein Ave für Georgius zu beten, damit Gott sähe, er liebe diesen wie seinen Nächsten.

Nach zwei Tagen nahm Julianus nach der Morgenmesse und dem Frühstück vom Kloster und seinen Bewohnern Abschied. Tränen verschnürten ihm die Kehle. Seine Hand ruhte auf dem Bündel, das er umgehängt trug, als müsse er befürchten, jemand könnte ihm das geräucherte Fleisch und die Hirsefladen wegnehmen, die Hajnal gebacken und ihm am Sonntag unter Tränen als Wegzehrung gebracht hatte. Erst wollte er sie nicht annehmen, denn hier im Kloster hatte man ja nicht nur Hirsefladen, sondern auch Weizenbrot, Fleisch und sogar Wein, den man ihnen auf den Weg mitgab, jetzt jedoch trösteten ihn die kargen Speisen aus seinem Vaterhaus und erwärmten sein Herz.

Vor dem Abt kniete er nieder und empfing den Segen. Der alte Mönch hustete wieder stark, mußte sich vor lauter Husten die Tränen wischen, aber er lächelte und küßte Julianus frohen Herzens.

„So lasse ich dich denn ziehen, mein Sohn" sagte er heiser. „Gehe in Frieden. Und bete für mich, für deinen armen sündigen Vater, der bald vor dem Herrgott stehen wird."

„Ich werde immer für dich beten", flüsterte Julianus und beherrschte sich tapfer.

Alle umarmten und küßten ihn. Dann begleiteten sie ihn hinaus auf den Kreuzgang. Dort stellte sich Farkas vor seinen Sohn.

„Nun gehst du also fort?“ fragte er, als hätte er es nicht gewußt. „Vergiß uns nicht und bete für uns. Und gib dir Mühe, daß doch noch etwas aus dir wird.“

Er beugte sich zu seinem Sohn herab und küßte ihn auf die Stirn, verneigte sich dann tief, grüßte die Schar der Mönche und ging steifen Schrittes gerade die Stufen hinunter, wobei er das über den Schultern hängende Wolfsfell zusammenhielt. Als er dann in den tauenden Schnee trat, waren seine Schritte gleichmäßiger, gemessener und fester als sonst.

Kánya, der für die Fahrt bestimmte Bauer, saß seitwärts auf der Leiter des mit Stroh bis obenhin gefüllten Wagens, er hob die Finger an die Lammfellmütze, grüßte die Mönche und strich mit der Peitsche von Zeit zu Zeit leicht über seine beiden mageren weißgrauen Ochsen. Hinten im Wagen waren die Wegzehrung, die für Fejérvár bestimmten Geschenke und ein Fäßchen mit Wein verstaut. Georgius kletterte stöhnend hinauf und setzte sich umständlich im Stroh zurecht wie ein Huhn, das sich zum Eierlegen anschickt. Julianus schwang sich neben ihn. Vom Kreuzgang aus wünschte man ihnen eine glückliche Reise, und die Zurückbleibenden segneten sie mit dem Kreuzzeichen.

„Hü, Bimbo, hü, Kormos“, ermunterte der Bauer seine Ochsen mit tiefer Stimme.

Träge legten sich die Ochsen ins Joch, und kreischend fuhr der Wagen auf seinen dicken Rädern holpernd zum Hof hinaus. Die Reise ließ sich glücklich an, denn die Ochsen traten nicht auf das Kreuz, daß der Bauer mit dem Peitschenstiel vor sie in den Schnee gezogen hatte. Die große Brücke dröhnte unter ihnen.

Alle, die in der Nähe der Straße wohnten, kamen heraus, um das große Ereignis zu sehen. Jetzt brachte man Julianus, den Sohn des Dorfes, ins ferne Kloster, damit er seinen Geist schärfe und ein großer Gelehrter aus ihm werde. Jetzt zog Julianus aus, der Sohn des Dorfes, um nicht eher haltzumachen, bis er an den königlichen Hof gelangte, die Welt der Bischöfe, der Barone und der mächtigen Vasallen des Königs. Dort würde er Schenkungsurkunden schreiben, welche der König dann mit seinem goldenen Siegel bestätigte.

Vor einem kleinen Haus, inmitten einzelner Bäume, standen eine Frau und ein Mann, er in Stiefeln, die leinenen Hosenbeine in die Schäfte gesteckt, und über den Schultern einen Schafspelz. Neben ihnen lungerte auch Vajka. Sonst war niemand zu sehen.

Vor dem Hause Farkas' wartete Hajnal, das Söhnchen in ein Tuch gehüllt auf dem Arm, und neben ihr stand Julianus' Vater. Hajnal winkte.

Vom Schmiedeeck klang vergnügt die Musik der Ambosse. Der Wagen fuhr zum Dorf hinaus. Die Ochsen strebten mit langsamen, rhythmischen Schritten im tiefen Schlamm vorwärts, ihre Hörner schwangen nach rechts und links wie die geschnitzten Kufen einer Wiege. Der Bauer Kánya gab ihnen ab und zu die Peitsche, rief ihnen ermunternde Worte zu und spuckte im weiten Bogen auf den Weg. Rechts eilten die gelben Fluten des Baches über die Steine. Am Himmel jagten sich graue Wolken, die blasse Scheibe der Sonne tauchte bald auf, bald verkroch sie sich wieder. Im leichten Wind schlugen die Zweige fröstelnd zusammen wie die steifgefrorenen Finger alter Frauen.

DRITTER TEIL

Ein großer, beleibter, schwerfälliger Mönch trottete träge dem Barttrockner des Klosters zu. Im Säulengang, der nach Südwesten schaute, legte er sich unbeholfen auf eine Liege, drehte sich auf die Seite und seufzte tief. Der Schein der untergehenden Sommersonne fiel warm auf ihn, bedeckte ihn mit seinem zarten Lichtschleier. Zufrieden schloß der Mönch die wässrigen hervortretenden Augen, sein schwammiges, schlaffes Gesicht genoß die Wärme.

Mit dicken Fingern umfaßte er das Brevier. Aber er las nicht darin. Stattdessen sprach er in achtunggebietendem Ton zu dem über das Geländer hinausstarrenden jungen Mönch mit braunem Teint und Adlernase. „Es ist geradezu eine gegen Gott gerichtete und dem ganzen Lande schadende Sünde, daß Herr András vom Heiligen Vater die Erlaubnis erpreßte, den Juden und Ismaeliten Regalien überlassen zu dürfen. Denn wenn es auch immer so gewesen ist, schon seit der Zeit unserer alten großen Könige, daß die Juden und die Ismaeliten die Zölle, Salzkammern und Münzstätten zur Pacht bekamen, Ungarn und Angehörige anderer fähiger Nationen dagegen nur selten, so hat man sich wenigstens gegen sie geschützt, hat Gesetze erlassen, ihnen die Hände gebunden – zum Schutze unserer christlichen Brüder. Doch dieser Herr András! Ist der ein König? Nein, er ist kein König. Wie hat er denn jene Frevler bestraft, die sich auf Ermutigung Palatin Bánks, des Gespans Petör und der anderen Herren, die allesamt reif für die Hölle sind, empört und unsere hohe Frau, Königin Gertrudis, ermordet haben? War es überhaupt eine Strafe, die er verhängt hat? Köpfe hätten rollen müssen . . . Stattdessen haben kaum einige dieser Herren mit ihrem Besitz bezahlen müssen, die anderen ließ er ungeschoren entkommen. Ist das ein König? Sage es selbst, auf Ehre und Gewissen."

Aber er öffnete die Augen nicht, um seinen Worten Nachdruck zu geben. Er wollte wohl von dieser elenden Welt nichts sehen.

Der junge Mönch formulierte seine Worte leise und vorsichtig, sprach mit großer Ehrerbietung.

„Du empörst dich darüber, lieber Bruder, daß Herr András für die Juden und Ismaeliten verbriefte Freiheit erpreßt hat. Du aber würdest sie aus der Welt jagen. Warum jedoch empfindest du Bitternis im Herzen wegen der Tat Palatin Bánks und der anderen Gespane? Warum wünschst du, daß der König strenge Rache an ihnen nehme? Hat denn die hohe Frau Gertrudis mit ihrer ganzen Sippe nicht das Blut der Ungarn ausgesaugt?"

Die leisen, ehrerbietig vorgetragenen Fragen entrüsteten Georgius. Denn er war es, der auf der Liege lag. Er öffnete sogar die Augen und richtete sie auf Frater Otto.

„Paß auf, Bruder, denn deine Dialektik kann leicht zum Werkzeug des Teufels werden!" Georgius hob düster die Stimme. „Wenn du die Menschen nicht nur danach unterscheidest, ob sie Heiden oder Christen sind, sondern auch noch unter den Christen Unterschiede machst..."

„Aber erkennt man denn die Bäume nicht an ihren Früchten?" erwiderte Frater Otto, ehrerbietig flüsternd, aber mit einem feinen Lächeln. „Und sollen denn Bäume, die keine guten Früchte tragen, nicht umgehauen und ins Feuer geworfen werden?"

„Aber steht denn nicht auch geschrieben, richtet nicht, auf daß ihr nicht gerichtet werdet", schrie Georgius, seine Friedfertigkeit ablegend und sich von der Liege erhebend.

„Dich entrüstet, lieber Bruder, daß Herr Bánk und seine Anhänger dieses Meraner Gesindel über die Klinge haben springen lassen", Otto versuchte Klarheit zu schaffen, blieb in der Mitte des Ganges stehen und wurde ernst. „Wenn die Anhänger unserer Frau Gertrudis Juden und Ismaeliten gewesen wären und nicht Italiener und Deutsche, hättest du nichts einzuwenden. Da es aber Deutsche und Italiener waren..."

So ging das Tag für Tag. Und weil Georgius der einzige Ordensbruder in diesem Kloster war, der von deutschen Vorfahren abstammte, fand er sein Leben kaum noch erträglich.

Otto als gebildetem Mönch, der die Universität zu Paris besucht hatte, war die Klosterschule anvertraut worden, um die zahlreichen Jugendlichen zu unterrichten. Da ihre Zahl groß war, mußte man drei Gruppen bilden. In der ersten Gruppe lernten die Jüngsten das Beten und das Schreiben, in der zweiten kam schon etwas Mathematik hinzu, und man beschäftigte sich bereits mit Phaedrus und Avienus, in der dritten Gruppe aber mühten sich die größeren Knaben um die Erkenntnis der grundlegenden Wahrheiten des Glaubens sowie um Dialektik, Astronomie und Musik.

Otto unterrichtete die älteren Scholaren. An die zwanzig Jünglinge saßen auf der Erde so weit voneinander entfernt, daß sie sich nicht berühren konnten. Der Frater selbst thronte auf einem hohen Katheder, und er legte den Stock, ohne den man die widerspenstigen kindlichen Seelen nicht mit den Wissenschaften und den Tugenden vertraut machen konnte, vor sich auf den Tisch. Von der Wand des Saales blickte der gekreuzigte Jesus leidvoll herab, ringsherum aber erfreuten sich rot-, blau- und weißgekleidete Heilige und Engel mit ausgespannten Flügeln der himmlischen Glückseligkeit. Bruder Otto hielt einen alten Pergamentband in der Hand und antwortete mit leiser Stimme, Silbe für Silbe betonend, auf die Fragen seiner

Schüler, wobei er kühl lächelte und mit den ein wenig schrägstehenden, schwarzen Augen gleichzeitig ins Buch, auf die Zöglinge und irgendwo in die Ferne blickte. Durch das glitzernde Marienglas schien die Sonne. Leise drang aus anderen Teilen des Klosters schläfriger Gesang herein. Die Schüler vermochten die Augen nur unter Anstrengung offenzuhalten, ihnen war, als würden tausend Käfer unter ihrer Haut krabbeln, aber sie beherrschten sich und waren bemüht, die schwierigen lateinischen Worte zu verstehen.

„Steh auf, mein Sohn Paulus", winkte der Frater einem struppigen, trägen, untersetzten Jungen mit geschwollenen Lidern, „und antworte auf meine Frage. Hast du verstanden, was ich sagte?"

„Ich habe es verstanden", der Knabe nickte.

„Sag es nicht ungarisch, sondern lateinisch. Was hast du heute gemacht?"

Paulus zog die Brauen streng zusammen, blickte zur Decke empor und antwortete stöhnend, die Falten seiner schweren Kutte knüllend.

„Viel. In der Nacht, als ich die Glocke hörte, stand ich auf und sang mit den Brüdern das Nocturnum. Dann sangen wir von allen Heiligen und die morgendliche Lobpreisung. Danach sangen wir die Prim und die sieben Psalmen mit der Fürbitte und die erste Messe. Danach sangen wir die Terz und die erste Tagesmesse und dann die Sext. Und wir aßen, tranken und schliefen. Dann standen wir wieder auf, um die Non zu singen, und jetzt sind wir bei dir, um zu hören, was du uns sagen wirst."

All das brachte der Knabe langsam, stockend, unsicher nach Worten suchend hervor, holpernd wie ein schwerrädriger Ochsenkarren auf der Landstraße. Aber es gelang ihm, und Otto nickte zufrieden. Die anderen verfolgten Paulus' Worte mit gespannter Aufmerksamkeit; doch wenn ihr Lehrer sie plötzlich gefragt hätte, wovon die Rede sei, hätte es wohl keiner gewußt. Die gespannte Aufmerksamkeit war nur ein Ausdruck des nutzlosen Kampfes gegen die Müdigkeit.

„Wann singt ihr die Vesper und die Komplet?" fragte er weiter.

„Wenn die Zeit dafür gekommen ist", antwortete der untersetzte Knabe, all seine Kraft zusammennehmend.

„Fuisti hodie verberatus?" hob der Frater die Stimme und zugleich auch den Stock. „Hast du heute schon Schläge bekommen?"

„Nei... nein..."

Otto winkte, daß er sich hinsetzen könne.

Das Lernen ging schläfrig weiter. Otto fühlte, wie ihm die Zöglinge aus der Hand glitten. Er sah in ihren Gesichtern die gespannte

Aufmerksamkeit, mit der sie die Schläfrigkeit zu verschleiern suchten. Es wunderte ihn nicht. Strenge half da nicht, deshalb beschloß er, die Knaben ins Freie zu führen und den Unterricht beim Spazierengehen fortzusetzen.

„Ihr seid faul, träge", begann er leise, die Worte betonend. „Soll ich euch das Fell gerben? Doch ihr seid ja keine Pferde und keine Ochsen, und selbst die vernunftlosen Kreaturen würde ich nicht schlagen. Rafft eure Sachen zusammen, wir gehen hinaus zum Salzsee. Dort weht frische Luft, vielleicht bringt sie euren verkrusteten Geist in Bewegung."

Die Gesichter hellten sich mit einemmal auf. Die Zöglinge scharten sich um das Katheder. Frater Otto nahm den Haselnußstock und ging auf die Tür zu.

In diesem Augenblick trat der Prior ein. Das Raunen legte sich.

Pater Aloisius kam nicht allein. Seine schwere, derbe Hand ruhte auf der Schulter eines mageren, hochgeschossenen, sonnengebräunten jungen Burschen, als befürchtete er, der Knabe könnte ausreißen. Das Bürschlein trug über und über geflickte, schäbige Sandalen, eine zerrissene, da und dort mit Flicken besetzte, von der Sonne gebleichte, vom Regen verwaschene, vom Schlamm bespritzte und stark ausgewachsene Kutte und hatte über den Schultern einen zerschlissenen, offenbar leeren Reisesack. Er stand ruhig, gerade da, sah sich ein wenig trotzig um.

„Hier dieser Junge behauptet, Julianus zu sein, der Zögling, um den ich den verehrten Vorsteher des Várader Klosters, meinen gütigen alten Freund, gebeten hatte. Ich weiß nicht, ob er in der Tat Julianus ist oder vielleicht nur ein Herumtreiber. Aber selbst dann müßten wir ihn in Gottes Namen aufnehmen. Laufe jemand und rufe Bruder Georgius, denn er kennt Julianus. Er ist mit ihm in Várad aufgebrochen, als Räuber sie überfielen und Julianus verschleppten."

Es sprangen gleich fünf, um zu Georgius zu rennen. Der bloße Blick Pater Aloisius' war schon ein strenger Befehl. Kein Wunder. Alle Glieder dieses nicht großen, aber breitschultrigen, untersetzten Priors, der wie eine eiserne Säule dastand, strahlten Kraft, Härte und unbeugsamen Willen aus. Seine Brust wölbte sich, daß sie fast die Kutte sprengte, wenn er in starker Erregung tief atmete. Sein Hals war kurz und dick, der Kopf vollkommen rund wie ein im Flußbett glattgeschliffener Stein. Schwarz blitzten die kleinen Augen unter den tiefliegenden und immer wieder zuckenden Brauen. Seine Wangenknochen traten stark hervor, seine Haut war dunkelbraun, die Nase gerade und kurz. Sein Gang war langsam, doch so schwer und dröhnend, daß die Humpen und Teller im Refektorium erbebten, wenn er den Saal entlangging.

„Halt, halt!“ schrie er mit so scharfer Stimme, daß es trotz der dicken Wände bis in den dritten Gang zu hören war.

Die eilende Schar erstarrte in ihrem Schwung.

„Du gehst“, er zeigte auf Paulus.

Der untersetzte, langsame Knabe sprang strahlenden Gesichtes zur Tür hinaus.

Es herrschte gespannte Stille. Der Prior setzte sich auf die Stufe des Katheders. Der zerlumpte Knabe aber musterte mit ruhiger Heiterkeit der Reihe nach den ihn anstarrenden Kreis.

„Bist du schon zur Schule gegangen?“ fragte Frater Otto den Fremden.

„Ja, das bin ich.“ Der Knabe nickte ehrerbietig, aber nicht untertänig.

„Kannst du lesen? Schreiben?“

„Ich kann.“

„Auch lateinisch?“

„Auch lateinisch.“

„Wer war dein Lehrer?“

„Frater Pelbart.“

„Den kenne ich nicht.“

„Ich kenne ihn“, warf der Prior ein und erhob sich auf der Stelle. „Wo bummelt der Bengel so lange herum?“ schrie er wieder im leidenschaftlichen, scharfen Befehlston.

Aber schon kam Georgius mit großer Hast zur Tür herein und hinter ihm Paulus.

„Kennst du diesen Knaben? Sieh ihn dir gut an!“

Georgius musterte prüfend den mageren, ihm geradewegs in die Augen schauenden Knaben.

„Mir scheint . . . es ist . . . ja, das ist doch . . .“, brummte er.

„Ich bin Julianus. Laudetur Jesus Christus, illustrissime domine.“ Der Knabe lächelte ihm zu, neigte dann tief den Kopf und führte die Finger an die Stirn.

„Se . . . seht nur“, frohlockte Georgius mit gespielter Freude, streckte die weiche, große Hand aus, ergriff und drückte die Rechte des Jungen, wobei er ihm mit der anderen Hand auf die Schulter klopfte, daß er fast zusammenbrach. „Wie sollte ich dich nicht kennen. Oh, himmlischer Vater . . . Welch eine Seligkeit! Welch ein Glück . . . Welch gütige Gnade Gottes . . . Du bist also am Leben? Bist nicht umgekommen? Bist nicht verlorengegangen?“

„Nun, wenn dem so ist, so mische dich unter die anderen, Frater Otto nimmt dich unter seine Fittiche. Es wird sich herausstellen, was du kannst. Und wenn dein Kopf wirklich so gut ist, wie mein Bruder und Freund selig, der Abt des Várader Klosters, in seinem Brief versicherte . . . Ei, es ist lange her . . . Damals war er noch am Leben . . .“

„Ist er denn tot?“ fragte Julianus wie versteinert und sah dem Prior ungläubig ins Gesicht.

„Requiescat in pace“, murmelte Pater Aloisius und bekreuzigte sich.

Dann ging er festen, langsamen und schweren Schrittes hinaus.

Julianus stand noch einen Augenblick niedergeschlagen, wie erstarrt da, dann bat er Frater Otto um die Erlaubnis, für das Seelenheil des väterlichen Meisters und Wohltäters beten zu dürfen. Auf der Stelle kniete er vor dem Kruzifix nieder, neigte den Kopf auf die Faust und versank in tiefe Andacht. Die anderen standen lautlos um ihn.

Endlich also hatte er sein Heim gefunden, das sichere, starke, warme, so sehr geschätzte Kloster, wohin man ihn aus seinem früheren Zuhause geschickt hatte. Und das erste, was er hörte, war die Nachricht vom Tode des sanften Várader Abtes. Plötzlich sah ihn Julianus vor sich: das vom Husten gerötete Gesicht, der von unten emporschauende Blick, die müde, gebeugte Gestalt, das väterliche Lächeln. Er glaubte, die heisere, immer wieder erstickende Stimme zu hören. Auf dem Kopf spürte er die Last der Hand des Abtes, fühlte sein Streicheln. Und nun war er tot, er, der in die Tiefe seiner Seele gesehen, der ihn verstanden, geliebt und seinen Weg bestimmt hatte. Möge er in Frieden ruhen und die Krone der Gerechten erlangen.

Julianus war müde und hungrig. Frater Otto führte ihn ins Dormitorium und bestimmte sein Lager, ging dann mit ihm in die Kleiderkammer, wo ihm ein langnäsiger, wortkarger, verdrießlicher Mönch eine neue Kutte, neue Sandalen und Wäsche gab. Die Knaben begleiteten ihn drängend von Gang zu Gang, bestaunten ihn, stellten ihm Fragen. Julianus freute sich ihrer, aber er sprach wenig. Er sagte nur, daß er auf einer Insel unter Räubern gelebt habe, mit Hilfe eines gütigen alten Räubers entkommen konnte, die Donau entlang gezogen sei und sich durch Betteln und durch kleine Arbeiten am Leben erhalten habe. Als es sich herausstellte, daß er auch ein wenig petschenegisch gelernt hatte, richtete Frater Otto gleich einige Fragen in dieser Sprache an ihn. Beglückt klopfte er Julianus nach dessen Antworten auf die Schulter.

„Ich bin Tas aus dem Geschlecht Aloptolma, hier aus Alap“, sagte er. „Wenn du schon etwas petschenegisches Wissen aufgepickt hast, soll es nicht verlorengehen. Ich werde dich unterrichten. Wer weiß, wann du es gebrauchen kannst. Und ich vergesse dadurch die Sprache meiner Ahnen auch nicht.“

Die Knaben lernten an diesem Tag nichts mehr. Sie feierten die Ankunft ihres neuen Gefährten. Vergnügt zwitschernd, lachend, Julianus mit einem Ehrengeleit umgebend, zogen sie zum Abendessen.

Nach und nach lernte Julianus die Mönche und die Zöglinge kennen. In diesem Kloster lernten sehr viele Knaben. Nicht nur die Bürger der großen Stadt, sondern auch vornehme Herren der weiten Umgebung schickten ihre Söhne hierher, damit sie schreiben, lesen und singen lernten und eine Art Kleriker wurden, wenn auch keine geweihten Priester. Die glänzende Vergangenheit von *Alba regia*, die zahllosen Denkmäler aus der Zeit des ersten heiligen Königs kündeten von seiner christlichen Gesinnung und der Größe seiner Macht und seiner Herrschaft und strahlten weit hinaus ins Land. Innerhalb der Burgmauern stand die gewaltige Basilika, die der große König zu Ehren der heiligen Jungfrau hatte erbauen lassen. Darin ruhten nun seine Gebeine neben den irdischen Überresten späterer Könige und Herzöge. In Schlachten erbeutete feindliche Fahnen, Schilde, Lanzen, darunter auch die schönsten zurückgelassenen Fahnen und Schilde der im Schildgebirge geschlagenen Deutschen bedeckten die Wände. Alle Säulen waren prunkvoll behauen. Das Innere der Kirche glänzte von Gold, Wandgemälde und steinerne Skulpturen versetzten die Gläubigen in Andacht. Die Fenster waren aus kunstvoll geschliffenem, strahlendem Marienglas. Eine des großen Königs würdige Kirche! Die Zahl der Sarkophage und der Kapellen hatte im Laufe der Zeit ständig zugenommen. Die Basilika war ein Abbild der ungarischen Geschichte.

Und außer ihr gab es innerhalb und außerhalb der Burg noch eine ganze Anzahl kleinerer und größerer, schlichter und auch prächtiger Kirchen. So die Sankt-Petri-Kirche, in der die Könige ihre Vasallen zu Rittern schlugen, und daneben der Friedhof, auf dem zahlreiche vornehme Krieger, königliche Vasallen und Bischöfe ruhten. Es gab die Kirche Sankt Emmerich, außerhalb der Burgmauern die von Sankt Nikolaus, weiterhin die Kirche auf der Stephansinsel, welche die Kreuzritter zu Ehren des großen Königs hatten errichten lassen. Dann gab es auf dem Weg nach Palota eine kleinere Kirche, sie gehörte zum Kloster der Kreuzfahrer, das von Mártély, dem Erzbischof von Esztergom, gegründet worden war. Auch diese Kirche war schon an die hundert Jahre alt. Dann gab es die Kirche der Tempelritter und noch zahlreiche andere große Klöster. Sogar die Juden hatten in der Neustadt eine Talmudschule mit düsteren, gedrungenen Mauern, ohne Fenster nach der Straßenseite, mit hoher steinerner Umfriedung und einem geräumigen Hof, von wo Tag und Nacht ein Summen wie von Bienen zu vernehmen war.

Julianus hatte geglaubt, eine größere Stadt als Pécs könne es gar nicht geben. Und nun sah er verwundert, daß *Alba regia* noch größer, noch glänzender war, daß sie noch mehr Kraft, Macht und christliche Frömmigkeit ausstrahlte. Von allen Seiten war sie von Wasserläufen und Sümpfen umgeben – eine Feste, die nie eingenommen werden konnte. Ihre äußeren Stadtteile – die Inselstraße, die Sankt-Elisabeth-Straße, die Kreuzfahrerstraße, die Bäckerstraße, die Straße des Heiligen Königs und die Sankt-Nikolaus-Straße – waren von Grundwasser umgeben, manche auf richtigen Inseln erbaut. Im Vergleich zu dieser strahlenden, angesehenen, weithin berühmten Stadt war zum Beispiel Pest, wo Julianus auf seiner Wanderung durchgekommen war, ein armseliges, lausiges Nest.

Pater Aloisius hielt im Kloster strengste Disziplin. Das Várader Kloster wurde mit Milde, mit Lächeln und sanftem Tadel regiert, dieses dagegen mit Härte und Strenge, mit lauten Befehlen, unerbittlichen Blicken und unnachsichtiger Zucht. Pater Aloisius zog mit seinen dröhnenden Schritten Tag und Nacht durch die Säle, Gänge, Zellen, Küchen und Kammern und selbst durch die Keller. Seine auffahrende, scharfe Stimme hallte in diesen gewaltigen Gewölben beängstigend wider. Schleunigst wichen ihm alle aus, wenn sie das Klappern seiner Sandalen hörten. Beim Anblick der geringsten Ordnungswidrigkeit blitzten seine Augen auf, seine Brauen senkten sich, die schmalen Lippen preßten sich zusammen, und sein Gesicht lief rot an.

In Várad griff man nur hin und wieder zur Haselnußgerte, obwohl man auch dort wußte, daß ein guter Lehrer den Stock nicht schonen durfte. (Und auch nicht den Zögling.) Hier jedoch sauste er häufig. Zur Vigil hatte selbst der jüngste Zögling aus dem Bett zu springen und mit den Mönchen in die Kirche zu ziehen. Wenn die Zeit der Lobpreisung am Morgen gekommen war, mußten sich alle wieder in Sekundenschnelle in der Kirche versammeln. Wer von Natur aus verschlafen war, erwachte, wenn ihn sein Lehrer mit der Gerte weckte. Dann folgte das Lernen, und wieder wurde häufig der Stock gebraucht, wenn einer der Knaben einen Buchstaben verfehlte oder ihn mit schwerer Hand schief auf die Wachstafel malte. Die Größeren erhielten für eine falsche Übersetzung, für grammatische Fehler sogleich zwei oder drei Stockschläge, je nachdem, wie groß der Fehler war. Nach der Messe versammelten sie sich im Kapitelsaal, und der Prior hörte sich das Schuldbekenntnis der Zöglinge an. In ängstlicher Stille, mit andächtig geneigtem Haupt und reuevollem Gesicht warteten sie, bis sie an die Reihe kamen, und stammelten mit tief ergriffener Stimme ihre Sünden. Für die Vergehen bestimmte Pater Aloisius wieder die Zahl der Rutenschläge.

Julianus hatte bisher nur von seinem Vater Schläge bekommen, im Várader Kloster nie die Bekanntschaft mit dem Stock gemacht. Frater Pelbart war ein hochgelehrter Mann, aber die Ermahnungen des weisen Königs Salomo und die Ratschläge der Kirchenväter beherzigte er nicht. Er griff nie zum Stock und verlor nie die Geduld so sehr, daß er Hand an seine Zöglinge gelegt hätte. Gewiß, dort waren es nicht so viele Knaben. Im Kloster des kleinen Dorfes kamen nur fünf, sechs Schüler zusammen, und in dieser kleinen Schar konnte man auch ohne Schläge Zucht und Ordnung halten.

Als Frater Otto Julianus zum erstenmal für ein verfehltes lateinisches Wort mit dem Stock über den Rücken schlug, wollte dieser aufspringen, um sich gegen seinen Lehrer aufzulehnen. Sein Gesicht glühte vor Scham. Er war weit umhergezogen, an so vielen Orten gewesen, so oft auf sich selbst gestellt, hatte sich so viele Male Gefahren entzogen, daß dieser leichte Stockschlag seinen Hochmut entfachte. Aber als er das feine Lächeln Ottos sah, sein ruhiges Gesicht, seinen wohlwollenden Blick und als er seine ermunternde Stimme vernahm, fiel ihm das Gebot der Demut ein, und er lächelte. Sein Blut kühlte sich auf der Stelle ab. Er bedankte sich mit einem Kopfnicken für den Schlag und sagte ruhig den korrigierten Text.

Auch die anderen Knaben – die kleineren ebenso wie die großen – empfingen die Schläge gelassen. Denn wie sehr sie auch die Strenge ihres Vorstehers fürchteten, das Kloster billigte sie und ließ sie freiwillig gelten. Bei der erschütternden Verkommenheit, in der die ungarische Geistlichkeit lebte, konnte man die leichtfertigen Seelen nur durch Härte, moralische Strenge, beharrliches Befolgen der Gebote der Liebe in die richtige Bahn lenken. Aloisius graute es vor dem Gedanken, daß man von seinem Kloster wie von dem in Csanád oder Pécs sprechen könnte. Häufig war ihm die Strenge, die der Papst anwandte, zu mild. Er war unzufrieden mit den Briefen, die der Heilige Vater an den König, die Erzbischöfe oder kürzlich erst dem Bischof zu Pécs geschrieben hatte. Er mißbilligte es, daß der Papst zwar mit dem Kirchenbann drohte, aber auf das Flehen und die Beteuerung von Herrn András hin den Bann doch nicht aussprach, daß er sein Herz erweichen ließ und den Versprechungen glaubte – und verzieh. Wenn er Papst wäre, sagte Aloisius manchmal nach der Vesper, wenn er mit älteren und angeseheneren Mönchen im Refektorium zusammensaß und mit ihnen nach getaner Arbeit über den Lauf der Welt sprach, er würde es ihnen schon zeigen. Er würde Herrn András und seine Vasallen, die das Land ins Verderben stürzten, an die Kandare nehmen.

Aloisius duldete natürlich nicht, daß die Mitglieder des Klosters Unterschiede untereinander machten. Daß Georgius Nachkomme des deutschen Geschlechtes Ják war, bedeutete in seinen Augen gar nichts. Er kannte den Brief des heiligen Paulus an die Galater, in dem dieser schreibt: „Ihr seid alle durch den Glauben Söhne Gottes in Christus Jesus. Denn ihr alle, die ihr auf Christus getauft seid, habt Christus als Gewand angelegt. Es gibt nicht mehr Juden und Griechen, nicht Sklaven und Freie, nicht Mann und Frau; denn ihr alle seid einer in Christus Jesus." Aber in dieser Zeit des Hasses loderte der Grimm gegen die Fremden hoch, das rächende Schwert war selbst in das Heim des Königs gedrungen und hatte die hohe Frau und ihre Verwandten nicht verschont, der glühende Haß gegen die Deutschen und Italiener, aber auch gegen die Juden und Ismaeliten brach immer wieder aus. Aloisius wußte, daß auch in seinem Kloster die Glut unter der Asche schwelte. Wenn er das geringste Anzeichen sah, brach er in schrecklichen Zorn aus, seine tadelnden Worte hallten in den Gängen wider, und er drohte mit der Strafe Gottes gleich dem Erzengel mit dem Flammenschwert. Er selbst stammte aus dem Geschlecht Szákh und war ein echter Ungar. Warum stieg Groll in ihm auf, wenn er gewahrte, daß die Mönche seines Klosters das Schicksal der Fremden mit gewisser Schadenfreude beklagten? Grollte er sich vielleicht selbst?

Georgius behandelte man wie ein rohes Ei. Aber gerade dieses größere Zartgefühl, diese Rücksichtnahme beraubte Georgius seiner Ruhe. Gerade das kränkte ihn bis aufs Blut. Und deshalb entzog er sich ihres Kreises, wenn es nur möglich war, deshalb trug er seine spitze, schmale Nase hoch, streckte den dicken Bauch vor, verkroch sich in seine Zelle oder lag draußen auf dem Barttrockner.

Jetzt, nachdem Julianus aufgetaucht war, hatte Georgius das Gefühl, einen Gefährten in der großen Einsamkeit gefunden zu haben. Die anderen Novizen schauten auf ihn herab, übersahen sein Ansehen, ließen seine Meinungen an ihren Ohren vorbeigehen, verspotteten ihn, ahmten seinen Gang, seine Stimme, seine Bewegungen nach und lachten über seine unordentliche Kutte. Der Neuankömmling jedoch, den seine dreisten Gefährten noch nicht verdorben hatten, würde ihn vielleicht achten – dachte er. Er sehnte sich nach Wertschätzung, nach Liebe!

Zurückgezogen von der Gemeinschaft, weil er sich von ihr unverstanden fühlte, begann er immer wieder mit einer neuen großen Arbeit. Einmal teilte er Julianus vertraulich mit, er werde das Evangelium nach Matthäus ins Ungarische übersetzen, es mit kunstvollen Buchstaben auf Pergament schreiben, die Initialen selbst ausmalen, das Buch persönlich in Leder binden und mit silbernen Beschlägen und Schließen versehen. Er habe bereits vor geraumer Zeit damit angefangen. Anderthalb Kapitel seien sogar schon fertig. Die Übersetzung zeigte er eines Nachmittags während einer Ruhestunde dem Knaben. Er rief ihn in seine Zelle, schloß die Tür sorgfältig, setzte sich auf den hohen Stuhl vor seinem Schreibpult, bekreuzigte sich andächtig und begann mit begeisterter, deklamierender Stimme und großer innerer Leidenschaft zu lesen.

Als er fertig war, blickte er mit übertriebener Bescheidenheit auf Julianus und zog die Brauen zum Dreieck hoch.

„Nun, wie findest du es? Sag!"

„Gut, sehr gut." Julianus nickte. Wenngleich er an der einen oder anderen Stelle des Textes ein anderes Wort gewählt hätte und das Ganze zu pathetisch fand.

„Und mich stellen sie zur Seite!" empörte sich Georgius. „Wer könnte das Evangelium besser und treffender auslegen?"

Als dann Tage und Wochen vergingen und Julianus sich mit Herz und Seele in seine Studien vertiefte und in das ihm in vieler Hinsicht neue Klosterleben, kam Georgius immer seltener auf seine Matthäusübersetzung zu sprechen. Auf dem Schreibpult lag das riesige Evangelium, daneben vollgeschriebene Blätter, die auf die Reinschrift warteten, aber im Tintenfaß trocknete die Tinte, und Fliegen schlugen darin ihr Lager auf, die Rabenfedern fielen zu Boden, ihr Besitzer trat achtlos darauf, und sie gelangten dann mit verbogenen Spitzen auf ihren Platz zurück. Niemand schnitt sie von neuem an. Auch die feinen Haarpinsel warteten vergebens, in Minium getaucht zu werden.

„Wie weit bist du mit deinen Auslegungen gekommen?" erkundigte sich Julianus anfangs.

„Die Auslegungen? Ja, mein Sohn, wenn die Seele ruhelos ist, wenn ihr auf Schritt und Tritt Ungerechtigkeit widerfährt . . ., wenn man zurückgesetzt wird . . . Aber warte nur. Ich werde schon wieder damit anfangen."

Er legte sich auf sein Bett, wälzte sich wie der Büffel im warmen Schlamm und grämte sich, daß man in seinen Becher weniger Milch goß als in den seines Nachbarn, daß man ihm den Ranft des Brotes gab, weil man wisse, daß er schon schlechte Zähne habe. Und er machte sich auch Vorhaltungen, weil er das große Werk unterbrochen hatte und die Bögen ihn leer anstarrten, ihn wegen seiner Untätigkeit anklagten.

Julianus arbeitete mit angespannter Kraft. Bis zum Herbst machte er überraschende Fortschritte, und sein Lehrer erklärte zufrieden, der Várader Abt habe gut gewählt, dieser Knabe entspreche allen Erwartungen, sei seinen Gefährten weit voraus, obwohl er nicht den hartnäckigen Fleiß besitze wie Paulus. Aber er merkte sich alles schon beim ersten Hören. Frater Otto erfüllte es mit Freude, daß sein Zögling sich auch in der petschenegischen Sprache vervollkommnete, daß es einem Wunder ähnlich war. Die lernte Julianus nur zum Vergnügen, gleichsam zufällig, weil er unter den Räubern und später während seines Umherstreifens einiges aufgeschnappt hatte. Aber Frater Otto sagte, die Wege der Vorsehung seien unberechenbar, vielleicht könne er gerade diese Sprache einmal noch gebrauchen. Vielleicht mußte er den Samen des Glaubens an Jesus einmal in dieser Sprache aussäen. Ein Mönch muß Vollkommenheit anstreben, alle Waffen sicher handhaben.

In Latein hatte er Donatus und Priscianus längst hinter sich, beschäftigte sich mit den Klassikern Vergil und Horaz, holte sich sein Rüstzeug in den *Metamorphosen* und in den *Klageelegien* Ovids, rang mit dem Stoff und freute sich, wenn er in diesem Kampf Sieger blieb. Von den christlichen Autoren studierte er Juveneus, Sedulius, besonders aber Prudentius, lernte die Kommentare des Servius zu Vergil kennen, und während seine Mitschüler sich stöhnend um die wortwörtliche Übersetzung mühten, gebrauchte er mühelos bereits die lateinischen Paraphrasen.

Frater Otto geleitete seine Zöglinge gern ins Freie. Wenn die sanfte Herbstsonne die Erde mit warmer Wehmut küßte, der Altweibersommer durch die Luft schwebte, zogen sie die lauten Straßen entlang, wo ungarische und italienische Bürger ihre Sorgen berieten, die Markthändler feilschten und lachten, schwerrädrige Fuhrwerke knarrten und Reiter den Staub aufwirbelten. Wenn Frater Otto und seine Schüler die Stadt hinter sich gelassen hatten, setzten sie sich auf irgendeinem Hügel hin. Das Laub der Bäume färbte sich gelb, rot und braun. Von den Vogelbeerbäumen hingen gleich lebendigen Herzen die roten Dolden, an dem hellblauen Himmel segelten silberne Wolken, und über den entlegenen Sümpfen kreisten lärmend die Vögel. Hier nahm er mit seinen Zöglingen Platz, und hier wälzten sie in ihrem Geiste die Wissenschaften.

Die Älteren unterrichteten die Jüngeren, die Unwissenden fragten die Klügeren. An Frater Otto wandten sie sich, wenn sie irgend etwas nicht erklären konnten oder wenn sich verschiedene Erklärungen anboten. Alle saßen sie auf der bloßen Erde, einschließlich Frater Otto, die Fragen schwirrten hin und her, nicht selten lange Debatten hervorrufend. Es waren schöne Nachmittage. Zu ihren Füßen, nicht sehr tief, lag die Stadt mit ihren Kirchen und hohen steinernen Mauern, standen die Klöster und Paläste mit ihren Gärten und hohen Umfriedungsmauern. Auf dem Heimweg zur Abenddämmerung sangen die Zöglinge begeistert Psalmen und erweckten in den Herzen der plaudernd dastehenden Menschen Achtung und Andacht.

Aber es war auch ein hartes Leben. Wenngleich Aloisius streng darauf achtete, daß die Zöglinge alltäglich ihr Fleisch bekamen, damit sich ihre Kräfte mehrten, und daß sie die Stunden der Ruhe und des Spiels einhielten, standen sie doch unter eiserner Disziplin, mußten nachts rasch aus dem Bett springen, wenn es zur Vigil ging, ohne Müdigkeit täglich die vierstündige Andacht verrichten, sonst sauste die Gerte, und es hagelte Bußübungen.

„Ich werde es der Welt zeigen", schrie der Prior manchmal, gerötet vor Zorn, wenn einer seine Pflichten versäumt hatte, „daß ihr den Priestern des Landes als gutes Beispiel vorangeht! Ich werde nicht dulden, daß Trägheit hier einzieht! In meinen Mauern lauert der Teufel vergebens! Faulenzer, Schlemmer, Diebe, Buhler, Falschmünzer werdet ihr nicht, meine Söhne. Eher zerschlage ich alle Gerten, die rings um Fejérvár wachsen, eigenhändig auf euren Rücken, wenn es sein muß."

Das Ansehen Julianus' wuchs von Tag zu Tag. Seine Gefährten gewannen ihn lieb, denn er tat sich nicht groß, half ihnen vielmehr, beteiligte sich auch an ihren Spielen, war heiter, sprach offen und betrachtete die Welt immer mit ruhigen Blicken.

Ein großes Erlebnis für die Zöglinge war, als sie in der Basilika des ersten Königs singen durften. In die riesige, von Gold, bunten Fahnen und brennenden Kerzen strahlende Kirche zog der ganze Klosterchor ein, und die Kanoniker, angeführt von Pater Bonifatius, sangen gleich einer himmlischen Schar. Die auf den Steinboden niedergesunkene, andächtige Menschenmenge lauschte den wundersamen Klängen mit offenem Munde. Pater Bonifatius überließ den Gesangsunterricht keinem anderen. Er selbst zog von Kloster zu

Kloster und hielt wöchentlich drei Gesangsstunden. Nirgends sang ein so großer Chor so wohlklingend wie hier in der Basilika an den Sonntagen oder zu festlichen Messen. Aus weiter Umgebung drängte sich die Menge, um den Melodien zu lauschen. Es klang, als würden die Stimmen sich emporheben zum Himmel, immer höher, und dann in inbrünstiger Ohnmacht wieder zur Erde herniedersinken. Wenn der Chor anstimmte, bebten die Fenster aus Marienglas, die bunten Kirchenfahnen und die alten Kriegsfahnen schienen zu flattern, die hohe Decke hallte von den Klängen wider.

Seinen großen Traum schien Julianus mit der Zeit vergessen zu haben. In der Bibliothek gelangten nur Bücher in seine Hand, die er für seine Studien benötigte. Und obgleich ihn eine geheimnisvolle Erregung trieb, sich das Petschenegisch anzueignen, als wäre es seine Muttersprache, sehnte er sich nicht in die Gebiete jenseits des Tanais, wo einäugige, kopflose oder einbeinige Menschen lebten und wo die Schreckensgestalten des Tartaros die Glut unter den Schwefelseen schürten.

Wenn seine Gefährten zu erfahren suchten, für welche Arbeit er sich rüste, zuckte er nur mit den Schultern.

„Wohin mich des Herrn Wille stellt. Gern möchte ich an den königlichen Hof gelangen, als Schreiber. Möchte Briefe schreiben, unter gelehrten Priestern und Vasallen verkehren. Dann mit Seiner Majestät, dem König, ins Heilige Land ziehen, um für die Befreiung des Heiligen Grabes gegen die Türken und die Mohren zu kämpfen ...“

Jeden Abend sank Julianus an seiner Liegestätte im Dormitorium vor dem Kruzifix nieder und sprach seine Gebete und Psalmen, zählte alle der Reihe nach auf, für die er einzeln zu beten pflegte: seinen Vater, Hajnal, Istefán, die Mönche in Várad, in erster Linie den armen Abt selig, die Sünder, an ihrer Spitze Vater Majs und Vater Ölyved sowie die Räuber auf der Insel. Dabei huschte der Glanz alter Tage durch seine Erinnerung, die ruhigen Stunden, die er auf dem Burgberg verbracht hatte, er sah das Bild der Bäche und des Zengő, das kleine Haus im Wald ... Und er sah auch das Turmzimmer, wo Béla der Geblendete gelitten hatte und wo er selbst als junger Zögling auf eine alte Chronik gestoßen war und darin auf eindeutige Kunde von den auf sich gestellten Madjaren zwischen den himmelhohen Bergen. In diesen Stunden sann er, auf seinem Bett liegend, über seine alten Pläne nach. Doch all das war jetzt unendlich weit weg! Er dachte daran, als wäre der damalige Julianus – Györk – gar nicht er gewesen. Er sah sich als Kind.

Abends, ehe ihm der Schlaf die Augen schloß, fielen ihm auch die kindlichen Küsse ein, die er am Rande der Bastei mit Cseperke gewechselt hatte. Auf dem Mund fühlte er die festen, vollen, kühlen Lippen des Mädchens, in seiner Nase den Duft ihres Haares und ihrer Kleider. Er hörte ihr nicht endenwollendes Schwatzen. Heißes Verlangen packte ihn, er drückte den Kopf auf das harte härene Kissen und flehte zu Gott, die Versuchung von ihm abzuwenden. Denn in diesen stillen Augenblicken der Einsamkeit, wenn er müde in seinem Bett lag, umgeben von den gleichmäßigen Atemzügen der Schlafenden im Dormitorium, wenn das Lallen der im Schlaf Sprechenden ihn umwob wie die schwatzenden Donauwellen, beschäftigten ihn häufig sündige Gedanken. Warum war er ins Kloster gegangen, warum war er nicht zu Hause geblieben, bei Cseperke, in Gesellschaft von Vajka und Busa, warum konnte er nicht mehr dem Klingen der Ambosse im Schmiedeeck lauschen, den Geschichten der Bauern im Ochsenwinkel und dem Gesang Vater Ölyveds am abendlichen Feuer? Doch all das war ebenso weit von ihm entfernt wie der Gedanke an den verstorbenen Abt, der ihm einst über den Kopf gestrichen, ihn seinen Sohn genannt und ermahnt hatte, sich nicht seinen Gefühlen hinzugeben, mit Ausnahme seiner Liebe zu Gott, sondern seinen Willen und seinen Geist zu stählen. Wenn sich die Erinnerung an die Küsse nicht aufdrängte, hätte er wohl Várad, den Zengő und das frühere Leben schon endgültig vergessen. Waren sie doch entschwunden wie seine Knabenkleider und sein damaliger Name. Jetzt war er Julianus – und nur noch Julianus –, hier kannte niemand mehr seinen früheren Namen.

Tagsüber jedoch dachte er nicht einmal mehr an die Küsse.

Paulus war einige Jahre älter als Julianus, um wieviel, das wußte er selbst nicht, denn es gab kaum einen, der hätte sagen können, wann er geboren wurde und wieviel Lenze er gesehen hatte. Aber seine körperliche Entwicklung verriet, daß er älter sein mußte. Er war ein schweigsamer, grübelnder, im ersten Augenblick unfreundlich erscheinender Jüngling, der all seine Zeit zwischen Büchern, Schreibtafel und Tintenfaß verbrachte, häufig sogar noch die Ruhepausen zum Lernen nutzte und sich an den Spielen unwillig, nur auf Drängen Ottos beteiligte. Wenn man ihm eine Frage stellte, überlegte er geraume Zeit und antwortete einsilbig. Auch brütete er lange über dem einen oder anderen Text, bis er dessen Sinn erfaßte, doch dann prägte er ihn sich ein und vergaß ihn niemals wieder. Sein Erinnerungsvermögen war erstaunlich – obwohl damals alle dieser Fähigkeit bedurften. Paulus war wie das stille Wasser, das tief ist, in dem es zwar keine wilden Strudel gibt, das aber unaufhaltsam dahinströmt.

Otto trieb ihn ununterbrochen an wie der Knecht den Ochsen. Häufig traf die Rute seinen Rücken. Er wurde dann etwas schneller, fiel aber sogleich wieder in den ursprünglichen Trott zurück. Das war seine Natur. Er konnte nicht eilen, sich auch nicht erregen, sich nicht einmal ein wenig sputen. Selbst sein Fleiß war wie der eines Ochsen: selbstverständlich, natürlich.

Julianus gewann Paulus schon in den ersten Tagen lieb, und später wuchs diese Zuneigung noch. Als sie sich das erstemal gegenüberstanden, sah es aus, als musterte ein junger Bär den Jagdhund. Denn die Schwerfälligkeit des Paulus, seine unwillkürliche, harmlose Heiterkeit machten ihn einem Bärenjungen ähnlich, während Julianus etwas von der Klugheit eines Jagdhundes, seinem Spürsinn, seiner Nervosität und seiner strengen Zucht an sich hatte.

Die anderen Zöglinge umwirbelten und bedrängten Paulus. Die zwitschernde Schar der Kleinen lärmte in dem großen Gebäude, auf dem Hof, im Garten wie ein Schwarm Spatzen. Unter den älteren ragten bereits einige vortreffliche Jünglinge heraus, so ein Zögling kroatischer Herkunft, der aus der Gegend von Agrab in die Krönungsstadt gekommen war und dessen furchteinflößend gewölbter Brustkorb die Kutte fast sprengte. Er war ein stämmiger, knochiger Bursche, sein schwarzes Haar fiel ihm in die breite Stirn, seine Augen funkelten vergnügt, und wenn der die Aufsicht führende Mönch nicht in der Nähe war, warf er aus purem Übermut die anderen Jungen zu Boden. Deshalb nannten sie ihn, obwohl er Franziskus hieß, Kaplyon, das heißt Tiger. Wegen dieses Spottnamens zürnte er ungemein und vergaß sogar, wenn ihm jemand diesen Namen ins Gesicht sagte, wie er sich als Mönch verhalten mußte. Außer dem konnte ihn jedoch nichts aus der Fassung bringen. Einem anderen, unwahrscheinlich hageren, schlanken blonden Jüngling gaben sie wegen seiner Dürre und Länge den Spitznamen Bohnenstange. Sein richtiger Name war Desiderius, und er stammte aus einem deutschen Geschlecht aus der Umgebung von Kapuvár. Der stolze, schweigsame, stets mitleidig lächelnde, sehr scharfsinnige, immer alles besserwissende Gerhardus aus dem Geschlechte Györ hatte keinen Spitznamen. Ihn umgaben die anderen mit großer Ehrerbietung, an ihn wandten sie sich, wenn sie an der lateinischen Grammatik scheiterten. Sein Gesicht strahlte immer, stets war er ruhig, und alle hatten ihn gern. Die Größten aber mit ihren seidigen Bärten, ihrem würdevollen Verhalten bewegten sich unter den Jüngeren wie richtige Mönche. Sie hatten das zeitliche Gelübde schon abgelegt. Viele von ihnen bereiteten sich auf die Universität in Paris und Bologna vor. In ihre Bücher vertieft, lustwandelten sie unter den Bäumen, diskutierten über schwerwiegende Fragen oder kopierten in den Werkstätten Kodexe, malten Initialen. Bei schwereren Arbeiten faßten sie als erste zu. Wenn zum Beispiel die Bauern die Abgaben fürs Kloster anlieferten, hoben sie die Weinschläuche, die Getreidekörbe, die Holzkloben, die zentnerschweren Fische und die großen Salzsteine vom Wagen. Und in den Stunden des Lernens wandten sich die Kleineren an sie. Besonders zwei lenkten das Staunen der Zöglinge auf sich: Johannes aus dem Geschlecht Szalók mit seinen geradezu erschreckenden körperlichen Kräften und Paulus aus dem Geschlecht Gerecse wegen seines außergewöhnlichen rednerischen Talents, seines wohlklingenden Lateins, seines vollkommenen Griechischs und wegen seiner kindlichen Sanftmut. Johannes hob mit Leichtigkeit ein Kalb hoch, konnte mit einem Schlag seiner gewaltigen Faust den größten Salzbrocken zerbrechen, verbog ohne Anstrengung einen Denar mit den Zähnen und mit Daumen und Zeigefinger ein Hufeisen. Paulus aber predigte mit solchem Feuer und solcher Leichtigkeit lateinisch, daß ihm selbst die ältesten Patres im Kloster mit Tränen in den Augen lauschten. Dann aber wechselte er auf Griechisch über, und wie Perlen sprangen die Laute dieser schönen Sprache von seinen vollen, geschwungenen Lippen. Er war auch von Antlitz und Gestalt ein ansehnlicher Mann, mit brauner Hautfarbe, braunem Bart, braunen Augen und hoher Stirn. Johannes von Szalók dagegen war ein wenig blatternarbig, aber das paßte zu seiner unheimlichen Kraft, denn sein Gesicht mutete an, als wäre es aus Eichenholz geschnitzt.

Die Altersgenossen des Julianus sonderten sich von den Jüngeren ab, die Älteren aber von ihnen. Die Kleinen waren überall im Weg, wo sie nicht gebraucht wurden. Sie genossen große Freiheiten, weil sie noch Kinder waren. Sie durften soviel Fleisch essen, wie ihnen schmeckte, selbst an Fasttagen, und sogar Wein bekamen sie jeden Tag. Wie Frühjahrsfohlen rannten sie durch die Gänge, über die Stufen, schlugen einander auf den Rücken, schrien, störten die Ruhe des Hauses. Fast ununterbrochen schwirrte die Gerte auf ihrem Rücken, aber sie nahmen es nicht ernst. Es waren leichte Schläge, nur zur Ermahnung und weil die Bibel die Rute empfiehlt. Doch sie mußten sich allmählich auch an die Disziplin gewöhnen, an die Härte des Mönchslebens. Wegen ihres ständigen Herumhüpfens, der Ausgelassenheit, wegen ihres Herumschreiens, der Tränen und ihrer Unwissenheit schauten die Älteren trotz der Ordensregel in der Tiefe ihrer Herzen ein wenig auf sie herab. Sie selbst aber taten das gleiche, wenn auch ein wenig burschenhafter, wenn niemand in der Nähe war. Kaplyon zum Beispiel scheuchte die Jungen vor sich her, indem er brüllend umherzog. Der hagere Desiderius mit den langen Stelzen fuhr ihm gleich einem Weberknecht zwischen die Beine und brachte ihn zu Fall. Die anderen stürzten sich dann alle auf ihn. Wenn sie einen guten Tag hatten und sich nur schwer zügeln konnten, mischte sich sogar Julianus unter die Tollenden. Der gestrenge Frater Otto beschämte dann auch ihn, verabreichte ihm fünf Rutenschläge.

Tagsüber war das Leben heiter, freundlich und sanft. Die wahre Liebe des Klosters, der Alma mater, hielt in der Tat Einzug in ihr Herz. Das Kloster war ihr Heim, die Stätte der Arbeit, ihres Grübelns ebenso wie ihrer Heiterkeit; die Gemeinschaft der Ordensbrüder war ihrer aller Familie, ihr rechtsprechender Richter, der sie nach einer Verfehlung freisprach und sie in ihren Zweifeln tröstete. Das Kloster gab ihnen Brot, wenn sie Hunger hatten, gab ihnen zu trinken, wenn sie dürsteten, und es deckte sie still und friedlich zu, wenn sie müde auf ihr Lager sanken.

Aber wenn der Abend hereinbrach und Julianus sich nach selbst auferlegter Andacht zur Nachtruhe begab, lauschte er noch lange dem Atem der Schlafenden. Sehnsucht erfaßte sein Herz, frei umherlaufen zu können wie einst, hinunter zum Fluß, hinauf auf den Berg, in den Wald, Vogelnester auszunehmen, mit Pfeil und Bogen zu schießen, zu reiten ... einen Kuß zu stehlen, am Fuß der großen Bastei, unter dem Strauchwerk, im Sonnenschein sommerlicher Nachmittage. Die Unrast, die er schon in Várad so oft empfunden hatte, überkam ihn auch hier immer wieder. Verlangen bedrängte ihn, aus dem Kloster zu fliehen und zu gehen, gehen, wohin ihn seine Augen führten. Ihm war, als würde ihn irgendwo in der Ferne jemand erwarten, als müßte er früher oder später aufbrechen, um sich für alle Zeiten mit diesem zu vereinen.

Er betete immer andächtiger, immer inbrünstiger und fastete aus freien Stücken. Häufig konnten die anderen feststellen, daß der Teller Julianus' leer geblieben war, vergebens ermahnte ihn Prior Aloisius mit donnernder Stimme, er solle essen, denn er müsse noch wachsen, kräftiger werden. Julianus schüttelte nur den Kopf und lächelte. Kräftiger werden, das war ja seine Absicht! Doch predigten nicht gerade die Priester, daß der Körper nicht von Fleisch und Wein kräftig wird, sondern durch die Kraft der Seele? Und hatte ihn nicht der alte Abt von Várad mit liebenden väterlichen Worten ermahnt, er müsse seinen Willen stärken?

Unter den Mönchen gab es einen alten Bruder namens Stephanus, ein hagerer, gebeugter, weißhaariger und weißbärtiger Greis, von dem niemand wußte, wie alt er war, woher er gekommen und aus welchem Geschlecht er stammte. Er selbst sprach nie darüber. Er sprach überhaupt nur an Sonn- und Feiertagen, die Woche über schwieg er. Dieser greise Mönch trug nie eine neue Kutte, nie neue Sandalen. Und wenn seine alten schon so zerschlissen waren, daß man sie nicht mehr ausbessern, aber auch nicht länger tragen konnte, wählte er sich von den abgelegten, gebrauchten Sachen der anderen etwas aus. Da er sich niemals wusch, stank er, und die Läuse krabbelten an ihm wie die emsigen Bewohner eines Ameisenhaufens. Trotz alledem war er niemals unfreundlich, geriet nie in Zorn. Aber er lachte auch nicht. Nur ein kindliches, sanftes, verzeihendes Lächeln strahlte immer auf seinem Gesicht. Langsamen, greisenhaften, schlurfenden Schrittes zog er durch das Kloster, als wäre er ein dem Grab entstiegener Geist aus der Zeit eines frühen Árpádengeschlechts.

Julianus bestaunte den Alten, wann immer er ihm begegnete. Alle achteten ihn, machten ihm Platz, gaben ihm den Vortritt, erfüllten seine Wünsche, die ihm ins Gesicht geschrieben waren, aber Julianus sah in ihm einen mit übernatürlichen Kräften gesegneten Menschen. Ihm schien, als hätte Stephanus tiefer in die Geheimnisse Gottes geschaut als der frömmste seiner Ordensbrüder, als hätte der Schöpfer ihn für die Verdienste seines langen Lebens mit prophetischen Gaben gesegnet. Ihm wollte sogar scheinen, als verberge sich in der Unwissenheit des Greises eine tiefere Weisheit als in dem flammenden Geist des Priors, in der natürlichen Klugheit Ottos und seiner aus Paris mitgebrachten Gelehrsamkeit. Übrigens war es nicht ausgeschlossen, daß Stephanus sämtliche Fakultäten der Universitäten von Paris und Bologna absolviert hatte, daß er Doktor der Wissenschaften war und vielleicht sogar den Vorlesungen der Rechtsgelehrten in Rom, Pavia und Ravenna beigewohnt hatte. Sicher war, daß ihn der Prior nicht selten demütig um seinen Rat bat. Er ging dann zu ihm in die Zelle und beriet sich lange und sehr leise mit ihm. Während dieser Beratung gab der Prior ausführliche Erklärungen und stellte viele Fragen, der greise Mönch aber murmelte sanft und summend nur wenige Worte.

So hart, ruhig, wortlos und heiter müßte er sein wie Stephanus, dachte Julianus häufig, wenn er ihn in den Werkstätten, im Refektorium oder zur Zeit der Andacht in der Kirche beobachtete. In solcher Demut auf die Erde gesunken müßte auch er beten, ebenso andächtig singen, so fleißig arbeiten und unermüdlich lernen, wie

Stephanus es tat. Und ebenso unerbittlich müßte auch er Herr über seinen Leib sein.

Er wußte, daß Bruder Stephanus unter seiner Kutte einen Bußgürtel trug, obwohl er alt und gebrechlich war.

Besonders dann fiel ihm der greise Mann ein, wenn er zu später Abendstunde still in seinem Bett lag und seine schwärmenden Gedanken ihn nicht schlafen ließen. Er sprach fünf *Paternoster* und fünf *Ave*, dann noch einmal fünf, schloß dabei die Augen und wartete auf den Schlaf. Aber plötzlich gewahrte er, daß er gar nicht müde war. In Gedanken schritt er über eine duftende Wiese, spürte das kühle Gras an seinen nackten Füßen, Bienen umsummten ihn, und über dem Zengő schwammen weiße Wolken. Noch einen Augenblick und er würde am Fuße der Bastei bei Cseperke sitzen, den Arm um ihre Taille, die Lippen auf ihrem Mund. Er drehte sich auf die Seite, zog sich zusammen und begann von neuem andachtsvoll Gebete zu flüstern. Die Worte beruhigten ihn, schenkten ihm Frieden – bis er sich dabei ertappte, daß er im geheimen darüber grübelte, wie er durch das Tor des Klosters gehen und aus der Stadt gelangen könnte, welche Richtung zwischen den Sümpfen und Inseln er wählen müßte, irgendwo hinunter, südwärts ... Er gelobte, sein Fasten zu verschärfen. Er wollte so hart zu sich sein wie Frater Stephanus.

Die Frau, die ihn früher in seinen Träumen so oft gewiegt und ihm gesungen hatte, dann lange Zeit nicht mehr erschienen war, tauchte nun wieder auf. Ihr Gesicht sah er auch jetzt nicht. Aber ihre Stimme war schmerzlicher und schöner als je zuvor. Beklommen erwachte er, sein Gesicht schwamm in Tränen, und unaussprechliche Trauer erfüllte sein Herz. Tiefe Trostlosigkeit und Leere quälten ihn. Und er wußte nicht, warum.

Schließlich besuchte ihn der Teufel.

In jener Nacht schlief er tief und traumlos, als wäre er in eine bodenlose Tiefe gesunken gleich einem Stein, der in den Strudel geworfen wurde. Jäh erwachte er. Berauschende Süße durchströmte seinen ganzen Körper, sein Herz klopfte heftig, seine Schläfen pulsierten, in seinen Ohren rauschte das Blut. Ihm war, als ob jemand geräuschlos, leicht schwebend davonhuschte, so daß er, wenn er schnell zugriffe, noch den Saum des Gewandes fassen könnte. Entsetzen packte ihn an der Kehle. Er wußte sogleich, daß er in eine ihm unbekannte, unbegreifliche, nie erahnte, schreckliche Sünde gefallen und mit Leib und Seele in sie verstrickt war, obwohl er sie nicht begehen wollte. Im Traum hatte ihn der Teufel versucht, ihn berührt, ihm ins Ohr geraunt, ihn gestreichelt, geliebkost, geküßt, gewiegt, war mit ihm dahingeflogen wie eine Sternschnuppe, mit ihm davongeschwommen wie auf den Wellen des Meeres, hatte sich seiner ohne Gewalt bemächtigt, ihn angezogen und abgestoßen, ihn zum Glühen gebracht und erstarren lassen.

Lange saß Julianus am Rande seines Bettes, starrte flimmernden Auges in die Dunkelheit. Wie gut es war, das gleichmäßige Atmen der Schlafenden im Dormitorium zu hören!

Sein Gesicht brannte vor Scham, in seinem Herzen schrie das Entsetzen.

„Was habe ich getan, was habe ich getan, was habe ich nur getan?" wiederholte er flüsternd, wobei er allmählich Herr über seinen Körper wurde und sein Herz ruhiger klopfte.

Er hatte nichts getan und war doch schuldig geworden. Es geschah ohne sein Wissen, und er wußte doch: Er war in die Macht des Teufels geraten. Er mußte es reumütig beichten, um strenge Pönitenz bitten, einen Tag lang fasten, und vielleicht mußte er sich nun auch geißeln. Offenbar kasteiten sich die Mönche deshalb so hart. Und sie trugen Bußgürtel, damit der Teufel sie nicht umarmen konnte.

Da war Julianus plötzlich voller Stolz.

Jetzt hatte der Versucher auch ihn besucht, ihn im Traum in Sünde gestürzt, ihm war widerfahren, wovon die Mönche sooft sprachen. Er würde sich nun auch züchtigen, sich auch den Bußgürtel geben lassen müssen.

Die Zeit war nicht mehr weit, daß er ein Mönch wurde wie die anderen.

Als die Glocke zur Vigil rief, saß Julianus immer noch wach auf seinem Bett. Gleich eilte er zur Kapelle. Die anderen drängten sich mit kaum verhohlener Trägheit auf dem Gang. Julianus wandte das Gesicht ab, hatte das Gefühl, daß sie etwas Besonderes, etwas Schändliches darin sehen könnten. Immer wieder schaute er an sich hinab. Erregt ordnete er seine Kutte. Die Hände steckte er in die Ärmel, war bemüht, ruhig und kühl zu erscheinen, ging mit langen Schritten wie die Männer, straffte sein Gesicht. Aber in der von Kerzen erhellten Kapelle sank er zitternd auf den Steinfußboden nieder und bangte, Gott, Jesus, die Jungfrau Maria und alle Heiligen des Himmels würden in sein Herz blicken, seine geheimen Gedanken lesen, würden sehen, was ihm im Traum widerfahren war, und irgendwo in der Ferne, am Horizont, wo die Bergketten des Weltalls ziehen, lauerte ein hämischer, schwarzer Teufel, die Schweinsfratze zu schadenfrohem Grinsen verzogen, mit den spitzen Ohren wackelnd, mit dem Huf sein haariges Bein kratzend, lauerte, um das

Feuer anzufachen, auf das ihn Gott um seiner Sünde willen stoßen würde. Verzweifelt klagte sich Julianus an und schämte sich. Er flehte wie ein zum Tode Verurteilter, bereute sein Vergehen, schlug sich gegen die Brust.

Nach der Vigil konnten die Klosterbewohner noch bis zur Morgenandacht ruhen, aber Julianus schlief nicht. Seine Erregung wühlte ihn auf, daß er ganz benommen war. In einem Augenblick schwellte Stolz seine Brust, daß sich ihm nun die Versuchung auch schon nahte wie den anderen Mönchen, daß er kein Kind mehr war, sondern ein Mann, der im Sturm stand und sich behaupten mußte, doch im anderen Augenblick überkam ihn Angst vor dem, was er im Traum empfunden hatte, woran er sich nur verschwommen und doch herzbeklemmend erinnerte. Ihm war, als stünde er über einem schwindelnden Abgrund, in die Dunkelheit der Nacht gehüllt, als fühle er in all seinen Gliedern: Ein Schritt nur, eine Bewegung, und er stürzte ab.

Während des Lernens unterlief ihm ein Fehler nach dem anderen. Frater Otto sah ihn erst verwundert an, dann gab er ihm zwei Rutenschläge auf den Rücken, beim dritten Fehler aber, einer nicht besonders schwierigen Paraphrase des Tacitus, schaute er ihm lange in die Augen, lächelte voller Verständnis und Mitleid und sagte leise:

„Beichte bußfertig, mein Sohn, und vertraue der Liebe unseres Herrn Jesus Christus . . ."

Julianus erschreckten diese Worte, aber noch mehr der forschende, alles sehende Blick, der ihm ins Herz drang. Röte überzog sein Gesicht, auf seiner Stirn perlte Schweiß. Unwillkürlich musterte er sich, ob nicht ein verräterisches Zeichen an ihm zu sehen war, das seine Sünde offenbarte. Er fühlte sich gebrandmarkt. Dunkle Verzweiflung befiel ihn. Der Boden erschien ihm wie ein schwankender Abgrund, die Knie wurden ihm weich. Ganz sicher waren dies Zeichen von Gottes Zorn.

Er schlug die Augen nieder und setzte sich auf seinen Platz zurück, die Beine unter sich gezogen, blind auf die Schreibtafel und auf den Pergamentband starrend.

Nach den Unterrichtsstunden, als die Zeit des Sündenbekenntnisses gekommen war, sank er vor dem Stuhl des Priors förmlich nieder. Nur stammelnd kamen die geflüsterten Worte über seine Lippen. Nach und nach, betroffen, entsetzt brachte er hervor, was ihm in der Nacht widerfahren war. Pater Aloisius zog die kräftigen, dunkelbraunen Brauen zusammen und richtete die kleinen schwarzen Augen beharrlich auf das Gesicht Julianus', seine breite, kahlwerdende Stirn trat hervor wie ein geschliffener Stein. Er hatte schon immer etwas Furchteinflößendes, Überwältigendes, den Willen seiner ganzen Umgebung Lähmendes an sich, aber jetzt zitterte Julianus förmlich vor ihm. Seine Kehle verschnürte sich, Tränen schossen ihm in die Augen.

Endlich hatte er alles gesagt und erwartete etwas Schreckliches. Er wartete darauf, daß der Prior aufsprang, ihn im Beisein aller schalt, beschämte, schlug.

Doch der Prior saß in regungsloser Ruhe da. Nur sein Gesicht war nachdenklicher, härter. Nach einigem Grübeln erlegte er ihm die Pönitenz auf: fünfzig *Paternoster*, fünfzig *Ave*, fünfzig Psalmen und zweimal zehn Rutenschläge von der Hand des Franziskus, den sie Kaplyon nannten. Aber der Prior betonte nachdrücklich, daß die Schläge des Franziskus in Gottes Namen und um seiner Gnade und Barmherzigkeit willen hart sein sollten.

Erleichtert aufatmend, erhob sich Julianus von den Knien, als hätten sich Felsen von seiner Seele gewälzt, als hätte er in einem erfrischenden Bach gebadet. Und als hätte ihn jemand gestreichelt und mit den Lippen berührt.

Am Abend ging er mit Franziskus in die Zelle Frater Ottos, um die Strafe zu empfangen. Es war die erste Züchtigung in seinem Klosterleben. Und er war stolz darauf, wenngleich tiefe Demut ihn beherrschte. Wortlos gingen sie den Gang entlang, die Kerze in der Hand. In der dunklen Zelle jagten sich wilde Schatten an den weißen Wänden. Jesus blickte vom Kreuz traurig auf sie herab. Lange standen sie sich Aug in Aug gegenüber.

„So ziehe die Kutte und das Hemd bis zur Hüfte herunter", sagte Franziskus schließlich, „damit ich dir die Pönitenz verabreiche."

Sein breites Gesicht griente fröhlich.

Julianus hatte Angst.

„Zittere nicht, du bist doch kein altes Weib", fuhr ihn der Tiger geringschätzig an. „Hab ich die Geißel vielleicht nicht zu spüren bekommen? Keine Angst, ich werde die Worte von Pater Aloisius befolgen. Ich schlage zu, so kräftig ich nur kann. Die Güte und Gnade Gottes werden auf dich niederprasseln wie ein Platzregen im Mai!"

Franziskus zählte lateinisch die zehn Schläge genau ab – die anderen zehn mußte Julianus erst dann erdulden, wenn die Spuren der ersten Züchtigung verschwunden waren – Julianus bedankte sich für die Disziplinierung.

„Ich glaube, du kannst dich nicht beklagen", sagte Kaplyon und lächelte stolz. Er freute sich, daß die Wahl des Priors auf ihn gefallen war, denn darin sah er eine Anerkennung seiner Kräfte.

Julianus konnte sich tatsächlich nicht beklagen. Der Tiger hatte den Befehl gründlich ausgeführt. So richtig wurde ihm dies erst bewußt, als er sich abends niederlegte und wegen des brennenden Schmerzes, den er auf seinen Schultern und auf seinem Rücken verspürte, nicht die richtige Lage finden konnte. Aber in Gewißheit, die Strafe verbüßt und die Andacht verrichtet zu haben, sank er reinen Herzens in einen tiefen, ungestörten Schlaf.

Nun ging eine Zeitlang alles gut. Julianus' Heiterkeit kehrte wieder, seine Arbeitsfreude flammte von neuem auf, sein Kopf war aufnahmefähig. Frater Otto beauftragte ihn, die Jüngeren zu unterrichten, und jetzt, als die kleinen Törichten ihm die erstaunlichsten Fragen stellten, sah er, wieviel Honig er von den weiten Feldern der wahren Wissenschaften in den Korb seines Geistes schon eingetragen hatte.

Als Zögling mit dem besten Betragen wählten ihn die anderen zu ihrem „Abt", und am dreizehnten Dezember schritt er, begleitet von seinen zwei „Kaplänen", das Tedeum singend, vor die Pforte der Kirche. Im stürmischen Wettlauf bis zum Hauptplatz aber siegte der lange, blonde Desiderius, weil keiner so lange Schritte machen konnte wie er. (Dafür mußte dieser beziehungsweise sein Vater die Kosten für den Wein tragen, den die ganze Zöglingsschar beim Mittagsmahl bekam, und er beschenkte obendrein jeden einzelnen noch mit Äpfeln, Birnen und Kuchen.) Am Spiel beteiligte sich auch Julianus mit großer Freude, als wäre er zu Hause in Várad und spielte mit seinen früheren Kameraden am Hang des Burgberges.

Häufige Feste, viele Spiele folgten dann an den düsteren, wolkigen, schlammigen Wintertagen. Am Tag der unschuldigen Kinder war wieder ein großes Fest, und Julianus, der „Abt" der Zöglinge, stellte sich mit seinen „Kaplänen" auf den Tisch und sang in Begleitung des Chores lateinische Lieder. Damit endete seine Abtswürde, aber er hielt sich auch künftig für einen wirklichen Abt.

Weihnachten und Neujahr waren vorüber, die darauffolgenden abergläubischen Feste vergangen, an denen das törichte bäuerliche Volk für das kommende Jahr prophezeite, der Klosterhof war mit hohem Schnee bedeckt, die alten Nußbäume und Linden hatten sich in weiße Pelze gehüllt, und die Sümpfe und Bäche rings um die Stadt waren zugefroren. In den Ruhepausen lieferten sich die Zöglinge eine ungestüme Schneeballschlacht und bewarfen sogar – wie zufällig – Frater Otto. Als dann Georgius mit verdrossenem Gesicht, in ungepflegter Kutte, die Hände auf dem Rücken gekreuzt über den Hof trottete, gleich einem müden, alten Geier, traf ihn Albertus, ein ausgelassener kleiner Junge, so geschickt, daß der Schneeball gerade auf dem Hinterkopf des Mönches zerplatzte. Im nächsten Augenblick stoben die Knaben auseinander wie Küken vor einem Raubvogel. Nur Albertus blieb wie angewurzelt auf seinem Platz stehen, verdutzt lächelnd, als würde er sich selbst am meisten über den Fall wundern.

Georgius brüllte fürchterlich, drehte sich um und stürzte sich auf Albertus. Dicht sausten seine Schläge auf den sich zusammenkrümmenden Jungen. Alle Bitterkeit des Mönches entlud sich, hatte doch sein Ansehen eine nicht wiedergutzumachende Scharte erlitten, und er hatte das Gefühl, die davongelaufenen Zöglinge, die auf dem Kreuzgang sich aufhaltenden Mönche, ja selbst der Prior lachten über ihn. Nachdem er Albertus arg geschlagen und ihn weinend in der Mitte des Hofes zurückgelassen hatte, setzte er brummend seinen Weg auf die Treppen zu fort.

Dort stieß er auf Julianus. Vielleicht schämte er sich seiner Tat oder sehnte sich nach Trost in diesem stockungarischen und stockpetschenegischen Kloster, wo man die Deutschen trotz des Verbots des Priors immerzu beschimpfte und verspottete. Kurz und gut, er gab Julianus einen Wink und nahm ihn mit in seine Zelle. Dort streckte er sich mit einer einzigen Bewegung auf dem Bett aus, faltete die Hände auf der Brust, seufzte tief und ließ die schlaffen Lippen hängen.

„Lange schon habe ich nicht mehr mit dir gesprochen", sagte er bitter, „alle weichen mir aus. Wenn mein Körper auch schwach und krank ist, meine Seele und mein Geist sind stark. Nicht umsonst habe ich mein ganzes Leben in der vordersten Front für die Christenheit gekämpft, war stets dort, wo Männer und Christen am notwendigsten gebraucht wurden. Gott, mein Vater, vergißt das nie. Wenn ihr, kümmerliche Knaben, mein ergrauendes Haupt, mein Bewandertsein in den Wissenschaften und mein Mühen auch nicht würdigt, Gott wird es nicht vergessen. Aber euch lehrt ja ein Mann, dessen wichtigste Sorge es ist, auf andere herabzuschauen, sie zu verspotten und zu verlachen, obwohl er keinem rein ungarischen Geschlecht entstammt."

Georgius stieß die Luft aus und rekelte sich, um bequemer auf der Decke zu liegen. Dann fuhr er fort:

„Mich hat der Pater Prior gar nicht erst gefragt, ob ich bereit wäre zu lehren. Offenbar denkt er, ein teutonischer Hund, für den man mich hält, soll die Zöglinge nicht unterrichten. Dabei brauche ich mich, mein lieber Sohn, mit meinem Wissen nicht hinter jenen zu verstecken, die in Paris und Bologna die Universitäten besucht haben und denen man die Köpfe mit allerlei nutzloser Gelehrsamkeit, dem Geschwafel dieser Doktoren der Rechtswissenschaft vollgestopft hat. Ist denn diesem Frater Otto, der solange in Paris war, schon einmal der Gedanke gekommen, euch mit dem *Metalogicus* und den Schriften des Johannes Saresberiensis bekanntzumachen? Und sag, weißt du, daß sich Grammatik und Logik so ineinanderfügen wie die Glieder einer Kette?"

Mit dem stolzen Triumph des Siegers blickte er auf Julianus.

„Haec autem est illa dulcis et fructuosa coniugatio rationis et verbi", erwiderte ihm übertrieben bescheiden, aber vor Stolz errötend Julianus mit einem Zitat aus dem Buch.

Georgius zog die Brauen zum Dreieck in die hohe Stirn und staunte.

„Man kann von hie und da allerlei Zitate aufschnappen", sagte er und winkte ab.

„Wem aber fiele es ein, auch auf die wundervolle Wissenschaft der Frau Hildegard von Bingen und ihre Bücher über die Erkenntnisse der Natur hinzuweisen? Dabei ist diese fromme Ordensfrau die größte aller Geister gewesen, die nach den Geheimnissen der Natur geforscht und sie niedergeschrieben haben. Wieviel größer ist sie als Plinius! Doch es gibt ungeschliffene Köpfe, die sie nicht zur Kenntnis nehmen, weil sie sie gar nicht begreifen können und nicht einmal wissen, welche Werke sie hinterlassen hat."

„Wir hörten von Frater Otto über sie", antwortete Julianus mit etwas rauher Stimme, weil ihn der Hochmut Georgius' und die Verachtung störten, mit der er seine Anspielungen auf den hochgelehrten Frater Otto machte.

Julianus war auf jede Frage gefaßt, er gelobte sich steif und fest, keinen Fußbreit zu weichen, selbst wenn ihn Georgius in seinem Zorn verprügeln sollte wie jenen Knaben auf dem Hof, der ihn mit einem Schneeball getroffen hatte.

„Was nützt trotz alledem das Wissen", brummte Georgius, „ohne die Reinheit und Einfalt des Herzens. Damit meine ich nicht dich, denn dein Wissen ist noch kein Wissen. Daß du dies und jenes gehört, gelesen und verstanden hast, will noch nichts bedeuten. Aber haben dir deine Lehrer die Größten, die Kirchenväter, in die Hand gegeben? Was weißt du über Origenes oder Basilius den Großen? Hast du des letzteren berühmte und bekannte Rede an die Jünglinge studiert? Oder die Werke Gregors von Nazianz, Clemens' von Alexandria und Gregors von Nyssa? Und die Schriften eines der allergrößten unter den Großen, die des beredten, frommen, heiligen Johannes Chrysostomos?"

Er nannte diese Namen, als spreche er von seinen guten Freunden. Und als er sah, daß Julianus schwieg, die Augen niederschlug, als würde er ihm seine Sünden auf den Kof zusagen, lächelte er siegesbewußt.

„Darin bin ich noch unbewandert", raunte Julianus.

„Aha! Aha! Du gestehst es!" rief Georgius. „Na also! Als ich ein Zögling war wie du, fragte mich mein Lehrer Tag für Tag nach den Kirchenvätern. Er verbesserte mich mit der Rute, wenn ich einen Fehler beging. Gott segne ihn in seinem Staube, denn er hat mir ins Herz gemeißelt, daß die Burg der Apologetik ohne die Kenntnisse der Werke der alten Kirchenväter auf Sand gebaut ist und vom ersten Wind des Zweifels davongeblasen wird wie Flugsand. Aber heutzutage ...", fügte er geringschätzig hinzu und winkte ab, „heutzutage ... denken die Magister, die in Paris und Bologna gewesen sind, ganz anders ... Aus dem babylonischen Turm ihrer übergroßen Wissenschaft können sie auf einen Mann meinesgleichen nur herabsehen, der nichts Großes getan, sondern nur mit der Waffe seines Geistes gerüstet dort gestanden hat, wo immer die Christenheit bedrängt wurde. Der auch ins Heilige Land gezogen wäre, wenn ihn seine angegriffene Lunge und sein schwaches Herz nicht gehindert hätten."

Nun war es klar, warum Georgius Julianus examinierte. Er wollte mit einem Schlag siegen, nicht nur über ihn, sondern auch über Frater Otto und alle, die an fremden Universitäten studiert hatten, und darüber hinaus auch über jene, die gegen die Deutschen schürten. Julianus durchschaute ihn und lächelte.

„Wie weit bist du mit der Auslegung des Evangeliums nach Matthäus gekommen, Bruder Georgius?" fragte er, um ihm eine Freude zu machen.

„Nicht einen Schritt weiter bin ich gekommen", fuhr der Frater mürrisch auf. „Diese Zeiten begünstigen die Wissenschaften nicht. Alles wühlt mich auf. Auch mein Herz ist unruhig. Ich kann nicht schlafen. Im kommenden Sommer. Im Sommer draußen auf dem Barttrockner werde ich weiterarbeiten. Oder ich lasse mich in ein anderes Kloster versetzen, wo man mein Wirken noch nicht vergessen hat."

Dieses Gespräch hatte zur Folge, daß Julianus in die Bibliothek ging und sich Origenes und Johannes Chrysostomos heraussuchte. Dann bat er Frater Otto, ihm zu gestatten, sich in seine Zelle zurückzuziehen und dort zu lernen. Otto sah sich die Bücher an und nahm ihm den Origenes gleich wieder weg. Julianus wurde verbittert. Er dachte, wenn ihn schon sein eigener Lehrer am Lernen hinderte, wäre es da nicht besser, ganz damit aufzuhören? Oder sollte er das Gebot des Gehorsams brechen? Endlich entschied er sich für das Letztere. Und während man annahm, er lese in der stillen, verlassenen Zelle Frater Ottos den Goldmund, angestrengt mit dem schwierigen Text ringend, schmuggelte er aus der Bibliothek den Origenes heraus, verzog sich damit in das kleine Haus des Gärtners und lernte dort, ständig in Angst, man könnte ihn dabei ertappen. Dann versteckte er das Buch im Haus und sagte dem Gärtner, er könne es nicht jeden Tag neu heraussuchen. Der wackere stille Mann, dessen Frau mit der zahlreichen Familie draußen in der Stadt wohnte, forschte nicht danach, ob der gelehrte Zögling richtig handelte.

Dort in dem kalten, mit Gartengeräten vollgestopften kleinen Haus, vor dem handgroßen, mit Ölpapier bespannten Fenster hockte Julianus beklommen und fröstelnd auf einem niedrigen Stuhl, den stattlichen Origenes auf den Knien.

Es waren schöne, stille, schnell verfliegende Stunden. Er vertiefte sich so in das Werk des Kirchenvaters, daß er alles um sich vergaß. Er lebte nicht in der Gegenwart, sondern zur Zeit des Origenes. Und die Geheimnisse der Religionswissenschaft brachten ihn in solche Höhe empor, in die sonst nur andächtiges Beten und Singen zu heben vermögen.

Aber diese „Sünde" mußte er beichten. Nach langem Grübeln entschied er, sich zunächst Bruder Stephanus anzuvertrauen und erst dann zu beichten, wenn es ihm der greise Mönch riet. Dies war töricht, aber er hatte es sich mit kindlichem Kopf so ausgedacht.

Eines Nachmittags während der Ruhestunden klopfte er mit großer Beklemmung und Achtung an der Tür des Stephanus. Der alte Mönch war auf dem Betschemel in Andacht versunken. Julianus setzte sich still auf einen Stuhl an der Tür und wartete. Stephanus jedoch gewahrte gar nicht, daß Julianus zugegen war. Mit leisem, schmerzlichem, vorwurfsvollem Murmeln sprach er sein Gebet, dabei seufzte er schwer, neigte den Kopf bald tief, bald hob er ihn entzückt empor und schloß die Augen. Sein graues Haar und sein grauer Bart bebten.

Schließlich neigte er sich ganz zur Erde, schlug die Stirn mehrmals auf die Steinplatten des Fußbodens, so kräftig, daß Julianus befürchtete, er könnte den Verstand verlieren. Dann, wie jemand, der aus tiefem Schlaf aufschrickt, starrte er Julianus an.

„Was wünschst du, mein Sohn?" fragte er leise und lächelte, daß Glanz das pergamentene, faltige, behaarte Gesicht übergoß. Seine kleinen schwarzen Augen funkelten wie die eines Schäferhundes.

„Ich komme um Rat", sagte Julianus und erhob sich mit großer Ehrerbietung vom Stuhl.

„Wie stellst du dir das vor?" fragte der Frater erstaunt, schlurfte zu seinem Bett und setzte sich auf den Rand. Er lachte. „Du kommst zu mir, Kind, zu einem Greis. Wann wird sich die Welt endlich auf die Füße stellen?" Stephanus lachte so vergnügt, daß sein Haar und sein Bart sich heftig bewegten. „Seit wann gelten die Väter als weiser? Öffnet denn die Weisheit der Väter den Kindern das Himmelreich? Nun, die Welt hat sich auf den Kopf gestellt, mein lieber Sohn!"

„Dennoch möchte ich deinen Rat, ehrwürdiger Bruder", beharrte Julianus.

„Bist du denn nur äußerlich jung und innen alt? Ist nur dein Gesicht das eines Kindes, dein Herz aber verkrustet, daß es den Kuß der Wahrheit nicht mehr spürt?"

„Ich weiß es nicht, ehrwürdiger Bruder."

„Nun, du bist in der Tat so töricht, wie du dich gibst. Setz dich."

Julianus setzte sich und wartete. Der Alte musterte ihn lächelnd, unbekümmert um die Läuse, die auf seiner breiten, gewölbten, tief gefurchten braunen Stirn krochen.

„Was ist der Buchstabe?" fragte er lateinisch.

„Hüter des Geschehens", antwortete Julianus ohne Zögern.

„Und was ist das Wort?"

„Offenbarer der Seele."

„Bene", der Greis nickte zufrieden, und ein Lächeln ergoß sich über sein Gesicht. „Und wer zeugt das Wort?"

„Die Zunge."

„Was ist der Mensch?" warf er schnell hin, und seine gebeugten Schultern neigten sich nach vorn, als er forschend die Antwort auf die neue Frage erwartete.

„Ein Sklave des Todes, ein Wanderer nur, ein Gast auf dieser Erde."

„Wie ist sein Zustand?"

„Wie der des Kerzenlichtes im Wind."

„Nun, du bist weise, und doch bittest du mich um Rat?" wandte er sich kopfschüttelnd, mit heiterer, freundlich rügender Stimme an ihn. „Ei, ei, mein Sohn . . . Ich könnte ja zu dir um Rat kommen. Dennoch laß hören, worin glaubst du meine Torheit deiner Weisheit überlegen?"

„Im geheimen, gegen das Verbot Frater Ottos, studiere ich den Origenes. Ich habe das Buch im Hause des Gärtners versteckt, gehe in den Ruhestunden dahin und lerne. Soll ich es beichten, oder darf ich es verschweigen?"

„Dem Menschen ist der freie Wille, das heißt die Fähigkeit der Wahl zwischen Gut und Böse zwar gegeben, aber weil er eher zur Sünde neigt, ist er ohne die Gnade Gottes außerstande, sich für das Gute zu entscheiden, schreibt Augustinus", sagte der Frater.

„Also ist es Sünde, daß ich den Origenes gegen das Verbot Frater Ottos lese?"

„Du hast gehört, was unser Vater Augustinus sagt."

„Verachtest du die Wissenschaft, oder hältst du sie für notwendig?"

„Ich verachte sie, aber ich halte sie für notwendig."

„Soll ich also lernen, was ich für notwendig halte?"

„Lerne es, und verachte es."

„Aber dies hat dich doch auch die Wissenschaft gelehrt!" rief Julianus.

„So ist es. Die Wissenschaft ließ mich erkennen, daß ich sie verachten soll."

„Ist es denn Sünde, daß ich das Verbot Frater Ottos gebrochen habe?"

„Empfindest du es als Sünde?"

„Ich habe gegen den Gehorsam verstoßen."

„So beichte es."

„Aber mein Herz befiehlt, daß ich den Origenes studiere."

„So beichte es nicht."

„Du sprichst wie die Sophisten." Julianus wurde verstimmt.

„Siehst du, warum bist du zu mir altem Mann gekommen?" lächelte ihm Frater Stephanus verschmitzt zu und schüttelte tadelnd den Kopf. „Warum wendest du dich nicht an dein eigenes Herz um Rat? Weißt du denn nicht: Wer das Reich Gottes nicht so annimmt wie ein Kind, der wird nicht hineinkommen?"

Julianus bedankte sich bei Stephanus ergeben für seinen Rat, verneigte sich tief vor ihm und verließ rückwärtsschreitend die Zelle.

Lange grübelte er über das Gespräch. Die langsamen lateinischen Worte des Greises, wie sie lispelnd aus seinem zahnlosen Mund kamen, klangen ihm in den Ohren. Er wurde nicht schlau aus diesem stets heiter lächelnden Gesicht, seinen ein wenig spöttischen, aber kindlich freundlichen schwarzen Augen. Stephanus verachtet die Wissenschaft, hält sie aber für notwendig. Wie kann er sie verachten, wenn sie notwendig ist?

Er vertiefte sich in das Buch des Johannes Chrysostomos und las über die Wissenschaft: „Die Ausübung der Wissenschaften erfordert Charakterstärke, die Charakterstärke jedoch bedarf der Gelehrsamkeit nicht. Selbstbeherrschung kann man auch ohne Gelehrsamkeit üben, die Macht der Wissenschaft jedoch kann niemand ohne tugendhaften Charakter erwerben, weil er seine Zeit für Ruchlosigkeit und Scheußlichkeiten verschwendet . . .“ Und dann weiter: „Die wahre Weisheit und die wahre Bildung sind nichts anderes als Gottesfurcht.“

Er blickte tief in sich hinein und stellte die Frage, ob er Gottesfurcht besäße.

Und er fühlte, über diese Frage gab es keinen Zweifel.

Demnach hatte er keine Sünde begangen, als er das Verbot Frater Ottos verletzte. Mit dieser Gewißheit stahl er sich in seiner Freizeit ruhigen Herzens in das Gärtnerhaus, setzte sich auf den niedrigen Stuhl, um die harte Schale der Wahrheit des Origenes zu knacken.

Einige Tage später beichtete er aber sein Geheimnis dennoch, als der Prior seinen scharfen Blick auf ihn richtete und fragte: „Eine andere Sünde hast du nicht begangen?“

„Doch, wenngleich ich meine, daß es keine Sünde ist“, antwortete er mutig, und seine Worte zeigten, daß er keine Reue empfand. „Gegen das Verbot Frater Ottos habe ich aus der Bibliothek den Origenes entnommen und lese und studiere ihn im Gärtnerhaus.“

„Sage es Frater Otto“, ermahnte ihn der Prior.

„Ich werde es ihm sagen.“

„Und bitte ihn, das Verbot aufzuheben.“

„Ich werde ihn bitten.“

„Was du aber nicht verstehst, das frage ihn als deinen Lehrer.“

Er legte Julianus die Pönitenz auf, flüsterte die lossprechenden Worte, machte das Kreuzzeichen über ihn und reichte ihm die Stola zum Kuß.

Frater Otto hörte sich Julianus' Bitte lächelnd an.

„So, du studierst also den Origenes doch“, er nickte, „und wie weit bist du damit gekommen?“

Nun war Julianus unsagbar glücklich. Er brachte das Buch aus dem Gärtnerhaus zurück und las es offen, vor aller Augen. Er hielt sich mit beiden Händen die Ohren zu und murmelte halblaut die griechischen Worte. Vieles verstand er nicht, aber hartnäckig überlegend, erfaßte er mit Hilfe des schon Gelesenen meist den Sinn des Textes. Wenn er etwas nicht schaffte, fragte er Gerhardus. Von nun an wandelten sie zu zweit auf den langen Gängen, im kalten Kreuzgang und, wenn die lockende Frühjahrssonne die Luft erwärmte, draußen auf dem Hof, und sie verbrachten lange Stunden in stiller Unterhaltung, den griechischen Text enträtselnd und auslegend.

Es waren dies schöne, glückliche Stunden. Aus der Welt drang nichts über die hohen Mauern ins Kloster herein. Hier herrschte Frieden, und Friede herrschte auch im Herzen Julianus'. Das Kloster war sein wahres und einziges Zuhause. Das andere, das Vaterhaus, alles Frühere, war völlig in der Vergangenheit versunken. Julianus blickte nicht in die Tiefe seiner Erinnerungen, er schaute nach vorn und war heiter. Er spürte, wie seine Kräfte wuchsen, wie sich ihm jahrtausendealte lateinische und griechische Texte erschlossen, um ihm ihre Schätze zu übergeben, und wie er immer reicher wurde. Er war ein großartiger Wortfechter, genoß den schillernden Wechsel der Gedanken, der Argumente und Gegenargumente, der Thesen und Folgerungen, er drang in jede Spalte und öffnete sie mit seinen Beweisen. Julianus und Gerhardus ergänzten sich zu zwei deckungsgleichen geometrischen Figuren, alle ihre Ecken, Winkel, Geraden und Neigungen entsprachen einander haargenau.

Dann wieder wandelte er mit Frater Otto auf dem dröhnenden Gang, und sie übten die petschenegische Sprache, nach Worten suchend, die geeignet waren, auch feinere logische Begriffe auszudrücken.

Der singende Kanonikus – ein alternder, immer erregter, beleibter weltlicher Priester mit rotem Gesicht – führte Julianus ein in die höchsten Regionen der Musik, erschloß ihm die himmlische Welt der Melodien und Harmonien. So lernte er die Orgel zu spielen, setzte sich manchmal auch in der Basilika an das Instrument, und unter seinen feinen, zarten Fingern tönten, rauschten und brausten die Pfeifen. Die alltägliche körperliche Arbeit war erfrischend wie das Spiel, singend begannen die Mönche ihr Tagewerk. Freude prickelte in Julianus. Er empfand den Einklang in den Bewegungen, den Absichten und der Laune aller. Mit dem milderwerdenden Wetter ging man unter Anleitung des Gärtners auch wieder im Garten an die Arbeit. Die schmetternden Anweisungen des Priors in den Ohren, drückten sie den Spaten in die krümelige, fette Erde, säten die Küchenkräuter, gossen die Pflänzchen, stachen die Maulwurfshaufen um, verbrannten das Unkraut, lasen die Raupennester von den Obstbäumen. Berauschender Frühjahrswind fegte über die Ebene, am Himmel verdeckten eilende Wolken die Sonne und entblößten sie wieder, und im Gärtnerhaus saßen aufgebracht gackernde Glucken in Körben.

Schon längst waren die Zeiten vorbei, als die frommen Bewohner der Klöster persönlich Hand an den Pflug legten, sich wie Ochsen vor hochbeladene Erntewagen spannten, als sie selbst mit Äxten in den Wald gingen und eigenhändig Kanäle durch die Sümpfe zogen. Sie wären jetzt mit dem vielen Ackerland, den Weiden und Sümpfen, den Herden, mit all den Schweinen, Kühen und Pferden, mit den vielen Wäldern, Fischersiedlungen, die alle zum Kloster gehörten, gar nicht mehr fertig geworden. All dies verrichteten nun die Dorfbewohner, die dann einen bescheidenen Anteil ihrer reichen Ernte an Getreide, Heu, Fisch, Käse, Pelzwerk und Holz ablieferten. Sie brachten Wein, Bier, Honig, Hühner, Eier und Schafe, brachten auch Bohnen, Linsen und Erbsen, Wal- und Haselnüsse, Himbeeren, Pilze, sie brachten Leinen und Tuch, geflochtene und aus Baumrinden gefertigte Körbe, hölzerne Mulden und Schöpfgefäße, Fässer und Scheffel, sie brachten alles, was die Bewohner dieses großen Klosters benötigten. Dennoch blieb genügend körperliche Arbeit für die Mönche, es beteiligten sich daran jung und alt, kräftige und schwache, selbst die Kinder packten zu und schafften fleißig zusammen mit den erwachsenen Männern.

Drinnen im Kloster beanspruchten die Schule, das Gästehaus, das Hospital, das Haus für Arme und Alte die Zeit und die Kraft vieler. Rings um das Kloster aber, das eine hohe Mauer von der Außenwelt trennte, gruppierten sich die Höfe mit den Wirtschaftsgebäuden. Dort gab es lange, geräumige Ställe für Pferde, Rinder, Ziegen, für Schafe und Schweine, und wenn die Mönche auch nicht selbst die Herden hüten, nicht eigenhändig misten und Dung fahren mußten, allein die Anleitung und die Aufsicht waren ermüdend genug. Prior Aloisius persönlich zog vom frühen Morgen bis zum späten Abend von einem Hof in den anderen, lief von einem Gebäude ins andere, und seine scharfen, unnachsichtigen Befehle waren mal von da, mal von dort weithin zu hören. Stallknechte, Schweizer, Schäfer und Schweinehirten sputeten sich, wenn sie seine kleine, untersetzte Gestalt erblickten, wenn er mit gemessenen, dröhnenden Schritten auf sie zukam. In der geräumigen, verrußten Küche arbeiteten vier oder fünf Mönche, von Leuten aus dem Dorf unterstützt. Im Backofen buken täglich mehrere hundert Brote, ganz zu schweigen von der großen Menge Hirsefladen. Die Arbeit klang, dröhnte und sang von allen Seiten, nach dem Gebot des „ora et labora".

Über all das hinaus gehörten auch die Häuser von Sattlern und Riemenschneidern, von Faßbindern, Zimmerleuten und Stiefelmachern, von Schustern, Gerbern, Goldschmieden, Bildschnitzern, Schmieden und Walkern zum Bereich des Klosters. Es war dies ein ganzes Land für sich – und um andere Klöster blühten und gediehen weitere kleine Länder ähnlicher Art im fröhlichen Frieden, in der Gemeinschaft von Arbeit und Gebet.

Julianus arbeitete meist mit Gerhardus zusammen. Gemeinsam gingen sie ins Hospital, pflegten, wuschen, verbanden mit dem Frater Medikus sorgfältig die Kranken. Hier sahen sie erschreckende Krankheiten, abstoßende Wunden, zum Himmel schreiendes Elend. Dies war der Bodensatz des Lebens: voller Qual, Wehklagen, Blut, Gestank und Unrat.

Ein andermal hatten sie im Gästehaus eine Woche lang Dienst zu verrichten. Aus allen Teilen des In- und Auslandes kehrten Fremde hier ein. Es herrschte ein babylonisches Sprachgewirr. Mit Latein vermischtes Italienisch, Illyrisch, Kroatisch, Französisch, verschiedene deutsche Mundarten, vom schnatternden Kärntnerisch über zischendes Schwäbisch bis zum wohlgesetzten Platt. Man sprach französisch, slowakisch, tschechisch und polnisch, hartklingende kumanische und petschenegische Worte mischten sich mit dem weichen Russisch. Im Hof vermengten sich Staub und Schlamm, Streu und Heu, wie die Worte der ein- und ausgehenden Menschen. An Pfähle angebunden, wieherten Pferde und traten einander, Reitknechte schimpften in allen Sprachen der Welt, den gleichen Gott mit hundert verschiedenen Namen nennend, Wagen knarrten auf schweren Rädern, Frauen schrien und lachten, Kinder rannten und kreischten von allen Seiten. Händler feilschten um den Preis des Tuches, kecke ungarische Burschen scharwenzelten um früh erblühte italienische Mädchen, Alte saßen auf den steinernen Stufen und wärmten ihre müden Glieder im spärlichen Sonnenschein.

Konnte sich denn in diesem Kreislauf von Arbeit, Mühen, Lernen und Gebet der Teufel an Julianus heranschleichen, um ihn zu versuchen? Und an die anderen Mönche? Julianus wunderte sich stets, daß er ebenso wie die anderen jeden Tag von neuem etwas zu bekennen hatte und daß es immer etwas gab, um Buße zu tun, wenn es auch nicht wieder zur Geißelung gekommen war.

Und der Teufel schlich sich doch an Julianus heran, raubte seinen Frieden, seine Arbeitslust, die Freude am Lernen, seine heitere Geselligkeit, seinen ruhigen Schlaf.

Zu Ostern sprachen sie die Lamentationen. Auf allen Mönchen lastete die düstere Stimmung vom Tod des Erlösers. Ihnen war, als hätte sich der blaue Frühlingshimmel schwarz gefärbt, als hauchten die blühenden Blumen im Klosterhof Gift aus.

In dieser herzbeklemmenden Zeit des duftenden Frühlings und der nach Weihrauch riechenden Trauer erwachte Julianus wieder davon, daß der Versucher bei ihm im Bett war, mit schwebendem Mantel sein Gesicht berührte gleich dem kühlen Schwingenschlag eines unsichtbaren Vogels. Wild pochenden Herzens setzte sich Julianus auf und starrte in das Halbdunkel des Dormitoriums. Rote und grüne Feuergarben kreisten vor ihm, als hätte er einen Blick in die ferne Hölle geworfen. Seine Schläfen pulsierten, in den Ohren trommelte das Blut. Lähmendes Zittern, eine süße Mattigkeit überströmte seinen ganzen Körper.

„Was habe ich getan, was habe ich getan?" flüsterte er immer wieder und klammerte sich an diese Worte wie an zwei rettende Ruder. Aber wie sehr er sich auch anstrengte, er konnte das Ufer nicht erreichen, wußte nicht, was er getan hatte.

Mühsam raffte er sich auf. Er mußte wissen, welcher Art dieser Versucher war, durch welches Fenster er sich zu ihm hereingestohlen, wie und auf welchem Weg er ihn wieder zur Sünde verführt hatte. Seine Gedanken drehten sich gleich einer Mühle im Sturm. Fragen und Antworten wirbelten in ihm.

„Ich will dich sehen, will dich kennen!" schrie es in ihm, und er hämmerte sich mit der Faust gegen die Stirn.

Sollte es jene Frau sein, die seit seiner frühesten Kindheit in seinen Träumen immer wiederkehrte? Jene Frau, die ihn so oft im Schoße gewiegt, ihm ihre schönklingenden Lieder gesungen hatte? Jene Frau, die kein Gesicht hatte?

Gleich erhob sich Widerspruch in ihm, er spürte, daß dies unmöglich war.

Sollte Cseperke wiedergekehrt sein, um ihn zur Sünde zu verleiten?

Nein, Cseperke hatte er schon fast ganz vergessen. Und sie wohl auch ihn. Die Jahre waren vergangen, die Kindheit ging ihrem Ende zu. In Várad war Busa, und wenn nicht er, dann Tege. Oder ein anderer. Aus dem kleinen Mädchen war eine Jungfrau geworden, vielleicht schon eine Mutter. Und sicher dachte sie gar nicht mehr an Györk, der ja gar nicht mehr Györk war, sondern für immer Julianus.

Er erschrak vor dem Gedanken, der ihm jetzt einfiel: Inkuba war die Versucherin, der unsichtbare Geist, der den Mönchen im Traum in Frauengestalt erscheint, sie berührt und in körperliche Wonne versetzt, ohne daß die Mönche sie sehen oder es auch nur wollten. Den Nonnen erscheinen die Inkuben, die männlichen Versucher. Sie berühren sie, streicheln sie und versetzen sie in Liebeslust. Sie sind besondere Gestalten des Teufels, böse Geister voll körperlicher Begierde, finsterer Schadenfreude, wollüstigem Verderben.

Julianus' Friede, seine Heiterkeit und Arbeitskraft waren dahin. Pater Aloisius nahm ihm die Beichte ab. Der Jüngling beichtete mit aufgewühltem Herzen. Sein Kopf sank auf den Betschemel, er weinte. Seine Schultern bebten, sein ganzer Körper zuckte von tiefem, verzweifeltem Schluchzen. Wie ein Ertrinkender rang er nach Rettung. Mit immer wieder stockendem Geflüster flehte er, ihn nicht im Strudel der Hölle versinken zu lassen.

„Das ist der Kampf", sagte Aloisius und neigte seine Stirn; aber unter seinen starken Brauen funkelten dunkel die Augen, „den du selbst austragen mußt, mein Sohn. Deine Waffen sind die Gnade Gottes, die Liebe unseres Herrn Jesus Christus, das ununterbrochene Gebet, die Arbeit und der Wille. Du weißt, was Augustinus schreibt: Der Kern des Geistes ist der Wille. Lies in den *Konfessionen* des großen Augustinus. Ich bin unermeßlich viel kleiner als er. Solltest du etwas nicht verstehen, komme zu mir. *Ego te absolvo in nomine patris* ...", raunte er und schlug dann mit erhobenen Fingern das Kreuzzeichen über den Kopf Julianus'.

Die Pönitenz lautete: zwanzig Geißelschläge, hundert *Paternoster*, hundert *Ave*, und er befahl ihm, einen härenen Gürtel zu tragen. Denn den Körper müsse man zügeln. Der sündhafte Körper solle fühlen, daß es einen Herrn über ihn gibt: den Geist, den Willen. Uneingeschränkt sollte er sein Fasten fortsetzen.

Julianus fühlte sich erleichtert. Andere hatten ja auch mit den Praktiken und der List des Satans zu kämpfen. Die Geschichten der Heiligen waren voll solcher Beispiele. Warum sollte er verzweifeln?

Befreit ging er wieder an die Arbeit, lernte, unterrichtete die Jüngeren, arbeitete im Garten, in den Werkstätten, verrichtete fleißig seine Andacht. Doch alsbald stellte sich heraus, daß seine Heiterkeit und seine Ruhe nicht echt waren. Die erfrischende Läuterung beflügelte seine Seele nicht wie damals, als er von der Hand des Franziskus das erstemal die Geißelung erlitten hatte. Auch diesmal disziplinierte ihn Franziskus, vielleicht noch härter als damals, und der beißende, brennende Schmerz quälte ihn viel länger, auch den härenen Gürtel hatte er umgelegt, dennoch fand er keine Ruhe.

Auf den Bildern der Heiligen suchte er deren körperliche Umrisse, und erschrocken schlug er die Augen nieder, als er sich dieser schrecklichen Sünde bewußt wurde. Auch im Gästehaus begegnete er dem Versucher, doch diesmal in sehr irdischer Form, in der Gestalt einer schönen jungen Italienerin mit rabenschwarzem Haar und dunklen Augen. Das Mädchen kam vom Brunnen und ging langsamen Schrittes über den Hof. Es war barfuß und hatte ein Leibchen an, auf der Schulter trug es ein Wassergefäß, so wie man es bei italienischen Frauen häufig sah: den nackten braunen Arm nach oben gewinkelt, als wäre sie selbst eine schlanke Amphora. Unter ihrem Arm leuchteten an diesem heißen Sommertag glänzend die schwarzen Haare hervor. Ihre Stirn war platt und niedrig, die Nase ein wenig gebogen, der Mund klein, die Lippen rot und ungewöhnlich voll. Ihre nackten Beine waren bis zu den Knien zu sehen, die Waden so rund, als wären sie gedrechselt und poliert. Sie kam Julianus entgegen, sah ihn lange gleichgültig an, dann neigte sie den Kopf und grüßte italienisch. Ihre Stimme war tiefer, als Julianus vermutet hatte.

Alles Blut strömte ihm in den Kopf, sein Herz pochte, seine Augen weiteten sich, sein Körper erstarrte. Er wollte sich umwenden, um dem Mädchen nachzusehen, aber er zügelte sich, und obwohl das Verlangen in ihm mächtig war, schaute er nicht zurück. Aber das Bild, die Mädchengestalt mit dem Wasserkrug auf der Schulter, glühte in ihm, als wäre sie ihm in die Seele gebrannt.

Er fühlte sich, als hätte ihn ein Pfeil in die Kehle getroffen.

Ins Kloster zurückgekehrt, eilte er in die Kapelle, warf sich vor dem Altar nieder, drückte die Stirn auf die kalten Steine und begann inbrünstig zu flehen und zu beten. Nach langer Andacht fühlte er sich beruhigt. Seine Arbeit rief ihn in den Garten, er suchte im Gärtnerhaus den Spaten und ging hinaus. Heiß ergoß sich der Sonnenschein auf seine schwitzende Stirn, die wollene Kutte wurde zu einem Feuerkessel. Aber er achtete der Hitze nicht. Erbärmlicher Körper, elender Körper, leide nur! sagte er und drückte den Spaten in den Boden. Krachend, genüßlich glitt der Spaten in die lockere, fettig glänzende Erde, als wäre es lebendiges Fleisch. Julianus arbeitete schnell, aber plötzlich warf er den Spaten weg, schlug die Hände vors Gesicht, setzte sich ins Gras und stammelte hilflos.

„Umsonst . . . alles umsonst . . .“

So saß er lange. Endlich blickte er auf, und der Himmel erschien ihm wie am Karfreitag, als hätte man ihn mit schwarzem Tuch überzogen. Die Luft zitterte.

‚Nach den Gesetzen der Logik denken‘, sagte er sich kühl. ‚Warum bin ich ins Kloster gegangen? Warum bin ich dort geblieben? Warum verließ ich schließlich mein Dorf, meine Verwandten und alle Angehörigen? Warum verließ ich das Mädchen, das meine Frau hätte werden können und das mit mir in den Wald in ein kleines Holzhaus gezogen wäre? Warum versagte ich mir das glückliche Leben so vieler Menschen?

Ich hätte ein fröhlicher Bursche, ein liebender Mann werden können, wie Gott es gebietet. Und ich hätte meine Seele vor so viel Sünde retten können. Nun aber bin ich der Elendste aller Elenden, treibe mit der Geißel die Natur aus mir heraus, und sie kehrt doch in jeder Stunde wieder zurück. Meine Träume sind Sünde, der Anblick anderer ist Sünde, selbst die Heiligenbilder verleiten mich zur Sünde. Und sogar meine Arbeit ist Sünde, denn . . .

Mich dürstet nach dem Leben, und ich trinke den Tod. Oder bin ich so schwach, daß ich die Gebote des Mönchslebens und das Gelübde nicht zu halten vermag? Dadurch verdoppelt sich meine Sünde. Wäre ich nicht ins Kloster eingetreten, hätte ich keine Sünde begangen, die jetzt zweifach auf mir lastet.

Sollte ich nicht durchs Tor gehen und hinausziehen in die Welt?‘

So grübelte, rang und kämpfte Julianus und wurde ganz müde vom angestrengten Denken. Ob er lange oder kurze Zeit dagesessen hatte, wußte er nicht. Als im Kreuzgang die Glocke ertönte, schrak er auf: Er mußte hineingehen zum Lernen.

Frater Otto gewahrte Julianus' seltsames Verhalten, sah, wie er gleichgültig, blaß auf seinem Platz saß, als wäre er nicht in dieser Welt, und sein Blick auf die riesigen Bilder an der Wand starrte. Sprach man ihn an, zuckte er zusammen, errötete und wußte nicht, was man von ihm wollte. Die einfachsten lateinischen Texte verstand er nicht. Wenn ihm Frater Otto mit dem Stock zwei oder drei Schläge verabreichte, klärte sich sein Gesicht auf, seine Augen hafteten dankbar an dem kühl lächelnden Gesicht des Fraters, als wollte er ihn bitten: Schlag zu, immer zu. Im Refektorium saß er starr da und aß nicht. In den Ruhestunden ging er im entlegenen Winkel des Hofes einsam auf und ab, die Hände in die Ärmel seiner Kutte gesteckt, den Kopf geneigt, die Augen auf die Erde gerichtet. In der Kapelle betete er ganz auf die Erde hingesunken, und wenn er das Gesicht auf das Kruzifix richtete, verriet es inbrünstige Andacht.

Dann stellte Julianus mit bitterer Halsstarrigkeit das Lernen ganz ein und wollte nur noch körperlich arbeiten. Wenn man ihn fragte, schaute er dem Fragenden blicklos in die Augen und antwortete nicht. Er schrieb auch nicht. Mit dem Buch in der Hand starrte er vor sich hin, preßte die Lippen zusammen und schwieg. Die Rute traf seinen Rücken, er beugte den Kopf und schwieg. Wartete er vielleicht darauf, daß erleichternde, heiße Tränen aus ihm hervorbrachen, damit er in der Flut der Tränen geläutert wurde und wieder fand, was er verloren hatte? Aber was hatte er denn verloren? Warum fühlte er sich so unnütz, so leer? Warum stand er da, mit dem Buch in der Hand, hilflos wie ein Kind, dessen Hand die Eltern losgelassen haben und das nun einsam inmitten der Einöde zurückgeblieben ist?

Die Geißelung mußte auf Weisung des Priors Bruder Otto, sein Lehrer, vollziehen, und der Frater schlug mit der Geißel bedrückten Herzens auf die nackten, mageren Schultern. Julianus erduldete die Hiebe ohne Wehlaut, in großer Demut, in inbrünstiges Gebet vertieft und sprach Worte des Dankes, aber kein Trost zeichnete sich auf seinem Gesicht ab.

Er war schweigsam, lachte nicht und spielte nicht mehr. Nur selten ging er noch mit Gerhardus wie früher in lebhafte Debatten vertieft, und wenn er zu ihm kam, um ihn etwas zu fragen, war es, als würde er sich schämen. Seine Fragen berührten nur Allgemeines. So fragte er einmal: „Sag, lieber Bruder, was ist der Traum?"

„Das Bild des Todes", antwortete der kluge Gerhardus sanft lächelnd und sah ihn mit nachsichtiger Liebe an.

„Und was ist die Freiheit des Menschen?"

„Die Unschuld", sagte der Novize mit Nachdruck.

Julianus erschrak, senkte den Kopf und ging betrübt davon.

Ein andermal fragte er: „Was ist der Glaube, lieber Bruder?"

„Der Glaube ist nichts anderes als die Gewißheit unbekannter und wundersamer Dinge."

Julianus dachte lange nach und flüsterte:

„Nun, dann ist kein Glaube in mir, denn ich sehne mich nach Gewißheit."

„Selbst wenn du sie findest, die Gewißheit gibt keinen Glauben."

„Ich weiß es."

Und einmal trat er zu Gerhardus, als dieser gerade Fleisch in einem Korb zur Küche brachte, hielt ihn an, berührte mit dem Finger leicht seine Kutte und fragte:

„Sag, Bruder, was ist die Freundschaft?"

Gerhardus sah ihn verwundert an, mit der Hand den Korb auf der Schulter stützend. Die Haltung seines Armes glich der jenes italienischen Mädchens, das Wasser auf der Schulter getragen hatte.

„Freundschaft ist der Einklang der Seelen."

Dann sah Gerhardus ihm kopfschüttelnd hinterher, wie er sich lustlos den Hof entlangschleppte, schlurfend, als wären seine Sandalen aus schwerem Eisen und nicht aus leichtem Leder.

Mit großer Besorgnis verfolgte nun nicht nur Frater Otto sein Verhalten, sondern auch der harte, ans Befehlen gewöhnte Prior, der nichts von Empfindsamkeit hielt. Beide ermahnten Julianus, wenn er nicht genügend Kraft zum Ordensleben fühle, solle er lieber in die Welt hinausgehen und kein Gelübde ablegen. Auch dort bedürfe es gelehrter, des Lesens und Schreibens kundiger Männer und guter Christen. Lieber sollte er ein ehrlicher Mann sein draußen in der Welt, als ein lauer, verdrießlicher Mönch. Gott verabscheue Diener, die nicht mit heiterem Herzen, singendem Mund und emsigem Eifer ihren Dienst verrichten. Aber Julianus schüttelte nur den Kopf und wehrte sich heftig: Er gehe nicht hinaus, er wolle Mönch werden.

„Ich werde die Rinde der Birke herunterziehen", sagte er, ballte die Hände zur Faust, zog die Brauen zusammen und schaute harten Blickes vor sich hin.

„Nur einmal . . . nur ein einziges Mal . . .", flüsterte er, als er sich auf seinem Bett langstreckte und das Gesicht in den Händen vergrub. „Nur einmal . . . Ich will sie kennen, ich will es wissen!"

„Nein, nein, entferne dich Satan!" schrie es in seinem Innern.

„Nur einmal!" Er sah ein nacktes Mädchen mit runden Brüsten, glattem Leib, langen, vollen weißen Schenkeln, das Haar fiel ihr ins Gesicht, und darunter lachten herausfordernd und wollüstig die Augen. Nie, niemals durfte er eine Frau berühren! Nie durfte eine Frau sich an ihn schmiegen, ihm beglückt zuflüstern: „Ich hab dich lieb." Nie durften glatte weiße Arme ihn umfassen, heiße Lippen ihn küssen. Cseperke, das Kind, war das erste und das letzte weibliche Wesen, das er in den Armen gehalten und geküßt hatte. Wie eine Frau beschaffen war, wußte er nur aus den heiligen Büchern.

Er glaubte, das Verbot leichter ertragen zu können, wenn er die Wonne des Frauenkörpers nur einmal, nur ein einziges Mal hätte erleben dürfen. Dann überkäme ihn nicht mehr die Versuchung, wach und im Traum, verlachte nicht spöttisch seine Geißelungen und seinen härenen Gürtel.

An einem schwülen Sonntag im Sommer sangen die Mönche in der Basilika. Sie drängten sich alle oben auf dem Chor, der Kanoniker stand vor ihnen – noch geröteter als sonst – mit Schweißperlen auf der Stirn, hob die Arme, um den Einsatz für den Gesang der Mönche zu geben. Julianus stand in der zweiten Reihe und schaute in den Kirchenraum hinunter. Zwischen den behauenen Säulen hing von der hohen gewölbten Decke an einer langen Kette ein Leuchter herunter, auf dessen gehämmertem eisernem Reif Kerzen flackerten. Und unten in der Tiefe, auf den Steinplatten kniend, drängte sich die Menge, in andächtiges Gebet vertieft.

Und da sah er am Fuße einer gedrungenen Säule ein Mädchen knien, mit geneigtem Haupt, der dicke schwarze Zopf wand sich gleich einer Schlange auf dem weißen Leinenkleid.

Nur soviel war es, was er sah, nicht mehr und nicht weniger. Ein handgroßes Stück nur vom braunen Hals des Mädchens. Aber er sah weder das Gesicht noch die Gestalt oder die Arme. Der Zopf jedoch war genauso schwarz wie der jenes italienischen Mädchens im Hof des Gästehauses, sein Linnenkleid genauso weiß, sein Hals genauso braun. Und wie es den Kopf beugte, auch das erinnerte ihn daran, wie ihn das italienische Mädchen mit einem Neigen des Kopfes gegrüßt hatte.

Da fühlte Julianus, daß er verloren war. Der Pfeil hatte ihn in der Kehle getroffen.

Feste Entschlossenheit bemächtigte sich seiner. Um jeden Preis mußte er das Mädchen sehen, ihm in die Augen blicken, gerade in die Augen, selbst wenn er verdammt würde.

Der Gesang erklang, die weiten Gewölbe hallten wider. Vor dem Altar breitete sich blau, schwer, mit süßem Duft der Weihrauch aus. Der kniende Ministrant läutete die Silberglöckchen. Alle fielen auf die Knie. Die Krieger in den verschiedenfarbigen Dolmanen, Pelzen und Tuchröcken genauso wie die Bauern in ihrer leinenen Kleidung und die Bürger in ihren Mänteln. Die stolzen, mit dem Jungfernkranz geschmückten Mädchen, die Kopfputz oder Schleier tragenden Frauen genauso wie die halbnackten Sklaven.

Auch das Mädchen mit dem schwarzen Zopf neigte den Kopf tiefer, von seinem braunen Hals wurde jetzt ein größeres Stück sichtbar. Und obwohl nichts davon zu sehen war, kam Julianus nicht los von dem Gesicht des Mädchens, seiner Gestalt, der Rundung seiner Brust. Denn all dies sah er in dem schwarzen Zopf, dem gebeugten Hals, dem kleinen Stück warmer, goldfarbener Haut.

Der Gesang schwebte triumphierend empor, silberhell klangen die Stimmen der Knaben, und wie stürzendes Steingeröll dröhnten die Bässe. Unsagbarer Schmerz ergoß sich über Julianus' Herz. Am liebsten hätte er sich gegen die Brust geschlagen und geweint. Aber es war auch Süße in diesem Schmerz. Und schreckliche Angst.

‚Ihr Gesicht ist rund, braun und etwas gerötet wie ein Apfel', dachte er, und zugleich sah er das Gesicht so deutlich vor sich, daß er es hätte streicheln können. ‚Ihre Stirn ist niedrig. Ihre Brauen sind dunkel und ihre Augen nußbraun. Ihr Mund ist klein und ihre Lippen sind voll und rot. Ihre Wangenknochen treten ganz leicht hervor, nicht so wie im Antlitz der blassen Heiligen auf den Bildern. In ihrem Gesicht ist nichts Überirdisches . . . es ist irdisch, aber sanft wie die Liebe, leicht wie der Traum, süß und grausam wie die Versuchung, wie die im Traum begangene Sünde.

Ihr Hals ist rund, braun und glatt.

Von ihren Brüsten heißt es im Hohelied: Sie sind wie zwei Kitzlein.

Über den Körper Julianus' lief ein Zittern wie über die Saite einer Laute, er schloß die Augen, ein heißer Hauch schien seine Stirn zu berühren. Durch seine Kehle drangen die Töne des Liedes wie ein beglückender Wehschrei.

Noch nie hatte er so inbrünstig, mit solch überströmendem Herzen gesungen. Bei den Crescendi ließ er seiner Stimme freien Lauf, hatte das Gefühl, selbst emporzusteigen.

Als die Messe zu Ende war und die Menge schön geordnet aus der Kirche strömte, verließen auch die Mönche die Empore. Julianus blieb zurück, konnte kaum Herr seines Herzens werden, so ungestüm pochte es. Er ließ seine Gefährten vorgehen, hielt sich ganz bescheiden zurück. Aber er wußte, daß er es nur tat, um das Mädchen mit dem schwarzen Zopf zu sehen, ob es wirklich so aussah, wie er es sich vorgestellt hatte.

Aber die Zöglinge und die Novizen hatten die kunstvoll gemeißelte Pforte schon hinter sich gelassen, die Gläubigen wogten auf dem Platz vor der Kirche, die vielerlei Stimmen hörten sich wie Summen an, Julianus mußte sich nun auch beeilen. Er ging geneigten Hauptes, wie es sich für einen Mann des Klosters ziemte, aber seine Augen forschten hungrig und hastig nach allen Seiten. Das Mädchen jedoch sah er nirgends.

Im Refektorium herrschte tiefe Stille. Die Küchenbrüder trugen leisen Schrittes die Schüsseln und Kessel auf. Die Klosterschüler klapperten nicht mit ihren Messern und Löffeln. Pater Aloisius nahm würdevoll am Tischende Platz und warf einen festen Blick auf die Wartenden, seine Brauen zuckten verärgert. Als alle ihre Plätze eingenommen hatten, gab er Befehl zum Beten, und alle knieten geräuschvoll nieder. Julianus murmelte mechanisch die Worte des Gebetes, neigte den Kopf, aber seine Gedanken weilten bei dem knienden Mädchen, dessen Zopf sich wie eine schwarze Schlange auf dem weißen Kleid schlängelte.

Die Wärme schien ihm unerträglich. Es war zum Verzweifeln, wie der vorlesende Bruder die Worte dehnte. Er mußte etwas mit seiner Nase haben, denn es klang, als wäre er stets verschnupft. Er räusperte sich, blies und krächzte. Warum mußte ausgerechnet ein solcher Mensch vorlesen? Er verschandelte doch nur die Geschichte des heiligen Polycarpus. Und rings an den Tischen wurde geschlürft und geschmatzt, daß es klang wie in einem Schweinestall. Oh, wenn man von hier weglaufen könnte! Sich verkriechen in einer Höhle, wie es Vater Stephanus über lange Jahre getan hatte. Dort könnte man ein Leben führen, das eines wahren Mönches würdig wäre. Dort würde man nur Wald, Vögel und Wild sehen, in einer kleinen stillen Höhle, droben in den entlegenen Bergen, die man vom Kreuzgang des Klosters herüberschimmern sah.

Er konnte kaum abwarten, daß das Mittagessen vorüberging. Nach dem Gebet löste sich die Ordnung auf, das Silentium war zu Ende, die Knaben strömten drängend aus dem Saal, von ihren Lehrern gerügt, die Mönche unterhielten sich leise in kleinen Gruppen. Julianus stand bei Gerhardus und dem untersetzten Paulus.

„Was ist wohl aus dem armen Bruder Julius geworden?“ fragte ein immer trauriger, kleiner, gebeugter Frater, der stets mit weinerlicher Stimme sprach, Pater Aloisius.

Auch Aloisius hielt Sonntag, das heißt, er saß in einem mit einem Luchsfell bedeckten tiefen Sessel und unterhielt sich friedlich. Seinen gewaltigen Brustkorb gewölbt, lehnte er sich nach hinten und faltete die Hände mit den kurzen dicken Fingern auf dem Bauch.

„Vielleicht hat er nun den besseren Weg beschritten.“

„Möge Gott unsere Gebete erhören“, fuhr der Frater salbungsvoll fort und senkte den Kopf. „Er war ein gar fähiger, scharfsinniger Mann. Und was hat ein Frauenzimmer aus dem Armen gemacht!“

„Wunderst du dich darüber, lieber Bruder?“ Aloisius lachte. „Schau dich um im Lande, und du wirst es sehen, was die Frauenzimmer überall anrichten. Innerhalb und außerhalb des Klosters. Wurde denn unser König András nicht auch von einer Frau beherrscht? Und wird er sich anstelle der ermordeten nicht eine andere zur Seite nehmen, die ihn dann auch wieder beherrscht?“

Julianus verließ die Debattierenden und trottete hinaus auf den Kreuzgang. Was er über Frater Julius gehört hatte, machte ihn stutzig. Eine Weile schritt er zögernd auf dem Gang auf und ab, dann klopfte er an der Zellentür von Stephanus.

Auch Stephanus hielt Sonntag, er lag rücklings auf dem Bett und kratzte sich am Kopf.

„Nun? Was für ein Wind weht dich zu mir?“ fragte er, und seine treuen Augen lächelten ihn verschmitzt an. „Setz dich zu mir, nimm mir nicht die Ruhe mit.“

„Ich möchte wissen“, begann Julianus mit schlecht verhohlener Erregung, „wer Frater Julius gewesen ist, den ein Frauenzimmer ins Unheil stürzte?“

„Ach, Frater Julius!“ rief Stephanus, und sein Gesicht verdüsterte sich. „Er gleicht jenem verlorenen Sohn, der das Haus seines Vaters verließ und sein himmlisches Erbe verschleuderte. Aber wir hoffen, mein Sohn, daß er wiederkehrt und geläutert seine Sünde bereut."

„Wie hat sich das zugetragen, Bruder Stephanus?"

„Es ist eine lehrreiche Geschichte, hör sie dir an. Frater Julius ist vor etwa drei Jahren verschwunden. Er ging einfach zum Tor hinaus, hatte nichts bei sich, nicht einmal einen Stab. Wir glaubten, er sei mit sich selbst in Zwiespalt geraten oder habe sich als Einsiedler verkrochen. Aber nein. Später brachte man die Nachricht, daß er Haus, Hof und Frau habe. Doch nicht ein angetrautes Weib, nur eine Beischläferin. Und wer war diese Frau? Nun ein gar schönes Frauenzimmer mit weißem Gesicht. Durch das Chorgitter in der Kirche hatte er sie erblickt und nicht vergessen können. So wurde er eine Beute des Teufels. Aber er war auch ein ansehnlicher Mann, schlank, wohlgewachsen, stattlich, mit schönem Gesicht, braunem Bart, braunäugig, ein richtiger schöner Ungarmann. In der Arbeit, im Wissen, beim Singen, in der Andacht – überall war er der Erste. Anfangs rang der Arme mit sich selbst, kasteite sich, schlief nicht, seufzte, betete, aber dann, wie gesagt, verließ er das Kloster . . . und verschwand."

„Ob er wohl glücklich ist?" fragte Julianus flüsternd.

„Er kann nicht glücklich sein!" Stephanus schüttelte heftig den Kopf.

Der Jüngling überlegte. Hatte der alte Frater nicht über ihn gesprochen, hieß dieser Mönch nicht in Wirklichkeit Julianus? Julius . . . Julianus . . .

Auch er, Julianus, hatte das Mädchen während der Messe durch das Chorgitter erblickt, auch er kasteite sich, betete, beichtete, bereute seine Sünde.

Plötzlich hatte er das Gefühl, auf einem Abhang angelangt zu sein und hinunterzugleiten. Hier war das mahnende Zeichen. Gott warnte ihn: Julianus, sieh das Beispiel des Julius! Laufe nicht ins Verderben, in die Sünde, in die Verzweiflung!

„Es ist besser, jetzt, noch halbwegs im Kindesalter, zu überlegen, mein Sohn", summte Bruder Stephanus mit langsamen Worten, erhob sich von seinem Lager und schaute Julianus tief in die Augen, „ob du als frommer Mönch Gott dienen oder in den Armen einer Frau dem trügerischen Traum des Glückes nachjagen willst. Ja, es gibt keine gefährlichere, schönere und süßere Verlockung als das Weib! Ich weiß es, während meines langen Lebens habe ich viel gesehen und gehört. Aber daß je eine Frau die Träume des Glücks verwirklicht hätte, die sie verhieß, habe ich noch nie gesehen. Aber es genügt schon, den kleinen Finger oder das krause Haar der Frau zu sehen, um verloren zu sein. Laß die Laus auf deinen Fuß, bald kannst du dich am Kopf kratzen", fügte er hinzu und kratzte sich am Scheitel.

Julianus wußte gut, was die Kirchenväter und die Ordensregel von den Frauen hielten. Als er sein Ringen reumütig gebeichtet hatte, war es das Eindringlichste unter all den strengen Ermahnungen des Priors, als er sagte, das Weib sei ein Werkzeug des Teufels, er müsse vor ihm fliehen, es mit der Geißel, mit Gebet und Fasten vertreiben. Er solle sich die Ohren verschließen, sich die Augen ausstechen, die Hände abschneiden, die Beine lähmen – mit der Macht der Liebe Gottes. Denn wenn er nur ein einziges Mal schwach werde, könne er leicht verloren sein. Der Fall des Bruders Julius jedoch erschütterte Julianus mehr als alle Ermahnungen, als alle Warnungen der Kirchenväter und Predigten.

Julius war ein verlorener Sohn. Er hatte das Kloster verlassen, war verschwunden, nur vage Gerüchte berichteten, er habe Haus, Hof und Frau. Vielleicht führte er seine Ochsen vor dem Pflug und lebte in Frieden. Nein, um seinen Frieden war es geschehen. Er bewegte sich zwischen Abgründen, rang verzweifelt mit der eigenen Seele. Seine Gebete stiegen nicht zum Himmel empor, sie wurden niedergedrückt wie der Rauch von Kains Opfer. Er buhlte mit seiner Beischläferin und wartete zitternd auf das Feuer der Hölle.

In jener Nacht hatte Julianus einen schrecklichen Traum. Er begann damit, daß er frohen, leichten Herzens auf einem Pferd ritt, durch eine liebliche Frühlingslandschaft, über blumige Wiesen. Mit einmal gelangte er auf eine Brücke. Als er es gewahrte, dröhnten die Hufe des Pferdes schon auf den Bohlen. Beklemmung verschnürte ihm die Kehle. Er schaute hinunter: Unter den Brückenbohlen klaffte eine haarsträubende Tiefe. Über den Felsen in der Schlucht rauschte und schäumte der Fluß. Das Pferd galoppierte erschrocken weiter, vergebens zog er an der Kandare, vergebens straffte er die Zügel. Die Brücke wurde immer schmaler. Bald war sie nur so breit, daß das Pferd gerade noch Platz darauf hatte. Und sie wurde noch schmaler. Das Pferd konnte die Hufe nur noch behutsam voreinander setzen. Es schnaubte, bäumte sich auf, schüttelte sich. Umwenden war nicht möglich. Schließlich war die Brücke nur noch so breit wie ein einziger Balken ...

Schweißnaß riß er sich aus dem Druck des quälenden Traumes, rang wie ein Erstickender nach Luft. Als er sich einigermaßen beruhigt hatte, begann er über den Traum nachzudenken. Oh, er verstand den Traum sehr gut! War es nicht die Schlucht der Sünde, die ihn verschlingen wollte? Saß nicht er auf dem Roß der Leidenschaft?

Aber warum, warum? Er wollte doch hier im Kloster bleiben, wollte Mönch werden, ein gelehrter Mann, der am Hofe des Königs Briefe schrieb! Und er wußte, trotz aller Verlockungen des Teufels würde er hier bleiben, Mönch werden und auch an den Hof des Königs gelangen! Er beichtete, erduldete die harte Kasteiung und setzte seine Arbeit und seine Studien fort.

Wieder lobte ihn Frater Otto. Sein Leben wurde erneut leichter, fröhlicher, fast so, wie es am Anfang war.

Dann träumte Julianus, daß er über die aus Stein gehauenen Rosetten der Basilika kletterte, in schwindelerregender Höhe, der Raum unter ihm erschien ihm wie ein bodenloser Brunnen und die Menschen so klein wie Ameisen. Er krallte sich mit den Fingernägeln fest, stützte sich mit den Ellbogen, klammerte sich mit den Zehen an, um den Sims zu erreichen und hinunter zur Pforte zu gelangen. Aber da glitt sein Blick hinunter in die Tiefe, und vor Schrecken standen ihm alle Haare zu Berge. Er spürte, seine Finger waren zu schwach. Nur eine einzige Bewegung, und er stürzte. Er wagte sich nicht mehr zu rühren. So schwebte er zwischen Himmel und Erde, war ganz außer Atem, Schweiß überströmte seine Stirn. Alle Glieder schmerzten ihm.

Wieder erwachte er mit schwerer Beklemmung, nach Luft ringend. Auf der Stelle verstand er auch diesen Traum. Aber auf dem Grunde eines jeden Traumes verbarg sich ein Geheimnis, und gerade dieses Geheimnis erfüllte ihn mit tiefer Furcht.

Er beichtete reuevoll, erduldete die Pönitenz, trug den härenen Gürtel, erlitt die Geißelhiebe, verrichtete seine Arbeit.

Und er wurde immer verzweifelter.

Er spürte, es blieb ihm keine andere Wahl: Er mußte das Kloster verlassen, sich aufmachen durch die unendlichen Sümpfe rings um die Stadt, hinausziehen in die Welt. Einerlei, in welche Richtung er ging, wohin er gelangte. Einerlei, was dann mit ihm geschah. Er war in Gottes Hand, wenn Gott ihn verdammen würde, er konnte nicht dafür. Seine Kräfte waren zu schwach. Aber wie es auch kommen mochte, einmal, ein einziges Mal müßte er das Mädchen mit dem schwarzen Zopf und dem braunen Gesicht sehen. Er müßte vor ihm niedersinken, ihm all seine Leiden offenbaren, müßte es umarmen, die körperliche Wonne kosten.

Dann beichtete er auch dies.

Als er die Lossprechung erhielt, erblaßte er: Er konnte seine Sünde nicht bereuen! Auch jetzt dachte er daran, daß er am Abend aus dem Kloster gehen und nicht einmal einen Stab mit sich nehmen werde!

Und am Abend schritt er mit versagenden Knien, blaß, aber mit vorgetäuschter Gleichgültigkeit im Gesicht, durch den inneren Hof, um sein Schicksal, den Willen des Teufels, zu erfüllen. Es war ein schwüler Abend, am Horizont hingen dunkelblaue Wolkenfetzen, und immer wieder blitzte der rote Schein fernen Wetterleuchtens auf. Es schien, als wollte die Erde jeden Augenblick platzen gleich einer riesigen Blase. In der drohenden Stille plätscherte nur das Wasser des Brunnens, der inmitten des Hofes stand.

Da betätigte jemand zaghaft den Klopfer am Tor. Der Bruder Pförtner hörte es erst beim zweitenmal, als Julianus schon dort war und zu ihm hineinrief, er solle mit dem Schlüssel kommen.

„Ich suche den Prior", sagte leise auf lateinisch ein großer, brauner, außergewöhnlich magerer Mann, der barfuß war und einen Mantel trug. Sein Haar war im Nacken zum Knoten gesteckt.

„Was wünschst du von dem Prior?"

„Ich möchte beichten."

„Vielleicht könnte dir auch ein anderer die Beichte abnehmen? Der Prior prüft um diese Zeit die Abrechnungen", erklärte der Bruder Pförtner sanft und musterte den Ankömmling von Kopf bis Fuß.

Julianus stand neben den beiden und spürte, daß sich dieser Besucher von den üblichen unterschied. Der hatte etwas mit dem Kloster und auch mit ihm, Julianus, zu tun.

„Auch ich möchte Rechenschaft ablegen", sagte der Ankömmling mit stockender Stimme und neigte untertänig den Kopf.

„So komm herein, Bruder, das Weitere wirst du drinnen erfahren."

Das Tor schlug dröhnend hinter ihm zu.

„Führe den Fremden", sagte der Bruder Pförtner zu Julianus, „er kennt den Weg nicht."

„Ich kenne ihn, wahrlich, ich kenne den Weg", seufzte der Fremde mit bitterem Lächeln und legte seine Hand auf Julianus' Kopf. „Aber führe mich dennoch, mein Sohn."

Sie machten sich auf über den Hof, das Wasser des Brunnens plätscherte. Der Ankömmling blieb häufig stehen, wie jemand, dem das Gehen schwerfällt oder der eine drückende Last schleppt und sie immer wieder absetzen muß. Seufzend sah er sich um. In dem dämmrigen, heißen Abend blitzte an den Wänden, den Säulen und Fenstern rot und gelb der Schein fernen Wetterleuchtens.

„Alles ist so, wie es damals war", flüsterte der magere, barfüßige Mann.

„Bist du Frater Julius?" fragte Julianus unwillkürlich, als hätte der Schein des Wetterleuchtens ihm den Namen offenbart.

Der Ankömmling blieb stehen, er starrte Julianus an. Sein Gesicht war in dem seltsamen Licht erschreckend blaß. Seine Lippen bebten. Er drückte die Hand aufs Herz. Die Knie versagten ihm, der Kopf fiel ihm auf die Brust, und er brach in ein bitteres, krampfhaftes Weinen aus.

Nun wußte Julianus alles. Wortlos stand er vor dem Ankömmling.

Wer könnte die helle Freude vergessen, die das Kloster an jenem Abend erfüllte? Der Prior warf Griffel und Wachstafel hin, fegte die Aufzeichnungen zur Seite und eilte mit langen, dröhnenden Schritten, als hätte ihn tobender Zorn ergriffen, auf die Pforte zu. Julius stand im Gang, angetan mit seinem seltsamen Mantel, barhäuptig, das Haar im Nacken zusammengesteckt. Sein Haupt war gebeugt, seine Schultern zuckten von Zeit zu Zeit. Pater Aloisius rannte mit ausgebreiteten Armen auf ihn zu, zog ihn an seine breite, gewölbte Brust, küßte ihn von rechts und links, klopfte ihm auf den Rücken. Der Ankömmling schluchzte. Dann öffneten sich erstaunlich schnell die Türen der Zellen, und die Mönche strömten in den Gang. Die Novizen eilten herbei und schließlich auch die Knaben. Eine große Menge drängte sich zwischen den Bildern, den geschnitzten Säulen und leidgeprägten Kruzifixen auf dem Kreuzgang im flackernden Kerzenlicht.

Als der Prior Julius entließ, umringten ihn die anderen. Er wurde aus einer Umarmung in die andere getrieben. Viele Küsse trafen sein bärtiges, braunes Gesicht. Tränen überschwemmten dieses magere, müde, bittere Antlitz, Tränen der Reue und der Freude. Zum Schluß beugte sich Julius zu den Zöglingen, strich ihnen über den Kopf, tätschelte ihnen die Wangen, aber sprechen konnte er nicht, biß sich nur auf die bebenden Lippen.

Der Prior klatschte in die Hände.

„Laßt uns in den Kapitelsaal gehen", rief er mit rauher, befehlsgewohnter Stimme und ging selbst voran, schweren, festen Schrittes, als zöge er in den Kampf.

Im Kapitelsaal zündete ein junger Mönch mit der Wachsrolle, die auf einem langen Stiel befestigt war, eiligst die Kerzen an. Das ganze Kloster drängte sich herbei, die Blicke neugierig auf den Prior gerichtet. Als Stille eingetreten war, sagte Pater Aloisius – die Schulter des weinenden Julius umfassend – laut, auf jedes Wort bedacht, in lateinischer Sprache:

„Sehet, unser Bruder ist zurückgekehrt vom sündigen Weg. Sehet das Zeichen! Und freuet euch und danket Gott, weil der Versucher keine Macht über die Seele unseres Bruders Julius gewinnen konnte. Dies ist ein großes Fest, Brüder."

Dann sanken alle nieder, beteten laut und sangen Psalmen. Die Herzen füllten sich mit Fröhlichkeit, denn auch Gott freut sich mehr über einen einzigen Sünder, der umkehrt, als über neunundneunzig Gerechte.

Dann befahl der Prior, für Julius eine neue Kutte und neue Sandalen zu bringen. Der mürrische, wortkarge Mönch, dem die Kleiderkammer unterstand, eilte schleunigst davon und kehrte bald mit einer neuen Kutte und neuen Sandalen zurück. Pater Aloisius zog Julius eigenhändig den Mantel aus und warf ihn zur Seite. Dann legte er ihm die Kutte an, umgürtete ihn mit der Schnur. Nun kniete er nieder und zog dem Heimgekehrten die Sandalen an die bloßen Füße. Alle brachen in Freudenrufe aus und riefen Halleluja.

Julius ließ alles mit sich geschehen. Während der ganzen Feier weinte er vor sich hin, errötend, sich sträubend und doch tief beglückt. Aber schließlich mußte er sprechen. Stammelnd, mit rauher, sich immer wieder verschleiernder Stimme dankte er für die Liebe seiner Brüder und erbat die Barmherzigkeit und Gnade und den Segen Gottes für sie.

„Jahre hindurch nagten die Geier der Reue und der Selbstanklage an meinem Herzen", sagte er in wohlklingendem Latein, und alle Brüder nickten anerkennend: Ja, das war der alte Julius, der bewunderte Gelehrte, der beredte Meister der lateinischen Sprache. „Eure Liebe, meine Brüder, griff über viele Meilen nach mir und ermunterte mich, an das Herz der Mutter, in unser Kloster, zurückzukehren. Aber ich war hochmütig und voller Scham, mich vor euch zu erniedrigen. Ich war auf Dornen gebettet, mein Trunk war Galle, meine Nahrung Kleie. Endlich sah ich, das Glück, dem ich nachjagte, entfernte sich immer weiter von mir. Nur das Glück ist von Dauer, das ich in eurer Gemeinschaft kennengelernt habe. Jetzt stehe ich vor euch wie ein Bettler, meiner Träume beraubt, aber reich an Reue und Tränen. Nehmt mich wieder in eure Reihen auf!"

Da sank er vor der Klostergemeinde nieder. Der Prior trat zu ihm, hob ihn auf, küßte ihn auf beide Wangen und verkündete mit schallender Stimme: „Siehe, die Liebe hat gesiegt, eine Seele ist dem Pfuhl der Sünde entronnen. Hätten wir ihn nicht so sehr geliebt, wäre er verloren gewesen. Denn dann wäre ihm die Wollust in der Sünde vielleicht besser erschienen als das Leben im Kloster."

Zum Abendessen bewilligte der Prior Fleisch, Wein und Bier, und er hob das Silentium auf. Draußen dröhnte und krachte der Himmel, sommerlicher Hagelregen prasselte gegen die Fenster, und der Sturm heulte, als würden Teufel vor Kummer darüber weinen und klagen, daß sie eine Seele verloren hatten, die sie schon fest in der Hand glaubten. Die Bewohner des Klosters unterhielten sich, waren fröhlich und feierten. Mit Liebe und Bewunderung, aber auch mit Mitleid und Stolz schauten sie auf Frater Julius, der wieder in der Mönchskutte zwischen ihnen saß; er strahlte, in seinen Augen glänzten Tränen. Manchmal zuckte es in seinem Gesicht, als würde ihm ein Schmerz in die Nieren fahren. Doch das sah vielleicht niemand außer Julianus, der den Zurückgekehrten keinen Atemzug lang aus den Augen ließ.

Am nächsten Tag führte der verlorene Sohn schon wieder sein altes Leben. Man hatte ihm die Tonsur geschoren, er beichtete feierlich, dann ging er an die Arbeit. Vorerst betraute ihn der Prior nur mit körperlicher Arbeit, damit er sich leichter mit sich selbst versöhne. Auch hartes Fasten erlegte er ihm auf.

Julianus jedoch beobachtete ihn weiterhin mit großer Neugierde. Unsichtbar schmückte der Eichenkranz des Mutes seine Stirn. Er hatte gewagt, das Kloster zu verlassen, ein Leben zu führen, wie er es sich ersehnt hatte, und er hatte es auch gewagt, wieder zurückzukehren, erfüllt von Reue und Bußfertigkeit. Julianus fühlte, Julius hatten genausolche Leiden, Begierden, Träume gequält wie ihn. Er fühlte sich von dem Heimgekehrten angezogen, hatte aber auch Furcht vor ihm. Er wich ihm aus, aber von weitem beobachtete er ihn ständig. Wenn sie einander begegneten, geriet Julianus in Verwirrung, schlug die Augen nieder und ging dem anderen schnell aus dem Weg. Wenn Julius ihn etwas fragte, antwortete er verlegen.

„Seit wann bist du hier?“ fragte der Frater gelegentlich im Garten, als sie zwischen den üppigen Zwiebeln Unkraut jäteten. Mit dem Ärmel seiner Kutte wischte er sich über die schweißnasse Stirn, richtete sich auf und schaute nach dem blauen Rücken des Vértesgebirges.

Julianus antwortete verlegen.

„Und wie gefällt dir das Mönchsleben?“ Der Frater lächelte ihm zu.

Julianus warf ein Unkrautbüschel auf den Weg.

„Ich bin sehr gern hier“, antwortete er errötend.

Der Bruder sah ihm tief in die Augen und lächelte wieder. Er hatte ein seltsames, nachsichtiges Lächeln.

„Du sprichst nicht die Wahrheit“, sagte er leise.

Julianus erblaßte. Sein Gesicht wechselte so plötzlich die Farbe, daß man unter dem sprießenden braunen Bart die Welle des weichenden Blutes sehen konnte.

„Warum sagst du das?"

„Ich sehe es an deinen Augen, höre es an deiner Stimme."

„Es gibt für mich keinen anderen Ort auf Erden, nur das Kloster!" rief der Jüngling mit heftiger Beteuerung.

„Den gibt es nicht, in der Tat nicht", der Mönch nickte. „Das solltest du auch nicht vergessen, denn ich sehe, daß dich Erregung übermannt, sooft du mich ansiehst oder mir begegnest. Und in deinem Alter ist die Versuchung besonders stark, der Begierde nachzugeben. Aber ich sage dir, mein Sohn, vergiß nie, du hast ein Zuhause, das Kloster, und einen Frieden, den Frieden des Klosters."

Nachdenklich seufzte Julius und zerrieb einen Grashalm zwischen den Fingern.

„Ich habe versucht, draußen in der Welt zu leben wie andere Menschen auch. Aber das ist kein Leben, mein Sohn. Die Liebe einer Frau entflammte mein Herz, und was ist davon geblieben? Rauch und Asche. Welche Leere gähnte mich an, sooft ich mich aus den Frauenarmen löste. Lernen und lehren, das waren letztendlich meine einzigen Wünsche.

„Sag, Bruder, hast du diese . . . Frau geliebt?" fragte Julianus zaghaft.

„Wahrlich, ich habe sie geliebt . . ." Der Mönch seufzte und versank in Gedanken. Wieder war sein starrer Blick nach dem Vértesgebirge gerichtet, als wollte er es aus der Ferne mit dem Blick durchbohren, um zu sehen, was hinter den Bergen war. „Der Teufel hat mir ihr Gift eingeträufelt. Das Antlitz Ancsas war weiß, und wie schön sah es aus, wenn sie in der Stunde der Liebe zart errötete. Ihre Augen waren braun, spielten aber ins Schwarze, und unergründlich waren ihre Blicke. Wenn sie die Augen halb schloß, begann mein Blut zu wallen. Ihr Haar aber war dunkelbraun und wie Seide an meinen Fingern, wenn sie darin spielten . . . Sie war eine schöne Frau, der Teufel hat alle Schönheit und Sinneslust an sie verschwendet. Ihr Körper duftete, war weich und dennoch kräftig. Wenn sie mich umarmte, stockte mir der Atem . . . Und sie flüsterte mir dann . . . flüsterte mir ins Ohr: Du, du, du . . ."

Er schauderte und machte sich wieder ans Jäten.

Was der Frater von Ancsa gesagt hatte, entfachte die Begierde in Julianus von neuem. Nun wußte er, wie das schwarzhaarige Mädchen mit dem braunen Gesicht in der Stunde der Liebe ihn ansehen und was es ihm ins Ohr flüstern würde. Er war diesem unbekannten Mädchen einen Schritt nähergekommen, und diese Nähe ließ ihn erschrecken, aber er wollte ihm noch näherkommen. Sobald er aus dem Kloster ging, sah er in jedem Schweben eines Kleides ihr Kleid, in jedem Frauenantlitz ihr Gesicht, das er noch nie geschaut hatte. Im Gästehaus verkehrten allerlei Frauen, darunter auch hübsche Mädchen. Er belauerte ihre Bewegungen, sein Ohr sehnte sich nach jedem ihrer Laute. Ihm wurde heiß, wenn er ihr perlendes Lachen hörte. Und seine Knie zitterten, wenn sein stets wacher Blick das Bild eines schlanken Beines oder einer runden Brust erhaschte. Seine Träume wurden wieder unruhig, seine Beichten verworren und verzweifelt.

Obwohl im Kloster jeder seine Geheimnisse fest in sich verschloß, fand Julianus doch heraus, daß die Zöglinge fast alle in gleicher Weise litten. Und nicht nur sie, sondern auch die Mönche. Aus den Zellen vernahm er allabendlich das Klatschen der Geißel, halblaut gemurmeltes Flehen, aus dem Herzen kommendes Seufzen, wenn sein Weg ihn über den Gang führte. Mit der Zeit erfuhr er auch, welcher Mönch einen Bußgürtel aus härenem Stoff oder gar aus Eisen trug, und er erfuhr zu seiner großen Überraschung von einem Novizen, daß der mürrische, blasse, stets schlechtgelaunte Bruder Bernardus, der die Kleiderkammer verwaltete und kaum fünf Worte am Tage sprach, sogar einen stachligen Gürtel trug. All dies tröstete Julianus einigermaßen. Er stand also nicht allein, alle litten unter den Begierden des Leibes. Und alle erduldeten dieses Leiden. So war auch er keine verlorene Seele!

Eines Nachts – es war eine verhangene kühle Nacht, und die Frösche der umliegenden Sümpfe quakten so laut im Chor, daß es bis ins Dormitorium zu hören war – erwachte er aus tiefem, traumlosem Schlaf. Er fühlte sich so ausgeruht, als hätte er den ganzen Tag durchgeschlafen. Sein Herz war leicht und fröhlich. Er stand gleich auf, band den Strick fester um die Taille, schnallte die Sandalen an die Füße und verließ behutsam das Dormitorium. In den Betten schliefen alle, die Musik des blasenden, schnarchenden oder kindlich schnaubenden Atems erfüllte den großen, gewölbten Saal. In dem rauchend flackernden Kerzenlicht erschien der nackte Körper des Gekreuzigten fast lebendig.

Julianus beeilte sich. Als er den Gang erreichte, klopfte sein Herz heftig. Er glaubte zusammenzusinken. Aber nach einem kurzen Verschnaufen eilte er weiter. An der Ecke des dunklen Kreuzganges zitterte die Flamme des Ewigen Lichtes vor dem kunstvoll geschnitzten Kruzifix. Er schaute zu ihm empor, bekreuzigte sich schnell, und als wäre man hinter ihm her, rannte er auf Zehenspitzen den Gang entlang auf die Treppen zu. Die Heiligen und Engel an den Wänden schienen alle nach ihm zu sehen. Das bärtige Gesicht des heiligen Christophorus war so verwundert, daß Julianus vor ihm erschrak. Die niedrigen Gewölbebogen lasteten förmlich auf ihm.

Alsbald war er draußen im Hof. Es war dunkel, der Mond leuchtete nicht, am Himmel reckten sich schwarze Wolken. Der kühle Wind schlug ihm Heuduft ins Gesicht. Und das schmetternde Froschkonzert erfüllte das weite Land.

Julianus zögerte. Zum Tore hin konnte er seinen Weg nicht nehmen, denn dort hätte er den Bruder Pförtner wecken müssen, der ihn fragen würde, wohin er eilte? Warum er aus dem Kloster gehe? Wer ihn schickte? Und lügen durfte er nicht.

Darum schlug er den Weg nach dem Gemüsegarten ein, dort war der Zaun so niedrig, daß man in den Garten gelangen konnte. Er stieg über den Zaun, blieb aber mit der Kutte an einem Pfahl hängen. Davon erschrak er so sehr, daß er fast hingesunken wäre. Er bekreuzigte sich, drückte die Hand aufs Herz, keuchte. Endlich beruhigte er sich wieder und ging mit gleichmäßigen Schritten den Pfad entlang. Er hörte, wie hie und da mit dumpfen Plumpsen eine reife Frucht vom Baume fiel.

Am Ende des Gartens befand sich eine Umfriedungsmauer, aber an den grob behauenen Bruchsteinen konnte man hochklettern und auf der anderen Seite herunterspringen. Hier standen dichte Haselnußsträucher. Als er behutsam eindrang, schreckte er schlafende Vögel aus ihren Nestern auf.

Im Nu war er oben auf der breiten Mauer und sprang auf der anderen Seite hinunter.

Nun war er frei. In der dunklen Nacht streckte sich weithin die ebene Landschaft, die zum Kloster gehörenden Wiesen und Weiden, duftendes Heu lag hier in weichen Häufchen, wie die Sichel sie Arm für Arm hingelegt hatte. Die Stoppeln krachten unter seinen Sandalen. Fern am dunklen Horizont zeichneten sich schwarze Pappeln ab. Und links zog sich tiefschwarz die mächtige Bastei der Innenstadt dahin, über die die gedrungenen Türme der Kirchen emporragten. Nirgends schimmerte Licht.

Die Gegend war so öde, so dunkel und verlassen, daß Julianus immer wieder den Flügelschlag des Teufels zu hören glaubte.

Jetzt war er draußen und konnte nicht wieder umkehren. Alles war so schnell und ungehindert verlaufen, als handelte er im Traum. Aber war dies alles vielleicht nur ein Traum? Warum hatte er sich fortgestohlen, wohin wollte er gehen? Was würde er künftig tun?

„Gott im Himmel, barmherziger Heiland, heilige Muttergottes steht mir bei", flüsterte er und schlug das Kreuzzeichen.

Der Pfad führte in den mit Schilfrohr, Bülten und Gras bewachsenen Sumpf. Kugelförmige Weiden, geschmeidige, schüttere Birken schimmerten dunkel über der lispelnden, rauschenden, quakenden Ebene. Weiter entfernt erstreckte sich schwarz eine Pappelallee, die Biegung anzeigend, wo der sich durch den Sumpf schlängelnde Pfad auf die nach Buda führende römische Heerstraße traf. Julianus kannte den Weg, denn im Frühjahr waren sie hier im Gänsemarsch durch den gefährlichen Sumpf nach dem Spitzen Berg gezogen, um das Rutenfest zu begehen und mit frischgeschnittenen Rutenbündeln singend ins Kloster zurückzukehren. Wenn er sich nicht im Dunkel verirrte, wenn er in dem überschwemmten Bruch nicht seinen Tod fand und nicht im Sumpf versank, konnte er bei Tagesanbruch am Spitzen Berg sein, und etwas östlich davon zog die Heerstraße dahin. Dann machte er bis Buda gar nicht halt.

Während er sich diesen Plan ausdachte, trugen ihn die Füße folgsam auf dem weichen, schwankenden Pfad dahin. Auf das Geräusch seiner Schritte huschten Wasserratten zwischen das Schilf, Frösche hüpften träge davon. Etwas weiter piepten Bleßhühner. Die Luft war so trächtig vom Duft der Erde, des Wassers und der Pflanzen, daß man sie fast schmecken konnte. Wie lange hatte er diesen schweren Duft nicht gespürt!

Aber wenn er nach Buda hinaufzog, was gab es dort für ihn zu suchen? Was sollte er dort beginnen? Warum war er so unverhofft in die Welt aufgebrochen, daß er selbst davon überrascht war?

Verschwommene, beklemmende Gefühle sagten ihm, daß er ein schwarzhaariges, weißgekleidetes Mädchen mit braunem Gesicht suchen mußte, obwohl er gar nicht wußte, wo dies wohnte, wie es hieß und was er mit ihm zu schaffen hatte. Mochte danach kommen, was kommen mußte.

Währenddessen summte er den Anfang einer Motette: *Ave gloriosa, ave Virgo.* Im Kloster stand man jetzt zur Vigil auf. Und ihn würde man vermissen. Man würde seinen Namen rufen, aber niemand würde antworten . . .

Julianus blieb stehen, lauschte. Doch außer dem gleichmäßigen Quaken der Frösche, dem Piepen der Bleßhühner, dem Lispeln des Schilfes hörte er nichts. Schnell schritt er weiter. Er wußte, daß er immer nordwärts gehen mußte, um schneller aus dem Sumpf zu gelangen, in hügliges Land zu kommen und den Spitzen Berg zu erreichen, wo einst König István seine Gerichtstage gehalten hat.

Er ging schnell, bog nach links und rechts, ging blindlings, wohin das Band des Pfades ihn führte. An einem Wasserlauf, der so breit war, daß man mit einem Boot darauf hätte fahren können, stutzte er.

Sollte er den Weg verfehlt haben? In der Umgebung von Fejérvár gab es so viele Moore und offene Wasser, daß sich nur die Einheimischen auskannten. Hilflos setzte er sich in das nasse Gras, senkte den Kopf, schloß die Augen. Er sollte umkehren, bekennen, daß er der Verlockung des Teufels nachgegeben hatte! Warum nur tat er das alles?

Dann gewann die Hartnäckigkeit die Überhand. Er stand auf, maß bedächtig die Breite des Wasserlaufes, nahm Anlauf und sprang hinüber. In der Spur seiner Sandalen stieg Wasser auf, aber er war am jenseitigen Ufer. Hier verzweigte sich der Pfad nach drei Seiten. Nach kurzem Zögern schlug er den ein, der rechts ins Schilf führte. Vielleicht deshalb, weil die Wahrhaftigen sich für den rechten Weg entscheiden?

Er geriet zwischen Weidenbüsche, verlor den Weg. Mit dem Fuß tastete er behutsam den Boden ab, zog weiter in der Richtung, wo der Grund fester war. Zweige schlugen ihm ins Gesicht. Er schreckte Vögel auf. Als er eine Lichtung erreichte, mußte er von Bülte zu Bülte springen. Auf einer solchen Bülte scheuchte er schlafende Wildenten auf, sie flogen mit lautem Schnattern nach allen Seiten und verschwanden im Dunkeln. Jetzt konnte er wirklich nicht mehr umkehren.

Die Nacht war zum Verzweifeln und unbegreiflich lang. Endlich tauchte am Horizont im Osten ein schmaler gelber Streifen auf und löste sich ganz langsam von den schweren Wolken. Es dämmerte. Es war kalt, aber Julianus strömte Schweiß von der Stirn.

Als sich der bleigraue Morgen über das Land breitete, kletterte er auf eine morsche Weide und sah sich um. Weit, weit weg erhob sich ein Hügel, offenbar war dies der Spitze Berg. In Richtung der Stadt erblickte er milchweißen Nebel, aus dem die Türme herausragten.

Während er auf der Kopfweide Ausschau hielt, vergaß er all sein Ringen, seinen Kummer und seine Verlassenheit. Denn von einem Augenblick zum anderen schien der sich über der Stadt ausbreitende Nebel ein milchweißes Tuch über das Land zu breiten, die Erde einzuhüllen. Nur die höheren Bäume ragten noch daraus hervor und die entlegenen Hügel und am Rande des immer heller werdenden Horizontes der lange, wellige blaue Rücken des Vértesgebirges. Dieser Anblick war so überraschend, so seltsam und wundervoll, daß Julianus begeistert staunte. Er setzte sich auf den Kopf der alten Weide und ergötzte sich an dem Anblick. Im Kloster beendete man jetzt die nächtliche Andacht. Er hörte förmlich das Summen der in der Kapelle versammelten, auf den Knien liegenden Klostergemeinde.

Er bekreuzigte sich und sprach ebenfalls andächtig die Gebete, eins nach dem anderen, so wie er es jeden Tag getan hatte.

Jetzt wußte er, daß es für ihn nur noch eins zu tun gab, vom Baum zu steigen und den Weg zurück zu suchen.

Vielleicht war es gar nicht der Wille des Teufels, sondern der Gottes, daß er das Kloster verlassen, den in die Welt führenden Weg gesucht und auf diesem morschen alten Baum den Frieden seines Herzens und seine Ruhe gefunden hat. Ihm war, als wäre er nur deshalb an diesen unbekannten Ort gekommen, um von dieser kahlen Weide die ausgedehnte Ebene im blaßgrauen Licht der aufgehenden Sonne zu sehen, das dunkel grünende Moor, den sich schnell darüber ausbreitenden milchweißen Nebelschleier und die aus ihm herausragenden Kirchtürme. Jetzt verspürte Julianus keinerlei Verlangen mehr nach dem geheimnisvollen Mädchen. Was würde geschehen, wenn er ihm plötzlich begegnete? fragte er sich und wußte sogleich: Nichts würde geschehen. Sie würden sich vielleicht nicht einmal grüßen. Er würde auf dem Baumstamm sitzen bleiben und das Mädchen ohne ein Wort vorbeiziehen lassen. Oder er würde es bis zur Stadt begleiten, ihm helfen, den Wasserlauf zu überqueren, aber ihm dann nicht einmal nachsehen, wenn es in der nächsten Straße verschwand.

Er freute sich seiner Einsamkeit, der Stille, am Nebel, am sich langsam ausbreitenden morgendlichen Licht. Die Luft war so feucht, daß seine Kutte sich ganz vollsaugte. Wind erhob sich, der weiße Nebelschleier riß in Fetzen, sie schwammen und ballten sich in den Tiefen und zwischen den Bäumen und ließen das Grün des Moores, die Rohrkolben des endlosen Schilfes und die freien Wasserflächen aufleuchten. Ganz niedrig strich ein Reiher über ihn hinweg und verschwand im Schilf. Dann tauchte ein Flußadler auf, kreiste lange mit unbewegten Flügeln über einem offenen Wasserspiegel und schrie einige Male. Die Welt des Sumpfes erwachte, und die Frösche verstummten plötzlich. Rohrspatzen tschilpten und flogen in einer großen Schar davon, Wildenten schnatterten, Gänse schrien von allen Seiten. Auch einige Störche zogen auf Jagd. Und die dicken Wolken rissen auf, trennten sich in langen, schweren Schichten, und der hellblaue Himmel lächelte durch sie hindurch.

Endlich tauchte gleich einer riesigen Kugel die Sonne auf: rot, gelb flammend wie ein gewaltiger Scheiterhaufen, und malte die Wolken rot. Ihre Strahlen schossen hoch empor, bis zur Mitte des Himmelsgewölbes. Der erste warme Strahl der aufgehenden Sonne färbte Julianus' Gesicht mit sanftem Streicheln.

Er brach fast in Tränen aus vor Glück. „Allmächtiger, ewiger Gott!" flüsterte er betroffen. „Dein Wille schuf und erhält dieses unermeßliche Wunder! Dein Wille zwingt die Sonne, aus der Unterwelt aufzutauchen und die Erde zu umkreisen. Und du zwingst sie Tag für Tag, zurückzukehren in die Unterwelt . . ."

Wieder bekreuzigte sich Julianus und dankte Gott, daß er ihm dieses Wunder gezeigt hatte. Wie oft schon hatte er es geschaut! Und dennoch war ihm, als sähe er es jetzt zum erstenmal.

Ruhig kletterte er vom Baum herab und, aus voller Kehle einen Psalm singend, machte er sich auf den Rückweg durch das Moor. Sein Herz war leicht, sein Sinn frohgestimmt. Er fürchtete nicht, sich zu verirren, hielt kaum Ausschau nach dem Pfad. Einen Hain mit Weidensträuchern durchquerte er, munter, als tanzte er. Den Wasserlauf prüfte er erst gar nicht mit seinem Blick, nahm auch keinen Anlauf, sprang nur, und schon war er auf festem Boden. Er fand gleich den sich schlängelnden Pfad. Die Sonne schien immer wärmer, nach und nach wichen die Wolken vom Himmelszelt, es wurde warm, es war hell, und alles um ihn her war bald erfüllt vom heiteren Lärm der Moorlandschaft. Und er ging und sang.

Um das Kloster herum verlief fröhlich die alltägliche Arbeit. Das Rufen und das Gespräch der zur Arbeit Ziehenden umgab ihn, Mädchen gingen zum Brunnen, Frauen schleppten Körbe, Wagen holperten, Pferde wieherten, Ochsen brüllten. Julianus schritt mit heiterer Gelassenheit zwischen ihnen und zog geradewegs zum Haupttor.

Beherzt betätigte er den Klopfer. Der Bruder Pförtner schaute zum Guckfenster heraus, und sein Mund blieb vor Verwunderung offen.

„*Tu es, Julianus?*" stammelte er betroffen. „Bist du es, Julianus?" wiederholte er ungarisch.

Er öffnete die kleine Pforte und ließ ihn eintreten.

Julianus begrüßte ihn, als wäre er soeben auf Geheiß des Priors durchs Tor gegangen und eilte nun nach getaner Arbeit zurück. Aber der Bruder musterte ihn wiederholt und schlug die Hände zusammen.

„Bist voller Schlamm, ganz naß, du Unglückseliger!" rief er.

Aber Julianus lächelte nur.

„Wir haben das gesamte Haus und die ganze Umgebung aufgeschreckt", jammerte der Pförtner weiter. „Nun, geh nur hinein, du wirst sehen, was der Pater Vorsteher sagt."

Der Prior wollte gerade das Kloster verlassen, um seinen Rundgang am Morgen zu beginnen. Er schritt mit finsterem Blick und gebeugtem Haupt. Am Brunnen angekommen, schaute er auf, sah den Jüngling und blieb stehen. Zornesröte färbte sein Gesicht. Er schrie so laut, daß die Spatzen, die sich am Brunnen tummelten, erschreckt aufflogen.

„Wo bist du gewesen? Sprich!"

Und weil Julianus mit untertänig gesenktem Kopf nur dastand und schwieg, fügte er streng hinzu.

„Nun geh, Frühstück bekommst du nicht, und wir werden uns noch sprechen, wenn ich zurückkomme."

Mit schwerem, wiegendem Gang zog er davon.

Drinnen empfing man Julianus mit Freude, mit Zorn oder auch mit Verwunderung und mit zahllosen Fragen. Frater Otto lächelte nicht, er sah ihn nur kühl an und hob kopfschüttelnd die Rute. Die Zöglinge bestaunten ihn. „Wie schlammig er ist", rief ein kleiner Junge verdutzt.

Mit lautem Sandalengeklapper näherte sich Georgius vom Ende des Ganges und rief schon von weitem:

„Schau an, das ist doch Julianus! Was ist dir widerfahren?"

Als sich die ganze Gemeinde zum vormittäglichen Kapitel versammelte, richteten sich alle Augen auf Julianus. Pater Aloisius kam düster daher, man sah ihm an, daß er sich kaum beherrschen konnte, nicht auf der Stelle zuzuschlagen. Er faßte Julianus an den Schultern und schüttelte ihn mit harter Hand.

„Jetzt sprich!" rief er noch lauter als gewohnt.

Julianus war nicht besonders verlegen, er lächelte sanft und schaute dem Prior in die Augen. Seine Stimme, die manchmal ganz kindlich klang, sich ein andermal überschlug und sich anhörte wie das Brummen eines jungen Bären, klang ruhig in der erwartungsvollen Stille.

„Der Teufel hat mich des Nachts geweckt und mich getrieben, in die Welt zu gehen, aber oben auf einer morschen Weide stehend, erblickte ich die Sonne, und Ruhe zog in mein Herz. So komme ich zurück und bitte euch, verzeiht mir. Ich bitte dich, Pater, meine Strafe festzulegen."

Julianus senkte den Kopf und wartete. In der Menge hörte man Flüstern, sich widersprechende Ansichten, sogar verwunderte Ausrufe waren zu vernehmen.

„Der Teufel? Der Teufel hat dich verführt?" fragte der Prior mit sanfterer Stimme.

„Ich weiß, ich war ungehorsam", fuhr der Jüngling noch ruhiger fort. „Ich bin bereit, die Strafe zu erleiden. Von der Verführung des Teufels werde ich reuigen Herzens beichten. Euch, Brüder, betrifft nur so viel, daß ich gegen den Orden verstoßen habe und euch bitte, mich dafür zu bestrafen."

Alle begriffen, daß er darüber nichts weiter sagen konnte. Macht, Schlauheit und Arglist des Teufels sind unermeßlich. Der Teufel schläft nie. Dies wußten alle, standen doch alle in ständigem Kampf mit ihm. Sie kannten ihn.

„Es ist wahr, Julianus ist in dem Alter, da der Teufel all seine Macht aufbietet", ergriff der lächelnde Frater Otto das Wort. „Halb ist Julianus noch Kind, halb schon ein Mann. Er fühlt wie ein Mann und denkt wie ein Kind. Wir wollen uns freuen, daß unser junger Bruder nicht Beute des Bösen wurde. Daß er, wie er selbst sagt, Gott gefunden hat."

„Für deinen Ungehorsam mein Sohn, bekommst du von der Hand Frater Ottos zweimal zehn Rutenschläge", entschied der Prior, „heute fastest du und dankst Gott mit ergebenem Herzen, sprichst fünfzig *Ave* und fünfzig *Paternoster*. Alles weitere gehört nicht vor die Gemeinde."

„Ich danke, Vater", sagte Julianus fröhlichen Herzens.

„Freue dich, daß sie sich damit begnügen", ermahnte ihn Bruder Georgius, als sich das Kapitel auflöste und die Knaben in den Lehrsaal zogen, er aber auf den Barttrockner trottete, um über den Verfall der Christenheit nachzudenken.

Frater Otto suchte Georgius auf dem Barttrockner auf. Er dachte, eine kurze Debatte würde den Seelenfrieden Georgius' wieder herstellen.

Der bejahrte Mönch lag wie stets auf der Bank. Er hatte sich diese Liegestätte richtiggehend angeeignet. Wenn er dort war, hielt sich kein anderer auf dem luftigen Gang auf. Verwundert sah er Frater Otto an, lächelte aber mit gespielter Freundlichkeit und bot ihm mit einer vornehmen Geste einen Platz an.

„So setz dich, lieber Bruder", sagte er und stöhnte, „ich bin so müde, es tut mir wohl, meine Glieder ruhen zu lassen."

„Bei welch schwerer Arbeit bist du denn so müde geworden?" fragte Frater Otto mit kühlem Lächeln, nicht ganz ohne Spott.

„Selbst wenn ich heute noch keinen Finger gerührt hätte", antwortete Georgius hochmütig, „hätte ich doch soviel getan, um ruhen zu können. Aber ich denke gerade angestrengt über eine Passage im Evangelium des Matthäus nach."

„Ich freue mich, Bruder, daß es mit deinen Auslegungen weitergeht", lobte ihn Otto.

„Jetzt wird es schon werden."

„Hast die Worte des Priors also doch beherzigt."

Hierauf hob Georgius den Kopf, stützte sich auf den Ellenbogen, und sein Groll machte sich Luft.

„Habe ich denn seine Schelte nötig? Stand ich denn nicht immer dort, wo es galt, für die Wahrheit des Evangeliums einzutreten? Wollte ich denn nicht ins Heilige Land ziehen und um das Grab unseres Herrn kämpfen gegen Türken und Muselmanen? Und wenn dieser kranke Körper mich nicht gehindert hätte, wäre ich auch gegangen. Mich braucht niemand zu belehren. Ich kenne meine Pflichten!"

Er prustete wie ein Hund, wenn er aus dem Wasser steigt.

„Die Ermahnungen unseres Priors sollen wir mit christlicher Demut empfangen", Frater Otto lächelte mit liebenswürdiger Nachsicht. „Und selbst von den beseelten Tieren sollen wir lernen. Erst recht von unseren lieben Brüdern, den Mönchen!"

„Belehre du mich nicht!" rief Georgius und setzte sich auf seiner Liegestätte auf. „Kennen denn die Mönche heute jenes erste Gebot nicht mehr, daß man die Älteren ehren soll?"

„Wahrlich, es kann sein, daß die Mönche von heute dieses Gebot nicht kennen", sagte Otto sanft.

„Einst war das nicht so", Georgius stöhnte bitter und ließ den Kopf wieder auf die Bank fallen." Früher haben solch junge, gesunde Mönche wie du nicht im Kloster herumgesessen, sondern zogen aus, um die Heiden zu bekehren. Und sie gingen immer mit gutem Beispiel voran. Sie arbeiteten, rodeten Wälder, pflügten und säten und setzten zwischen den wilden Völkern sogar ihr Leben aufs Spiel. Aber heutzutage!" Er winkte mit seiner großen, weichen Hand ab, ließ die Lippe hängen und seufzte tief. „Ich wäre ins Heilige Land gezogen, um zu kämpfen und zu sterben, wenn ich keine so angegriffene Lunge und kein so schwaches Herz gehabt hätte. Aber ihr! Schmach und Schande. Ihr sitzt hier wie die Glucke auf ihrem Nest, und was ihr ausbrüten werdet, ist nichts anderes, als die faulen Eier des Teufels."

„Gut, daß du davon sprichst, Bruder", ergriff Otto das Wort, „Ich lerne und rüste schon seit Jahren, um unsere ungarischen Vorfahren aufzusuchen, die zwischen den Bergen geblieben . . ."

Noch ehe er den Satz beendet hatte, brach Georgius in ein heftiges Lachen aus.

„Du glaubst also an das Märchen?" rief er spöttisch. „Unschuldsengel! Du glaubst, daß es noch Madjaren außerhalb dieses Landes gibt? Dort, in den Tälern zwischen den himmelhohen Bergen? Kneif mich, ob ich nicht träume!"

Otto wartete, bis sich Georgius richtig ausgelacht hatte, dann fuhr er ruhig fort:

„Warum sollten wir nicht jene guten Madjaren bekehren, die im Heidentum leben? Und warum sollten wir sie nicht in unsere Heimat führen?"

„Was? Was?" stammelte Georgius. „Hierher bringen? Ansiedeln? Wenn du noch Kumanen bekehren wolltest, würde ich es verstehen, dafür gibt es Beispiele. Unsere großen Könige, darunter auch Ladislaus der Heilige, haben sich um die Bekehrung der Kumanen gemüht. Auch heute geht die Arbeit ununterbrochen weiter. Doch jenseits der großen Waldungen und Wüsten leben nur noch schreckliche, seelenlose Tiere, Einbeinige, Einäugige, Kopflose. Sie sind Schöpfungen Gottes, haben aber keine Seele. Und jenseits dieser Gebiete folgen die Schwefelseen des Tartaros und die flammenden Berge."

„In den alten Chroniken steht geschrieben . . .", begann Frater Otto.

Aber Georgius fiel ihm gleich ins Wort, wie einer, der es nicht dulden kann, daß man die Richtigkeit seiner Worte anzweifelt, seine Gelehrsamkeit unterschätzt.

„Ich weiß sehr wohl, was geschrieben steht. Ich kenne die Chroniken auch, die alten genauso wie die neueren. Wolle nicht klüger sein als die Alten. Das ist Hochmut, lieber Bruder. Und wenn es auch geschrieben steht, wie viele Jahre ist das her? Ja, ja, wie viele Jahre? Sie haben sich längst mit Kumanen und Russen vermischt. Und dann willst du diese Madjaren, die sich von uns getrennt haben, auch noch hierher bringen!" Er winkte geringschätzig ab.

„Du möchtest wohl nicht, Bruder, daß wir sie hierher bringen?"

„Nein! Wahrlich nicht!" rief Georgius plötzlich errötend aus. „Du sagst es, ich will es nicht. Es gibt sie nicht, und brächte man irgend jemand hierher, wären das keine wirklichen Madjaren, sondern eine wilde heidnische Meute, eine Schar beutegieriger Räuber, Brandschatzer, Mordbrenner, Mörder. Dergleichen gibt es auch hier im Lande genug. Außerdem weiß ich sehr wohl, was sich hinter deinen Worten verbirgt", fügte er leise hinzu, wobei er mit seiner Erregung rang.

„Was wohl?"

„Ich werde dir's sagen, keine Bange, ich werde dir's sagen, wenn ich auch darauf gefaßt sein muß, daß man mir, dem schändlichen Deutschen, noch mehr ausweicht", schleuderte er ihm mit bitterem Lachen hin. „Ihr wollt vor aller Welt den Beweis erbringen, daß die

Enkel der alten christlichen Geschlechter, die einst den Glauben an Jesus Christus ins Land gebracht und das Evangelium verkündet haben, hier nichts mehr zu suchen haben. Ihr selbst wollt euch die Hände nicht mit unserem Blut besudeln. Zitternd fürchtet ihr den rächenden Zorn Gottes, das Jüngste Gericht, wenn Jesus ruhmgekrönt erscheint, die Guten zur Rechten und die Bösen zur Linken stellt. Ihr wollt Gutes tun, indem ihr den Fluch der Christenheit hereinbringt und behauptet, ihr bringt unser Blut und unsere Brüder, aber dann wollt ihr es ihnen überlassen, alle Geschlechter niederzumachen, die nicht mit unserem ersten Fürsten ins Land gekommen sind. So ist es!"

Er schluckte heftig und schaute verstört auf Frater Otto. Dieser hatte ihm bestürzt zugehört. Einige Male wollte er etwas einwenden, konnte aber nicht. Georgius sprach mit solcher Leidenschaft, daß man ihn nicht aufhalten konnte. Endlich, als Frater Otto zu Wort kam, zwang er sich ein kühles Lächeln auf, aber es gelang ihm nicht so wie sonst. Zum erstenmal verlor er die Geduld.

„Schämst du dich denn nicht?" fragte er leise.

Mehr brauchte Georgius nicht. Mit einer schnellen Bewegung, die man ihm bei seiner Beleibtheit gar nicht zugetraut hätte, setzte er sich auf, streckte den Finger aus und rief heiser:

„Geh! Scher dich fort! Glattzüngiger, falscher Mann! Ich will dich nicht mehr sehen. In deinem Grienen zeigt sich der Hochmut des Teufels! Geh!"

Dann stand er auf, seine Brust keuchte.

„Mich täuschst du nicht", stieß er mit schmerzlich verzerrter Miene hervor, und alle Falten seines Gesichtes bebten, all seine Muskeln zitterten. „Ich weiß, daß du der Verderber des Klosters bist . . . Mir streust du keinen Sand in die Augen. Ich kenne dich und fürchte dich nicht. Gott hat meinen Geist erhellt, ich weiß, wer das Kloster gegen mich aufhetzt. Du bist eine faule Frucht und verdirbst die gesunden Früchte, die im heiligen Korb liegen. Du nützest deinen Hochmut, den du an der Universität sattsam genährt hast und der dem Wissen einer Schlange gleicht, dazu, den Frieden zu zerstören. Scher dich weg aus meinen Augen!"

Er stand inmitten des Barttrockners, wie einst der Erzengel im Tor des Paradieses gestanden haben mag, als er den sündigen Adam mit dem Flammenschwert vertrieb.

Otto wurde traurig, wollte etwas erwidern, zog es dann aber vor, sich zu entfernen. Tief verneigte er sich vor Georgius.

Aufgewühlt, empört, vor Scham brennend, ging er den Kreuzgang entlang und trat in einen Seitengang. Dort traf er mit Frater

Julius und mit Julianus zusammen. Fast wäre er mit den beiden zusammengestoßen.

„Schau nur“, rief Frater Julius lachend, „du rennst uns noch zu Boden.“

Aber als er das niedergeschlagene, gerötete Gesicht des anderen sah, wurde er ernst.

„Was ist geschehen, lieber Bruder?“ fragte er besorgt.

„Unser lieber Bruder, Frater Georgius ...“, flüsterte Otto, „hat wohl den Verstand verloren.“

Und nachdem er sich ein wenig beruhigt hatte, schilderte er ihnen den schmählichen Ausgang ihres Gespräches.

Während Julius und Otto erblaßten und bedauernd, aber auch besorgt den Grund der Worte Georgius’ und seines Verhaltens zu erraten versuchten, griff Julianus mit pochendem Herzen die Worte Ottos auf von dem großen Plan der Bekehrung und Ansiedlung der Madjaren, die sich von den anderen Stämmen getrennt hatten. Plötzlich tauchte das dunkle Turmzimmer im Várader Kloster vor ihm auf, er sah sich auf dem niedrigen Schemel sitzen, mit dem alten Buch im Schoß, wie er erregt die eckigen Schriftzeichen und die schwer verständlichen Worte zu enträtseln versuchte.

Jahre waren seither vergangen, er hatte fast vergessen, wie in der Várader Bibliothek auf den Blättern des Kodexes unverhofft das Wort vor ihm aufgestrahlt war: wünneclîch.

Damals dachte er, dies sei sein Geheimnis. Nur zu Georgius hatte er davon gesprochen, er aber hatte nur geringschätzig abgewinkt. Seither war Julianus das Ganze aus dem Sinn gekommen.

Und siehe, Frater Otto beschäftigte sich mit dem gleichen Gedanken, der seinerzeit auch ihm gekommen war: Sie bekehren und in die jetzige Heimat führen.

Er wartete ab, bis Frater Otto seinen Auftritt mit Georgius geklagt hatte, dann trat er zu ihm und begleitete ihn den Gang entlang.

„Sag an, lieber Bruder“, wandte er sich an ihn, „gibt es hier in der Bibliothek eine Chronik, in der von den Ungarn zwischen den himmelhohen Bergen die Rede ist?“

„Gewiß“, antwortete Frater Otto.

„Und könnte ich die sehen?“

„Komm, ich zeige sie dir.“ Der Mönch lächelte. Er freute sich, daß sich sein Schüler für seine Herzensangelegenheit interessierte.

Sie betraten die Bibliothek. Nur zwei alte Mönche saßen dort vor hohen Schreibpulten, auf hohen Stühlen, mit Federkielen in der Hand und alte Bücher und Pergamentbogen vor sich. Sie waren völlig in ihre gelehrten Studien vertieft.

Frater Otto begab sich auf Zehenspitzen an ein Regal, stieg auf eine Leiter und holte ein dickes, in Leder gebundenes Buch herunter. Julianus gab er einen Wink, mit in die Ecke zu kommen. Dort hieß er ihn hinsetzen und legte ihm das Buch in den Schoß.

Julianus öffnete es erregt. Auf den ersten Blick sah er, daß es sich um das gleiche Buch handelte, das ihm schon in Várad in die Hände gekommen war, wenngleich sich die Schrift gar nicht ähnelte, denn diese war viel leichter lesbar. Dieses Buch hier mochte später abgeschrieben worden sein als jenes in Várad. Mit schnellen Fingern blätterte er darin, verweilte nicht, um die schönen Initialen zu bewundern, sondern blätterte bis zu der Stelle, wo er die denkwürdige Kunde vermutete. Und siehe, wieder leuchtete der Text auf und verkündete: „Sendlinge zogen von hinnen gen Morgen und brachten Kunde von den Madjaren, und jene Madjaren dort sie mit Freude empfingen." Die beiden Sätze wichen nur in der Satzstellung voneinander ab, und der Kopist hatte wohl die zwei Wörter wegen des besseren Klanges miteinander vertauscht.

„Das ist das gleiche ...", flüsterte Julianus erstaunt. „Nur besser lesbar."

„Was du nicht sagst!" rief der Mönch erfreut. „Und wo hast du dieses Buch schon gesehen?"

„Ich sah es in Várad in der Klosterbibliothek, und ich habe es gelesen. Es war eine andere Schrift, aber der Inhalt war der gleiche! Sag, ist es wahr, was darin steht?"

„Freilich ist es wahr."

„Zwei Bücher berichten dasselbe, also ist es wahr!"

„Gewiß. Ich sage ja, daß es wahr ist."

„Aber, lieber Bruder", sprach schnell, aber leise der Jüngling, und man sah, daß er am liebsten geschrien hätte und vor Freude aufgesprungen wäre, „warum geht dann niemand zwischen diese himmelhohen Berge? Warum verkündet man unseren ungarischen Blutsbrüdern nicht das Evangelium? Und warum geleitet man sie nicht in unsere jetzige Heimat?"

„Das frage ich auch", raunte der Frater, nahm ihm das Buch ab, stellte es zurück auf seinen Platz, und sie verließen den Raum, denn einer der greisen Mönche warf ihnen einen rügenden Blick zu.

Draußen konnten die Freude und die Erregung endlich ungehindert aus Julianus hervorbrechen. Otto sah nur, wie sich das Gesicht seines Zöglings verwandelte, wie er sich freute, wie seine Augen strahlten und glühten. Aber Julianus sah das gleiche in dem Gesicht des stets lächelnden, kühlen, verschlossenen Frater Otto.

Sie betraten die Zelle Frater Ottos und setzten sich aufs Bett.

„Nun sprich“, ermunterte der Mönch Julianus. „Laß hören, was du von der Sache weißt.“

Er hörte in der Art besonnener, kühler, wortlos sinnender, nur im Inneren froher Menschen still zu. Julianus aber begeisterte sich immer mehr, und er wäre wohl am liebsten gleich zur großen Reise aufgebrochen. Er war glücklich, nun Gewißheit zu haben, daß es zwischen den fernen Bergen tatsächlich Madjaren gab.

„Willst du zu ihnen gehen?“ fragte Julianus schließlich seinen Lehrer.

„Ja.“

„Und fürchtest du dich nicht, daß jene Ungeheuer dir nach dem Leben trachten?“

„Schau, Julianus“, sagte der Frater lächelnd und berührte mit der Fingerspitze das Knie des Knaben. „Ich glaube nicht, daß dort solche Ungeheuer leben.“

„Aber die Gelehrten berichten es doch.“

„Gelehrte?“ Frater Otto winkte ab. „Sieh her.“

Aus dem Tischkasten zog er eine große Papierrolle und breitete sie vorsichtig auf dem Bett aus. Auf gelbem, dickem Papier sah man wundersame Bilder. Die Darstellung ähnelte einem verästelten Baum, aus dessen dickem, das ganze Blatt durchziehendem Stamm ragten dünnere Äste, und aus denen wuchsen noch dünnere Zweige. In die Astgabeln waren in bunten Farben Kirchen, Burgen und Paläste gemalt. Und mit bunten Buchstaben waren an die Äste und Zweige, neben die Kirchen und Burgen, die Namen von Flüssen und Städten geschrieben. Am Stamm des Baumes konnte man den Namen der Donau lesen: *Danuvius*. Neben anderen Ästen *Savus, Dravus, Tisia*. Dicht bei einer schönen Kirche stand *Savaria*, bei einem anderen, fünf Türme darstellenden bunten Bildchen aber: *Quinqueecclesiae*.

Doch der große Baum und die in Gestalt von bunten Kirchen, Burgen und Palästen gemalten Früchte an den Zweigen wurden von einer Schar Schreckgestalten umringt. Rechts, jenseits der russischen Ebene, saßen dicke, böse Kannibalen und fraßen menschliche Arme und Beine, als wären es Rüben. Etwas weiter weg lungerten oder saßen riesige Ungeheuer mit Köpfen glatt wie ein Hühnerei und Schwänzen wie Drachen. Ihre aufgetriebenen Leiber waren von Schuppen bedeckt. Etwas tiefer hüpften hasenartige Wesen, die aber Hörner hatten, und weiter oben unterhielten sich, in haarige Pelze gehüllt, menschenähnliche Geschöpfe, die ihre zottigen Schwänze auf den Schultern trugen. Das Land der Polen war von hundsköpfigen Menschen bedeckt. Unten auf dem Blatt, wo sich die Arme des Nils verzweigten, sah Julianus Menschen, denen ihre unheimlich große Unterlippe als Sonnenschirm diente. Es gab noch vielerlei Gestalten, kopflose, die ihr einziges Auge auf der Mitte ihrer Brust trugen, einbeinige, die rücklings auf der Erde lagen und sich mit ihrer riesigen Sohle gegen die Pfeile der hämisch lachenden Sonne schützten, das Bein einer anderen Gestalt aber war ein belaubter Baum, sie saß unter ihrer eigenen Krone und ruhte im Schatten. Des weiteren sah man den Berggipfel, auf dem die Arche Noahs hängengeblieben war, und die Stelle, an der Lots Weib zur Salzsäule erstarrt war, auch die Salzsäule konnte man sehen und eine Insel, auf welcher der Minotaurus lebte. Brüllend blickte er aus dem Dickicht.

Am Rande der Karte rauchten und flammten schreckeinflößend die Berge der Hölle, dampften die Schwefelseen des Tartaros. In den Seen schmorten verdammte Menschen, bis zum Hals in heißem Schlamm, und schrien. Das Reich Johannes des Priesters war nicht auf der Karte, offenbar lag es so weit entfernt, daß es keinen Platz mehr darauf gefunden hatte. So auch die Gebiete der Türken und der Ismaeliten nicht, die sich das Heilige Land mit dem Grab des Herrn unrechtmäßig angeeignet hatten.

„Hier, das ist die Karte der Welt", sagte Frater Otto und zog mit dem Finger über das große Blatt, das das Bett völlig bedeckte.

Julianus staunte. Bis jetzt hatte er von den vielen Wundern, die es auf diesem Erdenrund geben sollte, nur gehört, aber jetzt sah er sie mit eigenen Augen.

„Wenn dies das Abbild der Welt ist, wo sind da die Ungarn?" fragte er besorgt.

„Sie sind nicht darauf zu sehen, weder ihre Berge noch ihre Gewässer noch sie selbst."

„Woher kannst du dann wissen, lieber Bruder, ob es sie wirklich gibt, wenn sie auf der Karte der Welt nicht zu sehen sind?"

Bangend blickte er auf den Mönch.

„Schau, Julianus", begann Frater Otto wieder und schaute mit spöttischem Lächeln auf die Karte. „Ich glaube nicht, daß all diese häßlichen Geschöpfe, die wilden Tiere und die Ungeheuer auf der Welt leben. Ich glaube es nicht."

„Nein?" Julianus staunte.

„Nein, mein Sohn, ich glaube, daß die menschliche Wissenschaft, welche auf der Karte so stolz erscheint, welche sich spreizt und aufbläht wie jene hochmütige Schlange im *Paradiso*, keinen Pfifferling wert ist. Eingebildete Gelehrte haben die einfältigen Köpfe zusammengesteckt und diese Lügen, all diese plumpen Erfindungen ausgeklügelt und die Welt mit diesen seelenlosen Geschöpfen bevölkert. Aber sind sie jemals dort gewesen? Haben sie diese Wesen mit eigenen Augen gesehen?"

„Ich weiß es nicht."

„Ich aber weiß es. Ich bin in Paris gewesen an der Universität. Dort versammeln sich alle Gelehrten, alle großen Leuchten der Welt und unterrichten alle Nationen dieser Erde. Unter ihnen war ein äußerst gelehrter Mann, den die ganze Universität bewunderte, dem sie fast zu Füßen lag. Er hatte mich sehr gern. Von ihm habe ich auch diese Weltkarte. Es ist eine sehr seltene Karte, nur sehr wenige dieser Art wurden gemalt. Nun, als ich ihn dann fragte: Herr, warst du dort und hast du diese häßlichen Geschöpfe, diese Bestien gesehen, blieb er mir die Antwort schuldig."

„Aber wie kann man dann all diese Wunder aufs Papier und in Bücher bringen?"

„Das wissen die Betreffenden selber nicht. Sie tun es einfach. Ich, mein Sohn, pfeife auf die Wissenschaft. Ich werde selbst hingehen, diese Wunder mit eigener Hand fassen, mit eigenen Ohren hören, mit eigener Nase beschnuppern. Auf eigenen Füßen werde ich hingehen. Und wenn ich es dann gesehen, gehört und befühlt habe, wie jener Apostel Thomas die Wunden unseres Herrn, dann will ich es glauben. Bis dahin hege ich Zweifel."

Julianus lebte auf wie ein Schwimmkäfer, den man nach langer Zeit wieder ins Wasser wirft.

„Auch ich habe mir vorgenommen, dorthin zu gehen, um die himmelhohen Berge und die Madjaren zu suchen. Von den Ungeheuern aber lasse ich mich nicht schrecken", rief er fröhlich.

„Sieh, daß es die Madjaren gibt, das ist sicher. Sie leben im Morgen, woher auch wir gekommen sind. Auf der Weltkarte jedoch ist nichts von ihnen zu sehen. Von einäugigen Tieren dagegen hat noch nie jemand Kunde gebracht, auf dieser Karte aber sind sie abgebildet. Das also ist die Wissenschaft, du kannst sehen, welch eitle Ungereimtheiten."

„Dabei war Frater Pelbart doch ein Mann von großem Wissen ..."

„Frater Pelbart!" Otto lachte lautlos, rollte das große Blatt zusammen und legte es sorgfältig zur Seite, dann setzte er sich wieder auf das Bett. „Jener gute Frater Pelbart! Ist er denn dort gewesen? Ganz gewiß nicht. Aber er hat all diese Phantastereien gelesen, welche menschlicher Geist ersonnen hat, welche an den Universitäten gelehrt, dann auf bunte Karten gemalt und in dicke Folianten geschrieben werden. Ich, mein Sohn, glaube, all das ist keinen Pfifferling wert. Aber verrate niemandem, daß ich so denke, denn sonst betrachtet man mich und auch dich als Narren. Nun, schau her."

Wieder trat er an den Tisch, zog das Schubfach heraus und entnahm ihm einen dicken Pergamentband.

„In diesem Buch findest du die gesamte kumanische Sprache, und neben jedem kumanischen Wort steht das entsprechende lateinische. Daraus lerne ich, vieles habe ich schon gelernt. Es fiel mir nicht schwer, ich bin Tas aus dem Geschlechte Aloptolma, petschenegischen Blutes. Das Petschenegische lernte ich von meinem Vater, von meiner Mutter aber ungarisch. Das Petschenegische ist mit dem Kumanischen eng verwandt. Sie sind Triebe eines Stammes. Wenn es so ist, wie du sagst, daß du zwischen jene hohen Berge ziehen möchtest, um unsere dort zurückgebliebenen ungarischen Brüder und Schwestern zu finden, so lerne aus diesem Buch. Und dann mache dich mutig auf den Weg."

Julianus blätterte neugierig in dem Kodex. In der Tat, schön der Reihe nach standen darin die lateinischen und die kumanischen Wörter, man brauchte nur zu lesen, was dies und jenes bedeutete.

Und in der zweiten Hälfte des Kodexes war das Wörterverzeichnis auch umgekehrt; neben den kumanischen Wörtern die lateinischen.

„Du lernst Logik, Arithmetik, Geometrie, Ethik, Ästhetik und Musik", fuhr Frater Otto fort, „und du sagst, in deinem Herzen trägst du dich auch mit dem Plan, unsere ungarischen Brüder und Schwestern aufzusuchen. Es ist ein schönes Vorhaben, ein großes Vorhaben, würdig eines ungarischen Herzens! Verschleudere es nicht auf dem Jahrmarkt dieser Welt! Laß es wachsen und reifen, pflege es. Und wenn du kräftig und gesund zum Manne heranwächst, brich mutig auf gen Morgen, gehe immer in der Richtung, aus der unsere Vorfahren einst gekommen sind. In unseren Chroniken steht alles genau geschrieben. Das Petschenegische geht dir schon gut von den Lippen. Noch ein Schritt, und du erreichst das Kumanische. Dann brich auf! Schreite vorwärts! Mach dir keine Sorgen, fürchte nicht die schrecklichen Tiere, die Bestien, bekreuzige dich, flehe um die Hilfe unseres Herrn Jesus Christus und gehe mutig voran. Dieses Buch findest du hier bei mir, und wenn du etwas nicht verstehst, dann brauchst du nur zu fragen."

Solch unermeßliche Freude widerfuhr Julianus. Konnte Frater Otto vielleicht in sein Herz sehen? Und er gab ihm sogar das Buch, dieses kostbare Buch!

„Wann machst du dich auf den Weg, lieber Bruder?" fragte er.

„Noch weiß ich es nicht", antwortete Frater Otto, in Gedanken versunken, und ging langsamen Schrittes in der engen Zelle auf und ab, dann blieb er vor dem Kruzifix stehen, betrachtete es nachdenklich, als erwartete er von ihm eine Antwort. „Noch bin ich nicht so weit!“ fuhr er fort, drehte sich um und setzte sich neben Julianus. „Ja, wahrlich nicht. Zwar kenne ich die *Große Gesta*, und ich kenne die *Gesta Ungarorum* des Magisters Paulus von Anfang bis zu Ende, aber ich komme nur schwer voran mit der arabischen Wissenschaft...“

„Mit der arabischen Wissenschaft?“ rief Julianus verwundert. „Und wozu die?“

„Mein Sohn“, erklärte Frater Otto, „du mußt wissen, daß jene ungläubigen Araber, das heißt Ismaeliten, welche man hierzulande nur als schmähliches, schändliches Volk bezeichnet, in der wahren Wissenschaft des Evangeliums völlig unbewandert, in der Geographie jedoch um so vertrauter sind. Denn sie reisen schon seit uralten Zeiten durch die Lande, besuchen ferne Provinzen und schreiben nieder, was sie gesehen und gehört haben. Ein arabischer Gelehrter namens Dschaihani weilte vor mehreren Jahrhunderten in jenem Gebiet, wo unsere Vorfahren lebten, dort, wo auch die Heimat der Hunnen gewesen ist. Da sind dann noch Ibn Rustah, Gurdezi und Abu Bekr. Sie alle haben aufgezeichnet – denn sie haben es mit eigenen Augen gesehen und mit eigenen Ohren gehört –, wo unsere Vorfahren lebten, ebenso die Petschenegen, die Kumanen, die Chasaren und noch weitere Völker. Das Lesen der arabischen Bücher jedoch ist schwer, sehr schwer. Ihre Schrift geht von rechts nach links, und häufig gibt ein Pünktchen unter oder über einem Buchstaben erst den richtigen Sinn. In Paris hatte ich einen Lehrer, hier jedoch, in diesem Kloster, gibt es niemanden, der des Arabischen mächtig wäre. Und ich mühe mich allein. Auf die Bekehrung der Heiden muß man sich vorbereiten, mein Sohn, wie auf einen Krieg. Nur bedarf es dazu der Waffen des Geistes.“

„Niemals hätte ich geglaubt, daß ich so vieler Waffen bedarf“, sagte Julianus verwundert. Er schaute auf den aufrecht neben ihm sitzenden, hageren, stattlichen Frater mit dem braunen Gesicht und den braunen Augen, als sähe er ihn zum erstenmal in seinem Leben.

„Und nicht nur das hindert mich“, fuhr der Frater langsam, sehr ernst fort, und er lächelte nicht mehr, war auch nicht kühl und verschlossen, ein seltsames Feuer glänzte jetzt in seinen braunen Augen und veränderte sein sonst so hartes Gesicht, „sondern noch vieles mehr. Die Missionsarbeit in der heutigen Welt ist nicht einfach. Bei den Kumanen geht die Verbreitung des Christentums noch voran, denn sie leben hier in der Nachbarschaft, in der Walachai, mit einem Pferd nur ein Sprung von hier. Auch haben sie darum ersucht, Priester zu ihnen zu schicken. Unser Erzbischof geht selbst zu ihnen, wie du weißt. Aber wer kümmert sich um die anderen? Mein lieber Sohn, die Klöster sind umgeben von Ackerland, Wald, reichen Dörfern, von Schätzen und Reichtum. Die heutigen Mönche leben und wohnen, wie du siehst, in prächtigen Häusern, beinahe Palästen, sie essen und trinken an reichbesetzten Tafeln. Ihre Kammern sind gefüllt mit Silber, Gold und funkelnden Rubinen. Das Volk aber müht sich, bringt ihnen von allem den Zehnt. Wenn ein Mönch von heute nur den ganzen lieben langen Tag müßig auf dem Barttrockner säße, würde es ihm dennoch an nichts mangeln."

Seine Zunge löste sich immer mehr, man sah ihm an, daß er die seit langen Jahren unterdrückte Leidenschaft in Worte faßte.

„Was nützt es schon, daß es Vorsteher wie den unseren gibt?" schrie er verbittert. (Julianus hätte nicht geglaubt, daß dieser kühle Mann je schreien könnte.) „Das eine Kloster ist besser, das andere schlechter, nur darin unterscheiden sie sich. Die großen Männer früherer Zeiten sind längst dahingegangen. Man müßte alles neu schaffen! Neue Gebäude errichten auf den alten Fundamenten, auf festem Fels. Wenn es wieder große Menschen gäbe, die mit dem Beispiel ihres frommen Lebens den Weg zeigten. Sehr große, edle Menschen, Heilige. Aber heute leben wir die Zeit kleiner Seelen. Da wird einer Bischof und kann nicht einmal seinen Namen schreiben. Und von der Wahrheit unseres Glaubens hat er keine Ahnung, geschweige denn von den Kirchenvätern, den Gelehrten und Doktoren! Erzbischöfe bekämpfen einander. Andere Kirchenfürsten wieder tragen Schätze zusammen, an ihren Höfen wimmelt es von Kriegern, an ihren Tischen fließt der Wein in Strömen. Wieder andere beschenken ihre Konkubinen mit Ländereien, mit ganzen Dörfern. Und wieder andere bieten die Ablaßbriefe feil wie die Bauern auf dem Markt die Hühner."

Julianus saß nur da und schwieg.

„Wir müssen ein Beispiel geben, mein Sohn", fuhr Frater Otto nun leiser mit ruhiger Stimme fort. „Geh und bekehre unsere ungarischen Brüder und Schwestern, die fern von uns leben. Und führe sie heim. Sie mögen kommen, Kehraus halten, sich ein neues Zuhause bauen."

Julianus betrachtete von diesem Tag an das Kloster und dessen Bewohner mit anderen Augen. Er teilte die Mönche in zwei Gruppen: in jene, die nur im Kloster saßen wie in einem Zuber warmen Wassers, und jene, die von rastloser Seele getrieben wurden, nach etwas suchten, die lernten, disputierten, ihre Lehrer und die älteren Zöglinge mit Fragen bestürmten. Zwischen den beiden Gruppen stand einsam der greise Stephanus. Schon wegen seines Alters. Er betete in seiner Zelle oder in der Kapelle auf dem Steinfußboden ausgestreckt, oder er saß im Refektorium am Tisch und bröckelte das trockene Brot in einen Becher mit warmem Wasser, unter die anderen Mönche aber mischte er sich nur, wenn er langsamen, schlurfenden Schrittes, den Rücken gebeugt, die Hände in den Ärmeln seiner zerschlissenen Kutte, den Kreuzgang entlangging, auf die Kapelle zu.

In die erste Gruppe reihte Julianus den größeren Teil der Mönche ein, an ihrer Spitze Georgius. Sie alle erduldeten die Ordensregel, kamen den Geboten nach, sprachen die ihnen auferlegten Gebete und Psalmen, sie fasteten, schritten mit niedergeschlagenem Blick einher, sprachen Löbliches oder schwiegen mürrisch, sie wichen um kein Haar vom Ordensleben ab, dennoch fehlte ihnen das, was sie zu wahren Dienern Gottes gemacht hätte; sie waren lediglich Diener des Ordens und beugten sich den menschlichen Gesetzen.

Auch von den jüngeren und älteren Zöglingen gehörten viele in diese Gruppe. So der Novize Franziskus, den die anderen Tiger nannten und der Julianus so ehrlichen Herzens gegeißelt hatte, Johannes aus dem Geschlechte Szalók, der vierschrötige junge Mann mit den ungeheuren Kräften, Paulus, der Untersetzte, der mit zusammengebissenen Zähnen äußerst angestrengt auf die genaue Einhaltung jeglicher Regel des Ordens achtete, der, wenn man ihn einmal ermahnte, dies nie wieder vergaß, der aber über die Regel hinaus nichts weiter zu denken wagte. Julianus mochte ihn gerade wegen seiner Treue, wegen seines anhänglichen Charakters. Da gab es noch den langen, hageren, blonden Desiderius, den sie Bohnenstange nannten, auch er war ein Musterbeispiel an Fleiß und Ausdauer, aber bei all seiner Freundlichkeit nicht so treu, so fest und zuverlässig wie Paulus. Er beteiligte sich an den Spielen, war aber außerordentlich verbittert, wenn er unter den Verlierern war.

In die zweite wesentlich kleinere Gruppe gehörte nach Ansicht von Julianus zuerst Frater Otto. In ihm sah er einen wahrhaften Helden. Er war überzeugt, Frater Otto würde einst eine große Tat vollbringen, zu den fernen Madjaren ziehen, sie bekehren und eines Tages am Paß von Verecke erscheinen, an der Spitze der Brüder und Schwestern, mit dem Kreuz in der Hand. Ihn, Frater Otto, hielt Julianus für mutig, furchtlos, verschlossen und hart wie Stahl. Ihm ähnelte Paulus aus dem Geschlechte Gerecse, obwohl ihn niemand für besser als die anderen hielt. Aber Julianus wußte, daß Paulus tagsüber in der Bibliothek und nachts in der Zelle des mürrischen Bruders Eusebius lernte, daß ihm die Musik über alles ging, und wenn Paulus sich dann an die Orgel setzte, schwang sich seine Seele in jene Höhen empor, wo die Symphonien der Engel erklingen. Und wie schwungvoll, mit welchem Feuer sprach er lateinisch. Auch das war Musik.

Ebenso sah Julianus im freundlichen Lächeln des Gerhardus aus dem Geschlechte Györ, in seiner Dienstfertigkeit, der aus dem Herzen kommenden Liebe und in seinem großen Wissen jenes himmlische Zeichen, das er in anderen vergebens suchte. Wenn Gerhardus über die griechischen Kirchenväter sprach, riß ihn seine Phantasie mit, und er erklärte so wundervoll, daß ihm Julianus Tag und Nacht hätte zuhören können.

Und obwohl er gesündigt hatte – vielleicht gerade deshalb –, liebte Julianus den verloren geglaubten, den zurückgekehrten Frater Julius. Er war ein so sanfter Mensch, der allen verzieh. Nie tadelte er jemanden und wäre es nur durch das Runzeln seiner Stirn. Aber wenn sich sein Gesicht verdunkelte, wenn neben seinen Lippen in bitterer Selbstanklage die beiden tiefen Falten erschienen, verwandelte er sich ganz. Besonders, wenn er im Garten arbeitete, blieb er oft stehen und starrte in die Ferne, dann neigte er den Kopf, umkrampfte den Stiel seines Spatens, als wollte er ihn erheben, um jemanden niederzustrecken. Dachte er jetzt an sein Leben draußen in der Welt? An eine Frau, die fern von hier vor einem kleinen Haus stand, die Hand schirmend über die Augen hob, in die Ferne blickte, weithin, und auf jemanden wartete, unentwegt wartete?

Aber wenn er fröhlich war, sich in die Arithmetik und Geometrie vertiefte, vermochte kein anderer solche Loblieder auf die Wissenschaft zu singen wie er. Er führte Julianus an der Hand, immer höher die goldenen Stufen hinauf, immer näher zum Himmel. Der Gott Julianus' thronte gleichsam über mathematischen Säulen, und rings um ihn drehte sich musizierend die wundervolle Welt in Dreiecken, Vierecken und Kreisen.

Und zu welcher Gruppe gehörte er, Julianus, wohl selbst?

Diese Frage stellte er sich häufig in der Stille der Nacht. Und er konnte darauf nicht antworten. Er wußte nur, daß er ein großes Werk vollbringen mußte, einen großen Dienst am christlichen Glauben und an seinem ungarischen Volk. Er wußte nur, daß ihn brennender Durst nach dem reinen Wasser der Wissenschaft quälte und daß die Schätze der Bibliothek ihn mehr als alles andere anzogen. Wenn er einmal gegen den Gehorsam verstieß, so nur deshalb, weil er nicht rechtzeitig ein Buch schließen, die Wachstafel und den Griffel aus der Hand legen oder die Stille der Bibliothek verlassen konnte. Er wußte nur, daß er sämtliche Weisheitsbecher auf einen Zug hätte leeren mögen, die Lehren der griechischen und lateinischen Autoren und der Kirchenväter, dazu die Musik, die Arithmetik und die Geometrie beherrschen sowie die petschenegische und kumanische Sprache sprechen, als wäre sein Vater ein Petschenege und seine Mutter eine Kumanin gewesen. Die Grammatik zog ihn besonders an. Die Geheimnisse der Sprache führten ihn zu immer neuen Geheimnissen. So gelangte er, fast ungewollt, Schritt für Schritt zur Untersuchung der ungarischen Sprache.

Eine ungarische Grammatik hatte er natürlich nicht. Aber er besaß eine lateinische, die gute alte *Doctrinale*, das Werk des Alexander Gallus. Hier waren die Regeln der lateinischen Sprache in Versen zusammengefaßt. Und obwohl Julianus schon längst über die Grundkenntnisse hinaus war, sich mit Logik und Rhetorik beschäftigte, konnte er sich von diesen ersten Elementen der Grammatik nicht lösen. Immer aufs neue kam er auf sie zurück, nicht, um den Kern des lateinischen Wortes herauszuschälen, sondern um dem Ungarischen näherzukommen. Anfangs wußte er nichts mit dem Unterschied der beiden Sprachen anzufangen. Dann erkannte er in diesen Unterschieden immer besser die Schönheiten seiner Muttersprache, ihre Einmaligkeit. Indem er die Endungen von dem einen oder anderen Wort entfernte, gelangte er zum bloßen Begriff und darüberhinaus zu einer nur leise tönenden, ahnungsvollen Musik der Seele. Immer leidenschaftlicher setzte er seine Tätigkeit fort. Er wurde sich des großen Wunders bewußt: Wörter, die ihm seit langem geläufig waren und die er ohne zu überlegen gebrauchte, führten ihn zu einem uralten Seelenzustand, zu einer Form der Sprache, die sich im Dunkel vieler tausend Jahre herausgebildet hatte, vielleicht in Lebedien, vielleicht noch weiter entfernt, Gott weiß wo, in welchem Gebiet Asiens. Es gab Wörter, aus denen er eine petschenegische oder gar kumanische Bedeutung herauszuhören glaubte, und er zerbrach sich tagelang den Kopf, wie dies möglich war. Dann nahm er sich die *Gesta Ungarorum* zur Hand und immer wieder das Kapitel, in dem aufgezählt wurde, welche Stämme und Geschlechter mit Fürst Árpád ins Karpatenbecken gekommen waren. Hatte man diese seltsam klingenden Worte vielleicht aus der Sprache der Petschenegen oder Kumanen übernommen, die sich den Madjaren angeschlossen hatten?

Dann tauchte ein Gedanke in ihm auf, der sein Herz heftiger schlagen ließ: Man müßte unter den Veränderungen, Wandlungen, hinzugekommenen Schichten die ursprüngliche Sprache ausgraben, müßte freilegen, wie die Ahnen sprachen, bevor sie weder petschenegische noch kumanische Wörter aufgenommen hatten – ganz zu schweigen von den germanischen, lateinischen und slawischen! Wie mochte diese Ursprache gewesen sein? Wie mochte sie geklungen haben?

Der Abend neigte sich, das Kloster begab sich zur Ruhe. Er aber saß mit Pater Aloisius' Erlaubnis in der Zelle Frater Ottos auf dem Bett und lernte, träumte beim Schein der flackernden, rauchenden Kerze, selbst den Frater vergessend, der vor dem Kruzifix endlose Psalmen sprach oder über seinem kumanischen Kodex wachte. Die feinen Körner der Sanduhr auf dem Tisch rieselten geräuschlos aus dem oberen in den unteren Trichter, die schweren Wände des Klosters waren erfüllt von einem kaum hörbaren Raunen, Klopfen, Seufzen. Draußen blies der Wind, rauschten die Bäume, der silberne Schein des dahinziehenden Mondes erhellte die kleinen Scheiben aus Marienglas, in der Ferne bellte ein Hund, krähte ein Hahn ... Die beiden Mönche beugten sich, ohne vom anderen Kenntnis zu nehmen, über ihre Bücher, und ihre Seelen streiften durch ganz andere Welten.

Das ferne, im unbekannten Gebiet lebende Volk nahm allmählich greifbare Gestalt an. Wie seine Kleidung, sein Äußeres war, ahnte Julianus, hatte er doch während seines Umherziehens außer Ungarn auch genügend Petschenegen und Kumanen gesehen. Die Ungarn dort in der Ferne mochten sich kaum von ihnen unterscheiden. Sie weideten Pferde und Rinder, pflügten, säten und trieben Fischfang. Doch über all dies hinaus besaßen sie noch eine Eigenschaft, die er hier im Lande vergebens suchte. Was es war, hätte er nicht zu sagen gewußt, er spürte es nur. Spürte es, wenn er an sie dachte – und da stieg eine wundersame Erregung in ihm auf, verschnürte ihm die Kehle, Tränen traten ihm in die Augen, und er mußte aufseufzen, damit nicht lautes Schluchzen aus ihm hervorbrach. Wieder waren seine Gefühle stärker als die Vernunft – das war nach Meinung des guten alten Abtes von Várad ein Fehler. Julianus kämpfte gegen seine Gefühle an, aber umsonst. Er sah Wälder, dunkelgrüne, duftende, stumme Wälder, hohe, schneebedeckte Berggipfel und über den Gipfeln langsam kreisende Adler. Er sah Wiesen, übersät mit blauen, gelben und weißen Blumen, Bäche, gesäumt von Vergißmeinnicht. Weiße Kühe standen am Ufer. Er hörte das verträumte Läuten der Herdenglocken und ferne, seltsame Rufe, die in der reinen Luft klar und deutlich klangen. Er verstand jedes Wort, jeden Ruf, wenngleich sie nicht seiner Sprache entstammten. Und dennoch erreichten ihn diese Wörter. Sie klangen ihm aus der Entfernung der Jahrhunderte entgegen und waren ihm doch gegenwärtig. Er sah Menschen in weißes Leinen gekleidet, in kurzen

Stiefeln, mit Wolfsfellen über den Schultern. Sie trugen Pelzmützen, und ihr geflochtenes Haar fiel ihnen auf die Schulter. Er sah Frauen und Mädchen in Gewändern aus weißem, rotdurchwebtem Leinen, mit Blumenkränzen im Haar. Alles war so klar, so greifbar deutlich, als käme es mit den goldschimmernden Sonnenstrahlen aus den Wolken; und doch war es wie ein Traum: eine flüchtige Bewegung, ein Augenblick – und es entschwand.

Magna Hungaria, Großungarn. Er kannte es, als wäre er dort aufgewachsen.

Ob Frater Otto es auch so sah, wußte er nicht. Mit ihm sprach er petschenegisch. Ihn fragte er nach der Bedeutung dieses oder jenes kumanischen Wortes, nach der richtigen Aussprache, ließ sich den Inhalt eines verschwommenen Ausdrucks aus dem einen oder anderen Kapitel in der Chronik Magister Paulus' oder der *Großen Gesta* erklären, aber über Magna Hungaria selbst sprachen sie nicht. Das brauchten sie auch nicht. Sie wußten, daß sie beide daran dachten, auch wenn sie kein Wort darüber verloren.

Um aufbrechen zu können, benötigte Frater Otto vielerlei Genehmigungen. Die Erlaubnis seines Priors, die des Provinzials und vielleicht sogar die des Papstes. Da er aber nicht nur bekehren, sondern die abgetrennte Volksgruppe in die jetzige Heimat führen wollte, brauchte er auch die Zustimmung des Königs, Herrn András'. Gelegentlich sprach Frater Otto mit Julianus davon, wie lange er schon den König vergeblich zu sprechen begehrte. Der König hatte tausenderlei andere Sorgen und Aufgaben. Das Land war voller Wirren, der König voller Nöte.

Abends in den Ruhestunden unterhielten sich die Mönche häufig darüber, daß der König nie Geld besaß. Ein Denar sei wahrlich nicht viel, aber nicht einmal den habe er. Dabei war Ungarn ein mächtiges, reiches Land, hatte genügend Ackerboden, Gewässer und Weiden und Schätze in seinen Bergen. Es hatte zahlreiche wohlhabende Provinzen. Im Südwesten reichte es bis an die Adria, im Süden bis Serbien, Bulgarien und die Walachei, im Norden bis Halicz. Ungarns Städte waren groß, hatten viele Einwohner; es wimmelte in ihnen nur so von Kaufleuten und Handwerkern. Die Lager waren voll von siebenbürgischem Salz, auf der Donau, der Theiß und der Maros schwammen ununterbrochen Schiffe, beladen mit den Schätzen der Gruben. Überall im Lande wurden wundervolle Kirchen, Paläste und Burgen erbaut. Die Bevölkerung in den Dörfern wuchs ständig an, das Ackerland brachte Hirse und Getreide, die Wiesen reiche Heuernte. Auf riesigen Weiden grasten große Herden von Rindern, Pferden und Schweinen; in den

Wäldern lebten Büffel, Hirsche, Wildschweine, Luchse, Wildkatzen, Marder und Bären; es gab Fleisch und Felle in Hülle und Fülle. Zu all dem wurde der Denar jährlich verrufen und umgetauscht, minderwertigere Münzen wurden geprägt, und selbst diese beschnitt man, um den Gewinn zu vergrößern. Herren und Priester behängten sich mit Schmuck und Edelsteinen. Die Krieger zogen bald gen Norden, bald gen Süden, denn König András wollte der Welt die Macht seiner Waffen demonstrieren. Wenngleich die Zahl der Waffen und der Krieger immer geringer wurde.

Und doch hatte der König nie Geld.

Überall borgte er gegen Zins, schuldete sogar der Geistlichkeit, zahlte aber weder dem einen noch dem anderen zurück, vergebens schrieb der Papst seine Mahnbriefe, vergebens drohte er sogar mit dem Kirchenbann.

Und doch hatte der König nie Geld.

Ständig war er in Sorge. Um seine Anhänger zu behalten, beschenkte er sie mit Dörfern, Gütern, Burgen, Fischersiedlungen, manchmal vermachte er dieselbe Schenkung gleich zweien oder dreien. Die unglückselige Frau Gertrudis hatte jeden Denar zehnmal umgewendet, war so sparsam, wie keine ungarische Frau es ist. Sie hatte auch Güter und Schmuck an sich gebracht. Nur er, der König, hatte nie Geld.

Wenn man es zur Sprache brachte, winkte er nur ab. Es gab welche, die ihn auslachten, andere die sich geringschätzig über ihn äußerten oder ihn beschimpften. Aber es gab niemanden, der ihn geliebt, verehrt oder gar bewundert hätte. Man billigte ihm zu, daß er gute Absichten verfolgte, doch war nicht auch der Weg zur Hölle mit guten Vorsätzen gepflastert? Und jetzt hatte er wieder geheiratet, mit einem Prunk, der die Welt in Staunen versetzte.

So brauchte man sich nicht zu wundern, wenn Frater Otto keine Audienz in Esztergom erlangen konnte. König András kam aber in letzter Zeit auch nicht nach Fejérvár. Außerdem hielt sich der Herrscher jetzt nur selten in Esztergom auf. Und wenn er dort weilte, wie hätte ihn Frater Otto von seinem großen Vorhaben überzeugen können? Dem König schwebten selbst große Pläne zur Genüge vor, wenn er sie nur hätte verwirklichen können. Gewiß, Frater Otto hätte hinreisen und mit dem Kanzler sprechen müssen, aber die hohe Geistlichkeit am königlichen Hof war mit anderem beschäftigt, als sich um das Schicksal der in der fernen Ungewißheit lebenden Ungarn kümmern zu können. Viel mehr Sorge bereitete ihr, den König ganz und gar unter ihre Macht zu bekommen, möglichst viel aus ihm herauszupressen, sich gegenseitig auszustechen, die Lasten der Bauern zum eigenen Nutzen zu vermehren – und schließlich, was ihre größte Sorge war, wie sie einen Kreuzzug führen konnten, ohne sich selbst daran zu beteiligen. Und inmitten all dieser Sorgen vergaß sie niemals, ihr Geld zu vermehren.

Julianus klopfte bei Julius an, um sich bei ihm in die Arithmetik zu vertiefen.

Der Frater ging gerade in seiner Zelle auf und ab. In seinem schönen Antlitz zuckten wieder Zweifel und tiefe Bitternis. Um seine Lippen bildeten sich dunkle Furchen, Falten durchzogen seine Stirn.

„Können wir lernen?" fragte Julianus leise.

„Meinetwegen", antwortete Julius unentschlossen und seufzte schwer. „Hol Buch, Schreibtafel und Griffel herbei."

Julianus holte aus dem Wandfach die zum Lernen nötigen Dinge und setzte sich an den Tisch. Frater Julius jedoch schritt weiter auf und ab wie jemand, der so in seine Gedanken versunken ist, daß er gar nicht weiß, wo er sich befindet und wem er gegenübersteht. Endlich setzte er sich auf das Bett, schaute gedankenschwer in unsichtbare Fernen, sein Blick schien die starken Wände zu durchbohren, sein Gesicht war verträumt und zugleich von unendlichem Schmerz erfüllt.

„Hör zu", sagte er schließlich und schrak zusammen, „diene Gott froh und andächtig. Ziehe dich aus der Welt draußen zurück und wende deinen Blick ab von ihren Eitelkeiten und Sünden."

„Ja, gewiß." Julianus nickte.

„Versenke dich in das unendliche Meer der Wissenschaften und trinke den lebensspendenden Trunk", setzte der Frater seine seltsame Rede fort. „Gehe in ein Kloster, wo all deine Gefährten liebevolle Brüder sind, die demütig ihr Schicksal tragen und durch ihre Liebe die Last der anderen erleichtern. Gehe in ein Kloster, wo jene leben, die gelernt haben zu lehren, die ihren sündigen Mitmenschen die Wahrheit verkünden, sie zum Schönen und Guten ermahnen, die mit gutem Beispiel vorangehen und um Jesu willen das Evangelium verkünden. Gehe also, ziehe in ein Kloster."

„Gewiß." Wieder nickte Julianus und wartete, daß sie endlich mit dem Lernen begännen.

„Du bist also gekommen, lieber Bruder, und möchtest auf den Stufen der Arithmetik zum Thron Gottes emporsteigen. Doch siehe, ich . . . ich kann die Stufen nicht mehr erklimmen . . ."

Abgespannt schaute er auf Julianus wie jemand, der so müde ist, daß er sich nicht mehr zu rühren vermag.

An jenem Abend verschwand Frater Julius.

Als sich alle im Refektorium versammelt hatten, um das Abendessen zu verzehren, blieb sein Platz leer. Unverhofft wie er zurückgekommen war, war er wieder gegangen.

Julianus hatte also seinen guten Lehrer verloren, der ihn auf den goldenen Stufen der Arithmetik und der Geometrie zum Throne Gottes geleiten sollte. Er empfand solche Trauer, als wäre ihm ein naher Angehöriger gestorben. Wieder wurde ihm die Arbeit inhaltslos, Begehren erfüllte seine Gebete, häufig dachte er an die Frau, die ihn irgendwo, am Ende der Welt erwartete. All seine freie Zeit verbrachte er in der Bibliothek, wälzte und stöberte in den Chroniken, aber träumerisch verweilte er über den herausgepickten Sätzen, und seine Phantasie führte ihm die hohen Berge vor die Augen und die friedlich dort lebenden fernen Madjaren.

Julianus' Unruhe wuchs immer mehr. Jede Kleinigkeit verbitterte ihn. Wortlos trottete er durch das große Kloster, tat dies und jenes, besuchte die Gärten, die Höfe, das Gästehaus, die Küche, die Krankenstube, aber ohne mit den Gedanken dabei zu sein; er verrichtete die seit Jahren gewohnten Tätigkeiten, ging in die Kapelle, sang in der Basilika, lauschte im Kapitelsaal den würdevollen lateinischen Gesprächen, las Vergil, aber immer wieder ertappte er sich, daß seine Seele weit weg von hier weilte, daß sie nirgends Wurzeln schlug, frei dahinschwebte wie der vom Wind erfaßte Haarkelch des Löwenzahns.

Oft war er verzweifelt und hämmerte sich mit der Faust ohnmächtig gegen den Kopf, zog den stachelnden härenen Gürtel enger um die Taille, als wollte er sich fester an das Kloster und seine Pflichten fesseln. Er beichtete offenherzig, tiefbekümmert, ertrug die Pönitenz mit Erleichterung und empfing die Geißel von der Hand Ottos oder Paulus' ohne Wehklagen. Doch nichts half.

Seine Unruhe und Verzweiflung erreichten ihren Höhepunkt, als er eines Nachts wieder träumte, daß die Frau ohne Gesicht ihn in den Schoß nahm wie einst, als er ein kleiner Junge war, ein schmerzliches süßes Lied über ihm sang und ihn schaukelte wie einen Säugling in der Wiege, wie der Wind den Vogel im Nest. Unter Tränen erwachte er aus seinem Traum und lag noch lange regungslos unter der warmen Decke, damit die bezaubernde Empfindung nicht weichen sollte. Doch nun war ihm bewußt, daß wieder Versuchungen um ihn lauerten, daß der Teufel das aus leichter Seide geknüpfte Netz nach ihm ausgeworfen hatte. Und in der Tat, in seinen Träumen hing er wieder am Sims der gewaltigen Fassade ihrer Basilika, klammerte sich mit den Fingernägeln fest, um nicht in die

Tiefe zu stürzen, wieder irrte er über schwankende Gerüste – solche Gerüste sah er einst auf der Brüstung eines Burgturmes –, wieder ritt er auf einer immer schmaler werdenden Brücke, und unten in gähnender Tiefe wälzten sich die gelben Fluten, wieder schwamm er in der Donau, verzweifelt ringend, nach Luft schnappend und um Hilfe rufend. Wieder erwachte er schweißgebadet, fühlte sich hilflos und verlassen, schwarze Schatten nicht begangener Sünden bedrohten ihn, und ruheloser Zorn trieb ihn an, hinaus in die Welt zu laufen.

Es waren qualvolle Tage. Er versuchte, seine Empfindungen zu unterdrücken, seinem Zustand klaren Hauptes ins Auge zu sehen. Man hatte ihn zur Selbsterkenntnis, Selbstprüfung, zur Härte, zum unerbittlichen Urteilsspruch gegen sich selbst erzogen, so wollte er jetzt kühl, hart und unerbittlich sein. Er untersuchte die Gründe des seltsamen, schicksalhaften Erscheinens und Verschwindens von Frater Julius. Da kam ihm der Gedanke, Frater Julius sei selbst der Teufel, verborgen in der Gestalt eines Mönches.

Gott wollte ihn offenbar mit diesem Julius auf die Probe stellen. Julius lockte ihn: aus seinem frommen Kerker auszubrechen, hinauszulaufen in die Welt, wo ihn braunhaarige, dunkeläugige, schlanke Mädchen erwarteten.

Ständige Selbstprüfung und ununterbrochene genaue Beobachtung der anderen: Das war jetzt das Leben des Julianus. Es ließ ihn schwindeln und ermüdete ihn. Sein Gesicht wurde noch hagerer als früher und noch blasser, seine Hände wurden immer zarter – weil er unwillkürlich weniger körperliche Arbeit verrichtete –, sein Gang war kraftlos, schleppend, seine Schultern neigten sich ein wenig nach vorn, sein Blick war kummervoll, die Augen schlug er untertänig nieder, seine Stimme verlor ihren metallenen Klang. Die ständige Schlaflosigkeit, die Angst und das Ringen ließen ihn wie einen Flüchtenden erscheinen, der nicht wußte, weshalb und wohin er floh.

Julianus war eigentlich ziemlich groß, knochig, wenn auch hager. Sein Körper wirkte schwach, war aber in Wirklichkeit zäh und hart. Fasten, Arbeit und allerlei Belastung ertrug er besser als andere gleichaltrige Zöglinge, nur die älteren und stärkeren, Paulus und Gerhardus, übertrafen ihn. Er befolgte wortlos die Gebote, man konnte jedoch spüren, daß er aus Pflicht gehorchte und nicht aus freiem Willen. Seine Leidenschaft entflammte schnell, nicht selten ergoß sich Zornröte über sein Gesicht, sein Blut stieg ihm zu Kopf, seine Augen funkelten, sein Blick war scharf wie eine Messerklinge, aber ebenso schnell war die Erregung abgeklungen, Julianus erschlaffte wie die Sehne eines Bogens, wenn der Pfeil abgeschossen wurde, dann winkte er ab und lächelte ein wenig bitter. Übrigens hielt man ihn für äußerst klug, er war ein scharfsinniger Wortfechter, konnte haargenau unterscheiden und definieren, drang in die Spalten der Gedanken, übersah sogleich ihre Schwächen. Seine Logik war folgerichtig und kühl – aber häufig errangen seine Gefühle die Oberhand, dann zog er sich ohne Grund zurück, widerlegte offensichtliche Irrtümer nicht und ließ zu, daß man ihn besiegte.

Er sprach schön lateinisch, nach Ansicht Frater Ottos bediente er sich auch der petschenegischen Sprache fehlerlos, und das Kumanische haftete an ihm wie Kletten, ungarisch aber sprach er klar, gefällig, schwungvoll, seine Rede strahlte eine solche mitreißende Kraft aus, daß sie in seinen Zuhörern sogleich Widerstand oder Zustimmung erweckte.

Er war kein schöner Jüngling. Seine Wangenknochen traten stärker aus dem mageren Gesicht hervor als bei den anderen Zöglingen und Mönchen, ausgenommen nur Frater Otto. Er ähnelte ein wenig einem Raubtier, wenn man ihn von der Seite betrachtete. Auch der Schnitt seiner Augen war schmaler und schärfer als bei den anderen. Von vorn gesehen jedoch hatte er eher sanfte, verträumte Züge. Es war, als wären in seinem Antlitz zwei Gesichter miteinander verschmolzen: im Profil erschien er unerbittlich, prüfend, streng und mutig, von vorn jedoch sanft, zum Träumen neigend, ein wenig geradezu und kindlich schwärmerisch.

Frater Alexander, ein junger, fröhlicher Mönch, der flink und gewandt den Pinsel führte und die Farben mischte, konnte sich nicht genug darüber wundern, wie gut sich Julianus unter den kunstvoll gefertigten Humpen, Ketten, Kreuzen, Fassungen auskannte, wie genau er edle Formen von leeren, prunkenden Verzierungen und seelenlosen Schnörkeln unterscheiden konnte. Zu dieser Zeit gelangten häufig goldene und silberne Geschenke ins Kloster, viele stifteten sie in ihrer Freude darüber, daß König András, der die königlichen Güter mit vollen Händen verschleuderte, sie mit einem Dorf oder einem Gut belehnt hatte, und bei der Ausfertigung des Belehnungsbriefes beschenkten sie das Kloster. Unter diesen Geschenken gab es neben ganz einfachen Stücken auch kostbare Kunstwerke. Aus der Hand der ungarischen und alten deutschen Goldschmiede in Pozsony und Buda kamen erstaunlich kunstvolle Arbeiten, aber die in der letzten Zeit ins Land gekommenen bayrischen und kärntnerischen und hauptsächlich Wiener Goldschmiede überhäuften ihre Werke mit süßlichen Verzierungen. Dergleichen Geschenke pflegte man Frater Alexander vorzulegen, der sie dann mit zusammengekniffenen

Augen, ein wenig von sich haltend, langsam in der Hand drehte und beurteilte, ob es sich um ein echtes Kunstwerk handelte oder nur um ein Stück, dessen Wert lediglich vom Gewicht des kostbaren Metalls bestimmt wurde. Die Formen der Arbeit probierte Alexander gleichsam mit der Zunge wie ein Sachkundiger den edlen Wein, und er schnalzte sogar, wenn ihm ein echtes Kunstwerk in die Hände kam. Er rief dann häufig Julianus hinzu, zeigte ihm die Geschenke, bat ihn um seine Meinung. Und Julianus war genauso unfehlbar in seinem Urteil wie er selbst. Manchmal gerieten sie in Streit über die Beschaffenheit dieses oder jenes Blumenschmuckes, einer Ranke oder eines Sternes, und Julianus brachte mit wahrem Vergnügen seine Beispiele und Argumente vor, rannte nicht selten in die Schatzkammer hinunter, um dort ein ähnliches oder gegensätzliches Stück aufzustöbern. Alexander war darüber verwundert, um so mehr, da Julianus der Sohn eines armen Vaters war und in seinem kleinen Dorf wohl kaum solche Kunstwerke gesehen hatte.

Vor kurzem hatte der Prior erklärt, für Julianus und einige seiner älteren Gefährten gäbe es im Kloster zu Fejérvár nicht mehr viel zu lernen.

„Es ist an der Zeit, daß ihr nach Bologna geht", rief er fast verärgert, denn er war stets ärgerlich, wenn er den einen oder anderen flügge gewordenen Vogel aus dem Nest des Klosters ausfliegen lassen mußte. „Im Herbst ist euer Platz an der Universität."

‚So rennt die Zeit', dachte Julianus ein wenig erschrocken und mit heftig pochendem Herzen. Erst jetzt fiel ihm ein, sich näher zu mustern. Im Kloster gab es keine Spiegel, aber es gab glänzende goldene Schüsseln, in denen die Hostien aufbewahrt wurden. Auf der klaren Bodenplatte dieser Schüssel betrachtete er sich. Der gelbe Spiegel gab das Gesicht nur unscharf wieder. Julianus erschienen seine Züge in der Fassung des flaumig hervortretenden braunen Bartes verschwommen, nur seine Augen funkelten lebhaft. Er war verwundert, war es denn schon so lange her, daß er seine Familie verlassen hatte, war soviel Zeit vergangen, seit er in Várad aufgebrochen war, geradewegs nach Fejérvár. Wie war er dann verzweifelt, als Pál Ohrenlos ihn entführt und auf die Donauinsel geschleppt hatte. Damals dachte er, er werde nie nach Fejérvár gelangen. Und siehe, jetzt hörte er dennoch, daß er nach Bologna gehen sollte! Auch hier hatte er gelernt, was er lernen konnte, Frühling, Sommer, Herbst und Winter, Weihnachten, Ostern und Pfingsten waren der Reihe nach vergangen. Auf ein verflossenes Jahr folgte ein neues . . . Auch hier war die Sanduhr abgelaufen.

Er begab sich in die Bibliothek, nahm die *Große Gesta* zur Hand, setzte sich auf einen niedrigen Schemel in die Ecke, legte das Buch in den Schoß wie damals im Várader Turmzimmer, stützte das Kinn auf die Faust und dachte nach. Vor den Schreibpulten, auf hohen Stühlen hockten gelehrte Mönche, in ihre Bücher vertieft. Sie ließen leise ihre Rabenfedern kratzen und hüstelten nur dann und wann in der Stille. Im Marienglas der Fenster funkelte die glühend heiße Vormittagssonne. Julianus war sehr betrübt. Er dachte zwar mit Stolz daran, daß er alsbald Studiosus an der Universität sein, das zeitliche Gelübde ablegen und vom Novizen die kirchlichen Stufen immer höher steigen werde, vielleicht bis hinauf zu den Vornehmen am königlichen Hof, aber selbst darüber konnte er sich nicht wirklich freuen. Morgen Novize, übermorgen Ordensbruder mit ewigem Gelübde, geweihter Priester, dann anerkannter, verehrter Schriftkundiger, der Urkunden ausfertigte oder schreiben ließ, in Landesangelegenheiten Verfügungen traf, Missionare nach dem Osten, dem Norden und Süden zu fremden Völkern schickte, selbst dahin oder dorthin ging, um deren Arbeit zu kontrollieren ... Aber war dies wirklich das, was er erstrebt hatte? Zwei Verlangen trieben ihn in seiner Kindheit ins Kloster und in die Arme des gütigen Abtes: der Glanz des königlichen Hofes und die vielen Geheimnisse ferner, märchenhafter Provinzen. Deshalb begnügte er sich nicht mit dem kleinen Holzhaus in der Tiefe des Waldes, am Ufer des Baches, wo er und Cseperke gelebt hätten wie zwei Tauben. Von diesem kleinen Haus gab es in seinen Gedanken keine Spur mehr. Auch glaubte er, das erste der beiden Verlangen würde immer mehr verblassen, während das zweite auch heute noch stärker war als alles andere ...

Betrübt rang er mit seinen Gedanken. Stachelte, lockte ihn im Bilde Frater Julius' nicht der Teufel, aufzubrechen in die Welt, seine Sehnsucht aus der Kindheit zu erfüllen, die erst recht eine Versuchung des Teufels sein konnte? Vielleicht schwebten ihm gar nicht jene fernen Provinzen vor Augen, sondern nur seine sündigen Begierden, denen das harte Klosterleben, der Zauber der Ordensregel Grenzen setzte?

Er blickte ins Buch, blätterte darin. Und die Worte einer der *Gesta* beigefügten Schrift stachen ihm wieder ins Auge, wie damals im Turmzimmer. Hastig las er sie: *Sendlinge zogen von hinnen gen Morgen und brachten Kunde von den Madjaren, und jene Madjaren dort sie mit Freude empfingen* ... In diesem Augenblick fühlte er heiß, daß sein Weg doch dorthin führen mußte, wo jene Madjaren die Sendboten freudig empfangen hatten. Sehnte sich doch auch Frater Otto dorthin. Und

Frater Otto würde doch nicht auch sündige Pläne verwirklichen wollen?

Julianus beugte sich über die gelben Blätter und entzifferte mit großer Geduld die eckigen Buchstaben. Langsam vergaß er, wo er sich befand, wer ihn umgab und was die anderen taten, sah, hörte und fühlte nur, was der Text berichtete. Er kannte die Stelle schon auswendig, dennoch las er begierig. Wie die madjarischen Stämme nach Atelcusu zogen, wie sie sich mit den Chasaren verbündeten, wie sich ein Teil von ihnen trennte und gegen Süden rückte, wie die Petschenegen dann die anderen überfielen und wie einige Scharen wieder umkehrten, in die alte Heimat zogen. Und wie aus Pannonien von Zeit zu Zeit Sendboten zu ihnen gingen, wie man sich gegenseitig freute und wie auch jene dort Geschenke und Sendboten in das große Land im Westen schickten. Es gab sie, es mußte sie geben, noch in der Finsternis des Heidentums, und sie mochten seither auf weitere Sendboten warten, auf die verwandtschaftliche Liebe des inzwischen großgewordenen ungarischen Reiches.

Diese Gedanken fegten alles andere hinweg, all seine Zweifel, die Angst vor der Sünde, die in ihm erwachte Sehnsucht nach einer Frau, alle Eitelkeit des Körpers und der Seele. Er war sich der Sache bewußt, für die er sein Leben einsetzen wollte. Deshalb war er ins Várader Kloster gegangen, deshalb hatte er gelernt, deshalb hatte er sein Dorf, seine Familie verlassen, sich schon im Kindesalter von Cseperke getrennt.

Noch nie war er sich so sicher, und noch nie fühlte er sich so weit entfernt vom Kloster und all seinen unterschiedlichen Bewohnern, von ihren Streitereien, ihrem Neid und all ihren Schwächen. Noch nie verzieh er die Sünden der Mönche, die Lügen des klösterlichen Lebens so wie jetzt. Er fühlte nun deutlich: Er würde sein ganzes Leben Diener des Willens Gottes sein, ein wahrhafter Mönch, der fest im Leben des Klosters und der Welt stand.

Er bekreuzigte sich, und das Haupt tief geneigt, dankte er Gott aus vollem Herzen für die alte Schrift, die sein Leben bis zum Grabe erhellte.

VIERTER TEIL

Als der König endlich – nach langem Grübeln, Debattieren und Zögern, sich dem Druck des Papstes beugend, der ihm mit dem Bann gedroht hatte, wenn er nicht endlich den so oft versprochenen und wieder verschobenen Kreuzzug begänne – Abschied nahm von seiner jungen Frau Jolante und sich mit einem Teil seines Heeres auf den Weg zur dalmatischen Küste aufmachte, brachen auch die Novizen und die jungen Mönche aus Fejérvár nach Bologna auf. Sie fuhren dem königlichen Heere nach, überquerten die kroatischen Berge, zogen durch die Wälder und erreichten über die alte römische Heerstraße glücklich das Meer.

Die Erregung über die vielen neuen Eindrücke, alle Annehmlichkeiten der Reise und auch ihre Strapazen wurden auf einmal hinweggefegt durch den Anblick des Meeres. Schon der Plattensee hatte mit seinem Wasserspiegel, der bald ins Blaue und Grüne, bald wieder ins Graue spielte, mit der herbstlichen Laubfärbung auf den in leichten Nebel gehüllten spitzen Bergen am fernen Ufer Bewunderung in Julianus erweckt. Aber das Meer, das gewaltige Meer machte ihn betroffen, hob ihn empor und schmetterte ihn zugleich nieder. Als er vom felsigen Berggipfel das erstemal über die sich in der Tiefe eröffnende Endlosigkeit blickte, die mit dem perlfarbenen Himmelszelt gleichsam verschmolz, stockte sein Atem, schlug ihm das Herz im Hals; er ließ die Hände sinken, seine Augen funkelten. „Das Meer!“ flüsterte er; doch nur seine Lippen bewegten sich. Nicht einen Laut brachte er hervor. Nichts vermochte er zu sagen.

Auch seine Gefährten standen wortlos. Hinter ihnen die in Lumpen gehüllten Besitzer der Maultierkarren, mit schwarzgebrannten Gesichtern und funkelnden Augen. Auch sie schwiegen, ehrerbietig, da sie sahen, daß die jungen Mönche beteten. Doch diese beteten nicht, konnten sich nur an dem Anblick nicht satt sehen.

Wieviel hatte Julianus über das Meer gehört und gelesen! Immer wieder erwähnten die heiligen Schriften das Meer: Das auserwählte Volk Gottes lebte am Meer, der Apostel Paulus segelte über das Meer, war der ruhelose Missionar der Inselwelt. Vom Meer sprachen die klassischen griechischen und lateinischen Autoren. Und wie oft sprachen all jene Mönche über das Meer, die es schon einmal gesehen hatten. Julianus hatte über die Beschaffenheit des Meeres gelesen, kannte seine Größe, das Brausen seiner Wellen, die Kraft der Brandung, hatte gehört von der Bläue und Schwärze des Wassers. Auch im Traum hatte er es nicht selten gesehen. Doch jetzt stellte sich mit einem Male heraus, daß all sein Wissen vom Meer der Wirklichkeit nicht standhielt. Die Weite, das Blau des unendlichen Wasserspiegels, das funkelnde Spiel der Wellen, die sich rauschend über die Küstenfelsen ergießende Brandung, die überwältigenden Ausdehnungen waren so, wie er sie sich vorgestellt hatte – und doch ganz anders. Das Gold der Abendsonne ergoß sich über die Ferne, blaßrote und dunkelblaue Wolken schwammen langgestreckt vor den blitzenden Lichtstrahlen. Der Blick glitt über endlose Entfernung geradewegs hinauf zum Himmel, zum anderen Meer. Hier war alles offen, die Menschenwelt verschwand, ihre Ufer lösten sich im Unendlichen auf. Der von schweren Düften trächtige Wind wehte und ließ Julianus unter seinem kühlen Hauch erschauern, streichelte ihn aber auch liebkosend. Die Liebkosung glich dem sanften Schnurren einer Raubkatze, war nur ein spielerisches Streicheln. Und die Düfte! Der alles durchdringende rauhe Hauch des Wassers vermischte sich mit beißendem Fischgeruch, dem sich verflüchtigenden honigsüßen Duft der Essigbäume, der Orangen- und Zitronenhaine. Der Duft glich schwerem Wein: Man trank und trank, berauschte sich und begehrte immer mehr. Julianus sog ihn in tiefen Zügen ein. Die Welt begann sich langsam zu drehen, ihm war, als liefe er lautlos gen Westen. Das sich rhythmisch wieder und wieder erneuernde Rauschen der sich brechenden Wellen drang zu ihm herauf. Der Schaum spritzte hoch empor, und das Ufer, die in der Tiefe verstreuten Felsklippen wandelten und änderten sich ununterbrochen. Am Himmel aber zogen aus dem Westen herantreibende Wolken über seinem Kopf dahin, in allen Farben spielend und die Strahlenbündel der Sonne verdeckend.

Nicht nur Julianus, auch seine Gefährten atmeten und tranken unersättlich diesen Anblick. Auch sie seufzten und schwiegen. Auch ihre Stimmen unterbrachen nicht die endlose Stille. Nur die Maultiere malmten gleichmütig das Gras und ruckten manchmal an den Karren, daß die Räder knarrten.

Im Schein der untergehenden Sonne tanzten strahlende Mückenschwärme, schwebten lange an einer Stelle und trieben plötzlich weiter, gleich einem regenbogenfarbenen Gespenst.

Kreischende Möwen strichen über das Wasser.

Von rechts und links funkelten rote Felsen, und dunkelgrüne Bäume zitterten in der weiten Bläue.

All dies dünkte den jungen Mönchen seltsam. Sie kümmerten sich nicht viel um die Schönheit der Natur, in ihren Augen wurde alle Schönheit durch die Krone der Schöpfung, den *Menschen*, verdunkelt. Der Mensch stand im Mittelpunkt von allem. Der Mensch steht im Jammertal, die Füße auf der Erde, er bearbeitet sie im Schweiße seines Angesichts, ringt ihr Nahrung, Unterkunft und Kleidung ab, kehrt in die Erde zurück, da er selbst aus Erde geschaffen ist. Der

Blick des Menschen forscht nach dem Himmelreich, das sucht er, und darauf wartet er – nicht auf die Schönheiten der Erde. Schön ist die Erde, wenn sie dem Menschen das tägliche Brot gibt, aber sie ist gräßlich, denn sie erweckt auch Sehnsüchte. Schön ist die Erde, wenn Jesus über sie wandelt und über die Vögel des Himmels und die Lilien auf dem Felde nachsinnt, aber sie ist gräßlich, wenn sie den Menschen zu ihrem Gefangenen macht, ihn zur Macht anstachelt und von ihm fordert, andere ihrer Freiheit zu berauben. Das Wasser ist schön, wenn das Netz der Jünger Fische in ihm fängt, es ist schön, wenn der Sturm es peitscht und die Wellen das leichte Boot zu verschlingen drohen, es ist schön, wenn sich auf einen Wink Jesu die Wellen mit ihren Schaumkronen glätten, aber es ist gräßlich, wenn die Ruderschläge bronzebeschlagener Galeeren auf das Wasser klatschen, wenn es vom Schrei der Sklaven widerhallt und Heere auf dem Rücken trägt, die ihre Waffen gegen andere gerichtet haben. Die Erde ist dazu bestimmt, daß sie der Mensch im Schweiße seines Angesichts bearbeitet, Felsen sprengt und Kirchen baut, das Meer aber dient ihm, daß er aus seiner Tiefe den bescheidenen täglichen Fisch fängt, ein Schiff besteigt und das Wort Gottes zu fernen heidnischen Völkern bringt, und es ist auch da, um den Menschen daran zu erinnern, ein Wink Jesu könne auch die grimmigsten Wogen bändigen. Weder Julianus oder seine Gefährten noch die Vielzahl der Gläubigen, unter denen sie lebten, empfanden die Erde oder das Meer als schön. Sie sahen darin das Jammertal, den darin irrenden Menschen und darüber den endlosen Himmel, nach dem sich die sündige Seele heiß sehnt.

Die Schönheit, die hier an der dalmatischen Küste die jungen Mönche in einem einzigen Augenblick zu den Füßen Gottes emporhob, hatten sie noch nie empfunden. Den andächtig stimmenden Eindruck des ersten Augenblicks wurden sie auch dann nicht los, als sie durch die winkligen, steilen, engen Gassen von Zara schritten, mit klappernden Sandalen müde über das derbe Pflaster zogen, zwischen kleinen grauen Häusern, die an Schwalbennester erinnerten, vorbei an alten römischen Bauten, gedrungenen Kirchen, plätschernden Brunnen, umherirrten im Labyrinth der Burgmauern mit hohen massigen Türmen, Brustwehren, Schießscharten und gewölbten Toren, dem schnellen Geschwätz, dem schallenden Gelächter, dem Streit und den süßen Liedern des sich drängenden Volkes lauschend, zwischen Fischhändlern, Marktfrauen, Wasserträgern, buntgekleideten Soldaten, verschleierten Frauen in seidenen Mänteln, nackten Kindern, traurig dreinblickenden Eseln, gleichmütig dahintrottenden Maultieren, zwischen Karren, übereinandergesetzten

Fässern und Weinschläuchen, die vielen im Hafen vor Anker liegenden buntbemalten, mit geschnitzten Figuren und bronzenen Beschlägen verzierten Galeeren betrachtend. All dieser Lärm, das Gedränge, die Buntheit, das Gewimmel und das Durcheinander waren der laute Jahrmarkt des Jammertales – das Meer aber erschien ihnen, als sie es vom hohen Ufer das erstemal erblickten, wie das in die Tiefe gesenkte, die ganze Welt überspannende Himmelszelt.

Zara brodelte förmlich von den zahllosen ins Heilige Land ziehenden Kriegern und von allerlei Herumtreibern. Man konnte sich kaum vorwärtsbewegen. Die mit starken Mauern befestigte enge Stadt platzte durch die riesige Menschenmenge fast aus den Nähten. Dabei sammelte sich das Heer eigentlich erst in dem viel südlicher gelegenen Spalato, dahin nun strömten die aus allen Teilen der Welt heranrückenden Kreuzfahrer. Zara war nur vorübergehender Rastplatz, und die Schwindler und Betrüger, die sich den Kreuzfahrern angeschlossen hatten, aber nicht im entferntesten daran dachten, ins Heilige Land zu ziehen, ließen sich hier nieder, um aus ihren verdächtigen Umtrieben Gewinn zu schlagen. Diebe, Einbrecher, Wegelagerer und Beutelschneider gab es in großer Zahl – aber auch Dirnen, die es auf das leichterworbene Geld der Krieger und der Diebe abgesehen hatten, und wenn der Senat sie stäupen und zu einem Tor hinauswerfen ließ, stahlen sie sich zum anderen wieder herein, noch bevor die Spuren der Rutenschläge verschwunden waren.

Normannische, fränkische, deutsche, kärntnerische, italienische und ungarische Kreuzfahrer rasselten mit ihren Waffen und wölbten die Brust unter dem darauf gehefteten Kreuzzeichen. Die Mönche zogen sich entsetzt vor ihnen zurück und grübelten kopfschüttelnd: Wie werden gerade diese anmaßenden Krieger, die sich heidnischer als die Heiden gebärden, die Leidensstätte unseres Herrn von den Heiden zurückerobern? Zeigten sie doch keinerlei Neigung, nach Spalato zu eilen, um sich dort einzuschiffen. Im Gegenteil: sie fühlten sich zwischen den biederen Bürgern an den vollen Schüsseln, bei gutem Wein und in Gesellschaft schwarzäugiger Dirnen sehr wohl.

Frater Paulus sagte düster: „Die Welt versinkt in Schmach und Schande, und das Leben in dieser Stadt ist wie Wasser aus dem Rinnstein in einem goldenen Becher . . .“

Nach einem Aufenthalt von einigen Tagen bestiegen die vier Mönche ein Schiff, um die Adria zu überqueren und in Ravenna an Land zu gehen.

Auf der Galeere waren auch Reisende aus anderen Nationen, hauptsächlich dalmatische und italienische Händler. Als die Galeere vollbesetzt und das Gepäck untergebracht war und schwitzende Sklaven mit nacktem Oberkörper auch die Waren verstaut hatten, gab der Kapitän das Zeichen zum Auslaufen. Die Leinen wurden gelöst, die Anker gelichtet, und die im Zwischendeck arbeitenden Sklaven legten sich in die Riemen. Der bronzene Bug der Galeere wandte sich der nördlichen Ausfahrt der schmalen Fahrrinne zu und schwamm langsam zwischen den Inseln mit grünen und roten Felsen auf das offene Meer zu.

Es war zeitiger Morgen. Leichter Nebel bedeckte die Berge, und die Sonne hatte ihr glühendes Gesicht noch nicht über die felsigen Bergkämme geschoben. Aber am Himmel standen in langen Furchen silberweiße und blaßrote gekräuselte Wolken. Es mutete an, als hätte einer der alten griechischen Götter leicht und beschwingt über die himmlischen Gefilde gepflügt. Kühler, duftender Wind blies von der Stadt her, ließ auf einem runden Eckturm die blutrote Fahne der Árpáden wehen, daß es schien, als hätte sich ein großer Schmetterling auf der braunen Bastion niedergelassen, erschrocken mit den Flügeln schlagend, um beim geringsten Geräusch davonfliegen zu können. Andere Schmetterlinge – gelbe und weiße – schwebten über das Wasser, als wollten sie trinken. Es waren Schiffe, Segelboote.

Julianus stand im Bug der Galeere, neben ihm lagen, einen ganzen Sack füllend, seine ängstlich gehüteten Bücher. Die Kutte hielt er am Hals zusammen, betrachtete das nahe Ufer, die sich in Nebel hüllenden Berge, die rötlichen Felsen, die mit Muscheln und erstaunlich bunten Meerespflanzen – oder Tieren? – bedeckten Klippen, die in der morgendlichen Ebbe sichtbar geworden waren, und die langsam zurückbleibende Stadt, den mit Schiffen überfüllten Hafen. An den Ufern hingen auf Pfählen ausgebreitet riesige Netze, lagen mit dem Bauch nach oben ausgemusterte Boote wie ans Land gezogene, verendete, verwesende Fische, halbnackte Fischer, ganz nackte Kinder und alte Frauen mit Hexengesichtern lungerten herum und starrten auf die Galeere. Das Wasser staute sich vor dem breiten Bug und rauschte brodelnd, weiter draußen glänzte eine breite Furche auf dem ungewöhnlich dunklen Wasserspiegel.

Julianus konnte sich nicht satt sehen. Er stand abseits von seinen Gefährten, und seine Augen verschlangen gierig die sich nach und nach bietenden Bilder. Endlich tauchte die Sonne auf, der Nebel verschwand, und die Felsen glänzten, als wären sie aus Glas.

Die Passagiere auf dem Schiff unterhielten sich laut. Die schnellen italienischen und slawischen Worte klangen Julianus im Ohr wie Vogelgezwitscher. Die Sprechenden diskutierten und gestikulierten leidenschaftlich, und er hatte ständig Angst, sie könnten in Streit geraten und das Messer ziehen. Das hier gesprochene Italienisch konnte man nicht verstehen, wenn man die Sprache bis jetzt nur von den Lippen eingewanderter italienischer Bürger in den Straßen Fejérvárs gehört hatte. Dann und wann erhaschte er beglückt das eine oder andere Wort, ließ es aber hoffnungslos wieder fallen. Dies war ein babylonisches Sprachengewirr, aber kein Italienisch.

Als sich die Luft erwärmte, suchte Julianus Schatten. So gelangte er über eine halsbrecherische Leiter ins Zwischendeck. Der Anblick war teuflisch. Auf langen Bänken, an starke Ringe angekettet, saßen hier in zwei Reihen, nackt bis an die Hüften, dunkle Gestalten und bewegten auf ein rhythmisches Kommando die gewaltigen Ruder. Trostlose Dunkelheit senkte sich auf Julianus' Augen, als er die Vielzahl der bald gesenkten, bald aufgerichteten, verzerrten bärtigen Gesichter sah, den beißenden Schweißgeruch der braunen Oberkörper spürte und die in hoffnungsloser Betrübnis wild ausgestoßenen Schreie hörte. Die bis zum Bersten gespannten Leiber, die bald ausgestreckten und dann wieder angewinkelten Arme der angeketteten Sklaven auf den derben Bänken zuckten wie erschreckend große Würmer, die von einem unsichtbaren Fuß getreten wurden. Auf jeder Bank gab der am Rande sitzende Sklave das Kommando, damit alle Bewegungen zugleich erfolgten – nach dem Willen des Aufsehers und des Steuermannes. Dieser Ruf begann mit einem langgezogenen heulenden Laut und klang aus wie das Bellen eines Hundes. Die Ruder waren schwer wie ein Mast. Ihre gewaltige Last vermochten die Sklaven kaum zu bewältigen. Draußen, außerhalb der Bordwand, glitten die riesigen Ruderblätter alle zugleich ins Wasser, wühlten es zugleich auf, drückten die bauchige Galeere zugleich nach vorn, erhoben sich zugleich wieder aus dem Wasser, bewegten sich auf den langgezogenen heulenden Laut hin zugleich nach vorn und tauchten beim Erklingen des bellenden Rufes wieder zugleich ein. Wie die Füße eines riesigen Käfers hoben und senkten sich die Ruderreihen, der große Käfer aber kroch langsam, behutsam zwischen den Ufern auf das offene Meer hinaus.

Als Julianus so am Fuße der Leiter stand und die Sklaven betrachtete, mußte er an die Hölle denken. Diese bärtigen, entstellten, triefäugigen Gesichter, die rotbraunen behaarten Körper, die krampfhaft zupackenden Finger, die heulenden und brüllenden Münder, die bei jeder Bewegung klirrend rasselnden Ketten entsetzten ihn. In dem Teil des Zwischendecks, wo er stand, gingen zwei Aufseher auf und ab, in spitzen Sandalen, engen Hosen, dicken Hemden, mit einer neunschwänzigen Katze in der Faust, die entmenschten Männer mit

Adleraugen beobachtend. Ihre schnell hervorquellenden Worte klangen heiser inmitten des Klirrens, des Knarrens und des Kreischens. Manchmal sprangen sie fluchend zu einer Bank, und dann klatschte ihre Peitsche auf einen ermattenden Rücken. Die Genauigkeit, die grausame Regelmäßigkeit, in der sich die Körper nach vorn neigten, sich die Köpfe nach unten beugten, die Gesichter verschwanden, die Arme sich streckten, wobei sich die dicken Stangen senkten, konnten einem den Verstand rauben, so auch die seelenlose Kraft, die die Körper krampfhaft zusammenzog, die Arme einwinkelte, das Kreuz nach hinten beugte, die in Lumpen gehüllten, sich gegen hohe Balken stützenden Beine streckte, die roten, bärtigen Gesichter hob und die Stangen zurückgleiten ließ. Wieder und immer wieder dasselbe, wieder und immer wieder auf die gleiche Art... Das Klirren der Ketten, das Knarren der Ruder, das Keuchen der aus tiefer Lunge dringenden Seufzer, das aufbrechende Stöhnen, das Klatschen der eintauchenden Ruderreihen vollzog sich mit solcher Genauigkeit, die kaum von Menschenwesen herrühren konnte, es war, als schaffe hier ein einziges hundertarmiges, hundertgesichtiges Geschöpf, ein Tier mit hundert Lungen.

Julianus hatte das Gefühl, umkehren, fliehen, ins Meer springen zu müssen.

Er hatte schon oft genug Sklaven gesehen: Elende, die riesige Steine schleppten, graben, pflügen, Getreide oder Salz tragen mußten. Doch was war ihr Leiden im Vergleich zu dieser himmelschreienden Hölle! Jene bekamen ihren Brei, trugen Kleidung und im Winter Wolfsfelle. Sie lebten mit ihren Frauen und Kindern zusammen, in Stunden der Ruhe sangen sie, spielten den Tambur, ja, tanzten sogar, lachten und scherzten. An Sonn- und Feiertagen gingen sie in die Kirche, beichteten und kommunizierten. Sie konnten mit ihrer Klage zu ihrem Herrn gehen, und das Gesetz – dem Evangelium Jesu verpflichtet – bestimmte den Lauf ihres Lebens: Der Mann durfte nicht ohne seine Frau verkauft werden, Kinder durfte man nicht von der Mutter trennen, und mancher Herr ließ seine Sklaven sogar frei, oft noch zu seinen Lebzeiten, häufig aber in der Stunde seines Todes, verfügte es in seinem Testament, wobei er zur Bedingung machte, daß die Betroffenen bestimmte Arbeiten für die Kirche, um seines Seelenheiles willen, zu verrichten hatten. Jene waren zwar Sklaven, aber doch Menschen. Diese hier waren keine Menschen mehr. Sie waren Teil des Schiffes wie Kiel, Mast, Ruderstangen, Bug und Steuer.

Woher und wie waren sie hierher gekommen? Wer hatte sie gefangen, wer sie verkauft und gekauft? Wer waren diese lebend zur

Hölle verdammten Unglückseligen? Hatten sie Namen? Der eine hatte kohlschwarzes krauses Haar, ein dunkelbraunes Gesicht und Augen wie Kohle, der andere rotes Haar und einen roten Bart, selbst seine Augen schienen rot, als würden sie glühen. Der eine war groß, mager und knochig, hatte eine gebogene Nase und eine hängende Unterlippe, der andere war untersetzt und breitschultrig, hatte eine gewölbte Brust, die Beine und Arme waren kurz und dick, die Muskeln quollen unter der rußigen Haut. Seine Nase war platt, sein Haar kurz, dunkel und drahtig wie Pferdehaar. Der eine schien sanft und leidend, hob das Antlitz zur niedrigen Decke, als würde ihm Schmerz in die Kehle steigen, der andere gleichgültig, teilnahmslos, wie aus Holz geschnitzt, hatte vielleicht sogar schon die Sprache verlernt. Der eine war jung und hübsch, des anderen Haar war zeitig ergraut, hing in fettigen Strähnen zwischen den dunkleren Zotteln, sein Gesicht war gefurcht, sein Körper welk, der Schweiß floß ihm in Strömen. Der eine blickte seitwärts auf seinen düsteren Nachbarn, der wie ein wildes Tier dreinblickte; sein Gesicht verzog sich zu einem spöttischen Grinsen, er sagte etwas, doch verstehen konnte man es nicht, der andere spuckte aus, ohnmächtige Wut zuckte in seinem Gesicht, er fluchte. Wo lebten ihr Vater, ihre Mutter, ihre Frau und ihre Kinder? Wo hatten sie ihr Haus, ihren Wald, ihren Hund, ihr Vieh? Welche Freude gab es für sie außer dem getrockneten Fisch und dem Becher Wasser, die man ihnen dreimal am Tag gab? Beteten sie, priesen sie Gott, und wenn sie ihn priesen: Wofür priesen sie ihn? Erflehten sie etwas anderes von ihm als den baldigen Tod? Wovon träumten sie, wenn sie auf das stinkende Stroh niedersanken? Bekamen sie je einen Priester zu sehen, beichteten sie, und was beichteten sie? Welche Sünde konnten sie, in diese Hölle gedrängt, zu beichten haben, die nicht Sünde dieser Hölle war?

‚Mein Christus, bist du nicht auch für sie gestorben?‘ dachte Julianus, Beklemmung verengte seine Kehle, er ging, die Leiter wieder hinaufzusteigen und seine Gefährten zu suchen.

Lange unterhielten sie sich dann über das Gesehene. Auch Gerhardus, Paulus und Desiderius waren in das Zwischendeck hinuntergestiegen und hatten sich die Sklaven auf den Ruderbänken angesehen. Dann krochen sie im Heck des Schiffes zusammen, sahen nicht mehr das Meer, sahen nicht die venezianischen und römischen Kaufleute, hörten nicht das Plätschern des Wassers, nicht die summende Musik des Windes, das laute Geschwätz und das Fluchen der Reisenden, das Kreischen der Kinder und das Lachen der Frauen. Sie sahen nur noch die sich rhythmisch spannenden und krampfhaft zuckenden Körper, hörten das langgezogene und kreischende Brüllen und spürten den beißenden Geruch von Schweiß und Urin. Als säßen sie selbst auf der Ruderbank, so spannte sich ihr Körper, sie neigten sich nach vorn, beugten sich nach hinten und bissen die Zähne zusammen wie jene dort unter ihnen.

Julianus sprach heftig, der immer heitere Gerhardus schwieg düster, Paulus aber ging im Winkel des Hecks auf und ab, wilde Leidenschaft schwellte seine Brust, ballte seine Faust. Das Schiff hatte die Hafenausfahrt verlassen, wandte sich nach Süden, fuhr an einer größeren Insel vorbei und glitt dann in die Adria. Es wehte nordöstlicher Wind, halbnackte Burschen kletterten die Taue hinauf, setzten schreiend die Segel, der Wind verfing sich in ihnen, blähte sie und peitschte sie klatschend. Im Zwischendeck verstummten die rhythmischen Rufe, die Ruder wurden eingezogen, Befehle erschallten unten, der Steuermann – ein vierschrötiger Mann mit glattem Gesicht und geschorenem Kopf – stemmte sich gegen die Ruderpinne, und die Galeere schnitt seitwärts geneigt die Wellen. Julianus und seine Gefährten fühlten sich erleichtert. Gott hatte ihr heißes Flehen erhört: Er schickte günstigen Wind, und die Sklaven konnten verschnaufen. Dachten vielleicht auch sie an Gott und dankten für den Wind? Siehe, der Schöpfer kann selbst mit dem Wind Seelen aus der Hölle in den Himmel heben ...

So konnten die vier nun wieder das Meer in Ruhe bewundern. Das Schiff glitt über schwellende Wellen. Das Wasser war blau, Möwenscharen kreisten über ihnen und lauerten kreischend und schreiend auf Abfälle. Die Novizen, befreit von den quälenden Empfindungen, beobachteten sie lachend.

„Sie machen einen Lärm", sagte Gerhardus, „wie zu Hause die Hühner. Hört euch nur diese große alte an!"

„Das ist vielleicht die Großmutter", Julianus lachte.

Der schweigsame ernste Paulus lächelte nur. Dann holte er Brotstücke aus seinem Quersack und warf sie den Möwen hin. Diese stürzten sich gierig auf die Beute und fingen sie im Flug. Später setzten sie sich aufs Wasser und ließen sich von den Wellen schaukeln. Auch einige mitreisende Frauen und eine Schar schwarzäugiger, schwarzhaariger, schmutziger Kinder beobachteten die Möwen und lachten über sie, besonders, wenn sie sich wie wild stritten.

Als sie weiter auf das Meer hinausfuhren, wurde der Wind stärker, und die Wellen wuchsen. Als erster wurde Julianus seekrank. Der Kopf schmerzte ihm, sein Magen schien sich zu heben, sein Gesicht wurde weiß, Schweiß trat ihm auf die Stirn. Über die Reling gebeugt, brachte er heraus, was er am Morgen gegessen hatte. Er taumelte, setzte sich auf die Planken und stöhnte. Bald folgten ihm Gerhardus und Paulus. Sie wollten die Sache erst mit Scherz und Neckerei überspielen, verloren aber sehr schnell die Lust. Wenig später erging es dem einen oder anderen der Passagiere ähnlich, nur die seeerfahrenen Venezianer und Dalmatiner schritten breitbeinig über das Deck, als liefen sie übers trockene Land, und sie führten endlose Debatten. Die Kinder machten sich kreischend bald an einer Taurolle, bald an einem Mast zu schaffen, aber all das hinderte sie nicht, die Möwen und die auf den Rahen kletternden Matrosen zu betrachten.

Die vier Mönche aßen den ganzen Tag keinen Bissen mehr, trotzdem mußten sie sich immer wieder übergeben. Völlig geschwächt lagen sie auf den Planken, die Köpfe auf den Quersäcken und ihren ängstlich gehüteten Büchern. Julianus starrte zu den ziehenden Wolken empor und dachte, seine Leiden dadurch leichter zu ertragen. Gerhardus gab ihm Ratschläge, wie er sich legen und wie er den Kopf halten sollte, aber die Ratschläge halfen ihm selbst auch nicht. Paulus las unentwegt in seinem Brevier, rappelte sich von Zeit zu Zeit auf, als hätte man ihm gegen den Kopf geschlagen, neigte sich über die Reling und übergab sich unter großer Qual. Dann legte er sich auf seinen Platz zurück und setzte seine Andacht fort.

Sie glaubten, das jenseitige Ufer niemals zu erblicken. Die Universität zu Bologna und all ihre Pläne hatten sie schon aufgegeben.

Unten im Bauch des Schiffes mochte eine Küche sein, denn aufdringlicher Speisegeruch drang empor. Zwei junge Seeleute patschten barfuß über das glitschige Deck und zogen ein Fangnetz mit zappelnden Fischen heraus. Frauen und Kinder empfingen das Netz mit Siegesrufen. Ein mürrischer, bärtiger alter Mann saß am Rande des Decks und angelte, und wenn es ihm gelang, einen Fisch von halber Armlänge zu fangen, schritt er zufrieden mit ihm die Stufen in die Tiefe hinunter. Der Geruch von in Öl gebratenem Fisch war so widerlich, daß den Novizen der Appetit zum Essen gänzlich verging.

Aber schließlich hatten sie auch die Seekrankheit hinter sich und gewöhnten sich mit Gottes Hilfe an das Schaukeln des Schiffes. Mit starkem Willen und durch eifriges Flehen besiegten sie die Heimsuchungen des Meeres, sprachen häufiger, standen auf und begannen sich allmählich wieder an den Schönheiten des sich immer wandelnden Meeres zu erfreuen. Das Wasser glättete sich, die Segel erschlafften, hingen herunter, und im Zwischendeck erklangen erneut die Kommandos der Aufseher. Die Ketten begannen zu klirren, die Dollen zu knarren und die Sklavenkehlen zu heulen und zu schreien. Und wenn bis jetzt die Seekrankheit die Novizen gequält hatte, so war es nun wieder der schreckliche seelische Abscheu, die Pein quälender Entrüstung, die sich auf ihren Magen legten.

„Ich müßte hinuntersteigen“, brummte Paulus mit unterdrücktem Zorn, und seine Augen funkelten. „Ich müßte zur Peitsche greifen und diese erbärmlichen Menschenschinder vom Schiff jagen . . . Ich müßte sie ins Meer werfen . . . Ich müßte mit diesen niederträchtigen Händlern, diesen Heiden, die menschliche Seelen mißachten, nach dem Beispiel unseres Herrn verfahren.“

„Wenn du es versuchtest“, besänftigte ihn der ruhigere, sanftere, friedfertigere Desiderius, „würde man *dich* auspeitschen und ins Meer werfen.“

„Und selbst wenn du diese kleine Schar von ihren Qualen befreitest“, fügte Julianus hinzu, um sein Gewissen zu beruhigen und seine Tatenlosigkeit zu rechtfertigen, „wie könntest du all den anderen helfen? Alle, die auf diesem weiten Meer und auf anderen Meeren leiden, würden in Ketten und Elend bleiben, da, wohin ihre Herren sie gestoßen haben.“

„Unser Herr fragte nicht, ob die anderen Lahmen, Verkrüppelten, Blinden und Gebrechlichen in ihrem Elend verbleiben, wenn er nur jenen helfen konnte, die zu ihm kamen“, antwortete Paulus tadelnd.

Wer hätte dagegen etwas sagen können? Sie nickten zustimmend, wußten auch nichts einzuwenden, als Paulus, weiter über die Sache nachdenkend, erklärte: „Wahrlich, ich gehe hinunter unter die Sklaven und werde ihnen predigen. Wir haben gelernt, um zu lehren“, sagte er mit festem Entschluß. „Wir haben Trost empfangen, um zu trösten, heile Glieder, um den Bestraften zu helfen. Ich spreche also zu ihnen, wie Gott mich sprechen gelehrt hat.“

Desiderius hatte sich auf dem ganzen Weg ein wenig von ihnen zurückgezogen, er saß auch jetzt auf einer etwas entfernter liegenden Taurolle und betrachtete das brodelnde Wasser. Die Seekrankheit hatte ihn ärger mitgenommen als seine Gefährten. Sein hageres, bartloses Gesicht war grünlich, seine Stirn ganz fahl, mit seinen hellblauen Augen starrte er matt in das ewige Spiel der Wellen, nach den Schwärmen der das Schiff begleitenden Möwen. Jetzt jedoch mischte er sich leise in das Gespräch.

„Aber in welcher Sprache willst du zu ihnen sprechen, lieber Bruder?“

„Lateinisch“, antwortete Paulus in einem Ton wie einer, für den es diesbezüglich überhaupt keinen Zweifel gibt.

„Gewiß doch, aber sie werden Lateinisch nicht verstehen.“

„Und warum sollen sie es nicht verstehen? Sag!“

„Diese Ärmsten sprechen italienisch, dalmatisch, raizisch, arabisch, türkisch, sie sprechen in allen Sprachen, nur nicht lateinisch. Wie sollen auch jene Sklaven, die Kumanen oder Petschenegen sind, Lateinisch verstehen? Und die Mohren? Gib deinen Plan auf, lieber Bruder. Vertraue sie Gott an.“

Desiderius saß gramvoll auf der Taurolle und starrte in die Wellen, so, als hätte er einen kostbaren Schatz ins Meer fallen lassen.

Paulus sah ihn verwundert an. Julianus und Gerhardus blickten besorgt auf Paulus: Wahrlich, eine schwierige Frage, da hatte Desiderius recht. Doch Paulus störten die Einwände seiner Gefährten nicht im geringsten.

„Aber beherrschten denn Petrus und die anderen Apostel, die sich an das Volk wandten, nicht auch nur die Sprache der Juden? Und hörte sie nicht ein jeglicher in seiner eigenen Zunge reden?“

Er sprach dann nicht weiter darüber, nahm sein Buch hervor und vertiefte sich darin.

Julianus hatte das Gespräch bald vergessen. Und als sich der Abend neigte, wurde er sehr hungrig und holte sein Brot aus dem Quersack. Er zog sich in das Heck des Schiffes zurück, setzte sich am Fuße eines Mastes nieder und aß langsam. Am Himmelszelt leuchteten die Sterne auf, ringsherum breitete sich dunkles Wasser bis ans Ende der Welt, die Möwen verschwanden. Die Passagiere des Schiffes verstummten und begaben sich zur Ruhe. Die Kinder schliefen im Schoße ihrer Mütter. Die Händler beendeten ihre langen Debatten, beugten sich über die Reling und betrachteten das dunkel flimmernde Wasser. Einige buntgekleidete, in Mäntel gehüllte Krieger stiegen auf der Leiter in die Tiefe des Schiffes hinunter, um sich – von dem aufsteigenden Essensduft angelockt – in der Küche umzusehen. Der Abendwind erhob sich. Die Seeleute kletterten jauchzend auf die Rahen und spannten die schlagenden, peitschenden Segel. Im Zwischendeck aber verstummte wieder das gleichmäßige Heulen und Kreischen der Sklaven.

Aus dem dunklen Meer stiegen Erinnerungen auf und umschwärmten Julianus. Seine Kehle schnürte sich zusammen, in seinen Augen sammelten sich Tränen. Wie weit entfernt war seine geliebte Heimat! Unaufhaltsam brachte ihn das Schiff immer weiter.

Wäre es nicht besser für ihn gewesen, für immer in seinem kleinen Dorf zu bleiben? Dort, wo er jeden Menschen und jeden Baum genau kannte?

Schreckliche Einsamkeit bemächtigte sich seiner. Er sehnte sich nach seinen Gefährten wie das von der Herde abgekommene Tier, und brach auf, sie zu suchen. Als er an der Öffnung zum Zwischendeck vorüberkam, war ihm, als klängen ihm laute lateinische Worte ins Ohr.

Schnell kletterte er die Leiter hinunter.

Im spärlichen Schein der schaukelnden Schiffslaternen starrte die Menge auf Paulus, mit offenem Mund, mit staunenden, weitgeöffneten Augen, auf den Ruderbänken sitzend, seitwärts liegend oder auf dem stinkenden Stroh zwischen den Bänken kauernd. Paulus stand am Fuße der Leiter, hatte die Arme gehoben und sprach. Sein Gesicht war gerötet, seine Augen glühten, sein Körper reckte sich, wie tönendes Erz klang seine Stimme. Noch nie hatte ihn Julianus so sprechen gehört. Aber auch die anderen Gefährten nicht. Sie saßen unten an der Leiter auf ihren Quersäcken, hielten die Knie umschlungen, falteten die Hände, drückten sie ans Gesicht und sahen zu ihm hinauf, als schauten sie zum Himmel empor. Sie verschlangen die wohlklingenden lateinischen Worte des Paulus, sogen sie auf wie Honig.

Breitbeinig standen die Sklavenaufseher in der Tiefe des von Balken gestützten Raumes, ließen die Peitschen herunterhängen, verschränkten die Arme, neigten den Kopf.

Und Paulus sprach. Dunkle und blasse Gesichter starrten ihn düster an. Schwarze Augen leuchteten glühend aus den bärtigen Gesichtern. Nackte Rücken beugten sich. Es herrschte lähmende, beängstigende Stille. Oben knallten die sich blähenden Segel im Wind.

Julianus hatte sich auf die unterste Sprosse der Leiter gesetzt und hörte erschüttert zu.

Paulus sprach von den Märtyrern unter den ersten Christen, die in der Arena der Amphitheater unter entsetzlichen Qualen starben. Er sprach von einer Magd, die ihrer christlichen Herrin in die Gefangenschaft folgte, lächelnd alle Folterungen erlitt und selbst dann noch betete und sang, als man sie an die Hörner eines Stieres band und sie vor den Augen ihres Vaters, ihrer Mutter und ihrer Geschwister peinigte und schließlich, schon halb tot, an einen Pfahl band, sie mit Pech übergoß und anzündete. Er sprach von Sklaven, die für Christus den Märtyrertod am Kreuz erlitten und die Jesus in das Reich Gottes führte, damit sie dort ewige Belohnung empfingen. Und er sprach von dem göttlichen Hirten, der, ins Gespräch vertieft, über die Kornfelder schritt, Fischer am Ufer des Sees um sich scharte, Kinder in seinen Schoß nahm und die leidenden Armen mit Brot und Fischen speiste. Dann setzte er mit verklärtem Gesicht die Lehren der Bergpredigt auseinander: Wer ist selig?

So wie heute war ihnen Paulus noch nie erschienen. Im Kloster lauschte man immer andächtig seinen wundervoll klingenden lateinischen Sätzen, die wie Perlen glänzten, seinen Sätzen, die wie ein Wasserfall brausten, der Vollkommenheit seiner melodischen Betonung, bewunderte stets, wie schnell er das passende Wort fand, wie er mit dem Wink der Hand, dem Schwung des Armes, der niederschlagenden Faust oder durch ausgebreitete Arme sein Anliegen unterstrich, man sah, wie sich sein Gesicht nach dem Inhalt seiner Worte wandelte, wie ihn Zorn, Verwunderung, Sanftmut und Düsterheit durchglühten. Das ganze Kloster blickte auf Paulus wie auf den künftigen Apostel der christlichen Lehre.

Doch was war jener Paulus aus dem Kloster im Vergleich zu dem, der hier vor der dichtgedrängt liegenden, schmutzigen, finsteren, wilden Menge der Galeerensklaven stand, aufgerichtet in seiner ganzen Schlankheit, die Faust erhoben, die Arme ausgebreitet, mit der Hand winkend, gegen die eigene Ergriffenheit ankämpfend, gleichsam von den Schiffsplanken zur Decke strebend, bald die Kutte packend, sie wieder loslassend, die Stimme drohend erhebend, dann wieder sanft flüsternd!

Was war der in der gewohnten Ordnung des Klosters wirkende Paulus im Vergleich zu diesem Paulus hier? Er hatte sich geschüttelt wie der Bursche im Märchen und war mit einemmal hundertfach schöner, stärker und mächtiger geworden. Er streifte seine Fesseln ab und schwebte jetzt frei – der alte Paulus war gestorben, ein neuer Paulus war geboren. Seht nur, die gleiche knochige, schlanke, hagere Gestalt, das gleiche Antlitz mit den ein wenig breiten Wangenknochen, mit schmalen, dunkelglänzenden Augen, die gleiche gewölbte, braune Stirn, geschorenes Haar, schütterer, jugendlicher Bart, die gleichen Bewegungen, die gleiche Stimme. Und doch war Paulus nicht wiederzuerkennen. Er hatte nur soviel mit dem alten gemein wie der schillernde Schmetterling mit der Puppe, deren gestreifte Hülle die Zeichnung der Flügel schon sehen läßt, die Flügel selbst aber nicht.

‚Ein Wunder ist geschehen', dachte Julianus. Auch die anderen mochten so denken, denn sie starrten Paulus an, lauschten ihm, als sähen sie ihn zum erstenmal in ihrem Leben.

Den niedrigen, finsteren, zugigen und dennoch übel riechenden Raum füllte die Stimme Paulus' bis zum Bersten; seine Zuhörer starrten ihn mit schwärmerischen Gesichtern an, griffen sich mit verkrampften Fingern in den Bart, in ihre Lumpengewänder. In ihren entzündeten, vom Wind geröteten Augen glühte die zum Leben erweckte Seele, und hie und dort rollten sogar dicke Tränen. Irgend jemand stöhnte röchelnd wie ein weidwunder Keiler.

Draußen schwätzte das Wasser, rauschte der Wind. Die Segel blähten sich klatschend.

Julianus begriff nie, wie die Galeerensklaven die lateinischen Worte des Paulus verstanden hatten. Paulus selbst aber zerbrach sich darüber nicht den Kopf. Ihm genügte, daß er gesprochen, in der Sprache Gottes die Lehre Jesu verkündet hatte. Daß man ihn verstand, darin fand er nichts Erstaunliches. Gerhardus scherzte sogar, wie stets.

„Dein Glück", sagte er still lächelnd, den Zeigefinger mahnend erhoben, „daß die Antreiber mit ihren Peitschen nichts verstanden haben. Sie hätten dich sonst ins Meer geworfen. Die große Schlange mit ihrem roten Kamm hätte deinen Körper verschlungen."

„So haben sie nicht die Sünde eines Mordes auf sich geladen", fügte Desiderius hinzu.

Mit dieser Neckerei jedoch verhüllten sie nur ihr Erstaunen und ihre Begeisterung. Jetzt fühlten sie alle drei: Mit Paulus würden sie bis ans Ende der Welt gehen, sogar in die Arena von Rom. Mit ihm würden sie die schrecklichsten Qualen erdulden. Sie brauchten dann nur auf Paulus zu schauen, und ihr Herz würde sich beruhigen.

Bis Ravenna hatten sie noch häufig Gelegenheit, sich über Sklaven und Sklaverei zu unterhalten. Sie waren überzeugt: Die Knechtschaft hatte Gott verfügt, aber was man hier mit den Galeerensklaven trieb, war schnöder Mißbrauch der Fügung Gottes. Gewiß, ohne Sklaven führen die Galeeren nicht, entstünden keine mächtigen Kirchen, denn ohne Zwang würden die Menschen nichts schaffen. Aber Menschen bis zum Zusammenbrechen anzutreiben, sie zu seelenlosen Tieren zu erniedrigen, das empörte das christliche Empfinden der jungen Mönche. Denn der Herr ist vor dem obersten Richter verantwortlich für den Knecht, und er wird sich auch für diese Unglückseligen verantworten müssen. Auf das Evangelium Jesu hat ein jedes Menschenwesen Anspruch. Auch diese Unglücklichen. Durfte man es denn ohne Widerspruch hinnehmen, daß man ihnen die Freudenbotschaft vorenthielt?

Julianus war anderer Meinung. Er sagte, die Knechtschaft stamme nicht von Gott, sondern sei das Werk des Satans, da er den Menschen in die Knechtschaft treiben wolle. Gott aber wolle ihn befreien zum ewigen Leben. Als Beispiel führte er an, daß Jesus sich stets unter den Armen aufgehalten und ihnen das Evangelium verkündet habe, über die Reichen und die Herren aber strenges Gericht hielt. Die Reichen müßten also ihren Besitz verteilen, müßten ihre Sklaven befreien, um Eingang in den Himmel zu finden. So hätten auch die ersten Christen gehandelt, beteuerte er.

„Ja, aber dann würden alle menschlichen Einrichtungen zusammenbrechen" sagten die anderen.

„So sollen sie zusammenbrechen", rief Julianus heftig. „Offenbar ist das Gottes Wille. Überlassen wir es ihm, was er an ihre Stelle bauen wird."

„Alle Macht kommt von Gott, und seiner Macht müssen wir untertänig gehorchen", versicherte Desiderius. „Die Macht ist dazu da, die Guten zu erhöhen und die Bösen zu strafen. Auch Jesus hat gewollt, daß wir dem Kaiser geben, was des Kaisers ist."

„In unserer Geburt und in unserem Tod sind wir gleich", behauptete Julianus mit Nachdruck. „Wer diese Gleichheit zerstört, ist der Teufel. Solche Macht rührt nicht von Gott, sondern vom Satan."

„Deine Gedanken sind Ketzerei", meinte Desiderius besorgt.

Gerhardus hatte sich bis jetzt nicht an der Debatte beteiligt, erst als sie sich noch mehr ereiferten, beschwichtigte er sie.

„Beruhigt euch endlich", fuhr er sie ungarisch an. „Die Welt ist so, wie Gott sie geschaffen hat. Wirken wir nach unserem Glauben und nach Recht und Gerechtigkeit, das andere aber überlassen wir Gott. Wenn die Macht vom Satan ist, wird sie schmählich zusammenbrechen. Ist sie aber der Wille Gottes, bleibt sie bestehen zu seinem größeren Ruhme."

„Es gibt auch Völker", führte Paulus aus, langgestreckt auf dem Schiffsdeck liegend, den Arm unter dem Kopf, die dunkelflatternden Segel und die Millionen funkelnder Sterne betrachtend, „die lehren, daß auf dieser Welt der Satan herrscht und daß wir ihn anbeten müssen. In der Tat, wenn die Mächte dieser Erde vom Satan herrühren, so ist die Erde das Werk des Satans. Doch das ist Ketzerei."

Die lange Seereise eignete sich für solche Debatten. Übrigens verrichteten die Mönche wie vorgeschrieben ihre Andachten, stillten ihren Hunger mit Brot, Feigen und getrockneten Fischen, bewunderten die Wolken, das Farbenspiel des Meeres – so blau wie es am ersten Tag war, erschien es ihnen nie wieder – und sahen die harte Arbeit der Seeleute, die Passagiere und dann wieder das Spiel der aus den Wellen emporschnellenden Delphine. An die immer gleichen Rufe der Galeerensklaven gewöhnten sie sich nach und nach. Paulus stieg eines Abends wieder zu ihnen hinunter, um zu predigen, aber einer der Aufseher ermahnte ihn mit schnell sprudelnden italienischen Worten, wenn er es noch einmal wagen sollte, werde er ihn ins Meer werfen lassen. Paulus wollte ihn von seinem Irrtum überzeugen, berief sich auf seinen göttlichen Auftrag, auf die Menschenrechte der Sklaven und die Gebote des Evangeliums. Der Kerl jedoch machte kein langes Federlesen, bekam Paulus am Kuttenkragen zu fassen, schüttelte ihn und schrie ihm ins Gesicht, was er zuvor schon angedroht hatte. Dagegen konnte man nichts tun als beten, daß Gott ihm zur besseren Einsicht verhelfe.

Gelegentlich ging ein Mann an ihnen vorbei, der in der Art venezianischer Kaufleute gekleidet war, enge Hosen und spitze Sandalen trug, dazu einen Mantel und einen breitkrempigen Hut. Als er die ungarischen Laute hörte, rief er:

„Ihr seid doch nicht etwa Ungarn, ehrwürdige Brüder!"

„Wir sind es, wahrhaftig", Julianus nickte, verwundert über das tadellose Ungarisch des Fremden.

„Ei, dann sind wir ja Landsleute!"

„Wie das, bist du vielleicht auch Ungar, mein Herr?"

„Das bin ich", antwortete er und ließ sich stolz neben ihnen auf einem Poller nieder, streckte geziert die Beine aus und strich sich affektiert mit den Fingern den spitzgeschorenen Bart.

Er erzählte, daß er gewöhnlich in Zara Rinder an die Venezianer verkaufe, die Treiber aus Ungarn zu diesem Zweck zu ihm brächten. Jetzt habe er in Ravenna zu tun, von dort werde er nach Venedig reisen, für sein gespartes Geld Galeeren kaufen und dann Kreuzfahrer nach Akkon bringen. Dies sei jetzt ein glänzendes Geschäft. Den Handel mit Rindern habe er seinem ältesten Sohn überlassen. So werde er die Kreuzfahrer einerseits mit Fleisch versorgen und sie andererseits weiterbefördern. Schade, daß sie schon mit Waffen ankämen, deshalb lohne es nicht, auch Waffenschmieden einzurichten.

Ein Seemann ging an ihnen vorüber. Der Fremde fragte ihn etwas mit wohlklingender venezianischer Aussprache. An einen zweiten wandte er sich in dalmatischer Sprache. Einen dritten aber, einen schwarzbärtigen älteren Mann in einem Tuchmantel, fragte er etwas in kroatisch, brummte etwas auf dessen Erwiderung, nickte und schaute dann mit gleichgültiger Miene auf das Meer hinaus.

„Du sprichst viele Sprachen", sagte Julianus verwundert.

„Ja, gewiß. Jemand, der in der ganzen Welt herumkommt, muß viele Sprachen sprechen. Ich, Bruder, kann deutsch, lateinisch, französisch, kroatisch, türkisch und sogar arabisch. Daheim, am Hofe von Herrn András, hat man schon oft gesagt, wie nötig man mein großes Wissen beim Dolmetschen brauchte. Aber an einem solchen Ort bleibe ich nicht. Denn ein König, der den Handel unterbindet, sein Geld entwertet, geht früher oder später vor die Hunde."

Es war zu später Dämmerstunde, als sie das sanfte, hüglige Ufer Italiens erreichten. Julianus dachte an die heimatlichen Hänge. Wenn sich zwischen den Bäumen und Sträuchern nicht da und dort verträumte Zypressen schwarz vom dunkelblauen Himmel abgehoben hätten, würde er sich zu Hause gefühlt haben. Und wenn der Duft nicht so fremd gewesen wäre, dieser schwere Duft, der sich aus der süßlichen Ausdünstung des Wassers, der Orangen- und Zitronenhaine und der Lorbeerbäume zusammensetzte. Jetzt spürte er, wie sehr ein jedes Land seinen eigenen Geruch hat. Sogar im Traum hätte er Italien daran erkannt.

Die Stadt selbst lag weit drinnen auf dem Festland, denn das verschlammende Meer schob das Ufer von Jahr zu Jahr weiter hinaus. All dies erklärte ihnen der erfahrene Fremde, der sich lässig auf die Reling stützte. Und er machte sie auch darauf aufmerksam, daß Ravenna einst ganz und gar eine Stadt des Festlandes sein werde, wenn es mit der Schlammablagerung so weiter gehe. Dann müßte man sich wohl um einen neuen Hafen kümmern. In der Tat, das Meer war gelb vom angeschwemmten Erdreich, das Wasser dickflüssig wie verschmutztes Öl.

Die Passagiere der Galeere rannten auf dem Deck hin und her. Die schmutzigen Kinder kreischten, die Mütter schrien, die Männer suchten und trugen ihre Sachen zusammen, die Seeleute kletterten katzengewandt auf den Rahen und rollten die Segel ein, der Steuermann brüllte, unten im Zwischendeck schoben sich wieder die Ruder hinaus, hoben sich, langgezogene und schreiende rhythmische Laute erschallten. Langsam glitt die bauchige Galeere auf den Hafen zu. Dort warteten wieder flinke Boote, ein Wald von Masten, schlaffe Segel, auf Pfählen zum Trocknen aufgehängte Netze und herumlungerndes Volk.

Die Novizen hatten Abschied genommen von ihrem welterfahrenen Reisegefährten. Sie bekreuzigten sich, dankten Gott für die glückliche Ankunft und gingen an Land. Unter ihren Füßen schien jetzt das Festland zu wanken; es wurde ihnen übel. Ihre Quersäcke geschultert, machten sie sich schnell auf den langen Weg, der vom Meer in die Stadt führte.

Es war später Abend, als sie nach langem Marsch, endlosem Umherirren und unbeholfenem Fragen das Gästehaus eines Klosters fanden und mit dem bronzenen Klopfer gegen das beschlagene Tor hämmerten.

Das Geld der kleinen Schar verwaltete Paulus. Er hatte die Überfahrt bezahlt, die nötigen Lebensmittel gekauft, er suchte das Quartier, und er feilschte um den Preis der Übernachtung. Die ihnen in Fejérvár vorgezählten Denare trug er unter der Kutte in einem Beutel auf der Brust, und er hatte oft nachgeschaut, ob sie noch da waren. Hier in Bologna nun konnten sie sich getrost an den Rektor wenden, wenn sie Geld brauchten.

Ihre erste Nacht verbrachten sie noch außerhalb der Stadt, in einer Herberge am Wege. Sie schliefen wenig. Die Unruhe ihres Herzens und ihren Kummer vertrieben sie mit inbrünstigem Beten, mit leisem Gesang und gedämpftem Gespräch. Sie schliefen in einer offenen Scheune auf Stroh, aneinandergeschmiegt wie die Ferkel eines armen Bauern. Lärm und lautes Geschrei herrschten die ganze Nacht. Krieger tranken, würfelten, sangen, tanzten in Gesellschaft kreischender, abscheulicher Dirnen. Auch ein herumstreichender Musikant tauchte auf, der eifrig eine Viola quälte und auch noch Geld für sein jämmerliches Gefiedel forderte. Die betrunkenen Krieger pufften und stießen ihn mehrfach, aber er war nicht gekränkt. Er klagte und fluchte ausgiebig, dann begann er wieder mit dem Bogen die Fiedel zu kratzen.

Auf dem Hof der Herberge standen Esel- und Maultierkarren im bunten Durcheinander, und die betrunkenen Gäste kamen und gingen in einem fort. An allen Ecken und Enden zankte und stritt man sich in schneller italienischer Zunge, manchmal blitzte sogar ein Messer auf, die Novizen harrten entsetzt, wann der grimmige Streit mit einem Mord endete.

Sie krochen in das Stroh, zogen die Kapuzen über den Kopf und empfahlen ihre nächtliche Ruhe Gott. Trotz alledem schliefen sie nur wenig.

Am nächsten Tag gingen sie in die Stadt.

Der Wind blies heftig, wirbelte Staub auf. Die Passanten drängten sich unter den Arkaden der Häuser. Aber es schien, als ob weder Wind noch Staub die Bewohner Bolognas hinderten, den ganzen Tag auf den Straßen und Plätzen zu verbringen. Die an die Stille des Klosters gewöhnten Novizen erfüllte das Gedränge um sie, der Lärm und das Gestikulieren mit Unruhe. Die Stadt war übrigens voller Priester und allerlei Ordensbrüdern; die Scholaren der Universität versammelten sich hier aus allen Teilen der Welt. Auch Ungarisch war nicht selten zu hören. Die Ungarn konnte man übrigens schon von weitem erkennen, meistens kamen sie einzeln, höchstens zu zweit oder dritt, sie gestikulierten nicht, unterhielten sich nur leise. Die Deutschen dagegen kamen stets in Scharen wie ein Bienenschwarm, an der Spitze der Gruppe schritt immer ein älterer Mönch. Die Italiener und Franzosen schwärmten mit lautem Summen hin und her wie die ausgeflogenen Ameisen im Frühjahr.

Julianus und seine Gefährten quartierten sich bei einem braven, biederen Steinmetz ein. Messer Giovanni della Torre wohnte mit seiner Frau, den beiden Söhnen – die ebenfalls Steinmetze und Gehilfen bei ihrem Vater waren – und mit seiner Tochter in einem schmucken Haus. Der Meister hatte noch einen dritten Sohn, doch der war Soldat geworden und weilte in der Ferne. Das Haus war nicht alt, seinen Schmuck, die Torpfosten und die Fenstereinfassungen hatte Meister della Torre eigenhändig kunstvoll gefertigt. Das Torgewölbe mündete hinten in einen engen Hof, und auf dem Hof lagen rings um kümmerliche Feigenbäume, Steinquader, halbbehauene Marmorblöcke zusammen mit Balken, Winden und Seilen, die man zum Heben der Steine benötigte. Der Meister und seine beiden Söhne wirkten hier vom frühen Morgen bis zur Abenddämmerung, fleißig hämmernd, die Steine messend und meißelnd. Manchmal holperte ein schwerer Karren zum Tor herein, und lachende, geschwätzige, manchmal auch zankende Männer luden mit lautem Geschrei, nach langem Hin und Her Marmorblöcke ab.

Die Novizen wohnten im ersten Stock. Eine schmale, gewundene Steintreppe führte hinauf. Oben am Treppenabsatz in einer Wandnische stand ein kunstvoll behauener steinerner Engel mit einem Kerzenhalter in der Hand. Das gemietete Zimmer war geräumig, mit einer schön gewölbten Decke, tiefen Fensternischen und mit Ölpapier bespannten Scheiben. Wenn man den Lüftungsflügel öffnete, sah man auf die Piazza Sant Augustino. Es war ein recht großer, aber regelmäßiger Platz, nach dem Norden zu bis zur Burgmauer völlig offen. Von der Stadt her floß unterhalb der Basteien ein Bach an den Mauern entlang weiter und füllte den tiefen Graben mit seinem langsam fließenden Wasser. Dieser kleine Fluß hieß Aposa.

Die vier jungen Mönche richteten sich im Hause Meister Giovannis ein und konnten sich endlich von den Strapazen der langen Reise ausruhen. Die früh gealterte, häßliche, aber um so gesprächigere und freundlichere Frau Messer Giovannis klopfte mehrmals am Tage bei ihnen an, ob ihre lieben kleinen Mönche nicht irgend etwas begehrten. Sie aber hatten keinen Wunsch, waren mit allem zufrieden. Sie stellten keine Forderungen und waren nicht dreist wie die italienischen Geistlichen, auch nicht unfreundlich wie die stolzen Normannen und nicht geschwätzig wie die Franzosen. Und sie gaben sich auch nicht so untertänig wie die Deutschen. Signora Margherita, die gesprächige Frau Meister Giovannis, rückte auch gleich mit ihren Ansichten über die Geistlichen der verschiedenen Nationen heraus. Sie habe ihrer schon genug gesehen, es wohnten immer welche bei ihr. Dieses Zimmer habe der Meister eigentlich nur deshalb gebaut, um es an Geistliche zu vermieten, die an der hiesigen Universität studierten. Nicht wahr, dies sei ein gottgefälliges Werk?

Julianus und seine Gefährten verstanden nur hie und da ein Wort, fügten sich in ihr Schicksal, hörten sich lächelnd den Wortschwall an und taten, als würden sie alles verstehen. Auf die Franzosen hatte die Frau einen mächtigen Zorn, weil ein junger Mönch aus Lyon ihr Töchterchen, Margherita, vor einem Jahr verführt und dann schnöde im Stich gelassen hatte. Seitdem könne weder sie noch die kleine Margherita – sie nannte sie kurz nur Rita – die französischen Priester ausstehen. Schlimmer als die Franzosen seien nur noch die Italiener, fügte vermutlich die Frau hinzu. So deuteten die vier – mit ihren Lateinkenntnissen und dem aus Fejérvár mitgebrachten geringen italienischen Wortschatz, über den sie zu viert verfügten – die sich überstürzenden, schnellen, halb verschluckten Worte Signora Margheritas.

Klopfenden Herzens betraten sie dann das Gebäude der weltberühmten Universität. Der aus mehreren Teilen bestehende Palast mit seinen dicken Wänden mutete an wie ein Bienenkorb. In seinen engen Gängen, den gewölbten Sälen herrschte ein babylonisches Sprachgewirr, aber alle Sprachen wurden von Latein gefaßt wie bunte Mosaiksteinchen in einen Rahmen. Die würdevoll einherschreitenden deutschen Doktoren sprachen ein schönes Latein. Die Italiener jedoch hatten eine Aussprache, daß ihr Latein eher dem Italienischen als dem klassischen Latein ähnelte. Noch schwerer konnte man die schnellsprechenden Franzosen verstehen, sie sprachen das *U* als *Ü* aus, das *E* am Wortende als *Ö* oder überhaupt nicht. Die vier begegneten einem älteren irischen Mönch, der Paulus mit großer Wärme beide Hände drückte und ihn mit tiefer Stimme in einer seltsamen Sprache etwas fragte, von dem sie aber nur das Wort Pannonia verstanden. Paulus bat ihn:

„Sprich lateinisch, lieber Bruder, denn deine Sprache verstehe ich nicht."

Der bärtige Mönch sah ihn sehr erstaunt an, unschuldig wie ein großes blondes Kind, und gab zu verstehen, er habe doch lateinisch gesprochen. Darüber lachten sie alle.

Gerhardus, der immer guter Laune war, ahmte noch oft den wackeren Iren nach, ebenso die Italiener und die Franzosen, so daß sie viel zu lachen hatten. Paulus aber zog die Schlußfolgerung:

„Seht ihr, liebe Brüder, selbst in der einzigen Sprache, die Gott über die ganze Welt verbreitet hat und in der die Kirche und unsere Doktoren sprechen, verstehen wir uns nicht."

In den ersten Tagen des Oktober wurden die verschiedenen Körperschaften gebildet. Die Ungarn gehörten mit verschiedenen anderen Nationen zu den Ultramontani, die anderen zu den Citramontani. Insgesamt gab es dreiunddreißig Nationen, davon gehörten sechzehn zu den Ultramontani. Die beiden Sozietäten wählten dann für zwei Jahre ihre Rektoren. Rektor der Ultramontani wurde ein nicht mehr ganz junger deutscher Ordensbruder aus Aachen, ein gewisser Hilbertus, der auch Wulf genannt wurde. Er studierte schon das vierte Jahr bei den Gelehrten in Bologna und hoffte, am Ende des fünften Jahres eine Vorlesung über die Dekretalen halten und Bakkalaureus werden zu können. Er war ein schweigsamer, fast mürrischer Mann, bekannt für seine außerordentliche Genauigkeit und Strenge; er bezog Einkünfte von seiner heimatlichen Pfründe. Man hatte ihn mit einer sechsjährigen Beurlaubung nach Bologna geschickt.

Dem Rektor zur Seite wurden Räte gewählt, Consiliari. Unter denen war auch ein ungarischer Mönch, ein gewisser Adalbertus aus Pozsony. Dies hatten die vier Ungarn nur gehört, ihn selbst kannten sie noch nicht. Nach den Wahlen legte man in der Aula die Namenslisten der Gewählten aus. Julianus und seine Gefährten sahen sie durch, ob sie nicht noch auf weitere Ungarn stießen. Aber sie fanden keine.

Nicht nur Priester und Ordensbrüder besuchten die Universität, sondern auch die Söhne vornehmer weltlicher Herren. Besonders zahlreich kamen sie aus Frankreich. Doch auch viele andere Nationalitäten waren vertreten. Die vier Ungarn mußten bald feststellen, daß in den erhabenen Hallen der Wissenschaften nicht nur andächtige Seelen den Nektar der Wahrheiten einsogen, sondern auch eine Vielzahl streitsüchtiger Jünglinge. Sie tummelten sich, buntgekleidet, in wehenden Mänteln, mit Federhüten, keck aufs Ohr gesetzt, in den Gängen und Hörsälen, suchten Händel, schrien, rauften miteinander und fluchten. Aber so sehr sich diese Gruppen innerhalb der Mauern der Universität auch stritten, sich schnell wieder auflösende und neue Bündnisse gegeneinander schlossen, so sehr waren sie gleicher Gesinnung, wenn es darum ging, den Bürgern der Stadt gegenüber ihre Verachtung und ihren Abscheu zu zeigen. Kaum waren seit der Bildung der studentischen Körperschaften einige Wochen vergangen, kaum hatten die Vorlesungen begonnen, machten die übermütigen Studenten schon in der ganzen Stadt von sich reden. Die neu hinzugekommenen wurden sofort von den alten gewonnen, entsprechend unterwiesen und geführt. Die Franzosen, Normannen, die Deutschen und Provenzalen, die sich sonst kaum miteinander vertrugen, waren bei größeren Unternehmungen gegen die Bürgerschaft ein Herz und eine Seele. Auch einige kecke ungarische Herren schlossen sich ihnen an.

Eines Tages störte schrecklicher Lärm die Ruhe der Stadt auf. Julianus und seine Gefährten glaubten, Feinde seien über die Basteien in die Stadt eingedrungen. Sie schlüpften hastig in ihre Kutten, zogen die Sandalen an und rannten die Stufen hinab. Unten begegneten sie Meister Giovanni. Im Nachtgewand, mit einer Kerze in der Hand prüfte er gerade das Tor, ob er es nicht vielleicht offengelassen hatte. Seine beiden Söhne tauchten aus dem Hintergrund des Hofes auf, derbe Knüttel in den Händen.

„Corpo di Bacco!" brummte er, grimmig den Kopf schüttelnd. „Es fängt schon an!"

Von der Straße hörte man eilige Schritte und lautes Schreien. Irgendwo hämmerte man grimmig gegen ein Tor. Endlich legte sich der Lärm, die streitsüchtige Gesellschaft zog in einen anderen Teil der Stadt.

Die obligatorischen Vorlesungen fanden vormittags, die fakultativen am Nachmittag statt. Paulus hörte Kirchenrecht, Gerhardus und Julianus Ethik und Logik, Desiderius aber neben Ethik und Logik auch Arithmetik und Geometrie. Die Professoren wurden von den Hörern berufen und streng kontrolliert. Wenn einer die Stadt nur für eine Woche verlassen wollte, mußte er eine Kaution hinterlegen zur Sicherheit, daß er wiederkehrte und sich nicht für immer aus dem Staub machte. Man achtete peinlich darauf, daß die Stunden genau eingehalten wurden, die gelehrten Professoren mußten so lange lesen, bis die Sanduhr abgelaufen war.

Die Professoren von Julianus und Gerhardus streuten in der Tat die reichen Schätze ihrer Wissenschaft in die andächtige Schar ihrer Zuhörer. Doktor Clementius, der Ethik lehrte, war Deutscher und sprach ein glänzendes Latein. Er war ein Mann mit ergrauendem Haar, einem langen Bart, einem ruhigen Gesicht mit hoher Stirn; seine Augen waren blau, blickten aber nicht im geringsten träumerisch, eher stählern, hart und kühl. Seine breitschultrige Gestalt wirkte im Talar wie eine Statue. Er hatte die Gewohnheit, den Text mit ruhiger, gemessener, ausgewogener Stimme vorzulesen. Dann gliederte er das Pensum in kurzer, bündiger, überschaubarer Form in Punkte, fügte die Fragen an und ging dann zu den Widersprüchen über. Er skizzierte diese in großen Zügen und forderte nun seine Studenten auf, so viele Kontradiktionen vorzubringen, wie sie nur könnten. Miteinander wetteifernd, taten sie sich hervor. Clementius widerlegte dann einen nach dem anderen.

Der Professor für Logik war der weithin berühmte Johannes Parvus, ein greisenhafter Mann, dünn wie ein Pfahl, mit nur noch zwei Zähnen. Deshalb erschien sein Gesicht noch schmaler, als es zu seiner erstaunlich hageren Gestalt paßte. Er war sehr mager und wirkte dadurch größer, als er tatsächlich war. Wenn er sich aus seinem Stuhl erhob, mutete es an, als würde man einen Zirkel öffnen. Auf seinem Vogelkopf flatterten nur noch hie und da einige rotblonde Haare.

Überlegt, fast flüsternd las er den vorgesehenen Text, legte den Finger ins Buch, klappte es zu, richtete sich auf, schloß die Augen, holte tief Atem und begann, seine Thesen zu entwickeln. Die Widersprüche darlegend, formulierte er vorsichtig die Antithesen und untergliederte entsprechend dem strengen Geist der Scholastik die Begriffe in ihre Teile. Dabei öffnete er immer wieder einmal die Augen, um zu sehen, ob sich im Gesicht seiner Hörer kein Widerspruch spiegelte. Sobald er nur ein Anzeichen dessen gewahrte, schlug er gleich zu. Seine flüsternde Sanftheit wich grimmigem Ungestüm.

„Du bist wohl anderer Meinung, Bruder", rief er dem ertappten Hörer zu.

Häufig war der Angesprochene ein schon bejahrter, angesehener Geistlicher. Doch dies kümmerte Parvus nicht. Unerbittlicher Spott leuchtete auf seinem eingefallenen, vertrockneten Gesicht auf, seine kleinen Augen funkelten. Und er zerlegte den nach Ausflüchten suchenden Mann gleichsam mit der scharfen Klinge seines Spottes.

Johannes Parvus galt als Schrecken der Studenten.

Desiderius war mit seinem Lehrer für Arithmetik und Geometrie zufrieden. Es war ein weiser, schweigsamer, schmatzend sprechender alter Mönch, der aus irgendeinem griechischen Gebiet stammte, aber eher wie ein Armenier aussah.

Paulus aber hörte bei einem aus Paris gekommenen beleibten französischen Professor, bei Orphelin, Römisches Recht und Kirchenrecht, außerdem Rhetorik bei Johannes Saresberiensis, dem weithin berühmten Professor. Er verstand darzulegen, wie man die allereinfachsten praktischen Fragen bis in metaphysische Höhen durchdenken kann und daraus abstrakte, allgemeine Prinzipien ableitet.

Da sie alle vier aus dem gleichen Kloster, aus der gleichen Stadt kamen, verbrachten Julianus und seine Gefährten all ihre Zeit gemeinsam. Sie teilten sie ein nach dem Tagesablauf im Kloster, standen zur Vigil auf, verrichteten ihre Morgenandacht in der Innenstadt in der San-Stefano-Kirche, gingen zusammen zur Universität und von dort wieder nach Hause. Mit dem Mittagessen versorgte sie die unermüdlich plappernde Frau Margherita. Ihre Gerichte waren sehr einfach und boten wenig Abwechslung: in Öl gebratener Fisch, Oliven, Zwiebeln, Bohnen und Obst. Zu Herbstanfang Feigen und im Spätherbst, nach reicher Orangenernte, Orangen. In der Umgebung der Stadt gab es große Kastanienwälder, so wußten die Novizen im voraus, daß auch die Zeit der Maronen kommen würde. Arm und zufrieden, wie es sich für einen Mönch schickt, nahmen sie entgegen, was ihnen das fremde Land für ihr weniges Geld bot.

An den Nachmittagen gingen sie zu den fakultativen Vorlesungen. Anschließend besuchten sie die Kirche zum Nachmittagsgebet. Dann gingen sie außerhalb der Stadt spazieren. Unweit der südlichen Bastei lag zwischen Zypressen, Lorbeerbäumen und Olivenhainen ein lieblicher kleiner See. Dieser stille, duftende Hain hieß Giardini Margherita, darum tauften die vier Ungarn den kleinen See Margaretensee. (Der Name Margherita verfolgte sie.) Hier war der ewig wehende Wind, der in der Stadt den Staub aufwirbelte, nicht so lästig. Das gleichförmige Rauschen der dunklen, dichtbelaubten Bäume, das Schillern und Murmeln des Wassers im kleinen See stimmte die Mönche zufrieden, wiegte sie in Gedanken. Der Herbst war schön, der Himmel blau wie Samt, die Wolken zur Abenddämmerung blutrot und die Bäume fast schwarz. Besonders die Zypressen waren schön. Als trauerten sie, so tief neigten sie sich mit schluchzendem Geflüster im Wind.

Sobald die Sonne sank, eilten die vier in die Stadt zurück. Zu dieser Tageszeit war es nicht ratsam, in der Gegend des Sees zu verweilen. Die Dunkelheit lockte unzüchtiges Volk herbei, das in der Stadt keinen geeigneten Platz für seine teuflischen Gelüste fand. Um es zu erpressen, lauerten umherstreifende, geflohene Soldaten und Bravos auf dieses Völkchen. Nicht selten ereigneten sich blutige Raufereien, und sogar Morde geschahen.

Das Land hier schien Gott für Gelehrte geschaffen zu haben. An sanften Hängen lagen ertragreiche Ackerfelder, Rebhügel, Gärten und Obstplantagen, die Oliven- und Lorbeerbäume hüllten die von ihrer Arbeit heimkehrenden Bauern in ihren schweren Duft, Eselskarren knarrten schläfrig auf dem im goldenen Staub glänzenden Weg, Gruppen von Mädchen und Burschen sangen so herzergreifend, daß es beinahe schmerzte. War es der Teufel, der die Lieder der Gegend um Bologna mit berauschendem Honig füllte?

Im Quartier widerhallte der Hof ständig von den Meißel- und Hammerschlägen Messer Giovannis und seiner Söhne. Diese Klänge weckten in Julianus Erinnerungen an das Schmiedeeck in Várad. Über seinem Buch meditierend, hob er den Kopf, schloß die Augen und versank in Träumerei. Das Dorf, das Kloster, der Zengő waren schon im langsam dahinfließenden Wasser des Vergessens versunken. Über seinen Vater, seine Stiefmutter und seinen kleinen Bruder wußte er nichts. Es lag alles so lange zurück. Was war wohl aus Vajka und Busa geworden? Und Cseperke? War sie vielleicht schon verheiratet und hatte Kinder? Sicher hatte sie ihn längst vergessen, hatte doch auch ihm nur der Hammer Messer Giovannis die regenbogenfarbene Zeit der Kindheit in Erinnerung gebracht.

Die Versuchungen umringten ihn jetzt in neuer Gestalt.

Signora Margherita achtete seit dem schändlichen Verhalten des Lyoner Fraters auf ihr Töchterchen wie auf eine Kerzenflamme. Die neuen Mieter bekamen sie nicht zu sehen, nur wenn sie mit einseitig geschürztem Rock, unter dem ihre braunen, vollen Waden hervorguckten, über den Hof sprang. Und sonn- und feiertags noch, wenn sie mit der Familie zur Kirche ging. Ihr langer Schleier wehte blau im Wind, sie schlug die Augen nieder, in ihrem braunen Gesicht spiegelte sich schwermütiger, sanfter Ernst. Rita hatte ein rundes, von Gesundheit strotzendes Gesicht, volle Lippen, kohlschwarze Augen und einen langsamen, wiegenden Gang. Vor allem ihre Lippen und ihr Gang brachten Julianus in Versuchung. Ihre Lippen waren immer ein wenig geöffnet, so daß ihre schneeweißen Zähne hervorschimmerten, als würde inneres Fieber in ihr brennen. Ihr Gang aber erschien erregend und kindlich zugleich, weil sich beim Gehen ihre Knie leicht berührten; ihre Kleider rauschten, und ihre Hüften wiegten sich rhythmisch.

Obwohl Julianus mit aller Kraft gegen die Versuchung der irdischen Liebe ankämpfte, mußte er nach und nach Rita doch beobachten, ob er wollte oder nicht. Wieder empfand er dasselbe Gefühl, das ihn erglühen und zugleich erschauern ließ, wie damals im Gästehaus des Fejérvárer Klosters, als er das wassertragende italienische Mädchen gesehen hatte. Und wieder spürte er jene sehnsüchtige Qual, die in der Basilika beim Anblick des knienden Mädchens mit dem dicken Zopf in ihm aufgestiegen war. Und er wußte, daß er wieder fliehen mußte, Gott weiß wohin? Vielleicht bis ans Ende der Welt, wo seit Jahren eine Frau seiner wartete.

Er beichtete reumütig, bat Paulus, ihn zu züchtigen. Paulus zählte Beispiele aus den Bekenntnissen des heiligen Augustinus auf. Gerhardus aber sprach auf seine Weise, heiter und geringschätzig, von der wankenden Macht des Teufels über fromme Seelen, Desiderius aber staunte verwundert wie jemand, der von dem Ganzen nichts verstand. War doch Rita um nichts schöner, besser, beachtenswerter als die tausend anderen Mädchen, von denen es in den Straßen und auf den Feldern Bolognas nur so wimmelte. Und nicht eine einzige war so reizend, daß sie einen wahren Mönch in Versuchung führen konnte. Er gestand, er sei noch keiner Frau begegnet, nach der er Verlangen empfunden hätte.

Der Teufel jedoch schlief nicht und lag auf der Lauer, wußte, daß Julianus Rita mied und auf eine Versuchung gefaßt war. Er richtete es so ein, daß der Mönch gerade dann zum Tor hereinbog, als das Mädchen hinaus wollte, daß er in dem Augenblick über den Hof ging, wenn Rita von dort kam, gerade dann die Treppe betrat, wenn sie sich mit der Kerze in der Hand zur nächtlichen Ruhe in ihre Kammer begab. Selbst auf der Straße führte er die beiden zusammen. Julianus ging mit seinen Gefährten in die Kirche, und siehe, im gleichen Augenblick trat das Mädchen ein, mit wedelndem blauem Schleier, in weiter, weicher roter Seide, die dunklen Augen niedergeschlagen und die vollen Lippen ein wenig geöffnet. Sie war in Begleitung ihrer Eltern und ihrer Brüder. Kopfnickend und lächelnd grüßte man sich, auch Rita nickte und lächelte. Ihr Gruß war nicht nur für Julianus, sondern auch für seine Gefährten gedacht. Dennoch empfand Julianus, daß das Mädchen nur ihm zulächelte, ihr Nicken ihm allein galt. Und die Glut in seinem Herzen wurde immer wieder von neuem entfacht. Er mußte ihr hinterherblicken, obwohl er alle Kräfte zusammennahm, es nicht zu tun. Und er sah den langsamen, wiegenden Gang des Mädchens, wie es im Halbdunkel der Kirche dahinschritt.

Wer würde es glauben – aber selbst der Umstand, daß Rita die Geliebte jenes Fraters aus Lyon gewesen, daß sie nicht mehr unberührt war, diente der Sache des Teufels. Denn über ihrer ganzen Gestalt lag Glanz der Verderbtheit. Sie hatte mit einem Mönch gesündigt. Mußte das nicht die Frage in ihm aufwerfen: Dann vielleicht auch mit mir? ...

Wie seinerzeit mit Frater Julius in die Mathematik, so vertiefte er sich jetzt mit Paulus in die Rhetorik. Gegenstand seines Studiums war die Abfassung selbsterdachter Schriften. Er mußte in Hexametern und Distichen schreiben. Julianus löste seine Aufgaben leicht, und was er schrieb, klang schön. Aber er allein wußte, was Paulus nicht wissen konnte, wieviel er aus seinem sinnlichen Beben, aus seinem süßquälenden sündigen Verlangen in diese Rhythmen, in dieses schwebende Wogen des Skandierens der Betonung drängte.

In der Universität aber schnürte er seine Sehnsüchte ein in die haarscharfen Gesetze der Dialektik und der Logik. Er vertiefte sich in die Frage gegensätzlicher Begriffe und folgte erregt dem herrlichen Spiel der Ableitungen, der kristallklaren Ordnung des reinen, abstrakten Denkens, während ihn die Metaphysik aus der Untersuchung von Erscheinungen der sichtbaren Welt in die göttliche Höhe des Glaubens führte.

Und dennoch: wenn ihm ein schön gleitendes, würdevoll abfallendes Distichon gelungen war, ertappte er sich beim Verlangen: Rita möge es lesen. Unsinn, fügte er auf der Stelle hinzu, wie jemand, der aus einem törichten Traum erwacht. Was versteht dieses einfache italienische Mädchen von einem Distichon? Was weiß es über die lateinische Sprache? Rita war wie ein liebes, träges kleines Tier. Was Andacht in ihr war, entstand unbewußt wie der Triller in der Kehle eines Vogels.

Und als er die Redekunst studierte, wünschte er Rita zu überzeugen. Davon, wieviele Legionen und wieviele Scharen Engel es im Himmel gab, welche Erzengel ihre Anführer waren. Davon, was es heißt: „Im Anfang war das Wort, und das Wort war bei Gott, und das Wort war Gott." Es war das Werk des Teufels, Rita mit dem Lernen der göttlichen Wissenschaften zu verknüpfen.

Julianus schwebte zwischen Himmel und Erde, in einer Stunde glaubte er sich dem Himmel nahe, im nächsten Augenblick stürzte er auf die Erde hinunter neben ein junges, kindliches und sündiges Mädchen, das die dunklen, brennenden großen Augen niederschlug, die vollen Lippen ein wenig öffnete und langsamen, wiegenden Schrittes vor ihm herging auf dem Weg, der pfeilgerade ins Verderben führen mußte.

Adalbertus, dem aus Pozsony stammenden Studiosus, waren die vier lange Zeit nicht begegnet. Er hatte anderswo zu tun, sein Amt auferlegte ihm zusätzliche Aufgaben, und als er Julianus und seine Gefährten suchte, traf er sie im Quartier nicht an. Signora Margherita sprach einige Male davon, daß ein Mann sie gesucht habe, der aussehe wie ein sich herumtreibender französischer Mönch. Sie sollten sich vor ihm hüten; er sei blond, blauäugig und habe eine herunterhängende Unterlippe. Er solle nicht wagen, ihre Schwelle zu überschreiten

Eines Tages ergoß sich trostloser, kühler, nebelartiger Regen. Heulend blies der Wind. Die vier Mönche saßen zu Hause, in ihre Studien vertieft. An dem trüben Ölpapier floß das Regenwasser perlend herunter. Meister Giovanni hatte sich mit seiner Arbeit unter das vorspringende Dach zurückgezogen, von dort dröhnten die dumpfen Schläge.

Paulus schritt im Zimmer auf und ab, variierte flüsternd eine Paraphrase, um zu prüfen, wie sie besser, wirkungsvoller, ergreifender klänge, wie sie auch im einfältigsten Zuhörer ein eindrucksvolles Bild erweckte. Desiderius saß auf seinem Bett und zeichnete Dreiecke auf die Tafel, Gerhardus aber lag rücklings auf seinem Bett, die Arme unterm Kopf, schlenkerte mit den herunterhängenden Beinen und summte leise eine Motette. Julianus mühte sich am Tisch mit der Auslegung eines Klageliedes, aber mit seinen Gedanken war er weit weg.

Ihn peinigte in letzter Zeit quälendes Heimweh. Am liebsten hätte er alles hingeworfen und wäre nach Hause gegangen. Nicht, als hätte ihn dort etwas angezogen, es war eher, als würde ihn etwas von hier forttreiben. Dieser ewig wehende Wind, der durch das Haus blies, durch die Kutte, durch Mark und Knochen und selbst durch die Seele. Vergebens wartete er auf Schnee, er wollte sich nicht einstellen. Zu Hause schneite es vielleicht schon. Der Kopf brummte ihm von den stauenden, zischenden Lauten, mit denen ihn Italien zu überschütten schien.

Da öffnete sich die Tür, und freudestrahlend trat ein kleiner, dicker, blonder junger Mönch mit einem betont freundlichen Gesicht und einem achtunggebietenden Bart ein. Seine Unterlippe hing auffällig herab.

„Die Ungarn?“ fragte er mit schönklingender Stimme.

„Die sind wir“, wandte sich Paulus ihm zu.

„Endlich! Nun endlich!“ rief der Ankömmling, stürmte mit ausgebreiteten Armen auf Paulus zu, umarmte, küßte ihn und klopfte ihm die Schulter.

Das gleiche tat er dann auch mit den anderen. Und dabei redete er.

„Ich bin Adalbertus, wißt ihr, der Sohn des ehrenwerten Steinmetzen Emmerich aus Pozsony. Oh, hatte ich schon Sehnsucht nach euch!“

Er setzte sich, schaute sich um, nickte anerkennend.

„Habt ein schönes Quartier. Und seid vier Ungarn zusammen! Ich vergesse fast das Sprechen, besonders ungarisch. So sagt, was hat sich zu Hause getan? Leben sie oder sterben sie? Wahrlich, ich sitze seit reichlich zwei Jahren hier über den Büchern, weiß kaum etwas von daheim.“

Sie saßen um den Tisch, Paulus setzte dem Gast gekochte Maronen und Orangen vor. Adalbertus stellte ihnen tausend Fragen, sie kamen mit den Antworten kaum nach. Und dabei richtete er die sanften, gefühlvollen blauen Augen mal auf den einen, mal auf den anderen, streichelte ihn mit dem Blick. Er neigte den Kopf leicht zur Seite, als härmte er sich um irgend etwas. Wann sie aufgebrochen seien, welchen Weg sie genommen hätten, woher sie stammten, was sie lernten, welche Pläne sie hätten? Seinen hastigen Fragen und seinem melancholischen Blick widersprachen sein fröhliches Lächeln, seine munteren Worte.

Adalbertus besuchte von nun an seine vier Landsleute fast täglich. Gemeinsam sprachen sie über ihre Studien, über die Eigenheiten der Magister und Doktoren, gingen in ihren Ruhestunden gemeinsam spazieren, bestaunten den seltsamen schiefen Torri Asinelli, den die Ungarn nur aus gebührender Entfernung zu bewundern wagten, aus Angst, er könnte einmal umstürzen und eine schlimme Verwüstung verursachen. Zu dem kleinen See gingen sie nicht, seit es kühl und regnerisch geworden war und sich die windigen Wintertage eingestellt hatten, die den Herbst an Kälte noch übertrafen.

Kaum war Adalbertus das zweitemal im Hause Meister Giovannis erschienen, erwachte seine Liebe für Hammer und Meißel wieder. Erst schaute er den drei Männern nur von der Tür des Schuppens aus zu, wie sie mit dem Zirkel die schönen weißen Steine maßen und zunächst nur grob die Umrisse eines leidvollen Christuskopfes meißelten. Alsbald aber krempelte er die Ärmel seines kirchlichen Gewandes hoch, griff selbst zum Meißel und machte sich kniend an das Behauen eines Grabmals. Der Meister kratzte sich im Nacken und beobachtete mit wohlwollender Geringschätzung das Bemühen, aber er brummte anerkennend, als er sah, daß der Ungar seine Sache verstand. Adalbertus erzählte ihnen, daß auch sein Vater Steinmetz sei, und zwar ein guter. Bei ihm habe er in der Jugend gelernt. Er wuchs in ihren Augen, war er doch nicht nur ein Mann der Kirche, sondern auch ein halber Steinmetz. Das wollte etwas heißen!

Wenn die vier Mönche mal nicht zu Hause waren, beschäftigte sich Adalbertus einige Stunden damit, daß er die Steine maß, bearbeitete und über die Kniffe des Handwerks, über den Stil einer Skulptur diskutierte, ein Urteil fällte, sich begeisterte. Er schwitzte richtig bei der ihm wohltuenden Arbeit. Dabei klopfte er sich auf den Daumen, holte sich Blasen an den Händen. Seine Kutte wurde voller Steinstaub.

„Gott steht dem Steinmetz am nächsten", pflegte er stolz zu sagen. „Er formte Adam aus Lehm, wie der gute Steinmetz eine menschliche Gestalt formt. Und er hauchte ihm eine Seele ein, wie auch der gute Steinmetz seinem Werk eine Seele einhaucht."

Dieser schöne Ausspruch bewegte Signora Margherita zu Tränen, und sie sah Adalbertus staunend und mit solcher Liebe an, als wäre es ihr eigener Sohn.

Bis die anderen vier nach Hause kamen, war Adalbertus schon durchschwitzt und hatte hastig und mit großem Appetit die oft geschmähten, mit Öl zubereiteten Speisen der Hausfrau verzehrt, die sie ihm als Zeichen des Dankes vorsetzte.

Aber nicht nur der Meister, die Gesellen und die wenig ansehnliche Signora Margherita bewunderten Adalbertus, sondern auch die Jungfer Rita. Sie schlich sich in die Werkstatt, setzte sich still auf einen Steinquader, stützte den Ellbogen aufs Knie, legte das Gesicht in die flache Hand, und das andächtige Leuchten ihrer dunklen Augen begleiteten die Bewegungen des emsig arbeitenden jungen ungarischen Mönches. Sie verpaßte keine einzige seiner Bewegungen. Wenn er die Schulter gegen einen schweren Marmorblock stemmte, hielt auch sie den Atem an, half Adalbertus gleichsam heben. Wenn der Meißel über schwierige Stellen glitt, der Hammer mit bedächtigen, schwachen Schlägen klopfte, schob Rita die Spitze ihrer roten Zunge durch die ein wenig geöffneten üppigen Lippen. Und wenn Adalbertus einen Schritt zurücktrat und sich strahlenden Gesichtes an der lebensvollen Schönheit des Heiligen erfreute, der sich allmählich aus dem Stein entfaltete, ergoß sich auch über ihr Gesicht die blasse Röte des Entzückens und des selbstvergessenen Lächelns.

Adalbertus gewahrte bald die begeisterte Bewunderung des hübschen jungen Mädchens, und er arbeitete noch schwungvoller.

„Warum habe ich nicht schon eher zu Hammer und Meißel gegriffen", rief er aus, als er müde, aber mit erregtem Herzen das Zimmer der Mönche betrat, sich aufatmend auf das Bett von Desiderius warf und die nackten Arme unter den Kopf schob. „Wieviel eher hätte ich mich an das viele Öl und die bis zum Überdruß genossenen Oliven gewöhnt!"

„Paß nur auf, lieber Bruder, damit sich nicht der Teufel in deiner gottgefälligen Arbeit an dich heranschleicht", ermahnte ihn Paulus.

„Ach, wie sollte er sich an mich heranschleichen können!" Adalbertus lachte in kindlicher Unschuld. „Ich forme das Bildnis unseres Heilands für die Grabstätte der Tocher von Signor Rotta."

„Für die Grabstätte der Rotta, aber zur Freude Ritas." Gerhardus lächelte.

„Schandmäuler seid ihr, sündhafte Madjaren!" fuhr sie der kuttentragende Steinmetz an. „Wißt ihr denn nicht, daß es heißt: *Ora et labora?* Als Ordensbruder bete ich, und als Steinmetz arbeite ich. Wie sollte sich da der Teufel an mich heranmachen können?"

Daß ihm der Teufel tatsächlich nichts anhaben konnte, bewies sein fürchterlicher Haß gegen die Ketzer. Sein volles, kindliches Gesicht streckte sich, sein Bart zitterte im prophetischen Zorn, das Blau seiner Augen trübte sich, seine sonst Meißel und Hammer führenden Hände verkrampften sich zur Faust, seine heisere Stimme wurde kreischend, wenn sie auf die höllischen Lehren zu sprechen kamen, die die Kirche bedrohten. Wenn er auf dem Bett lag, dann sprang er auf der Stelle auf, begann im Zimmer auf- und abzurennen, saß er aber am Tisch, stieß er vor Eifer den Stuhl um.

„Teufelsbrut!" brüllte er außer sich. „Patarener, Albigenser! Mit Hexen Unzucht treibende Teufel! Nach Bock riechende Schmäher der Wahrheit unseres Herrn, Verspotter des Evangeliums! Ich weiß es, die Patarener zelebrieren dem Beelzebub ihre Messen. Auf Knien beten sie ihn an. Sie töten Christenkinder, braten und essen sie. Aus dem Blut backen sie Hostien. Das Bild unseres Herrn binden sie an einen Strick, sie beschimpfen ihn und schleifen ihn zu ihrer aller Freude und zum Gefallen des Satans durch Schlamm und Kot. In Frankreich aber verbrennen sie die Bibel auf Scheiterhaufen auf den Marktplätzen. Einer hat es mir erzählt, der es mit eigenen Augen gesehen hat. Aber Seine Heiligkeit, Papst Honorius, ist ein weicher Mann. Selbst wenn das Werk Gottes, die ganze Kirche, zusammenstürzt und das Heil aller Völker unter sich begräbt, er würde nicht das Kreuz gegen sie erheben lassen. Er zaudert, verhandelt mit Herrn Fredericus, dem listigen Kaiser, während die Ketzer mit ihrer Brut die Welt verschlingen wie das Feuer den Wald."

Dieser sonst so sanfte, lächelnde Bruder geriet ganz außer Rand und Band. Er machte in seinen Reden Tausende und Abertausende nieder, verwüstete Dörfer und Städte, führte Heere an, stieß in seinen Predigten Prophezeiungen aus, drohte mit der Hölle, mit einem Wort, er hörte auf, Adalbertus zu sein.

„Der Tag ist nicht mehr fern", rief er mit seherischem Blick, „daß der Nachfolger Petri, das Haupt der Christenheit, mit seinen verirrten Bischöfen und Kardinälen, zusammen mit den in Purpur gekleideten, niederträchtigen Türstehern und den Säulen seines Thrones in die Tiefe stürzt. Denn siehe, was ist aus den Dienern Christi, den Verkündern des Evangeliums, geworden? Wölfe sind es geworden, die im Pferch unseres Heilands ihr Unwesen treiben, Habichte, die unschuldige Küken rauben und sie wollüstig töten, Räuber, die mit ellenlangem Kreuz und funkelnden Waffen ins Heilige Land ziehen und die Dörfer frommer Christen plündern, verwüsten und in Brand setzen . . .! Wahrlich, die Zeit des Antichrist ist gekommen, der feuerrote Drache und seine beiden Tiere sind aufgestiegen."

„Wer ist jener feuerrote Drache?" fragte Julianus.

„Ihr wißt es alle. Es steht geschrieben: Ein anderes Zeichen erschien am Himmel: ein Drache groß und feuerrot, mit sieben Köpfen und zehn Hörnern und sieben Diademen auf seinen Köpfen. Sein Schwanz fegte ein Drittel der Sterne vom Himmel und warf sie auf die Erde herab ... Da entbrannte im Himmel ein Kampf; Michael und seine Engel erhoben sich, um mit dem Drachen zu kämpfen. Der Drache und seine Engel kämpften, aber sie konnten sich nicht halten, und sie verloren ihren Platz im Himmel."

Immer feuriger zitierte er aus der *Offenbarung*, sprach von dem Drachen und den Tieren, versetzte Desiderius und Gerhardus in Angst und Schrecken. Desiderius starrte Adalbertus an wie einen Propheten, Gerhardus aber wurde traurig, brach fast in Tränen aus.

„Sprich nicht so, lieber Bruder", bat er Adalbertus.

„Doch ich spreche und verkünde es überall", schrie Adalbertus und schüttelte den Bart wie ein Besessener. „Hört es und erinnert euch meiner Worte. Wenn sich der Heilige Vater nicht gegen die Ketzerei stellt, wenn er das Kreuz nicht erhebt, wenn der unzüchtige Lebenswandel und die Habgier der Bischöfe und Kardinäle, ihre schlimmen Ausschweifungen vor aller Welt und ihre Lügen nicht aufhören, geht die Welt zugrunde. Die Kirche Jesu Christi ächzt und kracht schon in allen Fugen."

Dann zählte er die Zeichen auf: Die Patarener beteten Beelzebub an. Die Kreuzfahrer zogen nicht ins Heilige Land, um das Grab Christi von den Ungläubigen zurückzuerobern, sondern um zu plündern. Ihre Anführer seien auf die eigene Macht bedacht. Die christlichen Städte aber sammelten in wilder Gier die Schätze, die auf den bis zum Rande gefüllten Galeeren aus dem Morgenland zu ihnen hinströmten. Was sei dies, wenn nicht der Anfang der Teufelsherrschaft?

Julianus lauschte mit großer Erregung den mit Rauch und Ruß geschwärzten Worten. Er entsann sich der halb schon vergessenen Verschwörung, der auch Erzbischof Johannes zugestimmt hatte und der die Königin zum Opfer gefallen war. Er hatte geglaubt, nur Ungarn sei der Sünde verfallen, nur dort führten manche Priester ein unzüchtiges Leben, machten Geschäfte, sagten die Unwahrheit, nur dort münzte man falsches Geld, und nur dort verbündeten sich die Erzbischöfe gegeneinander. Aber er hatte geglaubt, wenn der König sich das Kreuz anheftete, werde sich alles zum Guten wenden. Nun, er hatte es angeheftet und war ins Heilige Land gezogen. Und all das sollte nicht helfen? Sollte der Verfall so weit fortgeschritten sein, wie Adalbertus es behauptete? So schrecklich? Sollte die hohe Geistlichkeit überall in der Welt der Unkeuschheit verfallen sein, sich aufblähen, raffgierig sein, sollte sie überall lügen, Krieg führen, das Evangelium mit Füßen treten? Dann gäbe es keine Rettung mehr. Dann würde die ganze Welt einstürzen, in Flammen aufgehen, dem Untergang geweiht sein. Die fürchterliche Rache Gottes würde nicht ein Volk strafen und bessern, sondern die ganze Menschheit hinwegfegen und die ganze Welt in die Hölle stürzen! Wohin sollte das ungarische Volk schauen, wohin sich wenden, wenn die Welt wirklich so war, wie Adalbertus es schilderte?

In seine Studien vertieft, hatte Julianus bis jetzt noch nichts gesehen, was sich außerhalb vom Haus des biederen Steinmetzen und außerhalb der Vorlesungssäle zutrug. Jetzt taten sich ihm allmählich die Fenster auf, und sowohl hier als auch dort boten sich ihm schreckliche Anblicke.

Sie debattierten immer häufiger, immer neue Nachrichten drangen auf sie ein, und das Bild von der Welt erschien ihnen immer bedrohlicher.

Die Weihnachtsfeiertage brachten für kurze Zeit wieder den alten anheimelnden Frieden, die süßen, trauten Erinnerungen an die Kindheit zurück. Neue Hoffnung, neue Freude zog in ihre Herzen ein, die Geburt Jesu ließ die Hoffnung auf Erlösung aufschimmern. Von zu Hause bekamen sie keine Nachricht. Herr András kämpfte offenbar mutig im Heiligen Land, um seine Sünden wiedergutzumachen, daheim aber regierte der von allen geschätzte Erzbischof Johannes im Namen und im Auftrag des Königs. Sie erlebten die Weihnachtszeit in der Stadt und an der Universität, sahen die Andacht der Bürger und der Geistlichen. Die Kirchen füllten sich mit andächtigen Gläubigen, die Glocken hallten und dröhnten, die Kerzen flackerten, die Orgeln tönten, der Gesang schallte unter den Gewölben. Aber die Ungarn vermißten doch etwas bei dieser Weihnacht; denn daheim bedeckte um diese Zeit meistens Schnee die Erde, zwischen den Zweigen der kahlen Bäume summte der Wind, Krähen kreisten unter dem dunklen Himmelszelt, und die Menge, die sich zur Mitternachtsmesse versammelt hatte, sang aus Freude über die Geburt Jesu ein Jubellied von Hirten und Lämmern, vom Esel und dem Ochsen im Stall und von den Geschenken für das göttliche Kind.

Dennoch brachte ihnen das Weihnachtsfest auch hier, hier in der weiten Ferne, ein Geschenk, das sie tröstete und glücklich machte.

Nach dem Hochamt bahnten sie sich auf der Piazza del Nettuno einen Weg durch die wimmelnde Menge, um nach Hause zu gelangen.

Unterwegs sahen sie, daß zwei barfüßige, fröhlich rufende Mönche in grauen Kutten in der Mitte der Menge standen. Sie hatten Säcke über den Schultern und verteilten daraus Almosen an die Armen. Es waren die „Fratres Minores" des Franziskus von Assisi. Ihr Gesicht strahlte vor Fröhlichkeit. Als die Minderbrüder die vier Mönche erblickten, winkten sie ihnen näherzukommen, Paulus und Julianus drängten sich mit Mühe zu ihnen durch und halfen ihnen beim Almosenverteilen.

Als alles verteilt war, begaben sie sich auf den Heimweg. Wo sie vorbeikamen, freuten sich die Menschen, Frauen mit Kindern auf dem Arm stellten sich vor sie hin und baten, die Kleinen zu segnen.

Das Kloster der Minoriten war ein dürftiges, enges, niedriges kleines Haus, von einer hohen Mauer umfriedet. Die eine Seite des Hauses hatte man weggerissen. Ziegel, Sand und Kalk auf der Erde zeigten an, daß man zu bauen begonnen, aber wieder damit aufgehört hatte.

„Unser seraphischer Vater hat mich geschickt", sagte der ältere Frater, „damit ich den Anbau verhindere. Er ist der Überzeugung, man erreiche Gott leichter aus einer Hütte als aus einem Palast."

„Sollte der Anbau nicht unterbleiben", fügte der andere Frater hinzu, „mögen lieber all unsere Brüder von hier weggehen und das Haus jenen überlassen, die Glanz und Prunk mehr lieben als unsere Frau Armut!"

Glanz und Prunk in diesem Haus! Um wieviel vornehmer waren daheim, in Ungarn, die mächtigen Klöster, wie glänzend die auf behauenen Säulen ruhenden, mit Bildern geschmückten Säle, die Andacht erweckenden Gewölbe, fürstlich die geschnitzten, schweren Möbel im Kapitelsaal! Das eine oder andere Kloster war eine Stadt für sich, mit einer ganzen Reihe von Gebäuden, mit Höfen, Ställen, einem Hospital, mit Gästehäusern, Lagerräumen, allerlei Kammern, Gärten und Kellern. Und diesen kleinen Städten schlossen sich Behausungen der Handwerker, Fischer, Hirten und Winzer an, dann die weit ausgedehnten Felder und Wälder, die Vielzahl der Dörfer, wehrhafte Burgen und glänzende Kirchen. Diese biederen Mönche hingegen fühlten sich schon peinlich berührt von der Bequemlichkeit eines Anbaus an dieses abgewohnte Ordenshaus. Einer von ihnen, durch Stolz und Hochmut zum Ungehorsam verleitet, hatte seine Gefährten bewogen, Steine, Sand und Kalk zu erbetteln und ihr Heim ein wenig zu erweitern. Schon damit hatten sie den Tadel des Poverello auf sich gezogen.

Julianus ergriff diese augenfällige Armut, diese Bettelstätte. Nicht umsonst hatte sich der Poverello mit Frau Armut vermählt! Wie ausgetreten die Stufen, wie klapprig die Türflügel, wie modrig und armselig die Räume. Nirgends eine schön behauene Säule, nirgends ein Bild, nirgends eine Skulptur. Einziger Schmuck war das Kruzifix. Die Tische bestanden aus rohen Brettern, die man nicht einmal gehobelt hatte, die Stühle waren wacklig, boten keine Bequemlichkeit.

Fünf Mönche kamen ihnen aus verschiedenen Winkeln des Hauses entgegen, in schäbige Kutten gehüllt, in der Taille mit einem Strick umgürtet, barfuß. Einer war darunter mit schon ergrauendem, langem Bart, offenbar war er ihr Oberer. Sie begrüßten die Besucher mit strahlender Freude, segneten sie, lachten, umarmten, küßten sie und baten sie dann mit großer Herzlichkeit einzutreten. Die dritte Stunde des Tages, die Tertia, war längst vorüber. In dem engen, niedrigen Raum, der als Refektorium diente, standen und lagen die Reste des Frühstücks: einige Brotkrusten, ein irdener Milchkrug und drei Näpfe. Offenbar hatten sie alle aus diesen drei Näpfen gefrühstückt.

Die Unterhaltung wurde bald lateinisch, bald italienisch geführt. Fra Egidio war geradewegs vom Poverello gekommen, um die Erweiterung des Ordenshauses zu verhindern. Sein Gefährte Fra Jacopo hatte ihn auf dem Weg begleitet. Der alte Frater, Bernaldo, bot seinen Gästen Platz an und erkundigte sich gleich nach Ungarn. Ob man dorthin nicht auch Minoriten schicken könnte? Die ungarische Nation sei ein Ruhm und ein Stolz der Christenheit. Doch wie man höre, sei auch dort – wie überall in der Welt – die Saat des Teufels aufgegangen. Francesco habe die zum Wiederaufbau der baufälligen Kirche des heiligen Damianus erforderlichen Steine in Assisi einzeln zusammengebettelt. Könnte man nicht die guten Taten auf diese Weise, Stein für Stein, zusammentragen, damit der mächtige, altüberlieferte Bau der ungarischen Kirche im alten Glanz wiedererstrahle?

Julianus und seine Gefährten lauschten mit Andacht und leuchtenden Augen den Worten des Oberen. Um den Tisch saßen die Mönche mit heiteren Gesichtern. Aus ihren Augen sprachen Ermunterung und Liebe. Julianus verglich sie ungewollt mit jenen Mönchen, unter denen er zu Hause gelebt hatte. Er war auch dort manchem wahren Jünger Jesu begegnet: dem einstigen Abt in Várad, dem guten Pater Pelbart und Stephanus, und auch hier in Bologna gab es drei, von denen ihm Paulus besonders ans Herz gewachsen war, doch auch Gerhardus liebte er sehr. Aber vielleicht würden gerade diese armen, fröhlichen Mönche in den schäbigen Kutten durch das Evangelium Jesu Christi die ins Verderben rennende Menschheit retten?

Wie traurig hatte es ihn gestimmt, als er die grimmigen Ausfälle Adalbertus' gegen die Ketzer und gegen den Hochmut und die Verderbtheit der mächtigen Kirchenfürsten vernehmen mußte, wie hoffnungslos traurig machte ihn der Gedanke an die schmachvollen Brutstätten der Sünde in heimatlichen Klöstern, an die haßerfüllt miteinander wetteifernden, in Verschwörungen verwickelten Kirchenfürsten, an die Leichtfertigkeit des Königs, den alle ausnutzten, um sich zu bereichern. Hier unter den Bettelmönchen erfüllten ihn jetzt jauchzende Fröhlichkeit, von neuem aufflackernde Hoffnung, fester Glaube und Zuversicht.

Aber auch Paulus begeisterte sich. Er sprach in ihrer aller Namen, als er die Zustände daheim beschrieb, die Sünden, die Schwierigkeiten, die vor ihnen stehenden Aufgaben. Er bat die Fratres, für die Ungarn zu beten und alles zu unternehmen, daß geeignete Männer nach Ungarn aufbrächen, um neu mit der Bekehrung zu beginnen und die kranken Seelen zu heilen.

Sie unterhielten sich bis zur Sext, dann umarmten und küßten sie die lieben Söhne des Poverello und begaben sich auf den Heimweg. Die Minoriten begleiteten sie hinaus, machten das Kreuzzeichen über sie und winkten ihnen lachend nach, bis sie ihren Augen entschwunden waren.

Die Schritte Julianus' waren leicht. Paulus setzte ihm auseinander, daß Gott den Weg gefunden habe, auf dem die ins Verderben gestürzten Seelen wieder zu ihm finden könnten. Und dieser Weg sei nicht anders als damals der Weg Jesu und seiner Jünger: die völlige Armut. Du sollst nicht zwei Gewänder haben! Und wenn du zwei hast, so gib eines dem, der keines hat. Jesus wurde in einem Stall geboren, lag in einer Krippe; er lehrte die Armen, auch seine Jünger kamen aus den Hütten der Armen, seine Apostel waren Fischer. Man müsse also wieder zurückkehren zu den armen Fischern am See Gennesaret. Wenn es noch Rettung für diese Welt gäbe, so läge sie in nichts anderem als im reinen Evangelium, wie es die Ärmsten leben.

Sie kamen in einer begeisterten Stimmung nach Hause und hatten den kalten, dichten Regen gar nicht gewahrt, der ihre Kutten durchnäßte ...

Nach einer schlaflosen Nacht begab sich Julianus am nächsten Tag in das Quartier von Adalbertus. Er wohnte in der Nähe des Palazzo Communale in einem Gäßchen, das so eng war, daß man die Häuser hüben und drüben mit ausgestreckten Armen erreichen konnte. Auf Leinen, die zwischen den Häusern gespannt waren, wedelte Wäsche.

Ohrenbetäubender Lärm von Kindern schallte die Gasse entlang, und der vor die Häuser geworfene Unrat reichte fast bis an die Knie. Julianus fand nur schwer das einstöckige, mit Arkaden versehene Haus des Kaufmanns Wilam, denn obwohl es größer war als die anderen Arkadenhäuser, verschwand es ganz hinter den flatternden Wäschestücken.

Julianus stieg eine schmale, winklige Treppe hinauf und betrat ein gewölbtes, geräumiges Zimmer. Hier sah man schon, daß der Besitzer des Hauses einer der reichsten Bürger Bolognas, vielleicht sogar ganz Norditaliens war. Kunstvoll geschnitzte, kupferbeschlagene, schwere Möbel prunkten in dem Zimmer, und in einer Ecke gegenüber dem Fenster stand sogar ein morgenländisches Sofa mit einer golddurchwirkten Samtdecke darüber. Über dem Sofa in einem Messingbauer hüpfte ein Zeisig.

Am Tisch vor dicken Büchern saß ein rothaariger, stämmiger Geistlicher mit gedunsenem Gesicht und war damit beschäftigt, mit einer Rabenfeder Anmerkungen auf den Rand eines Pergaments zu schreiben.

Adalbertus saß auf dem Sofa und las in seinem Brevier. Er schien damit im Verzug zu sein, denn die Vesper war schon vorbei.

Beide erhoben sich und kamen dem Gast entgegen.

„Mein Landsmann hier hat von deinen Horoskopen gehört und möchte mit dir sprechen", sagte Adalbertus zu seinem Zimmergefährten und zeigte auf Julianus. „Er ist Novize und mit drei seiner Gefährten aus Alba regia gekommen. Sie wohnen im Hause Messer Giovannis."

„Salve", sagte der Deutsche, der Hilbertus hieß, mit tiefer Stimme, die an das Brummen einer Hummel erinnerte, „setz dich."

Am liebsten wäre Julianus gleich wieder umgekehrt, aber er setzte sich. Lange starrten sie sich gegenseitig an, wußten nicht, was sie sagen sollten.

„Viele glauben", sagte schließlich Hilbertus und machte ein Gesicht, als würde er lächeln, aber nur sein bronzefarbener Bart bewegte sich ein wenig, „daß jeder ein gottloser Sünder ist, der nach dem Schicksal forscht."

Julianus nickte.

„Dagegen sagt selbst Fra Bernaldus, die Wege Gottes erforschen und sich dem Ergebnis fügen ist eines wahren Christen würdig. Und es gibt hier einen ganz jungen Frater, er heißt Bertholdus und ist aus Regensburg hierher gekommen, der selbst vortrefflich Horoskope anfertigt. Er hat die Universität verlassen und ist in das Tal von Spoleto gezogen, um von Franziskus zu lernen. Hätte

Franziskus ihn denn nicht längst davongejagt, wenn die Erforschung der Zukunft Sünde wäre?"

Hilbertus schaute auf und runzelte die hervortretende niedrige Stirn.

Dann erklärte er lang und breit, daß man das Schicksal schon deshalb kennen müsse, um dem Willen Gottes entsprechend das Böse hemmen und das Gute fördern zu können.

Julianus hätte nun gern irgendein Horoskop gesehen, von Herrn András, vielleicht von den Erzbischöfen Johannes und Robertus oder einem anderen hochgestellten ungarischen Herrn, am liebsten aber von ganz Ungarn. Im tiefsten Mark fühlte er, daß früher oder später einmal ein großes Unheil, Weinen und Wehklagen kommen müßten, denn das sündige Gebäude sündiger Menschen könne nicht lange bestehen. In Ungarn aber gab es genügend sündige Menschen, und das ganze Land glich einem morschen Bauwerk.

„Ich bin gekommen, um zu hören, was die Sterne über das Schicksal Ungarns sagen."

„Nichts Gutes, nichts Gutes, du kannst es dir denken. Schau her."

Er breitete ein großes Blatt aus, auf dem ein in Sektoren geteilter riesiger Kreis zu sehen war, mit astronomischen Zeichen und Zahlen in den Sektoren. In der Mitte des Kreises, in einem kleineren Kreis las Julianus: Turkia. Er neigte sich nach vorn und betrachtete gierig die Darstellung.

„Siehst du", rief Hilbertus mit Triumph in der Stimme, „die Stellung der Planeten ist schlecht. Blut und Eisen werden vom Morgen her über euer Land fallen, es zerstören und vernichten."

Julianus schaute beklommen auf Adalbertus.

„Kannst du das glauben?" fragte er ungarisch.

„Wer weiß", Adalbertus zuckte mit den Schultern. „Wir müssen es dem Willen Gottes überlassen."

„Aber dann müssen, dann müssen wir auf der Stelle heimkehren", flüsterte Julianus und erhob sich.

„Warum?"

„Um zu helfen . . . Um Widerstand zu leisten . . . Um die Wahrheit und die Vergebung der Sünden zu verkünden! Um das Schicksal zu wenden . . . Damit wir alle, die wir Ungarn sind, die Gnade Gottes erflehen!"

„Aber wenn es geschrieben steht . . ."

„Auch dann! Damit wir, wenn wir verloren gehen müssen, alle zusammen verloren gehen!"

Adalbertus schüttelte langsam den Kopf.

„Schau", sagte er still, mit Trauer in seinem kindlichen runden Gesicht, „ich will nicht mehr heimkehren. Für mich ist es hier gut. Ich habe mich an das viele Öl gewöhnt. Mir fehlen das Kuhfleisch, der Schöpsenbraten, der Speck und der Wein von zu Hause nicht mehr. Und am wenigsten fehlt mir die Stutenmilch. Es kann sein, daß ich auch die Universität verlasse. Ich gehe als Steinmetz zu Messer Giovanni."

Julianus starrte ihn an wie einen, der den Verstand verloren hat.

„Du willst nicht mit nach Hause kommen, wenn wir aufbrechen? Du bleibst hier als Steinmetz? Weil du dich an das Öl gewöhnt hast? Würdest du es übers Herz bringen, von hier, aus der Ferne, zuzusehen, wie das Land der Madjaren in den Untergang rennt?"

Julianus wollte in seiner Entrüstung etwas Schreckliches sagen, aber er beherrschte sich, bekreuzigte sich und wandte sich wieder an Hilbertus.

„Könntest du auch mein Horoskop aufstellen?"

Hilbertus hatte den ungarischen Worten der beiden Männer verärgert zugehört und sich immer wieder abgewandt, um seine Kränkung zu zeigen, jetzt warf er barsch hin:

„Entweder man kann ein Horoskop aufstellen oder man kann es nicht. Ich kann es."

„Nun, dann bitte ich um das meine."

„Wann bist du geboren?"

Das wußte Julianus nicht. Wie hätte er es auch wissen können, stammte er doch aus keiner so vornehmen herrschaftlichen Familie, daß man sich seinen Geburtstag gemerkt hätte.

„Was willst du dann?" Hilbertus winkte ab und erhob sich gelangweilt, trat vor den Vogelkäfig und schnalzte dem gefangenen Zeisig, als wäre der Besucher gar nicht mehr da.

Lange Zeit fraß er es in sich hinein, was er bei Hilbertus gehört hatte.

Bis jetzt hatte er das quälende Gefühl des Heimwehs kaum gekannt. Für ihn war es selbstverständlich gewesen, daß er aus Fejérvár nach Bologna kommen und so lange hierbleiben mußte, bis er den ersten wissenschaftlichen Grad erreicht hatte. Sein Leben hier in der Stadt verlief fast so wie daheim im Kloster: streng nach der Regel, im sanften Gehorsam zueinander, in fleißiger Arbeit und eifrigem Lernen. Was ihm fremd war, das Bild der Stadt, das rege Treiben an der Universität, die Sprache, der Geschmack des Essens änderten im Grunde nichts an dem Gefühl, daß sein Leben und Schicksal, wohin er auch kam, mit dem Leben und dem Schicksal seiner Ordensbrüder durch die Nabelschnur gemeinsamen Glaubens und gemeinsamen Wirkens verbunden war. Wenn er hier in Bologna lebte, war dies nicht viel anders, als wenn er in Fejérvár, in Várad oder gar in St. Gallen gelebt hätte. Die Sehnsucht jedoch, die ihn jetzt überfiel, kam einer schweren Krankheit gleich.

Nacht für Nacht lag er viele Stunden schlaflos auf seinem Lager, starrte in die Dunkelheit und lauschte dem Lärm der Straße und dem tiefen Atmen der schlafenden Brüder. Nach einigen Stunden unruhigen Schlafes war ihm, als hätte man seine Augen mit kaltem Wasser gewaschen, er konnte sie nicht wieder schließen. Draußen rannten und brüllten häufig außer Rand und Band geratene Studiosi, entweder miteinander raufend oder gegen die geschlossenen Tore hämmernd und die Nachtwächter mit ihren Hellebarden alarmierend, weil ihnen das Fell juckte. Seine Gefährten störte dies nicht mehr. Die Dunkelheit füllte sich mit den schmerzlich klaren Bildern von zu Hause. Nie hatte er Várad, Vater, Mutter und die Dorfbewohner aus solcher Nähe und so klar gesehen. Oder Fejérvár. Häuser, Straßen, das Land rings umher erschienen ihm so deutlich, wie er es damals, als er dort lebte, kaum wahrgenommen hatte. Und er hörte Stimmen, die in der Ferne des Vergessens lange verklungen waren.

Das verdammte Horoskop drehte sich ununterbrochen vor Julianus' Augen wie ein furchtbares Rad, das weder Achse noch Drehling hat, sich aber dennoch dreht und dreht bis in alle Ewigkeit. Seine Speichen berührten das Schicksal Ungarns. Er sollte nach Hause gehen, durch das Heimatland ziehen, das Volk anflehen, Arme wie Reiche, Schwache und Mächtige, damit sie Buße taten, all ihre Kraft für das Gute verwandten, denn die Zeit der göttlichen Heimsuchung nahte. Und er müßte sich an jene wenden, die das Land lenkten.

Das Verlangen, die Universität zu verlassen, die gelehrten Professoren, die Piazza del Nettuno, den Hain Giardini Margherita, Messer Giovanni samt Werkstatt, Söhnen und Tochter, Adalbertus, auch Desiderius und sogar Paulus, das von Weingärten schmucke Emilia mit all seinen Lorbeerhainen und seinen Hängen mit Orangenbäumen und Feigensträuchern, die stillen Schatten unter den schirmförmigen Ölbäumen, die düsteren Zypressen, die in ermattender Sonnenglut weidenden Herden, die weisen Esel, die auf beschlagenen Pferden ungeschickt galoppierenden Reiter, die sich würdevoll aufblähenden, sich in verbrämten Mänteln gefallenden Gestalten des Podesta und seiner Ratsmitglieder, die schmutzigen, engen und doch herrlichen Straßen, die hohen, dicken Burgmauern, das Glockengeläut der Kirchen . . . das Verlangen, alles, aber auch alles, was Italien bedeutete, zu verlassen, war so stark in ihm, daß er es behutsam vor Paulus zur Sprache brachte. Paulus war tief in seine Studien vertieft, besonders in die Rhetorik, weil er sich angestrengt auf seine erste Vorlesung vorbereitete. Er hatte sich alle Kniffe des Zaubers der Sprache angeeignet. Nicht umsonst war er bereits zu Hause äußerst beredsam gewesen, auch hier unter den Hörern der Universität aus den verschiedensten Nationen wurde er einer der ersten. Er wußte, wie man die Predigt gliedern mußte, was an den Anfang, in die Mitte und an das Ende gehörte, wie er vor gelehrten Menschen sprechen mußte und wie vor den armen Ungebildeten, die noch nie ein Buch gesehen hatten. Er wußte, wie man die Zuhörer erschütterte, in Träumerei versinken ließ, begeisterte, in Schrecken versetzte, wie man die Worte bald angenehm fließend, bald drohend, dann wieder sanft einlullend aneinanderreihte, die Betonungen wohl verteilt, die Schlußfolgerungen aber wie den Peitschenknall weithin erschallen ließ, das Volk zu Gott erhebend oder in den Staub der Buße schmetternd.

An seiner Vorlesung feilend, verbrachte er Stunden in seinem Zimmer oder draußen im Hain in stiller Meditation, gestikulierend auf- und abgehend. Als Julianus zaghaft erklärte, sie sollten alle heimkehren, denn er habe ein schlechtes Horoskop gesehen, sah ihn Paulus finster an, als würde er ihn gar nicht kennen. Dann aber brauste er auf.

„Warum habt ihr solche Angst, ihr Kleingläubigen?“

Auf diese Worte Jesu schwieg Julianus beschämt, mit gesenktem Kopf. Paulus empfand Mitleid mit ihm, legte ihm die Hand aufs Haupt und fuhr im gewohnten, sanften Ton fort:

„Erinnere dich, mein Sohn, welch gewaltiger Sturm das Boot der Jünger erfaßte und wie entsetzt sie Jesus anflehten, er solle sie vor dem Tode erretten. Er aber stand auf, breitete die Arme aus über den tobenden Wellen, glättete die Wogen, und sie wurden errettet.“

„Gewiß, aber aus dem Horoskop des Hilbertus geht hervor, daß Ungarn nicht errettet wird. Wir sollten dem Volk zu Hause predigen, den Armen und Reichen, den Bauern und den Herren, den Bischöfen wie den weidenden Hirten . . .“

„Um aber predigen und lehren zu können“, fiel ihm Paulus mit kräftiger Stimme ins Wort, „müssen wir lernen. Deshalb sind wir hier. Lerne also, und alles andere überlasse Gott.“

Julianus beruhigte sich einigermaßen. Es erfüllte ihn mit Zuversicht, daß Paulus gar nicht erschrak, nicht einmal nach dem Inhalt des Horoskops fragte.

Adalbertus berührte all das wenig. Fast täglich erschien er in der Werkstatt Messer Giovannis, hob die Steine, maß und meißelte bis zum Abend. Signora Margherita sah in ihm fast einen Sohn, Rita aber konnte ihn nicht genug bewundern. Sie saß untätig in der Ecke der Werkstatt, das Gesicht in die Hand gestützt, und richtete sich nur schwerfällig auf, wenn die Mutter kreischend nach ihr rief.

Paulus sagte gelegentlich zu Adalbertus, als könnte er ihm bis ins Herz sehen.

„Paß auf, daß dich der Teufel nicht von deiner früheren guten Absicht abbringt."

„Lieber werde ich ein guter Steinmetz als ein schlechter Priester", entgegnete Adalbertus heftig.

„Hüte dich vor den Frauen."

„Meine Mutter ist auch eine Frau", fauchte er grimmig.

„Aber du hast dich für den Dienst an Gott entschieden."

„Mein Vater dient auch Gott. Er hat den heiligen Sebastian gemeißelt, wie er, an einen Baum gebunden, mit Pfeilen getötet wurde. Er hat ihn so geformt, daß man förmlich das Blut fließen sieht."

Paulus diskutierte nicht weiter, aber als Adalbertus ging, schaute er besorgt auf die Tür, als würde er noch immer Adalbertus betrachten.

„Er ist starker Versuchung ausgesetzt", sagte er leise.

Als Julianus eines Abends aus der Abendandacht in der Kapelle heimkehrte und das Tor öffnete, sprangen in der Dunkelheit zwei Schatten auseinander. Der eine Schatten huschte auf Zehenspitzen in Richtung der Werkstatt, der andere blieb stehen und räusperte sich verlegen. Julianus nahm eine verteidigende Stellung ein, weil er glaubte, es handle sich um eine Verschwörung gegen ihn und zwei oder vielleicht noch mehr angetrunkene Kerle lauerten ihm auf, um ihn zu verprügeln.

„Ich wollte gerade nach Hause gehen", hörte er aus dem Dunkel die Stimme Adalbertus'. „Bist du es, Julianus?"

„Du bist es, Adalbertus?"

„Ich hatte schon Angst", erwiderte Adalbertus lachend, „daß mich jemand überfallen will."

„Ich auch."

Sie lachten beide.

„Gott schenke dir eine geruhsame Nacht."

„Dir auch."

Schnell schritt er zum Tor hinaus.

Die Vorlesung von Paulus gelang glänzend. Die hochgelehrten, berühmten Professoren der Universität nickten anerkennend, als sie, ihre Bücher unter den Arm geklemmt, den Mantel in würdevolle Falten gelegt, die Aula verließen. Die Studenten strömten in begeisterter Stimmung in den engen, halbdunklen Gang hinaus. Paulus war von einer ganzen Schar umringt.

Die Begeisterung von Julianus und Gerhardus war so groß, als hätten sie eine Schlacht gewonnen. Sie umarmten Paulus, küßten ihm die Wangen, streichelten seine Kutte, blickten ihm schwärmerisch in das braune Gesicht, in die klug glänzenden Augen, auf seine stolze, gerade Gestalt.

„Paulus Pannonius!" rief Gerhardus außer Rand und Band und klopfte Paulus immer wieder auf die Schulter, als wäre er sein Sohn. „Ich hab's immer gesagt! Immer!"

„Hört auf damit. Es ist ein Geschenk Gottes", sträubte sich Paulus errötend.

„Das ist es ja!" rief Gerhardus beglückt. „Oh, wenn die Gnade Gottes doch auch mir, meinem armen Haupte, zuteil würde!"

„Wenn wir unsere Pflichten alle so gut erfüllen wie du, Bruder Paulus, wird Gott vielleicht alles zum Guten wenden", sagte Julianus zuversichtlich.

„Das müßten wir feiern", fuhr Gerhardus in seiner Begeisterung fort.

„Du willst dich doch nicht betrinken", rügte ihn der Gefeierte.

„Weißt du, lieber Bruder, ohne Feier taugt der Sieg nicht viel."

„Unsere Feier soll sein, daß wir kommunizieren und hinausgehen zum See und Psalmen singen", empfahl Paulus.

So kam es dann. Am nächsten Tag empfingen sie andächtig den Leib Christi, begaben sich hinaus zum See und sangen aus voller Kehle die Psalmen Davids. Sie sangen mit erleichtertem, frohem Herzen wie die Vögel. Beim Singen schienen ihnen Schwingen zu wachsen, sie hatten das Gefühl, in große Höhen zu steigen und weit in der Ferne, jenseits des Meeres und der Berge Ungarn zu sehen und darin Fejérvár und ihr Kloster, und in dessen Kreuzgang bei drückender sommerlicher Hitze träge im Schatten sitzend Frater Georgius. Sie hätten Lust gehabt, einander zu haschen wie die Kinder.

Als sie gegen Abend durch das südliche Stadttor einzogen gleich einer siegreichen Schar, hörten sie laute Pfeifenklänge und Trommelschläge. Groß und klein aber drängte durch die engen Gassen in Richtung der Musik.

„Was ist geschehen?" fragte Gerhardus und blieb stehen. „Man musiziert doch nicht etwa uns zu Ehren?"

An einer Straßenecke erblickten sie zwei Franziskanermönche. Auch sie strebten mit der Menschenmenge den Musikklängen zu. Es waren Fra Bernaldo und Fra Jacopo. Als diese Julianus und seine Gefährten erkannten, blieben sie stehen und winkten ihnen freudig zu.

„Was gibt es, heiratet vielleicht die Tochter des Despoten?" fragte Gerhardus Fra Bernaldo.

„Gottes Herrlichkeit hat sich an der Stadt erfüllt!" rief der Frater und sprang vor Freude fast aus seiner schäbigen Kutte.

Im Bart des ernsten Bernaldo hatte sich eine kleine Feder festgesetzt, und das verwandelte sein ganzes Aussehen. Die beiden armen Mönche in ihren schäbigen Kutten muteten an, als hätten sie sich am Wein berauscht.

„Die Zeit ist erfüllt", raunte Bernaldo, faltete die Hände auf der Brust, als fürchte er, das Herz könnte ihm herausspringen. „Die Hinkenden tanzen, die Lahmen gehen, die Blinden können sehen, und den Heiden wird das Wort Gottes verkündet."

„Schaut hin", übernahm Jacopo das Wort, „dort ist der Beweis!"

Zwei Diener schleppten auf einer Trage einen siechen Mann, er stützte sich auf einen Ellbogen, schüttelte den Bart und bekreuzigte sich in einem fort. Nebenher rannte seine Familie: im blauen Mantel seine alternde Frau, im roten Gewand seine Tochter, barfuß die Enkel, seine Söhne mit gegürtetem Schwert und Federhüten. Wieviel Leute es sein mochten? Julianus konnte sie nicht zählen, so groß war das Gedränge um die Trage. Eine jubelnde, schreiende, sich bekreuzigende Menge drängte sich um sie. Dann sahen sie eine blinde Frau, die von einem Hund am Rock geführt wurde. Ihre Hände streckte sie tastend nach vorn. Auch sie wurde von vielen umringt. Da tauchte eine junge Frau auf, mit ihrem blassen, dahinwelkenden Kind auf dem Arm. Das Köpfchen des Armen hing herab wie eine kranke Frucht.

Die Glocken erklangen. Die Menge nahm zu, aus jeder Straßenmündung strömten neue Menschenmassen herbei. In die Klänge der schrillenden Pfeifen und der dröhnenden Trommeln mischten sich schmetternde Hörner.

Julianus und seine Gefährten wußten nicht, was dieser unverhoffte Auflauf zu bedeuten hatte. Wie hat sich die Zeit erfüllt? Wie hat sich die Herrlichkeit Gottes gezeigt? Warum stößt man die Karren und die Körbe der Marktfrauen um, warum erklimmen die Menschen die Eselskarren, warum öffnen sich die Fenster, warum füllt das Volk nicht nur die Gassen, sondern auch die Dächer der niedrigeren Häuser? Warum läutet man die Glocken, als hielte ein Fürst Einzug in die Stadt?

Bruder Jacopo konnte nicht sprechen, nur unartikulierter Jubel kam aus seiner Kehle. Sein Gesicht schwamm in Tränen. Er stöhnte nur immer wieder, daß sich die Herrlichkeit Gottes erfüllt habe. Aber Bernaldo raffte sich zusammen, kämmte sich den Flaum aus dem Bart und erklärte, soweit es die Freude zuließ, die ihm fast die Brust sprengte, den Grund des überraschenden Ereignisses.

„Fra Domenico aus Rom ist angekommen", sagte er keuchend.

„Und was tut er?"

„Er predigt dem Volk auf der Piazza del Nettuno."

Hierauf begannen auch sie schnell zu laufen und trieben dem Nettuno zu, vom vorwärtsdrängenden Volk fast erdrückt.

Dort wuchs die Menge zu einem Meer an. Die Menschen standen dicht gedrängt, Herren in pelzverbrämten Mänteln und in Federhüten, verschleierte Damen, lumpige Landstreicher, Diener mit nackter Brust, geschminkte Freudenmädchen, kreischende Kinder, bärtige Greise, Krieger in Rüstung, Doktoren im Talar, Priester, Mönche, Ratsherren, die Kette ihrer Würde am Hals tragend, Ochsentreiber, halbnackte Bauern mit breitrandigen Strohhüten, auf der Erde kriechende Bettler, zahnlose, frühgealterte Dirnen, wie von Sinnen hüpfende Lahme, kreischende Blinde – sie alle strebten dem Platz zu, einander fast niedertretend. Alle hatten nur ein Ziel: in die Nähe einer kaum sichtbaren Gestalt zu gelangen und ihr Gewand berühren zu können. Soldaten versuchten, das Volk zurückzudrängen, aber erfolglos.

In einer Ecke des Platzes auf einem breiten, hohen Stein, von dem die Ausrufer sonst die Verordnungen des Senats dem Volk zu verkünden pflegten, stand in grauweißer Kutte und mit einer Tonsur der große, recht breitschultrige, bärtige Mann, den man Fra Domenico nannte und auf dessen Ankunft hin ganz Bologna in diese Raserei geraten war. Julianus sah sich zwischen den Köpfen der Menschen hindurch den berühmten Mann gründlich an. Auf den ersten Blick erschien er als anspruchsloser Mönch wie andere hundert oder tausend, die überall in der Welt in den Klöstern lebten. Er stand mit ausgestreckten Händen nach vorn gebeugt auf dem Stein und sprach mit jemandem, den man nicht sehen konnte. Auf seiner Tonsur spiegelte sich der rote Glanz der untergehenden Sonne, daß es aussah, als wäre ihm Feuer auf den kahlen Schädel gefallen. Seinen Kopf umgab ein rötlichbrauner Haarkranz, der schon leicht ergraut war. Seine Kutte war grau, fast weiß, und darüber trug er ein schwarzes Skapulier. Das Gesicht konnte man nicht deutlich sehen, nur sein im Wind wehender Bart tauchte zwischen den Schultern der Menschenmenge auf.

„Er ist geheilt! Er geht! Seht, er geht!" brüllte die Menge rund um den Mönch. Als hätte man einen Felsblock ins Meer geworfen, so breitete sich gleich den Wellen der Ruf nach allen Seiten aus: „Er geht! Seht, die Zeit ist erfüllt!"

Die Menge hob einen in Lumpen gekleideten Mann hoch, der die Arme auf der Brust verschränkte und das magere Gesicht gen Himmel richtete, Tränen flossen ihm über den Bart. Es schien, als könnte er weder sehen noch hören und wüßte nicht, wie er da hinaufgekommen war.

Plötzlich legte sich der Lärm, das Volk lauschte mit verhaltenem Atem. Verwirrung entstand um den Frater, der Wind trug einige leise Worte von ihm heran. Und auf einmal brach der Jubelschrei aus.

„Alleluja! Alleluja! Domenico! Domenico!"

Alle sanken auf die Knie.

Domenico richtete sich auf. Auf seinem Gesicht strahlte ein sanftes Lächeln. Jetzt schien es Julianus, als würde er nicht diesen Mönch in seiner Kutte, sondern Jesus Christus selbst sehen. Er hörte einige Wortfetzen, aber verstehen konnte er sie nicht. Inmitten der knienden Menge aber schritt ein kleines Mädchen, anfangs zaghaft, ängstlich, sich das Haar aus dem Gesicht streichend, stehenbleibend wie jemand, der Angst hat, er träume, würde jetzt erwachen und zusammensinken. Aber das Mädchen sank nicht zusammen, erwachte nicht aus dem Traum; es ging weiter, mit immer schnelleren Schritten, dann lachte es jubelnd auf und begann zwischen den dichten Menschenreihen zu rennen.

„Es läuft! Seht, es läuft!" brüllte die Menge mit solch ungeheurer Kraft, als wollte sie mit ihrer Stimme die Mauern der Stadt zum Einsturz bringen. Das Mädchen erschrak hierauf, fing an zu weinen und rannte zu einer Frau, die es in die Arme nahm und dem Volk zeigte.

„Seit drei Jahren konnte es nicht gehen", flüsterte Fra Bernaldo und strich sich mit zitternder Hand über den Bart. „Ich kenne es."

„Die Herrlichkeit Gottes hat sich an uns erfüllt!" sagte Fra Jacopo mit versagender Stimme.

Sie hatte sich in der Tat erfüllt ... Alle empfanden es. Die Luft war dünner und leichter als sonst, die Sonne schien noch nie so purpurrot. Die Dächer, die Fensterscheiben loderten, als hätten sich die feurigen Zungen des Heiligen Geistes auf die Stadt gesenkt. Flammen züngelten auf den Spitzen der Hellebarden und den Helmen der Soldaten. Feurige Strahlen glühten empor bis zur Mitte des Himmelszeltes. Dergleichen hatten selbst die ältesten Bewohner Bolognas noch nie gesehen. Es war, als stünden und knieten die

Menschen nicht auf dem Boden, sondern schwebten über der Erde, auch Julianus fühlte sich schwerelos, wie wenn sich die Seele von seinem Körper gelöst hätte. Ein Hauch von Glückseligkeit und Verzückung wehte über der Menschenmenge. Alle Gesichter verwandelten sich, alle waren außer Fassung und nahmen das Wunder tief in sich auf. Jesus schwebte über den Mauern der Stadt und erfüllte die Herzen mit beklemmender Freude.

Julianus schämte sich.

Siehe, durch Gottes Gnade durfte er die „Erfüllung der Zeit" erleben, vor seinen Augen geschahen Wunder wie einst vor mehr als tausend Jahren in den Mauern Jerusalems, am See Gennesaret, am Ufer des Jordan. Und er hatte sein Vertrauen verloren, wollte nach Hause fliehen, um sein Volk vor dem nahenden Untergang zu warnen . . . Gott lebt, stößt Tausende von Menschen in den Staub, erniedrigt die Mächtigen und erhebt die Armen, beschämt die Wissenschaften, die Heilmittel der Ärzte, er läßt den Blinden sehen, richtet den Krüppel auf, läßt den Lahmen gehen, erweckt Tote zum Leben.

Seine Brust verschnürte sich, als hätte ihn eine riesige Hand gepackt, wie die Hand eines neugierigen Mannes das Katzenjunge, ihn emporgehoben und ihm gleichsam mit dem ganzen Gesicht in seine blinden, sich nur langsam öffnenden Augen geschaut, ihn hochgehoben und dann wieder auf die Erde zurückgesetzt: Geh, lauf, schwacher kleiner Wurm, der du glaubtest, das stärkste Geschöpf auf Erden zu sein . . .

Eine Welle der Ergriffenheit stieg aus seinem Herzen empor, die Welt hellte sich auf, als strahlte ein Regenbogen vor seinen Augen.

Als der Mönch an der Universität sprach, konnte Julianus nicht in den Saal hineingelangen und grämte sich mit den Tausenden, die wie er draußen bleiben mußten. Auch Gerhardus hatte kein Glück. Desiderius hörte zwar etwas von seinen Worten, weil es ihm gelungen war, rechtzeitig einen Platz auf einem schmalen, sehr hohen Fenstersims zu belegen, von wo er selbst dann nicht gewichen war, als man ihn an den Füßen und an der Kutte herunterzuziehen versuchte. Paulus jedoch erwies sich auch diesmal als der Auserwählte Gottes: Er konnte Fra Domenico hören, stand sogar neben ihm. Als die Predigt zu Ende war und Domenico der Menschenmenge, die sich auf die Knie warf, den Segen gespendet hatte, wandte er sich mit freundlichem, väterlich sanftem Lächeln an Paulus und fragte, welcher Nation er angehöre, da sein Gesicht so fremd sei. Als Paulus ihm geantwortet hatte, rief Domenico aus:

„Du bist der Sohn eines großen Volkes, das Antlitz der Jungfrau Maria strahlt beim Anblick deines Landes, und eure apostolischen Könige tragen die Krone der Gerechtigkeit im Himmelreich!“

Paulus schloß sich dem Manne Gottes an, begleitete ihn in das Haus des Bischofs, wo er sein Quartier hatte, und lauschte voller Bewunderung Domenico, der vor Müdigkeit kaum noch sprechen konnte. Als er sich mit seinen Brüdern unterhielt, strahlten einfache Güte, endlose Liebe und göttliche Sanftmut aus seinen Worten. Paulus ging in dieser Nacht nicht nach Hause, erst gegen Mittag des nächsten Tages. Er aß nichts, trank nichts, vergaß alle Bedürfnisse des irdischen Lebens, lächelte nur leuchtenden Gesichtes und sprach und sprach. Immer aufs neue wiederholte er die Worte Domenicos, immer wieder beschrieb er die Erhabenheit und Anmut seiner Erscheinung.

„Ich werde es sein“, sagte Paulus und konnte seiner Ungeduld kaum Herr werden. Er ging im Zimmer auf und ab wie einer, der tausenderlei zu tun hat und nicht weiß, wo er beginnen soll. „Ich werde es sein, der den Orden unseres Vaters Domenico in den ungarischen Boden verpflanzt, ihn beschneidet, gießt und zu einem kräftigen Baume aufzieht.“

Man sah ihn voller Ehrerbietung an.

„Denn wenn es in unserem Lande Sünde gibt, und die gibt es, wenn es Gewalttätigkeit gibt, Drangsalierung der Armen, Betrug an Waisen und Hilfsbedürftigen, und die gibt es, und wenn auch in unserem Land die Worte Jesu Christi verspottet werden und man das priesterliche Gewand mißachtet, und das gibt es, und wenn es auch dort zum Himmel schreiende Verwüstung, Ausbeutung und heftige Streiterei gibt, und das gibt es, so wird der Predigerorden unseres Vaters Domenico all diese Sünden ausmerzen und unser Heimatland Ungarn in einen Weingarten Gottes verwandeln!“

„Beginne damit!“ rief Gerhardus frohen Herzens dazwischen.

„Wenn das Kapitel Vater Domenicos zustimmt“, fuhr Paulus ungestüm fort, den Blick ernst auf seine Gefährten gerichtet, „daß ich seinen Orden bei uns einführe, würdet ihr dann mit mir kommen, liebe Brüder?“

„Mit Leib und Seele!“

„Bis zum letzten Atemzug!“

Alle fühlten, daß ein großer Augenblick in ihrem Leben gekommen war. Etwas Großes war geboren worden, nicht aus eigenem Willen, sondern aus dem Willen Gottes. Ihre Augen funkelten, ihre Wangen röteten sich, beschwörend drückten sie einander die Hand. Dann schlugen sie das Kreuzzeichen, wie sie das vor der

…tun pflegten. Paulus ging im Zimmer auf und ab, Julianus …ch, stützte die Ellbogen auf die Knie, legte das Kinn in die … Hand und dachte angestrengt nach. Gerhardus legte sich rücklings auf sein Bett und jauchzte vor Begeisterung mehrfach auf, Desiderius aber, tief ergriffen, saß neben ihm auf dem Bettrand und wischte sich von Zeit zu Zeit Tränen aus den Augen.

Paulus sprach mit immer größerer Begeisterung. Er sagte, jetzt habe er endlich den Platz gefunden, für den Gott ihn bestimmt habe. Lange habe er gegrübelt, ob er sich Franziskus oder Dominikus als Anhänger anschließen sollte. Das Leben des Poverello, dessen fromme Armut, seine bewundernswerte Einfalt, seine Sanftmut, die Wunder, die man über ihn und seine Mönche überall in der Stadt erzähle, habe ihn bis tief in die Seele ergriffen, genau wie seine Brüder. Er habe auch schon erwogen, ob er sich nicht den Minoriten anschließen solle. Aber er habe gedacht, daß die Lebensweise dieser Ordensbrüder für die geistliche Arbeit, die in Ungarn zu verrichten sei, hinderlich wäre. „Bei uns", sagte er, „leben mächtige, auf äußeren Glanz bedachte Herren und Arme, die diese Herren bewundern. Die Herren verachten die wie Bettler lebenden Mönche, das Volk aber würde in den umherziehenden armen Ordensbrüdern Gaukler sehen. Bei der Verkündigung des Evangeliums muß man das Land im Auge haben, in dem man es verkünden will." Er habe Fra Bernaldo auch gesagt, wenn sie Minoriten nach Ungarn zu schicken gedächten, sollten sie darauf gefaßt sein, daß das Volk sie an der Landesgrenze mit Knütteln zurückjagen werde. Die Anhänger des Dominikus jedoch seien anders, auch wenn sie arm seien und ihren Lebensunterhalt durch Betteln bestritten. In Dominikus sei mehr Kraft, im Poverello dagegen mehr Zauber und kindliche Poesie. In Ungarn benötige man die Kraft und weniger die Poesie. Deshalb wolle er ein Bruder des Predigerordens werden und diesen Orden nach Ungarn verpflanzen. Es bedürfe der Mission, hauptsächlich unter den Kumanen, wenn man nicht tatenlos zusehen wolle, wie das Werk Sankt Stephans zerfalle. Und schon König Stephan habe gewußt, das Christianisierung ohne Macht und Kraft in Ungarn nutzlos sei. Das Volk wünsche sich die Kraft seiner großen Ahnen selbst in der Sanftheit Jesu Christi. Deshalb werde er, Paulus, sich Dominikus anschließen, und er schätze sich sehr glücklich, daß ihm seine lieben Brüder einmütig folgen wollen.

Dann sprach Paulus über Dominikus. Er, der ihn nicht nur gesehen hatte, sondern auch in seiner Nähe gewesen war und sogar mit ihm hatte sprechen können, erzählte hingerissen von diesem frommen Mann. Seine Gefährten hörten ihm still und andächtig zu.

„Seine Gesinnung ist auf völlige Gleichheit bedacht, und es trübt ihn, wenn es an Gnade und Barmherzigkeit fehlt", sagte er im Tonfall äußerster Bewunderung, hatte er doch selbst erlebt, daß Elend und Leiden Dominikus traurig stimmten. „Und weil das frohe Herz das Antlitz strahlen läßt, zeigt er außer der Fröhlichkeit seines Antlitzes auch sein Herz. Und wenn im Antlitz dieses heiligen Mannes die Fröhlichkeit aufleuchtet, erobert er sich die Liebe aller Menschen. Denn kaum haben die Menschen einen Blick auf ihn geworfen, gewinnen sie ihn lieb. Wo er auch auftritt oder spricht, ob mit seinen Gefährten, mit dem Herrn oder den Dienern eines Hauses, mit hohen weltlichen Herren oder mit Kirchenfürsten, jederzeit wartet er mit erbaulichen Worten und mit guten Beispielen auf."

Paulus berichtete, daß Dominikus seine Nächte mit Klagen und Beten verbringe, aber am Morgen fröhlich aufstehe, denn froher Mut gehöre dem Morgen, die Betrübnis aber der Nacht. Es sei auch eine gute Gewohnheit des Paters, während der Nacht in der Kirche zu bleiben, so häufig, daß er gar keiner ständigen Ruhestätte bedürfe. Soweit es seine Körperkräfte zuließen, wache er, bete und singe laut. Wenn ihn aber dann doch der Schlaf übermanne, sinke er vor dem Altar nieder, und wie einst Jakob lege auch er das Haupt auf einen Stein. Jede Nacht geißele er sich mit eigener Hand, einmal um der eigenen Seligkeit willen, ein andermal für die Sünder und dann wieder für die im Fegefeuer Schmachtenden. Dieser heilige Mann könne mit den Weinenden weinen und mit den Lachenden fröhlich sein.

„Seinen geraden Weg gehend", sagte Paulus, „hat er nie jemanden durch Worte oder Taten, weder durch doppelzüngige Reden noch durch Arglist getäuscht. Dieser heilige Mann ist wahrlich ein Anhänger der Armut und trägt selbst schäbige Kleidung. Ein gewisser Frater Istefanus hat erzählt, der Pater habe während der ganzen Fastenzeit nichts anderes gegessen als trocken Brot und nichts anderes getrunken als klares Wasser und nie sein Bett aufgesucht."

„Wenn ich nur auch solch ein entbehrungsreiches, frommes Leben führen könnte!" seufzte Gerhardus bitter.

„Ich habe auch noch gehört", fuhr Paulus fort, „wie Dominikus mit dem Teufel fertig geworden ist. Als er so manche Nacht vor dem Altar ausgestreckt im Gebet verbrachte, wollte ihn der Höllenfürst vom Gebet abbringen. Deshalb warf er von der Decke der Kirche einen großen Stein herab, mit einem solchen Donner, daß die ganze Kirche davon erdröhnte. Und der Stein traf so dicht am Kopf des Paters auf, daß er sogar dessen Kapuze berührte. Aber Dominikus fuhr unbeirrt in seinem Gebet fort. Der Teufel brüllte darob schrecklich! Aber seine Erfolglosigkeit beschämte ihn so, daß er von dannen zog."

Staunend hörten die Mönche zu. Dieser fallende Stein, der die ganze Kirche erschütterte, mußte in der Tat furchtbar gewesen sein. Im Herzen des Dominikus mußten riesige Kraft und Zuversicht wohnen, daß er sich selbst dadurch nicht aus seiner Andacht bringen ließ! Siehe, selbst im Gebet vor dem Altar ist man vor den Versuchungen des Teufels nicht sicher.

Es herrschte Grabesstille, daß man selbst die Fliege am Fenster summen hörte.

„Als Beelzebub Pater Dominikus nicht erschrecken konnte", fuhr Paulus fort, „versuchte er ihn erneut, um ihn zu beschämen. Als Pater Dominikus nach der Komplet seine Andacht verrichtete, erschien er ihm in Gestalt eines vor dem Altar betenden Mönches. Pater Dominikus gab ihm mit der Hand einen Wink, sich zur Nachtruhe zu begeben. Der Teufel beugte das Haupt und ging. Aber später kehrte diese Ausgeburt der Hölle zurück. Pater Dominikus schickte ihn wieder fort. Es läutete bereits die kleine Glocke zum Morgengebet, da erschien der Teufel abermals in Gestalt jenes Mönches. Da ging der fromme Pater zu ihm und sagte: ‚Wieviel Ungehorsam wohnt in dir, daß du trotz meines Gebotes nun schon zum drittenmal erscheinst!' Hierauf brach der listige Teufel in höllisches Gelächter aus und sagte: ‚Jetzt habe ich dich das Silentium brechen lassen!' Aber der fromme Pater antwortete ihm und sagte: ‚Du solltest dich nicht über etwas freuen, Elender, was dir nichts nützt. Ich bin Fürst und Gebieter über das Silentium und kann sprechen, wenn ich es für richtig halte!' So unterlag der Teufel. Aber seht, selbst in der Kirche, dort vor dem Altar, hat er den frommen Pater in Versuchung geführt."

Der Abend neigte sich schon, als die vier Mönche, sich und die Welt vergessend, noch immer über Dominikus und seine Auseinandersetzung mit dem Teufel sprachen, und obwohl sie überzeugt waren, daß der fromme Pater in jedem Fall den Satan besiegen würde, lauschten sie dennoch mit verhaltenem Atem, ob der Versucher aus der Hölle ihn nicht vielleicht doch überlisten konnte, war er doch so verschlagen!

„Einmal aber", erzählte Paulus weiter, als hätte er den Höllenfürst mit eigenen Augen in verschiedenen Gestalten um den frommen Pater schleichen sehen, „sah Pater Dominikus den Teufel zur nächtlichen Stunde, wie er mit eisernen Händen einen Zettel hielt und beim Licht der Kerze las. Als der fromme Pater ihn fragte, was er lese, antwortete der Teufel: ‚Die Liste der Sünden deiner Brüder.' Da befahl er dem Teufel in Christi Namen, ihm den Zettel zu geben, und siehe, es standen auf dem Zettel verschiedene Sünden seiner Brüder. Dominikus tadelte seine Brüder dafür, hatte den Teufel wieder durchschaut. Doch hört euch das an", rief er hingerissen. „Auch daraus können wir lernen! Der Teufel verbarg sich in allen möglichen Winkeln des Klosters und gelangte auch ins Dormitorium. Da sagte Pater Dominikus zu ihm: ‚Was gewinnst du im Dormitorium?' Der Teufel antwortete: ‚Ich raube den notwendigen Schlaf, störe die Ruhe. Ich mache die Mönche träge, rate ihnen, dem Gottesdienst fernzubleiben. Und wenn ich erst damit Gehör finde, öffnen sie den Gelüsten des Leibes ihr Ohr.' Dann führte Pater Dominikus den Teufel in den Chor der Klosterkirche. ‚Was gewinnst du an solch einer heiligen Stätte?' Der Teufel antwortete: ‚Ich bewirke, daß die Mönche zu spät zum Gottesdienst kommen, ihn früher verlassen und das Gehörte schnell vergessen.' Dann führte Dominikus ihn ins Refektorium und fragte: ‚Was gewinnst du hier?' Der Teufel antwortete: ‚Ich erreiche, daß der eine mehr und der andere weniger ißt.' Da brachte er ihn ins Lokutorium. ‚Was gewinnst du hier?' Da antwortete der Teufel mit lautem Gelächter: ‚Dieser Ort gehört voll und ganz mir! Hier wird gelacht, hier werden Neuigkeiten erzählt, eitle Gespräche geführt!' Als der Satan aber von Pater Dominikus nach dem Kapitelhaus gezogen wurde, wurde dem Teufel angst und bange, und er wollte davonlaufen. ‚Diese Stätte ist für mich die Hölle, denn was ich an anderen Orten auch gewinne, hier muß ich es wieder verlieren! Denn hier werden die Mönche zum Guten ermahnt, hier beichten sie, hier werden sie gegeißelt, und hier werden sie von ihren Sünden freigesprochen. Deshalb fürchte ich diese Stätte und verabscheue sie mehr als jede andere.' So wurde der Teufel durch den frommen Pater gezwungen, seine Schliche preiszugeben."

Gerhardus lachte schmetternd, Desiderius lächelte, Julianus schlug sich begeistert mit den Fäusten auf die Knie.

„So muß man mit dem Teufel verfahren", rief Gerhardus triumphierend. „Wahrlich, Pater Dominikus lehrt uns, wie man den Teufel furchtlos an den Hörnern packen muß wie einen wildgewordenen Widder!"

Es war schon ganz dunkel geworden, und Paulus erzählte noch immer, auf welche Weise der Teufel den frommen Mann überlisten wollte. Als Paulus dann keine Geschichten mehr wußte, begann er erneut zu erklären, worin sich Dominikus und Franziskus voneinander unterschieden. Er kam zu dem Schluß:

„Recht hat der, der gesagt hat, in Franziskus wohne ‚tutto serafico in ardora‘, in Pater Dominikus aber ‚splendere di cherubica luce‘. Seraphische Liebe in dem einen und der Glanz cherubinischer Weisheit in dem anderen. Ich entscheide mich für die Weisheit.“

Es zeigte sich, daß Desiderius mehr zum Poverello neigte, besonders gefiel es Desiderius, daß er sich so an schönen Landschaften erfreute, daß der Berg La Vernia, das Tal Spoleto, die Blumen Assisis ihn zu solch dichterischen Empfindungen bewegten. Und erst recht seine Predigten, die er an die Vögel richtete! Und wie die Vögel seinen Worten lauschten, wie sie ihn umschwärmten, mit den Köpfen nickten und mit ihren Flügeln schlugen!

„Nicht nur die himmlischen Vögel hören auf den unschuldigen Menschen, sondern selbst die wilden Tiere dieser Erde“, sagte Desiderius sanft, den Kopf gewohnheitsgemäß ein wenig zur Seite geneigt und seinen schütteren Bart streichelnd. „So gab es in der Stadt Gubbio vor kurzem einen grimmigen Wolf, der nicht nur Tiere, sondern sogar Menschen riß und auffraß, so daß sich niemand mehr aus der Stadt wagte. Als dies Franziskus hörte – so erzählte mir's Frater Jacopo Wort für Wort –, ging er in besagte Stadt und sah und hörte von den Untaten des Wolfes. Da erklärte er, er müsse im Namen Jesu Christi gegen den bösen Wolf ausziehen. Als die Bürger dies hörten, kamen sie gleich zu ihm und flehten ihn an: ‚Fra Poverello, verlaß die Stadt nicht, denn der böse Wolf hat schon viele Menschen angefallen. Wenn du hinaus gehst, bringt er auch dich um.‘ Aber Franziskus schlug das Kreuzzeichen und begab sich mutigen Herzens auf den Weg, den aus Angst vor dem Wolf niemand mehr zu gehen wagte. Die Bevölkerung der Stadt aber eilte auf die Mauern, um Zeuge des Geschehens zu sein und zu sehen, was der heilige Mann mit dem bösen Wolf anstellte. Und siehe, vor aller Augen kam der furchtbare Wolf auf Franziskus zugerannt. Der Pater aber machte das Kreuzzeichen und bannte den Grimm des Wolfes gegen sich und gegen seine Mitmenschen, besänftigte ihn, durch die Macht Gottes gebot er seinem Lauf Einhalt und schloß ihm den fürchterlichen Rachen. Und der Wolf blieb vor ihm stehen. Franziskus aber sagte zu ihm: ‚Im Namen Christi befehle ich dir, weder mir noch jemand anderen etwas Böses anzutun!‘ Siehe, welch ein Wunder geschah! Auf der Stelle beugte das große grimmige Tier demutsvoll den Kopf. Und wie ein sanftes Lamm legte es sich Franziskus zu Füßen. Dieser aber sprach zu ihm: ‚Bruder Wolf, du hast in diesem Gebiet viel Böses getan und großen Schaden angerichtet. Denn du hast grausam getötet, ohne jegliches Erbarmen und nicht nur vernunftlose Tiere, sondern auch vernunftbegabte Menschen, die Gott nach seinem Ebenbilde erschaffen. Deshalb hast du jede Höllenqual und einen schrecklichen Tod verdient wie der Dieb und der gemeine Mörder. Für deine Bosheit grollen dir alle Menschen und verwünschen dich, selbst die Hunde bellen dich an. Du bist ein Todfeind dieser Stadt. Aber, Bruder Wolf, ich weiß, du hast das Böse getan, um deinen Hunger zu stillen. Deshalb bin ich heute zu dir gekommen, um zwischen dir und deinen Feinden ewigen Frieden zu stiften, aber so, daß durch dich niemand mehr bedroht wird. Und ich verspreche dir, alles, was du gefehlt hast, wird dir verziehen. Weder Menschen noch Hunde werden dich künftig behelligen.' Und der Wolf gab mit all seinen Bewegungen, dem Wedeln seines Schwanzes, seinem Blinzeln und dem Neigen seines Kopfes zu verstehen, er verspreche, alles zu tun, was Franziskus wünschte und sagte."

Gerhardus konnte sich die wundersame Geschichte nicht weiter ruhig anhören. Er sprang von seinem Bett auf, lachte laut, so sehr, daß Paulus ihn streng ansah. Erst dann konnte Desiderius seine Geschichte beenden, die er von Fra Jacopo gehört hatte. Und er erzählte, wie der Wolf Franziskus die Pfote gab und somit versprach, künftig nach seinen Ermahnungen zu leben, schon heute von Haus zu Haus zu ziehen wie ein bettelnder Mönch und sich mit den Almosen zu begnügen, so daß fortan die Menschen keinen Arg gegen ihn zu hegen brauchen und auch die Hunde fürder nicht gegen ihn knurren müssen. Er wurde zu einem zahmen, unterwürfigen, frommen Wolf. Wer es nicht glaubt, gehe der Sache nach, begebe sich nach Gubbio, dort könne er es mit eigenen Augen sehen. Ein alter Wolf sei er, habe schon graue Flecken im Fell. Dennoch sei er sanft wie ein neugeboren, einfältig Lamm.

Tagelang, wochenlang diskutierten die Mönche über Franziskus und Dominikus. Sie trugen die Geschichten über die beiden zusammen wie die Bienen den Honig. Paulus' Plan nahm von Tag zu Tag deutlichere, klarere Gestalt an. In seinen einsamen Grübeleien dachte er darüber nach, wen er mit aufnehmen würde. Dann besprach er diese Frage mit seinen Gefährten. Es fiel der Name des Priors von Fejérvár, Aloisius, weiterhin der des jungen Paulus, des greisen Stephanus, der Name Frater Ottos und sogar der des Georgius. Aus dem Kloster in Várad erwähnte man Frater Pelbart und den jungen Johannes, der etwas älter war als Julianus und schon seinerzeit als sehr kluger Junge galt.

„Sehr schade ist es um Frater Julius", stellte Julianus betrübt fest. „Welch scharfen Verstand hatte er, und wie liebte er es, in Gedanken weite Wege zurückzulegen."

„Er hatte unruhiges Blut", Paulus nickte.

Desiderius trat wieder für die Minoriten ein. Erneut sprach er von den Vögeln und dem Wolf, Paulus jedoch äußerte entschieden seine Meinung:

„Daß dieser Franziskus sich mit beseelten Tieren, mit sanften Vögeln und bösen Untieren unterhielt, sollte man wahrhaftig noch nicht als großes Wunder rühmen."

Er sprach über die Natur der beseelten Tiere, erklärte, worin sie sich von den Menschen unterschieden. Auch die Tiere verfügten über klaren Verstand, wüßten, was zu ihrem Nutzen und was zu ihrem Schaden sei, was sie tun müßten, um dem Befehl ihres Instinktes zu gehorchen. Man nehme zum Beispiel die Ameisen oder die Bienen. Welch vollkommene Behausung sie zu bauen verstünden und auch wüßten, woraus sie ihren Bau zu errichten hätten. Wie klug erst seien Hund, Katze, Pferd oder Esel! Und mit welch wundervollen Kenntnissen flögen die Vögel! Aber sie alle beugten sich vor einem stärkeren Willen. Der Mensch jedoch habe die Würde seiner Seele, seinen göttlichen Ursprung und die Bande erkannt, die ihn an Gott binden. Und der Mensch verfüge über freien Willen, könne auch tun, was seinem Leib, ja sogar seiner Seele schade. Das Tier höre nicht auf die Versuchung des Teufels, weil es Gott nicht kenne. Der Mensch aber höre darauf! Und er wolle das Böse mit vollem Bewußtsein. Was bezwecke der Teufel? Er wolle den Menschen dem Tier ähnlich machen! Er bewege ihn, dem eigenen Instinkt zu folgen und somit nach tierischem Verstand zu handeln. Denn der Teufel sei Luzifer, das heiße: Lichtbringer. Er bringe das Licht des kalten Verstandes. „Töte deinen Mitmenschen", sage er, „wie das Tier raubt." – „Freue dich", sage er, „aber freue dich nach der Art des Tieres, wenn es seinen Hunger stillt und sein Paarungsgelüst befriedigt!" Schon im Pardies habe Luzifer Adam und Eva damit in Versuchung geführt, sie sollten erkennen, was nur Gott wisse. Er brachte ihnen das Licht, aber das Licht des kalten, tierischen Verstandes. Das Tier empfindet die Sünde nicht, weil es Gott nicht kenne. Der Mensch sei sich der Sünde bewußt, seit er Luzifer Gehör schenkte und gegen den Willen des erkannten Gottes verstieß.

„Der Teufel trägt dann den Sieg davon", sagte Paulus mit seherischem Feuer, „wenn das Licht Luzifers, das Licht des tierischen Verstandes, Herr über die Menschen wird. Wenn sie beim Feuerschein des höllischen Lichtes morden, rauben und die Begierde ihrer Triebe befriedigen. Wenn sie im Gras, in den Bäumen, in beseelten oder unbeseelten Tieren nicht mehr die Absicht Gottes sehen, sondern etwas, mit dem sie ihren Hunger, ihren Durst, ihre

Habsucht und ihr Machtstreben stillen können. Und dann ergeht es ihnen wie jenem Wolf, den man mit der Schlinge gefangen und am Baum aufgehängt und als Dieb, Räuber und Mörder gerichtet hat. Aber während der reißende Wolf wegen seiner Tat nicht in die ewige Verdammnis gestoßen wird, stößt man die Menschen dorthin, die der Falschheit des Teufels Gehör geschenkt und mit kaltem Verstand zum Räuber, Dieb und Mörder geworden sind. Denn während der vernunftlose Wolf nur den Leib mordet, mordet der vernunftlose, zum Tier gewordene Mensch auch die Seele, die Absicht Gottes und sein eigenes Seelenheil."

Keiner vermochte so schön und klug über Gott und den Teufel zu sprechen wie Paulus. Selbst Desiderius, obwohl er sich nicht genug über die Gespräche Francescos mit den Vögeln und dem Wolf wundern konnte, sah ein, daß es in Ungarn eher der hingebungsvollen Entschlossenheit cherubinischer Weisheit bedurfte als der zarten Anmut seraphischer Liebe. Denn was ließe sich wohl bei den wilden, schlauen Kumanen mit purer Liebe erreichen?

Als Domenico die Stadt verließ, begleitete ihn Paulus ein Stück des Weges, und die drei jungen Mönche blieben allein. Sie hatten das Gefühl, ihren Vorsteher verloren zu haben. Denn ihre kleine Gemeinschaft ähnelte einem Kloster, dessen Abt Paulus war, ohne daß sie ihn dazu hätten wählen müssen. Stets unterwarfen sie sich ohne Murren seinem Willen, und jetzt, da er gegangen war, fühlten sie sich gleichsam als Waisen.

Julianus vergaß sogar Ungarn ein wenig. Die Ereignisse, die über ihn hereinbrachen, die infolge des sich immer mehr ausbreitenden Wirkens von Dominikus und Franziskus entstandenen Erregungen, die von Mund zu Mund gehenden Nachrichten über die von ihnen vollbrachten Wunder lenkten seine Aufmerksamkeit auf das Schicksal der Kirche. Außerdem verursachte der Streit zwischen Papst und Fredericus, das Machtstreben des schlauen und unerbittlichen sizilianischen Königs nicht nur ihm und seinen Brüdern, sondern auch der Stadt unruhige Nächte. Friedrich wollte in der Tat ins Morgenland ziehen, aber offenbar paktierte er mit dem heidnischen Sultan, denn er verfolgte nicht die Ziele eines Kreuzzuges, sondern seine eigenen Interessen. Seinen Sohn Heinrich hatte er ohne Einwilligung des Papstes zum deutschen König erhoben, und es war sonnenklar, daß er, Friedrich, ganz Italien beherrschen wollte, um dann Herr über die ganze Welt zu werden. Der arme Papst Honorius mochte viel Bitternis geschluckt haben. Denn dem Kreuzfahrerheer unter Johann von Brienne war es zwar nach langer Belagerung gelungen, den Schlüssel Ägyptens, Damiette, zu erobern, aber alsbald schon erlitt er von den Heiden eine schmähliche Niederlage, und der ägyptische Sultan setzte sich wieder in Damiette fest. Der Papst gab Fredericus die Schuld an dieser Niederlage, drohte ihm sogar mit dem Bann, aber der König täuschte ihn wieder mit teuflischer Arglist. Er versprach alles mögliche, bis er vom Papst zwei Jahre Aufschub für seinen Kreuzzug bekam. Dabei verpflichtete er sich sogar, die Tochter des Königs von Jerusalem zur Frau zu nehmen. Der sanfte, schwache Honorius ließ sich damit beruhigen; doch plötzlich warf Fredericus die Maske der Demut ab und stellte Forderungen, die jeden Anhänger des Papstes, jeden wahren Christen empören mußten. So forderte er Waffendienst von Spoleto, obwohl Spoleto zur päpstlichen Herrschaft gehörte. Honorius protestierte, klagte, nannte Fredericus undankbar, dieser jedoch überhörte das Jammern des Papstes und streckte nun schon die Krallen nach der Lombardei aus.

Die Bürger Bolognas verbrachten soviel Zeit wie möglich auf den Straßen und Plätzen. Wenn Julianus durch die Stadt ging, sah er überall lärmende, heftig gestikulierende Gruppen, deren italienische Worte sich zu überschlagen schienen. Aus Begeisterung und Hingerissenheit fielen sie in Wut und Verbitterung. Mal lobpriesen sie staunend Franziskus und Dominikus, verkündend, daß Gott seine Herrschaft auf dieser Erde erneuere und die schmähliche Macht des Teufels breche, mal verzweifelten sie wegen der Schwäche des Papstes und wegen des Erfolges der Gewalttätigkeit Friedrichs. Mal sprachen sie von den Wundern, die sich ringsum in der Welt immer häufiger ereigneten, mal über das erneute Aufflammen der Ketzerei und deren Ausbreitung. Eines Tages zogen sie zu Tausenden über die Landstraßen, um irgendeinen namhaften Bruder Francescos mit Fahnen und Gesang zu empfangen. Er aber verkroch sich vor ihnen und schlich über Seitenstraßen in die Stadt, um einer Glorifizierung aus dem Wege zu gehen. Dann wieder kam es zu blutigen Schlägereien über die Frage, ob der sizilianische König gottlos oder gottesfürchtig sei.

Als Nachrichten eintrafen, daß das Heer Johanns von Brienne, des Königs von Jerusalem, in Ägypten gesiegt hatte, waren die Menschen wie berauscht, tanzten, sangen, veranstalteten Prozessionen. Sie forderten hochmütig, nur jetzt, jetzt sollte man dem Versprechen des Sultans kein Gehör schenken. Denn allein an barem Geld hatte man vierhunderttausend Goldstücke erbeutet! Die Heiden waren verzweifelt über ihre Niederlage, spürten, daß das Ende gekommen war. Papst Honorius nannte seinen Legaten, den Spanier Pelagius, einen zweiten Josua, und dieser Name verbreitete sich blitzschnell in ganz Italien. Pater Pelagius habe recht! Jetzt müsse man ganz Ägypten erobern und die Macht der Heiden für immer von dieser Erde wischen!

Aber dann wurden die Gesichter lang. Neue Nachrichten trafen aus Akkon in Ravenna ein. Segelschiffe, die nach Venedig fuhren, hatten sie mitgebracht. Die Kreuzfahrer hockten fünf Monate lang untätig in Damiette, anstatt unverzüglich gegen Kairo zu ziehen. Der Teufel hetzte sie gegeneinander, und sie stritten darüber, wer welchen Teil der eroberten Provinz bekommen sollte. Vergebens feuerte der „zweite Josua", Pelagius, zum Kampf gegen die Heiden an. Die Kreuzfahrer lagen einander in den Haaren, der Sultan aber sammelte unterdes emsig sein Heer zur Verteidigung Kairos und baute eine neue befestigte Stadt, die er Mansura nannte, „die Siegreiche".

Dann trat der Nil über die Ufer, Damiette verwandelte sich in eine Insel. Das Schicksal des Feldzuges war besiegelt.

Was kann der wahre Gläubige tun, wenn er sieht, daß in der Ferne, wohin seine helfende Hand und auch seine Seufzer nicht reichen, nur seine Gebete, die heilige Sache dem Untergang geweiht ist? Er kann toben, beteuern, er habe dies vorausgesehen, habe es sogar ausgesprochen, er kann die sündige Torheit der Menschen tadeln, ihre selbstverschuldete Blindheit, kann sich mit der Faust gegen die Stirn trommeln, kann weinen, wenn er von schwacher Natur ist, kann vor dem Altar niedersinken und für den Erfolg der Sache flehen, kann Gaben und Almosen spenden in der Hoffnung, die Kraft jener zu mehren, die in der Ferne, am Rande der Wüste, kleinmütig an zu Hause denken – oder er kann abwinken und sagen: Gott hat die Diener der Sünde im Stich gelassen, es ist besser, wenn man sich ihretwegen nicht grämt.

Diese letztere Meinung vertrat Gerhardus. Desiderius grämte sich, Julianus aber revoltierte. „Die Welt wird in der Tat mit wenig Weisheit regiert", sagte er. „Die Menschen vermögen die Absicht Gottes nicht zu erfassen, verfallen immer wieder der Machtgier, rauben, bekämpfen einander und kommen ab vom Wege Gottes. Frater Paulus hat recht: Der Teufel macht sie zu Tieren, um so das Werk Gottes zu vernichten."

Paulus aber weilte in Rom und nahm dann im Mai am Generalkapitel der „Minderbrüder" teil. Aus allen Gegenden der Welt hatte Franziskus die Minoriten zur Versammlung nach Assisi, in die im Tal stehende alte, verwitterte, verfallene Kapelle Santa Maria degli Angeli – Unsrer Lieben Frau von den Engeln – gerufen. Auch aus Bologna strebten mehrere dorthin. Als Vertreter des Klosters der

Minoriten war Frater Bernaldo zu Fuß nach Assisi unterwegs. Der Papst residierte zu dieser Zeit in Perugia, und dort weilte auch Ugolino, der Kardinal von Histia. Der Kardinal war stets glücklich und erbaut, sooft sich seine Augen an den Mitgliedern dieses frommen Ordens, besonders an Franziskus, weiden konnten. Seit das Generalkapitel begonnen hatte, begab er sich täglich nach Assisi, zelebrierte dort eine Messe, predigte und bewegte sich glücklich in der hier versammelten großen Menschenmenge. So konnte sich jetzt Paulus in der Nähe von Dominikus und Franziskus aufhalten. Er war Augenzeuge, als einige schwächere ältere Mönche durch den Druck des unter der Kutte getragenen eisernen Gürtels erkrankten. Da ließ Franziskus mehr als fünfhundert solcher Bußgürtel zu einem Haufen zusammentragen und verbot deren Anlegen. Paulus erlebte glückliche Tage. Dies tröstete auch seine drei Landsleute, die in Bologna geblieben waren. Ihre bitteren Empfindungen und schmerzlichen Gedanken verblaßten, wenn sie an Paulus dachten, den heißgeliebten Gefährten, ihren lieben Bruder. Täglich beteten sie um den Erfolg seiner Pläne.

Adalbertus jedoch schien die drei zu meiden, obwohl er Tag für Tag im Hofe Messer Giovannis erschien, gleich einem fleißigen Steinmetz die Ärmel hochkrempelte und arbeitete, daß der Schweiß nur so an ihm herunterfloß. Die Hämmer der vier Männer, Giovannis, seiner beiden Söhne und Adalbertus', klangen vergnügt zu ihren Liedern. Doch während Adalbertus früher Psalmen gesungen hatte, hörten seine Landsleute jetzt immer häufiger, daß es süße italienische Lieder waren, in denen des Teufels Honig floß. Diese Lieder hörten die Mönche mit geziemendem Abscheu. Nicht so die Jungfer Rita! Bei der Arbeit im Hause fand sie immer wieder Gelegenheit, sich in der Nähe der emsigen Männer aufzuhalten, sich gewohnheitsmäßig auf einen Stein – häufig auf einen marmornen Engel – zu setzen. Das Gesicht in die aufgestützte Hand neigend, ihre vollen Lippen ein wenig öffnend und dabei die kleinen Zähne zeigend, konnte sie sich stundenlang an der Arbeit der Künstler erfreuen. Der untersetzte, kindlich dreinblickende Adalbertus mit dem runden Gesicht gab in seinem kirchlichen Gewand, mit aufgekrempelten Ärmeln, mit Meißel und Hammer in den Händen, mal Psalmen, mal gefühlvolle italienische Liebeslieder singend, einen seltsamen Handwerker ab. Wenn ihn jemand genauer beobachtet hätte, wäre ihm nicht entgangen, wie er mit der träge zuschauenden Rita verstohlen lächelnde Blicke wechselte. Die vollen roten Lippen des Mädchens öffneten sich dann noch um Haaresbreite mehr, und zwischen den Zacken ihrer Zähne erschien ihre Zungenspitze.

Desiderius war so sehr von Adalbertus begeistert, daß er ihn um jeden Preis unter die Bewohner des ersten ungarischen Dominikanerklosters aufnehmen wollte. Gerhardus winkte lachend ab, Julianus protestierte gegen diesen Plan. Wenn von Adalbertus die Rede war, äußerte er sich stets grob, wie sehr er sich auch zu beherrschen mühte. Er schämte sich dessen gerade genug. Doch seitdem er bei Hilbertus gewesen war, trat seine schwelende Abneigung gegenüber Adalbertus offen zutage. Manchmal träumte er gar, daß er ihm in das runde, fröhliche, kindliche Gesicht schlug, eine Flut Beschimpfungen über ihn ergoß, doch diese Beschimpfungen hatte er bis zum Morgen immer vergessen.

„Wir hören die Schläge seines Hammers und seine teuflischen Lieder oft genug", sagte er auch diesmal zornig, „um zu begreifen, daß er für unsere Arbeit verloren ist."

„Es gibt Priester und sogar Mönche", widersprach Desiderius mit schmerzlicher Sanftmut, „die Steine behauen, Bilder malen und doch gute Diener Jesu Christi sind. Ihr Dienst besteht sogar in solcher Arbeit."

„Im Singen von Liebesliedern?" rief Julianus bitter. „Das doch wohl nicht!"

„Er versteht diese Liebeslieder vielleicht gar nicht genau. Hör doch, er singt italienisch."

„Adalbertus spricht italienisch, als wäre er hier geboren."

„Das ist trotzdem nicht so, als würde er ungarisch sprechen und singen."

„Er weiß sehr wohl, wovon diese Lieder handeln. Es geht darin um die Schönheit des Mädchens, um leibliche Sünde, um Liebesbezeugungen, um Mondschein, lauen Wind, süße Empfindungen."

„Er singt auch Psalmen."

„Er mischt sie bedenkenlos zwischen all die sündigen Lieder. Hört nur, auch jetzt."

Vom Hof her vernahm man ein andächtiges Lied. Adalbertus schwang die Stimme hoch hinauf, ließ sie lange tremulieren. Es war ein Psalm König Davids. In den schönen Gesang mischten sich die Klänge des Meißels und die rhythmischen Schläge des Hammers. Das Gesicht von Julianus verdüsterte sich. Seine Augen funkelten finster. Er stieß beide Hände zur Faust geballt auf dem Tisch nach vorn und starrte vor sich hin. Dann überkam ihn Schamgefühl. Er seufzte, schlug das Kreuzzeichen, holte sein Buch hervor und entnahm dem Tischkasten Papier und Feder. Schon seit geraumer Zeit arbeitete er in seinen freien Stunden an der Übersetzung eines Klageliedes. Schon zum viertenmal schrieb er auf das glattgestrichene

Blatt die ersten drei Verse ins reine – mit äußerster Sorgfalt, in schöner Schrift. Er wollte mit dieser Arbeit Paulus eine Freude machen, dachte daran, daß sie das Lied in ihrem künftigen Dominikanerkloster singen würden und es sogar anderen Klöstern schicken könnten, wenn es in mehreren Exemplaren abgeschrieben wäre.

So vorbereitet, wollte er sich in die dichterische Arbeit vertiefen. Er las wohl zum fünftenmal die ins reine geschriebenen Verse, erwog den Klang der Worte. Er klammerte sich nicht an den Urtext, gedachte vielmehr, seine eigenen Empfindungen in Verse zu fassen, angelehnt an das Lateinische. In Gedanken versunken, betrachtete er die Buchstaben. Halb flüsternd las er die Verse immer wieder.

Weinen war mir unbekannt,
nun weine ich vor Schmerz,
Gram verzehrt mein Herz.

Juden nehmen mir den Sohn,
der Welten strahlend Licht,
den ich kann vergessen nicht.

Er nickte mit dem Kopf dazu und klopfte nach dem Rhythmus der Worte mit den Fingern auf den Tisch.

Aber im Hof arbeiteten die Steinmetze. Man hörte das Klingen und Pochen der Werkzeuge und das Poltern der Steine, das Lied des Adalbertus, die brummende Stimme Messer Giovannis, das Plaudern seiner Söhne. Julianus lauschte gespannt. Wahrhaftig, das fehlte gerade noch, daß dieses schamlose Mädchen, das doch wie ein unschuldiges Lamm erschien, in das Lied mit einfiel, daß es zusammen mit Adalbertus sang. Daß sie singend den blumengesäumten, pfeilgeraden Weg zur Sünde betraten.

Aber Rita sang nicht, nur die Stimme Adalbertus' klang, als lobte er Gott mit den Worten Davids vor dem Altar.

‚Er singt', dachte Julianus bitter, ‚damit das Mädchen ihn bewundere. Er singt, weil er das Mädchen bewundert. Er singt lateinisch, als könnte Rita es verstehen. Diese träge Katze, durch deren Antlitz der Teufel schon einen französischen Mönch verführt hat und jetzt auch einen ungarischen Bruder ins Verderben stürzen will und in deren Gestalt er auch mich versucht, mich von meiner gottgeweihten Arbeit ablenkt. Hebe dich hinweg, Satan, hebe dich hinweg mit dem Bild, das vor mir schwebt', dachte er düster. ‚Hebe dich hinweg, versuche nicht, mich zu verführen durch diese schönen, starken Beine, die wiegenden breiten Hüften, die langsamen wippenden Schritte, den schamlos schwellenden Busen unter dem Leinen des Hemdes, die vollen, immer ein wenig geöffneten Lippen, als wären sie stets berauscht vom Honig der Freude und der Begierde . . .'

Du heißgeliebter Sohn,
einzige Freude mein,
sieh die Tränen deiner Mutter,
laß frei mich von Kummer sein.

Gerhardus und Desiderius diskutierten noch immer darüber, ob Adalbertus den Anforderungen des Ordens entspräche, ob man ihn in ferne Länder zur Bekehrung heidnischer Völker schicken könnte.

„Du erhoffst zuviel von Adalbertus", sagte Gerhardus schließlich verärgert, „und warum? Weil ihr beide aus Pozsony stammt. Und weil euer beider Väter von dem gleichen Juden Geld geliehen haben und es ihm schulden bis ans Ende der Zeiten."

„Du sprichst, als hätte dein Vater oder Großvater sich nicht auch mal von einem Juden einige Denare geborgt!" entgegnete ihm Desiderius.

„Sicher, aber nicht von diesem Juden."

„Schweigt!" fuhr Julianus sie an.

Hierauf verstummten sie, da sie sahen, daß er in eine gottgefällige Arbeit vertieft war.

Die Hämmer dröhnten, die Meißel klangen, der Psalm erschallte.

Mein Auge ist ein Tränenmeer,
Leid macht mir das Herz so schwer.
Muß dein Blut ich fließen sehn,
wird mein Herz vor Schmerz vergehn.

Licht der Lichter,
Blume der Blumen,
mußt erleiden Schmach und Pein,
Nägel dringen in dich ein . . .

Schließlich verstummte der Gesang, auch die Hämmer schwiegen, und als sie wieder zu arbeiten begannen, beteiligte sich ein Hammer weniger am Lärm. Alle wußten, um diese Zeit beendete Adalbertus die Arbeit. Ob er wohl heraufkam? Oder ging er, wie in letzter Zeit so häufig, geradewegs nach Hause?

Er kam herauf. Seine Schritte schlurften auf den Treppen, und kurz darauf trat er ins Zimmer. Sein Gesicht war gerötet, seine Stirn schweißnaß, sein Gewand von Steinstaub bedeckt, seine Hände voller Schwielen; aber seine blauen Augen lachten. Desiderius empfing ihn mit großer Freude, ging ihm entgegen, umarmte ihn, küßte ihn auf die Schulter. Gerhardus war nicht so freundlich zu ihm wie früher, und Julianus nickte eben nur und vertiefte sich wieder in seinen Text.

Adalbertus war unruhig, seit er den Fuß ins Zimmer gesetzt hatte. Er ging auf und ab, blieb am Fenster stehen und horchte, klagte, wie teuer und wie schlecht die Kopisten arbeiteten, daß sie keine Ahnung von Orthographie hätten. Er habe lateinische Notizen abgegeben zum Abschreiben und Einbinden, doch herrje, man könne sie nicht einmal lesen. Aber der Einband sei wunderschön. Man müßte in der Tat etwas gegen sie unternehmen. Auch Hilbertus beschwere sich. Dann sprach er über das Wetter, die Schönheit des Maies, die blühenden Wiesen. Desiderius hörte ihm zu; seine Miene zeigte, daß er ihm vergab. Gerhardus machte scherzhafte Bemerkungen, Julianus grübelte verärgert über der Marienklage. Schließlich rückte Desiderius mit ihrem Anliegen heraus.

„Frater Paulus möchte nach der Regel des Dominikus ein Kloster gründen."

„Wo?" fragte Adalbertus beiläufig, öffnete den Lüftungsflügel des Fensters und schaute auf den St.-Augustinus-Platz hinab.

„Daheim, auf ungarischem Boden."

„Bene. Ich wünsche aus reinem Herzen, daß es ihm gelingt."

„Wir alle werden der Gemeinschaft angehören."

„Gottes Segen sei mit euch."

„Möchtest du dich nicht auch anschließen?"

„Ich?" fragte Adalbertus nachdenklich, nahm ein Ende seines weichen blonden Bartes in den Mund und kaute lange darauf. „Ich? Das ist nichts für mich."

„Warum?"

„Nun . . . nun, ich bin lieber ein frommer Mann in Italien als . . ."

Er schwieg.

Julianus blickte von dem Klagelied auf, von dem er ohnehin keinen Buchstaben sah, und fragte mit finsterem Gesicht, aber mit betont sanften Worten:

„Wie sollen wir das Wort ‚Mann' verstehen, Bruder?"

„Nun . . . nun, ich meine", stammelte Adalbertus unbehaglich und begann wieder auf und ab zu gehen. „Seht, Brüder, die Welt dreht sich nicht so, wie man sich das gemeinhin vorstellt. Da ist dieser Fredericus. Er mag vielleicht ein gottloser Mensch sein, aber die Wege Gottes sind uns verborgen. Vielleicht ist er es auch nicht.

Und dann der Heilige Vater. Womöglich ist er im Unrecht. Schließlich ist Fredericus doch gegen die Ketzer gezogen, hat sie mit Feuer und Schwert bekämpft, ist es nicht so? Und er wird auch ins Heilige Land ziehen. Alles ist heutzutage durcheinander, so verworren. So verworren . . ."

Er schwieg, und die drei Mönche warteten verwundert, verärgert, neugierig, wo er hinauswollte. Was hatte all das damit zu tun, daß er ein frommer Mann in Italien sein wollte?

Adalbertus druckste, kratzte sich am Kinn, setzte sich, stand auf, ging auf und ab, blieb stehen, schaute zum Fenster hinaus, seufzte. Dann wünschte er schnell alles Gute und ging.

„Betet für mich", rief er von der Schwelle zurück, und seine Stimme war ein wenig verschleiert.

„Zu guter Letzt fühlt er seinen Tod nahen", bemerkte Gerhardus verstimmt. „Nun seht ihr, er will sich gar nicht an der Gründung des Klosters beteiligen."

Julianus war im Traum wieder in eine heftige Auseinandersetzung mit Adalbertus verstrickt. Er schlug ihm ins Gesicht, beschimpfte und rügte ihn, wußte am Morgen wieder nicht, mit welchen Worten er es getan hatte. Als sie frühzeitig alle drei nach S. Stefano zur Messe gingen, begegneten sie am Tor Rita. Sie trug ein abgetragenes, schmuckloses Gewand, ein schwarzer Schleier bedeckte ihr Haupt. In der Hand hielt sie ein kleines Bündel. Sie errötete bis zur Stirn, als sie die drei Mönche erblickte, und es schien, als wäre sie sehr erschrocken. Sie nickte nur schnell und trat zum Tor hinaus, ging raschen Schrittes bis an die nächste Straßenecke, dort schaute sie noch einmal zurück und verschwand.

Nach der Messe gingen die drei zur Universität, mischten sich unter die lärmend wimmelnde Menge der Studiosi, und jeder von ihnen machte sich auf den Weg zu seinem Lehrer. Julianus begegnete einem bekannten italienischen Bakkalaureus, der vor Glück nur so strahlte. Mit schnellen Worten, heftig gestikulierend erzählte er, daß sich zum Generalkapitel mehr als fünftausend Minoriten eingefunden hätten, eine solch große fromme Versammlung habe die Welt noch nicht gesehen. Kardinal Ugolino habe diese gottgefällige Schar zu Tränen gerührt betrachtet und ausgerufen: „Wahrlich, das ist das Heerlager der Streiter Gottes!"

Julianus schwieg ergriffen. Der Italiener aber sprach ohne Unterlaß, bis alles berichtet war, was er gehört hatte. In dieser demütigen Menschenmenge wurde weder leichthin erzählt noch harmlos gescherzt; wenn sich einige Brüder zusammenfanden, so beteten sie, sangen Psalmen, trauerten wegen ihrer eigenen Sünden oder wegen der Sünden ihrer Feinde und sprachen über ihr Seelenheil. Sie hausten, nach Provinzen geordnet, unter Schilf- und Strohmatten, weshalb man auch von dem Mattenkapitel sprach . . . Als Bett diente ihnen die bloße Erde, als Kissen ein Stein oder ein Stück Holz. Die Nachricht über sie verbreitete sich wie der Duft einer blühenden Frühlingswiese. Vom päpstlichen Hof in Perugia und aus vielen anderen Städten des Spoletoer Tales pilgerten zahllose Grafen, Barone, Ritter, Edelleute, unzählige Bauern, aber auch Kardinäle, Bischöfe, Äbte und viele andere Priester zu der frommen Versammlung. Hauptsächlich deshalb, um den wundertätigen Poverello zu sehen, der eine so schöne Herde zusammengeführt hatte, um Jesus Christus, dem Hirten, zu folgen.

Der Italiener sprach noch von den ergreifenden Predigten, die man dort hielt, und von der wundersamen Bewirtung. Franziskus hatte nämlich vor der Menge verkündet: „Ich befehle kraft des heiligen Gehorsams, daß keiner von euch, die ihr hier seid, sich darum sorgt, was er essen, trinken, wie er die Bedürfnisse seines Leibes stillen werde. Betet ungestört und überlaßt die Sorge um euren Leib ganz dem himmlischen Vater, denn er ist mit besonderer Liebe auf euer Wohl bedacht." Die Menge empfing die Verheißung freudig, nur Dominikus wunderte sich darob und sprach: „Es ist einfältig, eine solche Menschenmenge ohne die geringste Vorsorge zu versammeln." Aber er sollte nicht recht behalten, denn Jesus zeigte, wie sehr er seine Armen liebt! Er inspirierte die Bewohner von Perugia, Spoleto, Foligno, Spelle und all den anderen benachbarten Ortschaften, und siehe, sie brachten zu Pferd, auf dem Esel oder ihrem Maultier, andere zu Fuß Brot, Wein, Bohnen, Käse und Früchte für die Versammelten, sogar Töpfchen, Löffel und Krüge. Selbst die Grafen, Ritter und Bischöfe beteiligten sich andächtig an der Bewirtung der frommen Gemeinde. Dominikus sah seinen Irrtum bald ein, er kniete vor Franziskus nieder und erklärte, er werde die Mitglieder seiner Bruderschaft mit dem Bann bestrafen, wenn sie im Orden Anspruch auf das geringste Eigentum erhöben.

Diese erbaulichen Nachrichten munterten Julianus wieder auf. Sein böser Traum und seine Ruhelosigkeit waren vergessen, als wären sie in einen Brunnen gestürzt. Die Oberfläche des Wassers schillerte sauber und klar. Julianus nahm Abschied von dem Bakkalaureus. Er freute sich, daß Paulus bald wiederkommen würde und ihre kleine Schar dann nicht mehr führerlos wäre. Er eilte nach Hause, um die Abschrift der Marienklage fortzusetzen. Wie würde sich Paulus freuen, wenn er sie ihm zeigte.

Er war allein zu Hause, seine Gefährten waren noch nicht heimgekommen. Gleich holte er seine Notizen hervor, Feder, Tinte und das sorgfältig gehütete Pergament. Kaum jedoch hatte er sich in seine fromme Arbeit vertieft, wurde die Tür krachend aufgeschlagen, und auf der Schwelle erschien Signora Margherita. Julianus blickte überrascht auf.

„Wo ist dieser Adalbertus?" schrie sie und hielt Ausschau, als hätte Julianus ihn versteckt und wollte ihn nicht herausgeben. Ihr buntes, aber unsauberes Gewand hing an ihr, als hätte sie es nur eben übergeworfen oder in Kummer und Wut zerzaust. Die Warze an ihrem spitzen Kinn war gerötet, wie Stacheln spießten die drei Haare.

„Sicherlich ist er in der Universität", antwortete Julianus erstaunt.

„Dort ist er nicht! Auch nicht in seinem Quartier! Damit du es weißt, elender Frater, auch Hilbertus hat ihn nicht gesehen."

„Gestern noch war er hier und hat gearbeitet."

„Das habe ich selbst gesehen, wäre ihm die Hand gebrochen, als er das erstemal einen Hammer ergriff, sein Bein, als er das erstemal meine Schwelle überschritt! Und ich habe ihm vertraut! Dem Niederträchtigen, dem Schmählichen, dem elenden Herumtreiber, dem hinterhältigen Ungherese! Oh, ich dummes Weib! Wo steckt dieser Adalbertus?" schrie sie wieder drohenden Blickes und sprang zwei Schritte nach vorn, als wollte sie Julianus auf der Stelle die Augen auskratzen oder ihm Nase und Ohren abreißen und die Haut vom Gesicht ziehen.

Julianus verstand von alldem kein Wort. Er erschrak. Mitleid erfaßte sein Herz.

„Beruhige dich, gute Frau", sagte er leise und legte ihr die Hand auf die Schulter. „Ich weiß nicht, wo Adalbertus ist."

Hierauf folgte ein langer, verzweifelter, ohrenbetäubender Wortschwall, von Tränen, Schluchzen und Verwünschungen unterbrochen. Julianus verstand davon nur soviel, daß jemand verschwunden war und große Schmach über ihr Haus hereingebrochen sei, die Strafe Gottes habe sie ereilt – welche Schande! –, und daß man jemanden herbeischaffen müsse, ihn auf dem Markt an den Schandpfahl binden, nackt, in Federn gewälzt, ihn auspeitschen ... Man müsse Pferde besorgen und Adalbertus überall suchen ... Die Ungarn seien ebensolche Strolche wie die Franzosen ... Und zum Schluß fluchte sie: Das Dach des Hauses möge einstürzen, vor allem die Decke jenes Zimmers, in dem bisher der Teufel in Gestalt von Pfaffen wohnte, aber sie lasse die Kuttenmänner mit Weihrauch ausräuchern, damit sie sich in ihrer Qual wänden wie die Würmer.

Dann sank Frau Margherita auf einen Stuhl, verbarg das Gesicht in ihren Händen und weinte.

Julianus wartete hilflos, bis sie sich einigermaßen beruhigt hatte. Als er dann glaubte, vernünftig mit ihr sprechen zu können, fragte er sie mit sanfter, mitfühlender Stimme aus. So erfuhr er, daß Jungfer Rita am frühen Morgen, zur Zeit, da die Mönche zur Messe gingen, einige Schmuckstücke zusammengerafft und, als würde sie eben nur in die Straße hier nebenan gehen – obwohl sie sonst nie allein die Gasse betrat –, das Haus verlassen hatte. Sie, Margherita, habe auf der Stelle geahnt, daß Adalbertus die teuflische, behaarte Hand im Spiel habe. Ihr habe dieser aufgedunsene, grinsende, grölende Kerl nie gefallen, er habe nur den Marmor in der Werkstatt verschandelt. Seit langem habe sie gemerkt, daß er etwas Böses im Schilde führe, daß er ein Nachkomme des Teufels, ein Sproß des Beelzebubs sei .. . Heute morgen, als sie Rita fragen wollte, wohin sie das Salz gestellt habe, suchte sie ihre Tochter, rief sie, fand sie aber nicht. Messer Giovanni habe sie albern geheißen und gesagt, Rita werde schon wiederkommen. Er sei gar kein Vater, und diese großen Jungen, seien das etwa Söhne von ihrem Blut? Sie hätten über das Verschwinden Ritas nur gelacht. Dann endlich hätten sie doch zu suchen angefangen, wären ausgeschwärmt in die Stadt; in die Universität sei sie höchstpersönlich gegangen.. Sie sollte einstürzen, aus allen Teilen der Welt versammle man hier die nichtsnutzigen Schurken, die Herumtreiber, in Mänteln herumschlendernde Tagediebe, die Pauker heidnischer Bücher . . .

Rita sei nicht da, und Adalbertus sei nicht da. Sie habe es geahnt, habe ihren Mann schon lange gewarnt, denn sie habe Adalbertus immer verabscheut . . . Aber umsonst. Die Männer seien dumm und taugten nichts. In allen stecke der Teufel.

Endlich war alles klar.

Julianus empfand Mitleid und Abscheu zugleich. Das Klagelied und das Pergament mit der ungarischen Fassung lagen auf dem Tisch und riefen ihn. Aber auch die Frau war da, auf den Tisch geneigt, ohne Pergament, Feder und Tinte zu beachten. Bis sie dann wieder aufstand, sich in ihren Rock schneuzte und, ihre kalte Wut wiedererlangend, Julianus und alle Ungarn dieser Welt zu beschimpfen begann.

„Versündige dich nicht, Signora“, versuchte Julianus, sie zu beruhigen. „Der Zorn tötet die Weisheit. Hab Vertrauen, deine Tochter wird wiederkehren, gleich dem verlorenen Sohn. Und sie wird dir und Gott lieber sein als je zuvor. Du wirst sie in neuer Gestalt wiedersehen, bete für sie.“

Doch all sein Bemühen war vergebens. Sie hörte zwar mit funkelnden Augen zu, ohne aber den Sinn auch nur eines Wortes zu erfassen, dann brach sie wieder in Tränen aus, und die Namen von Rita und Adalbertus schreiend, rannte sie hinaus.

Der Friede war dahin.

Am Nachmittag erschienen Gerhardus und Desiderius. Letzterer hatte schon von Hilbertus erfahren, daß ihn eine schreckliche Frauensperson überfallen habe, die Adalbertus suchte. Das Haus war leer, die Werkstatt stumm. Verstreut lagen die schon behauenen Steine, dazwischen Hämmer und Meißel. Frau Margherita kam bald mit lautem Geschrei nach Hause gerannt, bald suchte sie Bekannte, Nachbarn und Verwandte auf, dann wieder hielt sie sich an der Universität auf, nach Adalbertus suchend, für den Fall, daß er vielleicht doch zurückgekehrt sei. Die drei Ungarn saßen in ihrem Quartier, als hielten sie Leichenschmaus. Aber es war doch eher ein Fasten als ein Schmaus. Ja, sie fasteten, beteten und seufzten für die Bekehrung der verirrten Seele.

„Der Mensch hat drei Hauptfeinde", flüsterte Desiderius niedergeschlagen, „mit denen er bei Tag und Nacht ringen muß bis zu seinem Ende. Wenn er sie besiegt, wird er das Himmelreich gewinnen, wird er aber von ihnen besiegt, hat er seinen Platz in der Hölle. Der erste Feind ist die Welt. Der zweite der Leib. Der dritte der Teufel. Wie gut, daß mich weder die Welt noch der Leib noch der Teufel in Versuchung führen."

Julianus' Herz verkrampfte sich. Denn er wußte, wie sehr auch er versucht worden war. Rita hatte in ihm das Verlangen nach Wollust erweckt, zuweilen hatte er sogar gedacht, wenn sie schon mit dem Franzosen gesündigt hatte, könnte sie es auch mit ihm! Wie oft hatte ihn das Verlangen im Traum gequält, wie oft betrachtete er voller Sehnsucht ihren langsamen, wiegenden Gang, ihren vollen Busen, die weichen Arme, die ein wenig geöffneten, vollen Lippen, ihre dunklen Augen . . . Wie oft schon war er ihr am Haustor, auf dem Hof, auf der Straße und selbst an der Kirchenschwelle begegnet. Wie oft hatte er reumütig auch jene Sünden gebeichtet, die er nur in Gedanken beging. Jetzt fiel ihm der Recke aus dem Gleichnis ein, der all seine Zeit, all seine Schätze dem weltlichen Leben und der Unkeuschheit opferte und dem dann einmal eine himmlisch schöne Frau erschien, die sagte: „Ich bin die Welt, der du mit so großem Eifer dienst!" Und der Recke rief begeistert: „Nun brauche ich es nicht zu bedauern, daß ich einer so holden Frau diente!" Aber da sagte die Schöne zu ihm: „Du hast mein Angesicht gesehen, nun sollst du mich auch von hinten sehen!" Und als sie sich umdrehte, sah der Recke an ihr schreckliche Merkmale großer Qualen und Scheußlichkeiten. Und er sank auf der Stelle zu Boden und rief entsetzt: „Oh, du Verdammte, wie viele täuschst du!“ Denn es wurde ihm klar, daß die Schönheit dieser Frau trügerisch war. Und eine solche Frau war nun in den Augen des Julianus auch Rita.

Er ging zum Betschemel, bekreuzigte sich, und tief geneigt sprach er ein Dankgebet, weil die Versuchung von ihm gewichen und weil seine Seele nicht so sehr durch seine Kraft, sondern durch die Gnade Gottes rein geblieben war für die ewige Seligkeit.

Einige Tage später kehrte Paulus zurück.

Er umarmte und küßte die Gefährten mit großer Liebe, und auch die Brüder begrüßten ihn mit Tränen in den Augen. Gerhardus rannte gleich los, um Brot, Käse und Obst zu besorgen. Desiderius wiederholte in einem fort „Gott sei Dank, Gott sei Dank!“ Als wäre nun alles Übel vorbei. Julianus war so glücklich, daß er hätte hüpfen können wie ein Kind. Mit tausend Fragen bestürmte er Paulus.

Als Gerhardus zurückkehrte, setzten sie sich alle zu Tisch. Während sie Brot, Käse und Orangen aßen, konnten sie sich nicht satt hören an den Worten des Paulus, über das wundersame Generalkapitel in Assisi, über den Hof in Perugia, über die sanfte Güte des Heiligen Vaters und über seine traurigen Tage, die nur durch das gottgefällige Wirken des Poverello und Fra Domenicos erheitert wurden. Sie hörten von der Größe Roms, von seinem Glanz. Paulus ließ sie die alten Ruinen und den Reichtum der ewigen Stadt sehen, er erzählte von der Kampfentschlossenheit, aber auch den Sünden ihrer Bewohner. Er begeisterte sich nicht für Rom, wenngleich ihn dessen Größe in Staunen versetzte. Perugia und das kleine Assisi, das er mit Betlehem verglich, gefielen ihm besser, auch die Schönheit des Spoletoer Tales im Mai, sein duftender Zauber, die blühenden Berglehnen und Hänge, die kleinen Klöster und die alten Kirchen und Kapellen, die am Wegesrand stehenden sanften, aus Stein gemeißelten Heiligen entzückten Paulus so sehr, daß selbst er nur stammelnde Worte für ihre Beschreibung fand.

Endlich, als sie das bescheidene Mahl beendet hatten, alles erzählt und angehört war, was die heiligen Dinge betraf, sah sich Paulus um und fragte:

„Warum herrscht in diesem Haus solche Grabesstille?“

Die Brüder schwiegen mit gesenktem Haupt. Keiner von ihnen wollte das Schlimme berichten. Paulus prüfte sie mit forschendem Blick, dann forderte er jeden namentlich auf zu sprechen. Aber sie sprachen auch dann noch nicht.

„Wer den kürzeren zieht, wird berichten“, sagte Paulus streng.

Mit dem Messer schnitt er drei Späne vom Rande der Tischplatte, nahm sie in die Hand und hielt sie ihnen hin. Gerhardus zog den kürzesten Span. Da berichtete er, was geschehen war. Betroffen hörte Paulus zu.

„Wir kehren heim, nach Ungarn“, sagte er entschieden und erhob sich. „Noch dreimal werde ich an der Universität eine Vorlesung halten, dann reisen wir. Richtet euch darauf ein, Brüder.“

Alle atmeten erleichtert auf.

Als Messer Giovanni müde, dreckig und verstaubt nach Hause kam, auf seinem trottenden Esel sitzend, mit krummem Buckel wie die Katze auf dem Zaun, ging Paulus gleich zu ihm hinunter und teilte ihm ihren Entschluß mit. Er fügte auch hinzu, nach dem, was geschehen war, würde man ihn zusammen mit seinen Gefährten ohnehin sicher gleich aus dem Hause jagen, aber der Steinmetz winkte nur ab und sagte verärgert:

„Corpo di Bacco! Keineswegs, frommer Bruder. Ich bin ja kein Weib. Warum sollte ich? Weil dieser närrische Adalbertus meine Tochter entführt hat? Das muß er mit seinem Gewissen ausmachen! Er wird es bereuen.“

„Konntet ihr nicht erfahren, wohin sie gezogen sind?“

„Nein. Aber es kümmert mich auch nicht. Wenn meine Frau mir nicht in den Ohren läge, würde ich keinen Schritt tun“, seufzend blickte er in der verlassenen Werkstatt umher, zwischen den verwaisten schönen Marmorblöcken, den halb behauenen Heiligen und den kunstvollen Schlußsteinen. Er spuckte aus. „Ei, der Teufel möge sie holen, alle Frauen, die auf dieser herrlichen Erde geboren wurden! Schau, meine Arbeit hier, nun ist sie unterbrochen. Das Haus ist leer, der Herd ist kalt. Ich kehrte nur zurück, um zu sehen, ob nicht herumstreifende Strolche von der Universität meine Werkstatt schon durchwühlt haben. Ich breche dann gleich wieder auf. Jeder von uns zieht in eine andere Richtung. Warum dies alles? Weil ich eine Tochter habe, die verrückt nach den Mönchen ist und nach der vor allem diese verrückt sind. Ich sagte zu meiner aufgebrachten Frau, schau, Alte, laß sie ziehen. Zuerst kommen Marmor und Meißel. Aber vergeblich! Der Teufel soll alle holen!“

Unbehaglich hörte sich Paulus dieses heidnische Fluchen an. Abwehrend hob er die Hand, man solle nicht wünschen, daß jemanden der Teufel hole, vor allem aber nicht die eigene Tochter und die eigene Frau. Doch der Meister scherte sich nicht daran, immer wieder beschwor er den Teufel herauf, dann brach er seine Tirade ab.

„Wenn diese beiden Margheritas dein Weib und deine Tochter wären, würdest du anders sprechen. Aber du hast dich für die leichtere Lösung entschieden. Wie das Schicksal des Adalbertus einst im Jenseits sein wird, wissen wir nicht, aber was ihn hier auf Erden erwartet, das weiß ich: Meine Frau war als Mädchen, als sie sechzehn Lenze zählte, haargenau wie Rita."

Der Meister räumte die Werkstatt auf, aß etwas, verschloß dann alles, beruhigte Paulus noch einmal, sie sollten in Gottes Namen ungestört wohnen bleiben und sich nicht um das Schimpfen Frau Margheritas kümmern.

Dann trabte er in Richtung des nördlichen Tores davon.

Julianus kümmerte sich nicht viel darum, was im Hause geschehen war. Auch seine Gefährten nicht. Sie sprachen zwar täglich ihre Gebete für den in Sünde gefallenen Adalbertus, aber ihre Seele war von der großen Erregung erfüllt, die die Worte des Paulus in ihnen geweckt hatte: Wir kehren heim! Heim . . .

Und daheim würden neue Aufgaben auf sie warten.

Gerhardus sang den ganzen Tag, scherzte, und manchmal gar machte er Bewegungen, von denen ein gehässiger Betrachter hätte behaupten können, er tanze. Häufig rief er aus:

„Wir werden es den hohen Herren, den Kumanen und den anderen Heiden schon zeigen!"

Desiderius war von einer Sanftmut erfüllt, die alles bisherige übertraf.

Julianus aber war völlig aus dem Häuschen. Manchmal war er niedergeschlagen, doch er wußte selbst nicht, weshalb. Wenn er beim Spazierengehen außerhalb der Stadt nachdachte oder in den Straßen die schönen, mit Arkaden geschmückten Häuser betrachtete und in der Universität durch die Gänge oder über die schmalen Stufen schritt, wurde er traurig. Das Bild seiner Umwelt floß mit den Bildern der ungarischen Landschaft zusammen, in den Bauwerken sah er die Basilika von Pécs und Fejérvár, die Paläste von Buda, auf den Stufen der Universität vermeinte er über die Stufen des heimatlichen Klosters zu schreiten. Es war Italien und Ungarn zugleich. Selbst aus einem schnellen italienischen Gespräch glaubte er zuweilen ungarische Worte herauszuhören. In den Bewegungen eines Bauern, der seinen Esel trieb, sah er einen Bauern von zu Hause. Diese widersprüchlichen Empfindungen waren so quälend, daß er sie kaum zu ertragen vermochte. Italien, dachte er, und sein Herz schmerzte. Ungarn, dachte er, und sein Herz krampfte sich zusammen.

Dabei konnte er kaum die Vorbereitungen zum Aufbruch abwarten. Es erging ihm wie dem stampfenden Pferd, das schon aufhorcht, wenn der Kutscher mit dem Geschirr klirrt und das Zaumzeug herbeibringt. Alles, was er je gedacht hatte, bestürmte ihn. Paulus würde nach der Regel des Dominikus ein neues Kloster gründen. Dann würden sie an die Arbeit gehen. Im Traum hatte Dominikus einmal gesehen, wie der mächtige Bau der Kirche ins Wanken kam. Dominikus lief herbei und stützte das Gebäude mit der Schulter. So müßten auch sie handeln. Es bedürfte eines Ordens, der erkannte, daß der Bau Ungarns einzustürzen drohte, weil Ratten ihn unterhöhlt hatten. Es wurden Männer gebraucht, die herbeieilten, um den Bau mit den Schultern zu stützen. Denn wenn er einfiel, würde der gottlose Fredericus seinen Stiefel auf das Land setzen.

Und es warteten ihrer noch andere Aufgaben.

Den Kumanen, die Erzbischof Robertus getauft und jenseits der Theiß angesiedelt hatte, mußte man schnellstens das Evangelium Jesu Christi lehren, denn das Taufwasser allein machte aus niemandem einen wahren Christen.

Und es gab noch weitere Aufgaben.

Die Zeit war gekommen, daß man die in Magna Hungaria verbliebenen Ungarn bekehrte und heimgeleitete wie die verirrten Schafe in ihre Herde.

Und das konnte nur er, Julianus, verwirklichen.

Wie aber sollte das geschehen? Mußte er sich Gefährten suchen, oder sollte er seine Aufgabe allein ausführen? Sollte er zum König nach Esztergom reisen, vor ihm auf die Knie fallen und ihn von der Größe, dem Nutzen und der Gottgefälligkeit des Gedankens überzeugen? Sollte er zu ihm sagen: Hoher Herr, du bist ins Heilige Land gezogen, aber erfolglos zurückgekehrt. Um wieviel größer wäre dein Verdienst, wenn du die Quelle des Evangeliums für unsere in der Ferne lebenden Brüder und Schwestern erschlössest, das Tor des Landes für sie auftätest und dir damit den Einzug in das Himmelreich sichertest? Oder sollte er zu niemandem etwas sagen, nirgends hingehen, sondern sich barfuß, ohne Stab und Quersack auf seinen Missionsweg begeben, wie Dominikus es befiehlt, und so lange wandern, bis er nach Magna Hungaria gelangte, und sich an die Spitze der dort Lebenden stellen, wie ein alter Kranich die Spitze des Zuges zur Zeit des Vogelfluges einnimmt? Wenn er so handelte, würde er seine schwachen Kräfte vielleicht überfordern. Handelte er aber anders, konnte seine Absicht vereitelt werden . . .

Er war voller Tatendrang und Erregung, voller Freude, aber auch voller Kummer.

Seinen Gefährten sagte er vorerst noch nichts von seinen Plänen. Zuvor mußten sie ohnehin erst die Sache des Klosters zum Erfolg bringen. Und wenn dann das Kloster stand und in seinen Mauern auserwählte Brüder nach strenger Regel in christlicher Liebe zusammenlebten, könnte man auch auf die Sache der Mission zu sprechen kommen.

Was machte wohl Frater Otto? Ob er noch lebte? Oder ob er schon gestorben war? Hegte er im Herzen noch immer den hehren Gedanken, von dem er zu Julianus so oft gesprochen hatte?

Am liebsten wäre er geflogen, um Frater Otto zu sehen und Gewißheit über dessen Pläne zu erlangen.

So war er umhergeworfen zwischen beklemmender Traurigkeit und anfeuernder, kribbelnder Unrast, jeden Morgen zählte er von neuem, um wieviel sie dem Aufbruch nähergekommen waren, jeden Abend seufzte er bei dem Gedanken, daß er Italien, die schöne Stadt Bologna, die blühende Universität, die fruchtbringende Wirkungsstätte von Franziskus und Dominikus verlassen mußte. Darüber stellte sich langsam der heiße Sommer ein. Indes hielt Paulus zur großen Begeisterung der Lehrer und der Hörer noch einige Vorlesungen, hatte aber auch begonnen, die eigenen Angelegenheiten zu ordnen. Eine besonders schwierige Aufgabe erwartete ihn beim Hauswirt selbst. Denn inzwischen war Messer Giovanni endgültig wieder heimgekehrt. Während der Zeit des langen, nutzlosen Umherstreifens hatte er viele seiner Auftraggeber verloren und es versäumt, neue Arbeiten anzunehmen. Als dann auch seine Söhne wieder auftauchten, waren Streit und Zank an der Tagesordnung. Signora Margherita konnte sich nicht damit abfinden, daß der gottlose Mönch, der das Mädchen entführt hatte, ohne Strafe davonkommen sollte. Ein anderer Vater hätte in einem solchen Fall die ganze Verwandtschaft zusammengerufen, Rache geschworen und nicht geruht, bis die Rache befriedigt war. Ein anderer Vater und andere Brüder wären bis zum Scheitel bewaffnet nicht nur durch ganz Italien gezogen, sondern auch durch ferne Länder, bis ans Ende ihrer Tage, nur um den schändlichen Kuttenträger aufzuspüren. Aber die Nachkommen der Della Torre waren nicht aus solchem Holz geschnitzt.

Die nach Rache lechzende Mutter wurde für Giovanni und seine Söhne zu einer wahren Heimsuchung, einer Heimsuchung auch für die ganze Verwandtschaft, für den städtischen Rat, die Anführer der Bürgerwehr, die Hauptleute der Torwachen, sogar für die Universität, denn Signora Margherita rannte von einem Amt zum anderen und belästigte alle Welt. Sie vergoß jedesmal ein Meer von Tränen und überschüttete selbst die gelehrten Männer mit Gift und Galle.

Julianus und seine Brüder wollte sie Tag für Tag aus dem Haus werfen. Ihr grelles Kreischen erklang bald vom Hofe her, den starken

Mauern hohnsprechend, bald von den Treppen, dann wieder tobte sie in ihrem Zimmer. Paulus machte seinen Gefährten begreiflich, daß Gott in Gestalt dieses Weibes ihre Geduld auf die Probe stellte. So hörten sie sich das Schimpfen, Drohen, all das schreckliche Fluchen, die Teufelsbeschwörungen friedfertig an, erduldeten Schluchzen und Tränen. Wieder und wieder bedienten sie sich der schönsten, der christlichsten Trostworte, zitierten das Evangelium, die Erkenntnisse, die goldenen Sprüche der Kirchenväter. Doch alles umsonst. So warteten sie, mit einem Bein schon unterwegs, mit dem anderen noch in der gewohnten Umgebung, wann sie der Frau für immer Gott befohlen sagen konnten.

Desiderius ertrug den Unfrieden mit betrübtem Gesicht, betete inständig für Adalbertus, für Rita und die Familie des Steinmetzen, Gerhardus dagegen konnte seinen Zorn kaum zurückhalten. Wenn er sich dann unbedingt Luft verschaffen mußte, tat er es mit einem harmlosen Scherz. Paulus jedoch, wenn er es hörte, rügte ihn streng. Er ermahnte ihn: Nach dem Beispiel des Dominikus müsse man mit den Lachenden lachen und mit den Weinenden weinen können. Signora Margherita weine, also müßten sie an ihrer Trauer teilnehmen.

Über ihre Heimat aber erhielten sie keinerlei Nachricht. Seit sich Adalbertus aus dem Staub gemacht hatte, sickerte weder aus dem Quartier des Hilbertus noch aus dem Hause des Kaufmanns Wilam etwas durch. Hilbertus ging erhobenen Hauptes, die Stirn gerunzelt, mit langen Schritten die leerer werdenden Gänge der Universität entlang, und wenn er sich mit jemandem in ein Gespräch einließ, so war dies kein Ungar.

Paulus hatte zwar bei ihm zu tun, übernahm von ihm das aus Fejérvár eingetroffene Geld, aber Hilbertus gab sich kühl und verschlossen, und daran konnten selbst die Sanftmut und das äußerst vornehme, edle Verhalten des Paulus nichts ändern

In dieser ständigen Erregung, in der Julianus lebte, blieb die Versuchung des Teufels nicht aus. Jetzt, seit Adalbertus Rita entführt hatte, ertappte sich Julianus häufig dabei, daß er gar nicht darauf achtete, was er las, was er sagte, sondern in Gedanken die Geflohenen begleitete. Er sah sie durch enge Gassen fremder Städte schreiten, Adalbertus im weltlichen Gewand, das Mädchen in dem schlichten Alltagskleid, in dem es fortgelaufen war, den Kopf unbedeckt, aber mit wiegendem Gang, die Lippen ein wenig geöffnet, die Zungenspitze rot hervorschimmernd zwischen den strahlendweißen Zähnen. Er sah, wie die beiden den Weg dahinschritten, im Schatten der Ölbäume rasteten, die Sandalen staubbedeckt, ihre Gesichter verschwitzt, aber sie blickten einander an und lachten. Der Teufel gaukelte ihm noch andere Bilder vor, Bilder, bei deren Anblick er errötete und erschrak. Und er sah die galoppierenden Reiter, die Söhne Messer Giovannis und den Vater selbst, düster, müde und gleichgültig. Wo mochten die von der Verlockung des Teufels berauschten Liebenden sein? Hatten sie ein Quartier, ein Bett, etwas zu essen? Kehrten sie auch nur einmal in eine noch so kleine, verfallene Kapelle am Wege ein, um für ihre Sünden Vergebung zu erflehen?

Julianus fühlte, wie das Gift ganz allmählich in seinen Körper eindrang und mit höllischem Feuer ihm Leib und Seele verbrannte. Zitternd bewunderte er Adalbertus wie seinerzeit Julius. Sie hatten vom berauschenden Honig gekostet. Oh, daß auch er ihn kosten könnte, nur einmal, nur ein einziges Mal in diesem kurzen Erdenleben! Damit er wüßte, welche Wonne der Leib einer Frau spendet!

Julianus begab sich nach S. Stefano, um zu beichten. Als er vor die sonderbar nebeneinander gesetzte Gebäudegruppe der Kirche gelangte, fiel ihm ein, daß er Rita einmal hier gesehen hatte, in rote Seide gekleidet, mit einem blauen Schleier auf dem Kopf; mit tugendhaft niedergeschlagenen Augen betrat sie damals zwischen ihrer Mutter und ihrem Vater die Kirche. Ihr Gang war wollüstig träge und wiegend, geschmeidig ihre Taille. Als Julianus jetzt durch die Pforte in die halbdunkle, kühle Kirche trat, dachte er daran, daß sie sich hier am Eingang begegnet waren und das Mädchen mit dem Kopf genickt und gelächelt hatte, als würde sie ihn begrüßen.

All dies war zu Ende, Gott sei es gedankt! Die Fußspuren Ritas verloren sich im Staub, den der ermattende Wind aufwirbelte, ihr Bild verblaßte.

Reumütig und ausführlich beichtete er einem grauhaarigen Priester mit stark gerötetem Gesicht und Tränensäcken unter den Augen, hörte sich voll Demut seine tadelnden Worte an, nahm die Pönitenz zur Kenntnis und gelobte zuversichtlich, fortan nicht mehr zu sündigen, jede Gelegenheit zu meiden, die zur Sünde führte.

Wieder empfand er Erleichterung, die nur die reuevolle, andächtige Beichte bewirken kann. Er fühlte sich befreit, ihm wuchsen Flügel, sein Herz war froh, es sang und jubilierte. Die gewölbte Kuppel der Kirche weitete sich, die Vergoldung, die Malerei strahlten im Halbdunkel, in den Bleirahmen des gewaltigen runden Rosenfensters funkelte das bunte Glas, und die Kette des Ewigen Lichtes glänzte, als rieselte Gold aus dem Himmel. Als er die kühle Kirche verließ, bewegten sich seine Füße leicht, seine Sandalen klopften nicht auf den Steinplatten, es klang, als hüpften sie im Tanzrhythmus. Triumphgefühl schwellte Julianus die Brust, seine Lippen lächelten, seine Augen schauten in die Höhe. Er trat so mutig zur Pforte heraus, als trüge er ein schützendes Panzerhemd, ein Panzerhemd, das man nicht sehen, nur fühlen konnte, ein Panzerhemd, das leicht war wie eine Feder.

Als er aus dem kühlen Halbdunkel der Kirche auf die Schwelle trat und der glühende Sonnenschein ihm in die Augen stach, tauchte strahlend, als käme sie nicht von der Straße her, sondern vom Himmel herunter, eine wundervolle Frauengestalt vor ihm auf. Schon auf den ersten Blick sah er überrascht, daß es kein irdisches Geschöpf war, sondern ein himmlisches Wesen, das irdische Gestalt angenommen hatte. Wie einst Lot der Engel in Gestalt eines jungen Mannes erschienen war, so nahm er jetzt vor Julianus die Gestalt einer lieblichen Frau an.

Als hätte sich himmlisches Feuer aus dem strahlend blauen, blendenden Himmel ergossen, blieb Julianus wie angewurzelt stehen. Der Atem stockte ihm, seine Lippen bebten, die Augen weiteten sich, seine Hände sanken herab. Die Frau war so groß wie er, vielleicht um einige Fingerbreit kleiner. Ein himmelblauer Seidenmantel hüllte ihren geschmeidigen Körper bis zu den Füßen ein. Auf dem Kopf trug sie ein hohes Diadem und einen bis zu den Hüften herunterwallenden, in weichen Falten schwebenden, seidig glänzenden, dünnen, himmelblauen Schleier. Ihre Taille war mit einer purpurroten seidenen Schärpe gegürtet, unter ihrem Mantel schauten die purpurroten, mit Gold bestickten Sandalen hervor. Mit ihrer elfenbeinfarbenen, graziös gebogenen Linken faßte sie die Falten ihres Gewandes zusammen. In der Rechten hielt sie ein mit Edelsteinen verziertes, ledergebundenes Gebetbuch. Als Julianus stehenblieb, verharrte auch sie und sah ihn an.

Erst jetzt wagte Julianus, der Frau ins Gesicht zu blicken. Ein längliches, ovales Antlitz strahlte ihn an im Sonnenschein, so weiß wie Milch, die Wangen so zartrot wie die Blütenblätter der Heckenrose. Ihre Nase war gerade und nicht eben kurz, ihre Augen aber leuchteten unter schwarzen Wimpern dunkel und sanft. Und was das Erstaunlichste war: Unter dem Kopfschmuck und dem Schleier wallte in reichen Wellen goldblondes Haar hervor, so golden, wie Julianus es noch nie gesehen hatte. Dieses schillernde, leuchtende Blond war überraschend hier, in Bologna. Soviel Fremdheit konnte nicht in einer italienischen Frau wohnen, wohl in keiner Frau dieser Erde. Und welch merkwürdigen Gegensatz zu den blonden Locken bildeten die schwarzen Augen, die langen, strahlenförmigen, schwarzen Wimpern!

Wie lange Julianus auf der Kirchenschwelle stand, gegenüber dem gelben Strahlen des sich blendend ergießenden Sonnenlichtes und der himmelbau gekleideten Frau, wußte er nicht. Es kam ihm gar nicht in den Sinn, daß es unschicklich war für einen Mönch, so hingerissen vor einer Frau zu stehen, sie mit schwärmerischer Bewunderung anzustarren, ohne sich satt sehen zu können. Es kam ihm nicht in den Sinn, weil er vom ersten Augenblick an sah, daß diese wunderbare Erscheinung keine Frau war, daß sie kein körperliches Verlangen erweckte. In ihrem ernsten, ruhigen, andächtigen weißen Gesicht lächelte nicht der schelmische Teufel der Wollust, in ihren Augen brannte nicht die Glut der Versuchung. Sie war fern jeder Begierde und fern davon, Begierde zu wecken. Mit kühl strahlendem Lächeln schritt sie dahin, über den irdischen Raum, über alle hinwegblickend, aber Glorie himmlischer Schönheit um sich verbreitend. Wer mochte sie sein? Die heilige Katharina? Oder war sie der Engel, der zur Rechten des Julianus schritt und ihn gegen die Arglist des Teufels schützte?

Gewiß war er deshalb erschienen, weil sich der Mönch durch die Verlockung Ritas schon beinahe dem Abgrund der Sünde genähert hatte. Er war erschienen, damit Julianus mit eigenen Augen sehen konnte, wer ihn unsichtbar bis ans Ende seines Lebens begleitete, und erkennen sollte, wer jene war, die mit Adalbertus in die Welt zog. Damit ihm deutlich wurde, nach wem er sich sehnte und wen er in dieser Sehnsucht leichtfertig hätte verlieren können. Oh, wenn Adalbertus dieses blaugekleidete Mädchen erschiene! Wie würde er auf die Knie sinken, sich gegen die Brust schlagen, weinen! Wie würde er die Erscheinung anflehen, ihn aus dem Staub aufzurichten.

Ehe sich Julianus faßte, huschte die Frauengestalt lautlos zur Pforte hinein und verschwand im Halbdunkel der Kirche. Dicht hinter ihr trat eine schwarzgekleidete alte Frau mit großer Demut ein, gleich einer Amme, die ein irdisches Mädchen begleitet. Julianus aber blieb auf der Schwelle stehen, glühend heiß ergoß sich die Sonne über ihn, vor ihm entfaltete sich das Gewimmel in den Straßen der großen Stadt, erfüllt von pulsierendem Lärm.

Plötzlich drehte er sich um, er wollte das blaugekleidete Mädchen wenigstens noch für einen Augenblick sehen. Er betrat die Kirche, blickte hastig um sich, beschloß zu warten, bis es sich vom Gebet erhob. Dann wollte er es begleiten, ansprechen, nach dem Namen fragen und flehen, daß es bei Gott, bei Jesus, der Jungfrau Maria für seine fehlbare Seele beten möge. Er wollte die strahlende Erscheinung auch nach seinem künftigen Schicksal fragen. Sie möge ihm mit ihrer elfenbeinfarbenen Hand die im Dunkeln verborgenen

Jahre erschließen, ihn mit einem einzigen Lächeln ermutigen. Sie sollte nur nicken, wenn er fragte, ob das Land der Ungarn erhalten bliebe, ihn nur mit einem Lächeln ermuntern, wenn er von den Brüdern und Schwestern sprach, die zwischen den himmelhohen Bergen verblieben waren. Das würde ihm schon genügen. Und er wollte noch für einen Augenblick ihr leise rauschendes himmlisches Gewand sehen, den schwebenden Schleier, den purpurroten Gürtel und die goldbestickten Sandalen. Nur für einen Augenblick wollte er ihr in die nachtschwarzen Augen, in das zartrosa Gesicht, auf das goldschillernde Haar, die kühlen und ernsten Lippen blicken . . .

Julianus zitterte vor Aufregung.

In dem düsteren Kirchenschiff knieten einige still betende Frauen und Männer, vor dem Altar der Heiligen Jungfrau auf den Steinfliesen hingestreckt, verrichtete in zerschlissener Kutte ein Franziskanermönch seine Andacht, die Sonne strahlte in den bunten Scheiben des Rosenfensters, und das Gold rieselte geräuschlos an der Kette des Ewigen Lichtes herunter. Aber die blaugekleidete Frau sah er nirgends.

Auf Zehenspitzen eilte er zwischen den Säulen dahin, ob sie vielleicht in irgendeinem Winkel betete.

Aber er fand sie nicht.

Er warf einen Blick in die Kapelle, dort war sie auch nicht.

Sie war spurlos verschwunden.

Aber das konnte gar nicht anders sein, nur wollte sich Julianus nicht damit abfinden. Gott hatte ihm gnädig erlaubt, eine der Himmlischen in der Gestalt einer irdischen Frau zu sehen – vielleicht gerade seinen guten Engel. Und er war nicht vor ihm niedergesunken, hatte nichts gefragt, nicht um seine Hilfe gebeten. Er hatte ihn kaum anzusehen gewagt, war von der überirdischen Schönheit, dem himmlischen Glanz wie geblendet.

Langsamen Schrittes verließ er wieder die Kirche, und gleich einem Mondsüchtigen, der auch auf dem schmalen Gesims hoher Paläste sicher schreitet, ging er die Straßen entlang. Eine Traumwelt umgab ihn. Der Sonnenschein funkelte so sehr, daß er mehrmals die Augen schließen mußte. Das Strahlen umflutete, umzüngelte ihn, als schritte er im himmlischen Glanz dahin. Von dem Lärm der Straße, dem Geschrei der Marktleute, dem Stoßen der Passanten gewahrte er nichts. All das drang zu ihm, als ginge er auf einem hohen Berg, unter sich die Welt, über sich den Licht ausstrahlenden, offenen Himmel. Ein Krieger zu Pferd hätte ihn fast niedergeritten.

Julianus sprang entsetzt zur Seite, der Krieger schimpfte, die Menschen lachten. Aber Julianus lächelte schon wieder. Jemand berührte ihn, streichelte den Ärmel seiner Kutte – Julianus sah den Fremden an und lächelte. Lächelnd durchquerte er die Stadt, als schritte er auf den Wogen des Meeres. Weit ragte er über die Köpfe der Menschen hinaus, selbst über die Häuser und Türme. Als er an dem schiefen Turm *Garisenda* vorbeikam, schaute er hinauf, und ein Lächeln huschte über sein Gesicht. Es fiel ihm ein, wie befremdet sie, die Ungarn, anfangs diesen Turm betrachteten. Sie fürchteten, er könnte auf sie stürzen. Jetzt hatte Julianus das Gefühl, er vermöchte den Turm geradezurichten, wenn er nur wollte. Und sollte er tatsächlich auf ihn stürzen, er, Julianus, würde unversehrt bleiben. Der neben dem *Garisenda* stehende, zweite, höhere und schlankere Turm, der *Torre Asinelli*, war nicht ganz so schief, sein Zinnenkranz zeichnete sich scharf vor dem dunkelblauen Himmel ab. Ein solch schiefer Turm war Julianus bis jetzt gewesen, auch er mußte fürchten umzustürzen. Kerzengerade fühlte er sich jetzt, größer als früher, stolz, dem Himmel entgegenstrebend ... seit er die Frau im blauen Mantel gesehen hatte.

Er verließ die Stadt durch den gewaltigen, breiten Gewölbebogen der *Porta Maggiore* und schritt leicht, fast körperlos in die freie Landschaft. Eine alte Pinie stand gleich einem breiten Schirm am Wegesrand, Hunderte Vögel flogen um sie her. Wenn er jetzt zu den Vögeln spräche, verstummten sie sicherlich und lauschten seinen Worten. Er lächelte, Tränen stiegen ihm in die Augen. Er war glücklich, so glücklich wie einer, den jemand, den er nicht kannte, ja, den er noch nie gesehen hatte, in den Schoß nahm und sanft wiegte. Der Wind wehte, und leise Musik klang im Wind.

Von diesem Tag an veränderte sich Julianus so sehr, daß ihn seine Gefährten verwundert betrachteten. Sein Gang war ruhiger geworden, seine Bewegungen sparsamer, bedachter. Während früher rasch aufbrausender Zorn, herbe Lustlosigkeit, doch auch jäh ausbrechende Freude verzerrte Linien in sein nicht eben schönes, aber doch liebenswürdiges Gesicht zeichneten, glätteten sich jetzt mit einemmal seine Züge, wurden sanfter, klarer. Als hätte man es mit einem Zauberstab berührt, so verwandelte sich das Gesicht, und das wahre Antlitz des Julianus kam zum Vorschein, das bis jetzt in der Tiefe seiner Seele geruht hatte und unter einer Schicht verworrener Leidenschaft verborgen war.

Seine Stimme war voller Liebe, Wärme, Ruhe. Er sang häufig. Die Psalmen ergriffen seine Gefährten, sie saßen stumm im Zimmer oder schritten außerhalb der Stadt still neben ihm her, lauschten ihm, erquickten sich an seinem Gesang wie am schillernd hervorsprudelnden Quellwasser.

Paulus beobachtete ihn scharf. Er fürchtete, diese seiner Natur widersprechende Veränderung sei das Werk des Teufels. Vielleicht war Julianus auch der körperlichen Liebe verfallen und hatte sich ihr nach langem, verborgenem Kampf ergeben. Es beruhigte Paulus zwar einigermaßen, daß Julianus so eifrig seine Andacht verrichtete und so oft und so schön sang, aber eines Tages, als sie nur zu zweit im Hause waren, fragte er ihn doch.

„Sag, lieber Bruder, welch Wunder ist dir widerfahren, das dich so verändert hat? Früher zählte es zu deinen Schwächen, daß du leicht ergrimmtest, deine Erregungen nur schwer zügeltest, aber ebenso leicht konntest du dich begeistern und fröhlich werden, deine Stimmung schlug leicht um. Gott mißfallende Betrübnis und Düsterkeit wohnten häufig in deinem Herzen. Was ist mit dir geschehen?"

Julianus sah Paulus mit sanftem Lächeln und strahlendem Blick in die scharfen Augen.

„Mir ist in der Tat ein Wunder widerfahren, Bruder", sagte er, und er erzählte, wie er nach der Beichte erleichterten Herzens, fast schwerelos aus der Kirche gekommen war, wo er die Last eines quälenden Verlangens zu Gottes Füßen niedergelegt hatte, und wie ihm in strahlendem Licht, mit einem Glorienschein um das Haupt sein guter Engel erschienen sei, in Gestalt eines holden Mädchens in blauem Mantel und blauem Schleier. Paulus hörte die ersten Worte mit gerunzelter Stirn, mit besorgter Miene und dachte, er sei doch auf der richtigen Spur, alsbald jedoch hellte sich sein Gesicht auf, begann zu strahlen, seine Worte drückten Erstaunen aus.

„Du bist glücklich, wahrlich, du bist tausendmal glücklich!" rief er und bekreuzigte sich. „Denn alle Zeichen deuten darauf, daß du keiner irdischen Frau begegnet bist, sondern einer himmlischen Erscheinung in der Gestalt einer Frau!"

„Künftig werde ich immer froh und zuversichtlich sein", gelobte Julianus fest, „denn von diesem Augenblick an, da ich jene himmlische Erscheinung sah, weiß ich sie immer neben mir. Sie hält meine Hand, begleitet mich auf Schritt und Tritt, hebt mich empor, damit mein Fuß nicht anstoße; sie salzt meine Speisen, süßt meine Getränke, nimmt meine Gedanken in sich auf und reicht sie Gott dar, als wären es schwache Vögel. Sie lächelt mir zu und ermuntert mich mit ihrem Blick ... Wenn ich aber allein dahinschreite und meditiere, erfreut sie mich mit wundersamer Musik."

„Du bist glücklich, bist überaus glücklich", rief Paulus begeistert, „denn eine solche Vision hat nur jemand, den Gott für eine besondere Aufgabe ausersehen hat und auf den er schwere Last zu legen gedenkt."

Dann erzählte Paulus, wie dem Pater Dominikus einst beim Beten die ganze himmlische Schar erschienen sei, zu Paaren aus dem offenen Himmel herniederschwebend, im hellen Glanz, singend, in leuchtende Gewänder gekleidet, mit Edelsteinen und goldenen Kronen geschmückt. Dominikus selbst habe in Assisi von dieser Erscheinung berichtet, auf Ermunterung seiner Brüder. Daß sich Julianus seiner Vision nicht rühme, zeige, er sei auf gutem Wege. Denn auch Dominikus habe man lange zureden müssen, bis er darüber gesprochen habe.

Paulus jedoch behielt die Begegnung des Julianus mit dem Engel nicht für sich. Als sie alle beisammen waren, räusperte er sich, machte eine würdevolle Miene, strich sich sorgfältig den Bart und sagte mit leiser, ergriffener Stimme:

„Hört, Brüder, daß unser lieber Bruder Julianus eine Vision hatte. Wir alle haben uns über die Veränderung gewundert, die sich in ihm vollzogen hat. Sein Antlitz verschönte sich, der Glanz von Sanftmut, Güte, Gehorsam und Versöhnung strahlt aus ihm. Seine Andacht ist beispielhaft, und er erfreut uns mit seinen Psalmen, denn seht, sogar seine Stimme ist klangvoller, reiner geworden. Gott hat ihm besondere Gnade zuteil werden lassen. Aber die göttliche Gnade ergießt sich auch auf uns, denn Julianus ist unser treuer Gefährte, unser geliebter Bruder. Deshalb wollen wir ihn noch mehr lieben als bisher, und wir bitten ihn, wenn er wieder eine Vision haben und sein guter Engel wiederum irdische Gestalt annehmen sollte, möge er ein gutes Wort für uns einlegen, damit der Engel es Gott weitergibt . . .“

Gerhardus und Desiderius hörten staunend diese aus tiefen Gedanken gesprochenen Worte. Sie schauten auf Julianus, als wäre er ein Fremder und nicht der hagere, knochige, braunhaarige junge Frater mit schütterem Bart und ein wenig gebogener Nase, der sich so leicht erregte, sich so leicht begeisterte, der häufig grübelte, sich stundenlang über seine Bücher und Schriften neigte, nicht der heruntergerissene, verschmutzte, magere, wie ein Bettler erscheinende Junge, den Pater Aloisius eines Tages in das Lehrzimmer des Klosters geführt hatte; als hätten sie nicht jahrelang in dem gleichen Dormitorium geschlafen, am gleichen Tisch im Refektorium gegessen, als hätten sie nicht gemeinsam das armselige Gewand und die Läuse des greisen Stephanus bewundert, als wären sie nicht gemeinsam zusammengefahren bei der donnernden Stimme des Priors, als hätten sie niemals gemeinsam in den mit Bildern und behauenen Säulen geschmückten Sälen des Klosters zu Fejérvár gearbeitet und gelernt, niemals zusammen auf der Empore der viertürmigen, mächtigen Basilika gesungen, das mit Gold, Onyx, prächtigen Mosaiken und erbeuteten Fahnen geschmückte Kirchenschiff bewundernd. Sollte dieser hier der gleiche Julianus sein? Siehe, so entpuppt sich der Schmetterling und schwingt sich hoch empor in den Sonnenschein!

Als erster kam Gerhardus aus dem Staunen wieder zu sich. Er sprang auf, trat zu Julianus, umarmte und küßte ihn, klopfte ihm heftig auf die Schulter und rief hingerissen:

„Mein lieber Bruder! Mein lieber Bruder! Laß uns jetzt nach Hause gehen und das Kloster gründen."

Auch Desiderius umarmte Julianus und küßte ihn auf beide Wangen. Leise bat er ihn:

„Bete auch für mich armen Sünder, lieber Bruder. Wenn du aber möchtest, daß ich dir diene, so sage es. Ich werde dich nie verlassen, werde dir beistehen, zum Ruhme Gottes."

„Oh, wie ich mich schäme, Brüder!" wehrte sich Julianus mit blutrotem Gesicht, seine Gefährten umarmend und sie auf die Wangen küssend, wobei ihm Tränen in die Augen schossen und sein Herz vor Liebe fast überfloß. „Ich habe nichts getan. Wir alle sind in Gottes Hand, er wollte, daß ich sah, wer mich verließe, wenn ich dem Aufbegehren meines Blutes nachgab. Gewiß hat er mich auserwählt, doch ich bin schwach. Ich weiß, wozu Gott mich ausersehen hat. Doch ich sage euch, einer ist unter uns, der berufener ist als ich. Seinem Wort wollen wir folgen. Bruder Paulus ist es, er soll uns leiten."

„Und ich will dir folgen!" rief Paulus begeistert.

„Nein, nein, Bruder", sträubte sich Julianus heftig, „wie ein guter älterer Bruder so hat Paulus sich im Guten und im Bösen um uns gekümmert, für uns gesorgt, und seine Weisheit hat uns im fremden Land behütet. Und er hat mit Dominikus, mit Franziskus und auch mit dem Heiligen Vater gesprochen. Seine feste Hand wird das neue Ordenshaus und den neuen Orden aufbauen. Kraft des heiligen Gehorsams wollen wir ihm folgen."

So wehrten, sträubten sie sich mit großer Heftigkeit, daß man hätte glauben können, sie stritten sich. Sicherlich war es ein gottgefälliger Streit, denn ihre Gesichter verschönten sich dabei, ihre Augen strahlten, ihre Begeisterung kannte keine Grenzen. Und schließlich empfanden sie so sehr die erhabene Größe des Augenblickes, daß sie verstummten, sich an den Schultern faßten, mit ihren Tränen rangen und dann auf den Vorschlag von Paulus laut das *Te Deum* anstimmten.

In ihrer großen Begeisterung und Liebe verschmolzen sie gleichsam miteinander, wurden Glieder eines Körpers und einer Seele.

Als sie den Lobgesang beendet hatten, beteten sie und machten sich guten Herzens ans Abendessen. Sie aßen Brot, Käse und Oliven, tranken Wasser darauf, dann beteten sie wieder und saßen und lagen im Zimmer, der eine da, der andere dort, und vergaßen vollkommen, daß sie noch in Italien waren. Paulus eröffnete ihnen, welches ihre Aufgabe sein würde, wenn sie heimkehrten. Er würde zum König gehen und vortragen, daß er im Einvernehmen mit dem Papst, mit Pater Dominikus und Kardinal Ugolino die Reben eines neuen Ordens in die ungarische Erde pflanzen und ein neues Kloster nach der Regel des Dominikus gründen wolle. Er werde den König, den Erzbischof, die am Hofe weilenden mächtigen Bischöfe und Herren bitten, seinen Plan zu unterstützen. Ihre, seiner drei Brüder, Aufgabe aber werde sein, daß sie die Regel des neuen Ordens allenthalben verkündeten und Seelen gewännen. Dann würden sie gemeinsam das Kloster erbauen, auch wenn sie jeden Stein einzeln herbeitragen müßten. Und wenn niemand ihnen bei ihrem Werk helfe, würden sie die Steine, den Sand, den Marmor, die Balken und die Dachziegel erbetteln. Eigenhändig würden sie die Steine behauen, die Mauern aufsetzen, wie jene Mönche von einst, die König Stephan ins Land gerufen hatte. Dann, wenn sie ihre Arbeit vollendet hätten, würde ihre erste Aufgabe sein, zu den Kumanen zu ziehen. Auch in Ungarn selbst gab es noch ganze Landstriche, wo das Volk nach wie vor im alten, heillosen Heidentum lebte, raubte, trank, stritt und mordete.

So unterhielten sich die Mönche, bis es ganz dunkel geworden und die Zeit der Abendandacht gekommen war. Ihnen war, als stünde alles strahlend klar vor ihnen. Deutlich und gerade sahen sie ihren Weg vor sich liegen. Sie würden das Ungarland in seinen Grundfesten erneuern, Gott den Beweis erbringen: Das ungarische Volk ist das Volk Gottes, würdig der Gnade und des Überlebens . . .

FÜNFTER TEIL

Nun waren sie wieder in Fejérvár, dem Ort, von dem aus sie vor Jahren in die Fremde gezogen waren. Wie bekannt und doch wie fremd erschien ihnen jetzt alles. Als wäre die Stadt inzwischen zusammengeschrumpft. Die niedrigen, elenden, armseligen Holzhäuser erregten ihr Mitleid ebenso wie die Hütten aus gestampftem Lehm, die rings um die wenigen Steinhäuser und Kirchen standen wie hungrige Vögel, die sich auf die Erde ducken, weil der Hagel sie getroffen und ihre Federn gezaust hat.

Das an den Anblick Bolognas gewöhnte Auge des Julianus suchte betroffen die seit Jahren vertrauten gewaltigen Mauern und die steinernen Häuser mit den Arkaden. Ohne daß er es wußte, hatte sich in ihm eine tiefe Wandlung vollzogen. Erst jetzt sah er Ungarn so, wie es in Wirklichkeit war, erst jetzt wurde er traurig, empfand bis tief in seine Seele, wie heiß und schmerzlich er dieses Land liebte.

In der Tat, man mußte von vorn beginnen, wie einst König István. Aber jetzt saß András auf dem Thron Istváns.

Auch im alten Kloster hatte sich vieles verändert. Pater Aloisius war noch immer ein stämmiger Mann mit eiserner Faust, aber sein Haar war ergraut, seine Stimme gedämpfter, seine heftige Natur stiller geworden, und das sah man auch am Kloster. Weder die Mönche und die Schüler noch die im Garten, in den Ställen und im Hof arbeitenden Bauern schraken zusammen wie früher, als sein Schrei wie ein Hornstoß auf dem Kreuzgang erschallte – denn Pater Aloisius schrie nicht mehr, rannte nicht mehr durch die Gänge, aus einem Hof in den nächsten, aus einem Gebäude in das andere. Offenbar hatte er nun eingesehen, daß man aus Mönchen keine Engel machen konnte. Da auch sie von einer irdischen Mutter geboren worden waren, mußte man wohl oder übel ihre kleinen Fehler übersehen. Seine früher so heftigen Beschimpfungen hatten sich zu sanftem, bitterem Tadel gemildert.

Die Klosterzöglinge von einst waren herangewachsen, die Novizen hatten inzwischen das ewige Gelübde abgelegt, die jungen Mönche das Mannesalter erreicht. Während sie der Reihe nach die Ankömmlinge umarmten und auf die Wange küßten, erkannte Julianus längst nicht jeden gleich auf den ersten Blick.

Der greise Bruder Stephanus weilte nicht mehr im Kloster. Aloisius erzählte ihnen, der Alte hätte eines Tages seine Zelle verlassen und Abschied von seinen Gefährten genommen. Angetan mit seiner alten Kutte, barfuß, ohne nur das Geringste mitzunehmen, wäre er in den dichten Wald des fernen Vértesgebirges gezogen, in irgendeine Höhle. „Vor die Höhle hatte er ein Näpfchen für Almosen gestellt; er führte noch einen Sommer und einen Winter lang Gespräche mit Gott. Im Frühling fand man ihn dort in der Höhle auf der bloßen Erde, tot. Die Wölfe hatten seinen Leichnam schon angefressen. Er ruhe in Gott, *et lux perpetua luceat ei . . .*"

Auf den großen Lärm und die freudige Begrüßung hin kam auch Frater Georgius herangeschlurft. Natürlich hatte er sich auch heute an diesem schönen, traurig stimmenden, goldenen Herbsttag auf dem Barttrockner aufgehalten. Das Schilfmeer um das Kloster wogte in herbstlichem Grau, die Blätter der Bäume waren gelb, rot und braun, das Vértesgebirge dunkelblau. Silbergrau waren die Wolken, in der Luft schwebte Altweibersommer. Das war die Jahreszeit, die Frater Georgius besonders liebte, die Zeit der Früchte, des Weines, der angenehmen Wärme. Denn Georgius ertrug die sommerliche Hitze jetzt viel schwerer als früher. Sein Bauch war überraschend schnell gewachsen, sein Gesicht hatte Fettpolster angesetzt, so daß seine Augen fast ganz darin verschwanden. Wahrlich, auch sein Haar war ergraut, und obwohl er vor Freude laut jubelte und mit seiner schäbigen Kutte einen regelrechten Wirbelwind verursachte, als er herbeieilte, um die aus der Fremde Heimgekehrten zu begrüßen, wirkte er doch alt, gebrochen. Er umarmte der Reihe nach Julianus, Paulus, Desiderius und Gerhardus, wobei ihm Freudentränen aus den Augen quollen.

„Seid wieder daheim! Angekommen aus jenem fernen Land!" rief er. „Nun laßt euch ansehen. Wahrhaftig, ihr seid richtige Männer geworden. Hat man denn auch Wissen in eure harten Köpfe getrichtert? Wir werden's prüfen, werden's prüfen . . . Seht, ich aber bin alt geworden! Wie jener Anakreon sagt: ‚Meine Zähne sind löchrig geworden, mein Haupt ist ergraut, die Jugend ist dahin!'"

Julianus dachte sogleich an das Evangelium des Matthäus. Ob Georgius wohl mit seiner Auslegung fertig geworden war? Aber er hob seine Fragen für später auf. Schon deshalb, weil Georgius ihn mit tausenderlei Fragen überschüttete. Julianus und die anderen drei konnten seine Neugier kaum befriedigen.

Unter den jungen Ordensbrüdern stand auch der untersetzte kleine Paulus, der noch immer an einen jungen Bären erinnerte. Gerührt blinzelte er mit den dunkelbraunen Augen. Und Frater Otto war da, fast wie früher sah er aus, er hatte sich kaum verändert. Auch jetzt lächelte er kühl, und als Julianus zu ihm trat, sagte er in petschenegischer Sprache:

„Und die alten Pläne, mein Sohn, sind sie verraucht?"

„Nein!" Julianus schüttelte lachend den Kopf, worauf ihm Frater Otto kräftig die Hand drückte.

Es stellte sich heraus, daß seit ihrer Abreise neben einigen Zöglingen und Novizen auch zwei ältere Mönche ins Kloster gekommen waren. Der eine hieß Mikhal, der andere Blasius. Frater Mikhal sah man auf den ersten Blick an, daß er Petschenege war. Er war ein magerer, knochiger, schwarzäugiger Mann mit Hakennase und breiten Wangenknochen, der sich schweigsam im Hintergrund hielt. Man nannte ihn auch Mikhal, den Petschenegen. Der andere wäre aus Kenderes hierher gekommen, erzählte Frater Otto, und deshalb wurde er Blasius aus Kenderes genannt. Er war lang wie eine Bohnenstange, unter seiner hohen, vorgewölbten Stirn stach eine gerade, etwas flache Nase mit tiefem Sattel hervor, sein Mund war breit, und aus dem Halsausschnitt seiner Kutte trat ein gewaltiger Adamsapfel heraus. Seine knochigen, langen Finger hantierten unruhig am Knoten seiner Gürtelschnur. Julianus gewahrte, daß er ihn argwöhnisch, mit durchdringenden Blicken musterte, doch als er sich ihm zuwandte, strahlte plötzlich ein freundliches Lächeln in seinem langen, von Furchen durchzogenen Gesicht auf, und mit tiefklingender, würdevoller Stimme sprach er:

„Ich freue mich . . . ich freue mich, Bruder . . . Ich habe schon sehr viel Schönes und Gutes über dich gehört . . .“

Julianus wußte nicht warum, aber er wandte sich gleich dem nächsten zu. Das Gesicht des langen Blasius aus Kenderes verzerrte sich plötzlich, als hätten ihn Magenkrämpfe befallen, und seine Augen richteten sich neidisch auf Julianus.

Paulus setzte sich alsbald mit dem Prior zusammen und vertraute ihm seine Pläne an. Lange hielt er sich in dessen Zelle auf, und als er herauskam, war sein Gesicht gerötet. Man sah ihm an, daß er sich nur schwer beherrschen konnte. Die Beratung setzte sich am nächsten und übernächsten Tag fort, doch während beim ersten Gespräch kein einziger Laut hinter der starken Tür der Zelle zu hören gewesen war, drangen bei der zweiten und dritten Begegnung gereizte Stimmen, eine immer heftiger werdende Auseinandersetzung auf den Gang hinaus. Und jetzt war nicht nur das Gesicht des Paulus gerötet, sondern auch das von Pater Aloisius, seine Lippen bebten erregt, seine Schritte aber erinnerten an den dröhnend einherschreitenden Prior von einst, den alle fürchteten.

Paulus bat Julianus, Gerhardus und Desiderius in seine Zelle. Er wirkte ruhig, wenn auch ein wenig blaß. Als sich alle gesetzt hatten und erwartungsvoll auf ihn schauten, kratzte er sich gewohnheitsgemäß den Bartansatz, räusperte sich und entschloß sich schweren Herzens zum Sprechen.

„Es gibt Schwierigkeiten, Brüder“, sagte er leise. „Gott türmt Hindernisse vor unserer Arbeit auf. Der hochgelehrte, weise Pater Aloisius will seine Pflichten nicht erkennen. Er sagt, Ordensbrüder dieses Klosters hätten unsere Vorfahren zu Christen bekehrt und erzogen. Es bedürfe auch fortan keiner neuen Regel.“

Die drei Mönche waren verwundert. Auf alles waren sie gefaßt, nur darauf nicht, daß gerade Pater Aloisius die Gründung eines neuen Ordenshauses verhindern wollte. War er doch allezeit streng gewesen und hatte die ihm anvertraute Herde mit erstaunlicher Willenskraft auf dem rechten Wege geführt. Stets geißelte er mit strengen Worten die zuchtlosen Klöster, die Geistlichen, die mit ihrem Treiben das priesterliche Gewand verspotteten, und die nach Macht, Schätzen, Ländereien und Untertanen strebenden Kirchenfürsten. Und gerade er sträubte sich, den Orden des Bruders Dominikus in ungarischen Boden einzupflanzen.

Bedrückt grübelten sie darüber nach und vermochten sich das Verhalten von Pater Aloisius nicht zu erklären.

Während sie sich so den Kopf zerbrachen, betrat Frater Blasius leisen Schrittes die Zelle.

„Worüber grübelt ihr, Brüder?“ fragte er mit gemessener, tiefer Stimme, die klang, als käme sie aus dem Keller.

Der redselige Gerhardus platzte heraus. „Wir verstehen nicht, warum gerade Pater Aloisius unsere Pläne vereiteln will, wo wir doch am stärksten mit ihm gerechnet haben.“

Frater Blasius hörte nickend zu, die Augen auf den Sprechenden gerichtet, gleichsam seine Gedanken erratend, dann entrüstete er sich heftig.

„Ich wollte euch schon bitten, Brüder, auch mich in euren neuen Orden aufzunehmen!“ rief er mit tiefer Stimme, jedes Wort betonend. „Ich habe bereits von Pater Dominikus gehört, und auch von Bruder Franziskus. Und auch ich habe schon überlegt, wie man ein Kloster nach der Regel des einen oder des anderen gründen könnte. Aber bisher habe ich selbst noch nichts gesagt, denn ich kenne Pater Aloisius. Er ist alt geworden, kein Wunder. Es bedürfte eines neuen Priors. Ich habe es auch gesagt, aber niemand wagt mir beizupflichten . . . Alle haben Angst vor ihm.“

„Nähre keinen Groll gegen den Pater Prior“, rügte ihn Paulus.

„Wie sollte ich Groll gegen ihn nähren, lieber Bruder!“ rief Blasius mit großer Entrüstung. „Im Gegenteil: Ich liebe ihn und schätze ihn wie meinen leiblichen Vater. Seine Verdienste vor dem Herrn sind groß in dieser abscheulichen Welt. Ich sollte Groll gegen ihn nähren?“

Seine Worte beruhigten Paulus.

„Könntest du uns nicht auch behilflich sein, Bruder Blasius?“ fragte Gerhardus.

„Gewiß könnte ich das! Ich wollte es euch gerade sagen. Denn Pater Aloisius bittet mich in allem um Rat, weiß er doch, daß ich jedem die Wahrheit ins Gesicht sage, sogar ihm. Ich werde eine Möglichkeit finden, um mit ihm zu sprechen. Ich weiß, wer Dominikus ist und Franziskus, der Poverello . . . Nicht wahr? So nennt man ihn doch?“

Dann begann er auf der Stelle die beiden frommen Mönche begeistert zu loben, ließ durchschimmern, daß er ihre Lehre wohl kannte und sogar von den Wundern gehört hatte, die Gott um ihrer Verdienste willen vollbrachte. Frater Blasius schien ein kluger, gelehrter, entschiedener, beharrlicher und mutiger Mann zu sein, sein Gesicht strahlte von Entschlossenheit. Als er die Zelle verließ, sagte Desiderius ergriffen, aus diesem Mann werde gewiß einmal ein Märtyrer. Auch Paulus gefiel die von Feuer durchglühte, gemessene Redeweise, das Fieber, das die nur scheinbare Ruhe des Mönches durchdrang. Gerhardus schwieg, offenbar zerbrach er sich den Kopf darüber, wie man Pater Aloisius doch noch für ihre Sache gewinnen könnte. Nur in Julianus regte sich ein unangenehmes Gefühl.

Er vertraute jedoch die Angelegenheit dem Willen Gottes an – und der Weisheit des Paulus, er mischte sich nicht ein, sondern verzog sich in die Bibliothek, um sich mit dem in Bologna erworbenen neuen Wissen wieder der Sache der draußen verbliebenen Madjaren anzunehmen.

Er sah deutlich, daß er systematisch vorgehen mußte. Nur dann würde sich ihm die ganze Frage erhellen, wenn er der Geschichte der Madjaren Schritt für Schritt folgte, bis zurück in jene Zeiten, auf die der eine oder andere Satz, dieses oder jenes Wort in den Chroniken, das eine oder andere verworrene Gerücht alter Leute hinwiesen. Seine lateinischen, griechischen, kumanischen und petschenegischen Sprachkenntnisse, die an der Universität geübte pragmatische Methode, seine Erfahrung in den scharfsinnigen Feinheiten der Logik machten es vielleicht möglich, daß er im Dunkel der Vergangenheit die wichtigen Spuren erkannte und mit deren Hilfe dann den gewundenen Pfad herausfand, der über das Gebirge der Ugren in das Gebiet zwischen Donau und Theiß führte und dessen anderes Ende dort zwischen den himmelhohen Bergen lag.

Für die debattierenden Parteien aber war Julianus verloren. Tage hindurch saß er auf dem hohen Stuhl vor seinem Schreibpult, den

Blick in riesige ledergebundene Kodexe gerichtet, Papier und Feder bei der Hand, um gleich Notizen machen zu können. Von Zeit zu Zeit stand er auf, stieg auf eine Leiter und hob aus der Wandnische bald von da, bald von dort einen weiteren Folianten heraus. Zuerst durchforschte er die griechischen Quellen, versuchte herauszufinden, was sie über die Vorfahren der Madjaren wußten und über jene Zeit, da sie in den Ebenen von Atelcusu und Lebedien lebten. Er fand auch Spuren. Aber alsbald mußte er erkennen, daß er ohne Kenntnis der arabischen Sprache diese Arbeit kaum fortsetzen konnte, denn es waren Araber, die seit urdenklichen Zeiten das Gebiet am Itil und am Chasarischen Meer bereisten, um ihre Waren auf diesen großen Gewässern nach dem Norden zu befördern und von dort neue Waren nach Persien, Choresm und in andere südliche Provinzen zu bringen. Offenbar war das seit Jahrhunderten schon so. Er mußte also lesen, was die Araber über die Madjaren und andere in diesem Gebiet lebende Völker geschrieben hatten.

Seine Arbeit unterbrach er kaum für die Stunden, da er seine Andacht verrichtete, sein Mittagessen oder Abendbrot verzehrte oder sich mit Frater Georgius unterhielt. Denn bald war Frater Georgius im Halbdunkel der Bibliothek aufgetaucht, um zu sehen, was sein geliebter, aus der Fremde zurückgekehrter Sohn trieb. Den mächtigen Bauch stolz vorgestreckt, die dicken Hände auf dem Rücken verschränkt, legte er mit schnellen Worten dar, daß Geschichte eine müßige Angelegenheit sei, eine bloße Zeitverschwendung, wisse man doch ohnehin nicht, ob der Autor die Wahrheit geschrieben habe. Es gebe keinen Unterschied zwischen Chroniken und den Geschichten geschwätziger Bauern, sagte er mit geschürzter Lippe, und dabei traten seine wässrigen Augen zwischen den Fettpolstern des Gesichtes hervor.

„Wie weit bist du mit der Auslegung des Evangeliums gekommen?" fragte ihn Julianus.

„Jetzt soll es mich nicht mehr kümmern, auch wenn man mich mit Gewalt daran zu hindern versucht, jetzt werde ich es vollenden!" rief er mit unterdrückter Stimme. „Es kümmert mich nicht, selbst wenn sich das ganze Kloster gegen mich stellt. Denn du . . . du weißt es nicht", flüsterte er, sich schnell in dem leeren Raum umblickend, und vor Empörung zitterte sein Kinn, „was man mit mir treibt! Du kannst es nicht wissen, bist ja eben erst heimgekommen. Darum sollst du es erfahren . . . sollst erfahren, daß man mir fast nichts mehr zu essen gibt. Auch am vergangenen Sonntag hat mir der Küchenbruder nur flechsiges Fleisch gegeben. Und kaum noch Milch."

Müde winkte er ab, wie einer, der es aufgibt und es Gott überläßt, über sein Recht zu befinden. Sein Gesicht erschlaffte, drückte Enttäuschung aus, seine Augen blinzelten schläfrig, matt.

„Nun es tut nichts, tut gar nichts, lieber Bruder. Das Evangelium wird fertig. Nur ein klein wenig werde ich mich noch ausruhen, denn der heurige Sommer war so heiß . . . es gab keinen Tropfen Regen . . . Häufig dachte ich, mich trifft der Schlag, wahrlich . . . Einmal ist mir sogar schwindlig geworden. Aber ich gehe gleich an die Arbeit, sobald die Hitze nachläßt. Denn bei solch gewaltigem Vorhaben, wenn man sich in eine wissenschaftliche Arbeit vertieft, entsteht ein großer Blutdrang, das Blut stockt im Kopf, und dann kann auch der Bruder Medikus nicht mehr helfen."

Als Julianus noch neu im Kloster war, hatte ihm Georgius häufig sein Vertrauen geschenkt. Er besuchte ihn in der Bibliothek, warf einen Blick in seine Notizen, dann klagte er ihm die Kränkungen, die ihm täglich widerfuhren. Weniger der Prior als vielmehr der neue Mönch, Blasius, stelle sich gegen ihn. Weiß Gott, wer heutzutage alles dem Orden beitrete. Früher sei dies nicht so gewesen. Da schaute sich der Prior die Leute erst richtig an. Aber Pater Aloisius sei ein schwacher Mann geworden, der den halben Tag in seiner Zelle sitze und mit diesem Blasius beratschlage. Er, Georgius, jedoch, traue ihm nicht viel Gutes zu, die aus Kenderes seien bekannte Lügenmäuler.

Julianus vertiefte sich in seine Chroniken, weil er solche Beschimpfungen nicht gerne hören mochte. Das kränkte Georgius, er verstummte alsbald und trottete hinaus.

Frater Otto bat Julianus mit ruhigem, kühlem Lächeln, ihm zu sagen, wie weit er in seiner Arbeit gekommen sei. Als Julianus es ihm eröffnet hatte, schritt Frater Otto geheimnisvoll an den Tisch, zog das Schubfach heraus und entnahm ihm ein großes Bündel Notizen. Die legte er vor Julianus.

„Sie können sich schon vom Gewicht her sehen lassen, nicht wahr?" fragte er stolz. „Und alle handeln von den alten Madjaren. Ich habe die Wahrheit gefunden. Weißt du, was die Wahrheit ist?"

„Du machst mich neugierig, lieber Bruder."

„Die Wahrheit ist, daß wir unsere Träume begraben können", sagte Otto mit stiller Trauer. „Wir müssen den Blick auf das richten und an dem arbeiten, was vor uns steht. Den Weg der alten Madjaren zu finden, ist nicht mehr möglich, und selbst wenn es sie einst auch gegeben haben sollte, sind sie doch längst verschwunden, untergegangen im Meer anderer Völker. Es sind schon so viele Jahrhunderte darüber verflossen! Wie soll man da heute die Nachfahren unserer einstigen Brüder finden, und wenn wir sie fänden, wären es dann noch Madjaren? Sie haben diesen Namen sicher längst vergessen. Unsere Aufgabe heute ist es, mein Sohn, aus den hartgesottenen Kumanen Christenmenschen zu machen, aus jenen, die innerhalb unserer Grenzen leben und deren Haupt man schon mit Taufwasser begossen hat, und auch aus jenen, die im Land der Kumanen, jenseits von Transsilvanien, ihr Leben als Heiden fristen."

Julianus hatte stets mit hoher Achtung auf Frater Otto geblickt. Daß er jetzt so sprach, machte ihn tief betroffen.

„Ich kann nicht glauben, daß das, woran ich geglaubt habe . . ."

„Es war schön, aber es war nur ein Traum", Frater Otto seufzte. „Trotz alledem muß ich dir sagen, wenn man mich kraft des heiligen Gehorsams dahin schickte, ich würde gehen. Aber daß es sie, unsere Brüder und Schwestern, noch gibt, das glaube ich nicht."

Eines Tages brachen Paulus, Julianus, Gerhardus, Desiderius, Otto, Mikhal der Petschenege und Blasius aus Kenderes auf und verließen das Kloster. Außer ihren Kutten nahmen sie nichts mit. Der Abschied war sehr herzlich. Jeden einzelnen umarmten sie und küßten einander auf die Wangen. Sogar der Prior war gerührt und erflehte Gottes Segen für sie und gelobte, die ganze Gemeinschaft würde täglich für sie beten.

In der westlichen Gemarkung der Stadt, auf einem sich aus dem Sumpf heraushebenden flachen Hügel schlugen die sieben Mönche ihr Lager auf. Gleich gingen sie ans Werk und errichteten aus Schilf kleine runde Hütten, die ihnen als Behausung dienten, bis sie die ersten Zellen des Klosters aufgebaut hatten. Unter fröhlichem Gesang und mit großem Fleiß gingen sie an die Arbeit. Wenn sie des Singens müde waren, ermunterten sie sich mit scherzenden Worten. In der Stadt dröhnten die Glocken, als feierte alles Volk das Vorhaben der Mönche, der Herbsthimmel wölbte sich dunkelblau über ihnen, geschmückt mit silbernen Wolken. In der tiefen Stille war nur das Rascheln und Lispeln des Schilfes, das Lärmen, Quaken und Schnattern der Wasservögel zu hören. In den Adern der Männer pulsierte das Blut schneller. Emsig schlugen die Messer zu, und alsbald hatten sie einen großen Haufen Rohr zusammengetragen.

Am ersten Tag schickte Paulus Bruder Gerhardus in die Stadt nach Nahrung, denn er war der fröhlichste, ihm gaben die Menschen am liebsten. Der Mönch machte sich auf den Weg durch das Schilfmeer und verschwand alsbald darin. Nur seine jauchzenden Rufe waren aus der Ferne zu hören: „Ei, wir wollen uns an die Einöde gewöhnen!"

„Unsere Vorfahren haben auch in der Einöde gelebt!“ erwiderte Mikhal.

Die Mönche lebten jetzt in der Tat wie ihre Vorfahren einst in Lebedien oder dann nach der Landnahme noch hundert oder zweihundert Jahre lang auch in der neuen Heimat. Gleich ihnen stürzten sie sich in das Schilfmeer, rodeten, schnitten und säuberten den Hügelrücken, und ihr Blick glitt zufrieden über den sich weitenden Gesichtskreis. Musik aus Vogelstimmen und dem leisen Lispeln des Röhrichts umgab sie. Ihre Hütten errichteten sie, wie das arme Volk sie baute und wie ihre Vorfahren sie seit vielen tausend Jahren gebaut hatten, spitz und rund. Mit Schilf banden sie die Rohrbündel zusammen, flochten und schnürten sie so geschickt, fest und schmuck, daß selbst der älteste Fischer und der geübteste Hirte sie darum hätte beneiden können. Nur Desiderius stellte sich ein wenig ungeschickt an, seine Arbeit mußte ständig ausgebessert werden, aber sie freuten sich auch darüber und lachten mit ihm über seine Unbeholfenheit.

Bruder Blasius erklärte ununterbrochen, traf Anweisungen und fand dabei immer noch Zeit, die Zustände im Lande zu tadeln. Seine tiefklingende Stimme konnte jetzt freier schmettern. So mochte Kleon auf der Agora in Athen zur dort versammelten Menschenmenge gesprochen haben. Immer wieder unterbrach Blasius die Arbeit, fuchtelte mit dem Messer, seine Wangen und seine Augen glühten, sein Haar und der dünne Bart wedelten. Offenbar sah er nicht seine fünf Ordensbrüder vor sich, die ihn verwundert ansahen, sondern die fünfhundert oder fünftausend Heiden, die entlang der Grenzen nur auf den geeigneten Augenblick lauerten, um die Dörfer der christlichen Madjaren zu überfallen. Nur predigte Frater Blasius nicht, sondern wetterte über die Zustände. Paulus bemerkte darum: „Wenn du aufhörst, unnütz über die Zustände im Lande zu schimpfen und deine Kraft zur Verkündigung des Evangeliums einsetzt, kannst du große Erfolge erringen, lieber Bruder.“

Am Abend kam Gerhardus von seinem Bettelgang zurück. Über der Schulter schleppte er einen prallgefüllten Quersack. Stolz blickte er um sich, wischte sich eifrig die schweißnasse Stirn, gleichsam andeutend, welch schwere Last seine Schulter drückte.

Man empfing ihn mit heller Freude, Paulus teilte die milden Gaben gerecht und gab jedem seinen Anteil. Millionen Sterne funkelten über ihnen, der Mond rückte mit blassem Gesicht über die Stadt, und ringsherum stimmten die Frösche ihr lautes Quaken an.

Alles lief großartig. Am nächsten Tag waren drei schmucke Schilfhütten fertig.

Dann gingen sie mit geborgten Spaten und Hacken daran, das Fundament des künftigen Klosters auszuheben. Sie planten ein bescheidenes kleines Kloster, das sie erst erweitern wollten, wenn Gott ihnen Beistand gewährte. Täglich ging einer von ihnen in die Stadt, um die Herren und die Handwerker mit beredten Worten zu überzeugen, wieviel Verdienste sie sich im Jenseits erwarben, wenn sie ihnen halfen. Steine und Ziegel, Balken und Dachziegel, Sand und Kalk mußten sie zusammenbetteln. Und dazu Wagen, Pferde und Ochsen leihen. Sie selbst besaßen nichts. Aber Paulus sagte stolz: „Seht, wir haben alles, weil die Hilfe Gottes mit uns ist."

Sie arbeiteten fröhlich, beteten andächtig und schliefen nachts so fest in den luftigen Hütten, daß der Teufel mit saurer Miene von dannen zog.

Im Winter wohnten sie schon in einem Steinhaus, unter einem mit Ziegeln gedeckten Dach, in ihren engen Zellen, und sie hatten bereits einen Kapitelsaal und auch ein Refektorium. Das kleine Kloster umgaben sie mit einem Plankenzaun, versahen ihn mit einem Tor und hängten als Klopfer eine Keule daran. Sie hatten ein richtiges Kloster, geschaffen aus dem Nichts. Und sie hatten auch eine kleine Kapelle mit einem Glöckchen über dem Eingang, das Gerhardus besorgt hatte. Zu Mitternacht, zur Mittagszeit und zur Matutin läutete er es selbst und lauschte so stolz dem Geläut, als dröhnte die größte Glocke Bolognas.

Der Wind blies zwar noch durch die Spalten der Fensterläden, und die Mönche mußten selbst am hellen Tage bei Kerzenlicht werken, weil sie bleigerahmte Fensterscheiben oder auch nur Ölpapier für die Fenster vorerst nicht beschaffen konnten. Wenn sie die Tür des Refektoriums öffneten, fegte der Wind den Schnee herein, denn auch einen Vorraum hatten sie nicht. Es war ein unwirtlich kaltes, windiges Haus, aber es war ein festes Haus, und sie selbst hatten es errichtet. Wahr war auch, daß kein Bild, kein Schnitzwerk die Wände schmückte. Allenthalben waren nur die nackten Steine und Ziegel zu sehen, denn zum Verputzen hatte die Zeit nicht gereicht. Es war nicht viel größer und schöner als das Kloster Fra Bernaldos in Bologna. Aber auf dem Hof in einem aus Schilf gebauten kleinen Stall warteten sechs Hühner und ein Hahn ungeduldig auf den Frühling, unter dem Dach einer Scheune malmte ein struppiger Esel geduldig das dürftige, mit Schilf vermischte Heu. Bei schlechtem Wetter zog der Frater, an dem die Reihe war, mit ihm in die Stadt um Almosen und um einen Schlauch Trinkwasser.

Ihre Möbel hatten sie selbst gebaut, oder fromme Bürger hatten sie ihnen geschenkt. Sogar Wolfsfelle bekamen sie, damit sie nicht erfroren. Sie besaßen auch ein riesiges Bärenfell; Frater Paulus hatte bestimmt, daß jeden Tag ein anderer darunter schlafen sollte.

In der letzten Zeit, wenn Frater Blasius in die Stadt ging, kehrte er mit seltsamen Nachrichten nach Hause. Beim blassen Schein der rußenden Kerze berichtete er mit großem Eifer, mit einer Stimme, die das kleine Haus fast sprengte, wie die Barone, die Großen des Landes und all die anderen edlen Untertanen Herrn András in die Ecke drängten.

„Ist das ein König?“ entrüstete er sich mit blitzenden Augen, die starken Brauen zusammengezogen, die knochige Hand zur Faust geballt. Er reckte seine mächtige Gestalt, daß er mit dem Kopf fast die Decke durchstieß. „Nein, das ist kein König, liebe Brüder! Er unterdrückt das Volk und verschleudert das Land an die Mächtigen. Nun haben ihn die Herren an der Gurgel. Er aber klammert sich an jeden Strohhalm, fleht, bettelt, um den Königsthron behalten zu können. Wißt ihr, was die Herren vorhaben? Künftig soll nur der Adel, sollen die Vasallen des Königs bestimmen, im Einvernehmen mit der hohen Geistlichkeit. Er aber, der König, soll in Landesangelegenheiten keine Stimme mehr haben. Ja, sogar das Schwert dürfen sie gegen ihn ziehen, wenn es ihnen notwendig erscheint.“

Das nun wollte keiner der Mönche mehr glauben. Daß sich die Herren des Landes mit dem Schwert gegen den gesalbten König stellen können, ohne sich der Empörung schuldig zu machen, daß András selbst der Beschneidung seiner Macht zustimme, das ging ihnen nicht in den Kopf. Empört hörten sie sich die Erklärungen Frater Blasius' an. Zweifel stand ihnen in den Gesichtern, als wollten sie sagen: „Die Kendereser sind bekannte Lügner . . .“ Aber Frater Blasius beteuerte es so fest und so grimmig, daß sie es schließlich glauben mußten. Im Lande schien tatsächlich alles auf dem Kopf zu stehen. Letztendlich war doch der König verantwortlich für das Volk!

Gegen Ende des Winters kam Blasius wieder mit einer neuen Nachricht nach Hause. Besorgten Gesichtes warf er den Bettelsack ab und rückte gleich mit der Neuigkeit heraus.

„Diese hilflose Nation muß untergehen. Man erzählt, daß im Frühjahr der Reichstag nach Fejérvár einberufen werde, um das Gesetz zu verkünden, welches die Macht des Königs gewaltig einschränkt.“

„Das kann nicht sein! Red keinen Unsinn!“ riefen die Mönche aufgeregt durcheinander.

„Lieber Bruder“, wandte sich Paulus mit außergewöhnlich ernstem Gesicht an Blasius und hob mahnend den Finger. „Gib acht, daß dich der Teufel nicht versuche. Wäge deine Worte.“

Frater Blasius protestierte heftig gegen den Vorwurf, der Teufel habe ihn versucht. Man würde tatsächlich die Reichsversammlung einberufen, und der König würde feierlich verkünden und mit der Goldenen Bulle bekräftigen, daß er künftig nichts mehr zu entscheiden habe, im Lande werde das geschehen, was die edlen Herren und die Kirchenfürsten festlegten. Mit Ungarn gehe es zu Ende. So weit sei man gekommen nach so vielen ruhmreichen Jahrhunderten, nach der Herrschaft so vieler mächtiger, huldreicher Könige. Jetzt fehle nur noch, daß man sie aus ihren Gräbern hole und ihre heiligen Gebeine in alle Winde streue.

Paulus wurde diese unaufhörliche Schwarzseherei zuviel, und er brachte Blasius mit strengen Worten zum Schweigen. Dieser schmollte und brummte, aber kraft des heiligen Gehorsams hielt er sich zurück. Aber auch Paulus wurde nachdenklich, genau wie seine Gefährten. Julianus quälte der Zorn der Ohnmacht.

Ihre Sache kam nur langsam voran. Längst hätten sie ein zweites Kloster gründen müssen und dann schnell, so schnell wie möglich weitere Klöster. Vielleicht endete die Regierung András' in einem schrecklichen Zusammenbruch?

Die allgemeine Verwirrung im Lande machte an den Mauern der Städte, an den Toren der Herrenhäuser nicht halt, sondern breitete sich aus wie eine Epidemie und überflutete auch den Plankenzaun des kleinen Klosters. Die frommen Mönche, die ihre Augen gen Himmel richteten und sich abwandten von den Sorgen des weltlichen Lebens, seinen schmutzigen Kämpfen, wurden unweigerlich von diesem Wellenschlag erfaßt, und sie grübelten in ihrer großen Einsamkeit selbst dann über das Schicksal des Landes, wenn sie kein einziges Wort miteinander sprachen. Inbrünstig beteten sie, Gott möge den Geist des Königs und der Herren des Landes erhellen, Gott solle nicht zulassen, daß das Land dem Untergang entgegengehe, denn Ungarns Schicksal sei auch die Sache der Kirche und so auch die Sache Gottes.

Als aber der Mai mit all seinen duftenden Blüten herankam, die Zugvögel zurückkehrten und Nester bauten, als das Röhricht grünte, die Obstbäume rings um die Stadt in weißen und blaßroten Gewändern prunkten und warmer Regen die Erde durchweichte, begann es in der Stadt zu gären. Das gewahrte jetzt nicht nur Frater Blasius, sondern sie alle sahen es, wenn sie auf ihren Bettelgängen innerhalb der Stadtmauern weilten. Etwas Großes warf seine Schatten voraus. Jenseits der Sümpfe im Norden, in der Umgebung des Königsbrunnens, wuchsen Zelte wie Pilze aus der Erde, und es wurden ihrer immer mehr. Die Klöster, die Stiftshäuser, die Gasthöfe füllten sich mit weltlichen und geistlichen Herren, die aus allen Teilen des Landes herbeieilten.

Es hieß, die Reichsversammlung werde tatsächlich stattfinden, der König selbst käme aus Esztergom mit prunkvollem Geleit.

Am Ende waren so viele Gäste in die Stadt gekommen, daß die Mauern fast aus den Fugen gingen. Die Menschen drängten sich in dichten Scharen, die Rosse trampelten Frauen und Kinder fast zu Boden. Eine große Zahl von Zelten bedeckte den Hügel, Fuhrwerke knarrten Tag und Nacht, brachten Massen von Fleisch, Mehl, Fisch, Salz, Heu und Hafer für Menschen und Pferde. Und noch immer trafen neue Gäste ein, scharenweise oder nur zu zweit oder zu dritt, Ungarn, Petschenegen, Sekler, Deutsche, hie und da Franzosen und auch Italiener, soweit man das am Aussehen und an ihrem Wappen erkennen konnte. Sogar Kumanen zogen herein.

Jetzt hielt es auch Julianus nicht mehr in den Klostermauern. Sein Weg führte ihn durch das Gebiet, in dem er in jener Nacht gewesen war, als er einst das Ordenshaus verlassen wollte. Er entsann sich heute noch, wie er oben auf der Kopfweide gesessen und die aufgehende Sonne bestaunt hatte.

Julianus verstand zwar nichts von Landesangelegenheiten. Die Absichten der Mächtigen erfühlte er mehr, als daß er sie erkannt hätte. Beunruhigt wartete er darauf, was der Reichstag brachte und was in der Urkunde stand, die der König verkünden würde.

Die Kirchen füllten sich zum Bersten. In der Sankt-István-Basilika fanden täglich prunkvolle Hochämter statt, und die Klosterchöre wetteiferten im Gesang. Ohne Unterlaß dröhnten die Glocken, als wollten die Prozessionen kein Ende nehmen.

Aber nicht nur die Klöster, auch die Schenken waren brechend voll. Julianus sah betrübt, wie die zechenden Krieger sich in der Umgebung der eilig errichteten Schankstätten drängten, wie sie den Wein in sich hineingossen, das gebratene Fleisch verschlangen, sich im Tanze drehten, einander mit gezücktem Säbel bedrohten, mit der Streitaxt fuchtelten, wie da und dort ein Mann mit eingeschlagenem Kopf in den Staub sank, wie sich die aus allen vier Himmelsrichtungen nach Fejérvár strömenden Dirnen aufführten.

Julianus klopfte das Herz heftig, als er den bewaffneten Torsteher vor dem Bischofspalast fragte, ob er den hochwürdigen Herrn Erzbischof Ugrin sprechen könnte. Der kleine, untersetzte Mann mit dem langen Schnurrbart nickte und gab ihm ehrerbietig den Weg frei.

Julianus hatte sich nach langem Grübeln entschlossen, den Erzbischof aufzusuchen. Die Zeit war gekommen, um von seinem großen Plan zu sprechen! Er hatte von der Weisheit des Erzbischofs, von seiner wahren ungarischen Gesinnung und seiner Begeisterung für alle Wissenschaften und Künste gehört. Er hoffte, daß der hochangesehene, mächtige Kirchenfürst sich seiner Sache annahm und vielleicht sogar ein Wort beim König für ihn einlegte. Erregt, pochenden Herzens stieg er die Steinstufen im Palast hinauf, bestaunte die behauenen Säulen und betrat einen dem Aufgang gegenüber gelegenen Raum.

Es war der Empfangssaal. Ringsherum schmückten ihn wundervolle Wandgemälde; sie stellten Heilige dar zwischen Ranken, Blättern und Blumen. Man sah Jesus unter den Fischern, als er zu Petrus sagte: „Von nun an wirst du Menschen fangen." In der Nische gegenüber drang das Sonnenlicht durch ein schmales, bleigerahmtes, buntes Fenster. Auch die Möbel waren wunderschön: große, schwere, tiefe Lehnstühle, ein wuchtiger Tisch. Die Stühle waren mit schwarzgezeichneten goldgelben Tigerfellen bedeckt. Auf einem gewaltigen Lehnstuhl, in dem offenbar der Bischof zu sitzen pflegte, lag das furchterweckende Fell eines riesigen Tigers, auf den kleineren Stühlen befanden sich Felle wohl von jungen Tigern. Der Fußboden war aus rotem Marmor.

Bald darauf trat ein Diener ein und sagte mit fremder Betonung, der hochwürdigste Herr Erzbischof komme sofort.

Er kam tatsächlich gleich.

Schon wie er eintrat, wirkte gebieterisch: hochgewachsen, mit breiten Schultern, gewölbter Brust, ruhigen Schrittes, in straffer Haltung. Gebieterisch waren auch die stark gebogene Nase, die dunklen Augen. Sein gelassen herabhängender schwarzer Schnurrbart ging in einen dunklen, üppigen Bart über. In auffälligem Gegensatz zu dem braunen Gesicht mit dem dunklen Bart standen die ungewöhnlich roten Lippen.

Julianus empfand in der Ergriffenheit des ersten Augenblickes nur die überwältigende Ausstrahlung, die vom Erzbischof ausging. Erst als er sich verneigte, grüßte und den die schwere Hand schmückenden goldenen Ring küßte, nahm er den weiteren Schmuck seiner erzbischöflichen Würde bewußt wahr. Zuerst wohl das auf seinem geistlichen Mantel glänzende große goldene Kreuz. Es war mit Edelsteinen besetzt, in der Mitte funkelte ein blaugrüner Diamant. Dazu die schwere goldene Kette, an der das Kreuz hing.

Welch berühmter ungarischer Goldschmied mochte diese Kunstwerke angefertigt haben? Man sah auf den ersten Blick, daß sie uralt waren. Das geübte Auge Julianus' erkannte die altüberlieferte Blattform, die diesen zwei- bis dreihundert Jahre alten Schmuckstücken den besonderen Zauber verlieh.

„Setz dich, lieber Bruder", bot ihm der Erzbischof einen Stuhl an. Er selbst nahm auf dem Lehnstuhl mit dem großen Tigerfell Platz, streckte die Füße in den roten Stiefeln aus, zog die Brauen hoch und war gespannt zu hören, was den jungen Mönch zu ihm führte.

„Es stimmt mich zuversichtlich, Vater", sagte Julianus leise, „daß die Werke unserer alten Kunstschmiede sich bei dir solch großer Wertschätzung erfreuen. Denn ich schöpfe daraus die Hoffnung, daß du dir auch mein Anliegen aufgeschlossenen Herzens und mit Verständnis anhören wirst. Mich zieht es zwischen jene himmelhohen Berge, wo Teile unserer Vorfahren zurückgeblieben sind und wo sie, wie ich glaube, noch heute im finsteren Heidentum in großer Verlassenheit leben. Ich möchte ihnen das Licht unseres Herrn bringen, ihnen den Weg zum Heil zeigen . . . und sie in unsere Heimat führen."

Voll Zagen blickte er zu dem mächtigen Kirchenfürsten auf. Dieser zog die dichten Brauen noch höher, schaute eindringlich auf Julianus, dann schloß er die Augen, als wollte er in Bildern sehen, wovon er gehört hatte.

„Du möchtest also zu ihnen gehen", wiederholte er langsam.

„Wir wissen", fuhr Julianus eindringlich fort, „daß ein oder zwei Stämme unserer Vorfahren aus Lebedien mitternachtwärts gezogen und dort geblieben sind. Nicht nur die einfältigen Alten, unsere Großväter und Großmütter erzählen davon, sondern auch alte Schriften berichten darüber. Selbst bei den Griechen und den Arabern finden sich Spuren über die Geschichte unserer Vorfahren in Lebedien."

Erzbischof Ugrin nickte zustimmend.

„Was ich konnte, habe ich gelesen, geprüft, bedacht."

„Da muß man aber auch die Sprache fremder Völker verstehen", entgegnete ihm der Erzbischof.

„Ich kann kumanisch und petschenegisch."

„Das ist gut. Und wie steht es mit den anderen Wissenschaften?"

„Ich war in Bologna, bin bewandert in Latein, Griechisch, Italienisch und Deutsch."

„Das läßt sich hören!" Der Erzbischof schlug sich zufrieden aufs Knie. „Und jetzt habt ihr nach der Regel von Pater Dominikus ein Kloster gegründet und wollt unseren Glauben unter fremde Völker tragen?"

„So ist es."

„Du wünschst also, daß ich eurem Orden Schenkungen mache und Stiftungen veranlasse, damit ihr überall im Lande neue Klöster gründen und predigen könnt ..."

„Und wenn sich geeignete Männer finden, sollen sie sich für den Weg rüsten und unsere Brüder und Schwestern zwischen jenen fernen Bergen suchen."

„Eine große Sache, eine gottgefällige Sache!" wiederholte Erzbischof Ugrin nachdenklich.

Julianus war glücklich. Mit geröteten Wangen und strahlendem Blick schaute er dem Erzbischof ins Gesicht. Er war überzeugt, jetzt hatte er gewonnen. Sein Herz klopfte so schnell, daß er die Hand fest darauf drücken mußte. Vielleicht nahm sich der Erzbischof der Sache noch heute an. Er war ein großer Mann, ein kluger Mann. Seine leuchtenden Augen sahen vielleicht bis hin zu den hohen Bergen, wo jene Madjaren schon seit Jahrhunderten auf die rettenden Abgesandten des wahren Gottes warteten.

Um dem Erzbischof nicht die kostbare Zeit zu rauben, erhob sich Julianus. Auch Ugrin stand auf, Julianus um Haupteslänge überragend.

„Vertraue mir deine Sache an", sagte er ermunternd und legte ihm die schwere Hand auf die Schulter. „Ich sehe, daß es eine gute Sache ist. Denn es ist ein christliches Gebot, unsere Brüder und Schwestern zu retten – wenn es sie noch gibt. Obgleich ich befürchte, es gibt sie nicht mehr. Ich will überlegen, was ich tun kann."

Julianus fand kaum die Stufen hinunter. Als er ins Freie kam, konnte er erst überhaupt nichts sehen. Er ging wie im Traum, wurde mit der überschäumenden Erregung nur schwer fertig. Jetzt ging sein guter Engel, die blaugekleidete Frau, die sich ihm in Bologna gezeigt hatte, unsichtbar neben ihm her, achtete auf all seine Schritte, wendete seine Sache zum Guten.

Eilig lief er nach Hause zurück, ins Kloster. Kaum hatte er den Hof betreten, ging er unverzüglich zu Frater Otto, der gerade die im zeitigen Frühjahr gepflanzten kümmerlichen Obstbäume prüfte und mit einer Hacke die Erde um den Stamm lockerte. Es waren Setzlinge, die sie geschenkt bekommen hatten, der Gärtner der Hospitaliter hatte sie ausgesondert. Bruder Desiderius jedoch hatte sie aufgesammelt, sie sich geben lassen, sich demütig dafür bedankt und sie nach Hause gebracht. Zusammen mit Otto hatte er die Bäumchen dann gepflanzt.

Der Frater hörte sich Julianus' begeisterte Worte über den Erzbischof und die zugesagte Hilfe mit gewohnt kühlem, verschlossenem Lächeln an.

„Ein großer Mann, ein wahrhaft großer Mann!“ ereiferte sich Julianus mit begeisterter Stimme, er konnte nicht ruhig stehen und umkreiste das Apfelbäumchen, mit dem sich Frater Otto gerade mühte. „Man merkt auf den ersten Blick, daß er ein kluger, kunstverständiger und kunstliebender Mensch ist. Schon seine Gestalt...“

„Ich kenne ihn, bin ihm begegnet“, dämpfte Frater Otto die Begeisterung seines Mitbruders.

„Nun, dann weißt du es selbst. Lieber Bruder, unser Vater, der Erzbischof, wird sich noch heute um unsere Angelegenheit kümmern. Alsbald werden wir ein neues Kloster haben, und bald wieder ein neues. Wir breiten uns im ganzen Land aus. Und wir werden zu unseren Brüdern und Schwestern gehen. Du und auch ich. Und nach uns andere. Immer wieder werden wir Missionare ausschicken, bis jene Madjaren dort in der Ferne zum Christentum bekehrt sind und schließlich den Weg in die neue Heimat finden.“

„Soviel baust du auf die wenigen Worte des Erzbischofs? Wir wollen froh sein, wenn wir die Kumanen bekehren können“, Frater Otto seufzte, Resignation klang aus seiner Stimme, „und die vielen nur ins Taufwasser getauchten Heiden, die hier bei uns im Land die Sitten verderben.“

Julianus ließ sich durch die zweifelnde Kühle Frater Ottos die Zuversicht nicht nehmen. Er war außer Rand und Band, sah nichts anderes als Erzbischof Ugrin, hörte nichts anderes als dessen ermunternde Worte. Sein guter Engel, die blaugekleidete Frau, würde ihm helfen. Versammelte sich doch jetzt das ganze Land in Fejérvár. All die mächtigen, reichen Herren, die den Klöstern immer wieder Grund und Boden, Dörfer, Fischersiedlungen und Schätze schenkten und Kirchen bauten, trafen sich hier. Jetzt brauchte man nur jene auszuwählen und von der Sache Christi zu überzeugen, die in der drängenden, zechenden, raufenden, sündigen, heidnischen Menge wahre Männer waren. Und das war eine leichte Aufgabe, denn Ugrin selbst, der vortreffliche Erzbischof, unterstützte das Vorhaben.

Julianus konnte doch nicht widerstehen, nach dem Abendbrot zu erzählen, wo er gewesen und was er verrichtet hatte. Er mußte sein überschäumendes Herz ausgießen wie ein Kind, das sein neues Spielzeug jedem vorweist. Die Mönche waren vor Freude außer sich. Paulus brummte zwar: Es wäre unnütz gewesen, sich auf eigene Faust in die Angelegenheit des Ordens einzumischen, habe er doch beim Erzbischof in Esztergom längst alles erledigt. Gewiß, unterbrach ihn Julianus, doch dies sei schon ein ganzes Jahr her, und der neue Orden habe überhaupt noch keine Donationen erhalten.

„Haben wir vielleicht ein Kloster gegründet, um Donationen zu erhalten?“ rügte ihn Paulus streng.

Julianus schwieg beschämt. Aber Frater Blasius nahm ihn in Schutz: „Er hat Gutes gewollt und Gutes getan.“

Das überraschte Julianus. Er empfand Gewissensbisse; denn er hatte stets argwöhnisch auf Blasius geblickt, stets Abstand gewahrt, weil man ihm wegen seiner roten Haare genauso wenig traute wie einem Hund mit rotem Fell. Er kann zahm sein wie ein neugeborenes Lamm, aber weil er rothaarig ist, scheuen ihn alle. Und gerade deshalb wird er bissig.

Um seine Verfehlung wieder gutzumachen, erzählte er voller Vertrauen, wie der Erzbischof über die Bekehrung und Heimführung der im Osten gebliebenen Madjaren dachte. Daß er gesagt habe, dies sei eine große Sache. Eine gottgefällige Sache. Zwar glaubte der Erzbischof nicht recht, daß es jene Madjaren noch gäbe, aber dennoch halte er den Plan für eine große, eine Gott wohlgefällige Sache.

Frater Blasius hatte die Gewohnheit, die linke Braue hochzuziehen, wenn er etwas erregend Neues hörte. Jetzt zog er sie bei jedem Blick hoch und ließ sie gleich wieder sinken. Seine kleinen Augen bohrten sich in den Blick Julianus'. Er stimmte mit brummender Stimme zu, und sein Adamsapfel und seine Braue hüpften zugleich.

„Jawohl, man muß zu ihnen gehen! Man muß zu ihnen gehen!“ wiederholte er bei jedem Zucken der Braue und bei jedem Hüpfen des Adamsapfels. Heftig nickte er mit dem Kopf.

Julianus war sehr zufrieden.

Bücher pflegten sich die Mönche aus der Bibliothek ihres früheren Klosters zu holen. Als Julianus das nächstemal wieder nach einem Buch hinüberging, empfing ihn Pater Aloisius bereits mit der Frage, wann er wohl gen Osten aufbreche zu jenen Madjaren dort? Er hoffe, er werde ihn, Aloisius, auch mitnehmen. Es wäre ihm lieb, denn die hiesigen Madjaren könne man immer schwerer ertragen ...

In der Bibliothek begegnete Julianus einem gewissen Frater Benedek. Ins Kopieren vertieft, saß er an seinem Schreibpult, pflügte mit seiner kratzenden Rabenfeder über das Pergament und malte mit spitzem Pinsel flink die schönen roten Initialen. Als Julianus eintrat, wandte sich Benedek gleich an ihn und sagte würdevoll:

„Bist du es, dem dieses Land zu klein geworden ist? Dabei könnt ihr nicht einmal in diesem kleinen Lande Ordnung schaffen.“

Obwohl diese Worte liebenswürdig und freundlich gesprochen waren, wie es einem frommen Mönch geziemt, bargen sie doch einen gewissen Spott. Julianus' Ohren, die an den Tonfall im Kloster gewöhnt waren, entging der winzige Stachel in den salbungsvollen Worten nicht. Aber er lebte in einem so glücklichen Rausch, daß er dem Bruder mit einem stillen Lächeln verzieh. Die blaugekleidete himmlische Frau, die unsichtbar zu seiner Linken stand, alles hörte und wußte, würde auch dies festhalten.

Frater Blasius erregten in diesen Tagen nur zwei Dinge, nur über sie sprach er. Die Ansicht Frater Ottos über die Bekehrung der Kumanen ließ er unbeachtet, ebenso ernste Mahnungen des Paulus über seine Beteiligung am Groll dieser Welt, die franziskanischen Geschichten des Desiderius über die Klugheit ihres Klosteresels, die Scherze des Gerhardus hörte er nicht, ebensowenig das stille Nörgeln Mikhals wegen der schmählichen Gottlosigkeiten und der Sauflust der Stadtbewohner. Eines dieser ihn bewegenden Dinge war die Reichsversammlung, das andere der große Plan des Julianus. Die Wangen gerötet, legte er die Absichten der Herren dar, die Unhaltbarkeit der Lage des Königs, und er glaubte zu wissen, was der bereits abgefaßte und kunstvoll auf Pergament geschriebene, mit einem goldenen Siegel bekräftigte Brief enthielt. Wenn dies so weitergehe, sagte er mit bitterem Groll, könne man die Totenglocke über dem Land läuten, István der Heilige, László, Kálmán und der alte Béla könnten sich in ihren Gräbern umdrehen. Was die berühmten Ahnen geschaffen haben, werde von den Nachkommen verschleudert. Er sprach auch viel über die Madjaren im Osten. Er selbst hatte die Chroniken zwar nicht gelesen, kannte die *Große Gesta* nicht, war nicht in die Geschichte der Zeit vor der Landnahme eingedrungen, aber er hatte – wie jedermann – in seiner Kindheit genügend über die Trennung der Madjaren in Lebedien gehört und über die Stämme, die jetzt zwischen den himmelhohen Bergen lebten. Dabei war er sich nicht im klaren, ob sich die Madjaren einst in zwei oder drei Teile gespalten hatten. Er stellte sich die Trennung so vor, daß die Petschenegen mit großer Stärke über die Vorfahren der Madjaren in Lebedien hergefallen waren und mit Ausnahme der Männer alle getötet, das ganze Siedlungsgebiet zerstört, ein schreckliches Blutbad angerichtet, alles in Schutt und Asche gelegt, die Tiere bis auf das letzte Stück fortgetrieben und das ganze Volk an den Bettelstab gebracht hatten. Sowohl Julianus als auch Frater Otto waren zwar anderer Meinung, aber von Frater Blasius konnte man nicht erwarten, daß er ihnen bei ihren Studien Schritt für Schritt folgte; viel zu sehr beschäftigten ihn die Ereignisse im Lande. Es war schon lobenswert, daß er das von Julianus und Otto da und dort Gehörte aufnahm und sich so verhielt, als hätte er es seit langem selbst gewußt.

Schließlich kam Frater Blasius eines Tages mit der Nachricht ins Kloster, der König sei angekommen. Er habe ihn selbst gesehen, von Angesicht zu Angesicht. Stolz habe der König auf seinem Roß gesessen, beladen mit Gold- und Silberschmuck. Das Leder vom Zaumzeug seines Pferdes sei auch nicht einen Fingerbreit zu sehen gewesen, alles sei mit Silber beschlagen, mit Gold belegt. Herr András sei ein selten schöner Mann, das müsse man ihm lassen, er sitze gut zu Pferd, zeige ein fröhliches Gesicht, nach dem Äußeren zu urteilen, scheine er ein echter Nachkomme der Árpáden zu sein. Aber: wenn ein König sich die Treue seiner Ergebenen nur dadurch erhalten könne, daß er sie mit Geschenken überhäufte, wenn er erfolglos ins Heilige Land zog, wenn man ungestraft seine Frau ermorden konnte, wenn er in Halicz nur Schimpf und Schande erntete und wenn ihm schließlich die Mächtigen im Lande die Hand an die Gurgel legten, stünde es ihm wohl an, sich betrübter, demütiger zu zeigen. Er könnte auch auf einem schlichter gezäumten Roß reiten, einfachere Kleider, vor allem weniger Schmuck tragen. Haar und Bart könnten durchaus einen Schein grauer sein. Sie waren noch immer schön nußbraun wie die eines Jünglings. Selbst das Eisen wird vom Rost angegriffen, ihn jedoch rührten die vielen bitteren Tränen des Landes nicht. Die schreckliche Last all der Schläge und Mißerfolge hatten ihn nicht gebrochen.

Die Ankunft König András' hätte man allein aus dem ununterbrochenen Glockengeläut erkennen können. Von der Stadt her trug der Wind ein ständiges Rauschen und Summen heran, als hätte man dort zwischen den Mauern ein riesiges Wespennest aufgescheut.

Paulus verfügte, daß das Kloster für die Dauer des Reichstages von seinen Vorräten leben sollte, daß jeden Tag einer von ihnen als Wächter des Hauses und als Koch im Kloster bliebe, die anderen aber in die Stadt zögen, um sich, wie es sich schickte, mit den Mönchen aus anderen Orden und mit der weltlichen Geistlichkeit an den kirchlichen Zeremonien und den Feierlichkeiten zu beteiligen. Wenn der König nun einmal in der Stadt weilte und die Großen der Kirche und des Landes sich versammelt hatten, wenn auf dem Reichstag eine feierliche Erklärung abgegeben, ein Gesetz verabschiedet werden sollte, mußten die Mönche für das fehlbare menschliche Werk Gottes Segen erbitten.

Im Inneren der Stadt konnte man sich kaum bewegen. Der Frühling war in diesem Jahr besonders heiß, heftiger Wind wirbelte Staub und Schmutz in den Straßen auf und blies ihn Menschen und Pferden in die Augen. Immer neue Scharen wild daherjagender

Krieger vermehrten den Staub und Dreck, denn alle ließen ihre Rosse tänzeln, alle jagten und sprengten.

In der viertürmigen alten Basilika Istváns des Heiligen zelebrierte Johannes, der Erzbischof von Esztergom, unter Mitwirkung zahlreicher Priester eine Messe. Der Sessel des Königs stand im Sanktuarium. Der lange Kirchenraum, durch zwei Säulenreihen in drei Schiffe gegliedert, war mit Gläubigen dicht gefüllt: vorn die Vornehmen des königlichen Geleits, dann die Großen der Stadt, ganz hinten die Krieger und Bürger. Und draußen vor der Kirche drängten sich die Menschen zu Tausenden, knieten, sangen und beteten, nach dem Gesang, den Klängen der Orgel und den Worten der Gebete, die durch das Kirchenportal nach draußen drangen. Vielen Frauen wurde übel, ein alter Mann sank tot zu Boden, einige Kinder kreischten, weil man sie umgestoßen hatte.

Die Messe dauerte stundenlang. Julianus war auf der Empore, von dort konnte er alles sehen und hören. Neben ihm stand Paulus, an seiner anderen Seite Gerhardus. Ergriffenheit beengte ihre Kehlen, kaum konnte Julianus seiner Tränen Herr werden. Aus der Höhe blickte er in die Tiefe der Basilika hinunter, auf die wogende Menschenmenge, die jeden Fußbreit der Kirche ausfüllte, lauschte dem die Mauern erschütternden Brausen des sich emporschwingenden Gesangs aus vollen Kehlen, der gleich den Wellen des Meeres toste. Er fühlte sich winzig klein. Zwischen den geschorenen Köpfen der Sänger sah er den König: Auf dem Haupt den goldenen Reif, den purpurnen Mantel über den Schultern, sein goldbeschlagenes Schwert zwischen den Knien. Die gefalteten Hände des Königs ruhten auf dem Knauf des Schwertes, das düstere Gesicht hielt er dem die Messe lesenden Erzbischof zugewandt. Wie klein wirkte Herr András von hier oben! Wie bedauernswert klein. Fast Mitleid erregend. Auf seinem schönen Antlitz lag Ergriffenheit, sein nußbraunes Haar wallte auf den Hermelin, sein üppiger, gepflegter Bart verdeckte die Schließe des Mantels. Der König war so groß wie der neben ihm sitzende Erzbischof Ugrin, ein richtiger Nachkomme der Árpáden, die Nase ein wenig gebogen, die Hände groß. Und dennoch wie klein, wie einsam wirkte er in dieser riesigen Menge unten in der Kirche.

Julianus beschloß nun, hinauf zum König zu gehen, sich an ihn selbst zu wenden und ihm seinen großen Plan anzuvertrauen. Sein guter Engel, der für keinen Augenblick seine Hand losließ und der ihm Selbstvertrauen gab, flößte ihm jetzt diesen Gedanken ein. Er hatte ihm seinerzeit auch zugeflüstert, zu Bischof Ugrin zu gehen.

Und hatte denn Ugrin seinen Plan nicht gelobt, hatte er nicht gesagt: „Eine große Sache, eine gottgefällige Sache.“ Wahrlich, er hatte es gesagt, und Julianus hörte die Worte noch genauso wie damals im Empfangssaal des bischöflichen Palastes.

Mikhal und Blasius wollten nach Pest gehen, um dort ein zweites Kloster zu gründen. Es war eine gute Gelegenheit für Julianus, sich ihnen bis Buda anzuschließen und von dort zum König nach Esztergom zu ziehen.

An einem schönen Tag nahmen sie dann Abschied von Paulus und den im kleinen Kloster zurückbleibenden Mönchen und begaben sich, nachdem sie inbrünstig gebetet und von Paulus den Segen empfangen hatten, auf der alten römischen Heerstraße nach Buda. Es war zeitiger Morgen, die Sonne war noch gar nicht aufgegangen.

Beim Anblick der Getreidepuppen auf den Stoppelfeldern kamen dem ewig murrenden Blasius wieder Zweifel.

„Wahrlich, liebe Brüder“, donnerte er mit dröhnender Stimme in die tiefe Stille, als riefe er in einen leeren Schlauch, „ich setze meinen Kopf, daß der Heilige Vater dem lauthals verkündeten Gesetz nicht zustimmen wird. Denn bis jetzt hat die Kirche von jeder Getreidepuppe einen Denar bekommen. Doch damit ist es jetzt vorbei. Die Kirche wird verarmen und verelenden.“

Julianus konnte nicht länger an sich halten. Sie waren draußen im Freien. Kühles, tauiges Gras benetzte ihre bloßen Füße. Sie atmeten frische Luft ein, an dem sich langsam erhellenden Himmel zog mit schwerem Flügelschlag ein Reiher gen Westen. In der Ferne sah man die schwarzen Silhouetten niedriger Kopfweiden. Ja, Julianus verlor die Geduld und begehrte auf.

„Warum mußt du stets unken?“ Er blieb stehen und schaute Blasius scharf in die Augen.

„Ich unke nicht, aber ich bin nicht blind und lüge auch nicht, nur weil man mich ins Taufwasser getaucht hat“, erwiderte Blasius spöttisch.

„Deiner Ansicht nach ist nichts richtig, wird nichts gelingen“, fuhr Julianus immer heftiger fort, selbst verwundert über seine plötzlich hervorbrechende Erregung. „Du verkündest Verderben, spöttelst, wenn reine Herzen Gutes wollen, und bei jeder löblichen Absicht feierst du im voraus den Totenschmaus. Schämst du dich nicht?“

„Elender!“ zischte Frater Blasius mit unerwartetem Haß und wurde ganz bleich.

Julianus war betroffen.

„Kraft des heiligen Gehorsams ...", begann er mit unterdrückter Stimme.

„Du bist nicht Paulus", fiel ihm Blasius überraschend laut ins Wort. „Wer bist du, daß du dich auf den heiligen Gehorsam berufst?"

Mikhal stand wie erstarrt neben ihnen.

„Oh, liebe Brüder, liebe Brüder", sagte er besänftigend und streckte den Arm zwischen sie, als ob er befürchten müsse, sie könnten übereinander herfallen. „Im Namen Jesu Christi! Mäßigt euch!"

Aber Frater Blasius ließ sich nicht bremsen, Spott, Wut, Haß sprühten aus seiner Stimme.

„Misch du dich nicht ein, du Unbeholfener. Das geht dich nichts an. Soll ich's denn hinnehmen, daß mich einer heruntersetzt, der wie ich die Kutte trägt, barfüßig geht und sich eine Tonsur scheren läßt? Sind wir denn nicht gleich vor unserem Herrn? Und dennoch, was muß ich hören, seit er nach Fejérvár zurückgekommen ist? Er prahlt, stellt sein Wissen zur Schau, quakt mit Frater Otto kumanisch und petschenegisch, kommt und geht einher wie im Traum, wie ein Mondsüchtiger, faselt von himmelhohen Bergen, von verlorenen Madjaren, rennt zum Erzbischof, brüstet sich, wie ihn der Erzbischof lobte ... vertraut dem Wort der elenden Herren ... Und warum ist er letztendlich jetzt hier? Wo will er hin? An den königlichen Hof will er, vor den König ... damit der wankelmütige König ihn nach dem Morgen schickt, unsere dort verbliebenen Brüder und Schwestern heimzuführen ... Ha, ha, ha!" lachte er schallend, doch nicht im geringsten fröhlich, und sein kaltes Gelächter rollte über die verlassene Landschaft. „Er will nach dem Morgen ziehen und sieht die viele Arbeit nicht, die Gott ihm vor der Nase aufgetürmt hat!"

Julianus war es, als müßte er sich auf ihn stürzen. Schrecklicher, plötzlich entflammter Zorn bemächtigte sich seiner, sein Herz kam fast zum Stehen, das Blut strömte ihm ins Gehirn. Seine Hand ballte sich zur Faust. Funkelnd bohrte sich sein Blick in die ihn anstarrenden scheelen Augen.

„Brüder!" schrie Mikhal verzweifelt. Es war erstaunlich, wie laut er schreien konnte, hörte man doch sonst seine Stimme kaum, ein solch sanftmütiger, stiller, phlegmatischer Mann war er.

Der Körper Julianus' erschlaffte. Tiefe Trauer überkam ihn. ‚Jesus, verzeih', dachte er beschämt. Und Frater Blasius erschien ihm so fern, so fremd, als würde er ihn zum erstenmal in seinem Leben sehen. Wie hatten sie sich nur so hinreißen lassen können.

Blasius wandte sich ab und machte sich düster wieder auf den Weg. Er schritt weit voraus, den Kopf gesenkt, die bloßen Füße eifrig hebend. Mikhal brach fast in Tränen aus.

„Beichtet beide, beichtet beide ...", sagte er wiederholt, „der Teufel hat euch mit dem feurigen Stachel der Zwietracht gegeneinander gehetzt. Versöhnt euch."

Julianus antwortete nicht. Die Welt vor ihm verdunkelte sich. Schmerz und endlose Einsamkeit nagten an ihm. Scham würgte ihn in der Kehle, er mußte ausspucken. Sollte er wirklich so sein? Angeberisch, sich hochmütig über andere setzend? Lief er gleich einem Mondsüchtigen eitlen Träumen nach? Narrte er seine Gefährten mit den im Osten zurückgebliebenen Madjaren ...? Vielleicht hatte er sich tatsächlich in eine Träumerei aus der Kindheit verrannt, und jetzt tuschelte man mitleidig hinter seinem Rücken: Armer Mondsüchtiger, laßt ihn ... Hatte dies vielleicht auch Erzbischof Ugrin gedacht, als er ihm zustimmte?

Trübsinnig, niedergeschlagen zog er dahin. Am liebsten wäre er umgekehrt. Wenn er seinen guten Engel nicht neben sich gefühlt hätte, wäre er wohl auch nicht weitergegangen. So aber setzte er seinen Weg fort, da er doch nun schon aufgebrochen war. Er befand sich in Gottes Hand, wenn der Herr es wollte, lenkte er sein Schicksal zum Guten.

Auf dem ganzen Weg sprachen sie kaum noch miteinander. Der stille, sanfte Frater Mikhal versuchte, sie aufzumuntern, sie miteinander zu versöhnen, aber ohne Erfolg. Wenn sie sich ausruhten, setzte sich Blasius abseits, zuckte häufig mit der linken Braue, und wenn sie weiterzogen, ging er einige Schritte voraus. Julianus hing finsteren Gedanken nach, murmelte immer wieder ein Gebet, aber er war nicht bei der Sache. Verschwommen entsann er sich des Turmzimmers im Kloster zu Várad und einiger alter Bücher darin. Er sah einen düsteren, kühlen Raum und ein schmales vergittertes Fenster, das auf eine neblige Landschaft schaute. Wenn er sich richtig erinnerte, war er dort zum erstenmal auf die Spur der im Osten verbliebenen Madjaren gestoßen. Oder hatte er schon in Kindertagen von dem alten Schamanen auf dem Berg in seiner Heimat darüber gehört? Wie hieß doch der Alte? Und der greise Sänger in seinem Dorf, Ölyved hieß er, ... Hatte er nicht von ihnen gesungen?

Noch nie hatte jemand Julianus Einfältigkeit vorgehalten. Frater Otto glaubte auch heute noch, daß es diese Madjaren gegeben hat, wenn er auch meinte, sie seien nach so langer Zeit verloren gegangen.

Julianus wurde zwischen Hoffnung und Zweifel hin- und hergerissen. In manchen Augenblicken glaubte er, einen Mühlstein auf dem Rücken zu tragen und unter dessen Last zusammenzubrechen. Er schleppte sich wie einer, der durch wegloses Gelände zieht und nicht weiß wohin. Dann wieder flammte plötzlich Hoffnung in ihm auf, er sah deutlich, daß er recht hatte, auch dann recht hatte, wenn Erzbischof Ugrin, Frater Blasius oder selbst der König mitleidig hinter seinem Rücken abwinken sollten. Er beschleunigte seine Schritte, hob den Kopf und zog frohgemut mit nackten Füßen auf den großen Steinplatten der alten römischen Heerstraße dahin.

Sie kamen an armseligen kleinen Dörfern vorbei, kehrten da und dort in winzigen Schilf- oder Holzhäusern ein, bettelten, aßen einige Bissen und zogen weiter. Mancherorts wohnten die Menschen in Höhlen, die sie in steile Lehmwände gegraben hatten, viele Kinder schwärmten heraus wie flinke Ameisen aus einem Ameisenhaufen. Wo die Mönche eine Kirche fanden, kehrten sie ein auf ein Gebet, sanken vor dem schlichten Altar nieder und flehten voller Andacht zu Gott. Sie besuchten den Pfarrer und wechselten erbauliche Worte mit ihm. In dieser Gegend sahen sie mehrere Geistliche, die mit Pfeil und Bogen, einem Säbel und der Streitaxt ausgerüstet waren und über ihrem priesterlichen Gewand ein Lederwams trugen. Sie klagten, daß selbst das Leben der Pfarrer nicht mehr sicher sei, und schon gar nicht ihr Hab und Gut. Aber Blasius sagte zu Mikhal, das seien offenbar Räuber und keine Priester, sie beschönigten diese Tatsache nur.

Am ersten Abend, als sie in einer leerstehenden Schilfhütte unterkrochen, betonte Mikhal nachdrücklich die Abscheulichkeit der Zwietracht und die Qualen jener, die wegen dieser Sünden in die Hölle gelangten. Julianus empfand keinen Groll mehr, er war nur traurig, aber Frater Blasius erklärte, wer sich gegen die Sünde empöre, käme nicht in die Hölle, sondern in den Himmel. Mikhal gab sich damit nicht zufrieden. Er sagte rundheraus, er gehe keinen Schritt weiter, ehe sie sich nicht gegenseitig entschuldigt und sich als Zeichen der Versöhnung umarmt hätten. Julianus erhob sich, und hierauf raffte sich auch Blasius auf. Zögernd umarmten sie einander in der dunklen Hütte. Als Julianus den langen, knochigen und sehnigen Arm von Frater Blasius auf der Schulter fühlte, zuckte es ihm durch den Kopf, daß dieser ihm vielleicht ein Messer zwischen die Rippen stieße. Aber es war eine Eingebung des Teufels, er wies sie von sich, und sie versöhnten sich.

Auf der Heerstraße herrschte reger Verkehr. Große, schwerrädrige Fuhrwerke, von Ochsen und Pferden gezogen, brachten Waren nach

Buda oder Fejérvár. Gepanzerte oder leichtbewaffnete Reiter trabten die Straße entlang, und Fußgänger mit einem Quersack über der Schulter, einem Trinkhorn und einem Stock in der Hand zogen dahin. Allerlei Volk begegnete den Mönchen. Am zweiten Tag ihrer Reise trafen sie auf einen jungen, traurig dreinblickenden Juden. Er trottete vor ihnen her, sein kohlschwarzer Bart wehte im Wind, die schöngebogene Nase war kummervoll auf die Erde gerichtet, erschrocken machte er den drei Mönchen den Weg frei, stützte sich schwerfällig auf seinen Stock, verneigte sich tief und führte nach ungarischem Brauch die Finger an die Stirn. In seinen dunkelbraunen Augen spiegelte sich schmerzvolle Entsagung.

„Liebe Fratres", sagte er verängstigt, „verzeiht mir . . . hättet ihr nicht einen Schluck Wasser? Ich komme um vor Durst . . ."

„In Jesu Namen", sagte Mikhal, denn er hielt es für notwendig zu erwähnen, in wessen Namen er half. Und er reichte ihm den kleinen Schlauch, in dem warm gewordenes Wasser gluckerte.

Der Jude trank hastig und bedankte sich höflich für die Barmherzigkeit. Blasius warf ihm Blicke zu, als hätte dieser Jude persönlich Jesus gekreuzigt.

„Ich erkenne wohl", sagte der Jude betrübt, „daß einer von euch mich nicht gerne sieht. Wenn ich euch zur Last bin, sagt es."

„Komm nur mit uns", beruhigte ihn Julianus, „vielleicht führt dich dieser Weg deinem Heil entgegen."

„Nun, jetzt wird man euch Zügel anlegen", brummte Frater Blasius zufrieden. „Wir haben ein Gesetz erlassen, daß ihr kein Geld prägen, kein Salz verkaufen, keinen Zoll einnehmen dürft. Ihr und die Muselmanen."

„Nie habe ich Geld geprägt, mit Salz gehandelt, Zölle eingenommen", entgegnete der Jude.

„Ich sage nicht, du hast dies getan, wohl aber deine Brüder."

Der Jude blieb stehen, breitete die Arme aus, hob den bläulich schimmernden schwarzen Bart gen Himmel und rief voller Bitterkeit:

„Was gehen mich meine Brüder an. Was habe ich gemein mit Tika, mit Henel, Wölf, Altmann, Nikl? Was habe ich mit den anderen zu schaffen? Nicht mehr als mit den Ismaeliten. Mein Vater ist ein armseliger Lehrer in Buda und besitzt nur soviel, daß wir gerade nicht verhungern."

Er ließ die Arme sinken und ging weiter. Leise sagte er: „Gewiß gibt es Juden, die Geld prägen, mit Salz handeln, Zölle einnehmen, und sie werden es auch künftig tun. Andere wiederum lehren, vertiefen sich in die heiligen Bücher, erheben die Seele zu Jahwe, und sie werden auch künftig in Armut leben. Die Gottlosen sind reich, die Frommen arm."

Darin hatte er vollkommen recht. Julianus begann auf der Stelle zu erzählen, in welch heiliger Armut auf dem Boden Italiens, in Spanien und Frankreich die Mönche Francescos und Domenicos lebten. Der Jude hörte aufmerksam und ehrerbietig zu.

„Erwartet von den Herren nichts Gutes, liebe ungarische Fratres", sagte er und winkte ab. „Herr Dénes, Sohn des Apod, und all die anderen raffgierigen Herren werden auch künftig mit eurer hohen Geistlichkeit und den reichen Muselmanen genauso einig sein wie bisher. Wenn der König Geld braucht, woher nimmt er es? Doch nur von Tika, Nikl, Henel oder Wölf. Geben es ihm vielleicht eure Herren, die seine Geschenke angenommen haben? Oder die Kirchenfürsten?"

Frater Blasius wies triumphierend auf den Juden.

„Was habe ich gesagt? Hört, dieser Jude sagt das gleiche."

Julianus schwieg bedrückt. Wieder türmten sich Zweifel in ihm auf: Vielleicht war alles umsonst. Wenn der König nur deshalb ein neues Gesetz erließ, um alles beim alten zu lassen, lud er eine schwerere Sünde auf sich, als wenn er überhaupt kein Gesetz erlassen hätte. Was konnte man dann von dem König erwarten?

Und sie zogen in der großen Hitze weiter auf Buda zu. Der Jude war dankbar für den Trunk Wasser und ließ es nicht merken, daß sie ihm fremd waren, er machte einen sehr ängstlichen, hilflosen Eindruck. Sogar vor den auf der Straße entlangreitenden Kriegern, den herrenlosen Hunden und den nahe der Straße weidenden Kühen fürchtete er sich. Wenn sie einem Mann begegneten, der wie ein Petschenege aussah, spiegelte sich Schrecken in seinem Gesicht. Er sprach leise, überlegt, und schon in der ersten Stunde stellte sich heraus, wie gelehrt er war.

Als die Sonne den Zenit erreichte, knieten die Mönche auf der Erde nieder und verrichteten ihre für die Sext vorgeschriebenen Gebete. Auch der Jude betete andächtig aus einem dicken Kodex, den er aus seinem Quersack holte. Dann machten sie sich an ihr bescheidenes Mittagsmahl. Die Mönche nahmen Brot und Zwiebeln heraus, der Jude seinen trockenen Hirsefladen.

Am Abend erreichten sie die Stadt.

Hier verabschiedeten sie sich voneinander, denn der Jude blieb in Buda, sie aber strebten der Haseninsel zu, um im Kloster der Prämonstratenser zu übernachten.

Die Stadt erschien Julianus jetzt ganz anders als damals, als er sie während seiner langen Wanderung das erstemal gesehen hatte. Sie erschien ihm kleiner, als wäre sie zusammengeschrumpft. Wenngleich der Berg, von dem die heidnischen Madjaren einst Bischof Gerhardus heruntergerollt hatten, noch genauso hoch war, das alte baufällige römische Castrum, das in Kelenföld an der Fähre stand, noch immer denselben trübseligen Eindruck machte, oben auf dem Berg über der Neustadt die Kirchen und Häuser auch jetzt weithin sichtbar waren und unten um den Berg sich nach wie vor die Lehmkaten eng aneinanderreihten. Julianus mußte feststellen, daß die Stadt sogar gewachsen war, aber erstaunlicherweise erschien sie ihm doch kleiner, als er sie in der Erinnerung hatte. So war es ihm auch mit Fejérvár ergangen, als er aus Bologna zurückgekehrt war.

Selbst die Donau fand er schmaler, seit er auch das Meer gesehen hatte.

Neu-Pest auf der anderen Seite der Donau war die alte Kleinstadt geblieben. Drei Kirchen ragten empor. Unterhalb der wenigen Häusergruppen erstreckte sich ein weites Sumpfgebiet mit unzähligen Weiden und Birken und einem ausgedehnten Röhricht.

Gegen Mittag des nächsten Tages kam er in Esztergom an.

Sein Herz pochte heftig, nahm ihm fast den Atem. Esztergom, das Herz des Landes!

Doch was war Esztergom im Vergleich zu Bologna! Im Vergleich zu dessen gewaltigen Mauern, den riesigen Toren, den zinnenbewehrten Türmen, den Arkadenreihen der Paläste! Aber hier wie dort duckten sich verstreut in der Ebene und an den Hängen der Hügel aus Lehm gestampfte oder aus Schilf errichtete Häuschen gleich einer Schafherde, die in der heißen Mittagszeit rastete, auch hier sah man nur ab und an die weißen Wände eines Steinhauses und die spitzen Türme einiger Kirchen. Aber über all dem strahlte auf der hoch emporragenden Bergkuppe die aus weißen Steinen und rotem Marmor gebaute Kathedrale, mit behauenen Fensterpfeilern geschmückt, die Türme in den dunkelblauen Himmel bohrend: die bedeutendste unter allen ungarischen Kirchen. Zusammen mit dem königlichen Palast und seinen in schwindelerregende Tiefen niederblickenden Basteien bildete sie die Krone des Landes.

Doch ehe Julianus den sich zum Berg hinaufschlängelnden Pfad betrat, setzte er sich. Sein Blick ruhte auf Kirche und Palast. Und langsam schlich ein schmächtiger Knabe in weißen Leinenhosen, in weißem Leinenhemd, mit auf die Schulter fallendem Haar, barfüßig herbei, stellte sich vor ihn hin und sagte lautlos:

„Wie oft hast du beteuert, Frater, daß du nach Esztergom gelangen wirst, an den Hof des Königs, in den Kreis der Bischöfe und hohen Würdenträger ... Unter gelehrte Mönche ... Siehe, jetzt liegt Esztergom vor dir ..."

Der Knabe lächelte traurig.

„Nicht so wolltest du nach Esztergom kommen, Frater", fuhr er mit regungslosen Lippen fort, die nußbraunen Augen auf ihn gerichtet, die Arme herabhängend und mit dem bloßen linken Bein das rechte reibend. „Du wolltest in vollem Glanz, in Samt gekleidet, beladen mit Gold und Silber hier einziehen, wolltest mit mächtigen Edelleuten und Bischöfen sprechen, im Auftrage des Königs Briefe schreiben, Schenkungsurkunden ausfertigen ... Und wie bist du gekommen, Frater? Barfüßig, in zerschlissener Kutte, mit schwarzem Skapulier, mit einem Strick um die Taille ... das Haar rund geschoren ..."

„Ich will auch jetzt noch, was ich damals wollte." Julianus seufzte.

„Das willst du. Willst auch jetzt gen Morgen ziehen", der Knabe begeisterte sich.

„Ja. Auch wenn man mich hundertmal einen Träumer nennt!"

„Wo ist der Samt? Wo sind Gold und Silber?"

„Sei bedankt, himmlischer Vater, daß du mich mit dieser schlichten Kutte gekleidet, mit diesem Strick umgürtet hast", stieß Julianus inbrünstig hervor. Und das Kreuzzeichen schlagend, begann er andächtig zu beten.

Der Knabe verschwand, löste sich auf im flimmernden Sonnenschein.

Die an Schönheit und Größe fremder Städte gewohnten Augen des Julianus fanden die Bauten, die er in Esztergom auf dem Burgberg sah, nicht übermäßig strahlend und prunkvoll. Und dennoch, ihm war, als hätten ihn noch nie wundervollere Paläste umgeben. Andacht erfüllte sein Herz, als er den Gipfel erreichte und vor dem Hauptportal der Kathedrale stand. Er sah das Mosaik aus rotem und weißem Marmor, die behauenen Säulen, das leicht geschwungene Gewölbe, die farbenfrohen Bilder beiderseits an den Wänden. Davor rechts und links die beiden Löwen aus rotem Marmor. Er sah die Gestalt Istváns des Heiligen und des Bischofs Adalbertus, zwischen ihnen die heilige Jungfrau. Der König hielt in seiner Hand ein lateinisches Schreiben. Julianus las darauf: Huldreiche Jungfrau Maria, nimm dich gnädig des von mir zu regierenden Landes an. Eine weitere Inschrift lautete: Dem Landesherrn weise Entscheidung und wahren Ruhm, dem Vaterland Freiheit! Das war also das berühmte kunstvolle Portal, das der „alte" König Béla hatte bauen lassen und dessen Inschriften

Julianus auch auf Fassaden von Häusern in Fejérvár gesehen hatte.

Die Kirche stand hoch oben auf dem Gipfel, so daß sie sich selbst weit über den königlichen Palast erhob. Ihre Fundamente befanden sich etwa in Höhe des zweiten Palastgeschosses. Endlos weit blickte die Kirche hinunter ins Land. Unten strömte die Donau, gegen Süden lagen verstreut die kleinen Häuser der Niederstadt. Gegen Westen verlor sich die Ebene im Nebel der Ferne, im Osten und Norden zogen sich dunkle, blauschimmernde Gebirgskämme dahin. Fürst Géza hatte die Stelle für seine Sommerresidenz günstig gewählt, zu seinen Füßen das Land, über ihm das weite Himmelszelt, ringsumher mit dichten Wäldern bedeckte Berge. Von seinem Palast standen nur noch Ruinen, aber um so stolzer erhob sich jetzt der neue Palast, mit dessen Bau István begonnen und den der alte Béla in der jetzigen Gestalt vollendet hatte. Man konnte ihn durch einen breiten Torbogen betreten, aber Julianus wollte erst seine Andacht verrichten, damit Gott ihn geleite. Er betrat die Kathedrale.

Nur einige Bürger, Bürgersfrauen und der Priester waren zu dieser Stunde in der Kirche. Julianus sank vor dem Altar der Jungfrau Maria nieder und vertiefte sich in ein inniges Gebet. Als er sich erhob, fühlte er sich leicht und fröhlich. Er war voller Zuversicht. So machte er sich auf den Weg zum königlichen Palast.

Vom Berggipfel herunter ging er geradewegs auf das Tor zu. Zwei Posten in Harnisch und Helm standen rechts und links an den Torpfeilern, an ihrer Seite ein schweres Schwert, in der Hand eine Lanze. Er sah noch eine Schar leichtbewaffneter junger Krieger, die lachten und scherzten. Ein Reitknecht führte gerade einen gesattelten, schaumbedeckten Rappen zum Tor hinein. Das Zaumzeug des Rosses glänzte von goldenem und silbernem Schmuck. „Das muß das Pferd des Königs sein“, dachte Julianus.

Er grüßte mit Anstand, worauf ihn einer der gepanzerten Torposten nach seinem Anliegen fragte.

„Ich möchte zu Herrn András, dem König“, antwortete Julianus mit großer Ehrerbietung.

„Den suchst du vergebens, lieber Bruder“, bedauerte der Torhüter. „Er ist nicht im Palast.“

„Und wann kommt er zurück?“

„Vielleicht in einer Woche.“

„Hab Dank für die freundliche Auskunft. Ich werde wiederkommen.“

Er setzte sich auf einen Stein, nahm aus seinem Quersack Brot und Zwiebeln und begann zu essen. Dabei musterte er die durchs

Tor ein- und ausgehenden weltlichen und geistlichen Herren, rätselte, wer sie sein könnten und was sie hierher führte. Er dachte auch darüber nach, er hatte ja Zeit, wem wohl der herrliche Rappe gehören mochte. Vielleicht dem Erzbischof? Oder dem Hofgespan? Oder dem Gespan der Königin? Er fragte den freundlichen Posten.

„Sag doch, lieber Landsmann, wem gehörte denn das schöne Pferd?"

„Das gehört der Königin, der edlen Frau Jolante, lieber Bruder", antwortete der Torhüter stolz.

„Ach so. Wirklich ein schönes Pferd!"

Die waffenklirrenden Herren schwangen sich vor dem Tor auf ihre Pferde, die Reitknechte herbeiführten, und ritten davon. Langsam schlich die Dämmerung heran. Die Sonne sank rot glühend hinter der Kathedrale, daß es aussah, als wäre diese in Flammen aufgegangen. Die Zeit der Komplet nahte. Hinter dem großen Tor führte ein schön behauenes Portal ins Innere des Palastes, wo jetzt reges Treiben herrschte. Hofdiener und in Samt gekleidete, verschleierte Hofdamen kamen und gingen. Julianus überlegte, ob die Königin wohl unter ihnen sei, aber zu fragen scheute er sich.

So saß er da, bis es dunkel wurde.

Plötzlich ertönte der lieblich klingende Ruf einer kleinen Glocke. Die Zeit der Komplet war gekommen. Julianus mußte nach einer Unterkunft sehen. Er könnte wohl auch hier schlafen, neben dem Torpfosten, dachte er, den Kopf auf einen großen Bruchstein gelegt, es sei ja nicht kalt. Wieder griff er nach seinem Quersack, um das letzte Stück Brot, die letzte Zwiebel zu essen. Da kam in großer Eile ein Bewaffneter in rotem Dolman, mit spitzer Mütze und Krummsäbel durch das innere kleinere Tor gerannt und eilte auf Julianus zu.

„Lieber Bruder", sagte er mit schallender Stimme, „komm, die edle Frau Königin läßt dich rufen."

Julianus sprang klopfenden Herzens auf, und seinen Quersack hinter sich her ziehend, betrat er den engen Hof des Palastes.

Sie eilten geradewegs durch das kleine Tor und tasteten sich im Dunkeln eine schmale, steile Treppe hinauf. In der Biegung leuchtete eine Fackel, die man in einen Haltering gesteckt hatte. Der Krieger ging voran, Julianus schritt hinter ihm her.

Im zweiten Stock bogen sie nach rechts. Der Krieger öffnete die Tür und winkte ihm einzutreten.

Julianus gelangte in einen kleinen Saal mit einem Rippengewölbe. Der Fußboden war aus rotem Marmor, Bilder schmückten die Wände. Die Tür schloß sich hinter ihm. Niemand war im Saal. Auf einem schönen braunen Eichentisch flackerte die Flamme eines

Bronzelichtes und warf tiefe Schatten in die Fensternische. Die Decke wurde von Säulen aus geädertem rotem Marmor gehalten. Im Zimmer standen einige tiefe Lehnstühle, aber Julianus setzte sich nicht. Staunend ließ er den Blick über die bemalten Gewölberippen, die Säulenkapitelle und die Wände gleiten. Andacht erfüllte sein Herz. Sein guter Engel hatte ihn also in den Palast des alten Béla geführt. Wie war dies geschehen? Warum ließ ihn die Königin rufen?

Langsam öffnete sich die gegenüberliegende Tür, und eine große, schlanke, junge Frau trat ein. Sie trug ein golddurchwirktes Purpurgewand, einen reichbestickten weiten hellblauen Mantel und auf dem blonden Haar einen schneeweißen langen Schleier. An ihren Ohren blitzten rubinbesetzte Gehänge, an ihren dünnen weißen, fast kindlichen Armgelenken schimmerten goldene Reifen.

„Die Königin", dachte Julianus, hob die Finger an die Stirn und verneigte sich tief.

„Laudetur Jesus Christus", sagte die Frau mit kindlich zwitschernder, aber kalter Stimme.

„In aeternum, amen", antwortete Julianus und blieb gebeugt stehen.

„Ich habe dich rufen lassen", fuhr die Königin mit schnellem, französisch klingendem Latein fort, ließ sich rasch auf einem Lehnstuhl nieder und schlug den Schleier zurück. Das schmale, spitze Kinn auf zwei Finger gestützt, musterte sie mit kalten blauen Augen aufmerksam, aber kühl den Mönch. „Setz dich."

Julianus setzte sich.

„Wunderst du dich, Frater?"

„Ich wundere mich, hohe Frau."

„Was meinst du, warum ich dich habe rufen lassen?"

„Wenn du es für richtig findest, wirst du es mir sagen, hohe Frau."

Die Königin runzelte die glatte, erstaunlich weiße Stirn, preßte die dünnen, sehr roten Lippen zusammen und zögerte einige Augenblicke. Dann hob sie den Kopf, schaute Julianus fest in die Augen, und mit einer gewissen Härte in der Stimme sagte sie:

„Weil ich niemanden habe, mit dem ich mich aussprechen kann."

Julianus hatte mit allem, nur damit nicht gerechnet. Verwundert rief er aus:

„Dich, hohe Frau, umgeben die Barone des Landes, die Würdenträger des Hofes, die Kirchenfürsten, eine ganze Schar Hofdamen, und du hast niemanden, mit dem du sprechen kannst?"

„Nein, ich habe niemanden. Ich sah dich am Tor stehen, Frater, und mir fiel die Kutte auf, wie sie hiesige Mönche nicht tragen. Da dachte ich, du kommst aus der Fremde und ziehst in die Fremde, bist heute da, morgen schon wieder weit fort, dir kann ich alles anvertrauen. Ich habe Angst, Frater. Ich bin sehr allein.“

Jetzt schwand der stolze Hochmut aus ihrem Gesicht. Sie schloß die Augen, strich sich mit der leuchtend weißen kindlichen Hand über die Stirn und schauderte. Dann sprach sie schnell weiter und schaute dem Frater wieder fest in die Augen.

„Mich umgeben die Barone des Königs, die Edelleute, die Großen des Landes, die Kirchenfürsten, auserwählte Hofdamen, dennoch habe ich niemanden, mit dem ich frei sprechen könnte. Mein Leben ist bitter, schlaflos sind meine Nächte, ich bekomme oft keinen Bissen hinunter. Warum nur bin ich hierher gekommen, Frater? Ich lebte glücklich in Konstantinopel am Hofe meines Bruders Heinrich. Ich wußte nicht einmal, daß es dieses Land auf der Erde gibt. Als ich meinen Mann kennenlernte, glaubte ich, er sei König eines Landes, ähnlich wie Byzanz. Ich fand, daß Herr András ein schöner Mann war . . .“ Sie winkte ab. „Man hat mich überredet, seinen Antrag anzunehmen. Er liebe mich sehr . . . liebe mich sehr . . .“, wiederholte sie mit sonderbar rauher Stimme.

„Gott hat ihn zu deinem Gatten bestimmt, liebe auch du ihn und freue dich, daß er dir in Liebe zugetan ist“, sagte Julianus tadelnd. Die Frau gefiel ihm nicht, er spürte ihre Unrast, ihre Unzufriedenheit und ihren Hochmut.

„Ja, ich liebe ihn auch“, raunte die Königin und bewegte heftig ihren Fuß. „Aber dieses Land . . . Ich kann mich nicht an dieses Land gewöhnen!“

Julianus schwieg, wartete, daß die Königin alles sagte, was sie bedrückte, da sie sich nun mal aussprechen wollte.

„Verstehst du das, Frater? Sicherlich verstehst du es. Das ist ein Land von Barbaren, die Menschen hier sind Barbaren. Wenn man ungarisch rings um mich spricht, fahre ich erschreckt zusammen. Ihre Worte klingen, als würden sie Haselnüsse mit den Zähnen knacken. Mir läuft es kalt über den Rücken, wenn ich ihre Sprache höre. Ihre Gesichter sind hart, und ich weiß nie, welche Empfindungen sich in ihren Herzen verbergen. Ich zittere immer, daß sie von einem Augenblick zum anderen zu ihrem Säbel oder zu ihrer Streitaxt greifen und übereinander herfallen . . . Zwar besitzen sie Häuser, häufig sogar aus Stein erbaut, aber um diese Jahreszeit, im Sommer, hausen sie neben ihrem Haus oder draußen auf dem Feld in Zelten oder in Schilfhütten. Selbst der König ist in dieser Zeit ständig auf seinem Pferd unterwegs, er sagt, hier drinnen könne er nicht atmen. Das behaupten auch die anderen. Er sagt auch, sein Vorfahre, der heilige König, habe im Sommer ebenfalls im Zelt gewohnt und dessen Vater, der Fürst mit dem unaussprechlichen Namen Geißa oder Géza, habe ebenfalls vom Frühjahr bis zum Einbruch des Winters vor seinem Palast in einem Lederzelt gehaust..." Sie stockte, ihr Gesicht wurde traurig, sie senkte den Kopf. „Wenn wir uns zu Tisch setzen, wird mir übel, wenn ich sie essen sehe. Sie essen nur Fleisch, und welche Menge! Und sie trinken soviel Wein, daß es mich entsetzt. Sogar die Frauen. Und wenn sie satt sind, rülpsen sie, daß es klingt wie eine Trommel. Und die Knochen werfen sie einfach auf die Erde. Es kommt sogar vor, daß sie mit dem Schulterblatt eines Lammes, nachdem sie es abgenagt haben, Zielwerfen veranstalten, dabei Denare, Schmuck und Pferde setzen, wie die Römer beim Würfelspiel. Sie streiten häufig und brüllen schreckliche Worte, rasseln mit dem Säbel. Ukkon! Khajár! Hiz! Vahor!" sagte sie mit Abscheu. „Dergleichen schreien sie. Und am nächsten Tag schreiten sie Arm in Arm einher, reiten gemeinsam aus und lachen wie Spielgefährten."

Julianus lächelte, aber er verbarg sein Lächeln, um die hohe Frau nicht zu beleidigen. Deren lateinische Rede perlte weich dahin, zuweilen mit französischen und griechischen Worten gemischt. Ihr Gesicht war gerötet, ihre Augen weiteten sich. Sie starrte vor sich hin, als hätte sie die Anwesenheit des Fraters vergessen.

„Du selbst wirst all das auch festgestellt haben, aber du bist ein Mönch. Du erduldest alles. Aber ich? Ich schwache Frau? Wahrlich, ich weine ganze Nächte hindurch... Und was für Männer verkehren hier am Hofe, Frater!" Sie faltete die Hände und hob sie vor ihr Gesicht. „Furchtbar, schrecklich! Räuber, Wegelagerer. Dieser Schatzmeister, dieser Dionysius... Dieser Nikolaus, der Palatin war und auf dem Reichstag von Alba regia abgesetzt wurde... Dieser Mika oder wie er heißt, den sie den Bärtigen nennen... und diese Priester erst! Du, Frater, diese Bischöfe und Pröpste! Das priesterliche Gewand paßt zu ihnen wie der Sattel zu einer Kuh, wie die Ungarn sagen." Sie lächelte. „Am liebsten gehen sie in Stiefeln, in Dolman und Hut und mit dem Schwert gegürtet. So fühlen sie sich wohl. Oder in Panzern, mit Helm. Was sind das für Bischöfe!"

Hoffnungslos schaute sie vor sich hin, wiegte den Kopf langsam nach rechts und links, legte die gefalteten Hände zwischen die Knie.

„Tröste dich, hohe Frau", begann Julianus leise, aber die Königin unterbrach ihn.

„Ich habe dich nicht rufen lassen, damit du mich tröstest", sagte sie scharf. „Ich trage mein Schicksal, und wenn Gott will, werde ich hier zugrundegehen. Ich will nur einmal mein Herz ausschütten, dann kannst du, Frater, in Gottes Namen deines Weges ziehen. Du kannst dies auch als Beichte betrachten. Obwohl man nur das zu beichten pflegt, was man als Sünde empfindet. Was ich dir sage, Frater, ist keine Sünde. Es ist niemandes Schuld . . . Denn ich liebe meinen Mann, ich sage es wieder . . . Wenngleich ich nachts kein Auge schließen kann! Herr András ist ein wahrer Herrscher. Er ist freigebig, gutherzig, mutig. Aber er ist auch schwach. Er tut heute das Gegenteil von dem, was er gestern getan hat. Heute will er seinen Sohn von seiner Frau trennen, die er ihm gewählt hat. Gestern hat er ihn krönen lassen, heute will er ihn verstoßen. Gestern hat er Halicz verloren, morgen erobert er es zurück, übermorgen wirft er es wieder für nichts hin. Gestern brachte er Gesetze gegen seine räuberischen Untertanen heraus, heute erschrickt er darüber, und morgen erläßt er neue. Heute legt er den Juden Verbote auf und diesen gelehrten, rechtschaffenen Ismaeliten, morgen borgt er Geld von ihnen. Denn Geld . . . Frater, es gibt nicht noch ein Land, das so an Geld krankt wie dies . . ."

Sie drückte die beiden zarten Hände an die Schläfen und wiegte den Kopf wieder hin und her. Ihre mit Kampesche bemalten roten Fingernägel glänzten im Schein des Lichtes wie Blutstropfen.

„Wessen Landes Sohn bist du, Frater?" fragte sie plötzlich.

„Ich bin Ungar", sagte Julianus leise.

„Ungar!" rief die Königin betroffen und sprang auf, nahm aber die Hände nicht von den Schläfen und starrte den Mönch erschrocken an. „Aber deine Kutte . . ."

„Es ist das Gewand des Ordens von Pater Dominikus, hohe Frau."

„Ich habe nichts darüber gehört", schüttelte die Königin den Kopf. Ihr Gesicht wurde plötzlich wieder starr und kühl, sie preßte die schmalen Lippen zusammen und ließ die Hände sinken. „Und was suchst du hier? Sicherlich möchtest du Almosen."

„Ich wollte den König sprechen."

„Und in welcher Angelegenheit? Willst du eine Stiftung von ihm für deinen Orden?"

„Das vielleicht auch. Eigentlich wollte ich ihn um seine Hilfe bitten, um zu den Madjaren im Morgen gehen zu können, sie zu bekehren und heimzugeleiten."

„Madjaren? Im Morgen?" Die Königin wunderte sich und setzte sich wieder. „Madjaren wie diese hier? Habe ich dich richtig verstanden?"

„Ja, hohe Frau."

„Nun", die Königin stand unverhofft auf wie jemand, der es sich plötzlich anders überlegt hat, „der König ist nicht zu Hause. Wenn du ihn zu sprechen wünschst, mußt du warten. Du bist also Madjare", wiederholte sie kühl, „und willst jene im Morgen verbliebenen Madjaren heimführen . . . Sag", fragte sie mit schlecht verhohlener Angst, „weißt du, wie die erste Frau des Königs gestorben ist?"

„Ich weiß es, hohe Frau", sagte Julianus leise, „man hat sie ermordet."

„Und mich . . . wird man auch mich ermorden?"

„Hohe Frau!" rief der Frater entsetzt und hob abwehrend die Hände.

„Entrüste dich nicht!" raunte die Königin und wich einen Schritt auf die Tür zurück. „Jene ungarischen Herren, die sie ermordet haben, sind noch am Leben. Und der Priester, der diesem Mord zustimmte, ist heute Erzbischof. Sie besitzen ungeschmälert ihre Güter, haben ihre Krieger. Und ich bin auch eine Fremde, wie Gertrudis es war . . ."

Sie trat zur Tür, öffnete sie und rief mit scharfer, aber kindlicher Stimme in den anderen Raum hinüber, aus dem Frauenstimmen zu hören waren und aus dem Kerzenlicht herüberschimmerte.

„Xenia! Xenia!"

In violettem Gewand, mit einem schwarzen Schleier auf dem Kopf kam eine bejahrte, beleibte Matrone zur Tür. Die Königin sagte griechisch:

„Reich mir zehn Denare."

Dann wandte sie sich um und warf die zehn Silbermünzen auf den Tisch.

„Hier, nimm dieses Almosen und bete für mich, Frater. Was ich gesagt habe, vergiß. Gute Nacht."

Kühl nickte sie mit dem Kopf und verließ mit schnellen, festen Schritten den Raum.

Julianus steckte die zehn Denare in seinen Quersack und stieg vorsichtig die Treppen hinunter. Der Bewaffnete, der ihn hierher geleitet hatte, ging mit der Fackel vor ihm her und leuchtete. Außerhalb des Tores dann wünschten ihm die Wachposten ehrerbietig gute Nacht. Nun stand er in der Dunkelheit neben der riesigen Kathedrale. Sterne strahlten über ihm. Sternschnuppen fuhren am Himmel entlang wie die feurigen Blutstropfen des heiligen Laurentius. Julianus brummte der Kopf.

„Eine seltsame Frau, sonderbar, fremd“, dachte er betrübt. „Wie sie sich fürchtet . . . Warum ist sie hierher gekommen? Und wie kühl und wie hochmütig sie manchmal war und im nächsten Augenblick wie verzweifelt offen!“

Er trottete den Berg hinunter, um einen geeigneten Strauch oder einen Heuhaufen zu suchen, in dem er die Nacht verbringen konnte. Er wußte nicht, wo hier ein Kloster oder ein priesterliches Haus war, aber er wollte mit seinen Gedanken und mit seinen Befürchtungen auch allein bleiben. Er beschloß, für die Königin zu beten.

Wie er so tastend den Weg hinunterschritt, vernahm er hinter seinem Rücken eilige Schritte und ein leises Summen. Er blieb stehen und drehte sich um. Aus der Dunkelheit löste sich die eilende Gestalt eines Mannes. Als er ihn einholte, schaute er dem Frater eindringlich ins Gesicht, führte die Finger grüßend an die Stirn und ließ sich mit tiefklingender, freundlicher Stimme vernehmen.

„Bist du es, lieber Frater, der bei der Königin weilte?“

„Ja, ich war bei ihr.“

Dann sah er sich den Ankömmling genauer an. „Aber das ist doch ein Ismaelit“, dachte er überrascht.

„Und wohin jetzt?“ fragte dieser.

„Ich lege mein müdes Haupt irgendwo zur Ruhe, denn die Zeit dafür ist da.“

„Was trägst du für eine Kutte?“ Er betrachtete sich im Halbdunkel die Kutte Julianus’ näher. „Eine solche habe ich noch nicht gesehen.“

„Es ist die Kutte des Dominikanerordens.“

„Schau an! Wie bist du zu diesem Orden gekommen?“

„Wir haben in Bologna beschlossen, ein Kloster nach der Regel des Dominikus zu gründen.“

„In Bologna?“ staunte der Ismaelit. „Warst du in Bologna?“

„Ja.“

„Und was hat dich dahin geführt?“

„Ich studierte an der Universität.“

„Was du nicht sagst!“ rief er mit großem Staunen aus. „Dann magst du ein gelehrter Mann sein! Wenn ich dir mein ärmliches Haus für die Nacht anböte, würdest du es annehmen?“

„Ich danke dir in Jesu Namen.“

Sie setzten ihren Weg fort. Der Ismaelit war ein stattlicher junger Mann, etwa gleichalt wie Julianus, wie man aus seiner Haltung, seiner Stimme und seinem im Dunkeln nur undeutlich sichtbaren bärtigen Gesicht schließen konnte. Er ging leichten Schrittes, trug den Mantel über die eine Schulter geworfen, hatte die Mütze abgenommen, damit der kühle Wind frei um seinen Kopf wehen konnte.

Während sie den Berg hinunterliefen und dann den Weg zur Niederstadt einschlugen, erzählte er, daß er Smaragd heiße und sein Vater der Zollpächter Simon sei. Ihr Haus stehe in der Niederstadt, eine bescheidene kleine Hütte, sagte er, aber eine Kammer für den hochgelehrten Frater würde sich darin wohl finden. Julianus indessen berichtete, daß er den König gesucht habe, er wolle ihn sprechen und ihn um seine Unterstützung bitten.

Sie schritten zwischen Lehmkaten, Holzhäuschen und Schilfhütten dahin, alte Bäume ragten dunkel empor, weit und breit sah man kein einziges Licht.

Vor einer langen Mauer aus Lehmziegeln blieben sie stehen. Eine schmale, beschlagene Tür schimmerte schwarz vor ihnen. Smaragd hob den Türklopfer und schlug dreimal kurz und einmal lang gegen die Tür. Hierauf wurde der Riegel zurückgeschoben, und die Pforte öffnete sich.

Unter dunklen Bäumen schritten sie durch einen großen duftenden Garten. Plötzlich stand vor ihnen in der Dunkelheit ein ansehnliches Steinhaus. Ein Sklave trat zur Tür heraus mit einem Talglicht in der Hand und verneigte sich tief.

Julianus war erstaunt. Er kam ja in einen richtigen Palast. Die Türgewände waren mit Schnitzereien verziert, der Fußboden in der Diele, durch die sie kamen, bestand aus rotem Marmor, weiter innen im Haus waren die Mauern schmuckvoll bemalt und die Rippen der Gewölbe reich vergoldet. Doch all das nahm sich noch bescheiden aus im Vergleich zu dem Saal, in den sie dann gelangten. Denn selbst im königlichen Palast konnte es nichts Vortrefflicheres geben. Säulen aus rotem Marmor mit bemalten Kapitellen, Wandgemälde, gerahmt von blühenden Zweigen, schwere Möbel, auf dem Fußboden kostbare orientalische Teppiche, in den Nischen riesige, in vergoldetes Leder gebundene Folianten. In der Ecke befand sich ein Kamin, rechts und links davon hingen an der Wand silberbeschlagene Krummsäbel, Köcher, Taschen und Trinkhörner. Auf die Stühle waren prächtige Luchsfelle gebreitet.

Der junge Sklave steckte das Talglicht in einen eisernen Halter, kreuzte die Arme auf der Brust und wartete auf Befehl. Der junge Herr warf ihm seinen Mantel und seine Mütze zu, nahm Julianus freundlich lächelnd den Quersack ab, rieb sich zufrieden die Hände und sagte ungarisch:

„Bring uns zu essen.“

Der Sklave verneigte sich und verließ rückwärts das Zimmer.

„So setz dich, lieber Frater“, bot Smaragd Julianus einen Platz an.

Jetzt bei Licht sah man, wie schön der junge Mann war. Sein olivbraunes ovales Gesicht war ebenmäßig, seine Stirn hoch und gewölbt, seine Augen klug, ruhig und dunkel. Haar und Bart waren mit duftendem Öl gepflegt und kräuselten sich in braunen Wellen. Der Rock war aus silberbestickter dunkelvioletter Seide, sein Gürtel hatte eine goldene Schnalle, und die Schnabelschuhe waren aus rotem Saffianleder. An seinen langen braunen Fingern glänzten Ringe mit Edelsteinen. Er umsorgte den Frater, als bewirtete er einen königlichen Gast. Eigenhändig stellte er ihm einen Stuhl an den Tisch, richtete das Luchsfell darauf, damit er weich saß, nahm selbst bescheiden etwas entfernter Platz und sah ihn lächelnd an.

Julianus schwieg verlegen.

Zwei junge Sklavinnen traten ein. Sie trugen dunkelblaue ärmellose Kleider, rote Gürtel und rote Pantoffeln, ihr Haar war in zwei lange Zöpfe geflochten. Sie verneigten sich lächelnd und stellten vergoldete Schüsseln auf den Tisch. Gebratene Hammelkeule war in der einen Schüssel, Brot und Honiggebäck in der anderen. Gleich hinter ihnen schlurfte ein einfältig grinsender, bärtiger Sklave herein mit einem goldenen Krug in der Hand.

„Greif zu, Frater. Stille deinen Hunger“, nötigte der Ismaelit Julianus.

Der sträubte sich. Er habe schon gegessen, er danke, habe kein Verlangen. Aber der Ismaelit nötigte ihn so lange, bis er doch sein Messer hervorholte und sich ein Stück Fleisch abschnitt und vom Brot nahm.

Der einfältig lächelnde Sklave schenkte in die goldenen Becher ein scharfes, süßes Getränk ein. Dergleichen hatte Julianus noch nie getrunken. Es schmeckte nach Himbeeren.

Währenddessen fragte ihn der Ismaelit in ehrerbietigem Ton nach diesem und jenem. Er war neugierig, was sein Gast an der Universität gelernt hatte. Als ihm Julianus alles aufzählte, blieb dem Ismaeliten vor Staunen der Mund offen. Dann erzählte er, daß er selbst in Aleppo an der Medresse studiert habe und erst unlängst nach Hause gekommen sei. Aleppo sei offenbar keine so glänzende Alma mater der Wissenschaften wie Bologna, aber man führe die Studiosi in die Tiefen des Korans ein, und das sei auch schon etwas. Er selbst habe nicht zu den Ersten gehört, das müsse er gestehen, es habe dort viele Ungarn gegeben, die besser gewesen seien als er. Genauer gesagt, seien es keine Ungarn gewesen, sondern Moslems aus Ungarn, wenngleich sie sich alle als Ungarn bezeichnet hätten, kämpften sie doch, wenn es sein mußte, ehrenvoll in den Reihen der ungarischen

Krieger. Julianus erzählte dagegen, daß er seit langem die Werke arabischer Gelehrter in der Originalsprache kennenlernen möchte, sich eine Zeit lang auch abgemüht habe, aber keinen Lehrer gefunden habe, der ihn die arabische Sprache lehrte. Dies wäre wichtig für ihn, weil er die Absicht habe, nach dem Morgen zu reisen, um die dort verbliebenen Brüder und Schwestern aufzusuchen, und vielleicht führe sein Weg dabei durch Provinzen, in denen arabisch gesprochen würde.

Das olivbraune Gesicht des jungen Hausherrn strahlte auf. Seine schneeweißen Zähne blitzten.

„Frater Julianus", rief er begeistert mit tiefklingender, würdevoller Stimme und legte sein Messer aus der Hand. „Bleibe bei mir, solange es dir gefällt. Bis du deine Angelegenheiten beim König erledigt hast. Ich lehre dich Arabisch, du aber lehrst mich Logik und Ethik. Mich dürstet nach der Wissenschaft der Christen, aber auch ich habe noch keinen passenden Lehrer gefunden."

„Vielleicht kann ich ihn bekehren", dachte Julianus freudig. „Warum sollte ich ihn nicht unterrichten! Ich habe gelernt, um zu lehren. Ich bin Predigermönch, um zu predigen und zu bekehren. Das ist ein Fingerzeig Gottes!"

Julianus nahm das Angebot an.

Smaragd sprang auf der Stelle auf, ging zur Wandnische und schleppte einige gewaltige Folianten herbei. Julianus schnalzte mit der Zunge, als er die mit Edelsteinen geschmückten Ledereinbände, das feine Pergament und die mit dünnem Pinsel kunstvoll geschriebenen arabischen Buchstaben sah. Der Ismaelit berichtete sogleich mit Stolz, daß diese Bücher die Werke von Ibn Rustah, Gurdezi, Abu Bekr, Ibn Fodhlan, Al Istachri, Ibn Haukal und Mas'udi beinhalteten, er habe häufig darin gelesen, aber selbst wenn er sie nicht studiert hätte, wüßte er aus der *Großen Gesta*, aus der *Gesta Ungarorum* und aus den Erzählungen alter Leute, daß auf den Druck der Petschenegen manche Stämme der Madjaren aus Lebedien gegen Mitternacht, andere gen Mittag gezogen wären. Nun hatte man das gemeinsame Thema gefunden.

Der einfältig grinsende Sklave schenkte häufig von dem nach Honig und Himbeeren schmeckenden Trank ein, der Ismaelit schnitt von Zeit zu Zeit den verkohlten Docht der Kerzen ab, der Abend ging in die Nacht über, und sie saßen da vor den Büchern und diskutierten mit großem Eifer über das Schicksal der Madjaren.

Julianus blieb also im Hause des Ismaeliten, obwohl dies nicht nach seinem Gefallen war. Ihm behagte der Prunk nicht, er fühlte sich fremd zwischen den alten Bäumen und inmitten der Blütenpracht des riesigen Gartens, der seinen Vorstellungen vom Paradies mehr entsprach als denen vom Garten eines Bürgers. Kunstvoll waren Nußbäume, Linden, Kastanien, silberrindige Birken, Trauerweiden, bizarre Sträucher und blutrot und himmelblau blühende Blumenbeete gruppiert. Einen solchen Garten hatte es in keinem der Klöster gegeben, in denen Julianus bisher gewesen war. Und dann die vielen Obstbäume! Wie lächelten die gelben Äpfel und Birnen, die roten persischen Pflaumen. Gewundene Pfade führten in kühlen Schatten, man konnte stundenlang lustwandeln unter rauschenden Bäumen, ohne einem Menschen zu begegnen. Nur das Zwitschern, der Gesang und das Kreischen der Vögel unterbrachen die Stille. Und manchmal hörte man aus dem Frauenhaus schwache, silberhelle Zitherklänge dringen.

Denn der Ismaelit führte ein sehr sündiges Leben, in einem besonderen Haus, in das kein Mann den Fuß setzen durfte, wohnten seine Frauen, wohl zehn an der Zahl. Diese bekam Julianus nie zu Gesicht. Sie hatten sogar einen eigenen Garten, der durch eine hohe Lehmziegelmauer von dem anderen getrennt war. Julianus lauschte manchmal mit aufgewühlten Empfindungen ihrem perlenden Lachen, ihren heftigen Streitereien und ihren Liedern. Er hörte sogar ungarische Worte. Dieser schmähliche Ismaelit hielt in diesem Haus der Sünde offenbar auch ungarische Frauen.

Julianus hatte den Vorschlag abgelehnt, mit seinem Gastgeber unter einem Dach zu wohnen. Es gab hinten im Garten ein kleines Holzhaus, das leerstand, seitdem der als Gärtner beschäftigte Sklave entflohen war. Dort zog Julianus ein, schlief auf hartem Lager, beschäftigte sich mit seinen Büchern, betete und meditierte. An die Wand hängte er ein selbstgeschnitztes Kreuz.

Am zeitigen Morgen verließ er dann den Garten, um in der Kathedrale seine Andacht zu verrichten. Es gab da einen sehr alten, fast tauben Prämonstratensermönch, bei dem beichtete er. Er ging täglich in die Kirche, um den wundervollen Bau zu sehen, das behauene Marmorportal, das Bild mit István dem Heiligen, dem heiligen Adalbertus und der Jungfrau Maria, aber auch das gewölbte Tor des königlichen Palastes und dessen bleigerahmte Fenster. Er schwelgte in der Vergangenheit, die diese Schönheiten geschaffen hatte. Er spürte an dieser Stelle die Größe von zweihundertfünfzig Jahren.

Und gern vertiefte er sich vor dem königlichen Palast in die Betrachtung der kommenden und gehenden Herren, der Krieger, in den Anblick der Pferde vor den Kutschen und der schönen Waffen, und er rätselte, wer dieser und jener Herr sein mochte. Manchmal begann er ein Gespräch mit den Torhütern. Die kannten ihn schon und freuten sich über seine freundlichen Worte, mit denen er sich nach ihren Familien und nach ihrem Leben erkundigte.

Manchmal besuchte er auch ein Kloster, bat den müden Prior, ihm zu gestatten, in der Bibliothek zu lernen. Er beteiligte sich an den Andachten der Mönche und an ihren Mahlzeiten, erzählte ihnen aus seinem Leben, von Bologna und dem Reichstag. In den Stunden der Ruhe saß er inmitten der Mönche oder spazierte mit ihnen, und sie lauschten ihm mit großem Vergnügen. Sie lobten ihn auch: So jung und schon so erfahren, so gelehrt . . .

Von der Vesper bis zur Komplet lernte er mit dem Ismaeliten. Sie lernten und lehrten zugleich. Smaragd war ein scharfsinniger, gebildeter Mann. Das freundliche Lächeln wich nie von seinen schön geschnittenen Lippen, seine blendend weißen Zähne blitzten. Und dennoch hatte er einen grausamen Zug an sich, der Julianus an ein Tier erinnerte, an ein sprungbereites Raubtier. Deshalb konnte er nie ganz in seine Nähe gelangen, und nach einigen Wochen gestand er sich kleinmütig, daß er den Ismaeliten wohl kaum würde bekehren können. Aber er hoffte dennoch.

Auch gab er die Erwartung nicht auf, daß Erzbischof Ugrin ebenso wie der König alles tun würde, um seinen Plan zu unterstützen. Herr András war zwar nach einer Woche noch nicht heimgekehrt, auch nicht nach zwei Wochen und nicht nach dreien, und wenn die Königin niemanden zum Sprechen hatte, konnte sie die Sprache jetzt ganz und gar verlernen. Aber nur ein törichter Mensch will alles auf einen Schlag verrichten. Die Wege Gottes sind lang und verschlungen, die Früchte seiner Absichten reifen langsam. Man muß abwarten, darf sie nicht vor der Zeit pflücken. Wenn sie reif sind, fallen sie von selbst herab.

Die arabischen Gelehrten studierte Julianus so eingehend, um ein genaues Bild über die Lebensweise, die Natur und die Wege der alten Madjaren und auch der sie umgebenden Völker zu bekommen. Und zugleich lernte er die arabische Sprache, vielleicht hing der Erfolg seines großen Planes davon ab, ob er in einer bestimmten Stunde Arabisch konnte. Ein törichter Krieger, der seine Nahrung oder auch nur eine einzige von seinen Waffen daheimließ, denn womöglich brauchte er gerade dieses eine nutzlos erscheinende Messer, um zu siegen.

Er war immer schon bekannt dafür, daß fremde Sprachen an ihm hafteten wie Kletten. Schon in seiner Jugend hatte er spielend Petschenegisch gelernt. Später steigerte er seine Fähigkeit durch Übung und Gelehrsamkeit. Er legte sich ein Wörterverzeichnis an und lernte täglich dreißig bis vierzig Wörter und häufig gebrauchte Wendungen. Seinerzeit, als er Tag und Nacht die Geheimnisse der ungarischen Sprache erforschte, die Worte in ihre Bestandteile zerlegte, begriff er die Gesetze der Gedankengänge und den kristallartigen Aufbau der Sprache. Er wußte, daß sich die Wörter und Begriffe zusammensetzten wie die winzigen Schneekristalle. Herr Smaragd konnte sich nicht genug wundern und machte ihm Komplimente darüber, wie leicht er die Gesetze der arabischen Sprache begriff, wie schnell er seinen Wortschatz vermehrte. Julianus bat ihn, an einem Tagesabschnitt, von der Vesper bis zur Komplet, nur arabisch mit ihm zu sprechen. Alsbald vermochte er einfachere Dinge leicht zu verstehen, und er selbst konnte seine Gedanken in dieser ungewöhnlichen Sprache ausdrücken.

Die Wälder kleideten sich in Gold, Bronze und Kupfer, die herunterfallenden Blätter bedeckten die Pfade des großen Gartens, nur die Herbstblumen leuchteten noch wie Glut. Der Blick auf die Landschaft wurde freier, in der Frühe lag Nebel über der Donau. Schließlich stellte sich leiser, dünnfädiger Regen ein, kein Ende war abzusehen.

Der König war nach Esztergom zurückgekehrt, aber schwere Sorgen beschäftigten ihn, und Julianus wagte nicht, ihn zu behelligen. Als Herr Simon auf kurze zwei Tage nach Hause geeilt war, berichtete er, daß es großen Ärger gäbe. Die im Gesetz zugesicherte Reichsversammlung habe den Palatin Miklós seines Amtes enthoben, weil er zugelassen hatte, daß dieses Gesetz zustandegekommen war. Jetzt sei er Hofgespan der Königin geworden. Auch Banus Agyasz habe man aus seinem Amt entfernt, und an seine Stelle sei der Gespan von Szala, Salamon, getreten, der Sohn Mikas, des Erziehers des jüngeren Königs Béla. Auch Dénes aus dem Geschlechte Türje sei zur Macht gekommen. Er wiederum war ein Spielgefährte Bélas. Alles verdammte Parteigänger Bélas! Julianus wunderte sich nur, daß diese Ismaeliten dennoch so ruhig lebten, große Pracht entfalteten und einherstolzierten, als gäbe es das Gesetz von Fejérvár nicht, wonach die Kammergespane, Pächter der Münzstätten, Salzkammern und Zölle Adlige sein sollten, Juden und Ismaeliten aber von diesen Ämtern ausgeschlossen seien.

Julianus sagte, zu Smaragd gewandt:

„Man hat ein Gesetz erlassen, Herr, wonach ihr weder Münzen prägen noch Zölle eintreiben dürft. Ismaeliten dürfen auch keine Salzpächter sein. Wann hört ihr damit auf?“

Smaragd lachte, daß seine schneeweißen Zähne blitzten wie die eines Wolfes.

„Hahaha! Hast du denn auch nur für eine Minute geglaubt, lieber Frater, daß Gesetze mehr sind als nur geschriebene Worte? Wie würde sich denn Herr András der Schmach erwehren, wenn man uns Ismaeliten tatsächlich beiseite stellte? Woher würde er Geld nehmen? Wer würde die Steuern und die Zölle eintreiben? Wer sollte die Salzregalien verwalten?"

„Die Edelleute."

„Würdest du auch nur einen unter ihnen dafür finden?"

Smaragd bewies, daß das Land zugrundeginge, wenn dieses Gesetz durchgesetzt würde. Denn die Juden und die Ismaeliten liehen dem König Geld, wann immer er es brauchte; dies aber wolle viel heißen, sagte er mit freundlichen Worten. Denn der König sei stets in Geldnot. Herr András würde selbst das Gewand Jesu verkaufen, obwohl er ein Christ sei und sogar ins Heilige Land gezogen sei. Er habe bereits Kronjuwelen verkauft und alle denkbaren Einkünfte verpachtet, sich überall Geld geliehen, in erster Linie von den Juden und den Ismaeliten. Er schulde auch Kärnten. Der Jude Tika habe die Bürgschaft dafür übernommen. Wäre der König auf die Herren angewiesen, die würden die Zinsen nicht beim Volk eintreiben, sondern bei ihm selbst, noch dazu mit Zinseszins. Darum bange der König davor, in Geldangelegenheiten auf die ungarischen Herren angewiesen zu sein . . .

Übrigens kümmerte sich Julianus nicht viel um die Belange des Landes, er wußte nur das, was er mit halbem Ohr zufällig hörte oder was mit seinen Gastgebern in Beziehung stand. Auch von Paulus und seinen Ordensbrüdern hatte er keine Nachricht. Alles, was außerhalb seiner Studien lag, sah und hörte er nicht; er dachte an nichts anderes, nur daran, daß er zu den im Morgen gebliebenen Madjaren gehen mußte. Darauf bereitete er sich vor, diesen Weg malte er sich aus. Er sah sich bereits in jenen Provinzen, von denen er in den arabischen Werken las, rang im Traum mit Petschenegen, Kumanen und Arabern. Man ergriff ihn, fesselte ihn, wollte ihn nicht weiterziehen lassen. Wenn er müde war, träumte er von dem Augenblick, da er das Gebiet der Madjaren betreten würde. Wie man ihn empfangen, wie man ihn behandeln würde. Wie das Land, jene himmelhohen Berge aussehen mochten. In was für Häusern sie lebten. Wie ihre Sprache klang. Würden sie ihn verstehen?

Endlich, an einem verregneten Wintertag, als die Wege aufgeweicht waren, erfuhr er von den Torwächtern, daß er in den Palast gehen könne, der König sei zurückgekehrt.

Lange Zeit hatte er auf diesen Augenblick gewartet. Dennoch klopfte ihm jetzt das Herz. Unwillkürlich begann er an seiner Kutte zu zerren und zu richten, er räusperte sich und überlegte angestrengt, was er sagen sollte, wenn man ihn vor den hohen Herrn geleitete. Dann beruhigte er sich bei dem Gedanken, daß man es stets dem Heiligen Geist überlassen müsse, was man zu sagen habe. Gespannt folgte er dem Krieger, der ein Wolfsfell, eine spitze Mütze und prunkvolle Waffen trug.

Es war am zeitigen Vormittag, aber so trübe, als wäre es bereits Abend. Vom Dach des Palastes ergoß sich rauschend das Regenwasser durch Zinnrohre in eine tiefe Zisterne. In den kahlen Bäumen außerhalb des großen Tores heulte der Wind. Links in einer Nische lachten Wachposten, die sich vor Regen und Wind hier untergestellt hatten.

Sie gebrauchten die selbe Tür und den selben Treppenaufgang wie beim erstenmal, doch stiegen sie diesmal nicht ins obere Stockwerk hinauf, sondern bogen nach rechts, gingen durch einen kleineren Saal und schritten einige Stufen hinunter. Der Krieger öffnete eine Tür, ließ den Frater eintreten, er selbst blieb draußen.

Julianus gelangte in einen nicht allzu großen, sehr schönen gewölbten Saal. Durch die schmalen, bunten Fenster fiel nur wenig Licht auf den roten Marmorfußboden. Die Bilder an der Wand, die Säulenkapitelle und die farbige Bemalung der Gewölberippen waren in wehmutsvolle Stimmung getaucht. Selbst die Vergoldung glänzte nur matt. An einem kleineren Tisch am Fenster saß der König. Und aus einer halbdunklen Ecke des Saales tauchte zur größten Überraschung Julianus' Erzbischof Ugrin auf. Darüber war er sehr erfreut.

„Laudetur Jesus Christus", grüßte er, sich tief verneigend.

„In aeternum, amen." Der Erzbischof nickte gleichmütig.

„Willkommen", wandte sich der König ihm zu, drehte sich mit dem ganzen Körper auf dem Stuhl um und machte ein freundliches Gesicht. „Wer bist du, Bruder, und was führt dich zu mir?"

„Ich bin Julianus, Mönch im Orden nach der Regel des Pater Dominikus", antwortete Julianus und blickte auf den Erzbischof. „Der hochwürdige Herr Erzbischof kennt mich bereits."

„Jawohl, jawohl", erwiderte der Erzbischof schnell, „wo sind wir uns gleich begegnet, lieber Bruder?"

„In Alba regia, hochwürdiger Vater."

„Ja, ja, ich weiß schon, in Alba regia ... Wann war es gleich, lieber Bruder?"

„Zur Zeit der Reichsversammlung, hochwürdiger Vater."

„Ja, damals, ich entsinne mich schon! Wo war das gleich, lieber Bruder?"

Julianus wurde traurig.

„Im Hause unseres Bischofs, hochwürdiger Vater. Ich bin der Frater, der berichtet hat, daß jene unserer ungarischen Brüder und Schwestern, welche . . ."

„Ich weiß, ich weiß!" rief der Erzbischof. „Brauchst nicht weiterzusprechen, lieber Bruder. Du wolltest zu jenen Madjaren ziehen, die irgendwo jenseits von Siebenbürgen im Land der Kumanen leben."

„In Magna Hungaria, Vater."

„Ja dort, irgendwo in Kumanien." Er wandte sich an den König, der das Gespräch mit großer Aufmerksamkeit verfolgte. „Mit den Kumanen müssen wir etwas unternehmen, hoher Herr. Da kommt dieser fromme Bruder gerade recht. Ich bin der Meinung, du solltest den Dominikanerorden unterstützen, hoher Herr. Denn diese Mönche würden am liebsten und mit größtem Erfolg zu den Kumanen ziehen. Sie haben bereits Klöster in Alba regia und in Neu-Pest. Sie mögen weitere bauen." Wieder an Julianus gewandt, fragte er: „Bist du damit zufrieden, lieber Bruder?"

Julianus blickte zögernd zum Gewölbe empor. Die Bilder des Tierkreises reihten sich dort aneinander. Sein Blick fiel auf die Darstellung des Krebses. Er wurde noch trauriger. Dann schaute er auf den Erzbischof. Es war ja gut, was er wollte. Er hatte recht. Es lag im Interesse des Landes, daß man die Kumanen bekehrte, damit an den Grenzen im Osten, jenseits von Siebenbürgen, endlich Ruhe einzog. Im Süden, in Bosnien, beunruhigten die Bogomilen das Land, im Osten die heidnischen Kumanen und die sich gegen die Ungarn auflehnenden Russen von Halicz. Der Erzbischof hatte recht. Aber was würde mit den Madjaren, die im fernen Osten geblieben waren? Von deren Bekehrung der Erzbischof selbst gesagt hatte, es sei „eine große Sache, eine gottgefällige Sache"!

„Lieber Bruder", sagte der König leutselig, aber offensichtlich mit seinen Gedanken ganz woanders weilend, „was der Herr Erzbischof sagte, habe ich mit Freude vernommen. Ich werde mich um deinen Orden kümmern. Gehe in Frieden."

Und er gab einen Wink zu gehen.

Julianus stand noch einige Augenblicke zögernd da. Bald schaute er auf den König, bald auf den Erzbischof, als ersuchte er um Hilfe. Den König, ihm nur ein oder zwei Fragen zu stellen, den Erzbischof, sich nur eines oder zweier seiner Worte zu erinnern. Aber der König hatte sich bereits abgewandt, klopfte mit seinem Ring auf die Tischplatte, der Erzbischof aber richtete die schönen braunen Augen auf die Tür. Denn die Tür öffnete sich leise, und der Bewaffnete, der Julianus hierher geleitet hatte, ließ jetzt einen grauhaarigen, mageren Priester mit gebeugtem Rücken und in purpurnem Gewand eintreten. Dies brachte Julianus in Verwirrung. Er verneigte sich tief und verließ rückwärts den Saal.

Er schlich über den Hof und ging den Berg hinunter wie ein geprügelter Hund.

Weder den Schnee noch den beißenden Wind beachtete er. Nicht einmal die Kapuze zog er über den Kopf. Er sah vor sich das spöttische Gesicht des Fraters Blasius und hörte sein dröhnendes Lachen. Vor Scham lief es ihm kalt über den Rücken. Wieder quälte ihn das Empfinden, einem Traum nachzujagen, gleich einem Narren durch die Welt zu rennen, den niemand ernst nahm, den man nur gewähren ließ, weil es sich um einen einfältigen frommen Mönch handelte.

Das Interesse des Landes und der Christenheit verlangte, daß er zu den Kumanen ging. Wenn Gott ihn zwischen die Kumanen stellte, würde er dort seinen Mann stehen. Gepriesen sei sein Name.

Aber es war nicht das, was er mit seinem begrenzten menschlichen Verstand und seiner Sehnsucht wollte. Nicht darauf hatte er sich seit seiner Kindheit vorbereitet . . .

Der stürmisch tobende Wind lockte Julianus Tränen in die Augen, peitschte ihm Regen ins Gesicht. Als er sich wieder faßte, stand er vor einer kleinen runden Kapelle am äußersten Rande der Niederstadt. Die Kapelle war niedrig, die schmerzlich stöhnenden Bäume waren über sie hinausgewachsen. Er trat ein und sank vor dem Altar nieder. Er betete nicht mit Worten, wollte auch an nichts denken, ließ vielmehr geschehen, daß Bilder der Erinnerung frei vor ihm dahinschwebten.

Lange lag er mit geschlossenen Augen auf den kalten Steinen ausgestreckt. Dann erhob er sich beruhigt. Er verließ die Kapelle, um zu seinen Büchern zurückzukehren und seine Arbeit nochmals zu überblicken und das Ganze zu beenden.

Während er so heimwärts trottete, wunderte er sich, wie er zu jener Kapelle gekommen war. Verschwommen erinnerte er sich der Stadtteile, durch die er gewandert war, an die eine oder andere Häusergruppe, die er wiederholt gesehen hatte, und an die Straße der Juden, die er wie im Traum sogar zweimal entlanggegangen war. Endlich stand er vor der Umfriedungsmauer und der Pforte. Er hob den Klopfer und ließ ihn erdröhnen. Er wartete.

Ja, er würde sich von dem Ismaeliten verabschieden, nach Fejérvár zurückkehren und in das Gebiet der Kumanen aufbrechen.

Erzbischof Ugrin hatte recht, es war nicht die Zeit, daß jene, die sich auf das Predigen und Missionieren vorbereitet hatten, zu den himmelhohen Bergen zogen, um dort nach den Spuren verschollener Madjaren zu suchen, nur weil verschwommene und unsichere Worte in alten Chroniken von ihnen berichteten. Jene Madjaren, wenn es sie überhaupt gab, fühlten sich sicherlich wohl zwischen ihren Bergen und an den Ufern ihrer Flüsse. Gott würde auch eine Möglichkeit finden, sie mit dem Evangelium vertraut zu machen. Jetzt bestand die Notwendigkeit, daß man die unbändigen Kumanen zu frommen christlichen Nachbarn erzog und die Brandherde der Bogomilen austrat.

Niemand öffnete das Tor. Julianus klopfte erneut. Die Schläge des bronzenen Klopfers waren im heulenden Wind weithin zu hören.

Der Erzbischof war wirklich ein kluger Mann. Er tat, als könne er sich an nichts erinnern. Leicht war er über die Sache hinweggegangen. Er wollte ihn vor dem König nicht beschämen. Und König András, was für ein hastender, ruheloser Mensch! Ein armer Mensch . . . Wie viele Sorgen mochte er haben. Gott hatte ihm einen zweifelnden Geist gegeben. Sein Leben bestand aus lauter Wirrnissen. Ein Schlag nach dem anderen traf ihn. Wie freundlich er sich ihm auch zugewandt hatte, man konnte doch sehen, daß die Freundlichkeit nur eine Maske war. Allen mußte er zulächeln. Dabei schien er des Ganzen überdrüssig. Sicherlich würde er anordnen, daß man den Anhängern des Dominikus Grund und Boden verlieh, Dörfer, Fischersiedlungen, Salz . . . Er würde ihnen Kirchen und Klöster bauen lassen . . . Gott sei es gedankt, der selbst den Mißerfolg zum Guten wendete. Nichts gelingt so, wie der Mensch es wünscht, aber der Erfolg bleibt dennoch nicht aus.

Julianus hatte sich wieder etwas beruhigt, als in großer Hast Smaragd ankam. Er hatte den Mantel über den Kopf gezogen, sich ganz und gar eingehüllt.

„Warum stehst du denn hier draußen, lieber Frater“, rief er ihn verwundert an.

„Ich habe schon zweimal geklopft, aber niemand öffnet.“

Der Ismaelit klopfte dreimal kurz und einmal lang, worauf sich die Pforte auf der Stelle öffnete. Julianus wunderte sich darüber. Er hatte offenbar falsch geklopft, obwohl er doch schon oft allein nach Hause gekommen war. Er sah darin einen Fingerzeig Gottes. Hätte er beim König richtig angeklopft, wäre der Erfolg sicher nicht ausgeblieben. Wenn er auf die Frage, was ihn zu ihm führte, seine Pläne offenbart hätte, würde der König ihn gewiß verstanden haben, und er stünde jetzt nicht niedergeschlagen und hoffnungslos da.

Wie sie so zwischen den traurigen, stöhnenden, ächzenden Bäumen des Gartens auf das Haus zugingen, fiel dem Ismaeliten die ungewohnte Niedergeschlagenheit seines Gastes auf.

„Was bedrückt dich, lieber Frater?“ fragte er freundlich, wobei all seine Zähne leuchteten.

„Ich bedanke mich für die Gastfreundschaft“, antwortete Julianus leise, „und möchte mich von dir verabschieden. Mein Vorhaben ist nicht gelungen. Ich war beim König, habe aber unklug gesprochen. Der Heilige Geist hat mich im Stich gelassen.“

„Was nun?“

„Ich kehre nach Fejérvár ins Kloster zurück. Dann werde ich bestimmt in das Gebiet der Kumanen ziehen, um zu predigen und zu bekehren. Zu jenen fernen Madjaren aber werde ich wohl nie gelangen.“

Als Smaragd gewahrte, daß sich die Kehle des Fraters verschnürte, als er diese Worte sprach, wurde er selbst traurig. Er hatte sich an Julianus gewöhnt und ihn liebgewonnen. So schöne Stunden hatten sie beim Lernen miteinander verlebt und dabei gute Fortschritte in der Wissenschaft der Araber sowie in Logik und Ethik gemacht – einer zur Freude des anderen. Er konnte sich gar nicht vorstellen, daß eine Zeit kommen würde, wo sein Gast seinen armseligen Quersack schulterte und sich auf den Weg machte, auf Nimmerwiedersehen.

Sie betraten das Haus und setzten sich im Schein einer flackernden Kerze.

„Diese Madjaren gibt es vielleicht gar nicht“, fuhr Julianus mit eintönigen, stockenden Worten fort und starrte traurig in das Kerzenlicht. „Schau, als ich ein Kind war, glaubte ich, jenseits des Zengős gebe es überhaupt nichts mehr. Die Welt sei dort zu Ende. Wenn ich etwas über fremde Menschen hörte, glaubte ich, man habe sie mir zuliebe erfunden. Man spiele nur mit mir, aber sie spielten so ernst, als glaubten sie es selbst. Vielleicht ergeht es mir auch so mit unseren Brüdern und Schwestern im Morgen. Man hat sie erfunden, und ich glaubte es. Vielleicht ist es gar nicht wahr. Vielleicht gibt es sie überhaupt nicht ...“

Die knochige Faust Smaragds fiel auf die Tischplatte.

„So geht das nicht!“ rief er lachend, und seine Zähne blitzten wie die eines Wolfes. „Du bleibst bei mir. Wenn du einen Befehl bekommen wirst, daß du gehen sollst, dann gehst du. Solange aber bleibst du und lernst. Und lehrst. Vielleicht geht dir eine Seele verloren, wenn du gehst?“ fügte er leise hinzu und schaute dem Frater in die Augen. „Eine Seele, Frater, die durch dein Lehren der christlichen Wahrheit nahe ist ...“

Lange herrschte Stille. Dann erhob sich Julianus langsam, trat an den Ismaeliten und umfaßte seine Schultern.

„Lieber Herr", raunte er, „du hast mich beschämt. Ich bleibe, lerne und lehre. Gott hat mir durch dich gezeigt, daß ich kleingläubig bin."

Julianus wurde froh und heiter. Aber auch der Ismaelit, er klatschte in die Hände, und Sklavinnen traten mit Schüsseln ein.

Julianus hatte nur bei der ersten Mahlzeit dem Gastgeber zuliebe Fleisch gegessen, seither verzehrte er nichts außer Brot, Zwiebeln, Hirse und Milch. Ihm brachte man diese Speisen in einer gewöhnlichen Zinnschüssel. Aber heute abend wies auch der Ismaelit Fleisch, Brot und Früchte zurück und gab dem einfältig lächelnden Sklaven einen Wink, den goldenen Krug wegzubringen. Als sie zu zweit geblieben waren, aß er von den Speisen des Fraters und trank Milch. Julianus freute sich darüber so unsagbar, daß ihm Tränen in die Augen schossen.

Jetzt fing es also mit dem Lernen wieder an, aber mit noch größerem Eifer als bisher. An den finsteren, trostlosen Regentagen saßen sie bei Kerzenlicht, buchstabierten die arabischen Texte, unterhielten sich arabisch, diskutierten ungarisch, dann wieder lernten sie Logik und Ethik. Wenn sie müde waren, sprach der Ismaelit über die Belange des Landes. Die Zukunft erschien auch Smaragd bedenklich, er hatte Angst vor einem Krieg im eigenen Land, weil, wie er sagte, der König die Sache so weit treibe, bis sich die Unzufriedenen alle dem jungen König Béla anschlössen. Es fehle nur noch, daß Herr András sich endgültig mit seinem Sohn überwerfe. Dann solle Allah den unglückseligen Muselmanen gnädig sein.

Julianus gewann seine Zuversicht wieder, und wenngleich er sich ärgerte, daß er sich vor dem König so ungeschickt verhalten hatte, setzte er sich schließlich darüber hinweg. Als er das Taktgefühl des Erzbischofs lobte, mit dem er über die Frage der im Osten verbliebenen Madjaren hinweggegangen sei, begann Smaragd zu lachen und winkte ab.

„Oh, was bist du doch für ein einfältiger Mann, lieber Frater!" rief er. „Was wußte der Erzbischof denn noch davon, daß du mit ihm in Fejérvár von den Madjaren gesprochen hast? Jetzt geht es um die Bogomilen und die Kumanen, auch die Sachsen in Siebenbürgen sind unruhig, weil sie um ihre Freiheiten bangen, und das bereitet dem hochwürdigen Herrn Ugrin Kopfschmerzen. Es heißt, er solle ganz Bosnien erhalten, wenn er nur mit den Bogomilen fertig würde. Außerdem ist er jetzt Kanzler geworden. Ihm bereitet es auch Kopfzerbrechen, was werden soll, wenn König András endgültig mit Béla bricht. Wundere dich also nicht, wenn er nicht an die fernen Madjaren denkt, wo die Bogomilen und die Kumanen doch so nahe sind und ein innerer Krieg das Land bedroht."

„Er könnte den König an sein Versprechen erinnern."

„Der König! Er ist schon alt und hat soviel Sorgen, daß er nicht weiß, wo ihm der Kopf steht."

„Aber dem Orden wird er doch etwas geben, wenn er es versprochen hat."

„Gewiß, weshalb sollte er ihm nichts geben. Er braucht ihn ja."

Julianus begann klarer zu sehen, aber das betrübte ihn nicht. Im Gegenteil! Es wurde ihm klar, daß er noch einmal in den Palast gehen und noch einmal mit dem König sprechen mußte. Vielleicht traf er ihn in einem günstigeren Augenblick an.

In diesen Wochen kam Herr Simon nicht nach Hause. Er war irgendwo weit fort, konnte zur Winterszeit nicht so leicht reisen wie im Sommer. Smaragd ängstigte sich zuweilen, daß ihm etwas zugestoßen sei, Räuber oder Feinde der Ismaeliten könnten ihn erschlagen haben. Er konnte ernstlich krank geworden, in irgendein sumpfiges Gebiet geraten oder vom Hochwasser eingeschlossen worden sein. Aber Smaragd hatte sich gewiß schon an diese Ängste gewöhnt, dachte wohl nur abends, nach dem zu zweit verzehrten Abendbrot an seinen Vater und war bis zum Morgen wieder frohen Mutes. Manchmal verbrachte er seine Zeit im Frauenhaus, den Zeichen nach zu urteilen recht vergnügt. Denn Julianus hörte dann Tamburklänge, Gesang, Lachen und den Lärm stampfender Füße. Vergebens, der Ismaelit blieb doch ein Heide, auch wenn er ein noch so gelehrter, feiner Mann war.

Dabei ermahnte ihn Julianus häufig, ein moralisches Leben zu führen, die ehrlosen Beischläferinnen zu verjagen, vor allem aber seine christlichen Sklaven freizulassen, denn nach dem Gesetz dürfe er gar keine Christen als Sklaven halten. Und er hielte sie nicht nur, sondern triebe auch noch Unzucht mit den jungen Sklavinnen. Wenn er nun schon Ethik lerne und einen Mönch im Hause wohnen habe, solle er sich zügeln und an sein Seelenheil denken. Wenn Julianus ihm seine Sünden vorhielt, schwieg Smaragd und lächelte schamhaft. Dann brummte er leise und bat mit seinen Blicken um Vergebung.

„Warte, lieber Frater, die Zeit wird für alles kommen. Jetzt würde ich meinen Vater damit umbringen."

„Dein Vater braucht es nicht zu wissen."

„Wenn ich die Sklaven freilasse, wird er es erfahren."

„Wer ist denn dein wirklicher Vater? Ist das nicht Gott?"

„Gewiß doch, aber ich bin ein schwacher Mensch. Hab Geduld."
„So treibe wenigstens nicht Unzucht mit deinen Dienerinnen."
„Ich will's versuchen."
Julianus übte sich in Geduld, und währenddessen, bis die Früchte des Heils in der Seele des Ismaeliten reiften, machte er sich auch von einer anderen Seite an die Arbeit. Der einfältig lächelnde Sklave Hazugd kam jeden Tag zu ihm in das kleine Holzhaus und stellte Brot oder Hirse, Milch, Fleisch und Früchte auf seinen Tisch. Julianus fragte ihn, woher er komme und welchen Glaubens er sei. Es stellte sich heraus, daß er Russe war, im Krieg mit Halicz geraubt, daß er seit langem hier lebte – Gott segne seine Herren – schade nur, daß seine Familie in der Heimat geblieben sei.
„Wann hast du das letztemal gebeichtet?"
Hazugd griente, schüttelte den struppigen großen Kopf und kratzte sich auf der Brust.
„Möchtest du nicht beichten, lieber Bruder?"
„Ich habe Sünden nicht." Der Sklave griente noch immer.
„Denk nach! Irgendwelche wirst du schon haben."
„Nein. Was ich habe Sünden, sind Sünden meines Herrn." Und er griente.
Täglich versuchte Julianus, ihn näher zu Gott zu bringen, erreichte aber gar nichts. Er fragte ihn auch, ob er denn wisse, daß ihn der Ismaelit nach dem Gesetz nicht als Sklave halten dürfe, weil er Christ sei. Hazugd dachte angestrengt nach, endlich verstand er den Frater, schüttelte heftig den Kopf und empörte sich mit entrüsteter Stimme.
„Wer mich soll dann halten, he, das sag mir, Brat!"
„Er muß dich freilassen."
„Und wohin ich soll dann gehen, he, wohin? Wer mir gibt zu essen? Das sag mir, Brat!"
Arme einfältige Seele.
Das eine oder andere Mal begegnete Julianus auch den Sklavinnen, die die Schüsseln aufzutragen pflegten. Auch sie hatte man aus einem früheren Feldzug mitgebracht, sicher noch als Kinder. Gott weiß, welchen Weg sie gegangen waren, bis sie hierher gelangten ins Haus des Ismaeliten. Sie waren jung, vielleicht gleichaltrig, aber die eine war Russin und die andere Kumanin, aus dem Volk des Fürsten Köteny, der ein Verbündeter von Halicz gegen Herrn András gewesen war. Die Russin nannten sie Rose und die Kumanin Mandelauge, weil sie etwas schrägstehende Augen hatte. Sooft sie dem Frater begegneten, sahen sie ihn lange andächtig an und raunten ein leises „Grüß Gott".

Eines Nachmittags saß Julianus zwischen seinen Büchern, als sich die Tür öffnete und die Kumanin ihr braunes Gesicht zur Tür hereinsteckte. Als der Frater sie erwartungsvoll ansah, zog sie sich erschrocken zurück. Julianus öffnete die Tür und fragte freundlich:

„Was wünschst du, liebe Tochter?"

Mandelauge versteckte die Hände auf dem Rücken und rieb mit einem bloßen Bein das andere, senkte den Kopf und flüsterte:

„Verzeih, Bruder ... du bist so gut ... Vielleicht weißt du ein Gebet, damit Herr Smaragd, mein Gebieter, ... mich wieder seines Blickes würdigt ..."

Julianus war betroffen. Auf seine Fragen stellte sich dann heraus, daß ihr Herr sie, seit Julianus im Hause weilte, immer seltener für die Nacht zu sich bestellte. Jetzt war es schon über eine Woche her, daß er sie hatte rufen lassen. Sie brach in Tränen aus. Und wieder flehte sie, Julianus solle ihr ein wirksames Gebet geben, mit dem sie das Herz ihres Herrn zurückgewinnen könne, denn sicherlich habe er sich nur deshalb von ihr abgewandt, weil er, Julianus, hier im Hause lebe. Sie weinte und flehte so inniglich wie ein Kind.

Julianus sprach tadelnd zu ihr und begann ihr dann zu erklären, daß sie etwas Sündhaftes begehre. Sie solle lieber darum beten, daß Gott sie von der Begierde nach ihrem Herrn befreie. Mit lebhaften Worten schilderte er ihr, in welchem Sündenpfuhl sie lebte. Und er dankte Gott, daß Herr Smaragd sie in Frieden ließ, seit er im Hause weilte.

Das Mädchen riß die dunklen Augen auf wie eine vom Wahn Befallene, dann fing sie noch bitterlicher zu weinen an. Mit stockenden Worten beteuerte sie, daß ihr Leben wertlos sei, wenn ihr Herr sie nicht mehr begehre ... Dann habe sie nur noch zu erwarten, daß er sie verkaufe oder, was noch schlimmer sei, sie freispreche und aus dem Hause stieße. Wo solle sie dann bleiben? Zurückgehen könne sie nicht, sie wisse ja nicht einmal, wo die Ihren seien. Man habe sie längst vergessen. Man würde sie sicher auch nicht wieder aufnehmen. Julianus stritt mit ihr, aber er war hilflos.

„Ein solcher Mönch bist du!" rief das Mädchen vorwurfsvoll. „Hilfst mir nicht! ..."

Die andere, Rose, war aufgeschlossener für die christlichen Worte. Sie kauerte auf der Erde nieder, schlug die Beine unter sich, ließ die mit Reifen geschmückten weißen Arme im Schoß ruhen, neigte den sanften Kopf zur Seite, ließ die nußbraunen Zöpfe über die Brust hängen, hob die blauen Augen auf den Frater und lauschte seinen Worten so andächtig wie Martas Schwester im Evangelium. Sie war ein schönes Mädchen mit runden Formen, ovalem Gesicht, feingezeichneten Lippen und großen sanften Augen wie ein Kälbchen. Wenn Rose es ermöglichen konnte, huschte sie zu Julianus ins Zimmer und bat ihn, über den Jesusknaben und Maria, die heilige Jungfrau, zu sprechen. Sie war eine Christin, griechisch-orthodox, doch das kümmerte hier niemanden. Ihr christlicher Glaube bestand darin, daß man sie im Kindesalter getauft hatte. Sie besaß noch verschwommene Erinnerungen an Kirchen mit goldenen Kuppeln, an schönklingende Chöre, an die von Gold strahlenden Gewänder des Metropoliten. Sie entsann sich auch, daß eines Tages alle auf die Festungsmauern gerannt waren, sich mit Steinen, siedendem Pech, brennenden Lumpen und Wurfspießen gegen die Angreifer wehrten. Dann fingen die Häuser Feuer, alle rannten durcheinander, schrien und kreischten. Sie kauerte sich an die Ecke eines Hauses, und dann kamen ungestüme, in Leder gekleidete Krieger. Sie weinte. Jemand hob sie auf sein Pferd. Er war kein schlechter Mensch, streichelte, beruhigte sie, damit sie nicht mehr schrie. So kam sie in Gefangenschaft. Später zog sie zu Fuß durch Wälder, über Berge, zusammen mit anderen Gefangenen. Viele starben. Sie entsann sich auch an eine Stadt mit einem Markt, wo sich viele Menschen versammelt hatten. Sie sah dort ein Tier mit einem Schwanenhals und einem buckligen Rücken. Es hatte einen Kopf wie ein Schaf. Dort wurde sie verkauft.

Aber ihr Seelenheil! Julianus war entsetzt über das Schicksal des armen Kindes. Rose war Beischläferin des Ismaeliten, und das wunderte sie nicht einmal. All ihre bisherigen Herren hatten sie mißbraucht, seit ihrer Kindheit. Es gehörte zu ihrem Leben wie Speise, Trank und Schlaf. Sie wußte gar nicht, in welchem Sündenpfuhl sie sich befand. Aber als Julianus es ihr klarmachte, füllten sich ihre Augen mit Tränen, ihre weichen, feingezeichneten Lippen verzogen sich, sie beugte den Kopf und errötete bis an die Stirn. Julianus erklärte ihr auch, daß der Ismaelit nach dem Gesetz keine christliche Dienerin halten dürfe, weil diese dann zur Ismaelitin würde.

„Aber was soll aus mir werden?“ fragte Rose grübelnd, nahm den Kopf zwischen beide Hände und wiegte ihn hin und her, als hörte sie eine schwermütige Melodie.

„Ich werde deinen Herrn bitten“, versprach ihr Julianus, „dich freizusprechen.“

„Und dann werde ich frei?“

„Dann wirst du frei.“

„Wie Herr Smaragd?“

„Wie er.“

„Wie du?“

„Wie ich."

Rose sprang schnell wie eine Katze vor Julianus, sank nieder und umfaßte seine Knie. Und sie weinte.

Julianus richtete sie auf, sprach zu ihr, tröstete sie, sie aber sah ihn nur an mit weitgeöffneten blauen Augen, weinte und lächelte und sagte kein Wort.

Sie lauschte dem Frater immer am aufmerksamsten, mit fast überirdischer Verzückung, wenn er erzählte, wie Jesus in einem Stall geboren wurde, in der Krippe lag, umgeben von zahmen Tieren, wie ihn die Hirten beschenkten und wie ihn seine Mutter, Maria, in Windeln wickelte, wie sie über ihm sang, damit er schön und ruhig schliefe. Als Julianus auf Herodes zu sprechen kam, hörte Rose gespannt zu, aber ihre Hand ballte sich zur Faust, und sie riß Julianus die Worte förmlich von den Lippen: Was wurde mit ihnen, gelang ihnen die Flucht? Und sie freute sich, als sie erfuhr, daß die Heilige Familie vor dem Kindermörder auf einem Esel nach Ägypten flüchtete. Sie überhäufte Julianus mit Fragen.

„Zimmermann war der Vater Jesu? Und seine Mutter ein armes Mädchen? Und Jesus selbst hat auch in der Werkstatt seines Vaters gearbeitet? So klug war er, daß er schon mit zwölf Jahren mitten unter den Lehrern im Tempel saß?"

Julianus kam mit dem Antworten kaum nach. Schließlich war ihr alles so vertraut, als lebte sie inmitten der Heiligen Familie. Sie sprach über das Jesuskind, als hätte sie es gewiegt. Sie freute sich mit der glücklichen Maria und sorgte sich mit ihr. Verhaltenen Atems lauschte sie, wie Jesus gefangengenommen, verurteilt und auf den Berg Golgota geführt wurde. Und sie schluchzte bitterlich, als man ihn ans Kreuz schlug und er nun zwischen zwei Räubern hing, die man zusammen mit ihm gekreuzigt hat. Sie war dem Sterben nahe, als Jesus starb.

Julianus war glücklich. Als er ihr andächtiges Gesicht, ihre tränenfeuchten, entzückten Augen betrachtete, ihre weißen, im Schoß ruhenden Hände, wie sie so auf der Erde saß und zu ihm emporblickte, um sich nicht die leiseste Zuckung in seinem Gesicht entgehen zu lassen, suchte er nach schönen Worten, um ihr die Wunder des großen Mysteriums zu veranschaulichen. Er wußte, diese Seele gehörte Jesus. Wenn der Ismaelit Rose freiließ, würde sie vielleicht die erste sein, die in ein Kloster nach der Regel des Paters Dominikus einzog ...

Julianus vernachlässigte auch die Almosen nicht. Er selbst bedurfte milder Gaben nicht, denn der Ismaelit, den Gott seinen Weg hatte kreuzen lassen, versorgte ihn mit allem. Wenn Julianus dennoch bettelte, so tat er es für die Armen, die Kranken und die Verlassenen in der Stadt. Er ging planmäßig vor. Einen Nachmittag besuchte er die Armen in der Stadt, kroch in jedes Lehmhaus, in jede Hütte und Höhle, um festzustellen, wie sie lebten. Am Nachmittag des nächsten Tages ging er in die herrschaftlichen Häuser, in die Wohnstätten wohlhabender Bürger. Häufig begab er sich in Gefahr, denn die Reichen hielten scharfe Hunde, und diese unbändigen Tiere achteten die Mönchskutte nicht. Oft kam es vor, daß ein Zipfel seiner zerschlissenen Kutte zwischen den Zähnen der Hunde zurückblieb, und selbst seine Knöchel trugen Spuren ihres Grimms. Aber die Herrschaften lernten ihn schnell kennen und gewöhnten sich an ihn, gaben zur Beruhigung ihres Gewissens im voraus die Almosen den Sklaven im Hause, damit diese Julianus beglückten, wenn er sich meldete. Mit einem schweren Quersack beladen, stapfte er dann gegen Abend durch den bis zu den Waden reichenden Schlamm und Schnee, und das kleine Holzhaus im Garten war dann voll von allerlei denkbaren und undenkbaren Almosen. Da gab es Brot und Hirsefladen in Fülle, Fleisch und Fisch, gesalzen und geräuchert, getrocknete Früchte, Zwiebeln, Salzbrocken, verbogene Silberschnallen, zerbrochene goldene Ohrringe, Armreifen und sogar Geld. Ergreifender waren die Geschenke der Kinder: plumpe, aus Holz geschnitzte Pferdchen, Hunde, Lämmer, beinlose Kühe, eine zerrissene Mütze, die ihr Besitzer unter dem Eindruck des seelenerhebenden Augenblickes vom Kopf gezogen hatte, als er den Mönch erblickte, ösenlose Metallknöpfe, kleine Peitschen und sogar von den Fluten der Donau rundgeschliffene Steine, die gehüteten Schätze der kleinen Eigentümer.

Wenn er die Geschenke aus dem Sack nahm und auf der Erde ordnete, durchlebte er immer aufs neue die Ergriffenheit der Spender, hörte ihre Worte, mit denen sie ihm ans Herz legten, für ihre sündigen Seelen zu beten. Und wenn er ein Stück Brot, einen Fladen, ein Bund Zwiebeln, ein Kleidungsstück oder einen Denar in die Hand nahm, sah er bereits das Lächeln, mit dem der Beschenkte die Almosen empfangen würde.

Er legte weite Wege in der Stadt zurück, und schließlich gab es kein einziges Haus mehr, in das er nicht schon den Fuß gesetzt hatte. Er wußte, wo die einzelnen wohnten und kannte ihre Herzen, es gab grausame und heuchlerische, ängstliche und gefallene, habgierige und gutherzige, verzagte und hoffende Seelen. Und schließlich gab es die vielen Kranken, krank an Leib und Seele. Wo Medikamente gebraucht wurden, gab er Medikamente, wo man Trost benötigte, spendete er Trost. Es gab Sterbende, die ihm zitternd vor dem letzten Augenblick die Sünden ihres Lebens beichteten, und andere, die in seinen Armen ihre Seele so sanft aushauchten wie ein Säugling, der in seiner Wiege einschlummert.

Und wenn er sich in der Frühe aufraffte, um zur Matutin seine Gebete zu verrichten, war sein erster Gedanke, wie er den König bewegen könnte, ihn nach dem Osten zu schicken, und wenn er abends nach der Komplet noch bei Kerzenlicht über seinen Büchern wachte, schlossen sich seine Augen mit dem Gedanken, daß er vielleicht morgen, vielleicht schon morgen mit dem König sprechen konnte und daß ihn der Heilige Geist dann nicht im Stich lassen würde.

Wie schnell verging doch die Zeit während all dieses Wirkens! Wie schnell war der Frühling da! Krachende Eistafeln schwammen auf der Donau, leichte Wolken leuchteten am hellblauen Himmel, die Meisen verkündeten mit ihrem dreisilbigen Flöten den Lenz, Weiden und Gänseküken legten gelben Schmuck an, und laues Wasser bedeckte die Wiesen. Aus dem Nichts entstanden gelbe und blaue Blumenfelder, die Bäume trieben Knospen. Bunt schillerten die Schmetterlinge. Ameisen und Bienen begannen ihr emsiges Werk.

Der Frühling erneuerte das Leben. Julianus jedoch stimmte seine große Einsamkeit traurig. Er hatte das Gefühl, als hätten ihn die Wellen ans Ufer gespült, während sie seine Gefährten weit dahin trieben, so daß er nicht einmal mehr ihren Ruf hörte. Bisher hatte er die Einsamkeit gar nicht empfunden. Er hatte alles so genommen, wie Gott es fügte. Er hatte gar keine Zeit gehabt, sich einsam zu fühlen, denn vom frühen Morgen bis zum späten Abend hatte er soviel zu tun, daß er es kaum schaffen konnte. Doch jetzt, als sich der Lenz in voller Pracht entfaltete und Julianus den lauen, nach Erde und Wasser riechenden Wind spürte, überkam ihn plötzlich das Gefühl der Einsamkeit. Und während er bis jetzt des nachts wie ein Klotz geschlafen hatte, wurde er nun mit einemmal unruhig. Er hatte schwere, beklemmende Träume, aber wenn er erwachte, waren sie wie weggeweht. Nächte hindurch saß er auf seinem Bett, starrte in die Dunkelheit, oder er entfachte Feuer und stöberte bei Kerzenlicht in seinen Büchern und Aufzeichnungen. Aber auch das beruhigte ihn nicht. Denn alsbald drängte sich die Frage auf: Wozu? Denn mit seinem Anliegen war er keinen Schritt weitergekommen.

Heißes Verlangen überkam ihn, sein Heimatdorf zu besuchen, in dem er seit seiner Kindheit nicht wieder gewesen war. Mit quälender Lebendigkeit, als wäre es Wirklichkeit, bestürmten ihn Erinnerungen, die er längst vergessen hatte. Er wollte die Gegend wiedersehen, die Häuser, die Menschen, die ihn einst umgeben hatten. Aber all das schien so fern, als lebte er jetzt in einem fremden Land.

Er wußte auch nichts von seinen Ordensbrüdern in Fejérvár. Paulus hatte ihm aufgetragen, nach Esztergom zu gehen und eine Entscheidung herbeizuführen in der Angelegenheit, zu der er sich berufen fühlte. Sie hatten sich verabschiedet und sich gegenseitig gesegnet. Seither waren sie nur im Gebet miteinander verbunden, doch ob sie lebten oder gestorben waren, wußte keiner vom anderen. Lag Fejérvár so weit von Esztergom entfernt? Und was war mit Mikhal, dem Petschenegen, und Blasius aus Kenderes geworden? War das Kloster in Pest aufgebaut, und wohnten schon Mönche in schöner Zahl darin? Herrschte Frieden unter ihnen, oder schürte Frater Blasius auch dort Unruhe? Julianus hatte zwar einige Male von Priestern gehört, die in Pest gewesen waren, daß es dort ein Kloster gebe. Aber war es das der Mönche aus Fejérvár?

Auch hier im Hause Smaragds gingen die Dinge nicht nach seinen Wünschen. Der Ismaelit neigte zum christlichen Glauben wohl nur aus purer Nachgiebigkeit, aus Verständnis und Toleranz. Im übrigen war er Sklave der Schändlichkeiten seines muselmanischen Glaubens. Manchmal verbrachte er seine Nächte im Frauenhaus bei fröhlichen Tamburklängen, singend, sich vergnügend, erfreute sich an den tanzenden Frauen, auch wenn er am nächsten Tag seine Ausschweifungen bereute. Mandelauge, die kumanische Dienerin, klagte Julianus noch dann und wann, daß ihr Herr sie nicht für die Nacht zu sich bestelle, aber um wirksame Gebete bat sie ihn nicht mehr.

Eines Morgens kam der Ismaelit plötzlich zu Julianus hereingestürzt.

„Was treibst du, Frater?“ schrie er so grimmig, daß seine Lippen, sein Kinn und sein Bart zitterten. „Hetzest du die Diener meines Hauses auf?“

„Ich verstehe dich nicht, Herr“, sagte Julianus verwundert, erhob sich von den Knien, denn er verrichtete gerade seine Morgenandacht, tief gebeugt vor dem selbstgeschnitzten Kreuz.

„Du verstehst mich nicht?“ brüllte der Ismaelit, und seine schneeweißen Zähne blitzten. „Habe ich dich deshalb bei mir aufgenommen, frommer Unruhestifter, damit du meine Sklaven aufwiegelst? Sie zum Aufruhr anstiftest? Daß du die Sklaven gegen ihren Herrn hetzest?“

Julianus ahnte nun schon etwas, aber er verlor seine unerschütterliche Ruhe nicht.

„Setz dich, Herr, und sag mir, was dir widerfahren ist!“

„Ich laß dich hinauswerfen, schmählicher Frater!“ tobte der Ismaelit weiter und stürmte in dem kleinen Haus umher, daß sein Zorn es fast auseinandersprengte. „Hazugd, der Einfältige, beteuert schon seit langem, daß du ihn gegen mich aufhetzest. Aber er grient nur. Jetzt jedoch ist es Rose. Ich sagte zu ihr, du kommst für die Nacht zu mir, und warf ihr mein Tüchlein zu. Darauf sprang sie auf, starrte mich an und sagte, sie werde nicht kommen. Was war das? Was hast du da gesagt? Sie werde nicht kommen. Sie sei Christin, und lieber wolle sie sterben, aber sie komme nicht. Denn das sei Unzucht. Ich wußte gleich, woher der Wind wehte. Und sie versuchte es auch nicht zu verheimlichen. Sie hat alles der Reihe nach erzählt. Steht es also so mit uns, Frater?“

Julianus stand ihm stumm gegenüber.

„Eher geht ein Kamel durch ein Nadelöhr, als daß ein Reicher in das Reich Gottes gelangt“, sagte er leise.

Herr Smaragd starrte ihn erstaunt an. Die Augen Julianus' bewölkten sich vor Trauer. Plötzlich ging Smaragd ein Licht auf, Scham überkam ihn, er senkte den Kopf und sagte heiser:

„Verzeih mir, Frater . . . aber wenn dies so weitergeht . . . richtest du mich zugrunde.“

„Beruhige dich“, besänftigte ihn der Frater, als spräche er zu einem wildgewordenen Pferd.

„Ich habe den Kopf verloren“, er setzte sich, schnaufte, stieß mit den Sandalen unwillkürlich die zum Verteilen geordneten bescheidenen Almosen auseinander.

Beide schwiegen lange. Der Ismaelit ließ den großen Kopf hängen, preßte die Lippen bitter zusammen und starrte vor sich hin. Julianus aber betrachtete ihn mit ruhigem, mitleidigem Blick. Schließlich begann Smaragd wieder zu sprechen, aber er schaute dem Frater nicht in die Augen, ließ die Worte nur so vor sich hinfallen.

„Es tut mir leid, was ich sagte. Aber ich bin im Recht. Denn bedenke: Was wäre, wenn all unsere Sklaven zu beteuern begännen, sie seien solche Christen und andere Christen? Dann käme man selbst mit denen nicht zurecht, die gar keine Christen sind. Denn früher oder später würden sie es werden. Schau, Frater, du weißt, wie sehr ich dich schätze. Ich habe in dir einen Gefährten gesehen. Wir haben zusammen gelernt, wie sich das für zwei gute Freunde ziemt. Ich habe dir zugehört, wenn du über das Evangelium und eure Kirchenväter sprachest. Ich habe erkannt, welch schöne und erhabene Wahrheiten das sind. Aber wenn du meine Sklaven gegen mich aufhetzest . . . Lieber Frater, die Welt muß ja untergehen, wenn ihr Mönche die Sklaven aufwiegelt!“

„Ich wiegele niemanden auf“, sagte Julianus. „Ich werde für dich beten, Herr, daß Gott dir Kraft schenkt, dein sündiges Leben aufzugeben und deine Seele zu retten.“

Der Ismaelit hatte sich schon ganz und gar versöhnt, weil er den Zorn seiner unwürdig fand. Neben der großen Ehrerbietung, mit der er Julianus' hohes Wissen und sein anspruchsloses Leben betrachtete, hatte er auch ein wenig Angst vor dem Frater. Kannte er nicht vielleicht Zauberworte, die ihn für das ganze Leben unglücklich machen konnten? Verwünschungen, die an ihm haften blieben, Flüche, die ihm die schönen braunen Augen blendeten, seine starken Knochen zermalmten, ihn seiner Männlichkeit beraubten . . . „Zum Teufel mit dieser elenden Sklavin“, sagte er nachgiebig. Er habe sich ergrimmt, weil er sie sehr möge, aber er sehe ein, daß dies nur die Stimme seines Blutes sei . . . Jetzt schäme er sich der Sache schon. Rose möge in Gottes Namen gehen, wenn sie wolle. Oder sie möge bleiben, er werde sie nie wieder auch nur mit einem Finger berühren. Und auch die andere, Mandelauge, nicht. Er kaufe statt ihrer neue Sklavinnen. Ob ihm denn Julianus verzeihen könne?

Einige Tage später traf Julianus im Garten mit Rose zusammen. Sie wartete auf ihn, sah sich schnell um, warf sich vor seine Füße, umschlang seine Knie, hob das Gesicht schwärmerisch zu ihm auf und flüsterte mit heißer Stimme:

„Frater! Er rührt mich nicht wieder an! Er hat keinen Blick mehr für mich!“

„Danke Gott, meine Tochter“, sagte Julianus freudig.

„Frater“, raunte Rose schnell, und Tränen schossen ihr in die großen Augen, „jetzt gehöre ich dir . . . Richte mich auf . . .“

„Du gehörst Jesus, meine Tochter“, verbesserte der Frater ihre Worte.

„Dir! Dir ganz allein . . . nicht wahr, du verzeihst mir meine Sünden?“

„Ich verzeihe sie, meine Tochter. Aber du gehörst nicht mir, sondern Gott.“

„Gott und dir . . . Wir fliehen von hier, aus dem Hause des Herodes, nicht wahr? Wir fliehen nach Ägypten.“

Sie sah ihn an und lächelte ihm zu wie eine Besessene.

Julianus seufzte. Wie weit war dieses Mädchen von dem entfernt, wohin er sie führen wollte! Aber er würde sie Jesus zuführen und sie zum Guten geleiten. Er richtete sie auf, beruhigte sie, sie sollte an ihre Arbeit gehen, wenn sich Gelegenheit böte, werde er wieder über das wahre Leben mit ihr sprechen.

An einem warmen Abend im Frühsommer kam Julianus müde vom Betteln nach Hause und dachte zufrieden an das Erreichte des Tages und daran, daß es ihm gelungen war, im erzbischöflichen Palast einige Worte mit Erzbischof Ugrin zu wechseln und ihn an seine Versprechungen zu erinnern, die er ihm bei ihrer Begegnung in Fejérvár gegeben hatte. Noch weit vom Hause entfernt, empfing ihn schon aus dem Garten großer Lärm, lautes Singen und Grölen. Der Sklave, der ihm die Pforte öffnete, sagte ihm, die Hausherren feierten ein großes Fest, man habe zahlreiche ungarische Herren und Ismaeliten zu Gast. Julianus floh förmlich in das kleine Gartenhaus, um dort sein Gebet zu verrichten, ein wenig zu verschnaufen und sich wieder an die Arbeit zu machen.

Aber der Lärm drang auch in sein kleines Zimmer. Aus dem großen Haus schallten schrille Pfeifentöne und Tamburklänge, Dröhnen und Schreien, daß das Gebäude zu erbeben schien.

„Ich muß doch scheiden von hier", dachte der Frater traurig, „aus diesen Menschen werden niemals Christen . . ."

Er packte die Almosen aus, kniete sich unter das Kreuz und betete lange. Dann trank er einen Schluck Milch, aß einen Bissen Brot und streckte sich auf seiner Lagerstätte nieder, um seine müden Beine ausruhen zu lassen. Als er so dalag und nachdachte, öffnete sich langsam die Tür, und die Sklavin Rose steckte ihr sanftes, besorgtes Gesicht herein, wie das ihre Gewohnheit war. Julianus kannte schon ihre Bewegungen, wußte, wenn sich die Tür so zögernd öffnete, dann war es Rose.

Sie eilte, wie sie es immer zu tun pflegte, zu ihm, warf sich vor ihm nieder und umschlang seine Knie. Sie blieb stets einige Augenblicke so, dann hob sie das Gesicht und bat ihn mit verzücktem Lächeln, ihr von Jesus zu erzählen. Jetzt jedoch wollte und wollte sie das Gesicht nicht heben, wollte nicht auf Julianus blicken. Ihre Schultern bebten heftig. Julianus hob ihr das Kinn hoch. Ihr Gesicht war tränenfeucht, ihr Mund zuckte.

„Rose! Was ist geschehen?" fragte er sanft.

Sie verbarg das Gesicht und schluchzte. Vergebens war alles Drängen, alles Fragen, die beruhigenden Worte des Fraters, vergebens bat er sie, ihm in die Augen zu sehen, sie versteckte das Gesicht und weinte bitterlich.

Endlich, als Julianus sie wegschob, um aufzustehen und sich aus ihrer krampfhaften Umklammerung zu befreien, fragte Rose kaum vernehmbar:

„Hörst du's?" Sie hob den Finger, schluchzte nicht mehr und lauschte düsteren Gesichtes dem Lärm. „Das sind Teufel. Das Haus ist voller ismaelitischer Teufel. Nicht wahr, Frater, wir gehen noch heute fort von hier?"

„Wohin sollten wir gehen und warum gerade heute, liebe Tochter? Das gab's auch sonst schon." Julianus winkte betrübt ab. „Nun sag mir endlich, warum du so bitterlich geweint hast."

„Weil Herr Smaragd mich zu seinen Gästen hineinbefohlen hat . . . Man wollte mich zwingen, die Kleider abzulegen und nackt vor ihnen zu tanzen . . ."

„Welch sündige Kreaturen!" rief Julianus mit Abscheu.

„Und ich wollte nicht. Mandelauge aber tanzt . . . Und sie alle verhöhnten mich, sogar Mandelauge . . . Wehe mir! Ich rannte hinaus, aber sie fingen mich, Hazugd bekam mich zu fassen und wollte mir die Kleider herunterreißen. Alle lachten laut. Da sagte ich zu Herrn Smaragd, ich werde nicht tanzen und ihnen nicht zu Willen sein, auch wenn man mich tötete . . . Ein Glück, daß Herr Smaragd lachte und einen Wink gab, sie sollten mich loslassen. Da rannte ich hierher, zu dir, Frater . . . Nicht wahr, wir bleiben nicht hier? Du kommst mit mir, lieber Frater? Du setzt mich auf einen Esel und bringst mich nach Ägypten?"

Sie sagte all das mit schnell sprudelnden Worten und legte das Gesicht Julianus vertrauensvoll auf die Knie.

Julianus durchschaute sie. Er hätte sie von sich stoßen müssen. Aber tiefes Mitleid überkam ihn. Traurig sah er sie an, streichelte ihren Kopf. Das Mädchen verstand den Ausdruck seines Gesichtes, aber sie wollte es nicht glauben, wollte es nicht wahrhaben. Noch krampfhafter drückte sie seine Knie und raunte, gleichsam außer sich:

„Dort wird es gut . . . Wir werden zusammen sein, und du wirst mir von Jesus erzählen . . . Du wirst erzählen, wie er heranwuchs, im Tempel lehrte und mit den Schriftgelehrten disputierte . . . Und wie er durch das Kornfeld ging und wie er sagte . . ."

„Gehe", sagte Julianus schließlich mit kräftiger Stimme, faßte das Mädchen an den Schultern und hob es mit sanfter Gewalt von der Erde auf. „Was du wünschst, ist sündiges Begehren. Gehe. Schau, hier sind einige Denare." Er trat an den Tisch und nahm etwas Geld aus dem Schubfach. „Ziehe in Frieden. Ich werde mit Herrn Smaragd sprechen, daß er dich nicht suchen läßt. Sollte er darauf bestehen, werde ich für dich bezahlen. Gehe, meine Tochter. Doch nicht nach Ägypten. Gehe nach Pest. Suche dort im Kloster der Dominikaner Frater Mikhal, den Petschenegen. Er wird dir sagen, was du tun sollst."

Rose sah ihn an, als würde sie träumen. Dann verdüsterte sich ihr Gesicht, sie schloß die Augen, ließ die Arme hängen. Sie war blaß, ihre Lippen zuckten. So stand sie einige Augenblicke. Dann beugte sie das Haupt und kniete langsam nieder.

„Segne mich, Frater", sagte sie mit farbloser Stimme.

Julianus legte ihr die Hand auf den Kopf und segnete sie reinen Herzens.

Rose kniete mit gefalteten Händen vor ihm. Als sie sich erhob, schien sie zu lächeln, aber ihr Lächeln war gezwungen. Sie nahm das Geld, ohne es anzusehen. Der Frater aber suchte unter den Kleidungsstücken einen Mantel für sie, breitete ihn ihr über die Schultern und führte sie bis zur Tür.

„Meine Gebete werden immer bei dir sein, meine liebe Tochter", ermutigte er sie ergriffen. „Fürchte dich nicht, bleibe fest im Glauben. Der Segen Gottes sei mit dir."

Rose stand noch unter der Tür, als könnte sie nicht begreifen, was sich zugetragen hatte, als müßte sie noch auf etwas warten. Ihr Blick haftete fragend am Gesicht Julianus', dann umfaßte sie plötzlich seinen Hals, drückte ihm die Lippen auf den Mund, daß ihm der Atem stockte, ließ ihn los und rannte davon.

Julianus stand taumelnd in der Tür. Sein Herz pochte entsetzt. Sein Gesicht glühte. Ihm war, als würde der aus dem Haus dringende wilde Lärm in seinem Schädel dröhnen. Er schloß die Augen und sah das Mädchen, wie es in den Mantel gehüllt zwischen den duftenden Bäumen und Blumenbeeten des Gartens dahineilte, zur Pforte hinaus, schnell durch die winkligen Gassen und breiten Straßen auf die Niederstadt zuschritt, schließlich unterhalb der Gärten anlangte und hinaus zum Ufer der Donau lief. Dort setzte sie sich nieder und weinte. Immer wieder sah sie sich um. Ein Fischer trat zu ihr, fragte, worauf sie warte. Auf ein Schiff, sagte sie. Der Fischer führte sie an die Anlegestelle und bat die Ruderer eines Schiffes, seine Schwester mit nach Buda zu nehmen. Rose betrat ängstlich das Schiff, hielt den Männern ihr Geld hin, doch sie nahmen es nicht. Julianus sah Rose, wie sie durch die Stadt zog und wie sie an der Fähre wartete, nach Pest übersetzte und das Kloster fand. Sie klopfte an. Ein Frater öffnete ihr das Tor. Julianus kannte ihn nicht. Der Bruder Pförtner rief Frater Mikhal. Lange unterhielt er sich mit dem Mädchen. Dann öffnete Julianus die Augen, sah nichts mehr. Rose war verschwunden.

Seufzend trat er vor das Kreuz, sank nieder und betete.

Später kam der ewig grienende Sklave herein und setzte Brot, Zwiebeln und Milch auf den Tisch.

„Wer ist bei deinem Herrn?" fragte Julianus verstimmt und machte mit gewohnter Bewegung das Kreuzzeichen über das Essen.

„Oh, es sind viele, Frater!" rief Hazugd begeistert mit breitem Grinsen. „Herr Simon ist heimgekommen und sein anderer Sohn, Herr Saul, welcher im Heer des Königs dient. Es sind auch noch andere ismaelitische Herren aus Neu-Pest da, ja, ja! Große Herren, glänzende, reiche! Und es sind da noch andere hohe Herren, Herr Dénes, Sohn des Apod, und Herr Mika, welcher hat den langen Bart. Und der Herr mit dem dunklen Gesicht, Herr Miklós, welcher ist Palatin gewesen. Sie trinken Wein, guten Budaer Wein. Sie haben große Stimmung, hei!" Und er zeigte mit der Hand, wie groß ihre Stimmung war.

Er stand noch eine Weile da, in seinem lachend bis an die Ohren aufgerissenen Mund sah man die schwarzen Zähne. Vergnügt spielte er mit seinem zerzausten Bart. Seine großen, sonnengebräunten Zehen bewegten sich. Dann, als er sah, in welch düsterer Stimmung der sonst freundliche Frater an diesem Tag war, trottete er hinaus.

Julianus aß mißmutig. Dann beugte er sich über seine Bücher. Aber er war mit den Gedanken nicht bei der Arbeit. Die laute Musik störte ihn. Da raffte er sich auf und ging auf das Haus seines Gastgebers zu.

Er strebte geradewegs in den Saal, in dem das Gelage im vollen Gange war. An die fünf heidnischen Sklaven lungerten an der Schwelle, um zu springen, wenn man drinnen in die Hände klatschte. Als Julianus die Hand auf die Klinke legen wollte, flog die Tür auf und eine betrunkene junge Frau kam splitternackt herausgestürmt, wie wahnsinnig kreischend, die Hände vors Gesicht gehalten. Ihr weißer Körper huschte den halbdunklen Gang dahin wie ein Gespenst aus der Hölle. Das dröhnende Gelächter und Gebrüll aus dem Saal traf Julianus, als hätte man ihm Unflat ins Gesicht gegossen.

Das Maß war voll. Er überlegte nicht mehr, seine Leidenschaft riß ihn fort. Er blieb in der Tür stehen und schrie mit donnernder Stimme, die ihn selbst überraschte:

„Höllenbrut, schändliche Hurensöhne! Sorgenbereiter Christi, Plünderer des Landes, Blutsauger der Armen! Habsüchtige, Diebe, abscheuliche Protzer, die ihr in Schätzen wühlt und euch durch den Schweiß anderer mästet!"

Die Worte Julianus' lösten Erstaunen und große Verwirrung aus. Die Frauen flüchteten kreischend und verbargen ihre Nacktheit hinter den Kissen, nur ein schönes, blondes Mädchen schritt langsam herbei, auf Zehenspitzen, die Hände in die Hüften gestützt, und lächelte Julianus herausfordernd an, blieb vor ihm stehen, wiegte sich in den Hüften und lachte. Einige Männer sprangen auf. Miklós starrte den Frater grimmig an wie ein Dachs, Mika, der Bärtige, schüttelte andächtig den Kopf, als wäre er gegen seinen Willen hierher gekommen und würde die Gesellschaft arg verurteilen. Der stattliche Dénes, Sohn des Apod, zupfte an seinem Bart, hüstelte und lächelte scheinheilig. Ärger lag auf Herrn Simons Gesicht, Smaragd war betroffen und eilte zu Julianus. Er faßte ihn an den Schultern.

„Lieber Frater", sagte er, ihn verlegen tadelnd, „warum kommst du hierher? Das ist kein Platz für dich."

„Schweine, Hurensöhne, niederträchtige Heiden!" schrie Julianus weiter und schüttelte die Hände Smaragds ab. „Wenn ihr Ismaeliten noch allein wäret, aber es sind Ungarn unter euch! Und christliche Mädchen. Herr Dénes, Sohn des Apod", schrie der Frater, zeigte auf den bieder lächelnden Mann und richtete seinen Blick auf ihn, als wollte er ihn an die Liege nageln. „Herr Miklós", sein Blick und sein Finger zogen weiter. Er starrte den Angesprochenen mit fürchterlichem Gesicht und blitzenden Augen an: „Herr Mika, verschwindet von hier!"

„Wer ist hier der Herr!" brüllte jetzt Herr Simon.

„Lieber Frater, beruhige dich", begann wieder Herr Smaragd.

„Ihr Ungarn, schämt euch!" fuhr Julianus unbeirrbar fort. „Verschwindet von hier! Sinkt vor dem Kreuz nieder und fleht, daß Gott sich eurer und des Landes erbarme."

Dénes, Sohn des Apod, erhob sich würdevoll von seinem Platz, trat vor den Frater und sagte ruhig:

„Wir wissen nicht, wer du bist und welchem Orden du angehörst."

„Laß ihn, Herr", unterbrach ihn Smaragd und zeigte seine blitzenden Zähne. „Er wohnt bei mir und ist ein sehr gelehrter Mann."

„Er wohnt bei dir? Unsere Achtung und Ehrerbietung!" Herr Dénes verneigte sich leutselig lächelnd.

„Ihr seid die Totengräber des Landes und der Christenheit!" rief Julianus.

Dénes, Sohn des Apod, griff in die Tasche und nahm eine Handvoll Silbermünzen heraus.

„Hier, guter Frater, nimm sie guten Herzens und gib sie den Armen."

Julianus verschlug es die Sprache. Tiefe Stille entstand. Dann brach dröhnendes Gelächter los.

„Unter allen bist du der Niederträchtigste", sagte Julianus leise, errötete bis über die Ohren und schleuderte das Geld auf die Erde.

Dann machte er kehrt und verließ den Saal.

Er ging geradewegs auf das Gartenhaus zu. Schnell packte er seine wenigen Bücher, sein Brevier und alle seine Aufzeichnungen in seinen Quersack, auch das Geld, das er in der Stadt erbettelt hatte, die Lebensmittel und die Kleidungsstücke, die er verteilen wollte. Dann bekreuzigte er sich, seufzte bitter und warf noch einen Abschiedsblick in das kleine Zimmer.

Er verließ das Gartenhaus, ging fort.

Er kannte in der Niederstadt ein kleines Lehmhaus, in dem ein Bauer mit seiner zahlreichen Familie wohnte. Er hieß Nömöd. Zu ihm ging Julianus. Er betrat das verräucherte Häuschen und legte seinen Quersack ab. Die Frau saß auf der Erde am Feuer und stillte ihr Kind.

„Kann ich in Gottes Namen bei euch bleiben, liebe Schwester?" fragte Julianus.

„Bleibe, guter Frater, solange es dir gefällt", sagte die Frau erfreut, sprang gleich auf und legte ihren kreischenden kleinen Jungen auf ein Wolfsfell, um Julianus Essen zu bringen.

Julianus wehrte ab und forderte die Frau auf, erst ihr Kind zu versorgen. Dann strich er zwei kleinen Mädchen über den struppigen Kopf, die ihn mit offenem Mund verwundert anstarrten, suchte für sie aus seinem Quersack eine hölzerne Puppe und einen geschnitzten Hund, setzte sich auf die Schwelle und betrachtete die am Feuer ihr Kind wiegende Mutter. Die Frau hatte ein liebes Gesicht, braune Augen, eine hohe Stirn und freundlich lächelnde Lippen. Ihre Hände gingen flink und sanft mit dem satten Säugling um. Sie sprach leise auf das Kind ein. Diese lallenden Laute beruhigten das Kleine und brachten auch Frieden in das Herz des Fraters. Wortlos saß er da und hatte seine Freude an der jungen Mutter.

Später kam Nömöd mit seinen zwei größeren Söhnen von der Arbeit. Sie empfingen Julianus mit jubelnder Freude. Nömöd umarmte ihn, klopfte ihm auf den Rücken und rieb ihm das Kinn, das stachlig war wie ein Pferdestriegel, ins Gesicht. Die Knaben traten vor ihn hin und baten ihn um seinen Segen.

„Nun, Weib", rief Nömöd fröhlich, „für heute abend behalten wir den Frater bei uns. Hast du etwas Gutes gekocht?"

„Mann, hör nur", schrie die Frau strahlenden Gesichtes, denn es war ihre Gewohnheit zu schreien, als würde sie zu einem Tauben sprechen. „Der liebe Frater bleibt längere Zeit bei uns."

„Ist es wahr?" wandte sich der Mann zweifelnd an Julianus.

„Es ist wahr."

„Dann herzlich willkommen! Beehre mein Heim möglichst lange!" rief der Bauer und wußte sich vor Freude nicht zu lassen. „Bringt dem Frater ein Wolfsfell! Er soll nicht auf der bloßen Schwelle sitzen. Habt ihr gehört? Was seid ihr für Gastgeber? Weib, gibt es auch Fleisch im Hirsebrei?

„Wahrlich nicht", sagte die Frau und errötete verschämt.

Die Mädchen schlichen sich zu ihrem Vater und zeigten ihm beglückt das Spielzeug.

Julianus wohnte bei ihnen, solange er in Esztergom blieb. In dem Haus aus Lehmziegeln hielten sich Frau Katics und der Säugling auf, in der Schilfhütte der Hausherr; sein größerer Sohn, Medve, schlief im Stall bei den Pferden am Ende des Gartens, Csoba, der jüngere Sohn, aber bei den Kühen. Julianus bereiteten sie eine bequeme Liegestätte in der Schilfhütte. Dort unterhielt er sich mit Nömöd die halbe Nacht hindurch. Tagsüber setzte er sich unter den alten Birnbaum auf einen Wurzelstock und las und schrieb. Gegen Abend kam der eine oder andere Gläubige zum Beichten. Unter dem Birnbaum auf dem Wurzelstock sitzend, nahm der Frater ihnen die Beichte ab. Die kleine Schilfhütte war gefüllt mit Almosen, die er auf seinen Bettelgängen zusammengetragen hatte. Das Wolfsfell, das ihm als Bett diente, lag voll mit Büchern und Aufzeichnungen. Das einzig Mißliche in all dem Glück war, daß die Hühner der Frau Katics zum Fliegenfangen in die Hütte kamen und die gelehrten Schriften besudelten.

Von dem Augenblick an, da Julianus den Fuß in Nömöds Haus gesetzt hatte, trugen sich gar wundersame Dinge bei ihnen zu. Einmal erzählte Frau Katics erstaunt, daß der Speck, den sie im Rauchloch aufbewahre, nur noch handgroß gewesen sei, jetzt aber hinge dort eine ganze Seite. Wenn sie es nicht glaubten, sollten sie es sich mit eigenen Augen ansehen. Alle zogen an das Rauchloch und bestaunten die große Speckseite. Ein andermal fühlte Nömöd etwas Kaltes in seinem Hemd. Er griff hinein, kratzte sich und fühlte es wieder. Es wird doch nicht ein Käfer sein? Er schaute nach: Es war ein Silberdenar. Vor Staunen blieb ihm der Mund offen. Dann wieder holte sich eins der Mädchen ein Töpfchen, um daraus zu trinken, und da sah es, daß es voller Honig war. Die beiden Schwestern beschmierten sich auf der Stelle so sehr, daß sie fast an ihrer Mutter und an ihrem Brüderchen haftenblieben.

Anstelle des alten ausgebrochenen, gerissenen Spatens fand Nömöd eines Morgens einen nagelneuen am Stiel, aus sorgfältig geglättetem Hartholz, scharf beschlagen.

Julianus staunte, wunderte und freute sich mit ihnen, als gehörte er zur Familie.

Nömöd war ein kluger Mann. Er folgte den Spuren seiner Gedanken und schrak auch vor den dunkelsten Winkeln der Geheimnisse nicht zurück. Seine Fragen nahmen kein Ende. Am häufigsten fragte er seinen Gast nach den Sternen. Als Julianus sie ihm zu erklären begann, sprang Nömöd erregt auf und rief zur Hütte hinaus:

„Medve! Csoba! Kommt!"

Die beiden Knaben kamen auf der Stelle herbeigerannt, voran der ältere, der untersetzte Medve, hinter ihm der flinke, immer frohe Csoba.

„Macht die Ohren auf, Frater Julianus spricht von den Sternen!"

Die Knaben setzten sich mit untergeschlagenen Beinen in der dunklen Hütte nieder und lauschten. Ihr Vater fragte immer wieder:

„Hört ihr's?"

Julianus aber sprach, breitete schwindelerregendes Wissen aus. Das wundersame Weltall tat sich vor ihnen auf, und das Halbdunkel der Hütte füllte sich mit strahlenden Himmelskörpern.

Ein andermal sprach er von den Griechen und Römern. Mit schaurigem Entsetzen hörten sie, wie Nero die ersten Christen töten, wie er Rom in Brand setzen ließ. Dann wieder sprach er von den Taten der alten Madjaren. Darüber wußte auch Nömöd viel zu erzählen, sprach mit großer Begeisterung von Lél, Bulcsu und Botond, bis Julianus ihn dafür tadelte, weil er so viel Rühmliches über diese hartgesottenen Heiden erzählte.

Und wenn mal der Regen ausblieb oder wenn es regnete, wenn Sonne gebraucht wurde, klagte Nömöd Julianus seine Sorgen. Er bat ihn, um Regen oder um schönes Wetter zu beten. Wenn sein Pflug entzweiging, half Julianus ihn auszubessern. Ihm war es, als würde er in Várad leben unter jenen längstvergessenen und doch altvertrauten Menschen.

Als sich die Nachricht verbreitete, daß der Mönch sich im Hause Nömöds einquartiert habe, kamen viele zu ihm gepilgert. Gegen Abend war das Haus umlagert von Männern und Frauen mit den verschiedensten Anliegen und von sehnsüchtigen Kindern. Sie wünschten nichts von ihm, suchte er sie doch alle in ihren Häusern auf. Sie wollten nur sehen, wie ein Mönch lebte, wie seine Liegestätte war, was für Bücher er hatte, was für Schreibfedern und was für Pergament. Wollten sehen, wie er schrieb und wie er las. Sie baten ihn inständig, er sollte kommen, um auch bei ihnen zu wohnen. Hier wohne er schon lange genug. Womit habe Nömöd diese große Ehre verdient? Nömöd aber lächelte zufrieden, der Neid schmeichelte wohltuend seinem Ansehen. Er war ein sehr kluger Mann und wurde jetzt immer klüger. Er berief sich auf Julianus, wenn man ihm etwas nicht glauben wollte. Viel fehlte nicht, und man hätte in ihm einen Priester gesehen.

Den Knaben Csoba hielten alle für etwas einfältig. Dabei hatte er nur die eine Leidenschaft, Blumen und Blätter zu sammeln, sie zu untersuchen und zu zerlegen. Er zerbrach sich den Kopf darüber, wie die einzelnen Pflanzenarten miteinander verwandt waren. Auch interessierte er sich stark für Käfer. Er fing und untersuchte jeden, den er erwischen konnte. Gern hätte er gewußt, was sie fraßen, wie sie atmeten und sich vermehrten. Julianus gewahrte das seltsame Interesse Csobas, und ein großer Gedanke keimte in ihm: Er würde aus dem Knaben einen Arzt machen! Eines Tages zog er ihn zu sich heran, strich ihm über den Kopf mit dem geflochtenen Haar und fragte ihn:

„Hättest du Lust, auf die hohe Schule nach Paris zu gehen?"

Der Junge sperrte den Mund auf und hatte das Gefühl, die Erde unter seinen Füßen wankte. Auch Nömöd war verblüfft, er schüttelte kräftig den Kopf: Hatte er richtig gehört? Die Frau ließ fast den Säugling fallen.

„Warum?" brachte der Knabe schließlich mit Grabesstimme hervor.

„Weil du die Pflanzen so eingehend untersuchst. Du mußt wissen, daß sich Heilkraft in ihnen verbirgt."

„Ja, das weiß ich."

„Nun? Möchtest du? Möchtest du ein gelehrter Mann werden?"

„Ja, ich möchte." Csoba nickte nach langem Zögern.

Das war ein Triumph! Csoba überließ immer mal die Kühe der Sorgfalt des Vaters oder der Mutter und setzte sich zu Julianus auf den Wurzelstock. Er lernte die lateinischen Buchstaben. Nömöd selbst lauschte mit weiser Miene dem Gespräch des Meisters und seines Schülers, als verstände auch er etwas davon. Seine Brust schwoll vor Stolz, er schritt neben den Kühen her wie ein Philosoph über den Markt von Bologna. Aber auch Frau Katics war stolz, und sie berichtete all ihren Verwandten und Bekannten: „Csoba wird ein großer Gelehrter. Der Frater schickt ihn nach dem Lande Paris." Die Frauen seufzten und bemerkten: „Wenn er nur nicht ein Deutscher wird, dort unter den Deutschen!" Die kleinen Schwestern beguckten Csoba, mit dem Finger im Mund, wenn er beim Kühehüten bäuchlings im Grase lag und in einem großen Buch buchstabierte. Noch verstand er zwar nicht, was er las, aber er deutete auf die Buchstaben und sprach sie laut.

Julianus hatte das Gefühl, als hätte er sich aus einem Sumpf befreit. Wie fröhlich war er jetzt! Wie zuversichtlich! Aber er zürnte Smaragd nicht. Er war auf seine Art eine gute Seele, er hatte ihn gelehrt und hatte gelernt, soviel man mit kühlem Verstand lernen kann. Dafür, daß er nicht anders zu leben vermochte, konnte er nichts. Schließlich war es gar nicht möglich, die Sklaven einfach ziehen zu lassen. Eines hätte er tun können: Das Haus mit seinen behauenen Säulen, mit seinen Teppichen und Schätzen verlassen. Aber auch der reiche Jüngling im Evangelium vermochte dies nicht. Doch konnte in seinem Leben noch der Augenblick kommen, daß der in seine Seele gestreute Samen keimte und Saulus zu Paulus würde.

Wenigstens einen sichtbaren Erfolg hatte seine Missionstätigkeit im Hause des Ismaeliten gehabt: die Läuterung Roses. Ob sie wohl nach Pest gelangt war? Gottes Segen mochte sie begleiten.

Julianus wollte nicht, daß der Ismaelit geschädigt würde. Er beschloß, Denare zu sammeln, um das Mädchen freizukaufen, damit man es nicht wegen seiner Flucht verfolgen konnte. Eines Abends brach er dann auf, um mit Smaragd zu sprechen.

Er klopfte dreimal kurz und einmal lang an der Pforte und trat ein. Ohne in dem dunklen schattigen Garten nach rechts und links zu sehen, eilte er geradewegs auf das Haus zu. Er kam zu einer günstigen Zeit. Herr Smaragd saß am Tisch, vor ihm in einer goldenen Schüssel waren Fleisch, Brot, Honiggebäck und Früchte, in einem goldenen Krug befand sich honiggesüßter Fruchtsaft. An der Tür standen Mandelauge und das stattliche schöne blonde Mädchen, das der Frater nackt inmitten der zechenden Gesellschaft gesehen hatte.

„Laudetur Jesus Christus", grüßte Julianus geziemend.

„Sieh an!" Herr Smaragd war erstaunt und legte vor Verwunderung sein kunstvoll gearbeitetes Messer aus der Hand. „Sehe ich richtig?"

Er sprang auf, umarmte den Frater und drückte ihn auf einen Stuhl am Tisch.

„Ich will nicht essen", Julianus schüttelte den Kopf. „Ich bin gekommen, um zu erfahren, was die Sklavin wert war, die dir entlaufen ist."

Smaragd verstand ihn nicht.

„Wie? Was willst du? Was soll das heißen?"

„Ich will dir den Preis in Silber bezahlen, Herr. Du sollst keinen Schaden leiden und sie nicht verfolgen lassen."

„Weißt du, wo sie ist?"

„Ich weiß es nicht, Herr."

„Warum willst du dann für sie bezahlen?"

„Weil ich sie zur Flucht veranlaßt habe, Herr. Laß mich hören, was du für sie haben willst."

„Nichts!" rief Herr Smaragd. „Nichts! Keinen Denar!"

„Willst du sie vielleicht ergreifen lassen?"

„Nein, das will ich nicht." Der Ismaelit schüttelte den Kopf. Er starrte vor sich hin und drehte mit zwei Fingern an dem goldenen Krug. „Nein, ich werde sie nicht ergreifen lassen", wiederholte er mit dumpfer Stimme und schluckte.

„Dann also will ich für sie bezahlen."

„Das brauchst du nicht, lieber Frater. Soviel kannst du nicht bezahlen, wie mir das Mädchen wert war . . . Soviel kann niemand bezahlen, lieber Frater. Denn dieses Mädchen . . . einerlei. Frauen gibt es viele, und es lohnt nicht, ihr nachzutrauern . . . Beleidige mich nicht, iß wenigstens einen Bissen."

Julianus aß einen Happen, um den Ismaeliten nicht zu kränken. Smaragd erkundigte sich, wo und wie er lebte. Schließlich bat er ihn zurückzukommen. Er fehle ihm sehr. Gern würde er weiter lernen. Er fühle, daß ihm dieser große Reichtum eine Last sei. Vor kurzem habe er im Schlaf ein schreckliches Wehklagen gehört. Er habe sich die Ohren zugehalten, aber es nützte nichts. Er sei davongelaufen. Doch das Wehklagen habe ihn begleitet. Als er stehengeblieben sei, habe er wahrnehmen müssen, daß die ganze Welt um ihn wehklagte. Er wisse, was dieser Traum bedeute. Alles in diesem Haus sei besudelt. Unsinn! Schließlich bezahlten sie ihre Steuern, und wenn es sie nicht gebe, wäre die Macht des ungarischen Königs längst zusammengebrochen. Aber in letzter Zeit bekomme er oft zu hören, daß sie, die Ismaeliten, die Blutsauger des Landes seien und das im Schweiße arbeitende Volk schröpften, so daß er es bald selbst schon glaube. Besonders seitdem Rose entlaufen sei.

Er ließ den Kopf hängen. Sein olivbraunes Gesicht war noch dunkler als sonst.

Ja, diese Rose . . . Erst habe er sie suchen lassen wollen, habe gelobt, sie auszupeitschen. In seiner ersten Wut hätte er sie womöglich umbringen lassen. Dann habe er nachgedacht, warum er so erbost sei. Auch vorher seien schon Sklaven entwichen. Männer und auch Frauen. Wenn man sie ergriff, habe man sie ausgepeitscht, aber ohne Groll. Eben nur, weil man sie zurechtweisen müsse, abschrecken, vor allem jene, die dageblieben seien. Er habe solange nachgedacht, bis er sich gestand, daß er sie nie würde auspeitschen lassen. Vielmehr möchte er sie in Samt kleiden, goldene Reifen an ihre Arme streifen, sie mit Ringen, mit Geschmeide und einem

Diadem schmücken und ihre Ohren mit alten goldenen Gehängen. Blumen möchte er ihr ins Haar flechten lassen, ihre Füße in goldene Sandalen stecken, sie den ganzen Tag über im Frauenhaus behüten lassen, sie abschirmen vor den Augen anderer Männer. Sie sollte auf Kissen ruhen, Fleisch, Honigfladen und Weinbeeren essen, Sorbet trinken ... Allah habe ihm den Verstand geraubt. Warum nur trauere er dieser Sklavin nach, warum gerade ihr?

Fragend schaute er Julianus in die Augen.

Aber der Frater erhob sich, führte die Finger an die Stirn und verneigte sich. „Friede sei mit dir!" sagte er. „Und solltest du das Verlangen haben, etwas zu sagen, was du keinem anderen sagen möchtest, so komme zu Nömöd. Dort findest du mich. Sollte mich aber der Befehl Gottes woanders hingerufen haben, so gehe zu irgendeinem meiner Ordensbrüder und vertraue ihm an, was du mir sagen wolltest."

Das war Julianus' letzte Begegnung mit dem Ismaeliten.

Vor den König zu treten aber wagte er vorerst nicht. Häufig ging er auf den Berg hinauf, verrichtete in der „schönen Kirche" seine Andacht, setzte sich auf einen Stein vor dem gewölbten Tor des Palastes, überlegte, sah sich um, wartete. Seit der jüngere König Béla nach Österreich geflohen war, kamen so viele Herren und Priester durch das Tor, daß der König keinen Augenblick Ruhe hatte. Im Sommer aber zog er mit glänzendem bewaffnetem Gefolge aus Esztergom; es hieß, er habe den an der Westgrenze immer wieder einbrechenden Deutschen die Zähne gezeigt. Julianus wußte jedoch nichts Genaues. Die Torwache hatte man abgelöst, offenbar, weil man ihr nicht traute, die neuen Wachen aber verrieten nichts. Sie zuckten nur mit den Schultern, sprachen vom Wetter und bemitleideten den armen, lumpigen Frater, der mit solcher Geduld auf dem Stein saß.

Erzbischof Johannes lag im Sterben. In priesterlichen Kreisen sprach man schon von seinem Nachfolger, Bischof Tamás. Auch Erzbischof Ugrin hatte zahlreiche Anhänger, aber viele hielten nichts davon, daß er die Stelle von Johannes einnehmen sollte, weil er über die Ehe Bélas mit dem Papst korrespondiert und mißbilligt hatte, wie man mit der jungen Königin Maria umgegangen war. Der König war froh, wenn Erzbischof Ugrin sich in Kalocsa aufhielt oder in Slawonien und dort mit den immer gewalttätiger werdenden Bogomilen beschäftigt war.

Eines Tages verbreitete sich dann die Nachricht, Erzbischof Johannes sei gestorben.

Die Glocken der Stadt begannen zu dröhnen. Und von weither setzte ein Menschenstrom nach Esztergom ein. Es versammelten sich so viele Priester und Mönche, daß die Zahl der Menschen in der Stadt auf das Doppelte anstieg. Den Leichnam des verstorbenen Erzbischofs bahrte man in der Kathedrale auf, zwischen schwarzen Trauertüchern und leuchtenden Fackeln.

Julianus trat an die Bahre, kniete auf den Stufen nieder, betete inbrünstig und spritzte Weihwasser auf den Toten. Er war zu ihm gekommen, um Abschied zu nehmen. Der mächtige Kirchenfürst, den er in Fejérvár gesehen hatte, war nicht wiederzuerkennen. Sein Gesicht sah aus, als wäre es aus Wachs geformt. Seine starke, gebogene Nase hob sich scharf aus dem eingefallenen Gesicht, die Lippen waren zusammengepreßt, als wollte er fest in sich verschließen, was er über sein verflossenes Leben dachte. Die knochigen langen Finger umschlangen das goldene Kreuz, sein grauer Bart breitete sich über das purpurne Priestergewand. Julianus hatte bisher kaum Tote gesehen. Jetzt betrachtete er den Erzbischof lange, und ihm fielen furchteinflößende Schriften von den Schrecken des Todes ein. Wie würde sein Tod einst werden? Leicht oder schwer? Würde er reinen Herzens vor den höchsten Richter treten können, um Rechenschaft über sein Leben zu geben?

Als er im Begriff war, die überfüllte Kirche behutsam zu verlassen, um niemanden bei seiner Andacht zu stören, legte sich eine Hand auf seine Schulter. Er drehte sich um. Es war Frater Mikhal.

„Lieber Bruder!“ flüsterte Mikhal strahlenden Gesichtes.

„Bruder Mikhal!“

Sie verließen die Kirche.

„So ein Glück!“ rief Mikhal begeistert.

„Wie kommst du hierher, sag?“

„Mich schickt man in Vertretung unserer Ordensbrüder zur Beisetzung unseres Erzbischofs.“

„Und du sprachst von Glück.“

„So sündigt man, ohne es zu wollen.“

Sie setzten sich ins Gras. Es war ruhiges Herbstwetter, die Blätter an den Bäumen muteten an wie zitternde Goldplättchen. Rings um sie wimmelte es von Menschen, die alle der Kirche zustrebten. Die beiden Mönche überhäuften sich mit Fragen. Es stellte sich heraus, daß Mikhal und die anderen Brüder seither auf der Pester Seite ein schönes, ansehnliches Kloster errichtet hatten, denn die Königin hatte den Orden nicht vergessen. Jetzt waren sie dabei, eine Kirche zu erbauen. Aus der Steinmetzschule der Benediktiner in Kärnten seien Steinmetze gekommen, darunter auch Franken. Und aus

Fejérvár hätten sie Nachricht, daß das dortige Kloster nicht mehr wiederzuerkennen sei. Dem Orden waren seither Franziskus, Johannes aus dem Geschlechte Szalók, der untersetzte Paulus und ein junger Frater namens Stephanus beigetreten. Bei den Benediktinern aber sei nicht mehr Aloisius der Prior. In Neu-Pest habe die Bevölkerung in diesem Sommer in großem Schrecken gelebt, denn in Üllő sei der schwarze Tod aufgetreten. Man habe es zwar zu verheimlichen versucht, aber dann sei es doch bekannt geworden. Ein Mann aus Üllő sei gerade an der Fähre am Donauufer zusammengebrochen, und das hätten viele gesehen. So habe man Üllő mit einem Graben umgeben, und die Pestärzte hätten die Erkrankten mit Seilen aus ihren Wohnungen geschleift und dann die Häuser in Brand gesteckt. Das und die Gebete hätten geholfen. Offenbar habe ein Schiff den Schwarzen Tod von der unteren Donau eingeschleppt. Und eine Viehseuche habe es auch gegeben. Man erzähle, sie habe überall zwischen Donau und Theiß gewütet, aber auch in Torontál und in Syrmien. Kein einziges Kälbchen sei am Leben geblieben. Viele Bauern und Siedler rauften sich vor Kummer das Haar. Und dann die großen Herden auf den Weiden! Überall lägen Kadaver, und die Raben hielten ihren Schmaus.

Das waren traurige Nachrichten. Julianus wußte von alldem nichts. Er hatte hier im Hause des reichen Ismaeliten gelebt, gelernt, gebetet, hatte Almosen gebettelt und verteilt und auf den König gewartet.

„Die Strafe für unsere Sünden naht", seufzte Mikhal betrübt. „All das zeigt es. Pestilenz, Viehseuche, Trockenheit und Hagel. Und jetzt der Tod des Erzbischofs . . . Aber wer kann auch etwas anderes in einem Land erwarten, wo der König selbst liebende Eheleute trennt und seinen Sohn aus dem Lande vertreibt! In einem Land, in dem die Bischöfe gezwungen sind, Klage gegen ihren König beim Heiligen Vater zu erheben! Aber alle sagen, das sei nur ein mahnendes Zeichen. Der allmächtige Gott warne uns vorerst nur."

Julianus wartete noch auf eine Nachricht. Gar zu gern hätte er gehört, ob die geflohene Sklavin an der Klosterpforte angeklopft hatte. Aber Mikhal sprach über alles, nur darüber sagte er kein Wort.

Da verlor Julianus die Geduld: „Und wie steht es mit den Klosterschwestern, lieber Bruder?" fragte er schließlich.

„Es gibt schon welche nach der Regel des Franziskus", sagte Mikhal freudig. „Gewiß, als die ersten kamen, griffen die Bauern zu Knütteln und verjagten sie, weil sie sagten, es seien deutsche Zauberinnen, die Hagel auf die Flur brächten, das Vieh mit Seuchen heimsuchten und Dürre heraufbeschwörten. Aber die Schwestern kehrten wieder zurück. Es waren auch gar keine Deutschen. Dann hat man sie allmählich kennengelernt und liebgewonnen. Man nimmt Frauen zu den Klarissinnen auf und jetzt auch in unseren Orden. In Buda wird für sie ein Kloster gebaut."

„Gab es Frauen, die eingekleidet werden wollten?"

„Die gab es, und es gibt sie noch. Aber viele werden erst dann auf den Gedanken kommen, wenn die eine oder andere vornehme hohe Frau sich einkleiden läßt oder ihre Tochter in den Orden schickt. Dann werden andere ihrem Beispiel folgen. So kommen vorerst nur jene, die der Herr schwer heimgesucht hat."

Julianus mußte sich also damit abfinden, daß er nichts über Rose erfuhr. Dennoch war er sicher, daß sie den Weg zu Gott gefunden hatte.

Dann erkundigte sich Mikhal, was Julianus solange in Esztergom treibe. Man habe sich schon gefragt, ob er noch am Leben oder schon gestorben sei, so hätte er sich in dieser großen Stadt verloren. Aber eine so riesige Stadt sei auch etwas Wundervolles, Esztergom sei ja noch größer als Pest. Und die Kathedrale! Ihresgleichen gebe es vielleicht nicht in der ganzen Welt. Nur sei Pest sauberer und habe mehr Steinhäuser. Und hier gebe es keine so geordneten Straßen wie in Pest die Straße der Italiener, die Allerheiligenstraße und die Sankt-Paulus-Straße. Und dort würden gar schöne Arkadenhäuser errichtet, seit Julianus nicht mehr dagewesen sei. Die Gewölbe unter den Toren lägen voller Waren. Die erste aller Städte aber sei doch Strigonium!

Frater Mikhal suchte sich Unterkunft in einem Kloster, Julianus aber kehrte heim.

Frater Mikhal blieb nach der Bestattung noch einige Tage in Esztergom. Er besuchte das Haus der Familie Nömöd und führte ein langes Gespräch mit Julianus. Nömöds Stolz war grenzenlos. Zwei Ordensbrüder zugleich in ihrem bescheidenen kleinen Haus! Womit hatten sie diese besondere Gunst Gottes verdient?

Julianus berichtete vom Stand seiner Angelegenheiten, schilderte seinen Besuch im königlichen Palast.

„Als ich das erstemal dort war", erzählte er betrübt, während sie unter dem großen Birnbaum saßen, „hatte mich die Königin rufen lassen. Aber sie klagte mir nur ihre Bitternis. Und als sie hörte, daß auch ich Ungar bin wie die Herren, über die sie klagte, wich die Liebenswürdigkeit aus ihrem Herzen. So war mein Weg umsonst. Wenn ich sie noch hätte trösten können! Aber sie ist zu stolz und weist Worte des Trostes zurück. Das zweitemal gelangte ich vor den König. Da war auch Erzbischof Ugrin zugegen. Obwohl er sich nicht mehr an unsere Begegnung in Fejérvár erinnerte, tat er so, als würde er sich erinnern. Er sprach von den Kumanen und ihrer Bekehrung. Nur von jenen im Morgen gebliebenen Madjaren sprach er nicht. Er hat recht, uns erwarten wichtigere Aufgaben. Aber so hatte ich es mir nicht vorgestellt, lieber Bruder", Julianus seufzte niedergeschlagen und drehte ein verwelktes Blatt zwischen den Fingern. „In Bologna glaubte ich, sobald ich den Fuß auf ungarischen Boden setze, werde ich meinen Plan verwirklichen . . . Ich habe gelernt, nachgedacht, gewacht. Sag", wandte er sich beklommen an Mikhal, „hält man mich für einen einfältigen Mann? Für einen, der trügerischen Träumen nachjagt und nicht bemerkt, daß man hinter seinem Rücken lacht?"

„Schäme dich, lieber Bruder", rügte ihn Mikhal. Er hob sein strenges Petschenegengesicht und sah sanft auf Julianus.

„Gott will es nicht . . ."

„Menschen wollen es nicht! Ich will dir etwas sagen. Der Erzbischof weiß sehr wohl, von welchen Madjaren du sprichst. Er tat nur so, weil er die Reise nicht will."

„Warum will er sie nicht?"

„Weil Frater Blasius ihm bereits in Fejérvár versichert hat, daß es diese Madjaren gar nicht gibt. Frater Blasius hat es selbst erzählt. Das Ganze sei Altweibergeschwätz, ein närrisches, kindisches Märchen unserer Großväter, sagte Frater Blasius. Du solltest zu Hause bleiben und dich nicht den Aufgaben des Ordens entziehen. Wenn wir zu den Kumanen gingen, solltest auch du mitgehen. Wenn man uns ins Land der Bogomilen schickte, solltest auch du mitkommen. Du solltest dich nicht absondern. Du seist zwar in Bologna gewesen, deshalb aber nicht mehr als jeder andere Frater. Das hat Bruder Blasius gesagt."

Julianus zerdrückte das Blatt und riß es dann mit den Fingernägeln in Stücke. Dann zerstreute er sie und starrte düster vor sich hin.

„Frater Blasius", brummte er und nahm all seine Kräfte zusammen, um seiner Erregung Herr zu werden.

„Zürne ihm nicht, lieber Bruder", besänftigte ihn Mikhal, „er meint es gut, und schließlich hat er auch recht. Denn du mußt dahin gehen, wohin man dich kraft des heiligen Gehorsams schickt. Bruder Blasius meinte, allein Eitelkeit und Hochmut bewegten dich, nach dem Morgen zu gehen, obwohl es dort – wie er glaubt – gar keine Madjaren mehr gibt. Er wollte dich also vor einer Sünde bewahren . . ."

Julianus spürte, wie die Leidenschaft in ihm gleich kochendem Wasser im Topf immer höher stieg. Es wurde ihm siedend heiß. Er atmete tief und seufzte schwer. Sein Gesicht war so rot, daß der sanfte Mikhal erschrak und ihm beruhigend die Hand auf den Arm legte.

„Frater Julianus, höre ... Was kränkt dich ... Beruhige dich ..."

Er müßte Blasius an der Kehle fassen, zudrücken, daß sein großer Adamsapfel zersprang und seine Augen aus ihrer Höhle traten ... ihn gegen die Klostermauer schleudern ...

„Oh, mein Gott und Vater, verzeih deinem unwürdigen sündigen Diener", flüsterte Julianus und rang seinen Zorn nieder.

Das strenge Gesicht Mikhals, das in einem so seltsamen Gegensatz zu seiner Sanftmut stand, hellte sich auf. Er glaubte, Julianus flehe für Blasius zu Gott.

So schnell, wie der Zorn Julianus' gekommen war, so schnell legte er sich auch. Er fühlte große Entschlossenheit. Nun würde er den König um jeden Preis bewegen, ihn nach Magna Hungaria zu schicken. Er wollte mit eigenen Augen sehen, mit eigenen Ohren hören, mit eigenen Händen fühlen, ob diese Madjaren noch lebten. Und wenn sie lebten, würde er sie als Beweis hierher geleiten, zum Ruhme Gottes, zur Stärkung der Nation und der christlichen Kirche.

Nie würde sich eine bessere Gelegenheit bieten, Herrn András zu überzeugen als jetzt, wo das Dahinscheiden des Erzbischofs seine Seele erschütterte, ihm den Tod vor Augen führte und wo er nach vielen nutzlosen Eitelkeiten des Lebens an das eigene Seelenheil denken mußte.

Auf der Stelle erhob er sich und zog seinen Gürtel fest.

„Wohin?" fragte Mikhal verwundert.

„Zum König."

„Jetzt?"

„Auf der Stelle. Jetzt, in dieser Minute. Vale!"

Er winkte dem Frater zu und eilte mit schnellen, festen Schritten unter den welkenden Bäumen dahin. Mikhal schaute ihm verwundert nach und machte das Kreuzzeichen hinter seiner verschwindenden Gestalt.

Julianus aber ging, ging ohne zu überlegen. Er sah nur eins vor sich: den königlichen Palast, den gewölbten Toreingang, die gepanzerten Wachen, die Stufen, den kleinen Saal, an dessen Decke sich die Bilder des Tierkreises aneinanderreihten, den Tisch und davor den König. Er sah sich selbst, wie er eintrat, sich tief verneigte und seinen Plan vortrug.

Als er zu sich kam, hatte er die Niederstadt mit ihren armseligen kleinen Häusern, ihren großen Gärten, den überall weidenden Kühen und Ziegen und den bellenden Hunden hinter sich gelassen. Jetzt schritt er schon oben auf dem Burgberg. Einen Augenblick blieb er stehen, um zu verschnaufen. Er drückte die Hand auf sein heftig klopfendes Herz. Als es sich beruhigt hatte, ging er vor die Kathedrale und betrachtete lange das Bild Sankt Stephans vor dem Säulenportal. Er bekreuzigte sich und schlug dann geradewegs den Weg zum Palast ein.

„Wohin, wohin?“ fuhr ihn eine der Wachen mit kaum verhohlener Unfreundlichkeit an.

„Zum König“, warf Julianus hin und ging weiter.

Vor der kleinen Pforte stellte sich ein Bewaffneter im roten Dolman vor ihn hin, senkte die Lanze wie eine Schranke.

„Entschuldige, lieber Bruder“, sprach er, „aber sag, wo willst du hin?“

„Laß mich durch, Bruder, ich muß zum König in einer wichtigen Angelegenheit.“

„Der König ist in der Kapelle.“

„Er wird herauskommen, ich werde auf ihn warten.“

Es blieb ihm keine andere Wahl, er mußte vor der Kapelle warten. So betrachtete er die schönen, schlanken Säulen mit den behauenen Kapitellen, die die Kapellenpforte rahmten. Von innen drangen Laute eines leise gesprochenen Gebets heraus. Julianus sah dies als gutes Zeichen an. Er setzte sich auf die Schwelle und wiederholte: „Mein Gott, guter himmlischer Vater, du siehst meine reine Absicht, gib, daß der Geist des Königs erleuchtet wird . . .“

Plötzlich verstummte das Beten, und Herren traten zur Pforte heraus, voran die stattliche, breitschultrige Gestalt Palatin Gyulas aus dem Geschlechte Kán.

Aber auch Dénes, Sohn des Apod, war dabei. Er unterhielt sich mit einem alten, grauhaarigen Mann mit rasiertem Gesicht, den Julianus nicht kannte. Der Schatzmeister schaute gleichgültig auf Julianus, aber sogleich verdunkelte sich sein Gesicht. Er wandte den Blick ab, nahm den Griff seines Schwertes unter den linken Ellbogen, mit der Rechten begann er, sich den schönen Bart zu streichen. Julianus sah ihn kühl und hartnäckig an.

„Komm jetzt“, sagte der Torsteher im roten Dolman und lief voraus.

Sie gingen den gleichen Weg wie bei seinem ersten Besuch. Leise schloß sich die Tür hinter ihm.

Herr András stand ihm gegenüber, die Beine gespreizt, den Kopf neugierig gehoben. Er war unruhig wie ein zu langem Stehen gezwungenes Roß. Mit der Stiefelspitze trommelte er auf den Marmorfußboden, die Rechte hielt er auf dem Rücken, als würde er etwas vor Julianus verbergen, die Linke steckte er in seinen Gürtel. Außer ihnen war niemand im Raum. Von irgendwoher hörte man eine heftige Auseinandersetzung, eine untertänige, aber heiser-kalte Männerstimme wechselte mit einer kindlichen, eigensinnigen, heftigen Frauenstimme. Der König horchte, während er auf Julianus schaute, angestrengt auf den Streit, obwohl kein einziges Wort zu verstehen war.

„Laudetur Jesus Christus", grüßte Julianus und verneigte sich tief.

„In aeternum, amen. Wer bist du, Frater, und was führt dich zu mir?" sagte der König mit freundlichen, leutseligen Worten, aber schnell wie einer, der eine ihn langweilende Verpflichtung rasch hinter sich bringen möchte.

„Hoher Herr", begann Julianus gelassen und ruhig, schaute dem König ins Gesicht und zwang ihn, seinen Blick zu erwidern, „ich stand schon einmal vor dir."

„Ach ja, ich entsinne mich. Du hast um eine Schenkung für das Kloster des Dominikanerordens gebeten. Nun, die Schenkung habt ihr doch bekommen? Ich hatte noch keine Gelegenheit, mich zu kümmern, was daraus geworden ist."

„Ich komme nicht wegen der Schenkung..."

„Jetzt fällt mir ein, auch die Königin hat Anweisung getroffen, daß euer Kloster zu Pest eine Unterstützung erhält. Ist es so?"

„Ja, hoher Herr."

„Nun siehst du", der König lächelte ungeduldig, „da sind deine Angelegenheiten doch in Ordnung."

„Ich hatte damals noch ein anderes Anliegen auf dem Herzen", begann Julianus entschlossen und hob die Stimme. „Jetzt, da das Land von so vielen Schlägen heimgesucht wurde..."

„Was für Schläge?" unterbrach ihn der König ungeduldig, und sein Gesicht verfinsterte sich.

„Die Pestilenz in Üllő... Viehseuchen auf dem Land... Streitigkeiten an der Westgrenze... Die Flucht des jungen Königs Béla..."

„Komm zur Sache, Frater", drängte ihn der König verärgert und trommelte mit der Stiefelspitze kräftiger und schneller auf den Fußboden.

„Auch Erzbischof Johannes ist gestorben..."

„Gott gebe ihm die ewige Ruhe. Komm zur Sache, habe ich gesagt. Meine Angelegenheiten drängen mich. Wärst du kein priesterlicher Mann, hätte man dich gar nicht vorgelassen."

„Du solltest an dein Seelenheil denken, Herr", fuhr der Frater entschlossen fort, schob den nackten linken Fuß nach vorn und schaute dem König noch eindringlicher in die Augen. „Auch über dir bleibt die Zeit nicht stehen, hoher Herr, du bist ein tapferer König, und viele Völker und ein großes Land rühmen deine Macht. Am Abend eines schweren, mit vielen Sorgen und Nöten beladenen Lebens . . ."

„Du hältst mich doch wohl nicht für einen Greis?" fragte König András mit gespielter Heiterkeit, aber mit sich verengendem Blick.

„Nein, hoher Herr, noch stehst du in der Blüte deiner Kraft."

„Na also."

„Aber der Wurm des Alters nagt dennoch unsichtbar, hoher Herr. Deshalb gestatte, wenn du wahre Verdienste im Himmelreich erwerben willst, daß ich Gefährten mit mir nehme und in jene Provinz ziehe, wo unsere Brüder und Schwestern, die Nachkommen unserer Vorväter aus Lebedien, die sich von uns getrennt haben, im finsteren Heidentum leben und vergebens auf das Wort des Evangeliums warten."

Er beobachtete den König scharf. András holte die rechte Hand hervor, strich sich den mit grauen Fäden durchzogenen Bart, zog die Brauen hoch und schob die Unterlippe vor. Er grübelte, aber es war auch möglich, er lauschte noch immer der herüberdringenden Auseinandersetzung und hatte Julianus ganz vergessen. Plötzlich hob er den Kopf:

„Mir ist, als hätte ich davon schon gehört, Frater."

„Ich war es, der davon sprach, hoher Herr, als du mich empfangen hast."

„War da nicht Erzbischof Ugrin zugegen?"

„Doch, hoher Herr."

„Ja, ja . . . Ich habe etwas gehört . . . daß du ins Land der Kumanen gehen willst . . . Das ist dringend notwendig, ich habe schon Verfügungen getroffen . . . Aber was suchen die Madjaren dort? Davon habe ich noch nie gehört."

„Es geht nicht um Kumanien, hoher Herr, sondern um Magna Hungaria."

„Magna Hungaria!" rief der König überrascht. „Warum sagst du das nicht gleich? Das steht doch schon in den Chroniken!"

„Ja, hoher Herr."

„Wieviel hat mein Vater, der große König, darüber erzählt." Er seufzte schmerzlich, und seine gemessene, starre königliche Haltung wich allmählich. Er wandte sich dem Fenster zu und starrte auf das bunte Glas in den Bleirähmchen, das die andächtige Gestalt eines Heiligen darstellte und das Auge erfreute. András sah jedoch nicht sie, sondern bunte Steinchen seiner Erinnerung. Julianus blickte jetzt in die Seele des Königs wie in die Tiefe eines Kruges. Noch nie hatte er einen Menschen so klar, so deutlich gesehen wie jetzt König András.

Julianus wartete still, um ihn nicht in seinen Gedanken zu stören.

Schließlich wandte sich der König wieder seinem Besucher zu und fragte mit gedämpfter Stimme, mit aufrichtiger Neugierde, ohne jegliche Verstellung.

„Ob es sie noch gibt?"

„Ich glaube, daß es sie noch gibt, hoher Herr."

„Glaubst du es nur oder weißt du auch etwas über sie?"

„Soviel ich aus Chroniken und aus griechischen und arabischen Quellen herauslesen konnte."

„Das ist schon mehr als nur Glaube. Ja, lieber Frater! Du bist noch jung. Du kannst nicht wissen, wieviel Schönes die Alten von einst über die Taten, das Leben und die Wanderungen der Madjaren in Lebedien erzählt haben. Wieviel sie über Magna Hungaria wußten! Nicht die Hälfte davon steht in den Chroniken, Frater. Mein Vater hatte ein sehr altes Buch, und er sagte immer, darin wäre der Schlüssel des Geheimnisses. Damals war ich noch ein Kind, und während ich heranwuchs, hatte ich es vergessen. Das Buch habe ich gesucht, es ist verloren. Dann kamen die Sorgen, die Schwierigkeiten ... Schläge ... schwere Jugend, schweres Regieren ... Wer hätte da Zeit gefunden, an alte Bücher zu denken. Nun", er besann sich, nahm wieder die Herrschermiene an, legte die Rechte auf den Rücken und sah auf Julianus mit erzwungener, unruhiger Leutseligkeit, „ich werde das Nötige veranlassen. Der Herr Kanzler trifft dann die Anordnungen."

Er zog die linke Hand aus dem Gürtel, wandte sich ab, tat einige Schritte und sah dann Julianus mit einem Gesicht an, als wäre er überrascht, daß er noch jemanden hier sah. Für ihn war dieser Fall längst erledigt. Dringendere Angelegenheiten warteten ... Zum Beispiel die Auseinandersetzung, die man schon während der ganzen Zeit hörte und in der die heftige kindliche Stimme die heisere, untertänige Männerstimme immer mehr unterdrückte.

„Wünschst du noch etwas", drängte ihn der König.

„Nein, hoher Herr."

„So gehe in Frieden. Der Herr Kanzler wird alles erledigen."

„Gott segne dich, hoher Herr."

„Auch dich, Frater."

Julianus hatte den Saal noch nicht verlassen, als der König schon zur anderen Tür hinauseilte und die Tür kräftig hinter sich zuschlug.

Auf dem Gang erschien der Torwächter und geleitete Julianus aus dem Palast.

Es war also geschehen. Er hatte alles gesagt, was er sagen mußte. Freilich nicht so, wie er es sich vorgenommen hatte, das mußte er sich eingestehen. Das Gespräch hätte auch schöner, freundlicher sein können. Man hätte sich zum Beispiel dabei setzen können. Und der Streit hinter den dicken Mauern, der brauchte auch nicht zu sein.

Was hatte er ausgerichtet?

Er blieb auf dem Berg stehen und schaute hinunter auf die im matten Sonnenschein des Herbstnachmittags glänzende Donau. Rostbraun waren die dichten Wälder auf den nahegelegenen Hügeln und in der fernen Ebene. Noch weiter entfernt schien es, als wären die Berge mit Tinte an den Himmel gemalt. „Wie eine italienische Landschaft", Julianus sah sich kleinmütig um. Er überdachte alles noch einmal. Der König hatte auch jetzt nichts verfügt! Er wußte gar nicht, was er anordnen sollte und wie! Mit vollen Händen war Julianus zu ihm gegangen, hatte ihm seine Hoffnungen, seinen Glauben und seine Entschlossenheit dargebracht. Und mit leeren Händen war er zurückgekommen.

Dabei war der König dafür bekannt, daß er jedermann beschenkte, Hinz und Kunz mit Ländereien, Dörfern und Burgen belehnte. Es bedurfte nur eines Winkes, und schon hätte er, Julianus, sich seine Gefährten aussuchen und Vorbereitungen für die große Reise treffen können.

Alles war umsonst. Er mußte Gott so dienen, wie Gott es von ihm verlangte. Er mußte seine Magna Hungaria betreffenden Pläne für alle Zeiten aufgeben.

Langsam schritt er den Berg hinunter, sah das in glühenden Farben des Herbstes sterbende Land und die leuchtenden Strahlen der untergehenden Sonne. Er beschloß, Esztergom zu verlassen. Nun sollte es kommen, wie Frater Blasius es wollte. Er würde den Befehlen des Ordens folgen. Magna Hungaria gab es für ihn nicht mehr!

SECHSTER TEIL

Das harte Leben ließ Julianus all seine früheren Pläne und Wünsche vergessen. Nach der Begegnung mit dem König mußte er einsehen, daß er sich vergebens angestrengt hatte. Man verstand nicht, was er wollte, glaubte seinen Schlußfolgerungen nicht, und selbst wenn man ihm glaubte, begriff man nicht, worin die Notwendigkeit bestand, jene fernen, längst vergessenen Madjaren aufzusuchen und sie gar hierher zu leiten. Die Kirche hatte wichtigere und näher liegende Aufgaben zu lösen: die Bekehrung der Kumanen und der Bogomilen. Dies verlangte auch das Interesse des Landes. Die Herren aber pfiffen darauf, ein Heer halbwilder Heiden in ihrem Lande anzusiedeln, die nur dem Namen nach Madjaren waren, nach Herz und Seele aber eher Kumanen oder Petschenegen. Von denen aber gab es mehr als genug! Denn wohin würden sie es dort zwischen jenen himmelhohen Bergen gebracht haben? Sicher weideten sie ihre Herden, jagten, fischten und raubten ihre Nachbarn aus. Sie beteten Götzen an, aßen Pferdefleisch und tranken Stutenmilch. Vielleicht verstand man nicht einmal mehr ihre Sprache. Da war es vordringlicher, die nahen Kumanen zu guten Christen zu erziehen, sie lebten hier in unmittelbarer Nachbarschaft, hatten sich sogar schon auf dem Gebiet des Landes angesiedelt, Khan Barsz allein war mit fünfzehntausend Seelen gekommen. Die Kumanen sollten den Frieden des christlichen Landes weder von innen noch von außen stören.

In Julianus hatte sich das qualvolle Empfinden festgesetzt, daß man ihn hinter seinem Rücken verlachte. Häufig, wenn er von den Madjaren sprach, verstummte er plötzlich, drehte sich um und prüfte verstohlen, ob nicht in irgendeinem Gesicht ein mitleidiges oder gar hämisches Lächeln erstarrte. Da gab es welche, die seinem Plan zugestimmt und Versprechungen gemacht hatten, dann aber alles vergaßen.

Nun zog er hier in der Walachei mit seinen Ordensbrüdern von Aul zu Aul, säte die Samenkörner des Evangeliums aus, entwirrte mit übermenschlicher Geduld die Bande, mit denen Vergangenheit, Überlieferung, Gesetz und Zauberei die Kumanen an das Heidentum fesselten, erklärte ihnen immer wieder das Leben und den Kreuzestod Christi, das Mysterium der Erlösung, die Güte der Jungfrau Maria. Die Kumanen hörten ihm geduldig zu. Sie sahen ein, daß es unter den Menschen vielerlei Glauben gab, und einer davon war der Glaube an Jesus Christus. Es wollte ihnen nur nicht in den Kopf, warum er sich ans Kreuz schlagen ließ, warum er nicht davonrannte, wenn er doch wußte, daß ihn dieses Schicksal erwartete. Und wenn er sich schon hatte kreuzigen lassen, weil er wußte, daß er Gottes Sohn war, warum hielt er dann die Qualen nicht von sich fern? Gott wollte die Menschen von ihren Sünden erlösen, warum erlöste er sie nicht allein durch seinen Willen? Warum schickte er seinen eingeborenen Sohn zu ihnen, nur um für die Menschen zu sterben? Sie saßen vor ihren Zelten, tranken Kumys, nickten, warfen nach langem Überlegen ein zweifelndes Wort ein oder eine spitzfindige Frage. Die Mönche wußten im voraus, was für Fragen man ihnen stellen würde, was sie antworten mußten. Aber manchmal war es aussichtslos schwer, eine Antwort zu finden.

Bei der Schilderung des Sündenfalls fragten die Kumanen, nachdem sie das Gehörte erwogen und den weisesten und ältesten unter sich bestimmt hatten, ihren Zweifeln Ausdruck zu geben: Warum hat Gott einen solchen Baum erschaffen, dessen Früchte man nicht berühren durfte? Wenn er Gott war, mußte er wissen, daß der Mensch doch danach greifen würde. Ohne diesen Baum wären sie nicht in Sünde gefallen. Also hat Gott die Sünde selbst gewollt. Als Noach immer ein Paar von allen Tieren mit in die Arche nahm, warum hat er da auch reißende Tiere und giftiges Ungeziefer mitgenommen, von den Menschen aber nicht einmal die guten gerettet? Warum mußten ohne Wahl gute und böse Menschen umkommen, wo doch Wolf, Schlange, Frosch, Hornisse, Laus und Floh am Leben blieben? Und was den Kumanen erst recht nicht in den Kopf wollte, war, daß Jesus von einer Jungfrau geboren wurde. „Warum wurde er von einer Jungfrau geboren?“ fragten sie. „Wenn Gott die Geburt eines Kindes nicht für unrein hält, warum soll dann die Zeugung unrein sein? Und wenn die Zeugung etwas Unreines ist, warum hat Gott es dann so gefügt, daß Tiere und Menschen durch Zeugung geboren werden?“

Sie waren spitzfindig, einsilbig und halsstarrig. Immer wieder kamen sie zu dem Schluß, es gebe wohl auch einen solchen Glauben, aber der wahre Gott sei Okan: er herrsche über die bösen Geister, während die Macht des christlichen Gottes ständig durch den Satan gestört würde. Okan brauche nicht seinen eingeborenen Sohn zur Erde zu schicken, damit dieser durch seinen Tod das zurechtrücke, was Gott bei der Schöpfung verfehlt habe. Und Okan verberge die bösen Geister nicht in Gestalten, die dem Menschen gut und angenehm erschienen, wie der Christengott den Satan in der Gestalt einer schönen Frau, in schmackhaften Früchten, berauschendem Wein und Kumys, in herrlichen Blumen und süßem Traum, guten Waffen, schillerndem Silberschmuck, schönen Pferden, glänzendem Zaumzeug, prächtigen, gestickten Gewändern, in Pfeifenklängen, Tanz und dergleichen verlockenden Dingen.

Gott kam jedoch den sich mühenden Mönchen zu Hilfe. Wenn man die starrköpfigen Kumanen schon mit Argumenten nicht überzeugen konnte, so ging es damit, daß man darauf hinwies, die Wahrheit des Christentums stünde in vielen, vielen Büchern geschrieben; wer es nicht glaube, könne es sich ansehen: Hier ist das Buch, hier stehen die Buchstaben und schöne bunte Bildchen. Und das andere, was großen Eindruck auf die Kumanen machte, waren die Kirchen, die sie auf ihren Zügen und während ihrer Kämpfe in russischen, bulgarischen und griechischen Städten gesehen hatten. In diesen Kirchen standen viele ehrwürdige „Götter". Stärker und herrlicher als jene, die sie im Wagenkorb mit sich schleppten und im Götterzelt aufbewahrten. In den Kirchen hatten sie Jesus am Kreuz gesehen, auch die heilige Jungfrau und eine ganze Anzahl kleinerer Götter. Die Christen setzten ihnen kein Fleisch, kein Fohlenblut, nicht einmal Hirse hin, sondern Blumen. Und sie vollführten vor ihnen kein Pfeifen und Lärmen, sondern sie knieten nieder, beteten still und sangen. So verbreitete sich langsam die Überzeugung unter den Kumanen, daß die wunderbaren Götter der Christen wirksamer und stärker seien als ihre.

Julianus vertiefte sich in die ermüdenden, erregenden, immer neuen Aufgaben. Er hatte seine Kumanen gern, obgleich im Umgang mit ihnen Vorsicht geboten war wie bei wilden Tieren. Die größten Schwierigkeiten begannen, wenn sie sich schon hatten taufen lassen. Denn von nun an erwarteten sie in all ihren Angelegenheiten Wunder von den Mönchen. Auch der um seine Macht fürchtende Schamane stachelte sie auf: „Geht nur zu dem Frater, er wird euch helfen!" Und sie kamen, wenn Dürre herrschte, damit er Regen für ihre Weiden erflehte. Wenn ihr Pferd erkrankte, sollte er es beräuchern, es gesundbeten. Sie forderten Zauber von ihm, damit ihre Pfeile sicher trafen. Die Frauen aber verlangten Liebeszauber, damit ihr Mann kein Auge auf andere Frauen warf. Sie erwarteten von der heiligen Jungfrau den Kindersegen, und wenn sie schwanger waren, sollte es ein Knabe werden. Trat aber eine Krankheit auf oder brach eine Viehseuche aus, steckten sie die Köpfe zusammen, flüsterten und starrten den Frater mit blutunterlaufenen Augen an. Er mußte auf der Hut sein, damit die von ihren auf Rache sinnenden Schamanen und Zauberern verhetzten Kumanen ihm nicht den Märtyrertod brachten.

So wechselten Sommer und Winter, Frühling und Herbst, so zogen die Mönche mit den weidenden Kumanen von Fluß zu Fluß, legten große Wege zurück, wohnten sommers in Zelten, während der kalten Monate aber in Winterquartieren, in Erdhütten oder aus Schilf und Balken gebauten Unterkünften in Waldungen oder in einem windgeschützten Tal.

Julianus hatte nicht nur Nachrichten gebracht, sondern auch einen Brief. Am Morgen nach dem Aufstehen holte er ihn aus seiner Kutte und überreichte ihn Paulus. Dieser stellte sich ins Licht der Herbstsonne, die eben aus dem milchfarbenen Nebel auftauchte, und las murmelnd.

Der Brief kam aus dem Kloster in Esztergom, ein Schiffer hatte ihn zur unteren Donau mitgebracht, von dort aber war ein getaufter Kumane damit in den Aul des Uros geritten. Nach zweimonatiger Reise schließlich gelangte er zu Julianus und von ihm nun in die Hand des Empfängers.

Im Brief war von Klosterangelegenheiten die Rede, von Schenkungen und Bautätigkeiten, zum Schluß aber kam noch eine Nachricht, die Julianus tief ins Herz traf:

„Des weiteren teile ich dir mit, lieber Frater, Bruder im Herrn, daß wir von Frater Otto, der vor einem Jahr auf die Ermunterung König Bélas hin zusammen mit drei weiteren Mönchen aufgebrochen ist, um die Madjaren zu suchen, die sich einst von uns trennten und heute noch in der Finsternis des Heidentums leben, bisher keine Nachricht erhalten haben. Wir wagen schon gar nicht mehr zu hoffen, unsere lieben Brüder wiederzusehen, aber König Béla hat uns auch jetzt noch Mut zugesprochen. Er hat auf seinem Feldzug nach Halicz von Kumanen und russischen Fürsten, die die schreckliche Schlacht an der Kalka überlebt hatten, über jene Madjaren gehört. Wie ihr wißt, wurden die Heere der Kumanen und Russen an der Kalka von einem sich Tataren nennenden Volk vernichtend geschlagen, und dieses Volk der Tataros steht auch mit jenen Madjaren in Beziehung. Wie dem auch sei, wir haben die Hoffnung aufgegeben, unsere Brüder wiederzusehen, wenngleich wir noch immer für sie beten, damit Gott ihre Schritte zum Guten lenke und ihr Bestreben mit Erfolg kröne."

Julianus' Herz schlug heftig. Er wurde blaß, mußte sich setzen. Besorgt trat Desiderius zu ihm.

„Bist du krank, lieber Bruder?"

„Nein, nein." Julianus schüttelte den Kopf und lächelte.

Paulus und Desiderius unterhielten sich über Angelegenheiten des Ordens. Aber Julianus hörte nicht zu. Er konnte sich kaum beherrschen, am liebsten wäre er aufgestanden und davongerannt.

Als das Gespräch zu Ende war, erhob er sich und lief mit schnellen Schritten in die Steppe. Heuschrecken und Grillen hüpften vor ihm auf, eine Wachtel stieg empor und flog erschrocken gen Süden. In der Ferne glänzte rot der Wald, die Zelte des Auls hoben sich aus dem Nebel, die weidenden Kuh- und Pferdeherden schienen bis zum Bauch im Wasser zu waten. Der Morgenwind trug ihm Hornrufe zu. Hunde bellten . . . Er aber ging und ging, bis er sich weit von seinen Ordensbrüdern entfernt hatte. Unter einem Busch setzte er sich in das taufeuchte Gras. Dann warf er sich auf den Rücken, legte die Arme unter den Kopf und starrte zum hohen Himmel hinauf. Die Welt begann sich langsam mit ihm zu drehen.

Der jüngere König Béla hatte also Otto und seine Gefährten vor einem Jahr zu den im Osten lebenden Madjaren geschickt, über die fast jedermann etwas zu erzählen wußte, obwohl keiner an ihre Existenz glaubte. Wäre er zu Hause in Ungarn gewesen, hätte er mit Frater Otto gehen können. Wen hatte er wohl mitgenommen? Wo mochte er sich befinden? Lebte er noch? Würde es ihm gelingen, jene aufzufinden, die er für längst verloren glaubte?

Das Blut stieg Julianus ins Gesicht, als er an seinen Besuch im königlichen Palast dachte. Wie hatte er gewartet, gehofft. Wie eindringlich hatte er um Unterstützung gebeten, alle seine Beweise dargelegt. Einmal war er den Burgberg hinuntergegangen wie ein geprügelter Hund. Im Hause des Ismaeliten hatte er die Nacht zum Tag verwandelt und gelernt. Versprechungen hatte man ihm gemacht, oder waren es nicht einmal leere Versprechungen? Spöttelte man über ihn wie Frater Blasius? Er glaubte schon, den Verstand verloren zu haben.

Alles erwachte in ihm, was er vergessen, worauf er verzichtet hatte.

Er starrte den dahinziehenden roten Wolken nach, lauschte dem Zirpen der Zikaden, dem Blöken der in der Ferne weidenden Herde, dem Bellen der Hunde, dem Tuten der Hörner. Langsam drehte sich das Himmelszelt über ihm. Er meinte, er wäre am Ende der Welt angelangt, weit fort von Ungarn, dem Turmzimmer im Kloster von Várad, den Bibliotheken von Fejérvár, Bologna und Esztergom. Alles ging in Erfüllung, wenn auch nicht so, wie es der beschränkte menschliche Geist wünschte, erhoffte. Nach dem Osten, zu den Zurückgebliebenen, zogen Gesandte, aber nicht er.

Jetzt, da er nach so vielen Jahren seine Hoffnungen erfüllt sah, waren ihm diese ferner als je zuvor. Zwar hatte er recht behalten, aber nicht er war gegangen, sondern andere. Er mühte sich kraft des heiligen Gehorsams hier in der Walachei, verfolgte aus der Ferne Frater Otto auf jenem Weg, den er, Julianus, nur in Gedanken betreten durfte. Endlich gab es einen König, der sich von der Existenz der im Osten verbliebenen Madjaren hatte überzeugen lassen, doch er konnte diesen König nicht erreichen. Gott sagte zu ihm: „Das Werk ist mir wichtiger als deine Person. Das Werk werde ich vollenden lassen, auf dich aber verzichte ich dabei. Diene dort, wohin ich dich gestellt habe, nicht aber dort, wohin du nach deinem fehlbaren Willen selbst hast gehen wollen."

Als Julianus niedergeschlagen zum Zelt zurückkehrte, mochte er sehr blaß und traurig wirken, denn Desiderius schaute ihm forschend in die glanzlosen Augen, Paulus aber befahl ihm:

„Leg dich im Zelt nieder. Solange bis du nicht völlig bei Kräften bist, gehen wir nirgends hin."

Julianus war beschämt und wehrte ab.

„Kümmert euch nicht um mich! Ich habe keinerlei Beschwerden, ich bin nur traurig."

„Auch dein Traurigsein ist Krankheit, Bruder. Doch Gott liebt traurige Diener nicht. Ruhe dich aus, bis du wieder fröhlich bist. Du hast dich überarbeitet, dein Körper ist dem nicht gewachsen."

„Mein Körper ist wie Eisen!" rief Julianus hartnäckig.

„Dein Körper ist schwach, wenn auch dein Wille wie Eisen ist", Paulus lächelte. „Ich habe dir gesagt, du solltest umkehren, damit einer käme, der die Mühen besser erträgt. Aber du wolltest nicht umkehren."

Er sagte dies mit tadelnder Stimme, aber voller Liebe, mit verhohlener Besorgnis, gleichsam aus der Höhe eigener körperlicher Kraft und Robustheit auf ihn herniederblickend. Julianus war reichlich einen halben Kopf kleiner als er, schmächtig wie schon seinerzeit als Zögling. Er hatte sich seit Jahren kaum verändert, war nur schweigsamer geworden, neben seinen Lippen bildeten sich zwei schmale Furchen. Vom vielen Grübeln aber durchzogen seine Stirn haarfeine Falten. Hier unter den Kumanen mußten auch die Mönche lange Schnauzbärte tragen, und dies ließ Julianus älter erscheinen, als er in Wirklichkeit war. Paulus wußte, daß die Kraft des Körpers von der Kraft der Seele herrührt. Er bewunderte die Ausdauer seines Ordensbruders, mit der dieser alle Strapazen ertrug, und dennoch – wie die meisten starken, hochgewachsenen Männer – war er um den Kleineren, den Schwächeren besorgt. Er wollte nicht, daß er mit in die Walachei zog, aber Julianus hatte ihn so hartnäckig bedrängt, ihn mitzunehmen, daß er seinem Wunsche dann doch nachgekommen war. Seit sie gemeinsam die Steppe durchzogen, hatte er ihn nie klagen hören. Fröhlich ertrug Julianus Müdigkeit, Hunger und Durst. Er konnte wachen, ihm wurde nicht schwindlig in der schattenlosen sommerlichen Hitze, und er fröstelte nicht, wenn der heulende, grimmige Wintersturm durch ihre Kutten blies und ihnen bis ins Mark der Knochen drang. Julianus zeigte keine Furcht, wenn die Kumanen ihn drohend umgaben und gleich beutegierigen Wölfen musterten. Tagelang war er zu Pferd oder zu Fuß unterwegs. Er sang auch, wie sich das für einen fröhlichen Diener Gottes schickte. Und wenn er über das Verhalten seiner Heiden erzählte, ihre seltsamen Aussprüche wiederholte, die sonderbaren Fragen, die von ihrer ungewöhnlichen Denkweise zeugten, lachte er sein verzeihendes, von Herzen kommendes Lachen.

Aber häufig verstummte er, verschloß sich, mied seine Gefährten. Er aß dann nicht, saß nur still oder wälzte sich schlaflos auf seinem Wolfsfell. Paulus war überzeugt, daß er überarbeitet war, sich vielleicht krank fühlte, dies aber verheimlichen wollte.

„Geh, leg dich hin", sagte er noch einmal mit der befehlenden Stimme der Liebe.

„Ich bin gesund, mir fehlt nichts."

„Warum schickst du Frater Julianus nicht zurück, Bruder?" fragte ihn Desiderius vorwurfsvoll. „An seiner Stelle könnte ein anderer kommen, der den Anstrengungen besser gewachsen ist."

Julianus schüttelte den Kopf, lächelte. Sein Platz sei hier, er müsse dableiben. Er selbst hätte gewünscht, in die Walachei geschickt zu werden. Was sollte er zu Hause tun? Sei es doch für ihn zu spät. Frater Otto sei schon vor einem Jahr aufgebrochen. Sollte er nur deshalb heimkehren, um darauf zu warten, wann Frater Otto aus dem Osten zurückkehrte – wenn er überhaupt zurückkehrte? Sollte er betteln, predigen, die Beichte abnehmen im friedlichen Land, während seine Brüder hier ihr Leben wagten?

„Warum schickst du ihn nicht zurück?" wiederholte Desiderius. „Von sich aus wird er niemals gehen."

Julianus hatte dieses Leben sogar liebgewonnen. Anfangs war es schwer. Er mußte all seine Kraft zusammennehmen, um sich darein zu schicken. Sein Auge, das an Transdanubien und an Italien gewöhnt war, suchte überall die Schönheit der bebauten Landschaft: Obstgärten, Ackerfelder, Rebhügel, klappernde Mühlen an rauschenden Bächen. Die Zelte waren für seinen Geschmack, der an Kirchen aus Stein, an behauenen Torpfosten, Wandbildern und farbigen Gewölben geschult war, klein und armselig. Nicht selten entmutigten ihn die weiten Strecken, die sie zu Fuß oder zu Pferd zurücklegen mußten, häufig umsonst. Aber nie murrte er, nie blickte er geringschätzig auf die Zelte, die Kleidung, die Speisen der Kumanen, nie ließ er die Sehnsucht nach einer würdigen Umgebung im Kreise gelehrter Männer in sich aufkommen. Er war stets ruhig und heiter. Singend zog er den kleinen Karren, auf dem der als Altar dienende niedrige Tisch, die heiligen Gefäße und Bücher, die Plane und das Gestänge des kleinen Zeltes gepackt waren. Und wenn Paulus vor dem ärmlichen Altar die Messe las und er mit Desiderius ministrierte, erfüllte ihn eine solche Andacht, wie er sie selbst in der schönsten Kirche nur selten empfunden hatte. Die Messe in dieser verlassenen, einsamen Gegend, unter dem hohen Himmelszelt, mit den sich schamhaft versammelnden andächtigen Kumanen war erhebend. Zu Herzen gehend war die Beichte, wenn sich ein Mann oder eine Frau aus den Reihen der wortkargen Kumanen im Gras niederkniete und die Sünden herstammelte, die häufig gar keine Sünden waren, oder sich der Tugenden brüstete, die in Wahrheit Todsünden waren. Die tiefe Stille, die große Einsamkeit der Steppe konnten es mit der abgeschiedensten Zelle aufnehmen. Meditieren und beten konnte man auch hier, das grüne Gras, die Wälder mit verschiedenfarbigem Laub, das Leben der Vögel und des Wildes, der stets sich wandelnde Himmel, die tausenderlei Gestalten der Wolken erfreuten das Auge mehr als ein Wandbild.

Als Desiderius Paulus zu drängen begann, Julianus endlich heimzuschicken und einen anderen an seiner Stelle kommen zu lassen, stellte es sich heraus, daß es selbst dann nicht leicht fiel, die Walachei zu verlassen, wenn man nur deshalb hierher gekommen war, um seine Träume, seine Sehnsucht zu begraben.

Paulus entschied nach tagelangem Überlegen dennoch, daß Julianus gemeinsam mit Desiderius nach Fejérvár zurückkehren sollte. Da kam Monok, ein getaufter junger kumanischer Bursche, gerade recht.

Er befand sich auf der Jagd und suchte das Zelt der Mönche auf, um sie zu fragen, ob sie eine Nachricht für die beiden im Aul des Beszre wohnenden Fratres hätten, denn er sei dorthin unterwegs, um Salz zu besorgen.

Monok war ein kecker Bursche mit rasiertem Kinn und langem Schnauzbart. Meist war er zwischen den weit voneinander entfernt liegenden Auls unterwegs. Seit er seine ganze Sippe in der Schlacht an der Kalka verloren hatte, fand er nirgends seinen Platz. Vielleicht hatte er sich deshalb so leicht dem sanften Glauben Jesu ergeben. Schweigsam, aber lächelnd saß er in der Gesellschaft der drei Mönche und wartete ehrerbietig auf die Weisungen des Paulus.

„Du nimmst einen Brief mit, mein Sohn", sagte Paulus auf Kumanisch, „und überreichst ihn Frater Martinus. Du weißt, dem mit dem blatternarbigen Gesicht."

Der Bursche nickte.

Paulus nahm Schreibtafel, Papier und Feder hervor, um an Ort und Stelle auf den Knien den Brief zu schreiben. Während er schrieb, sprach er den Text laut, damit seine Gefährten ihn hören konnten.

„Meinem Bruder Martinus in dem Aul des Beszre Grüße von Paulus aus dem Aul des Uros. Ich bitte dich, lieber Bruder, selbst zu mir zu kommen oder mir jemanden zu schicken, denn ich fand es für richtig, unseren Bruder Julianus, den die schwere Arbeit, die er um Jesu willen seit vielen Jahren verrichtet, entkräftet hat, in die Heimat zurückzuschicken, und zwar in Begleitung unseres Bruders Desiderius, damit Julianus sich nicht allein auf den gefährlichen und unsicheren Weg begeben muß . . ."

„Du willst mich also auch zurückschicken", fuhr Desiderius klagend und vorwurfsvoll auf.

„Ich halte es so für richtig", erwiderte Paulus unerschütterlich, sprach die Worte langsam und schrieb sie sorgfältig auf den Bogen.

„Denn es ist gerecht, daß jene, die ihre Arbeit verrichtet haben und müde sind, sich ausruhen und ihren Platz jenen überlassen, die sich an der Missionsarbeit noch nicht beteiligt haben, aber sehnsüchtig darauf warten, mitzuhelfen, die Kumanen der Herde Christi zuzuführen.

Ich ersuche dich daher, lieber Bruder, kraft des heiligen Gehorsams, schicke mir jemanden oder komme selbst, damit ich nicht allein bin, bis aus der Heimat die erwartete Hilfe eintrifft."

„Ich möchte hierbleiben", bettelte Desiderius.

„Ich möchte auch nicht heimkehren", schloß sich Julianus betrübt an.

„Ich aber halte es so für richtig", beendete Paulus das Gespräch und rollte den Bogen zusammen.

„Ich lasse dich nicht allein", flehte Desiderius weiter. „Wenn du uns heimschickst, warum kommst du nicht auch mit uns? Du hast dich mehr bemüht als wir und bist schon früher zu den Kumanen gekommen."

„Mir ist es gegeben, mehr zu ertragen", Paulus lächelte.

So konnten sie also nicht widersprechen. Der heilige Gehorsam verpflichtete sie, aber er verpflichtete sie nicht, den Befehl freudig zu empfangen. Als Monok mit dem Brief davongeritten war, schauten sie betrübt hinter ihm her. Am liebsten wäre ihnen gewesen, er hätte sich ein anderes Reiseziel gesucht und wäre niemals im Aul des Beszre angekommen. Doch ihr Wunsch war umsonst, denn nach einigen Tagen tauchte eines Abends aus dem Halbdunkel die graue Gestalt eines Fraters auf. Es war Martinus. Frohgelaunt legte er seinen Quersack ab, umarmte und küßte die Mönche, kniete nieder und dankte Gott, daß er seine Brüder bei guter Kraft und Gesundheit angetroffen hatte. Er war ein untersetzter, fester Mann mit blatternarbigem Gesicht, und seine Stirn mutete an, als wäre sie aus Fels gemeißelt. Nach dem Gebet setzte er sich an den Kessel, und während er die Hirse löffelte, berichtete er über die Zustände im Aul des Beszre. Dann legte er Julianus und Desiderius die Hand auf die Schulter, schaute ihnen eindringlich ins Gesicht und rief freudig:

„Ich hatte befürchtet, zwei Schwerkranke hier anzutreffen!"

„Ihre Seelen sind müde", erklärte Paulus. „Das große Werk, um das wir uns mühen, erfordert, daß sie sich ausruhen. Später können sie wieder zurückkehren. Aber auch zu Hause werden Mönche gebraucht, die unsere Arbeit hier kennen und Maßnahmen ergreifen können, wenn es erforderlich sein sollte."

„Sie zeigen nicht viel Begeisterung, heimzukehren", Martinus lachte.

„Sage du Frater Paulus", bat ihn Desiderius, „er solle seinen Befehl zurücknehmen."

„Was soll ich daheim", klagte Julianus.

Aber Paulus sah sie streng an, und sie hörten auf zu murren.

Am nächsten Tag rüsteten sie sich für den Weg. Sie legten einige Hirsefladen in ihren Quersack und steckten das Brevier ein. Paulus hörte ihre Beichte, reichte ihnen die heilige Kommunion, und dann verabschiedeten sie sich voneinander. Zu Fuß brachen sie auf in Richtung des Schyltales und verschwanden nordwärts im Herbstnebel. Julianus trug in seiner Kutte den Brief an den Prior des Klosters zu Fejérvár.

Der Winter war vorüber, der Lenz ging langsam seinem Ende entgegen, als sie in Fejérvár ankamen. Als Julianus die bekannte Landschaft, die Türme und Mauern der Stadt erblickte, wurde er traurig. Auf dem ganzen Weg hatte er das Gefühl, Gott ließe ihn aus seiner Hand fallen, und er sei nun allein. In dem Augenblick, als das sündige Verlangen in ihm aufkeimte, die Walachei zu verlassen, ging es schon in Erfüllung. Gott nahm ihn beim Wort. Noch mehr kränkte ihn, daß man ihn nicht allein geschickt hatte, sondern daß Gott auch Desiderius von der Missionsarbeit bei den Kumanen entbunden hatte. Dabei konnte man doch von Desiderius wirklich nicht behaupten, daß er müde sei.

Dieser sinnierte auch auf dem ganzen Weg.

„Womit habe ich Paulus gekränkt, daß er mich fortgeschickt hat?"

„Meinetwegen hat er dich nach Hause geschickt, lieber Bruder", klagte Julianus. „Damit ich nicht allein reisen sollte. Beschuldige mich, nicht dich selbst. Dich trifft keine Schuld."

„Hat er meine Worte vielleicht so aufgefaßt", grübelte Desiderius, „daß ich gar nicht deinetwegen, sondern meinetwegen gesprochen habe!"

„Er hat deine Worte richtig verstanden. Du hast nicht deinetwegen gesprochen, sondern meinetwegen. Aber siehe, künftig sollst du weder für mich noch für einen anderen sprechen. Ein jeder soll für sich sprechen oder schweigen. Denn hättest du nichts gesagt, wären wir jetzt noch bei Paulus."

Beide wollten die Schuld auf sich nehmen. Julianus klopfte sich gegen die Stirn und beschimpfte sich. Warum hatte er sich so verhalten, als wollte er loskommen? Es war das Werk des Teufels!

Das Kloster war in der Tat gewachsen und hatte sich ausgebreitet. Die beiden wollten ihren Augen nicht trauen, als sie es sahen. Auf der einstigen Lichtung gab es keine Spur mehr von Schilf, Unkraut oder Weidenbüschen. Ringsherum reckten sich verblühte Obstbäume, üppiges Gras wogte auf den Weiden des Klosters, eine ansehnliche Herde weidete, etwas weiter entfernt arbeiteten Bauern in weißen Hemden und Beinkleidern. Eine ganze Anzahl Gebäude erhob sich innerhalb der Umfriedung. Das erste kleine Haus war längst verschwunden, war aufgegangen in neuen Mauern und Gewölben. Als Julianus am Tor klopfte und den Hof betrat, glaubte er zu träumen, so viele Blumen gab es hier.

Der untersetzte Paulus öffnete ihnen die Pforte. Er erkannte die beiden Mönche nicht, betrachtete staunend ihre langen Schnauzbärte und ihre gegerbten Gesichter. Als sie ihm eröffneten, wer sie waren und was sie hierher führte, schrie er freudig auf, umarmte und küßte sie, dann rannte er auf den Eingang zu wie ein junger Bursche, die schwere Kutte gerafft und seine nackten Waden zeigend.

Der Prior war ein langsamer Mann mit spitzem, kahlem Kopf und roten Wangen. Er übertraf sich selbst, um den Brüdern so schnell wie möglich entgegenzueilen. Die Arme ausgestreckt, rief er:

„Ihr lebt also? Seid nicht umgekommen? Wer hätte das geglaubt? Wer hätte das geglaubt?"

Freudig geleitete er die beiden Heimgekehrten ins Innere des Gebäudes. Das ganze Kloster geriet in Aufruhr. Von allen Seiten kam man herbeigeeilt, Rufe erschallten, Zellen öffneten sich, die Mönche steckten die Köpfe heraus und fragten einander erregt, was geschehen sei. Dann waren sie alle im Refektorium beisammen, und der Küchenbruder rannte mit klatschenden Sohlen herbei, um den Angekommenen Essen zu bringen.

Die Fragen nahmen kein Ende. Julianus und Desiderius saßen am Tisch, brachen langsam den Fladen, tranken immer wieder einen

Schluck Milch dazu, aßen vom Fisch und erzählten wundersame Dinge über die Walachei. Sie schilderten, wie die Kumanen lebten, berichteten von der Missionsarbeit, wie sie zu Pferd oder zu Fuß von Aul zu Aul zogen. Erstaunt hörten die Mönche von der Spitzfindigkeit der Kumanen, mit der sie nach den tiefsten Geheimnissen des Glaubens, nach den offenbarten Wahrheiten forschten. Die Fratres waren entsetzt über die Gotteslästerungen und Schmähungen des Glaubens, die diese Heiden gleichsam unschuldig in vielgestaltiger Weise aufeinanderhäuften. Und alle im Kloster freuten sich über den Brief des Paulus.

Julianus war also wieder zu Hause. Wenn es überhaupt ein Zuhause für ihn gab, für ihn, der weit und breit, überall in dieser Welt daheim war. Er ging durch das Kloster, bewunderte die schön behauenen Säulenkapitelle, die Schlußsteine und die farbig bemalten Gewölberippen, die Wandbilder, bestaunte die Größe, die Geräumigkeit, die Schönheit und Bequemlichkeit der Gebäude, die sich im Klosterhof aneinanderreihten. Hier fehlte es an nichts. Von dem armseligen Kloster von einst fand man keine Spur mehr, nur die kleine Glocke war noch die alte, die Gerhardus seinerzeit erbettelt hatte, damit ihr Klang die Mönche zu den Mahlzeiten rief. Als Julianus das letztemal hier weilte, erinnerte ihn noch manches an die Zeit des Beginns. Jetzt nur noch diese kleine Glocke.

Über Frater Otto wußte niemand etwas. Es war anderthalb Jahre her, daß er mit drei Gefährten auf Kosten Herrn Bélas aufgebrochen war, seither hatte man keine Nachricht von ihnen. Der Prior, Pater Ägidius, sagte traurig, daß die frommen Brüder vielleicht umgekommen seien in jenen wilden Provinzen unter den Kumanen, Alanen und allerlei unbändigen Völkern, welche die Diener Jesu Christi verfolgten. Oder sie seien vor Hunger oder Durst gestorben. Es könne auch sein, daß die Wölfe in der Steppe sie zerrissen hätten. Oder Ermattung und hoffnungslose Einsamkeit hätten ihren Körper und ihre Seele zerstört. Man betete früh und abends für sie, wenn man ihnen anders schon nicht helfen konnte.

Julianus widmete die ersten Tage der Ruhe und der Andacht, er fastete und betete. Doch dann besuchte er das alte Kloster, wo er seine Jahre als Novize verbracht hatte. Auch dort war nichts mehr so wie in jenen verflossenen, glücklichen Zeiten. Pater Aloisius war in das Kloster von Veszprém gekommen. Den neuen Prior kannte Julianus nicht.

Allmählich gewöhnte sich Julianus wieder an das alte Leben. Seine Gedanken waren noch oft in den grasbewachsenen, bewaldeten, von Flüssen durchzogenen Steppen in der Walachei, und häufig erwachte er und hatte geträumt, im Zelt zu schlafen und Hornrufe zu hören. Aber die alltäglichen Sorgen machten aus ihm langsam wieder einen Mönch von Fejérvár. Er bettelte und predigte in den umliegenden Dörfern, er taufte und hörte die Beichte wie die anderen Brüder. Von Zeit zu Zeit setzte er sich in die Bibliothek und vertiefte sich in die Schrift irgendeines Kirchenvaters oder in das Werk eines heidnischen lateinischen Dichters. Häufig griff er nach Vergil, sann über das Idyll der Eklogen nach. Oder er schrieb mit großer Sorgfalt, auf das hohe Schreibpult gestützt, auf einen glatten Bogen ein Gebet, eine fromme Mahnung oder einen Psalm. Die Chroniken rührte er nicht wieder an. Wenn sein Blick auf den Lederband der *Gesta Maior* oder *Gesta Ungarorum* fiel, verfinsterte sich sein Gesicht, und er wandte lieber den Kopf ab, um nicht in die Sünde der Traurigkeit zu verfallen. Denn häufig stellte er sich Frater Otto und seine Gefährten vor, wie sie in brütender Sonnenglut müde dahinschritten, ohne Richtung, ohne Hilfe, mit trockenem Mund und aufgesprungenen Lippen. Dann sah er in der lichtüberfluteten Ebene nur drei Schatten. Und eines Tages nur noch zwei. Und er durfte nicht bei ihnen sein ...

Julianus war sehr unruhig, wieder überkam ihn das Verlangen auszuziehen. Er hatte das beklemmende Gefühl, Frater Otto und seine Gefährten würden dort umkommen, und er könnte ihnen nicht helfen.

In den Ruhestunden unterhielten sich die Mönche im Kloster häufig über die Zustände im Lande. Alle sprachen durcheinander, jeder hatte irgendwelche, oft sich widersprechende Nachrichten. Diese Nachrichten brachten sie bald von unterwegs, bald aus der Stadt mit, ein andermal wieder stammten sie von einem Reisenden, der bei ihnen um Unterkunft ersucht hatte, oder von einem Frater, der aus einer anderen Gegend hierher gekommen war. Aus all dem versuchte Julianus, sich ein Bild von der Wirklichkeit zu machen.

Nun war also die Säuberung im Land im Gange. Es geschah das, was Herr Béla wollte. Er entfernte all jene aus Amt und Würden, die sich nicht ehrlich verhalten, die die Zwietracht zwischen seinem Vater und ihm geschürt und die sich an der Beraubung des schwachen András beteiligt hatten. Unter den reichen Herren entstand lautes Wehklagen. Béla nahm entschlossen und überlegt die durch seinen Vater leichtfertig verschenkten Besitzungen zurück.

All das war der Seele Julianus' fern. Überall, wo zwei Könige in einem Land regierten, kam es immer zur Auseinandersetzung. Überall, wo der Vater mit dem Sohn, der Sohn mit dem Vater teilen mußte, führte das zum Streit! Und dort, wo sich die irdischen Güter in den Händen weniger häuften, sank das arbeitende Volk in Elend, und die Staatsmacht verfiel.

In der Zelle herrschen Frieden und Stille, außerhalb der Zelle aber Kampf und Krieg, mahnt die Klosterweisheit. Welcher Frieden und welche Stille dort in der Walachei unter den unbändigen Kumanen und welch ein Kampf und Krieg hier, in dem weithin berühmten, mächtigen christlichen Land, wo steinerne Kirchen die Macht des sanften und wahren Gottessohnes verkündeten.

Gerhardus war in Esztergom. Frater Otto hatte sich dort Gefährten für die große Reise ausgesucht, sie aber mußten ersetzt werden. So war Gerhardus nach Esztergom gekommen. Von den einstigen Mönchen war nur der untersetzte Paulus noch hier im Kloster. Julianus fragte ihn nach dem Aufbruch Frater Ottos. Und Paulus erzählte. Als der jüngere König Béla aus Halicz heimgekehrt war, saß er eines Abends bei seinem Vater, König András, und berichtete im Beisein verschiedener hoher Herren, Kirchenfürsten und einiger Ordensbrüder der Dominikaner über seine dortigen Erfahrungen. Er erwähnte auch die Gerüchte einiger Kumanen und Bojaren, wonach an der Kalka im Heer der Tataren auch Madjaren aus Magna Hungaria gekämpft haben sollen. Auch auf dem Gebiet des Fürstentums Kiew treffe man häufig auf Madjaren, die aus dem Gebiet der Flüsse Itil und Jaik bis hierher und bis zum Chasarischen Meer zögen und Handel trieben. Frater Otto wandte ein, es wäre angebracht, sich endlich genaue Kunde über jene Madjaren zu verschaffen, wüßte man doch nicht mehr über sie, als was in alten Chroniken stehe und was die mündlichen Überlieferungen berichteten. Da hat sich König András an einen Frater erinnert, der sogar zweimal bei ihm gewesen war und über die im Osten verbliebenen Madjaren gesprochen hatte. Das Herz des leicht zu begeisternden Königs schlug heftig bei dem Gedanken, daß er sich vielleicht durch das Auffinden von *Magna Hungaria* und durch die Bekehrung der dortigen Brüder und Schwestern Verdienste für das Jenseits erwerben könnte. István der Heilige hatte das Volk von *Hungaria Nova* bekehrt, er würde *Magna Hungaria* bekehren. Fürst Árpád hatte die Madjaren in die neue Heimat geführt, er, András, würde die in der alten Heimat verbliebenen Madjaren hierher führen!

Paulus erzählte, daß der König auf der Stelle die Chroniken herbeiholen ließ und dem Schreiber befahl, jene Passagen vorzulesen, die von den alten Madjaren berichteten. Der Schreiber habe dann nicht nur aus der Großen Gesta und aus der Gesta Meister Páls gelesen, sondern auch aus der vor fünfzig Jahren entstandenen Chronik des Gottfried von Viterbo jenen Abschnitt, in dem er von dem alten ungarischen Königreich am Maeotis Palus berichtet und bei Vincentius Bellovacensis über *Maior Hungaria.* Es sei dann eine rege Diskussion entstanden, und Frater Otto habe sich daran eifrig beteiligt. Er habe bekräftigt, diese Madjaren müßten heute an der Mündung des Tanais am Maeotis Palus ganz bis nach Matrika siedeln, wie es in den Chroniken heißt und auch mündlich überliefert wird. Noch weiter ostwärts seien sie bestimmt nicht. Die Begeisterung von Herrn András wurde dadurch noch gesteigert, und er habe Frater Otto gefragt, ob er sich auf den Weg zu ihnen machen wollte, wenn dies auch sein Provinzial für richtig fände. So sei Frater Otto mit drei seiner Ordensbrüder dann auf Kosten des jüngeren Königs Béla nach Konstantinopel gereist, um von dort mit dem Schiff über das Meer zu setzen. Was mit ihnen geworden sei, ob sie ihren Weg gefunden haben, das wisse nur Gott . . .

Julianus sprang erregt auf und ging mit heftigen Schritten auf und ab. Seine Vermutung war richtig: Frater Otto würde auf halbem Weg stehenbleiben! Die große Frage war eben nicht, ob am Maeotis Palus, im Mündungsgebiet des Tanais, im Fürstentum Kiew oder auch im Gebiet von Matrika Madjaren lebten, sondern ob es einst Madjaren gegeben hatte, die sich von den gen Westen ziehenden trennten, nordwärts zogen und sich dort zwischen den unbekannten Bergen ansiedelten. Und wenn es sie gegeben hat, war die zweite Frage, ob sie jetzt noch lebten. Denn auf dem Gebiet des einstigen Lebedien konnten nur Splittergruppen zurückgeblieben sein, während nach dem Norden mehrere Stämme gezogen sein mußten. Frater Otto jedoch glaubte nicht daran. Er, Julianus, aber war davon überzeugt. Oh, hätte er doch an Ottos Stelle gehen können! Oder wenigstens zusammen mit ihm . . . Wie schade, daß er damals nicht in Esztergom weilte, wie leicht hätte er König András davon überzeugt, daß die Kumanen und Bojaren, denen der junge König Béla begegnet war, die Wahrheit gesagt hatten. Jene Madjaren gehörten nicht zu einer Splittergruppe aus dem Gebiet des Tanais, es waren Bewohner von *Magna Hungaria.*

Nun ließ sich nichts mehr ändern. Seit jenem ungeschickten Gespräch mit dem König vor Jahren im königlichen Palast hatte er seinen Traum für immer aufgegeben. In seinem Mißerfolg sah er den Willen Gottes. Er hatte sich damit abgefunden, daß er unnützen Plänen nachgejagt war. Und er war in die Walachei zu den Kumanen gegangen, um nicht wieder an *Magna Hungaria* denken zu müssen. Gott hatte auf seltsame Weise mit ihm gespielt, als er damals diese große Aufgabe vor ihm aufleuchten ließ, die Hoffnung, daß der Herr ihn auserwählt hatte, sie zu lösen. Dann aber stieß er ihn weit fort, in die Walachei. Und als der König dann schließlich selbst wollte, was ihm, Julianus, vorschwebte, schickte er einen anderen auf die weite Reise, noch dazu jemanden, der nicht an seine Aufgabe glaubte. Jetzt war es zu spät.

Julianus konnte sich nur schwer damit abfinden; er lehnte sich auf, grämte sich, gab sich selbst die Schuld: Warum auch war er in die Walachei gezogen. Dann wieder schämte er sich und tat Buße. Lange Stunden verbrachte er in der Kapelle, in tiefe Andacht versunken. Er beichtete offen seine eitle Besessenheit und war voller Reue. Aber er konnte nicht anders, hatte immer von neuem das Gefühl, sein Leben sei leer, er habe es nicht so gewollt, nicht dies gewollt. Selbst im Traum hätte er erklären können, welcher Weg nach *Magna Hungaria* führte, wo mit Gewißheit jene Madjaren lebten, die sich einst von den anderen Stämmen getrennt hatten. Er kannte den Weg, den arabische Kaufleute und Reisende in frühen Zeiten gegangen waren. Durch die Länder der Alanen, der Chasaren, der Petschenegen und Bulgaren. Dort mußten sie sein, in der Nähe des Bulgarenreiches.

Und wieder winkte er ab, seufzte und biß die Zähne zusammen. Diesen Weg würde er niemals gehen können.

In den Stunden der Ruhe, wenn er im Garten auf- und abging und meditierte, hob sich *Magna Hungaria* aus seinen alltäglichen Sorgen heraus wie eine lockende Sirene aus den Wellen des Meeres. Vergebens verdrängte er die Gedanken. Vergebens mühte er sich unter den Gläubigen, in den Gehöften, in den Sümpfen um Fejérvár und in entlegenen Siedlungen, vergebens verrichtete er auch in der Werkstatt harte Arbeit, zimmerte fleißig Balken, baute Möbel, vergebens beschäftigte er sich im Garten oder draußen auf den Wiesen, vergebens besuchte er seine Kranken und seine Armen, vergebens nahm er die Beichte ab, tröstete Sterbende, vergebens saß er in der Bibliothek über gelehrten Werken der Kirchenväter oder in seiner stillen Zelle am Schreibpult gegenüber dem handgroßen Fensterchen . . . Immer wieder kehrten seine Gedanken nach *Magna Hungaria* zurück. Er malte sich den Weg aus, das Leben der Völker im Osten, überlegte, wen er als Reisegefährten wählen würde, wenn ihn der König rufen ließe und sagte: Frater Julianus, brich auf, gen Morgen, das Reisegeld will ich bereitstellen, bekehre unsere fernen Brüder und Schwestern und führe sie heim. „Ich muß vorbereitet sein", sagte Julianus traurig, „denn unerforschlich sind Gottes Wege. Er wird auf mich blicken und mich in meiner großen Einsamkeit sehen. Ich muß wissen, wen ich mitnähme . . ." Er spielte mit diesen eitlen Plänen, die ihn doch nur traurig stimmten. Gerhardus würde er unbedingt mitnehmen, denn er ertrug Müdigkeit, Sorgen und Nöte lächelnd und mit frohem Herzen. Auch Desiderius würde er mitnehmen, weil er so sanft und demütig war und ihn bis zum Tode nicht im Stich ließe. Und den untersetzten Paulus würde er auffordern mitzukommen, weil er einem Laufkäfer glich: hart, wie aus Eisen geschmiedet, ausdauernd und immer wieder auf die Füße fallend. Ja, die drei Brüder würde er mit sich nehmen und beweisen, daß man auf dem Weg, den er aus seinen Studien so genau kannte wie seine Hand, nach *Magna Hungaria* gelangte, beweisen, daß die dort zurückgebliebenen Brüder und Schwestern in diesem Gebiet lebten und auf das Evangelium warteten. Er würde sie heimführen! Und schon sah er vor seinen Augen, wie sie auf Fuhrwerken, zu Pferd, mit ihren Herden und sonstigem Vieh gezogen kamen, freudig ins Horn blasend, mit den Peitschen knallend, die blanken Säbel schwingend . . . Wie würden sie sich freuen beim Anblick dieses großen und mächtigen Landes, wie würden sie vor dem König und den Bischöfen jubeln.

Diese Träumereien stimmten Julianus traurig, und er wollte das Ganze vergessen.

Julianus war immer gesund, obwohl er zu einem dünnen, hageren, schwächlich erscheinenden Mann herangewachsen war. Schon in der Kindheit hatten ihn seine unbändigen, raufenden, immer auf Pferden daherjagenden und den Bogen spannenden Kameraden damit geärgert, daß ihn eine Katze umstoßen könnte; sein Vater, Farkas, hatte nie versäumt, ihn mitleidig zu bespötteln: „Aus dir wird nie etwas!" Julianus schmerzte diese Geringschätzung über alle Maßen, weil er überzeugt war, daß sie nicht recht hatten. Nein, sie hatten nicht recht, auch wenn er schwach, dünn und mager war. Er wußte, daß er innerlich genauso stark war wie sie, wenn nicht noch stärker. Er besaß mehr Fähigkeiten und würde es weiter bringen als sie alle. Er hatte seinen Körper abgehärtet, sich schon als kleiner Junge stolz, wenn auch voller Angst, hinaus in den Gewitterguß gestellt und bei Blitz und Donner das Peitschen des Sturmes ertragen, sich im Winter nackt im Schnee gewälzt. Er war in den Wipfel einer Birke geklettert, um die Rinde herunterzuziehen. Beim Obststehlen blieb er nicht hinter den anderen zurück, er hatte gelernt, mit dem Wurfholz umzugehen. Und immer wieder hatte er sich vorgestellt, wie er mit großen, starken Kriegern kämpfte, diesem ein Bein stellte, jenem mit bloßer Faust einen Schlag versetzte, den dritten an der Gurgel faßte und nicht lockerließ, solange er noch atmete, dem vierten gar von oben das Messer ins Herz stieß. Solche Gedanken kamen ihm dann, wenn er mit Cseperke an der Klostermauer saß und das Mädchen darüber nachdachte, was wäre, wenn man sie überfallen sollte. Aber all sein Bemühen war umsonst: Julianus war kein starker, breitschultriger, grobknochiger Bursche geworden. Aber krank war er darum auch noch nie gewesen.

Jetzt, nachdem er aus der Walachei zurückgekehrt war und bis zur Erschöpfung das umliegende, weit über Fejérvár hinausreichende Sumpfgebiet bis zu dessen nördlichem Zipfel durchzog, überfiel ihn plötzlich das Fieber. Sein Hals schwoll an, er konnte nicht schlucken, sein ganzer Körper war schweißgebadet, die Kutte wurde ihm so schwer, als wäre sie mit Steinen gefüttert. Julianus stellte erst verärgert, dann verzweifelt fest, daß er krank war. Eines Tages dann konnte er nicht mehr aufstehen, hatte ein Gefühl, als wären ihm alle Knochen zerschlagen.

Statt sich in der Art eines frommen Mönches in die Fügung Gottes zu schicken und die Krankheit geduldig zu ertragen, geriet er schrecklich in Zorn. Er lag auf dem Rücken in seinem Bett, lauschte dem Dröhnen in seinem Kopf, richtete die Augen starr zur Decke und preßte die Lippen fest zusammen. Sein ganzer Körper erstarrte förmlich vor hilfloser Wut. Kaum war er ins Leben getreten und hatte mit seiner Arbeit begonnen, und schon rief Gott ihn zu sich. Warum war er nicht schneller, fleißiger gewesen? Warum hatte er seine Stunden, seine Tage und Wochen nutzlos vergeudet? Warum hatte er nicht mehr gelernt, nicht mehr geschrieben? Warum konnte er nicht noch erfolgreicher predigen? Warum hatte er nicht viel mehr Kumanen bekehrt und wankende Christen auf den rechten Weg geführt? Warum hatte er nicht noch mehr Kranken, Armen und Verlassenen geholfen? Er machte sich Vorwürfe, weil ihm schien, er wäre untätig gewesen, töricht, faul, hätte nicht der Wahrheit gedacht: *„Lebe so, als müßtest du morgen schon sterben."* Wenn Gott ihn vor seinen Richterstuhl rief, würde er nichts zu seiner Verteidigung vorbringen können. Sein Leben war aufgeflackert und erloschen. Nichts war zurückgeblieben, nur eine Handvoll Staub und Asche.

Ihn quälte das Bewußtsein, daß er mit dem Studium des heiligen Ambrosius begonnen und es wieder aufgegeben hatte. Jetzt hätte er dessen Werk am liebsten an einem einzigen Tag noch verschlungen. Es quälte ihn auch, daß er sich vor König András so töricht und unbeholfen verhalten hatte. Gern wäre er noch einmal zu ihm gegangen, jetzt hätte er ganz anders mit ihm gesprochen. Ihm fiel die

Sklavin ein, die sich nach Jesus sehnte und ihn in Versuchung geführt hatte. Wie hieß sie doch? grübelte er. Rose? Traurig schloß er die Augen. Er sah sie jetzt so deutlich wie vor Jahren. Er hätte sie nicht so in die Welt ziehen lassen dürfen, einsam, hilflos. Aber damals hatte er Angst, ihretwegen in Sünde zu fallen. Er hatte nur an sich selbst gedacht und nicht an das Mädchen . . .

All das tauchte aus der Vergangenheit auf. Alles, was ihn einst geschmerzt hatte oder was ihm widrig war, schmerzte jetzt doppelt, war ihm doppelt widrig.

Während er mit brennender Kehle schluckte und seinen hämmernden, brummenden Kopf in den Händen verbarg, mußte er von neuem mit *Magna Hungaria* abrechnen. Nun stellte sich heraus, daß er bis jetzt eigentlich noch gar nicht abgerechnet hatte. Sein Verstand sagte ihm, daß seine Pläne fehlgeschlagen waren, sein Herz jedoch widerlegte den Verstand. Es glaubte ihm nicht, hing im geheimen weiter an seiner heißen Sehnsucht. Durch die dicke Mauer der Zelle drang nichts vom Lärm der Außenwelt zu ihm und kein Laut der Friedlosigkeit. Der eintönige Herbstregen trommelte leise an das Fenster, und rauchend flackerte die Kerzenflamme. In dieser tiefen Einsamkeit, die anmutete, als wäre er auf den Grund des Meeres gesunken, war er plötzlich unvorstellbar weit von Magna Hungaria entrückt, fühlte sich fern von seinen madjarischen Brüdern und Schwestern, die doch schon fast seine Freunde gewesen waren. Jetzt erst wußte er, wie tief das Verlangen, sie aufzusuchen, sich in ihm festgesetzt hatte.

Das Leben schien ihn gleichsam stückweise zu verlassen, als er deutlich sah, daß all seine Träume zu Ende waren.

Der untersetzte Paulus kam ihn besuchen; Julianus hatte darum gebeten, daß Paulus ihn pflegen sollte. Er hatte diesen schwarzäugigen, breitschultrigen, schwerfälligen Mann mit den breiten Wangenknochen und den derben Händen gern, denn er hatte etwas kindlich Heiteres und Schlichtes an sich. Er sah alles für selbstverständlich an, grübelte über nichts und fand selbst im hoffnungslosesten Augenblick ein Lächeln.

„Wie geht es dir, lieber Bruder?" fragte er freundlich, als wären Krankheit und Tod die einfachsten Sachen der Welt.

„Ach, hör auf, Paulus", Julianus seufzte. „Mir tut alles weh, die Hunde des Todes verzehren mich."

„Vielleicht sind es die Flöhe, lieber Bruder?" Paulus lachte und setzte sich an den Rand des Bettes.

„Mein Hals ist angeschwollen, ich kann nicht schlucken", stöhnte Julianus. „Du wirst sehen, es ist der Ruf Gottes."

„Dann kannst du nur froh sein, hörst du!“

„Aber ich muß einen Berg Arbeit zurücklassen, die ich nicht mehr verrichten kann.“

„Ach, die Arbeit werden andere verrichten, die hierbleiben. Sorge dich darum nicht.“

„Gewiß doch, aber wer zieht nach Magna Hungaria?“ Julianus hob mit großer Kraftanstrengung den Kopf und sah den lächelnden Frater ernst an.

„Frater Otto zieht hin, ist ja schon unterwegs. Vielleicht befindet er sich bereits auf dem Rückweg und bringt uns Nachrichten. Vielleicht bringt er auch ein oder zwei Madjaren als Reisegefährten mit.“

„Er wird sie nicht finden. Nur ich hätte sie finden können.“

„Nun, wenn nur du sie finden kannst, dann wirst du dein Krankenlager wieder verlassen und dich auf den Weg machen.“

„Aber du siehst doch, ich werde sterben. Es geht dem Ende zu. Ich kann nicht schlucken, bekomme keine Luft. Der Kopf brummt mir, meine Zunge ist trocken. Mir ist, als müßte ich mich erbrechen.“

„Ich werde etwas Kuhmist bringen.“

Und schon eilte er davon, um ihn zu holen. Bald kehrte er zurück mit einem Lappen, auf den dick Kuhmist gestrichen war.

„Dafür gibt es keine andere Arznei!“ rief er schallend und hob den Lappen so triumphierend, als brächte er einem Kind süßen Honig. „Halt her deinen Hals, lieber Bruder, damit ich dir einen Umschlag machen kann.“

Julianus stöhnte und seufzte. Wie die meisten Menschen, die nie krank gewesen sind, ertrug auch er die Krankheit mit ungeduldigem Widerwillen. Paulus umwickelte ihm sorgfältig den Hals, richtete das harte Haarkissen unter seinem Kopf, deckte ihn bis zum Kinn mit der Decke zu und setzte sich dann wieder auf den Rand des Bettes.

„Dabei hätte ich auch dich mit nach *Magna Hungaria* genommen“, sagte Julianus gleichsam zum Dank. „Bete für mich, lieber Bruder, damit ich gesund werde und wir gehen können. Aber wir können ja doch nicht gehen . . .“

Er winkte ab, drehte sich der Wand zu und versank in Bitternis.

Die Tage vergingen in schrecklicher Tatenlosigkeit, abscheulich langsam. Julianus lag halb benommen auf seinem Bett, und wenn er aufstehen mußte, um seine Notdurft zu verrichten, taumelte er wie eine Herbstfliege. Nein, er hatte keine Hoffnung, wieder gesund zu werden. Seine Kehle brannte, er konnte nicht schlucken, die Schläfen hämmerten ihm, die Augäpfel schmerzten, all seine Glieder taten ihm weh. Hatte Paulus in der Walachei dies schon geahnt, als er ihn heimschickte? Verbarg sich schon damals der matte Glanz der Krankheit in seinem Blick? Paulus hielten alle für eine Art „Seher", sicher hatte er auch Julianus' Krankheit vorausgeahnt. Aber es wäre besser gewesen, wenn er, Julianus, in der weiten kumanischen Ebene geblieben und dort unter dem wilden Volk gestorben wäre...

Im Halbschlaf stammelte er seine Gebete und wurde schließlich ganz apathisch. Vor dem Tod hatte er keine Angst, nur davor, daß er im Leben wenig verrichtet hatte und daß Gott Rechenschaft über seine Talente fordern werde. Er schämte sich vor Gott. Aber im Gedanken an den Tod beruhigte er sich, und nachdem sich seine Träume von *Magna Hungaria* in Nichts aufgelöst hatten, fühlte er sich fast wohl. An der Schwelle vom Leben zum Tod kam ihm alles so fern, so eitel vor, so kindisch und erbärmlich. Die Mönche kamen der Reihe nach auf Zehenspitzen zu ihm, erkundigten sich nach seinem Befinden und sprachen ihm Trost zu – er beachtete sie kaum. Ihre Besorgnis tat ihm nicht einmal wohl. Als wären es nicht seine Brüder, sondern nie geschaute, fremde Wesen. Wie seltsam sie in ihren weißgrauen Kutten wirken, dachte er verwundert. Paulus brachte ihm Milch und weißes Brot. Mit großer Anstrengung trank er einige Schluck Milch, aber das Brot nahm er nicht. Es ist so gleichgültig, ob man ißt oder nicht, dachte er, sank wieder auf sein Kissen und verfiel in die brausenden, wirbelnden Wogen des Halbschlafes. Er hörte Fragen von sehr weit her, sie klangen wie Bienensummen, er verstand zwar, was man ihn fragte, aber ihm fiel keine Antwort ein.

Wieviel Zeit vergangen war, wußte er nicht. Doch dann wurde sein Kopf klarer, das Rauschen hörte auf, und er hatte das Gefühl, auf dem Gipfel eines hohen Berges angelangt zu sein, weiche Stille umgab ihn. Es war ihm, als glänzte überall frisch gefallener Schnee. Tief unter dem Berg befanden sich die Zelle, das Bett, die roten Platten des Marmorfußbodens, weit in der Tiefe schimmerte die Tür, und Paulus, als er eintrat, schien den Berg zu ersteigen, blieb stehen, lächelte und setzte sich dann auf das tief unten stehende Bett. Seine Lippen bewegten sich, seine dunklen Augen glänzten, er legte die große derbe Hand Julianus behutsam auf die Stirn, um zu fühlen, ob sie heiß war. Sein Gesicht mit den breiten Wangenknochen strahlte freudig auf, denn er fand die Stirn des Kranken kühl. Aber all das war so weit weg und verlief so lautlos, daß Julianus, obwohl er wußte, daß es Wirklichkeit war, es als einen Traum empfand.

„Wie besorgt er ist", dachte er lächelnd. „Der Arme . . . er weiß nicht, wie weit entfernt er von mir ist . . ."

Paulus sagte etwas zu ihm, aber Julianus verstand kein einziges Wort.

„Sollte das der Tod sein?“ fragte er sich verwundert. „So glücklich bin ich doch noch nie gewesen.“

Eine weiche, sichere Ruhe überkam ihn, als befände er sich in Mutters Schoß, hoch, hoch oben über der Welt, wohin kein Lärm, kein Gespräch, keine Befürchtung, keine Freude und kein Leid drangen.

Das Gesicht Paulus’ verfinsterte sich.

„Lieber Bruder, sag etwas!“ drängte er Julianus erschrocken.

Julianus wunderte sich maßlos über das Gesicht des Paulus. Wie mutig hatte er doch von dem Tod gesprochen, ihn ermuntert, er solle sich freuen. Und jetzt erschrak er selbst. Mitleidig lächelte Julianus über die Besorgnis des Bruders. Er selbst war ja so ruhig und glücklich! Paulus aber war verzweifelt. Einst schauderte es auch Julianus vor dem Tod, er entsann sich, daß er als Kind eine Nacht am Bett eines sterbenden alten Mannes gesessen und gesehen hatte, wie er zitterte, fröstelte, wie sein Atem stockte, wie er die kraftlosen Lippen öffnete gleich einem Fisch, den man aufs Trockene geworfen hat. Und wie er die verschleierten Augen öffnete, wie die zur Faust geballten Hände erstarrten und sich das greise Gesicht glättete. Jetzt war ihm jede Angst fern. Er spürte, daß der Tod nur ein Hauch war: Die gütige Hand Gottes strich ihm über die vom kalten Schweiß feuchte Stirn, sein Körper wurde leichter. Mit einem einzigen Blick überschaute er sein Leben und bereute nichts. Jetzt erschien ihm selbst *Magna Hungaria* als unbedeutendes, kindliches Verlangen. Wenn er daran dachte, lächelte er. Sonnenschein überströmte ihn wie flüssiges Gold. Goldene Blätter glänzten an den Bäumen um ihn, Pirole huschten in ihrem Schatten, goldene Früchte leuchteten an den Zweigen. Auch darüber lächelte er. Dann verwandelte sich der goldene Glanz in Silber, eine große, glänzende silberne Kugel wuchs über ihm, sie wuchs immer mehr, schwoll an. Ihm war, als würde sein eigener Körper wachsen, anschwellen, immer größer werden und sich in eine schwebende Kugel verwandeln. So etwas hatte er noch nie erlebt, und auch darüber lächelte er.

Je mehr er lächelte, um so mehr erschrak Paulus. Plötzlich eilte er aus der Zelle, und als er wieder zurückkehrte, trat ein seltsamer, nach der Art der Mönche gekleideter Mann mit ihm ein. Der Fremde war ein baumlanger schwarzhaariger Mann, sein dichtes Haar war ihm in die flache gerade Stirn gewachsen, auch sein Mund war groß, die Lippen dick, und das Kinn mutete an, als wäre es aus Holz geschnitzt. Er trat zu Julianus, und seine große braune Hand griff aus unendlicher Ferne zu ihm hinauf, um ihm die Stirn zu fühlen. Das Gesicht des Fremden drückte Besorgnis aus, seine schwarzen Augen starrten ihn eindringlich, forschend an. Julianus lächelte auch darüber. „Wenn es der Teufel ist", dachte er, „wird er sich enttäuscht davonscheren: Hier, nahe an meinem Kopf, steht die blaugekleidete Frau und erwartet mich ..." Und er lächelte über die schwarze, schemenhafte, riesige Gestalt.

Eines Morgens öffnete Julianus plötzlich die Augen, setzte sich in seinem Bett auf und empfand quälenden Hunger.

„Ich bin hungrig!" glaubte er laut zu rufen, und er hörte überrascht seine eigene Stimme, die durchaus nicht so kräftig klang, wie er es wollte, sondern nur ein schwaches, bittendes Flüstern war.

Paulus sprang gleich zu ihm, neigte sich über ihn.

„Was wünschst du, lieber Bruder?" fragte er ihn wie ein Kind.

„Diesen ... diesen schwarzhaarigen Mann schick hinaus", bat Julianus und zeigte auf die große, dunkle Gestalt, die am Fußende des Bettes stand und mit ihren schwarzen Augen besorgt auf ihn blickte.

„Warum soll ich ihn hinausschicken, sag?"

„Weil ... weil er umsonst auf mich wartet", flüsterte Julianus fröhlich. „Er ist vergebens gekommen."

„Keineswegs ist er vergebens gekommen! Es geht dir ja besser, du wirst gesund, lieber Bruder!"

„Gerade deshalb."

Paulus lachte von Herzen. Sein Gesicht war so freundlich, daß Julianus es streicheln mußte.

„Es ist Frater Richardus", erklärte Paulus, von dem Streicheln Julianus' zu Tränen gerührt. „Er hat angeordnet, dich in ein feuchtes Laken zu wickeln, damit du gesund wirst."

„Er ist nicht der Teufel?"

Die beiden lachten aus vollem Halse. Der große, schwarzhaarige Richardus riß dabei den Mund weit auf und rieb sich zufrieden die großen Hände.

„Wo bin ich denn, und was ist mit mir geschehen?" fragte Julianus verwundert. Er hatte das Gefühl, er sei ganz gesund und könne aus dem Bett springen und zu Fuß hinaus in die Welt ziehen. Aber wo er war und was sich ereignet hatte, darüber hatte er nur vage Vorstellungen. „Ich bin doch in Buda, nicht wahr?" fragte er. „Warum bin ich in Buda? Warum habt ihr mich hierher gebracht? Oder bin ich allein gekommen?"

Paulus erklärte ihm, daß er nicht in Buda, sondern in Fejérvár sei in seiner alten Zelle. Frater Richardus sei aus Esztergom gekommen, und gerade zur rechten Zeit, denn er verstehe sich auf die Heilkunst. Gott habe ihn geschickt. Während er dies berichtete, lächelte Frater Richardus bescheiden, rieb sich die Hände, als wollte er sagen: Ich habe keinerlei Verdienste bei deiner Heilung, Bruder ... Dann wandte er sich an Paulus und wies ihn mit brummender Stimme an, sie sollten eine junge Ente schlachten, sie kochen und dem Kranken zu essen geben. Julianus wollte sich um jeden Preis aufsetzen, aber er war zu schwach. Die beiden halfen ihm, umpolsterten ihn mit den Haarkissen, dann rannte Paulus hinaus, Richardus aber setzte sich an den Bettrand und sah Julianus prüfend ins Gesicht.

„Du weißt es vielleicht gar nicht, Bruder", brummte er mit tiefer Stimme, als spräche er in einen Schlauch, „wie nahe du dem Reich des Todes warst. Nun bist du zurückgekehrt und weilst wieder unter uns. Jetzt iß aber, trink auch Wein, und bald wirst du kräftiger und schöner sein als je zuvor."

Julianus schlürfte hastig die goldgelbe Brühe, kaute das wohlschmeckende weiche Entenfleisch und trank starken Wein. In den nächsten Tagen erfuhr er alles. Wochenlang hatte er zwischen Leben und Tod geschwebt, ohne sich über diese Zeit Rechenschaft geben zu können. Inzwischen war längst Winter geworden, und der erste Schnee war bereits gefallen. Richardus berichtete, daß der junge König mit einem großen Heer in Esztergom lagere und daß nur das geschehe, was er wolle. In Anwesenheit König Bélas habe auch eine Beratung stattgefunden, in der es darum ging, daß man erneut eine Gruppe von Mönchen nach *Magna Hungaria* schicken sollte, denn von Frater Otto habe man keinerlei Nachricht, und der junge König möchte sehr gern Gewißheit über die Verwandten in der Ferne haben.

„Lebt denn Frater Otto noch?" fragte Julianus verwundert. „Ich war der Meinung, er sei gestorben."

„Wir wissen es nicht, aber sicherlich ist er gestorben. Er hätte längst zurückkehren müssen. Weißt du, neuerdings ist am Hofe von nichts anderem die Rede als von *Magna Hungaria*. König Béla beteuert immer wieder, man müsse die ungarischen Brüder suchen, sie bekehren und heimführen. Denn am Hof heißt es, man sei umgeben von den ungebärdigen heidnischen Kumanen, von Petschenegen, Sarazenen, Ismaeliten, Juden und von Bogomilen. Man müsse etwas tun. Herr Béla habe sich dies in den Kopf gesetzt, denn warum sollten wir nur Kumanen ansiedeln, Bogomilen bekehren, uns mit Ismaeliten streiten und müßig zusehen, wie sie das christliche Volk verderben, ihre christlichen Diener zu Heiden machen. Dort aber gebe es noch Madjaren, man müsse sie heimführen. Denn König Béla glaubt fest daran, daß es sie gibt und daß sie heimkehren würden."

Jetzt konnte Julianus nichts mehr zurückhalten. Um jeden Preis wollte er aufspringen: Er werde gehen, auf der Stelle gehen, man solle ihn ziehen lassen. Er müsse mit dem König sprechen, müsse auf der Stelle nach dem Osten aufbrechen. Keinen Augenblick dürfe er verlieren. Er stand auch auf, war aber so schwach, daß er gegen den Tisch taumelte, man mußte ihn stützen, ihn zurücklegen. Da geriet er in Wut, grämte sich, schlug sich mit der Faust gegen die Stirn, dann wieder begann er zu flehen, man solle doch dem König Nachricht geben, daß er aufbrechen möchte, man sollte noch warten, sich nicht ohne ihn auf den Weg machen. Er ließ den Prior rufen und bat auch ihn, Schritte zu unternehmen, damit er mitziehen könne, damit man nicht ohne ihn loszöge. Der Prior beruhigte ihn, von Aufbruch sei noch gar keine Rede, jetzt zur Winterszeit könne man sich gar nicht auf den Weg machen, und man wisse auch noch nicht, wen man schicken sollte.

„Werde nur erst gesund, Bruder", ermunterte ihn der Prior, „und sei gewiß, ohne dich wird niemand aufbrechen."

In glücklichem Stumpfsinn waren die Wochen der Krankheit verflossen, jetzt aber schritten die trägen Tage der Heilung in hastiger Erregung dahin. Gern hätte Julianus die Zeit schneller vorangetrieben, weil er nun überzeugt war, daß Gott ihn für eine große Aufgabe auserwählt hatte. Denn leicht hätte er ihn abberufen können! Es fehlte nur noch ein einziger Schritt, um das irdische Jammertal für immer zu verlassen. Aber weil er diesen letzten Schritt nicht getan hatte, mußte er noch hierbleiben, mußte er wieder auf die Beine kommen, an die Arbeit gehen, das große Werk vollbringen. Julianus zweifelte keinen Augenblick daran: Frater Otto war es nicht gelungen, nach *Magna Hungaria* zu gelangen. Als hätte ihm eine verborgene Stimme während seiner Bewußtlosigkeit auf dem Krankenbett anvertraut, daß die Unternehmung Frater Ottos mißglückt war, der arme Mönch vielleicht gar nicht mehr lebte und wenn er lebte, schwer krank darniederlag. Vermutlich konnte Frater Otto gar nicht wieder heimkehren. Julianus sah ihn allein, ohne Gefährten, wie er sich einsam dahinschleppte. Oder hatte man ihn gar schon beerdigt auf fremdem Boden? Die Reihe war also an ihm, an Julianus, er mußte um jeden Preis aufbrechen! Denn er würde hingelangen.

Er aß für zwei und spürte, wie die Säfte neuen Lebens durch seine Adern flossen. Er trank auch dann und wann einen kleinen Becher

Wein. Verstohlen befühlte er seine Arme, ob sie wohl schon stark genug waren. Er versuchte immer wieder aufzustehen, beobachtete sich, ob er noch taumelte, ob sein Blick klar blieb. Und er betete andächtig für seine Heilung und bat seine Ordensbrüder, für ihn zu beten. Sie beteten ununterbrochen, und das Flehen hatte Erfolg. Denn eines Tages konnte Julianus bereits bis zur Tür gehen, am nächsten ließ er sich schon ins Refektorium führen, am dritten schlurfte er in die Kapelle und verrichtete auf seinem gewohnten Platz – sitzend, denn knien konnte er noch nicht – seine Andacht. Sein Herz schwoll vor Erregung, vor Hoffnung und Freude. Als er das erstemal wieder den Chor der Mönche hörte, brach er in Tränen aus, vergrub das Gesicht in den Händen und dankte Gott für seine Errettung.

Es war Winter. Weihnachten war bereits vorbei, im Hof des Klosters lag Schnee, als er zum erstenmal wieder den Kreuzgang betrat. Er atmete tief die kalte, frische Luft. Die Sonne schien, der Schnee funkelte, krächzende Raben flogen über das Kloster dahin. Der Wachhund schlich sich zu ihm, drückte die Schnauze an seine Kutte und wedelte freudig mit dem Schwanz. Ein Hahn flog auf den steinernen Brunnenkranz und krähte schmetternd. Aus dem Arbeitshaus hörte man Hämmern und fröhliches Gespräch. Über der Stadt ringelte sich weiß der Rauch am hellblauen Himmel. In einer Kirche läuteten die Glocken. Julianus, auf das Geländer des Kreuzganges gestützt, betrachtete die Farben des Lebens, lauschte den Stimmen der Umwelt und fand alles wunderbar schön.

Julianus kehrte ins Leben zurück, Frater Otto aber war auf dem Weg, es zu verlassen. An einem nebligen Tag gegen Abend klingelten Schlittenglocken vor dem Kloster, am Tor erdröhnte der Klopfer, und alsbald entstand ein aufgeregtes Kommen und Gehen im ganzen Haus wie in einem aufgescheuchten Bienenkorb. Alle strömten in den Hof, stellten Fragen, trippelten in der Kälte hin und her, selbst der Bruder Gärtner kam von irgendwo herbeigerannt und setzte sich im vollen Lauf die Pelzmütze auf den Kopf. Das Tor tat sich auf, und langsam glitt der Schlitten herein, angehäuft mit Fellen. Niemand wußte, was geschehen war. Seitwärts auf dem Schlitten saß Frater Gerhardus, und ein alter Bauer lenkte die Pferde.

So kehrte Frater Otto zurück, zwischen Fellen und Kissen liegend, in der Obhut von Frater Gerhardus. Als es Julianus gelang, zwischen den sich drängenden Mönchen einen Blick auf den im Schlittenkasten Liegenden zu werfen, wußte er nicht, wer dort lag. Er erkannte in der Eile nicht einmal, ob es ein Mensch war oder eine aus

Holz geschnitzte Statue. Es schien eine leblose Gestalt zu sein. Erst nach geraumer Zeit ging Julianus ein Licht auf: Es war Frater Otto . . . Doch wie ganz anders sah er aus als der einstige Bruder. Ein Seufzer der Erschrockenheit und des Mitleids kam über die Lippen der Mönche, als auch sie ihn erkannten.

Gerhardus grüßte mit ernstem Gesicht und sprang vom Schlitten.

„Wir wollen den Schragen abnehmen und den Kranken samt allem hineinschaffen", sagte er mit matter Stimme zu dem alten Bauern, dann wandte er sich an die Klosterbrüder, drehte die Hände hilflos nach außen und sagte mit tiefem Seufzer: „Der Arme wollte hier sterben. So haben wir ihn gebracht."

Alle bekreuzigten sich.

„Bereitet schnell das Bett", rief der Prior. „Bereitet Glühwein! Wärmt einen Stein! Beeilt euch! Oh, was seid ihr langsam!"

Frater Otto sah und hörte wohl von alldem nichts. Sein Gesicht war mager und gelb, als hätte man es mit Safran bestrichen, seine stets kühl lächelnden Lippen waren aufgedunsen, sie öffneten sich, seine Lunge keuchte, auf seiner hohen Stirn trat in kleinen Perlen der Schweiß hervor. Die dünnen gelben Hände lagen regungslos auf der Brust. Seine Augen waren geschlossen, als läge er im Sarg. Er bot einen traurigen Anblick.

„Ein Wunder, daß wir ihn überhaupt lebend bis hierher bringen konnten", erklärte Gerhardus flüsternd, während er dem Bauern half. „Faß richtig zu, Bruder . . . Ja, so . . . Heb an, vorsichtig . . . vorsichtig . . . Nun wollen wir ihn hineintragen, aber im gleichen Schritt . . ."

Er faßte das eine Ende des Schragens, dort, wo der Kopf des Kranken lag, schritt behutsam, während der Bauer am Fußende trug. Im stillen Geleit der Mönche stiegen sie bedächtig die Stufen hinauf und brachten den Schwerkranken in eine leere Zelle, wo ihn schon das vorbereitete Bett erwartete.

Die Mönche drängten sich in die Zelle. Jeder von ihnen hätte gern wenigstens einen Blick auf den Ankömmling geworfen. Er lag keuchend auf dem Rücken, man hatte ihm den Kopf ein wenig gestützt, legte ihm einen erhitzten Stein an die Füße, aber er spürte offenbar von alldem nichts. Denn die Augen blieben geschlossen, sein kurzes, schnelles Keuchen drang durch die halbgeöffneten Lippen, von Zeit zu Zeit hob er einen Finger, als würde er auf der dicken Decke den Takt eines lautlosen Liedes schlagen. Sein langes braunes Gesicht war so blaß, als befände sich kein Tropfen Blut darin.

„Er konnte sich kaum noch bis Pest schleppen", erzählte Gerhardus mit matter Stimme, setzte sich auf den Rand des Bettes, nahm die

Hand Frater Ottos in seine Rechte und betrachtete ihn besorgt. „Obwohl es damals noch nicht so schlimm mit ihm stand. Er wollte unbedingt mit Herrn Béla sprechen, glaubte, der junge König wohne in Buda. Aber er weilte in Esztergom. Als unser lieber Bruder ankam, sahen wir wohl, daß der Arme schwer krank war, glaubten aber doch nicht, daß es so schlimm mit ihm stünde ... Einige Tage ruhte er aus und sagte dann, er wollte mit mir nach Esztergom, aber er war schon zu krank ... Ja, so kam es dann ... Er mußte das Bett hüten, sprach irre, war aber manchmal auch bei Bewußtsein. In einem solchen Augenblick verlangte er, hierher gebracht zu werden, weil er fühle, er werde sterben. Er habe hier in Fejérvár gelebt und wolle auch hier ruhen ...“

Frater Paulus brachte den Glühwein. Gerhardus und Richardus stützten den Kranken auf und gaben ihm mit dem Löffel ein wenig Wein zu trinken. Mit großer Geduld und Mühe gelang es auch, daß der Kranke etwas davon hinunterschluckte. Dann flößte ihm Richardus ein wenig rohes Ei ein, und sie legten ihn wieder hin.

„Geht jetzt, liebe Brüder“, ordnete Frater Richardus an. „Vielleicht kann der Arme schlafen und kommt ein wenig zu Kräften. Wir wollen in Andacht für ihn beten.“

Die Mönche verließen die Zelle und versammelten sich alle sogleich in der Kapelle. Der Prior betete laut, und sie sprachen den Psalm leise mit, tief auf die Steinplatten gesunken.

Frater Gerhardus blieb ständig bei dem Kranken, er aß kaum etwas und war selbst im Schlaf halbwach. Bei der Pflege halfen auch Paulus und Frater Richardus, und natürlich auch Julianus. Obwohl er selbst noch schwach war, saß er entgegen dem Verbot des Priors Tag und Nacht in der Zelle Frater Ottos. Und wenn er sehr erschöpft war, schlief er, den Kopf auf den Tisch gelegt. Er wollte Frater Otto mit allen Mitteln ins Leben zurückholen, glaubte, wenn er jeden Augenblick über seine Bewegungen wachte, auf jeden Atemzug lauschte, würde der Heimgekehrte nicht sterben. Julianus' Lippen murmelten ständig Gebete, und obwohl er reichlich hätte essen müssen, fastete er jeden zweiten Tag. Aber wenn er das gelbe, eingefallene Gesicht Frater Ottos betrachtete, seine hervorstehenden Wangenknochen, die feuchte breite Stirn, die tiefliegenden, stets geschlossenen Augen und die unwahrscheinlich dünnen, knochigen Finger, verlor er jede Hoffnung. Hundertmal täglich fragte er Gerhardus und Frater Richardus, was sie meinten, ob der Kranke am Leben bleiben werde. Sie antworteten nicht, zuckten nur mit den Schultern. Den Kranken behandelten sie wie eine Mutter ihren

Säugling. Sie hoben den ausgezehrten Körper hoch, legten ihn trocken, wuschen ihn mit warmem Wasser, öffneten ihm den Mund, flößten ihm mit dem Löffel Glühwein und rohes Ei ein, wischten ihm den Schweiß von der Stirn, wärmten Steine und legten sie neben ihn, hüllten ihn in Felle und Decken, richteten ihm das Kopfkissen und beobachteten jede Regung und jeden Seufzer. Sie legten ihm das Ohr auf die Brust und horchten seinen Herzschlag ab. Auch Julianus horchte, versuchte zu deuten, was die Schläge ausdrückten. Sie verhießen nichts Gutes. Das Herz klopfte heftig, hüpfte wild wie ein eingesperrter Vogel, der freikommen möchte, fortfliegen aus der Gefangenschaft dieser Welt.

Die Mönche waren nicht wegen des Sterbens besorgt, wußten sie doch, was der Tod bedeutete. Sie befanden sich in Gottes Hand, und solange diese Hand sie nicht fallen ließ, fürchteten sie nichts, ständig rüsteten sie sich in dieser vergänglichen Welt für die andere, die ewige Welt, und wenn sie Gott fröhlichen Herzens auf dieser Erde dienten, kehrten sie noch viel lieber heim zu ihm ins ewige Glück. Sie wußten, der ausgemergelte, viel geplagte Körper Frater Ottos war reif für die Ruhe, seine Seele bereit zur Verklärung. Aber bevor er für immer von ihnen ging, hätten sie gern gehört, wo er gewesen war, was er gesehen, erfahren hatte, was er ihnen zu tun riet . . . Sie wollten erfahren, ob es ihm gelungen war, jene fernen Madjaren zu finden, von denen in der letzten Zeit so viel die Rede war und die den jungen König so sehr beschäftigten.

Eines Nachts saßen nur Julianus und Gerhardus bei dem Kranken. Julianus schlummerte, über den Tisch gebeugt. Gerhardus wachte. Tiefe Stille herrschte, kein Geräusch drang durch die dicken Mauern. Nur das leise, schnelle Atmen des Kranken war zu hören. Plötzlich schrak Julianus auf. Gerhardus stand neben ihm und faßte ihn an der Schulter. Seine braunen Augen sahen ihn bedeutungsvoll an, mit dem Kinn zeigte er zum Krankenbett hinüber. Aber er sagte nichts. Julianus schaute zu dem Kranken. Dessen Augen waren geöffnet, er starrte ihn matt, ein wenig verwundert an, seine Lippen bebten.

„Ob er wohl zu sich gekommen ist?“ flüsterte Julianus.

„Oder es sind seine letzten Augenblicke“, hauchte Gerhardus, kaum vernehmbar.

Ohne sich zu rühren, beobachteten sie ihn. Der Blick Frater Ottos starrte hartnäckig auf Julianus, dann, nach langer Zeit schweifte er kreuz und quer durch die Zelle, verharrte an den Möbeln, der Decke, der Tür und schließlich am Kruzifix. Ob er wohl wußte, was er sah? Es schien, als würde er sich mit Macht zwingen, ins Diesseits zurückzukehren, Gegenstände zu erkennen, die Menschen, die im gelben flackernden Schein der Kerze wie Schatten an seiner Seite standen, beim Namen zu nennen. Seine Lippen bewegten sich in einem fort. Endlich, alle Kraft zusammennehmend, drehte er den gelben, schweren Kopf ihnen zu, und jetzt verriet sein Blick, daß er wußte, wen er sah.

Gerhardus beugte sich vorsichtig über ihn.

„Er erkennt mich", sagte er beglückt, und seine Kehle schnürte sich zusammen, Tränen schossen ihm in die Augen. „Lieber Bruder, mein herzliebster Bruder, erkennst du mich? Siehst du mich? Er lebt, er lebt, bleibt vielleicht am Leben. Gepriesen sei der gütige Gott!" Dann wartete er gespannt eine Weile. „Gerhardus, ja der bin ich", rief er und wurde ganz rot. „Und das ist Frater Julianus! Entsinnst du dich? Erkennst du ihn?"

Der gelbe Kopf nickte kaum sichtbar.

„Julianus . . .", flüsterten die aufgedunsenen Lippen, „wo bin ich?"

„In Fejérvár, bei uns!" antwortete Julianus erfreut. Er neigte sich über den Kranken und mühte sich, seine aufsteigenden Tränen zu unterdrücken.

„Bene . . . bene . . . So kann ich also . . . doch hier sterben . . ."

„Du stirbst nicht, wirst nun gesund", ermunterte ihn Julianus.

Der gelbe Kopf verneinte sanft, es war, als würden die dicken Lippen spöttisch, kühl lächeln. Aber dieses kühle Lächeln war doch nicht das Lächeln des Frater Otto von einst. Jetzt sieht er die große silberne Kugel, hat das Empfinden, als würde sie von ihm ausgehen, anschwellen, sich erweitern . . . Jetzt fühlt er sich so leicht wie eine Feder, obwohl er sich gar nicht rühren kann . . . Wir aber stehen tief unter ihm, und unsere Hand streckt sich nur von weitem nach ihm aus . . .

Gerhardus führte den Becher mit Wein Frater Otto an die Lippen. Er trank einen Schluck, gab dann zu verstehen, daß er nicht mehr möchte. Wieder erschien sein seltsames, kühl mitleidiges Lächeln, als würde er sagen: „Was gebt ihr mir den Wein, ich brauche nichts mehr!" Er schloß die Augen, und es war, als würde er wieder in das tiefe Wasser der Ohnmacht sinken. Die beiden Mönche glaubten schon, er sei gestorben. Aber nein, er öffnete die Augen wieder und sagte leise:

„Ich habe noch . . . einen Tag . . . dann gehe ich. Gut so."

Vergebens wachten sie nun, er sagte die ganze Nacht kein Wort mehr, sondern schloß die Augen und wußte nichts von sich.

Das ganze Kloster ging auf Zehenspitzen, betete und fastete. Gerhardus war betrübt, Paulus rannte ständig mit Wein, Eiern, heißen Steinen umher, Richardus aber meldete stündlich, wie es um den Kranken stand. Alle hofften auf seine Genesung, besonders Frater Richardus. Er erklärte, die wenigen Worte, die der Kranke gesprochen habe, seien ein ermutigendes Zeichen, nun werde er allmählich sein Bewußtsein wiedererlangen. Zum Glück kenne er den Grund der Krankheit. Die Leber. Seine Leber sei krank. Nur Gott wisse, wieviel der Arme gelitten habe. Man solle ihm in Wasser gekochte Möhren geben, soviel er nur essen könne, und dazu den Sud, den er in der Küche selbst bereiten werde. Er ging auch gleich hinaus und begann mit der Zubereitung, wobei er niemanden um sich duldete.

Gegen Abend des nächsten Tages öffnete Frater Otto die Augen und kam wieder zu Bewußtsein. Frater Richardus rannte gleich mit einem Teller gekochter Möhren und einem Becher Sud in seine Zelle. Aber sein Bemühen blieb ohne Erfolg. Der Kranke lächelte nur mitleidig und schüttelte dann den Kopf; trotz allen Zuredens nahm er keinen Bissen und trank nicht einen Schluck.

„Noch habe ich . . . einen Tag . . .", stammelte er fast lautlos. „Julianus . . . lieber Bruder", flüsterte er, und sein Blick blieb an Julianus haften.

„Hier bin ich, siehst du mich?" Julianus trat zu ihm, kniete am Bett nieder, damit seine Augen auf gleicher Höhe mit denen des Kranken waren.

„Ich sehe dich, Bruder."

„Bist du bei Sinnen?"

„Ich bin bei Sinnen", Frater Otto lächelte. „Aber ich fühle . . . die Herrlichkeit senkt sich über mich . . . Es ist gut so."

„Kannst du noch sprechen?"

„Es gibt sie", flüsterte der Kranke, und wieder lächelte er. „Du hattest recht . . ."

Julianus nahm all seine Kraft zusammen und schaute angestrengt in das gelbe Gesicht des Kranken, um sich keine einzige Regung entgehen zu lassen. Frater Otto sprach mit langen Pausen immer mal ein Wort, aber selbst dies konnte man kaum verstehen. Es ließ sich nur aus der Bewegung der Lippen, dem Blick der Augen, aus seinem vorüberhuschenden, mitleidigen, kühlen Lächeln erraten. Gerhardus stand am Fußende des Bettes. So verging eine lange Zeit.

„Es gibt sie?" wiederholte Julianus.

„Ja."

„Wo?"

„Wo du vermutet hast . . . Ich behauptete das selbst . . ., glaubte es aber nicht . . ."

„Welchen Weg bist du gegangen?"

„Gehe nach Matrika . . . von dort in das Gebiet der Alanen . . . weiter nach Bolgar . . . Doch ich kehrte . . ., kehrte um auf das Gebiet der Kumanen . . ., fühlte, daß ich sterben werde . . . Gott hat mir geholfen . . . Es ist gut so."

„Hast du auch nur einen einzigen gesehen?"

„Ja . . . einen . . . auf dem Gebiet der Russen . . . Er war nicht aus dem Reich der Russen . . . Nein", ein sanftes Lächeln ergoß sich über sein Gesicht, „aus dem Gebiet der deinen. Aus Magna . . . Magna . . . Es ist gut so."

Er schloß die Augen, das Herz Julianus' schlug so heftig, daß er die Hand auf seine Brust pressen mußte. Eine heiße Welle überströmte seinen ganzen Körper. Er packte die feuchte, kalte Hand Frater Ottos und schrie ihn fast an.

„Bist du bei Sinnen?"

„Ja . . . ich bin es. Der dort . . . soll weggehen", er zeigte mit zitterndem Finger auf Gerhardus, „er soll nicht dort stehen . . . zu meinen Füßen . . . soll an meinem Kopf stehen . . . noch einen Tag."

Gerhardus stellte sich sogleich ans Kopfende des Bettes. Jetzt beruhigte sich der Kranke, öffnete die Augen.

„Hör nun zu", raunte er mit überraschend sicherer Stimme. „Ich habe noch einen Tag. Nein, sprich keine Unwahrheit. Ich weiß es. Es ist gut so. Ich brauche nichts. Tröstet mich nicht, versucht nicht, mich zu heilen. Meine Zeit ist gekommen, ich gehe. Es ist gut so. Aber ich konnte den König nicht mehr sprechen. Ich habe nur soviel Zeit, um zu sterben." Er lächelte. „Es ist gut so."

Julianus hätte ihm in seiner Erregung gern hundert Fragen zugleich gestellt, aber der Kranke schwieg und beendete das Gespräch mit einem „Es ist gut so", er schloß die Augen wieder, seine Hände ruhten friedlich auf der Brust gefaltet, er lag da, als wäre er schon gestorben. Nur sein kurzer, schneller Atem verriet, daß er noch lebte.

Was Julianus erfahren hatte, war sehr wenig, aber gerade genug, um außer Rand und Band zu geraten, dabei wußte er gar nicht, worüber er sich freuen, was er anfangen sollte. Im Refektorium berichtete er ausführlich, was er aus den Worten Frater Ottos folgerte, und das versetzte das ganze Kloster in Aufruhr. Der Prior hob in Anbetracht der außergewöhnlichen Ereignisse das Silentium auf. Mehrere, denen ihre kleinsten Sorgen bis jetzt wichtiger waren als *Magna Hungaria*, stöberten nun auch in der Bibliothek, lasen in den Chroniken, verglichen die *Gesta Maior* mit der *Gesta Ungarorum*, blätterten in dem Werk des Gottfried von Viterbo und entdeckten den einen oder anderen verborgenen Satz oder auch nur ein Wort, und sie freuten sich darüber wie ein Kind über die nach der Weinlese am Stock hängengebliebenen Beeren. Sie rannten gleich zu Julianus. Aber etwas Neues, was er nicht längst auch ohne Buch wußte, konnten sie ihm kaum zeigen. In ihrem Eifer befragten sie sogar im Kloster verkehrende alte Leute, was sie über die alte Heimat wüßten. Die Greise, als sie sahen, welche Bedeutung man ihren Worten beimaß, blähten die Backen auf und erzählten stolz und gemessen alles, was auch in der *Gesta Maior* und sogar in der daraus auszugsweise entnommenen *Gesta Ungarorum* stand. Weiter jedoch als bis zu den Madjaren im Mündungsgebiet des Tanais kamen sie nicht. Sie berichteten, daß das Land der Madjaren am Maeotis zwischen Flüssen und Sümpfen läge und viel größer wäre als das neue Ungarn, daß seine Bewohner bis nach Kiew und bis zur Hauptstadt des Oströmischen Reiches, bis Konstantinopel, gelangt wären, es gäbe sogar alte Krieger, die auf oströmischem Gebiet angeblich Madjaren aus der Heimat am Tanais begegnet wären, und mehrere, die sich am Feldzug des jüngeren Königs Béla nach Halicz beteiligt hätten, wären dahinverschlagenen Madjaren aus der Gegend von Kiew begegnet. All das fügten sie zusammen und sprachen in grenzenloser Begeisterung schon davon, daß diese Heimat dort im Osten das richtige Vaterland sei, dort lebten Madjaren reinen Blutes, die die alten Tugenden nicht vergessen hätten, und die, wenn sie wollten, mit großem Heer hierher ziehen und dieses zerrissene, von hohen Herren geschundene, von Kirchenfürsten erpreßte und vom kirchlichen Bann getroffene Land erobern könnten. Wie es in solchen Fällen zu sein pflegt, vermischten sie die von den Gelehrten unter großen Mühen enthüllten Wahrheiten mit Träumen und Gemütsbewegungen und bauten aus bloßen Worten ein Magna Hungaria auf, in dem alles beisammen war, was man für schön, gut, gerecht, wünschenswert und ruhmreich hielt.

Der Zustand Frater Ottos deutete nicht darauf hin, als müßte man mit seinem nahen Tod rechnen. Nach dem stockenden Gespräch, das er mit Julianus geführt hatte, sank er zwar wieder in Ohnmacht, kam aber gegen Abend wieder zu sich, rief mit ruhiger Stimme nach Julianus und Gerhardus, verlangte zu trinken, hob den Kopf fast leicht und bat, daß man ihn mit Kissen stütze, denn er wolle sprechen. Sie verstanden nicht, was er sprechen wollte. Nur Julianus harrte ungeduldig, ob er vielleicht wieder über seine Reise spräche. Vielleicht erfuhren sie jetzt alles!

„Ruft den Pater Prior, Desiderius, Paulus, und es mögen alle hereinkommen, die in der Zelle Platz finden", verlangte Frater Otto.

Auf der Stelle drängten sich die Mönche herein, bis die Zelle voll war. In der großen Stille wagte keiner auch nur zu hüsteln. Obwohl mehrere glaubten, Frater Otto befinde sich auf dem Weg der Genesung, lastete doch eine gewisse Beklemmung in der Zelle, als mischte sich in den Duft der rauchenden Kerze und den Geruch des Krankenbettes und der Kutten noch der bittere, strenge Duft frischer Hobelspäne und der von Weihrauch. Richardus wirkte zuversichtlich und deutete immer wieder an, Frater Otto sei über den Berg. Julianus jedoch wußte, daß diese Erleichterung nur das Aufflackern war, das dem Tod vorausgeht, das Gesicht des Kranken zeigte Gleichmut und völlige Ruhe. Auch sein Blick war nicht mehr so unstet wie bisher, sondern entschieden, fast fest. Er saß mit hochgestütztem Kopf im Bett, mit Fellen zugedeckt. Seine gelben, knochigen Hände ruhten im Schoß. Sein Blick glitt von einem zum anderen, seine Lippen waren fest geschlossen.

„Morgen werde ich sterben", sagte er dann schlicht und ruhig, all seine Kraft zusammennehmend, damit man seine Worte deutlich hörte. „Versucht nicht, mich zu täuschen, Brüder. Aber ich möchte zum letztenmal noch zu euch sprechen. Von mir nur soviel, daß ich euch für eure Güte danke. Ihr wart mir wahre Brüder. Was ich gegen euch gesündigt habe, vergebt mir."

„Es ist noch zu früh, darüber zu sprechen, lieber Bruder", unterbrach ihn jemand von hinten, von der Tür her.

„Betet für mich", fuhr Frater Otto fort, ohne den Zwischenruf zu beachten, „damit auch Gott mir meine Sünden vergibt. Um eurer Verdienste willen und der von Pater Dominikus." Er verhielt ein wenig, wischte sich mit den Fingern über die schweißnasse Stirn. „Wie ihr wißt, sind wir auf Wunsch des Provinzials und des Königs, aber auch auf unser aller Wunsch zu viert aufgebrochen, um unsere dort zurückgebliebenen Brüder und Schwestern aufzusuchen und ihnen das Evangelium zu verkünden. Um Nachricht von ihnen zu bringen. Um sie der Liebe unseres Herrn Jesus Christus teilhaftig werden zu lassen . . . Wir reisten durch das Gebiet der Kumanen, durch das Reich der Donaubulgaren bis zum Pontus Euxinus. Mit dem Schiff fuhren wir über das Meer. Wir waren zu viert aufgebrochen, durch die vielen Strapazen blieb ich zuletzt allein. Aber wir erreichten das Gebiet der großen Flüsse, wo einst unsere Vorfahren siedelten und wo sich jetzt die Kiewer Rus erstreckt. Ich zog allein weiter, dahin, wo es dem Hörensagen nach noch Madjaren geben müsse. An der Morgenseite der Kiewer Rus erstrecken sich die Weidegründe der Petschenegen . . . Wie ihr wißt, bin ich selbst petschenegischer Herkunft . . . Ich kenne ihre Sprache . . . Als Kaufmann verkleidet, ging ich zu ihnen und stellte Nachforschungen an. So hörte ich, daß es ein Land gebe, welches am Maeotis beginne und bis hin zu den großen Bergen reiche, wo Kaiser Alexander das große Tor errichtet hat. Und dieses Land erstrecke sich gen Morgen bis an ein großes Süßwassermeer und gen Mitternacht bis an das Chasarenreich. Bis dorthin bin ich nicht mehr gelangt, denn Gott nahm mir die Kräfte. Aber ich erfuhr, daß jenseits dieses Reiches, auch jenseits der Wüste weit gen Mitternacht ein großes Reich liege . . . zwischen den Bergen . . . unweit von Bolgar . . . am großen Itil . . ." Er hob den Blick auf Julianus, der nach vorn geneigt seinen Worten lauschte, jede seiner Bewegungen beachtete, und er lächelte. „Dort müssen sie sein. Denn schon im morgendlichen Teil der Kiewer Rus begegnete ich einem Madjaren, der aus jenem Gebiet stammte . . . Es war ein Mann, der Marderfelle von dorther brachte . . . ungarisch sprach, und dessen Rede ich verstand, wenn auch nur schwer . . . Jetzt habe ich nur noch wenig Zeit", er seufzte und ruhte wieder eine Weile. „Deshalb lege ich euch ans Herz, schickt andere aus . . . Schickt Frater Julianus. Er weiß, wo er sie suchen muß . . . Ich habe es nicht geglaubt, daß sie dort sein müßten, wo Julianus sie vermutete. Er hatte recht. Geht zu König Béla. Meine letzte Botschaft an ihn ist, er solle Julianus und seinen Gefährten behilflich sein. Zieht dahin, wo ich gewesen bin . . . und von dort mitternachtwärts", wandte er sich erneut an Julianus. „Hinter dem Reich der Wolgabulgaren findet ihr sie. Nun geht hinaus, ich möchte beichten und den Leib unseres Herrn zu mir nehmen. Dann werde ich sterben. Gott sei mit euch."

Er winkte, daß sie hinausgingen, nur der Prior, dem er beichten wollte, sollte bleiben.

Ohne Sträuben, ohne ein einziges Wort verließen die Mönche die Zelle, neigten tief den Kopf vor Frater Otto. Er erteilte ihnen mit kraftloser Hand den Segen.

Am nächsten Morgen war er tot.

Die Zeremonien der Begräbnisfeier, die Gebete, die für den in der Kapelle aufgebahrten Frater Tag und Nacht gesprochen wurden, die Beerdigung, die für sein Seelenheil zelebrierte Messe verbreiteten eine gedrückte Stimmung im Kloster. Julianus dachte jetzt an nichts anderes als an den Toten, der eben noch lebte, sprach, lächelte, betete, nun aber starr und kalt in seinem Grabe ruhte, wo die Verwesung mit ihrem Werk begann, und der nie mehr zu seinen geliebten Brüdern zurückkehrte. Vergebens weiß man, daß es gut sei, vom irdischen Leben befreit zu werden und im ewigen Licht Gott kennenzulernen und glücklich zu leben: Man wünscht die Toten dennoch zurück, möchte seine Gefährten neben sich sehen. Ihr

Gehen erweckt in einem das niederdrückende Gefühl hoffnungsloser Einsamkeit. Man weiß, daß der Tote schon im Himmelreich weilt, daß ihm die Krone aufs Haupt gesetzt wird, aber man beweint ihn, als wäre ihm ein Unglück widerfahren. Die Liebe fordert alles für sich, und selbst der Haß verwandelt sich in Bitternis, wenn jemand scheidet, den man im Leben haßte und den man nun nicht mehr hassen kann. Julianus hatte Frater Otto stets geliebt, seit er ihn kannte.

Nachdem er gestorben war, fiel Julianus in tiefe Traurigkeit, jenes Dunkel, das in der Liebe wurzelt. Immer wieder mußte er daran denken, wenn er mit ihm hätte gehen können, wäre Otto nicht so früh aus diesem Leben geschieden. Er hätte ihm geholfen, ihn gepflegt, den Bissen vom eigenen Munde abgespart, damit er nicht Hunger leiden müsse, mit den Fingernägeln hätte er ein Loch gescharrt, um Wasser zu finden, und er hätte ihm aus seiner Hand den Trank dargeboten. Aus Frater Ottos nachsichtigem, kühlem Lächeln hätte er, Julianus, immer wieder von neuem Kraft geschöpft. Zu zweit wären sie sicher in jenes Gebiet gelangt und hätten den Brüdern und Schwestern die Fackel des Evangeliums angezündet. Wie gut wäre es gewesen, an seiner Seite zu kämpfen, zusammen mit ihm zu wirken und, ihn stützend, das große Werk zu vollenden! Hatte ihn doch niemand so gut verstanden wie Frater Otto. Schon seit damals als er ihm als Novize das erstemal seine Pläne offenbarte.

Julianus erforschte sein Gewissen, wie er gegen ihn gefehlt hatte, wahrlich, er hatte ihn beneidet, mit ihm gewetteifert; ihn kränkte, daß der König und der Orden Otto und nicht ihn gegen Morgen geschickt hatten, er fieberte, wem von ihnen der Ruhm gehören würde, er empfand Zorn, weil er in das Gebiet der Kumanen ziehen und seine Pläne begraben mußte. In seinem schwachen Geist hatte die Absicht Gottes keinen Raum gefunden, er war kleingläubig, murrte, und seine Kränkung wandte sich schließlich gegen Frater Otto. All dies hätte er ihm offenbaren, ihn inständig um Vergebung bitten müssen. Aber auch das hatte er versäumt.

Er beichtete all dies ausführlich dem Prior. Erst danach fand er Erleichterung und dachte zu Ende, was er jetzt tun mußte, um den Willen Frater Ottos und dessen letzte Weisung, mit der er ihn als Nachfolger auf den Weg nach Magna Hungaria, als Vollender des großen Werkes bestimmt hatte, in Ehren zu erfüllen.

Sobald das Leben in die gewohnte Bahn zurückgekehrt war, begann Julianus sogleich mit den Vorbereitungen. Jetzt zweifelte er keinen Augenblick mehr daran, daß er in diesem Frühling aufbrechen würde. Die Meinung des Königs, die Absicht des Ordens, das Verhalten seiner künftigen Gefährten bekümmerten ihn nicht. Die Sache war für ihn entschieden. Er stand an der Schwelle, hinter der nun schon in greifbarer Nähe die Erfüllung winkte.

Eines Abends bat Julianus Gerhardus, Desiderius und Paulus in seine Zelle. Nachdem sie sich gesetzt hatten, schlug er das Kreuzzeichen und betete zu Gott. Dann sagte er mit leiser, ernster Stimme, wobei er jedes Wort im voraus genau kannte, als läge es seit langem vorbereitet in ihm:

„Liebe Brüder, ihr kennt also unsere Aufgabe. Die Zeit ist gekommen, daß wir uns auf den Weg machen, um unseren im Morgen verbliebenen Brüdern und Schwestern das Evangelium zu bringen."

Alle drei nickten, als hätten sie auf nichts anderes gewartet.

„Ich möchte die Absicht Gottes erfüllen, indem ich euch führe und die Verantwortung für euch und die Sache vor dem Herrn übernehme. Wir kennen einander seit fast zwanzig Jahren. Kraft des heiligen Gehorsams geloben wir, bis zu unserem Tode füreinander einzustehen, nicht die eigene Person, sondern die heilige Sache vor Augen zu haben, unserer Kirche und unserem Lande zu dienen."

Die Mönche schwiegen ergriffen und nickten ernst.

„Der Teufel wird uns versuchen, wilde Völker werden uns bedrohen, Steine und Dornen werden uns unsere Füße verletzen, unser Gewand wird zerreißen, Hunger, Entbehrungen und allerlei Krankheiten werden auf uns lauern. Wir werden umkehren wollen, uns zurück wünschen in das warme Nest unseres lieben Klosters, zu unseren Brüdern und den Gläubigen. Wir werden verzagen, zusammenbrechen, der eine oder andere wird am Ende den Verstand verlieren. Doch all das ist nebensächlich. Ich gehe zum König, nach der Vigil der Apostel Philippus und Jakobus brechen wir auf."

„Ein rechtes Wort", sagte Paulus.

„Und wenn uns der König kein Reisegeld, keine Hilfe, keine Begleiter gibt?" fragte Desiderius leise.

„Dann gehen wir allein, ohne Hilfe. Wir werden betteln wie bisher."

„Dann brauchen wir keine weiteren Worte zu verlieren", sagte Gerhardus. „Oder möchte jemand noch etwas sagen?"

„Nein", Julianus schüttelte mit dem Kopf.

„Ich auch nicht."

„Ich auch nicht."

Sie standen auf und streckten alle zugleich die Hand aus, als wären sie vom gleichen Gedanken beseelt.

„Hand darauf!" Gerhardus lachte.

Fest und lange schüttelten sie einander die Hände.

„Den armen Frater Otto, Gott gebe ihm die ewige Ruhe, habe ich nur auf seinem Sterbegang begleitet“, sann Gerhardus laut nach. „Aber dich, Julianus, begleite ich auf einem Stück Lebensweg.“ Dann wandte er sich an Paulus. „Nun, du bist der jüngste unter uns, du wirst auf der Reise kochen müssen. Kannst du denn kochen, sag?“

„Keine Angst, Bruder, besorgt nur Hühner, Gänse, Ferkel, ich werde sie euch schon zubereiten.“ Paulus lachte.

Zu Lichtmeß fiel heftiger Schneeregen, der Wind heulte, man hätte nicht einmal einen Hund hinausjagen wollen. Das war ein gutes Zeichen. Der Bär kroch jetzt nach langem Winterschlaf aus seiner Höhle, schüttelte den Pelz, gähnte, brummte zufrieden und streckte die steifen Glieder. Er kehrte nicht um, denn er wußte, ein schöner Frühling stand nun bevor. Auch Julianus rüstete. Neben dem Brevier steckte er Hirsefladen, getrocknete Fische und Zwiebeln in seinen Quersack, kniete dann vor dem Prior nieder und bat um seinen Segen. Alle waren im Kapitelsaal versammelt. Ergriffen fühlten die Mönche, daß dieser Weg nach Esztergom jetzt mehr war als nur eine lange Reise. Die Ordensbrüder umarmten und küßten Julianus und schlugen das Kreuzzeichen über ihn. Gerhardus, Desiderius und Paulus begleiteten ihn bis zum Königsbrunnen, und dort schüttelten sie ihm noch einmal kräftig die Hand.

„Sprich klug vor Herrn Béla“, ermahnte ihn Gerhardus.

„Paß auf, daß man dich nicht als Schreiber am Hofe behält“, so Paulus.

„Hol dir keinen Schnupfen und werde nicht krank bei diesem naßkalten Wetter“, sagte Desiderius besorgt.

Sie standen auf dem Weg, bis Julianus ihren Blicken entschwand.

Er war allein in der verlassenen Landschaft und beschleunigte seine Schritte. Es nieselte, ein kühler Wind wehte, aber in der Luft spürte man bereits den Duft des Frühlings. Scharfer Erdgeruch breitete sich aus. In den Senken stand das Wasser, an dem in der Ferne blau schimmernden Hang des Vértesgebirges leuchtete noch Schnee. Eine große Schar Raben zog mit lautem Krächzen auf die Stadt zu. Das verkündete weiteren Schnee. Julianus fand alles richtig und gut, seine Füße trugen ihn leicht und schnell auf den großen, nassen Steinen der römischen Heerstraße dahin. Er war frohen Mutes, sang. Und dabei dachte er nach. Er zerbrach sich aber den Kopf nicht darüber, was er Herrn Béla sagen sollte, er war sich gewiß, daß er im geeigneten Augenblick die richtigen Worte finden würde. Er fühlte, daß der König dasselbe wollte wie er, sogar auf die gleiche Weise, daß keine Meinungsverschiedenheit zwischen ihnen bestand – als wären sie Söhne einer Mutter. Julianus' Gedanken bewegten sich vielmehr um die vielen Wunder, die ihm in seinem Leben widerfahren waren. Wie oft war geschehen, was er nicht wollte; später jedoch stellte sich heraus, daß er es im Grunde seiner Seele doch gewollt hatte, daß es ihm nur nicht recht ins Bewußtsein gekommen war. Er wollte nicht Mönch werden und war es doch geworden. Er wollte nicht nach Italien ziehen, wußte nicht einmal, daß es dieses Italien gab. Und er war doch gegangen. Er wollte keinen neuen Orden gründen, und doch stand er an der Seite von Paulus, als sie das neue Kloster errichteten. Er strebte keine Gemeinschaft mit Juden und Ismaeliten an und hatte dennoch im Hause eines Ismaeliten gewohnt und von ihm Arabisch gelernt. Selbst petschenegisch wollte er nie sprechen, weil er die Petschenegen nicht liebte, dennoch hatte er schon als Kind Petschenegisch gelernt. Und schließlich wollte er auch nicht mehr nach Magna Hungaria ziehen, nachdem er damals beim König nur Mißerfolg geerntet hatte. Er war sogar willens, seine alte Sehnsucht für immer zu begraben, und siehe, jetzt begab er sich doch auf den Weg. Er wollte nicht aus der Walachei zurückkehren, als er erfahren hatte, daß Frater Otto schon unterwegs war zu den Madjaren im Osten, und von einem Augenblick zum anderen schickte man ihn heim. Und wer hätte gedacht, daß den kranken Frater Otto ausgerechnet Gerhardus nach Fejérvár begleitete? Doch er hatte den Todkranken begleitet, um nun gemeinsam mit ihm, mit Julianus, auf die Reise zu gehen ... Während er so auf der Straße dahinzog, empfand er tief, daß die Macht Gottes ihn leitete, oft gegen seinen eigenen Willen und doch nach seinen innigsten Wünschen.

Auf dem ganzen Weg aß er kaum, den Regen, der gegen Abend in Schnee überging, und den Wind spürte er fast nicht; er war fröhlich, fühlte sich kräftig und beschwingt, und die Erregung durchglühte ihn, daß ihm ganz warm davon wurde. Am Abend suchte er sich unweit einer aus fünf oder sechs Schilfhütten bestehenden Siedlung ein Nachtquartier, kroch dort in einen Strohfeimen. Kaum hatte er sich eingenistet, tauchte laut keuchend, vorsichtig ein kleiner schwarzer struppiger Hund aus dem Dunkel auf und beäugte ihn lange. Dann kam er näher, beschnupperte seine Kutte und sogar seine Hände. Vielleicht sah er, daß er es mit einem frommen Mann zu tun hatte, denn er kroch seelenruhig zu ihm, rollte sich zusammen, und die Schnauze zwischen die Pfoten gesteckt, schlummerte er laut schniefend ein. So schliefen sie in trauter Eintracht bis zum Morgen.

In der Frühe aber, als Julianus weiterzog, gesellte sich der Hund zu ihm.

Am nächsten Tag fand er in einer Hütte Unterkunft. Er wollte zwar nicht einkehren, aber der alte Mann, der einsam hier am Waldessaum lebte, lud ihn freundlich ein, bot ihm einen Platz am Feuer, gab ihm heißen Hirsebrei und bat ihn, in der Ecke auf dem Wolfsfell zu schlafen. Bis sich der Schlaf auf ihre Augen senkte, erzählte der alte Mann aus seinem Leben und klagte über die schändliche Welt, die Kinder würden ihre alten Väter nicht mehr ehren, auch ihn hätte die Familie aus dem Hause verjagt, obwohl sie ein schönes großes Gehöft, viel Land und zahlreiche Pferde und Rinder hätte. So lebe er jetzt allein, fange Vögel, stelle Fallen und tausche seine Beute hier und dort gegen Hirse. Es sei auch besser so, allein, wenn die guten alten Zeiten schon vorüber seien, als die grünschnäblige Jugend die Alten noch gebührend ehrte.

Das Feuer flackerte friedlich auf dem Herdstein, der kleine Hund kratzte sich draußen auf der Schwelle der Hütte, Julianus aber, nachdem er seine Andacht verrichtet hatte, sank in einen ruhigen Schlaf.

Am Abend des dritten Tages kam er in Pest an. Sein Weg führte ihn geradewegs ins Kloster. Als er am Tor klopfte, überkam ihn Unruhe. Das war das Kloster, das Frater Blasius gegründet und in das er, Julianus, später die Sklavin aus Esztergom geschickt hatte.

Die wenigen Bewohner des Klosters empfingen ihn mit großer Freude, geleiteten ihn ins Refektorium, boten ihm gleich Milch, Honig, Käse und Brot an und überschütteten ihn mit Fragen. Frater Mikhals Gesicht war schmal geworden, seine Augen glänzten fiebrig, graue Fäden hatten sich in sein Haar geschlichen, er schien an einer Krankheit zu leiden. Frater Blasius jedoch war noch genau der gleiche wie früher. Seine lange, knochige Gestalt war nicht gebeugt, sein mächtiger Adamsapfel hüpfte ebenso behende wie früher, und seine Stimme klang so dröhnend wie einst. Er war auch nicht ruhiger geworden. Nein, denn kaum hatte Julianus den Fuß in das Kloster gesetzt, begann er gleich zu spötteln, lästerte über den ungezogenen kleinen Hund – sicher habe sich eine umherirrende böse Seele in ihm verkrochen – und wollte ihn durchaus aus dem Kloster jagen. Mit Mühe und Not überredete man ihn, das Tier in Frieden zu lassen. Nach dem Abendbrot führte er dann das Wort im Kapitelsaal, verrannte sich immer mehr in seine leidenschaftlich vorgetragenen Ideen, reckte die große, hagere Gestalt, seine braunen Augen funkelten, die Muskeln in seinem Gesicht zuckten, er fuchtelte mit den knochigen Händen. Julianus staunte über ihn. Unter den Kumanen hatte er sich noch mehr an leise Worte, regungslose

Hände, tiefen Ernst und innere Ruhe gewöhnt, denn die Kumanen wirkten, als wären sie aus Stein gemeißelt, und hielten jeden für einen Narren, der heftig sprach oder gestikulierte. Und was waren es für Nutzlosigkeiten, die Frater Blasius bewegten! Lohnte es denn, Worte zu verlieren, soviel zu gestikulieren wegen der Verordnungen König Bélas? Denn Frater Blasius wetterte jetzt über Herrn Béla. Er sei blaß und mondsüchtig, sagte er, glaube, die Ländereien, die sein Vater nach allen Seiten verschenkt habe, im Guten zurücknehmen zu können. Als erstes bedürfe es eines Heeres, dann werde kein Großherr es mehr wagen, sich mit ihm anzulegen. Aber Béla habe Angst vor den hohen Herren. Er behandle sie mit Samthandschuhen, wage nicht, mit derber Hand zuzufassen. Sei es denn ein Wunder bei jemandem, der eine griechische Frau habe? Eine aufgeblasene, stolze, herausgeputzte Griechin. Sie könne nur jammern und geringschätzig auf das Land herabblicken. Was könne man von einem König erwarten, der die Gesetze seines Vaters mit Füßen trete? Man habe doch in Fejérvár verkündet, daß kein Jude, kein Ismaelit Geld prägen, Zölle und Salzkammern pachten, Steuern eintreiben dürfe. Dieser blasse Mondsüchtige aber überlasse unbekümmert die königlichen Güter den Juden und Ismaeliten, mache sogar mit Tika, einem der mächtigsten Juden, gemeinsame Sache, als wäre nichts geschehen. Als hätte man nicht auf seine Regentschaft gewartet, damit er das Land endlich von den Blutsaugern befreie. Wie lange solle das noch so gehen? Wer sage dem König: Bis dahin und nicht weiter?

Auch die anderen Mönche hörten dem ruhelosen Frater Blasius erregt zu. Frater Mikhal klapperten die Zähne, er klagte, daß ihn Fieber quäle. Julianus war dies alles so fern, als bewegte er sich in einer Traumwelt. Er sagte sich immer wieder, man müsse jedem seine Fehler verzeihen, auch Frater Blasius, denn er wolle ja nichts Schlechtes, sein Herz schlüge für das Land, aber er schaute dennoch auf ihn herab, hielt seine Streitsucht eines Mönches unwürdig. Auch gewahrte er, daß Blasius den Blick manchmal abwandte, als würde er etwas verbergen, dann wieder starrte er ihn lange an, als wollte er zeigen, er habe nichts zu verheimlichen.

„Und wo gehst du jetzt hin?" fragte er schließlich Julianus.

Er berichtete, daß er unterwegs zum König sei, denn im Frühjahr gedenke er mit den Ordensbrüdern Gerhardus, Desiderius und Paulus nach Magna Hungaria aufzubrechen, und er möchte die Frage der Kosten und des Geleits klären. Alle nickten mit großer Ehrerbietung, und selbst Frater Blasius machte ein Gesicht, als würde er dem zustimmen, aber dann konnte er seine Gedanken doch nicht für sich behalten.

„Auch der arme Frater Otto kränkelte schon zu Hause", sagte er mit abfälliger, wenn auch mitleidiger Stimme. „Ich sagte immer, er sollte nicht gehen, sollte lieber hier wirken, wo wir geboren wurden, als einem nutzlosen Traum nachzujagen, aber er hörte nicht auf mich. So kehrte er dann schwerkrank heim und starb bald darauf, Gott gebe ihm die ewige Ruhe, aber ausgerichtet hat er nichts im fernen Land. Wieviele Seelen hat er denn bekehrt? Er ist nicht einmal bis ans Ziel gelangt! Und jetzt brichst auch du auf. Was treibt dich denn, sag? Liebst du Ungarn nicht mehr, oder bist du gar des Landes überdrüssig und wagst es nur nicht zu zeigen? Für uns gibt es hier genug zu tun, wir haben hier zu wirken, nicht in die Ferne zu laufen, zwischen fremden Bergen und Tälern dahinzuziehen, mit dem Schiff zu fahren, unter Menschen zu verkehren, die nicht einmal unsere Sprache verstehen. Gib's auf, hörst du, kehre heim. Wozu dieses Rennen in die Welt, als ob man dir glühenden Zunder in den Hintern gesteckt hätte?"

Julianus mußte daran denken, daß ausgerechnet Frater Blasius seinerzeit zum Erzbischof gerannt war und ihm ins Ohr geflüstert hatte, wie unnütz, ja sogar schädlich es wäre, sich mit *Magna Hungaria* zu befassen. Daß es jene Madjaren gar nicht gäbe, daß selbst die Chroniken nur wenig über sie zu berichten wüßten. Julianus fühlte, wie der alte Groll in ihm aufstieg. Aber er beherrschte sich.

„Hör auf damit, Frater, du verstehst das nicht", versuchte er ihn zu besänftigen.

„Ich verstehe es also nicht, nur weil du es nicht verträgst, daß ich mir ein Urteil darüber erlaube", begehrte Frater Blasius auf, und seine bebenden Lippen, seine zuckende Braue zeigten, daß die alte, unerklärliche Feindschaft von neuem in ihm erwacht war. Er sah Julianus von der Seite an, verbarg seine Erregung hinter einem scheelen Lächeln, aber sein glühender Blick unter der vorgebauten Stirn, den starken, buschigen Brauen verriet ihn.

„Ich weiß", fuhr Julianus sehr ruhig fort und blickte von oben auf Blasius herab, „damals, gleich als du davon gehört hattest, daß ich dem Weg nach Magna Hungaria nachspürte, da bist du schon zu unserem Herrn Erzbischof Ugrin gelaufen, um ihm deine ablehnende Meinung einzuflüstern. Mir ins Gesicht aber hast du meinen Plan für gut geheißen. Ich weiß, daß du es warst, der zu allem, was ich sagte, zustimmend genickt hat, obwohl du innerlich alles abgelehnt und verworfen hast. Aber ich verzeihe dir . . ."

„Was sagst du da?" schrie Frater Blasius, sprang auf und errötete bis hinauf in die Stirn. „Erzbischof Ugrin brauchte wohl meinen

Rat? Er wußte wohl nicht von allein, wie töricht dein Plan war? Ich wurde da nicht gebraucht. Und du sollst wissen, Frater Otto würde heute noch leben, die Beichte abnehmen, predigen, im Weingarten Gottes wirken, wenn du ihm nicht den Floh ins Ohr gesetzt hättest! Er wäre nie dorthin gegangen, wenn du ihn nicht ermuntert, ihm nicht etwas vorgegaukelt hättest!"

Wieder standen sie sich Aug in Auge gegenüber, wie einst vor langer Zeit auf der Straße von Fejérvár nach Buda. Damals wären sie fast übereinander hergefallen, ihrem Ordensgewand, ihrem Gelübde und allen christlichen Regeln hohnsprechend. Aber jetzt glühten nur die Augen Frater Blasius', seine Braue zuckte, sein Gesicht war rot wie ein gekochter Krebs. Julianus blieb ruhig, lächelnd sah er den Frater an und wunderte sich über ihn. Was war das für eine Besessenheit an Frater Blasius? Was hatte er nur? Warum konnte er ihn, Julianus, nicht leiden? Was mochte ihm der Teufel einflüstern, daß er ihn nirgends dulden wollte? Warum wurde Frater Blasius krank, wenn er ihn nur sah, seine Stimme hörte, seine Worte vernahm?

Julianus winkte zum Zeichen, daß er schlafen gehe, und trottete langsam aus dem Kapitelsaal.

Frater Mikhal hatte das Fieber schon ins Bett gezwungen, aber offenbar hatte er vorher angeordnet, daß man den kleinen schwarzen Hund in die Zelle Julianus' ließ. Dort lag der Dreiste nun in der Mitte des Bettes, hatte sich richtig eingenistet im Wolfsfell, und nur seine kleinen schwarzen Augen blinzelten, um Vergebung heischend. Als Julianus eintrat, wedelte er ergeben mit dem Schwanz.

„Schon gut", beruhigte ihn Julianus und strich ihm über den Kopf. „Bleib nur und schlaf, wenn ich nun mal dein Herr geworden bin."

Lange konnte Julianus nicht einschlafen. Die Auseinandersetzung mit Frater Blasius betrübte ihn. Er sah den Weg seines Ordensbruders klar vor sich. Seine streitsüchtige Seele trieb und jagte ihn so lange, er focht so lange nach rechts und links, spottete und schimpfte über die Menschen, bis er einmal ganz allein blieb. Und weil ihm jede Neigung zur Reue fehlte, würde er einst ein ohnmächtiger, verlorener, verbitterter alter Mann sein. Sicherlich hat ihn nie jemand wirklich geliebt, dachte er. Vielleicht ist er Ordensbruder geworden, weil er sich nach Liebe sehnte ... Wenn es nur einen einzigen frommen Mann gäbe, der ihn so lieben könnte, daß er all das bekäme, was ihm im Leben versagt geblieben ist ...

Aber Julianus war nicht dieser fromme Mann, und wie sehr ihm Frater Blasius auch leid tat, er fühlte sich ihm sehr fern. Morgen früh würde er weiterziehen, am Abend schon in Esztergom sein ...

Und dieses Kloster zusammen mit Frater Blasius würde ihm erscheinen, als hätte er es nur im Traum gesehen. Gott wußte sicherlich, was er damit im Sinn hatte.

In Esztergom angekommen, quartierte sich Julianus im dortigen Dominikanerkloster ein. Als er das erstemal in dieser Stadt weilte, war er von deren Größe und Schönheit ergriffen und überwältigt. Jetzt sah er sie kaum. Die Stadt war für ihn nicht mehr als eine notwendige Zwischenstation, wo er wichtige, aber für ihn nicht wesentliche Dinge regeln mußte, um den richtigen Weg beschreiten zu können. Damals, als er Esztergom zum erstenmal sah, war das Wetter günstiger. Jetzt jedoch schneite es, dann wieder regnete es, die Berge steckten in Wolken, sie schienen zu rauchen, die ausgedehnten Waldungen ringsum waren grau, die kleinen umzäunten Häuser und Hütten versanken förmlich im Schlamm. Selbst die „schöne Kirche" und der Palast wirkten farblos, beinahe traurig.

Aber der junge König Béla hielt sich hier auf, und darauf kam es an.

Im Kloster setzte wieder lebhaftes Kommen und Gehen ein. Man überschüttete Julianus mit tausenderlei Fragen. Er antwortete wie im Traum. Die brennende Neugier seiner Ordensbrüder ermüdete ihn. Am liebsten hätte er alles schon hinter sich gehabt. Und obwohl er mit der Geduld christlicher Liebe antwortete und erzählte, waren seine Gedanken ganz woanders, er wußte selbst nicht wo. Der traumhafte Zustand, in dem er sich seit dem Tode Frater Ottos befand, bemächtigte sich seiner immer mehr. Die Welt seiner Gedanken wurde für ihn zur Wirklichkeit, und das, was sich rings um ihn abspielte, war die Welt der Phantasie.

Mit Freude stellte er fest, auch hier, in Esztergom, sprach man über kaum etwas anderes als über Magna Hungaria. Alle rühmten und bewunderten Frater Otto, den sie mit ihren Gebeten auf seinem Weg begleitet hatten und für dessen Seelenheil sie jetzt täglich beteten. Sie bedauerten, daß seine Gefährten den Anstrengungen erlegen waren, daß Frater Otto die in Asien zurückgebliebenen Madjaren nicht erreichen und nichts Genaues über sie erfahren konnte außer der Kunde, daß sie jenseits einer großen Wüste lebten. Julianus wiederholte immer wieder die letzten Worte des sterbenden Fraters; die Mönche wendeten, zerlegten und deuteten sie nach allen Seiten, konnten aber nichts Genaues daraus entnehmen. Ihre Bewunderung galt jetzt Julianus. Wenngleich jeder von ihnen sich ohne Zögern und ohne Zweifel auf den Weg gemacht hätte, wenn er Befehl dazu bekommen hätte, zollte man Julianus dennoch Hochachtung, von dem sich gleich einem Lauffeuer die Nachricht verbreitet hatte, daß er sich seit seiner Jugend auf diese Reise vorbereitete und schon damals fest von der Existenz der Madjaren dort in der Ferne überzeugt war, als andere außer den spärlichen Angaben in den Chroniken und der mündlichen Überlieferung nichts wußten. Und was sie wußten, waren auch nur Vermutungen über die Madjaren im Gebiet am Maeotis. Julianus mußte den Brüdern erklären, daß auch er keine handgreiflichen Beweise hätte. Als er das erstemal gelesen habe, die im Westen lebenden Madjaren hätten Gesandtschaften zu den im Osten zurückgebliebenen Madjaren geschickt, die man dort freudig empfing, hätte er auch nicht gewußt, wohin die Gesandten gezogen waren und wo man sie freudig empfangen hatte. Aber die innere Erleuchtung, die ihn damals als Knabe überkam, sei nie in ihm erloschen. Und so gewiß, wie er jetzt unter seinen Ordensbrüdern sitze und sich mit ihnen unterhalte, so sicher sei er sich seiner Sache.

Schon am nächsten Tag ging er hinauf auf den Berg. Zuerst betrat er die Kathedrale. Niedergesunken vor dem Altar, betete er so inbrünstig, bat Gott mit so dankbarem Herzen um Hilfe, daß er vergaß, wo er sich befand. Als er zur Kirche heraustrat, war ihm einen Augenblick lang, als strahlte die Gestalt der blaugekleideten Frau vor ihm auf und als läge alles im Sonnenschein wie damals in Bologna, als sie ihm im funkelnden Sonnenlicht erschienen war. Dabei regnete es jetzt, und alles ringsum war verhangen und grau.

Vor dem Palast standen vielleicht die gleichen Posten wie einst, vor langer Zeit. Sie waren gepanzert oder trugen Wolfsfelle als Überwurf. Nur einen gab es unter ihnen, der Julianus auffiel. Es war ein schon alter Mann, sein zeitloses, narbenbedecktes Gesicht mutete an wie gegerbt, er trug schmutzige, graue, lederne Beinkleider, einen Lederkoller und als Überwurf ein zerfetztes Wolfsfell und eine schäbige Pelzmütze. Sein Schnurrbart hing herunter, sein fettiges, geflochtenes Haar reichte ihm auf die Schulter, in der Hand hielt er eine vielschwänzige, mit Blei bestückte Lederpeitsche. Seine Augen blitzten wie ein Dolch. Er war ein untersetzter Krieger von niederem Wuchs und mit krummen Beinen, er lief schwerfällig wie einer, der sein Leben lang auf dem Pferd gesessen hat. Mit rauher, grober Stimme fragte er Julianus, was er begehre, dann schritt er die schmalen, steilen Stufen voraus, um ihn hineinzugeleiten.

Sie betraten den selben kleinen Saal, in dem Julianus schon gewesen war. Durch das matte Fenster drang nur spärlich Licht. Die an die Decke gemalten Bilder des Tierkreises schienen blaß. Als sie eintraten, erhob sich von dem Tisch am Fenster ein großer, breitschultriger, glattrasierter Mann, der von Kopf bis Fuß in schwarzen Samt gekleidet war. Neugierig wandte er sich Julianus zu.

„Der Frater sagt", meldete der alte Krieger mit rauher Stimme, ohne jegliche Ehrerbietung, ohne sich zu verneigen, geschweige denn, die Finger an die Stirn zu führen, „daß er Julianus heiße und aus Fejérvár komme, geradewegs zu dir."

„Ist gut, Illye." Der junge König nickte.

Illye verließ säbelrasselnd den Raum und schlug die dicke Tür kräftig hinter sich zu.

„Setz dich, Frater", sprach der König sehr ernst, nachdem sie sich begrüßt hatten. „Ich bin unterrichtet. Du bist jener Frater Julianus, der nun schon seit Jahren beteuert, daß es irgendwo im fernen Asien das Land unserer Vorfahren noch gibt. Warum kommst du jetzt? Ich habe gehört, der arme Frater Otto ist gestorben. Gott gebe ihm die ewige Ruhe, der Arme muß viel gelitten haben."

Die Rechte in den silberbeschlagenen Gürtel gesteckt, blickte er von oben forschend, aber sanft auf Julianus. Dieser hatte sich gesetzt und sah lächelnd den König an, als hätte er ihn schon immer gekannt. Er fand Gefallen an ihm. Wie groß, breitschultrig und ernst er war! Ein richtiger Árpádensproß. Seltsam wirkten sein elfenbeinfarbenes glattes Gesicht und die kraftvollen und dennoch zarten, ruhelosen Hände, die er offenbar nur deshalb immer wieder in seinen Gürtel steckte, damit er nicht durch seine Gesten seine Gefühle verriete. ‚Er mag viel durchgemacht haben. Obwohl er noch jung ist, jünger wohl als ich', dachte Julianus, ‚wirkt er schon wie ein abgeklärter Mann.'

Es begann nun ein ernstes, ruhiges und ungestörtes Gespräch zwischen ihnen. Der König setzte sich nicht, in seinen roten Juchtenstiefeln stand er fest da, nur manchmal ging er einige Schritte auf und ab. Aufmerksam, sehr ernst hörte er Julianus zu, als er erzählte, wie Frater Otto starb und welches seine letzten Worte waren. Später erhellte sich das Gesicht des Königs, als Julianus berichtete, welche Nachforschungen er angestellt hatte und zu welchen Schlußfolgerungen er gelangt war. Auf der Stelle begriff der König die Beweisführung und erriet das Ergebnis. Noch nie wurde Julianus seine Aufgabe so leicht gemacht. Er hatte das Gefühl, er brauche gar nichts zu sagen. Es genügte, wenn er den König ansah und lächelte, denn schon wußten beide, was sie dachten und was sie wollten.

Leise trat ein junger, in einen purpurroten Rock gekleideter Höfling ein und stellte eine silberne Schüssel mit allerlei Früchten auf den Tisch. Herrliche goldgelbe, rotbäckige Birnen und Äpfel lachten einen an neben ausgesuchten Weintrauben und aus dem Süden stammenden Feigen. Julianus dachte an die Birne, die ihm in der Zelle des Várader Klosters der alte Abt gereicht hatte, als er das erstemal bei ihm weilte.

„Greif zu", nötigte ihn der König, setzte sich ihm gegenüber, nahm eine Birne, zog aus seinem Gürtel sein Messer mit silbernem Heft, schnitt sie langsam, bedacht auseinander und bohrte mit der Messerspitze die schwarzen Kerne heraus.

Auch Julianus nahm eine Birne und biß hinein.

Im Haus herrschte tiefe Stille, nur die Regentropfen trommelten ans Fenster. Die beiden Männer aßen und sprachen miteinander, als hätten sie sich schon immer gekannt, sich aber lange nicht gesehen. Von den Angelegenheiten der Madjaren wechselten sie manchmal zum Aufenthalt Julianus' in Bologna, und der König bemerkte, daß er mit dem dortigen namhaften Kaufmann Wilam in Beziehung stünde und daß der junge Wilam sich fast ständig in Ungarn aufhalte, ihn auf seinen Wegen begleite und ihm herrlichen Schmuck, wunderschönen Samt und orientalische Teppiche liefere. Darüber war Julianus sehr verwundert, denn der König wirkte in seinem von kleinen silbernen Blumen durchwirkten schwarzen Gewand so schlicht, daß ihn jeder niedere Herr übertraf. Aber die Königin ist Griechin, fiel es Julianus ein, sicherlich liebt sie den Glanz, und der König kauft ihr zuliebe. Und um das Ansehen seines Landes. Dann wieder erkundigte sich Béla nach der Bekehrung der Kumanen in der Walachei, und Julianus wunderte sich, wie gut er über alles unterrichtet war.

Aber auch der König war mit Julianus zufrieden. Der Mönch gefiel ihm, er bewunderte dessen großes Wissen. Aus dem hageren, knochigen Mann strahlte soviel Kraft, Entschlossenheit und Sicherheit, er sprach so ungezwungen und beschwingt über seine Studien und seine Pläne, daß er gewagt hätte, ihm die Regierung des ganzen Landes zu übertragen. Unverblümte Offenheit ging bei ihm einher mit sanfter Demut, der Ernst des Gelehrten mit dem Mut des Kriegers. Der König fand es seltsam, daß das Gesicht des Fraters von vorn anders wirkte als im Profil. Von vorn war es freundlich, ernst und doch kindlich, von der Seite aber wirkte es scharf, entschlossen, selbstbewußt. Seine Nase war von vorn gesehen etwas kräftig und breit, im Profil jedoch feingezeichnet und empfindsam. So wirkten auch seine Lippen und sein Kinn, deuteten aber dennoch auf Strenge, Verschlossenheit und Willensstärke. Seine Hände waren fast mager, seine Finger beweglich, sie hielten und drehten die Birne, als könnten sie deren Geschmack ertasten.

Die Tür öffnete sich, und mit lautem Gerassel polterte der alte Krieger herein.

„Schon wieder ist Herr Mór, Sohn des Damankos, da", sagte er mit empörter Stimme.

„Schicke ihn ins Gästehaus, ich lasse ihn später rufen", warf der König ungeduldig hin.

„Er ist schon das zweitemal hier", entrüstete sich Illye.

„Jetzt habe ich keine Zeit."

„Aber er schimpft wie ein altes Weib."

„Ich sagte, du sollst gehen."

„Dann streitet er wieder mit mir", brummte Illye auf dem Weg zur Tür. „Nichts wird beizeiten erledigt."

„Er knurrt wie ein Wolf." Béla lächelte hinter dem Krieger her. „Aber er ist treu wie ein Hund."

„Nun, hoher Herr", erhob sich Julianus von seinem Stuhl, denn er fühlte, daß er den König von der Erledigung seiner Angelegenheiten abhielt, „würdest du auch uns Hilfe gewähren und Geleit geben wie vordem Frater Otto?"

„Ihr bekommt alles. Genügend Geld und als Geleit eine Hundertschaft mit einem Hundertschaftsführer. Bis Konstantinopel."

„Ich bitte dich noch, hoher Herr", fuhr Julianus fort, „sollte auch ich umkommen wie die drei Gefährten Frater Ottos . . . und niemand von uns zurückkehren, verlier den Mut nicht, hilf den mir Nachfolgenden, wer immer nach dem Morgen zieht. Laß dir's nicht leid sein um Geld, Geleit, um Sorge und Mühe. Wie auch wir unseren Körper und unser Leben nicht schonen werden. Daß du unsere Brüder und Schwestern, die sich einst von uns getrennt haben, in die Glaubensgemeinschaft Jesu Christi führst, wird dein Verdienst sein vor Gott, und er wird deiner nicht vergessen."

„Ich tue alles, was in meiner Macht steht, Frater. Rüstet euch. Unsere Gebete begleiten euch auf eurem Weg."

Er umarmte Julianus und küßte ihn auf die Schulter, geleitete ihn bis zur Tür und ließ ihn gerührt ziehen.

Julianus besuchte die Armen, die er bei seinem ersten Aufenthalt in Esztergom unterstützt hatte. Viele waren alt geworden, viele gestorben. Aus den Kindern waren Jünglinge geworden, aus den Mädchen Mütter, aus den Müttern Großmütter. Überall, wo er erschien, erkannte man ihn. Man umarmte, küßte ihn, und es kamen ihnen Tränen. Sie erzählten ihm von den Ereignissen in ihrem kleinen Leben, von ihrem Gesundheitszustand, dem Befinden ihres Pferdes, ihrer Kühe, ihres Hundes, sie sprachen von ihren Sorgen und Hoffnungen. Sie erbaten seinen Rat, flehten ihn an, wieder bei ihnen zu bleiben.

Die kleinen Töchter der Frau Katics erkannte er nicht wieder, beide waren inzwischen Frauen geworden. Medve, der größere Junge, hatte bereits Familie, er versorgte die Wirtschaft. Sein jüngerer Bruder war schon aus Paris zurückgekehrt, lebte als Mönch in Veszprém. Er sei ein großer Gelehrter geworden, berichtete die Mutter stolz. Julianus freute sich mit ihr, und als er ging, ließ er auf der Schwelle des kleinen umzäunten Hauses einen Silberdenar fallen.

Den Ismaeliten besuchte er nicht.

Dann brach er auf und machte sich auf den Rückweg nach Fejérvár. Im herrlich blühenden, duftenden Frühling, am Tag des heiligen Märtyrers Georg, standen die vier Mönche im Kapitelsaal, um feierlich Abschied vom Kloster zu nehmen. Julianus widerstrebten solch große, denkwürdige Augenblicke. Seitdem er wußte, daß er die Reise antreten konnte, steigerte sich seine Ungeduld, die Erregung war fast unerträglich. Er fühlte sich wie ein Pferd, das man nach langem Stehen gesattelt und aufgezäumt hat, dann aber noch zurückhält. Es möchte schon davonrennen, stampft mit den Hufen auf die Erde, kaut am Gebiß. Auch ihn hatte der große Gedanke gesattelt und aufgezäumt, hatte sich – einem Reiter gleich – aufgeschwungen, er spürte ständig seine Sporen, schon wollte er losstürmen – aber die fromme Gemeinde hatte ihre feste Ordnung, und nicht nur diese kleine Gemeinde hier, sondern auch die große, die landesweite Christengemeinde. Ihm hätte genügt, wenn sie ihre inbrünstige Andacht verrichtet, gemeinsam ihre Psalmen gebetet, gesungen und meditiert, dann ihren Quersack geschultert und sich mit einem kurzen „Gott befohlen“ verabschiedet hätten. Die Welt ist so klein, das Leben so kurz, was zählt es da, daß vier Mönche sich auf den Weg nach Asien machen? Die Sache ist wichtig, nicht der Weg. Der Weg führt nur ans Ziel. Darum sollte man jede Zeremonie zur Seite schieben, in aller Stille aufbrechen, entweder wortlos verlorengehen oder mit den Ergebnissen wohlverrichteter Arbeit zurückkehren. Gott gebührte der Dank. Wenn sie aber umkommen sollten, würden andere ihren Platz einnehmen.

Aber der Prior bereitete sich schon seit Tagen auf seine Ansprache vor, er konnte nicht darauf verzichten. Schwerfällig ging er in seiner Zelle auf und ab, rieb sich eifrig den kahlen, spitzen Schädel, sprach auch wohl das eine oder andere Wort laut vor sich hin. So lernte er seine Abschiedsrede. Und nachdem sich die ganze Klostergemeinschaft im Kapitelsaal versammelt hatte, ließ er sein gerötetes Antlitz würdevoll über die auf ihn gerichteten Gesichter gleiten und wandte sich, bis in die tiefste Seele ergriffen, Julianus und seinen Gefährten zu. Wohl bis ans Ende seines Lebens würde er stolz auf die Worte sein, die er nach den Regeln der Rhetorik kunstvoll für diese Stunde zusammengefügt hatte. Er zitierte aus der Äneis des Vergil und sprach dann vom Auszug der Juden aus Ägypten, der vergleichbar dem Auszug der Brüder und Schwestern aus Asien sein werde, um in die wahre Heimat zu kommen. Er ermutigte die vier mit dem Beispiel der Apostel. Besonders nachdrücklich sprach er vom heiligen Paulus, der über die drohenden Wellen eines wilden, unbekannten Meeres segelte, über Felsen dahinschritt, um den Samen des Evangeliums auszustreuen und die Herde des Erlösers zu mehren. Ihn hätten seine Feinde enthauptet, es mochte sein, daß dieses Schicksal auch Julianus und seinen Gefährten drohte, aber das solle sie keinen Augenblick lang abschrecken. Sie sollten an die Worte Jesu denken, die er an seine furchtsamen Jünger richtete: „Warum habt ihr solche Angst, ihr Kleingläubigen?" Auch sie sollten sich nicht ängstigen, sondern getrost ihres Weges gehen und frohen Herzens ihre Arbeit verrichten. Und wenn sie sterben müßten, sollten sie daran denken, daß Gott den Märtyrertod besonders hoch anrechne und im Himmelreich mit außergewöhnlichem Glück belohne.

Am Ende seiner Rede rieb er sich wieder eifrig den spitzen Kopf und vermochte seine Rührung kaum zu unterdrücken. Den Mönchen standen Tränen in den Augen. Julianus starrte ernst auf die Steinplatten des Fußbodens und hörte wie im Traum die mit großem Pathos vorgetragenen, bald sich emporschwingenden, bald erzitternden Worte. Gerhardus lächelte. Desiderius weinte. Paulus ließ sein hartes, braunes Gesicht mit den breiten Wangenknochen umherschweifen und ergötzte sich an der seelenerhebenden Feier.

Dann nahm man Abschied voneinander, alle umarmten, küßten die Scheidenden, gaben ihnen ihren Segen. Das Tor öffnete sich, und die vier Mönche zogen, vom größten Teil der Klostergemeinde begleitet, durch die Stadt auf den Königsbrunnen zu. Wo sie vorbeikamen, blieben die Menschen stehen, erkundigten sich erregt, schlossen sich dem Zug an. Von allen Seiten rief man ihnen gute Wünsche nach, in ungarisch, italienisch, deutsch. Auch zahlreiche Priester gesellten sich zu ihnen. Ein Kanoniker geleitete sie in Vertretung des Bischofs aus der Stadt.

Neben Julianus trippelte flink der kleine schwarze Hund. Seit sie sich gefunden hatten, wich er keinen Augenblick von der Seite seines neuen Herrn. Im Hof des Klosters hatte er Bundás kennengelernt, den Haushund, sein Spiel mit dem Hahn getrieben, den Gärtner begleitet, die Bauern beschnuppert und angebellt, in der

Ecke auf dem Kreuzgang geschlafen und in der Frühe als erster den aus dem Haus tretenden Julianus begrüßt. Der Frater nannte ihn Itil, nach dem Fluß, wohin er zu ziehen gedachte.

In Pest verbrachten sie einige Wochen und beschafften sich Reisekleidung. Hier schloß sich ihnen die vom König abgestellte Hundertschaft mit den Saumpferden an. Sie wurde angeführt von Tömör. Hier übernahm Julianus das Geld, das der König zusammen mit seinen guten Wünschen Bruder Mikhal hatte zustellen lassen. Julianus verbrachte die Zeit mit Meditation und mit Gartenarbeit. Frater Blasius mied ihn, und wenn sie einander im Refektorium oder abends im Kapitelsaal begegneten, sah er ihn kaum an. Sein Gesicht war düster, sein Blick zweifelnd und finster, seine Augenbraue zuckte heftig. Man sah, daß er schwer mit sich kämpfte. Offenbar quälten ihn Zweifel, ob Julianus vielleicht doch recht hatte. Das hätte er nur schwer ertragen.
Die Bewohner des Klosters umsorgten die Aufbrechenden liebevoll. Der Küchenbruder übertraf sich selbst mit ausgewählten Speisen, bereitete Wildschweinkeule in brauner Soße, briet Hausenschnitten und buk Pfannkuchen. Frater Mikhal hob das Silentium auf und das Fasten, das sich die vier Mönche selbst auferlegt hatten. Er aß sogar selbst von dem Wildschwein, obwohl es mit seiner Gesundheit schlecht stand, sein Fieber wollte nicht weichen, und immer wieder hatte er Schüttelfrost. Die vier saßen an der Seite Mikhals, rechts Julianus, links Gerhardus und dann die anderen beiden. Der Küchenbruder schenkte ihnen Wein in die Becher, denn wie er sagte, müßten sie sich stärken. In ihren Zellen aber breitete man besonders schöne und weiche Bärenfelle auf die Betten, damit sie wohl ruhten.

Julianus gefiel diese große Fürsorge nicht. Er hätte lieber Hirse gegessen und Milch getrunken, unter rauher Decke und auf einem Haarkissen geschlafen. Aber die Liebe hat ihre eigene Last, die man ebenso mit christlicher Demut und Ergebenheit ertragen muß wie die Bürde des Hasses.

Julianus ging von Zeit zu Zeit in die Stadt, um zu beobachten, wie sich die bärtigen Kaufleute verhielten. Immer wieder schritt er durch die Gassen, betrachtete die dicht nebeneinander entstehenden Steinhäuser, verkehrte unter den Arkaden des Marktplatzes, lauschte dem Feilschen der Händler, warf einen Blick in die Läden unterhalb der Tore, in denen sie ihre Waren feilboten. Er schlenderte auch durch die schmutzigen Straßen von Neu-Pest, zwischen den Lehmhäusern, den Gemüsegärten dahin, träumte zwischen den riesigen Eichen und

Linden am Agarassee. Er konnte es noch immer nicht glauben, daß sie aufbrechen würden. War das Ganze nicht doch nur ein Traum?

Im Kloster unterwies er seine Gefährten, wie sie sich als Kaufleute verhalten sollten. Er improvisierte Gespräche mit ihnen, als wären sie Händler. Gerhardus und Paulus bekamen dieses Spiel nicht satt, sie waren wie die Kinder, spielten mit großem Ernst ihre Rollen, verstellten sich, um dann im nächsten Augenblick loszulachen, wie es eines Mönches unwürdig war. Nur Desiderius fiel diese Übung schwer. Er konnte sich durchaus nicht vorstellen, ein Händler zu sein, bangte, gerade im entscheidenden Augenblick seine Gefährten zu verraten und sah im voraus, wie die wilden Heiden sie faßten, ihnen die Verkleidung vom Leibe rissen, auf ihrer Brust das Kreuz fanden und sie allesamt niedermachten. Er würde es sein, der den großen Plan zum Scheitern brächte. Julianus sprach ihm Mut zu, lehrte ihn geduldig und beruhigte ihn. Auch wenn sie verbluten sollten, der König und der Orden würden andere an ihrer Statt entsenden.

Ihr Bart war schon recht struppig, das Haar verdeckte die Tonsur. Sie bewegten sich ungezwungen in der Kaufmannskleidung, ihr Verhalten entsprach dem der Ismaeliten in Neu-Pest. Auch die Hundertschaft stand mit Saumpferden und Warenballen bereit. Tömör, der Hundertschaftsführer, erschien im Kloster und meldete, daß sie aufbrechen könnten.

Der letzte Abschied kam. Allen wurde eng ums Herz. Als die Reihe an Frater Blasius war, Julianus zu umarmen und zu küssen, sahen sie sich verlegen an. Aber der großgewachsene, knochige Frater trat an Julianus heran, umfaßte seufzend seine Schultern und küßte ihm von beiden Seiten die Wangen. Julianus umarmte ihn sanft und verzeihend und erwiderte seine Küsse. Er spürte, um wieviel glücklicher er war als Frater Blasius und verstand seine Bitterkeit und seinen Neid.

Die Schar zog schön geordnet in Richtung Pécs. Voran ritten die vier als Kaufleute verkleideten Mönche, dann folgten die Lasttiere, bepackt mit Lebensmitteln und Warenballen, umgeben von den königlichen Kriegern im Purpurdolman, mit einem Wolfspelz als Überwurf, keck aufgesetzter hoher Mütze und klirrenden Waffen auf vergnügt tänzelnden Pferden. Auf ihren Lanzen flatterten die roten Fähnchen wie Flammenzungen. Die Pferde schnauften, wieherten, die Krieger unterhielten sich, der Hundertschaftsführer zankte mit ihnen, dann wieder erzählte er ihnen derbe Scherze oder fragte die Mönche nach ihrem Reiseziel. Es wollte ihm nicht in den Kopf, warum sie so weit fortzögen, wo gar keine Menschen mehr lebten, nur irgendwelche einbeinigen, einäugigen Ungeheuer mit Fuchsköpfen und Hundeohren, deren größtes Verlangen es sei, ehrliche Menschen gefangenzunehmen und aufzufressen. Es gäbe auch hier genügend Heiden, sagte er, sie brauchten nicht erst so weit zu reisen, brauchten sich nur umzusehen. Beispielsweise selbst in seiner Hundertschaft. Wohl wahr, sie seien zwar alle getauft, aber die Seele dieser Elenden sei heidnisch.

Von Zeit zu Zeit lagerten sie, ließen die Pferde ruhen, fütterten und tränkten sie, dann wieder brachen sie auf und zogen gegen Pécs. Als sie in der Stadt ankamen, baten die Mönche im Kloster um Nachtlager.

Der Abt war ein gelangweilter, schwerfälliger, sehr alter Mann. Er freute sich mit kläglichem Stöhnen der Gäste und sagte entschuldigend, dies sei nicht der geeignete Ort für Kaufleute, sie sollten nur weiter stadteinwärts ziehen, dort fänden sie passende, gute Herbergen für billiges Geld. Als Julianus sich zu erkennen gab, kratzte sich der Alte besorgt den Kopf, und wenngleich er es nicht zu sagen wagte, was er dachte, verstand ihn Julianus: Jetzt sah er in ihnen erst recht verkleidete Räuber. Von da und dort tauchten Mönche auf und hörten neugierig Julianus' Erklärungen. Er vertraute ihnen an, daß sie Dominikaner seien, sie hätten sich verkleidet, sich Bärte wachsen lassen, denn sie seien unterwegs nach dem Morgen, zu den Heiden.

„Ach ja, verstehe, verstehe“, der Abt nickte. „Aber wo sind eure Pferde? Eure Begleitung?“

„Sie sind in der Stadt, im Quartier für Krieger.“

„Ach ja, verstehe, aber warum seid ihr nicht auch lieber dort abgestiegen?“

„Wir genießen lieber die Gastfreundschaft von Ordensbrüdern, weil wir selbst Mönche sind.“

„Ach ja, verstehe. Aber warum ...“

Julianus fiel ihm ins Wort, um diesen weitschweifigen Warums ein Ende zu bereiten.

„Vater Abt, dieses Kloster war immer bekannt für seine Gastfreundschaft.“

„So tretet ein“, und der Abt winkte verdrießlich und trottete voraus.

Sein Argwohn wich nur langsam. Aus den Augenwinkeln beobachtete er scharf, wie sich seine Gäste verhielten. Auch die Mönche konnten ihr Mißtrauen nur schwer hinter ihrem freundlichen Lächeln verbergen. Nach dem Abendessen, als das Silentium aufgehoben wurde, erzählte der Abt lauter Geschichten, in denen von schändlicher, listiger Ausplünderung der Klöster die Rede war. Seine Ordensbrüder nickten und seufzten, wie schlecht es mit der allgemeinen Sicherheit bestellt sei.

Am nächsten Tag beschloß Julianus, Várad, sein Heimatdorf, zu besuchen, wenn er nun mal so nahe weilte. Am zeitigen Morgen setzte er sich aufs Pferd und ritt bei schönem, sonnigem Wetter auf Várad zu. Die bekannte Gegend erweckte immer wieder Erinnerungen in ihm, und er konnte sich am Anblick der üppig grünen Wälder, der blühenden Bäume, der duftenden Wiesen nicht satt sehen. Er hatte keine Eile, ließ sein Pferd trotten, versank in seine Erinnerungen. Der kleine Hund rannte neben ihm her, wich immer mal vom Weg ab und jagte einem Schmetterling oder einem Vogel nach. Immer stärkere Erregung erfaßte Julianus' Herz. Wie mochte das Dorf aussehen? Waren die Menschen von einst noch am Leben? Von vielen hatte er sogar den Namen vergessen. Nur an Vater Majs und Vater Ölyved erinnerte er sich, aber wie der Vater und der Bruder Cseperkes hießen, wußte er nicht mehr. Und ob denn sein Vater noch lebte? Und Hajnal? Was war aus dem kleinen Istefán geworden? Wieviele Kinder hatte Hajnal noch bekommen? Stand das alte, aus Holz errichtete schmucke Haus noch, mit dem großen Nußbaum und den anderen dichten Bäumen davor, durch die die Sonne mit goldenem Schein schien und in denen die Pirole flöteten? Und die Hunde? Nein, nein, die Hunde waren sicher nicht mehr am Leben. All das war so lange her . . . Vielleicht war überhaupt nichts mehr da. Der Vater gestorben, Hajnal verzogen. Oder Hajnal war gestorben und vielleicht Istefán . . .

So fragte er sich, was er doch nicht erraten konnte. Er enthüllte sein altes Leben und stieß immer wieder bewegt auf die glitzernden Edelsteine einer fast entschwundenen Erinnerung.

An der Gemarkung des Dorfes mußte er vom Pferd steigen, weil er vor Erregung nicht mehr ruhig sitzen konnte. Er trottete zu Fuß dahin, das Pferd am Zaum führend und immer wieder seinen Hund heranpfeifend, weil ihn die argwöhnischen Hunde des Dorfes umringten. Auch ihn begleiteten sie bellend und zähnefletschend – er gehörte nicht zum Dorf! An den ersten Häusern des Ochsenwinkels standen Birken, und Julianus blieb stehen, um zu sehen, von welcher er als Kind die Rinde hatte herunterziehen wollen. Er fand sie auch; sie war wesentlich größer als die anderen, ihr silberner Stamm glänzte schöner, ihre zarten, schütteren Blätter zitterten beim Streicheln des Windes, als ließe ein geheimer Gedanke den alten Baum erschauern. Vielleicht wäre es besser, sich hier an den Stamm zu setzen, über die Vergangenheit nachzusinnen und sich dann wieder aufs Pferd zu schwingen und nach Pécs zurückzureiten, ohne das Dorf, den Schauplatz der Kindheit, gesehen zu haben. Aber Julianus zog weiter, und gleich einem Fremden nickte er gleichgültigen Gesichtes auf den Gruß der Neugierigen, die da und dort auftauchten. Einige alte Frauen bestaunten ihn, als hätten sie noch nie einen Fremden gesehen.

Kinder rannten barfuß an ihm vorbei, ein kleines Mädchen und zwei kleine Jungen. Julianus klopfte das Herz, waren es nicht vielleicht Cseperke und ihre Spielgefährten? Welch Unsinn! Ein Vierteljahrhundert war seither vergangen, und in seinen Gedanken waren all seine Kameraden Kinder geblieben, die Bäume jung, die Menschen die gleichen, nur er war älter geworden.

Sein Elternhaus stand an der alten Stelle, war aber ziemlich verwittert. An den grauen Wänden sah man die Spuren von Regen, Frost und Hagel. Der Schmuck der Giebelsparren war abgebrochen, sie starrten verstümmelt gen Himmel. Die Sträucher bildeten dichtes Gestrüpp, die Obstbäume hatten an Umfang zugenommen, und ihre Kronen waren breiter geworden. Vor dem Haus stand ein Schimmel und zupfte träge das Gras, zerrte, nach Fliegen schlagend, am Zaum; etwas entfernter, an der alten Stelle, lag eine sanfte Kuh im Gras und käute wieder. Als Julianus vor das Haus trat, bestürmten ihn heftig kläffend zwei Hunde. Das Pferd hob schnaubend den Kopf, die Kuh starrte ihn verwundert an.

Hinter dem Haus kam eine alternde Frau hervorgetippelt, ihr weißes Leinenkleid schimmerte in dem goldgrünen Schatten. Sie faltete die Hände auf ihrem starken Leib, neigte den Kopf zur Seite, und auf ihrem Gesicht lag besorgte Neugierde.

„Wer bist du, und was wünschst du?“ fragte sie mit sanfter, klagender, ein wenig vorwurfsvoller Stimme.

„Bist du nicht Hajnal?“ fragte Julianus leise.

„Das bin ich, aber wer bist du, Herr? Und woher kennst du meinen Namen?“ fragte die Frau und starrte ihn an.

„Ich bin Frater Julianus“, er lächelte.

„Ich kenne dich nicht. Aber du bist kein Frater, sondern ein Kaufmann . . . deinem Gewand nach.“

„Oh, wie solltest du es auch wissen!“ rief der Gast, kratzte sich an den Schläfen, als suchte er zwischen seinen Gedanken. „Györk bin ich. Entsinnst du dich?“

„Gyö . . . Györk . . . Györki!“ stammelte die Frau, starrte ihn lange an, in seinen Augen den Knaben von einst suchend. „Aber ja . . . du bist es wirklich . . . deine Augen . . . Oh, Györki!“ rief sie, begann zu schluchzen und umarmte die Schultern des mageren Mannes, küßte ihm von beiden Seiten den Bart, dann zog sie sich wieder zurück, betrachtete ihn lange, mit Tränen in den entzündeten Augen. „Györki! Györki!“ beteuerte sie immer wieder, befühlte ihn, als wollte sie ihren Augen nicht glauben. „Ich muß mich setzen . . . mein Herz versagt mir . . . Györki, mein lieber Sohn, so tritt doch ein!“

Julianus band das Pferd an einen Baum und trat in das Haus. Es war der Augenblick, da sich alles herausstellen mußte, obwohl Julianus nicht wußte, was.

„Kusch, kusch!“ schrie Hajnal die wild fletschenden Hunde an. „Schert euch, ihr! Macht euch fort! Sie bringen diesen kleinen Hund noch um. Ist das dein Hund, mein Sohn? Welch lieber kleiner Hund. Wenn sie ihn nur nicht zerreißen. Sie sind nämlich wild, der Teufel ist in sie gefahren. Ich habe nur Ärger mit ihnen. Oh, du bist also da, bist wieder da, Györki, mein lieber Sohn“, beteuerte sie immer wieder, trat von einem Bein auf das andere, wandte sich hin und her und war vor Aufregung ganz außer Fassung. „So setz dich doch. Oh, du hast doch mit deinem Fuß die Schwelle nicht berührt? Es wäre nicht gut, wenn gerade jetzt ein Übel über uns hereinbrechen würde . . . Hast du schon gegessen? Warte, ich bringe dir etwas. Ich habe nichts weiter, nur ein bißchen Hirsebrei von gestern abend, mit Speck und Zwiebeln zubereitet, wie du ihn immer gern mochtest. Aber sicher bist du jetzt etwas anderes gewöhnt und verachtest den Hirsebrei . . .“

„Wo ist mein Vater?“ fragte Julianus und setzte sich auf das Bärenfell, auf dem sein Vater zu schlafen pflegte, und ließ den Blick im Zimmer umherschweifen. „Sein Pferd ist daheim oder hat er jetzt vielleicht zwei Pferde?“

„Er kommt gleich, ist nur ins Schmiedeeck gegangen, um etwas zu besorgen. Ach, ich bringe dir den Hirsebrei. Ich bringe auch Milch. Unsere Kuh gibt sehr gute Milch. Aber wie bist du Kaufmann geworden? Du wolltest doch Mönch werden? Warst im Kloster, hast Latein gelernt.“

„Ich bin Mönch, nur mein Gewand ist das eines Kaufmanns. Ich gehe auf große Reise, zu heidnischen Völkern.“

„Was du nicht sagst“, Hajnal schlug entsetzt die Hände zusammen und blieb stehen, als hätten ihre gebräunten, breit gewordenen nackten Füße im Fußboden Wurzeln geschlagen. „Oh, mein Sohn, oh, das kann doch nicht sein! Was soll aus dir werden! Sie bringen dich um, dort, in der Fremde!“ Sie jammerte und klagte mit entrüsteter Stimme und schüttelte in einem fort den Kopf.

‚Das also war mein altes Zuhause', dachte Julianus, als er das Zimmer so betrachtete. „Dort in der Ecke war mein Lager, wo ich unter dem Wolfsfell schlief oder die Schatten des flackernden Feuers betrachtete. Dort stand die Wiege des kleinen Istefáns." An der Wand hingen genau wie einst die Waffen des Vaters, sein Salzbehälter, das Trinkhorn, die Tasche mit der silbernen Platte. Auf dem Herdstein glimmte unter der Asche die Glut. Alles war genauso wie früher. Und dennoch war alles anders, die Balken älter, dunkler, das Rauchloch über der Tür schwärzer, und die beiden Hunde, die grimmig und neugierig an der Schwelle standen, und, sich die Lefzen leckend, den am Fuße des Gastes liegenden kleinen Hund beäugten, würden ihn, den Sohn des Hauses, sicherlich anfallen. Die Schwalben zwitscherten genauso unter der Dachtraufe, die Amseln flöteten, die Sperlinge tschilpten wie einst, aber dennoch empfand Julianus eine matte Stille. Ohne das Lallen Istefáns konnte er sich das Haus nicht vorstellen, und immer wieder mußte er in die leere Ecke schauen.

Währenddessen kam und ging Hajnal, stellte den Kessel auf das Kinderstühlchen, drückte Julianus einen langstieligen Löffel in die Hand, brachte ihm Milch und nötigte ihn zum Essen. Julianus hatte keinen Hunger, aber er aß, um seine Stiefmutter nicht zu kränken.

Die Hunde stürmten freudig kläffend davon, und bald darauf erschien in der Tür ein düster dreinblickender Mann mit grauem Haar, im Leinenhemd, in ledernen Beinkleidern und Stiefeln. Verwundert sah er den in seinem Hause sitzenden und speisenden Fremden an. Er verstand nicht, warum seine Frau, wenn ein Händler sie besuchte, ihn behandelte, als wäre es ein Verwandter. Das brachte er auch gleich zum Ausdruck, denn sein überraschtes Gesicht verzog sich ärgerlich, und seine stechenden Augen starrten die Frau an.

Julianus erhob sich, wischte sich den Bart nach beiden Seiten und lächelte.

„Grüß Gott, Vater."

„Grüß Gott. Wer bist du, und was wünschst du?"

„Ich bin Györk."

„Was . . . was?" stammelte der alte Mann und musterte den Fremden mit blinzelnden Augen. „Was du nicht sagst! Wie zum Teufel kann denn das sein, sag?"

Zurückhaltend umarmte und küßte er Julianus und musterte ihn von Kopf bis Fuß.

„Nun, so bist du also weder Priester noch Krieger geworden. Aber ein ehrlicher Mann hättest du wenigstens werden können."

„Er ist noch immer der Alte", dachte Julianus mit einem verzeihenden Lächeln. Er beharrte auch jetzt noch darauf, daß nie etwas aus seinem Sohn werden würde...

Julianus setzte sich wieder, und auch sein Vater machte sich ans Essen. Als der Ältere und der Herr des Hauses stellte erst Farkas Fragen, aber mit so gleichgültiger Stimme, als erwartete er von Julianus ohnehin nichts Gutes. Es wollte ihm nicht in den Kopf, wozu zum Teufel er unter die Heiden gehen wollte. Daß es im Osten Madjaren gäbe? Man sagt, die Alten von einst hätten mehr über sie gewußt, aber die waren inzwischen alle umgekommen. Und dieser Frater namens Otto, von dem Julianus erzählte, der mochte vielleicht im Fieber von ihnen gesprochen haben. Der Arme lag doch wohl im Sterben. Überrascht war Farkas, als ihm sein Sohn von seinen Studien in Bologna berichtete. Das paßte nicht zu seiner Meinung über Julianus. Farkas war ein verbitterter, mürrischer Mann geworden, aber das hatte auch seine Gründe. Mit spärlichen Worten berichtete er sein Lebensschicksal. Istefán sei gestorben, obwohl er schon den Säbel schwingen, den Bogen spannen konnte. Plötzlich habe ihn der Tod hinweggerafft, im Frühjahr habe ihn eine Krankheit befallen, er habe immer Fieber gehabt, gehustet, nichts habe mehr geholfen. Dabei habe man ihn im geheimen sogar zu dem Schamanen nach Várkony gebracht, zu einem damals berühmten, klugen Mann. Er habe noch mehr gewußt als Majs. Nachdem der neue Abt Majs aus dem Wald verjagt hatte, seien die Leute nach Várkony gegangen. Einen Knaben aber habe ihm Gott nicht mehr geschenkt, immer nur Mädchen. Fünf hintereinander. Zwei seien gestorben, drei aber haben geheiratet, alle nach Várkony, die Söhne eines gewissen Nemvalo hätten sie zu Frauen genommen, aber nur sehr wenig für sie gegeben. Alle drei hätten schon Kinder. Aber über die Trauer, daß Farkas außer Istefán nur einen Mönch zum Sohn hatte, konnten ihm auch die Enkel nicht hinweghelfen. Dann klagte er, daß er kaum noch durch die Wälder des Klosters ziehen könne. Wenn er lange reite, bekäme er Kreuzschmerzen, da helfe kein Dämpfen und kein Salben. Wie gut könnte man jetzt Söhne brauchen! Gott jedoch habe ihn beschämt, habe ihm die Knaben versagt. Offenbar liege es an der Frau, aber wer wüßte das schon im voraus?

Bald waren sie mit den Familienangelegenheiten zu Ende, und Trauer überkam Julianus. Aus den Worten seines Vaters hörte er auch jetzt den verhaltenen Vorwurf heraus wie schon damals in seiner Kindheit. Um den mit seinem Schicksal hadernden Alten zu trösten, berichtete er ihm von seinen Erfahrungen in Italien, sprach von dem neuen Mönchsorden, zu dessen Gründungsmitgliedern er gehörte, erzählte von seiner Begegnung mit König Béla, erwähnte, wieviele Sprachen er gelernt habe. Farkas sagte nur dann und wann ein „Hm", und man sah, daß er das alles schön und gut fand, daß er sich aber nur dann richtig glücklich fühlen könnte, wenn aus Györk ein wackerer Mann geworden wäre, der mit ihm durch den Wald zöge, eine Familie gegründet hätte und die Erinnerung an den ehrlichen Vater, auch wenn er nicht von Adel war, in stattlichen Söhnen der Nachwelt erhalten hätte. Aber wenn es nun mal so war, daß Gott ihm nur einen solchen schwächlichen Sohn gegeben, den stattlichen aber genommen hatte, so sollte jener der Kirche dienen. Doch auch darin wurde Farkas enttäuscht, denn er hatte gehofft, Julianus würde ein vornehmer Kirchenfürst am königlichen Hof, würde Urkunden ausfertigen, Güter, Ländereien und Burgen verwalten, im glänzenden Gewand einhergehen, ein goldenes Kreuz am Halse tragen, und wenn er die Messe las, würden ihn vier Priester umgeben. Jetzt aber saß er hier im Krämergewand auf dem Bärenfell und erzählte, daß er nach Osten ziehe zu den Heiden.

Hajnal hörte sich das Gespräch der Männer wortlos an und wandte den prüfenden Blick keine Minute von Julianus. Sie seufzte, wischte sich mit dem Handrücken häufig die Augen, denn ihr kamen immer wieder die Tränen.

Julianus machte sich dann auf und ging ins Kloster. Nachdem er dem Bruder Pförtner gesagt hatte, wer er sei und weshalb er komme, trommelte dieser gleich das ganze Haus zusammen. Auch der Abt kam, ein großer, sich würdevoll bewegender Mann, Frater Pelbart aber rannte mit einer Geschwindigkeit, die sein Alter Lügen strafte, die Stufen herunter, um seinen einstigen Schüler zu begrüßen. Sein Haar war nicht mehr so schwarz wie einst! Silberne Fäden hatten sich eingeschlichen, seine Schultern waren gebeugt, seine Stimme zitterte. Er umarmte und küßte Julianus und sagte stolz, er habe sich nicht getäuscht in ihm. Man ging die Stufen hinauf, führte Julianus im ganzen Kloster herum. Allen stellte man ihn vor, rief sogar die Klosterschüler herbei, und Frater Pelbart richtete mahnende Worte an sie, stellte ihnen den bärtigen Mann in der Kaufmannskleidung als Vorbild hin, der einst der frömmste und fleißigste Zögling des Klosters gewesen sei und der jetzt gen Morgen ziehe, zu den Ungeheuern und Heiden. Schließlich gingen sie in den Turm, in die Bibliothek, und Julianus atmete wieder die strenge Luft, hier, wo sich vor den blinden Augen des geblendeten Béla die Tiefe der ewigen Nacht auftat, und Julianus schaute wie einst durch das kleine Fenster und erfreute sich wieder am Anblick der weiten Landschaft.

Klar und deutlich sah er jenen Herbsttag, als er in diesen engen Raum gekommen war und, in den Büchern stöbernd, in einem Folianten den Bericht über die Gesandtschaft der Madjaren gefunden hatte. Er trat an die Nische, suchte den Kodex, den er einst mit seinen schwachen Händen auf seinen schwachen Knien kaum halten konnte, strich darüber und blätterte darin. Von hier war er – ein Kind noch – ausgezogen. Diese Worte leuchteten ihm, durchdrangen mit ihrem Licht den Nebel vergangener Jahrhunderte und die Winkel ferner Welten.

Frater Pelbart war besorgt. Dort im Morgen sollten so schreckliche Wesen leben, daß es unmöglich sei, durch deren Gebiete zu gelangen. Vielleicht gäbe es dort zwischen den himmelhohen Bergen tatsächlich Madjaren, aber zu ihnen gehen und sie sogar hierher geleiten zu wollen! Die größten Gelehrten der Welt hätten verkündet, daß dort das Reich der Menschen zu Ende sei, daß sich dort nur undurchdringliche Wälder, öde Gebiete, unermeßliche Grassteppen erstreckten, bis hin zu den Schwefelseen. Und in diesem Gebiet wohnten fürchterliche Wesen. Wie die Madjaren in jenes Land gelangten, sei ein Geheimnis, das wohl nur Gott lüften könne. Vielleicht habe es früher einen Weg dorthin gegeben. Auf diesem Weg mochten unsere Ahnen einst nach Lebedien gekommen sein. Er wolle nicht behaupten, daß Frater Otto auf dem Sterbebett die Unwahrheit gesprochen habe, aber sicher sei, daß er keinem Madjaren aus jenem Gebiet begegnet sei, sondern einem aus dem alten Lebedien, und dieser habe dem schwerkranken Frater gegenüber nur das gelten lassen, was dieser habe hören wollen . . .

So unterhielten sie sich und debattierten im Turm, und der Abt hörte ihnen mit großer Aufmerksamkeit, mit Achtung gebietender Anerkennung und geziemender Würde zu.

„Der Heilige Vater, der König und der Orden wünschen die Reise dieser guten Mönche“, sagte er, „da gibt es für uns keinen Grund zu zweifeln. Vielleicht werden sie zum Ruhme Gottes das Martyrium erleiden und unsere Brüder und Schwestern nicht finden. Aber sie können sie auch finden. Die Welt wird nicht durch den Verstand, sondern durch Wunder regiert.“

Am Abend saß Farkas mit seiner Frau und seinem Sohn am Feuer vor dem Haus. Im Dorf hatte sich schnell herumgesprochen, daß ein berittener Kaufmann nach Várad gekommen sei, weiß Gott warum. Dann aber hieß es, der Kaufmann sei niemand anders als Györk, Sohn des Farkas, der vor vielen, vielen Jahren in Begleitung eines Mönches auf einem Wagen das Dorf in Richtung Pécs verlassen hatte. Wie er zum Kaufmann geworden war, wo er einst Mönch werden wollte, und, wenn er ein Mönch war, was er dann jetzt in dieser Verkleidung hier suchte, verstand niemand. Neugierde plagte das ganze Dorf. So kamen sie der Reihe nach zu Farkas, mit dem Vorwand, ihn zu fragen, ob er nicht ihre verschwundene Kuh gesehen habe, ob er kein Mittel gegen ihren Schwär wüßte, denn von dem, was sie bis jetzt verwendet hätten, heile er nicht, oder sie fragten einfach, ob er auch meine, daß es morgen regnen werde. Und dann, als sie den am Feuer sitzenden Kaufmann sahen, musterten sie ihn mit prüfenden Blicken und riefen verwundert aus:

„Ist das nicht dein Sohn, Farkas, den ich hier sehe?"

Während der Unterhaltung kamen manchmal auch welche, die Julianus als alten Spielgefährten begrüßten, ihm freudig um den Hals fielen, ihn küßten und ihm die Hand schüttelten. Julianus entsann sich ihrer nur langsam und manchmal recht lückenhaft. In seiner Seele tauchte verschwommen das Bild dieses oder jenes Knaben auf, aber es ähnelte kaum dem freudig Dastehenden. Ein breitschultriger, fester kleiner Mann mit glühenden Augen und braunem Gesicht nannte sich zum Beispiel Vajka, aber erst nach langer Zeit erkannte Julianus in ihm den längst vergessenen Knaben Vajka.

„Und wie geht es deiner Schwester Cseperke?" fragte er. „Nicht wahr, sie hieß doch Cseperke?"

„Ganz recht, Cseperke. Auch sie wird mit ihrem Mann vorbeikommen."

„Wen hat sie geheiratet?"

„Weißt du, diesen großen, schwerfälligen Lörinc, den wir Busa nannten, entsinnst du dich?"

Gewiß, Julianus entsann sich eines kräftigen, trägen Jungen, der einen Kopf hatte so groß wie ein Kürbis.

„Das ist ja schön", sagte er erfreut.

„Gewiß ist es schön, hörst du. Sie hat auch fünf Kinder."

Alsbald kam ein großer, behäbiger, braunhaariger Mann mit seiner Frau herbei.

„Ei, Györki", brummte gedehnt der schwerfällige Mann und streckte seine mächtige, behaarte Pranke mühselig vor, als würde er eine Zentnerlast heben. „Wer zum Teufel würde glauben, daß du es bist. Ich höre, du bist Kaufmann und reist zu den Römern, ist das wahr?"

Seine Frau im reinlichen Leinengewand war wohlgeformt, klein und braunhaarig, sie begrüßte Julianus schamhaft und stand mit niedergeschlagenen Augen vor ihm, wie es sich für eine Frau schickte. Julianus forschte sinnend in der Vergangenheit. Als trete sie aus goldenem Licht hervor, erschien ihm die Gestalt des kleinen Mädchens. Er sah Cseperke am Hügelhang zwischen Ampfer, Schierling und Hirsegras sitzen, sah ihr lächelndes rundes Gesicht, wie sie ihn anschaute, sah die beiden braunen Zöpfe und die strahlenden Augen. Von all dem war nur das runde Gesicht das alte, aber auch das war müde von der Arbeit, vom Wind, vom peitschenden Regen, dem sengenden Sonnenschein, von der Sorge und dem Wachen um die Kinder. Trotzdem hatte sie noch immer etwas von der kindlichen Sanftmut und Heiterkeit an sich, und auch die strahlenden großen Augen und die liebreizend vollen Lippen waren die alten. Wahrlich, Cseperke war eine Frau geworden, und sie war auch nicht mehr ganz jung. An ihren Beinen traten blau die Adern hervor, und ihre einst so schlanke Gestalt war in die Breite gegangen Oder war sie vielleicht wieder in gesegneten Umständen?

„Wie geht es dir, Cseperke?“ fragte Julianus ein wenig verlegen und empfand wohl auch eine gewisse Enttäuschung in seinem Herzen.

„Gott hat mich mit Gesundheit und Kindern gesegnet“, antwortete die Frau leise, die Augen schamhaft niederschlagend.

Ja, das letztemal hatten sie sich gesehen, als Julianus vom königlichen Hof und von seinen großen Plänen sprach.

„Entsinnst du dich, wie du geweint hast wegen des kleinen Hauses?“ fragte Julianus lächelnd.

„Es ist so lange her, vielleicht haben wir es nur geträumt.“ Die Frau lächelte und setzte sich langsam nieder auf einen Stein. „Seither hat es dich weit fortgetrieben, und jetzt willst du noch weiter ziehen.“

„Vielleicht komme ich gar nicht mehr zurück.“

„Gott geleite dich.“

Farkas sprach mit großer Würde von jenen Madjaren in Asien, wie sie lebten und wo sie wohnten, als wüßte er dies ebenso genau wie Julianus. Die Menschen hörten ihm verwundert zu, nur Julianus lächelte im Inneren, er ließ aber den Vater reden, wie er wollte. Mochte er sich nur im Glanze seines Sohnes baden, sich ein wenig über dessen Schicksal trösten, das er sich ganz anders vorgestellt hatte.

Der Mond zog hoch oben am Himmel, und das Feuer blinzelte schläfrig, als die Besucher gute Nacht wünschten, Julianus erneut umarmten und Gottes Segen für ihn erbaten. Julianus und seine Eltern gingen ins Haus und schickten sich zum Schlafengehen an. Julianus lag wieder an der selben Stelle wie in seiner Kindheit. Wieder lauschte er dem tiefen Atem der Schlafenden, betrachtete den an den Balken tanzenden Feuerschein und versuchte zu ergründen, was für Gestalten die Schatten darstellten. Er sah Wölfe, Bären, galoppierende Reiter, sah Wälder, Berge und Täler, die sich von einem Augenblick zum anderen in immer neue, wilde Landschaften verwandelten. Er verrichtete seine Andacht und lag dann ruhig auf dem alten Wolfsfell, und sein Herz füllte sich ganz allmählich mit schmerzlicher Wonne. Der süße Frieden des stillen kleinen Holzhauses rieselte gleichsam von oben auf ihn herab wie Blütenstaub. Draußen bellten die Hunde, und der kleine Hund schmiegte sich aus Angst vor seinen wilden, fremden Artgenossen an seinen Herrn.

Julianus träumte. Er schritt auf dem Waldweg immer leichter und leichter den Berg hinauf. Rings um ihn ragten dicke Eichen empor wie Säulen, und ihre Äste schlossen sich rauschend über seinem Kopf zusammen. Ein Specht klopfte, eine Meise rief, eine Amsel flötete, ein Adler kreischte im Wald, und Julianus wehte duftender Wind ins Gesicht, der kühl war wie das Wasser des Baches.

Plötzlich tauchte im Dickicht ein riesengroßes weißes Pferd auf. Es lag auf dem dürren Laub und schaute mit erhobenem Kopf auf Julianus. Furchterweckend schien das weiße Tier, aber sonderbarerweise empfand Julianus, als kenne er es seit langem und stünde in enger Beziehung zu ihm. Er schritt hin zu ihm und blieb vor ihm stehen.

Das Pferd sah ihn mit seinen braunen klugen Augen an und sagte: „Hör zu, denn morgen ist alles schon zu spät."

„Was ist zu spät?" fragte Julianus verwundert.

„Du weißt, daß man mich umgebracht hat, Györki."

„Ich wußte es nicht", erwiderte Györk erstaunt, und unsagbarer Schmerz durchdrang jäh sein Herz.

„Dein Vater hat mich umgebracht. Er hat mich vertrieben, in die Welt gejagt, und aus Kummer bin ich gestorben."

„Warum kamst du nicht zurück?"

„Kann denn eine arme, hilflose Frau zurückkommen, die ihr Mann aus dem Hause verjagt hat?" sagte das Pferd mit klagender Stimme und seufzte tief.

„Aber du bist doch keine Frau, sondern ein Pferd!" rief Györk.

In diesem Augenblick stand anstelle des Pferdes eine Frau im weißen Leinenkleid vor ihm, aber ihr Gesicht konnte man nicht sehen. Julianus schrak auf aus seinem Traum. Er verstand nicht, warum ihm so beklommen zumute war, warum sein Herz so heftig pochte und warum es sich zusammenschnürte, wenn er an das große weiße Pferd dachte. Er betete, drehte sich um und schloß die Augen.

Und er sank in einen so tiefen Schlaf, als wäre er auf den Grund eines Sees gesunken. Erst bei Tagesanbruch erwachte er, als der Himmel stahlgrau sich erhellte und die Amseln zu flöten begannen.

Er stand auf der Stelle auf und ging hinaus vor das Haus. Kalter Tau schillerte auf den Baumblättern und den Grashalmen, die Kuh graste friedlich, und vor den Füßen Julianus' sprang freudig sein kleiner Hund. Die Hunde seines Vaters kamen träge und argwöhnisch herangetrottet, sich das Stroh aus dem Fell schüttelnd.

Man frühstückte noch zusammen, dann mußte Julianus nach Pécs zurück. Die weite Reise drängte. Es gab für ihn hier auch nichts mehr zu suchen. Was er gesucht hatte, seine Kindheit, konnte er ohnehin nicht finden. Er spürte, wie genau er auch jede Ecke und jeden Winkel kannte, wie gut er die Menschen verstand, er war fremd hier, fremder als an jedem anderen Ort. Gegenstandslose Trauer hüllte ihn in einen dunklen Schleier, den er nicht fassen, nicht lüften konnte, um dahinterzublicken. Verworren entsann er sich seines seltsamen Traumes, in dem er wohl mit einem Pferd gesprochen hatte, er wußte auch noch, daß er am Morgen über den Traum nachdenken wollte, um ihn vielleicht deuten zu können. Aber außer der seltsamen, widersinnigen Stimmung des Traumes fiel ihm nichts mehr ein.

Hajnal wollte ihm Wegzehrung einpacken, aber Julianus wehrte ab. Er hatte zu essen, wohin ihn das Schicksal auch verschlug. Und in Pécs warteten beladene Packtiere auf ihn. Auch Geld hatte der König genügend gegeben. Und wenn alle Vorräte aufgebraucht waren, dann würde er fasten oder betteln. Aber Hajnal ließ nicht locker, bis er wenigstens ein Töpfchen Honig annahm. „Wer weiß, wann du wieder zu Honig kommst", klagte sie, „vielleicht gibt es in jenen fernen Gegenden nicht einmal Bienen . . . Und es dauert wohl eine ganze Woche, bis du wieder unter Madjaren bist, wenn du sie überhaupt findest . . ."

„Vielleicht eine ganze Woche, gewiß", ließ Julianus gelten.

Farkas kam und ging, striegelte das Pferd seines Sohnes, prüfte das Zaumzeug und schüttelte verächtlich den Kopf.

„Alles vergebens, Heu ist nun mal nichts für Gänse. Wie ist diese Gebißstange angebracht! Warum schnallst du sie so fest? Dieses Pferd hat ein sehr empfindliches Maul, hörst du?"

„Ich werd's schon noch lernen."

„Alles vergebens, Pferd und Frau sind nun mal nichts für einen Mönch."

Sie tranken Milch, aßen Brei, dann umarmte Julianus Hajnal und küßte sie.

„Mutter“, sagte er gerührt, „vergib mir, was ich gegen dich gefehlt habe. Ich war ein undankbares Kind, habe oft nur die Stiefmutter in dir gesehen, aber jetzt weiß ich, auch dein Leben war Qual, und du hast mich mehr geliebt als ich dich. Vielleicht sehen wir uns im Leben nie wieder. Ich will dich segnen.“

Die Frau brach in Tränen aus, kniete nieder und empfing den Segen Julianus' mit solcher Andacht, als kniete sie an seinem Grabe.

„Geh nicht fort, bleibe hier“, bat sie ihn dann.

Als Julianus auch von seinem Vater Abschied nehmen wollte, fand er ihn plötzlich nirgends. Endlich trottete er hinter dem Haus hervor, räusperte sich kräftig, spuckte aus und rieb sich die Nase.

„Ich begleite dich ein Stück des Weges“, sagte er mürrisch.

„Bleib nur, das Reiten fällt dir schon schwer.“

„Du willst doch nicht sagen, daß ich nicht mehr reiten kann“, fuhr er grimmig auf, „so wie ein Klosterbruder kann ich es noch lange.“

Alsbald trabten sie auf der Straße nach Pécs dahin. Es war ein schöner, heiterer Morgen, und lange Zeit sprach keiner ein Wort.

„Hör mal, Vater“, sagte Julianus endlich. „Wir sehen uns jetzt vielleicht zum letztenmal im Leben. Es kann sein, daß ich umkomme, es mag auch sein, daß du meine Rückkehr nicht abwarten kannst. Ich möchte dich etwas fragen.“

„Laß hören“, warf Farkas mürrisch hin.

„Wer war meine Mutter, und was ist aus ihr geworden?“

„Wozu brauchst du das zu wissen“, brummte Farkas nach langem Schweigen und beschimpfte plötzlich sein Pferd. „Krepiere, elender Klepper! Was wirfst du den Kopf, als würde ringsum der Blitz einschlagen?“

Endlich kam er mit seinem Pferd ins reine und ritt im gleichmäßigen Trab neben Julianus her.

„Wann hast du zum letztenmal gebeichtet, Vater“, wandte sich Julianus mit sanftem Lächeln plötzlich an ihn.

„Ich hab gebeichtet, ich hab immer regelmäßig gebeichtet.“

Wieder ritten sie wortlos ein gutes Stück nebeneinander her.

„Deine arme Mutter ...“, mit einemmal seufzte Farkas düster. „Es ist sehr lange her ... Du konntest noch nicht einmal krabbeln, Junge. Sie ging fort ... später ist sie gestorben ... Ich weiß es kaum noch ... Es ist lange her ...“

„Es ist lange her, sie ruhe in Frieden. Ich wollte nur wissen, wie es war.“

„Ich wollte es im Grunde gar nicht, daß sie fortging“, ließ Farkas nachdenklich verlauten. „Aber oft sind wir nicht Herr unserer Taten. Schau, du bist Mönch. Du wirst es wissen. Es ist manchmal schwer, die Eingebung des Teufels von der Eingebung Gottes zu unterscheiden. Du könntest manchmal auch für mich beten ...", fügte er bitter stöhnend hinzu.

Die Zunge des Alten bewegte sich schwer, Julianus spürte, wie er mit den Worten rang, daß er gern mehr sagen wollte, als er sagen konnte. Auch er fühlte, daß er jetzt vielleicht zum letztenmal mit seinem Sohn, den er seit dessen Kindheit nicht mehr gesehen hatte, zusammen war. Aber auf seiner Seele lastete etwas, was er gerade seinem Sohn nicht offenbaren konnte. Doch was nützte ihm jedes Geständnis, wenn es gerade sein Sohn nicht hören durfte? Farkas kaute an seinem Bart, zog an der Mähne seines Pferdes, betrachtete jeden Baum, prüfte den Himmel und prophezeite Julianus gutes Wetter für die Reise. Er zappelte wie ein Fisch im Netz. Julianus hatte Mitleid mit dem Vater. So ritten sie noch eine gute Wegstrecke, bis dann Farkas die Zügel seines Pferdes straffte und anhielt.

„Dann wollen wir uns Lebewohl sagen, Györki", sagte er mit rauher Stimme.

Er stieg nicht vom Pferd, streckte dem Sohn nur die Hand hin.

„Gehe deines Weges. Ich glaube nicht, daß wir uns in diesem Leben wiedersehen und im anderen auch nur dann, wenn wir an die gleiche Stelle kommen. Gott segne dich."

„Vater", sagte Julianus und betrachtete lange das gefurchte Gesicht, das ergraute Haar und die harten, fast dunklen Augen, „vergib mir, was ich gegen dich gefehlt habe."

„Du mir auch."

Sie drückten einander die Hand und trennten sich. Der Alte ermunterte sein Pferd zum Trab und blickte nicht zurück. Julianus schaute lange hinter dem Vater her, und es war ihm sehr schwer ums Herz. Der Augenblick war vorüber, in dem etwas hätte geschehen können, wodurch er seinen Vater bis in die tiefste Seele hätte verstehen können. Aber selbst ihr Abschied vollzog sich nur flüchtig vom Pferd aus, und nichts konnte man von vorn beginnen. Wenn er jetzt kehrtmachte und hinter dem Vater herjagte? Er wußte, das würde den Alten nur ärgerlich machen. So trabte er in entgegengesetzter Richtung weiter, seinen vergnügten kleinen Hund hinter sich herpfeifend.

Sie zogen durch Baranya, überquerten die Drau und richteten die Köpfe ihrer Pferde nach Bulgarisch-Weißenburg. Ihr Zug verlief ohne Zwischenfälle, die Krieger sangen, stritten auch miteinander, die Mönche schwiegen meistens. Wenn sie lagerten, um zu übernachten oder um zu füttern und zu tränken, setzten sich die Mönche zusammen, entfachten ein Feuer und unterhielten sich über Dinge des Glaubens. In Syrmien kamen sie an kumanischen Siedlungen vorbei, und eines Nachts kam es sogar zu einem Geplänkel. Eine kleine Reiterschar, die den Zug reisender Kaufleute mit beladenen Pferden nicht ruhig ziehen lassen konnte, griff sie an. Fast vergnügt und keck fielen die Angreifer über sie her, ihre wilden Hijju-hijju-Rufe schreckte die Stille der mondhellen Frühlingsnacht auf. Die Krieger des Hundertschaftsführers Tömör schwangen sich sogleich aufs Pferd und sprengten aus dem Lager, als zögen sie zu einem Vergnügen. Lange hörte man nur das wilde Toben und Kreischen der aufeinanderprallenden Reiter, ungarische und kumanische Flüche, Pferdewiehern, das Klirren von Säbeln und Streitäxten, sehen aber konnte man nichts, denn die Wachen hatten die im Ginstergebüsch lauernde Schar rechtzeitig bemerkt, so daß sie sich dem Lager nicht nähern konnte. Die Mönche lauschten besorgt dem tobenden Lärm, rückten am Feuer eng zusammen, aber die zurückgebliebenen Krieger lachten und unterhielten sich ruhig, spöttelten über die in ihrer Nähe heruntergefallenen Pfeile, die wie verendende Wespen summten. Alsbald entfernte sich der Lärm, und die Frösche stimmten in der Stille der Nacht ihr immer lauter werdendes Konzert an.

Als die Krieger in Trüppchen zurückkehrten, brachten sie vier Tote und sechs Verwundete. Der Hundertschaftsführer selbst hatte auch eine schlimme Schnittwunde an der linken Schulter erhalten. Der Ärmel seines Rockes war aufgeschlitzt, und das Blut färbte den roten Samt schwarz. Die Toten legte man ins Gras, deckte sie mit Wolfsfellen zu, und dann ging man ans Verbinden der Wunden.

„Nun, jetzt gibt es auch für euch zu tun, ihr könnt die Toten bestatten, Patres", ermunterte sie der Hundertschaftsführer. „Deshalb ist es gut, wenn man Priester zu begleiten hat. Da ist gleich jemand zur Stelle, der einen beerdigt."

„Aber wer wird die fünfzehn oder zwanzig Kumanen beerdigen, die wir ins Jenseits befördert haben?" fragte ein junger Bursche, während ein alter, langbärtiger Krieger ihm die Wunde am Oberschenkel behandelte.

„Sie werden schon einen Schamanen bei sich haben", lachte ein dritter.

In Bulgarisch-Weißenburg verbrachten sie einen ganzen Tag und machten sich dann auf den Weg in die Berge. Hier waren die Krieger nun in ihrem Element: Lachend und mit schmetterndem Gesang zogen sie bergauf und bergab und stießen manchmal tagelang auf keine menschliche Behausung. „Eine armselige Provinz", sagten sie geringschätzig, „einen so schönen steinernen Palast wie den in

Esztergom gibt es hier weit und breit nicht zu sehen.“ Herumirrend und beratschlagend zogen sie auf Nisch zu und von dort über Serdica nach Hadrianopolis. Hier befand man sich nun auf richtigem griechischem Boden, und in der glühenden Stadt Hadrianopolis stellten auch die Krieger anerkennend fest, daß das Römische Reich gar nicht zu verachten sei.

Einen Monat dauerte die ermüdende Reise bis Konstantinopel. Hier mußten sich die vier als Kaufleute verkleideten Mönche nach Matrika einschiffen. Im Hof eines riesigen Klosters verabschiedeten sich Julianus und seine Gefährten vom Hundertschaftsführer Tömör und seinen Kriegern und erbaten Gottes Segen für sie.

Die Mönche des Klosters sahen in ihnen erst tatsächlich Kaufleute, aber sie nahmen sie dennoch freundlich auf. Die Erledigung ihrer Angelegenheiten war mit viel Lauferei verbunden, und sie mußten von einem Ende der Stadt ans andere. Sie drängten sich durch laut kreischendes, zudringliches Händlervolk, wateten im Schmutz bis zu den Knien, feilschten in den Basaren, wobei man ihnen fast die Kleider vom Leibe riß. Julianus mußte für sie und ihre Waren ein Schiff finden, und das war nicht so einfach. Obwohl ein Frater des Klosters mit ihm in den Hafen ging, zogen sie tagelang ergebnislos von einem Schiff zum anderen, und als sie schließlich einen Schiffer gefunden hatten, der bereit war, sie mitzunehmen, begann ein Feilschen, das einen halben Tag währte. Die Unterhandlung verlief in einem Gemisch aus Griechisch, Italienisch und Illyrisch, in das sie sogar kumanische Worte mischten, begann mit einem schwindelerregenden Preis, der dann von Stufe zu Stufe niedriger wurde, um dann unten stehenzubleiben, wobei der Schiffer laut brüllte und schreckliche Verwünschungen auf die Köpfe seiner Kunden herabbeschwor. Auf Schritt und Tritt begegneten sie erschreckendem Elend, leprakranken, halbtoten Menschen, zusammengerotteten dreisten Hunden. Lehmhütten, die kaum aus der Erde schauten, standen neben blendenden Palästen und Kirchen, die von Gold strotzten, deren Marmorwände glänzten und funkelten und in denen man kostbare Heiligenbilder und Kunstschätze aufbewahrte. Man sah in Seidenmäntel gehüllte Damen, die ein ganzes Heer von Sklaven begleitete, andere, die in gepolsterten Sänften getragen wurden. Es gab elende Bettler und Herren, deren einziger Ring oder auch nur eine ihrer Sandalen mehr wert waren als ein ganzes Dorf. Sie begegneten Kumanen in Lederkleidung und Kreuzrittern in Kettenhemden. Wehklagen und Jammern mischten sich mit Pfeifenklängen, angenehme griechische Worte mit Fluchen und Streit. Im Durcheinander kreischender Karren tollten nackte Kinder.

Die vier Mönche irrten wie benommen in diesem Trubel und wurden fast krank durch den Lärm. Selbst das Kloster an der westlichen Bastei der Stadt, in dem sie untergekommen waren, ertrugen sie nur schwer. Der große Aufwand und das Verhalten der Mönche, die selbst in ihrer Andacht ihre Vornehmheit bekundeten, gefielen ihnen nicht. Solches Schwelgen war ihnen fremd. Der Tisch des Refektoriums bog sich unter der Last der Speisen: Platten mit gebratenem Pfau standen da, kunstvoll zubereiteter, in roter Tunke schwimmender Fisch, in goldenen Krügen duftender Wein, das Auge erfreuendes frühes Obst. Man hielt kein Silentium, das Chorgebet verrichtete man mit herrlichem mehrstimmigem Gesang, aber mit wenig echter Inbrunst. Die Ordensbrüder verkehrten übermäßig viel in der Stadt, gingen zu Besuch oder weilten auf Einladung bei den Vornehmen zu Gast, kümmerten sich um die Angelegenheiten schöner Frauen, und in ihrer freien Zeit lustwandelten sie um den Springbrunnen des märchenhaften Gartens und debattierten über die Werke heidnischer Schriftsteller, das eine oder andere Wort, diesen oder jenen Satz zergliedernd.

Julianus fühlte sich nirgends so fremd wie in dieser hochberühmten Stadt, dem glänzenden Zentrum Byzantiums. Außer den schönen, wehmutsvoll stillen, mit Zypressen und Palmen bepflanzten Friedhöfen konnte nichts sein Inneres ergreifen. Die riesigen Kirchen strahlten zwar von Gold und Edelsteinen, wundervoll waren die leuchtenden Farben und die metallenen Prägungen der Bilder – aber aus all dem gähnte nur hoffnungslose Eitelkeit. Entmutigend waren die große Anzahl der Bettler und Kranken, der schreckliche Schmutz, das Elend des Volkes und der weithin stinkende Hochmut der Herren. Aus diesem Grund wagten sich die vier Ungarn gar nicht recht auf die Straße, wo man sie eben als Kaufleute betrachtete und wo zudringliche Dirnen sie auf Schritt und Tritt mit eindeutig lockenden Worten, ja, mit schamlos vorgezeigten Reizen zu verführen suchten. Ungarn stand trotz all seiner Mißstände und seiner Verderbtheit weit über diesem Haufen Unrat hier, auf dem aller Schmutz des Ostens und des Westens, des Nordens und des Südens aufgehäuft zu sein schien. Selbst die Kumanen dünkten ihnen besser als diese byzantinischen Griechen. Jene waren wenigstens in ungeschminkter, unschuldiger Weise Heiden, diese aber bis ins Mark verdorbene, das Leben auf verschlagene Weise genießende Wüstlinge, unverfrorene Wucherer, gewalttätige Feiglinge und habgierige Blutsauger des armen Volkes.

Die vier Mönche konnten kaum erwarten, daß der Tag ihrer Abreise herankam. Ihr Abschied vom Kloster und von der Stadt fiel ihnen nicht schwer. Als ihr gesamtes Gepäck auf der Galeere verstaut war, die Segel sich blähten und die schweren Stöcke der die Sklaven befehligenden Aufseher zu dröhnen begannen, schauten sie erleichtert auf die im glühenden Sonnenschein strahlenden schlanken Türme, auf die gedrungenen, braunen Mauern der riesigen Basteien und die grün schimmernden Parks der großen Stadt.

Auf ihrem Gepäck sitzend und ihre Waren bewachend, betrachteten sie das Leben auf der Galeere. Griechische und arabische Kaufleute waren ihre Reisegefährten, darüberhinaus drei kumanische Gesandte, die in irgendeiner Mission in Konstantinopel geweilt haben mochten, und ein moslemischer Priester, dessen grüner Turban einem riesigen Korb ähnelte. Die griechischen Kaufleute waren immer zusammen. Aus erhaschten Gesprächsfetzen verstand Julianus, daß sie nach Matrika reisten, um Sklaven zu holen. Die drei Kumanen standen oder lagerten argwöhnisch, stumm und mit düsterem Gesicht auf Deck, mit sichtbarer Abneigung gegen das große Wasser und die Reisenden auf dem Schiff, und sie wandten sich mit Abscheu von allem ab, was sie umgab, hauptsächlich aber von den Kaufleuten. Der Hadschi mit seinem grünen Turban meditierte meistens einsam, mit untergeschlagenen Beinen auf den Planken sitzend und die Wolken betrachtend. Er hatte einen langen, brünetten Bart und eine große Adlernase. Mehrmals am Tage rollte er seinen Gebetsteppich auf, sank nieder und verneigte sich gen Osten und betete andächtig.

Der Galeereneigner, ein schon älterer Grieche, war ein aalglatter Mann, lächelte immer, sein dunkelbraunes Gesicht strahlte auf, wenn ihm ein Reisender erzählte, in welchen Geschäften er unterwegs war, welche Pläne er hatte, wie er über den Lauf der Welt oder auch nur über das Wetter dachte. Die vier ungarischen Kaufleute würdigte er besonderer Aufmerksamkeit, erzählte begeistert, wieviel Schönes und Gutes er über Ungarn gehört habe, das er von der Größe, der Macht und der Bildung an die dritte Stelle aller Länder in der Welt setzte, gleich nach Byzantium und dem Römischen Kaiserreich. Den ungarischen König nannte er einen berühmten Herrscher, der mit seinen Heldentaten im Heiligen Land die Anerkennung der ganzen Welt errungen habe. Obwohl das lange her sei, werde er ihn nie vergessen. Dann versuchte er Julianus, in dem er sogleich das Haupt der Gruppe erkannte, höflich auszufragen, wohin sie von Matrika aus weiterreisten, was für Waren sie mit sich führten und was sie kaufen wollten. Er empfahl ihnen, sich in die Herberge im östlichen Teil der Stadt zu begeben, nirgends sonst fänden sie so schöne jüdische, griechische, russische und arabische Mädchen. Der Wirt sei sein alter Freund, er könne sich verbürgen, daß dieser die teuersten Mädchen kaufe zum Vergnügen seiner Gäste.

Julianus und seine Gefährten antworteten dem Griechen zurückhaltend und behandelten ihn mit der nötigen Vorsicht. Aber seine Gefälligkeit und seine Geneigtheit mußten sie mit Höflichkeit erwidern. So erzählten sie, was sie in ihrem Gepäck mit sich führten und daß sie von Matrika aus in das Gebiet der Alanen weiterziehen wollten. All dies hörte sich der Grieche an, vor Begeisterung mit den gespitzten Lippen schmatzend.

Die ersten Tage verliefen ohne Zwischenfall, aber dann geriet die Galeere in einen heftigen Südwind, und die vier Mönche wurden seekrank. Sie wälzten sich elend auf dem Deck, stöhnten und jammerten, erbrachen sich, hielten sich die Köpfe und konnten weder essen noch schlafen. Selbst ihr Gebet vermochten sie nur unter Qualen zu verrichten. Der Grieche drückte ihnen sein Mitgefühl aus, gab ihnen gebrannten Wein und lobte ihre Frömmigkeit, von der sie selbst in ihrer Krankheit nicht lassen wollten. Er selbst habe noch nie solch fromme Kaufleute gesehen. Dies sei rühmlich. Ja, die Ungarn seien bekannt wegen ihrer Frömmigkeit. Er habe früher schon ungarische Kaufleute befördert, auch sie seien alle so fromm gewesen.

Zu den Aufsehern und den Galeerensklaven war der Grieche durchaus nicht so sanft. Im Gegenteil. Er zeigte unerbittliche Strenge. Es ginge auch nicht anders: Das Schiff wäre mit Mann und Maus verloren, wenn man versuchte, es nur mit schönen Worten und Scherzen zu lenken. Er sagte zu Julianus auch, in ihm vereine sich der gebildete Christ mit dem harten, aber gerechten Kapitän. Sein empfindsames Gewissen lasse ihn nie vergessen, welche Schätze ihm anvertraut seien und wie vieler Menschen Leben von ihm abhänge. Ja, es solle sich niemand auf See wagen, der christliche Frömmigkeit und Gewissenhaftigkeit nicht mit gerechter, aber unerbittlicher Strenge vereinen könne.

Von der unerbittlichen Strenge bekamen die vier genügend zu sehen, wenn der Grieche mit den mürrischen, finster dreinblickenden, wortlosen Aufsehern zankte oder die auf den Bänken des Zwischendecks schwitzenden Sklaven beschimpfte, trat und schlug, von seiner Frömmigkeit aber um so weniger. Desiderius behauptete zwar, der Grieche würde in den innersten Winkel seiner Kajüte kriechen, um dort zu seinem Gott zu beten, aber Gerhardus argwöhnte, daß dem wohl nicht so sei, der Grieche verziehe sich nur deshalb in den innersten Winkel seiner Kajüte, um Samoswein zu trinken.

Julianus versuchte mit entsprechender Vorsicht und mit Fingerspitzengefühl, auch mit den Kaufleuten Bekanntschaft zu knüpfen, sogar mit dem einsamen Hadschi und selbst mit den düster sich zurückziehenden Kumanen. Den Griechen hätte er selbst dann nicht ausweichen können, wenn er es gewollt hätte, denn es war unmöglich, sie loszuwerden. Ihre erste Frage lautete, ob sie nicht etwas zu verkaufen hätten, und die zweite, ob sie nicht Marderfelle in Matrika kaufen wollten, sie wüßten, wo die schönsten und billigsten diesjährigen Winterfelle zu bekommen seien. Als Julianus erklärte, sie gedächten ihre Waren erst in Matrika und im Alanenreich zu verwerten, Felle aber brauchten sie nicht, da glaubten die Griechen sogleich erraten zu haben, daß er Sklaven suchte. Auch dabei könnten sie ihm behilflich sein, ohne dafür mehr zu verlangen, als die Erstattung ihrer Unkosten. Julianus beteuerte, auch keine Sklaven kaufen zu wollen. Was könnte er dann sonst noch suchen als Sklavinnen. Gleich setzten sie ihm auseinander, daß die schönsten, die besten und die billigsten Mädchen die Russinnen seien, man bringe sehr viele von ihnen auf den Markt, die Auswahl sei reich, man müsse sich nur darauf verstehen. Sie aber verstünden sich besser als jeder andere darauf, und aus selbstloser Zuneigung und Achtung gegenüber den Ungarn wollten sie ihm bei der Wahl behilflich sein. Julianus interessierte auch das nicht. Er war neugierig zu hören, ob die Griechen auf ihren Handelswegen vielleicht Madjaren begegnet seien und wüßten, woher diese gekommen waren. Nun erklärten sie, miteinander wetteifernd, daß es im Gebiet am Maeotis so viele Madjaren gebe wie Gras auf der Weide und daß sie unwahrscheinlich reich seien, ihre Taschen seien voller Geld und ihre Gewänder voller Schmuck. Sie besäßen hunderttausend Rinder und Pferde und wohnten in einer großen, glänzenden Stadt, irgendwo hinter den Sümpfen, wo aber genau, das wüßten sie nicht, denn die Madjaren würden es verheimlichen. Ob sie nicht Kenntnis von Madjaren hätten, die noch weiter entfernt siedelten? Von Madjaren, die zwischen himmelhohen Bergen zu Hause wären? Gewiß doch, gerade von ihnen würden sie doch sprechen, dort sei diese glänzende Stadt, weit hinter den Sümpfen. Das war nun schon eher etwas, und Julianus berichtete freudig seinen Gefährten, was er von den Griechen gehört hatte.

Die lange, mehr als einen Monat dauernde Reise ertrugen die vier Mönche nur schwer. Häufig setzte Windstille ein, und dann hörten sie erschauernd das Brüllen der in der Tiefe des Schiffes arbeitenden Sklaven, das Kreischen der Ruder, das rhythmische Klopfen der Aufseher mit ihren Stöcken, ihr fluchendes Gebrüll. Wenn sich aber der Wind erhob, quälte sie die Seekrankheit. Die ungewohnte, schlechte Nahrung, die gesalzenen Fische und das gepökelte Fleisch, der saure Wein und das faulige Wasser, legte sich ihnen auf den Magen. Häufig wehte der Wind auch aus der falschen Richtung, und man war gezwungen zu kreuzen, um einigermaßen auf Kurs zu bleiben. Es war also auch nicht immer günstig, wenn die Segel vergnügt schwollen und nicht schlaff herunterhingen wie die Flügel eines verendeten Vogels. In welche Richtung sie segelten, das erfuhren sie von dem griechischen Schiffer, denn er klärte sie mehrmals am Tag über alle Kniffe der Schiffahrt auf. Er war ungemein stolz auf sein Wissen und hielt die Seefahrer für die ersten Männer der Welt. Nur die Kaufleute, besonders die ungarischen Kaufleute, seien mit dem Schiffer zu vergleichen, fügte er unverzüglich hinzu.

Ihre Reisegefährten jedoch ließen sie bald in Ruhe, da sie sahen, daß sie weder verkaufen noch kaufen wollten. So waren sie auf diesem zusammengezimmerten Balkenwerk, das tanzend über die Wogen glitt, anvertraut dem Können eines geschwätzigen, wenngleich gefälligen Griechen, dem gefühllosen Willen zweier Aufseher, einem Heer Sklaven, einigen Segeln und dem Steuerruder. Zusammengekrochen wie die Ferkel eines armen Mannes oder wie Vögel in einem fremden Nest, sprachen sie über Dinge von zu Hause, frischten Erinnerungen aus der Kindheit auf, unterhielten sich über Gott, erörterten die Werke der Kirchenväter, beteten oder saßen einfach da und betrachteten das immer gleichförmige, doch stets anders erscheinende Meer. Paulus war bisher kaum auf einem Fluß gefahren, geschweige denn auf dem Meer. Die anderen drei jedoch verglichen ihre Fahrt auf der Adria mit dieser Reise und stellten fest, daß jenes Meer viel sanfter, reizvoller und lieblicher war als dieses. Dabei fiel ihnen der Plattensee ein, sie sprachen von seinen anmutigen, mit Pappeln bestandenen Ufern und der Schönheit dieses Fleckchens Erde. Schließlich verstummten sie und starrten traurig in die wogenden Wellen, das gleiche denkend und das gleiche fühlend.

In Matrika konnten sie dann doch nicht gleich an das sandige, palmenbestandene Ufer gehen, denn der Galeerenbesitzer zeigte urplötzlich ein ganz anderes Gesicht als bisher. Aus dem liebenswürdigen, gefälligen, sich freundlich unterhaltenden, seine ungarischen Reisegäste beinahe verehrenden Mann verwandelte er sich in einen drohenden, gewalttätigen Schurken mit blitzenden Augen.

„Ich lasse euer Gepäck nicht vom Schiff“, sagte er entschieden und ließ die dunklen Augen kalt über die an der Reling des Schiffes versammelten Madjaren gleiten.

„Du scherzest, Herr", Julianus lächelte, um seine Betroffenheit zu verbergen.

„Der Teufel soll mit euch scherzen", fuhr der Grieche in rauhem Ton fort. „Was ich gesagt habe, habe ich gesagt. Ich lasse euer Gepäck nicht herunter, ehe ihr nicht eure Schulden bezahlt habt."

„Wir schulden dir nichts außer unserem Dank. Wir haben dir alles bezahlt", erklärte Julianus.

„Ihr schuldet mir jeder eine byzantinische Goldmünze."

„Die habe ich dir schon bezahlt, als wir auf dein Schiff kamen."

„Gewiß, du hast für jeden ein Goldstück bezahlt. Den Rest aber habe ich noch zu bekommen. Wir haben vereinbart, daß ich von jedem von euch zwei Goldstücke bekomme, und da habe ich noch nicht einmal für euer Gepäck etwas berechnet. Aber das habe ich aus Gefälligkeit mitgenommen, weil ich euer Volk schätze."

„Aber mein Herr . . . mein Herr", stammelte Julianus.

„Du willst doch nicht sagen, daß ich lüge?" Der Grieche schob sein immer finsterer werdendes Gesicht vor und griff nach hinten, um sein Messer zu ziehen.

„Ich sage nicht, daß du lügst, ehrbarer Mann, aber deine Erinnerung trügt dich. Besinne dich nur . . ."

„Was? Ihr wollt nicht bezahlen . . . Solch schmutzige, unverschämte, betrügerische Ungarn, solch nichtsnutzige, herumstrolchende, schuftige Türken seid ihr also? Ihr habt auf meinem Schiff gesessen, das unter der Last eures Gepäcks fast versank, habt den vielen guten Fisch, das Fleisch gegessen, habt den Wein gesoffen und jetzt wollt ihr nicht bezahlen? Ich habe euch vertraut, weil ich euch für ehrliche Kaufleute hielt und euch die Überfahrt gestundet, und das ist der Dank dafür?"

Dies schrie er schon, sein olivbraunes Gesicht verzerrte sich, seine Augen funkelten, und seine Finger langten flink nach dem Griff seines auf der Hüfte hängenden Messers. Die anderen drei verstanden von all dem nichts. Erschrocken scharten sie sich um Julianus und fragten immer wieder, was denn geschehen sei, was der Grieche wolle. Die anderen, die griechischen Kaufleute scherten sich nicht darum. Bis jetzt hatten sie den Sklaven beim Anlegen zugesehen, nun wandten sie sich ab, sammelten sich neugierig hinter dem Schiffseigner, und durch seine Worte angestachelt, starrten auch sie Julianus drohend und entrüstet an.

„Er hat uns reingelegt!" sagte Julianus bitter zu seinen Gefährten.

„Ei, dieser Grieche!", rief Gerhardus.

„Ihr Herren!" schrie der Schiffseigner, streckte die Hand mit großer Geste aus und wandte sich den anderen Griechen zu. „Diese schmutzigen Türken streiten ab, was wir vereinbart haben. Sie wollen nicht bezahlen. Ihr seid meine Zeugen, haben wir uns in Konstantinopel nicht geeinigt, daß ich sie jeweils für geringe zwei byzantinische Goldstücke nach Matrika bringe, wobei ich für ihr Gepäck nichts berechnen wollte? Ihr seid meine Zeugen, daß wir uns so geeinigt haben."

„So ist es! Jeweils zwei Goldstücke!"

„Du hast recht."

„Sieh dir das an, sie wagen es abzustreiten?"

Alle schrien durcheinander, waren schrecklich entrüstet, gestikulierten und warfen den Ungarn verächtliche Blicke zu. Julianus spürte, wie ohnmächtig und allein sie waren. Er hatte diese Männer nie gesehen, ehe sie das Schiff bestiegen hatten. Er begann an sich zu zweifeln, ob das Ganze nicht ein Trugbild sei, oder sollte vielleicht das ein Trugbild gewesen sein, daß er sich mit dem Schiffseigner auf jeweils ein Goldstück geeinigt hatte und daß die anderen Griechen beim Zustandekommen der Vereinbarung gar nicht in der Nähe waren? Sowohl das Gesicht des Schiffsherrn als auch das der anderen Griechen verzerrte sich vor Entrüstung, ihre Augen brannten von fester Überzeugung. Währenddessen hatte das Schiff angelegt, man hatte es ans Ufer geschleppt und an Pfählen befestigt, die drei Kumanen und der Hadschi gingen schon den Steg hinunter, sie aber standen in einer Gruppe da, starrten sich an und warteten: Julianus und seine Gefährten darauf, daß sie erwachten oder daß der Schiffsherr auf der Stelle versank und zur Hölle fuhr, der Grieche aber darauf, daß Julianus bezahlte.

Die Lage wurde immer heikler und bedrohlicher. Julianus seufzte tief, griff sich an die Brust, entnahm seinem Beutel vier byzantinische Goldstücke und reichte sie dem Griechen. Er sah ihn dabei nicht an, so sehr schämte er sich.

Der Schiffsherr drehte die Münzen hin und her, prüfte sie argwöhnisch mit den Zähnen, dann steckte er sie in seinen Gürtel. Sein Gesicht glättete sich, seine Lippen verzogen sich zu einem Lächeln. Mit der Hand beschrieb er einen weiten Bogen in die Luft.

„Ihr könnt gehen, meine Herren. Ich freue mich, daß ich so vortreffliche ungarische Herrschaften auf meinem Schiff befördern durfte. Ewig werde ich stolz darauf sein. Ich hoffe, ihr seid mit meinen Diensten zufrieden gewesen."

„Aber, Herr . . .", begann Julianus, als er wieder zu Wort kam.

„Kein Wort! Mir gebührt kein Dank, was ich getan, habe ich aus Ehrerbietung getan. Danket Gott, daß wir glücklich gelandet sind. Ohne seine Hilfe und Gnade wäre meine seemännische Kunst vergebens. Zieht in Frieden, schließt gute Geschäfte und kehrt gesund und reich nach Hause zurück."

Er verneigte sich tief und gab ihnen den Weg frei. Auch die anderen Griechen verneigten sich und empfahlen den vortrefflichen und ehrlichen ungarischen Herren wieder ihre Dienste. Sie sollten sich nur vertrauensvoll an sie wenden.

Die Sklaven packten die schweren Gepäckstücke der Mönche und schleppten sie ans Ufer. Diese folgten ihnen mit hängenden Köpfen.

Auf der langen sandigen Landzunge, die der Kuban angeschwemmt hatte, hatten die Bewohner der Provinz Sikia eine nicht eben schöne Stadt erbaut. Die Mönche betrachteten, auf ihren Bündeln sitzend, die am schmutzigen Sand der Küste eintönig anschlagenden Wellen, das Kommen und Gehen der Leute, die aus Bruchsteinen oder Lehm gebauten niedrigen, fensterlosen Häuser der Stadt, hörten dem Lärm zu, dem Klappern der Pferdehufe und dem pausenlosen Kreischen der Möwen. Wo sollten sie hingehen, wie zu Pferden, zu Begleitern gelangen? Sie entsannen sich des Rates der griechischen Kaufleute, aber in jene Karawanserei, die nach Angaben der Griechen im östlichen Teil der Stadt lag und deren Besitzer so große Sorgfalt auf schöne Mädchen legte, wollten sie nicht gehen, schon deshalb nicht, um nicht noch einmal den Griechen zu begegnen. Am Strand lagerten viele Menschen, wie Büffel im Dreck, ihren Hemdzipfel über den Kopf gezogen, schnarchten sie in der Sonne, aber als Julianus den einen oder anderen dieser müßigen Männer wachrüttelte und ihn fragte, wo sie Unterkunft finden könnten, war die Antwort nur ein verärgertes oder verwundertes Kopfschütteln. Offenbar verstanden sie keine der Sprachen, in denen Julianus sich an sie wandte.

„Welche Sprache sprechen sie denn, wenn sie weder lateinisch noch griechisch, weder kumanisch noch arabisch verstehen?" klagte Desiderius.

„Hast du sie ungarisch gefragt?" fragte Gerhardus.

„Aber nein."

„Warum denn nicht? Wer weiß, vielleicht sprechen sie gerade ungarisch?" Gerhardus lachte.

„Geh, versuch's", ermunterte ihn Paulus neckend.

Gerhardus erhob sich auch mit ernster Miene und ging zu einem großen, schwarzhaarigen, sehr stattlichen Mann und sprach ihn ungarisch an. Dieser aber lachte nur und schüttelte mit dem Kopf.

„Jetzt siehst du's, es sind doch keine Ungarn, ich habe falsch gedacht", sagte Gerhardus, als er zurückkehrte.

„Ich bin der Ansicht", überlegte Julianus, über die Heiterkeit seiner Gefährten lächelnd, „daß es auch in dieser Stadt griechische Priester geben muß. Vielleicht können wir irgendwo einen finden."

Er machte sich sogleich auf den Weg und zog infolge der langen Seereise mit etwas wankenden Schritten durch die Straßen, um einen griechischen Priester zu suchen. Die Hitze war unerträglich, die Sonne goß sengende Glut aus dem wolkenlosen Himmel, hinter den mit Lasten bepackten Pferden, Kamelen und Maultieren stieg dichter schwerer Staub auf, und die Häuser gleißten blendend wie Spiegel.

Julianus wagte sich nicht sehr weit von seinen Gefährten fort, um sich nicht zu verlaufen, zog nur durch die Gassen und Straßen, die in der Nähe des Strandes lagen. Aber selbst hier konnte man sich leicht verirren, so ungeordnet und winklig waren sie. Er beobachtete die sich träge bewegenden Menschen und stellte fest, daß es viele wunderbar gewachsene Männer und schöne, schlanke Frauen darunter gab. Und es kamen mehr zu Pferd als zu Fuß. Selbst Frauen. Und ihre Gewänder, Waffen und das Zaumzeug der Pferde waren so kostbar, als wären es alles Fürsten. Eine reiche Stadt, dachte Julianus, schöne Menschen, kostbare Kleidung, glänzende rote Stiefel. Und wieviele Kaufleute!

In der Tat, von dem ohrenbetäubenden Geschrei der Straßenhändler hallte die Stadt wider. Sie schleppten die Waren auf ihrem Rücken oder, an eine Stange gehängt, auf ihren Schultern und boten besonders viele Früchte feil. Hier war man schon weit im heißesten Hochsommer, hatte offenbar die Ernte bereits eingebracht. Julianus sah Früchte, die er bisher noch nie gegessen hatte und besonders viele Perserpflaumen, die goldenen Kugeln glichen, und blaue Pflaumen, Birnen und Äpfel. Aber auch Fischhändler gab es zahlreich, sie saßen auf Matten neben riesigen Fischbergen, die einen solch widerlichen Gestank verbreiteten, daß sich Julianus fast der Magen umdrehte.

Seine Beine versagten ihm vor Müdigkeit beinahe den Dienst, und sein Weg durch die Gassen führte ihn immer wieder an die gleiche Stelle. Endlich erblickte er einen Mönch in grauer Kutte, der barfuß dahintrottete, seine Kapuze als Schutz gegen die glühende Sonne über den Kopf gezogen. Gleich eilte er ihm hinterher und faßte ihn an der Kutte.

„Gelobt sei Jesus Christus", sagte er griechisch.

Der junge, glattrasierte Mönch dankte verwundert für den Gruß.

„Wir sind ungarische Kaufleute, Bruder", fuhr Julianus in ehrerbietigem Ton fort, „fremd in dieser Stadt. Würdest du uns sagen, wo wir Quartier bekommen könnten und später Pferde und Begleiter? Meine Gefährten warten am Strand."

Er sah auf der Stelle, daß der Grieche seine Worte nicht verstand, denn er starrte ihn nachdenklich an, zog die Brauen zusammen und bemühte sich zu erraten, was die bekanntklingenden Laute bedeuten mochten. Dann schüttelte er bedauernd den Kopf. Darum wandte sich Julianus jetzt lateinisch an ihn. Dies verstand der Frater besser, aber seine Antwort verstand nun Julianus nicht, so merkwürdig sprach er die Worte aus. Nach langem Versuchen winkte ihm Julianus und kauerte sich auf die Erde. Auch der Mönch kauerte nieder. Jetzt schrieb Julianus die Worte in den Staub. Hierauf ging dem Mönch tatsächlich ein Licht auf. Sein Gesicht erhellte sich, und auch er schrieb die Antwort mit dem Finger in den Staub. Mit Mühe und Not begriff Julianus, daß unweit der Stadt, im Norden, sich eine Karawanserei befinde, deren Wirt ein Circassier sei, wie der Mönch mehrmals laut wiederholte, und diese Karawanserei gehöre der Stadt. Dort könnten sie sich einquartieren und auch Pferde und Begleiter dingen.

Julianus bedankte sich für die freundliche Auskunft des Mönches und reichte ihm als Almosen einen Denar.

Es gab also ein Quartier, man mußte es nur finden, und man mußte das Gepäck dahin bringen. Sie beschlossen, Julianus und Desiderius sollten die Karawanserei suchen, Lastenträger dingen und zurückkehren. Das weitere würde sich finden.

So begannen sie also, die Karawanserei zu suchen. Sie gingen in der zunehmenden Glut kreuz und quer durch die Stadt, durch immer trostlosere, verwinkeltere und schmutzigere, ausgestorbene Gassen. Julianus mußte daran denken, daß jede Stadt ihren eigenen Geruch hat. Desiderius trottete ergeben neben ihm. Wortlos gingen sie immer gegen Norden.

Es gelang ihnen schließlich, aus der Stadt herauszukommen. In östlicher und südlicher Richtung erhoben sich grünende Hügel, hier und dort standen regungslose Palmen und kümmerliche Sträucher in der drückenden Hitze. Tatsächlich, in der Ferne sah man auf einem kahlen Hügel eine mit einer Lehmmauer umfriedete größere Gebäudegruppe, das mußte die Karawanserei sein.

Der griechische Frater hatte recht. Innerhalb der Umfriedung standen Pferde, die aus dem ihnen um den Kopf gehängten Sack ihr Futter malmten, einige plumpe, schwerbeladene Kamele starrten mit gelangweilter Miene und herunterhängender Lippe verächtlich in die Ferne. Im anderen Winkel des Gebäudes um den Brunnenkranz standen niedrige weiße Ochsen bis zu den Knien im Mist und

Schlamm, der sich um den Brunnen auf einer großen Fläche gebildet hatte. Ringsherum aber unter den schattigen, dunklen Arkaden lagen, wie vom Schlag getroffen, die Besitzer der Tiere und ganze Berge aufgehäufter Gepäckstücke. Auf der anderen Seite bildeten einige aus unbehauenen Steinen gebaute flache Gebäude den Abschluß der Karawanserei.

Julianus und Desiderius sahen sich nach dem Wirt um. Sie traten ins Haus, und Julianus klatschte in die Hände. Hierauf kam durch eine niedrige Tür ein hochgewachsener, schwarzbärtiger Mann hereingekrochen und musterte die beiden Kaufleute mißmutig. Sie führten die Finger an die Stirn, verneigten sich, und Julianus erkundigte sich erst kumanisch, dann griechisch nach einem Quartier, aber der Mann verstand ihn nicht und rief darauf in den verlassenen Hof hinaus. Auf sein grimmiges Rufen kam ein verschlafener Mann hereingetrottet und fragte auf Kumanisch, was sie wollten.

Mit Hilfe dieses Dolmetschers erklärten sie ihr Anliegen, und der Schwarzbärtige nickte zustimmend. Sie seien hier unter ehrlichen Menschen, sie brauchten keine Angst zu haben, sie würden die besten Pferde und die mutigsten Begleiter bekommen und all das zu billigsten Preisen.

Gegen Abend, als die Hitze nachließ und die Lastträger zu bewegen waren, die schattigen Arkaden zu verlassen, erschienen Julianus und Desiderius mit dem Dolmetscher und mit vier mürrischen, breitschultrigen, halbnackten Kerlen am Strand. Die anderen beiden Mönche waren während dieser Zeit vor Durst und Angst fast gestorben. Sie bekämpften ihre Ungeduld mit Beten und ihren Durst mit trockenem Schlucken.

Bis die Sterne an dem ungewöhnlich dunklen Himmel aufleuchteten, befand sich alles in der Karawanserei, und die vier saßen auf ihrem Gepäck und aßen Hirsefladen, Oliven und gebratenen Fisch und tranken aus den glucksenden Schläuchen kaltes Wasser dazu. Mit dem Abend zog Leben in die Karawanserei, und sie füllte sich langsam mit allerlei Volk. Pfeifentöne, Tamburklänge, schmetterndes Gelächter, Neckerei, schwermütiger, melancholischer Gesang und ein ständiges Kommen und Gehen lösten die bedrückende Stille ab. Am Brunnen herrschte reges Treiben, ein Ochse zog an einem langen Seil in einem großen Eimer das Wasser aus der Tiefe, das sich in die Tröge ergoß. Die sich drängenden Tiere wieherten, bliesen und schnaubten, die Stöcke knallten, Flüche schallten. Und als sich die Nacht gesenkt hatte und die Mönche ihre Gebete verrichteten und sich dann auf ihrem Gepäck ein Nachtlager bereiteten, begann erst das richtige Leben in der Karawanserei, und das dauerte bis zum

Morgengrauen. Das Kreischen der Dirnen, Gesang und Lachen, das Schimpfen von Streitenden, das Dröhnen stampfender Füße, das gleichtönige, trillernde, wehklagende Schrillen der Pfeifen zerstörten die Stille der ungewohnt kalten Nacht, und das Licht von Öllampen schwebte im Dunkel des Hauses und unter den Arkaden. Julianus und seine Gefährten schlossen bis Tagesanbruch kein Auge. Und am Morgen war ihr kleiner Hund verschwunden.

Diese erste Nacht diente ihnen als Vorgeschmack für ihre weitere Reise. Jetzt würden sie Monate, Jahre lang in solchen Karawansereien oder in noch schlechteren Quartieren hausen und das zügellose Verhalten des wilden Volkes ertragen müssen.

Als sie in Matrika ankamen – mit richtigem Namen hieß die Stadt Taman Tarkhan, was höchster Fürst bedeutet –, hatten sie damit gerechnet, in ein oder zwei Wochen weiterziehen zu können. Sie wurden von dem Verlangen getrieben, das gesuchte Land so schnell wie möglich zu finden. Sie wollten hier vor allem Pferde und Begleiter mieten, aber die kurze Zeit auch dafür verwenden, daß sich Julianus in der Stadt umsah, sich nach Alanien und den entlegeneren Provinzen erkundigte und – mit Gottes Hilfe – auch etwas über die Madjaren erfuhr. In einer so großen Stadt wie Matrika, in einer Herberge für Kaufleute, in die auch Fremde aus allen Ländern des Ostens kamen, fanden sich sicher welche, die „von dort" kamen oder zumindest etwas über „sie" wußten.

Bei ihren Überlegungen waren ihnen jedoch mehrere schwere Fehler unterlaufen, und so kam es dann auch, daß sie fünfzig Tage lang an diesem Ort aufgehalten wurden, wo es für sie nichts zu suchen gab.

Das heißt, zu suchen – in des Wortes wahrer Bedeutung – gab es schon für sie, denn kaum zwei Wochen nach ihrer Ankunft, als es den vier Mönchen mit Hilfe des Wirtes der Karawanserei gelungen war, für teures Geld an die fünfzig Begleiter, sechs Lastpferde und vier Reitpferde zu bekommen und in Richtung Alanien weiterzureisen, stieß ihnen ein solches Mißgeschick zu, das sie beinahe all ihrer Hoffnungen beraubte.

Es trug sich so zu:

Am zeitigen Morgen, der neue Tag war kaum angebrochen, erschienen die Reiter und luden das Gepäck auf. Dann machten sie sich in Gottes Namen auf den Weg. Der Anführer der Schar, ein stattlicher, heiterer Mann mit strahlendem Blick und immer lächelndem Gesicht, setzte sich an die Spitze der Karawane, und sie bogen noch im Glanz der Sterne zum breiten Tor der Karawanserei hinaus.

Sie ließen die Stadt rechts liegen, wandten sich nach dem Osten und ritten auf den schnaubenden Pferden stumm dahin. In der Ferne blinkte seltsam qualmendes rotschwarzes Feuer, und über dem ganzen Land lag ein schwerer, unerträglich bitterer Gestank. Die vier Mönche rätselten, was das wohl sein könnte. Schließlich erklärte ihnen einer der Reiter, der ein wenig kumanisch verstand, stockend, mit ängstlicher Stimme, daß aus der Tiefe der Erde dicke, schwarze, stinkende, ölartige Flüssigkeit ströme. Sie breche irgendwo aus der Unterwelt hervor, wo solch schwarzes stinkendes Wasser in Flüssen fließe und in Seen und Meeren woge. Es dringe durch ein Loch zur Erdoberfläche heraus und entzünde sich manchmal. So eine schwarze Quelle brenne nun schon seit einer Woche, niemand wage sich in ihre Nähe, der stinkende Rauch liege über dem Hügelland jenseits der Stadt. Es gäbe Menschen, die sich auf die Erde würfen und dieses unterirdische Feuer zitternd anbeteten, aber die christlichen Priester sagten, wer sich nicht scheue, dies zu tun, bete den Teufel selbst an.

Als die Sonne aufging, verblaßte der rote Glanz des Feuers, stattdessen stieg eine dichtgeballte schwarze Rauchsäule zum blauen Himmel empor gleich einer schrecklichen Pinie, ihre Äste und Zweige, die ganze Krone, breiteten sich in der Höhe weit aus, der Stamm aber schwankte, als wüchse er stürmisch, in einem fort aus der Erde hervor. Das Ende der menschlichen Welt konnte tatsächlich nicht mehr weit entfernt sein, und jenseits davon gab es nur noch Schwefelseen und schreckliche Ungeheuer, Desiderius bekreuzigte sich mehrmals und beteuerte, sie würden Ungarn nie wiedersehen.

Als die Hitze zunahm, suchte die Karawane einen geeigneten Platz zum Rasten. Sie lagerten, ließen die Pferde weiden, die Männer aber begannen zu essen und legten sich dann zum Schlafen nieder. Ringsherum herrschte Totenstille, in der drückenden Hitze flimmerte die Luft, und selbst die Vögel verkrochen sich. Nur von einem seltsamen Baum, den die Mönche nicht kannten, ließ sich von Zeit zu Zeit ein Vogel vernehmen. Im Süden schlängelte sich der Kuban zwischen seinen mit Bäumen und Sträuchern bewachsenen niedrigen Ufern in die Ferne, und am Rande des Horizontes schimmerte gleich einer blaßblauen und weißen Wolke der Gebirgskamm des Kaukasus.

Sie ruhten still, schlummerten oder unterhielten sich leise, als vom Fluß her eine kleinere Reiterschar auftauchte. Ihre Waffen glänzten. Sie näherten sich friedlich wie Gestalten einer Fata Morgana. Die Mönche schenkten ihnen keine Beachtung, betrachteten sie eben nur, weil in dieser Eintönigkeit, in dieser ermüdenden und ermattenden Hitze jeder ungewohnte Anblick eine Abwechslung bedeutete. Nicht so ihre Begleiter. Die sprangen auf, rannten zu ihren Pferden, befreiten sie von den Fesseln, schoben ihnen die Gebißstange ins Maul, strafften den Sattelgurt und machten sich an den Lasten zu schaffen, hoben sie stöhnend, als müßten sie – auf einen geheimen Befehl hin – in größter Eile aufbrechen.

Die Mönche waren verwundert, erhoben sich aber alsbald auch. Julianus rannte zum Dolmetscher.

„Was ist los, Bruder? Warum diese große Hast?"

Der Dolmetscher schien ihn gar nicht zu sehen, mühte sich nur hurtig mit dem Festschnallen eines Riemens.

„Ich fragte, was los sei? Warum brechen wir auf?" wiederholte Julianus ungeduldig seine Frage, weil er glaubte, er hätte die kumanischen Worte falsch gesprochen und der Dolmetscher hätte ihn nicht verstanden.

Doch dieser antwortete noch immer nicht.

„Hörst du? Was ist geschehen?"

Der Dolmetscher beachtete ihn gar nicht.

Die Mönche beratschlagten erregt.

„Wir werden ohne Sterbeglocke von dieser Welt scheiden", brummte Desiderius verzagt.

„Man wird uns vielleicht nicht einmal beerdigen", fügte Gerhardus hinzu.

„Aber man wird uns doch nicht nach dem Leben trachten? Wir haben niemandem etwas zuleide getan", entrüstete sich Paulus.

„Vergiß nicht, daß wir keine Mönche sind, sondern Kaufleute, lieber Bruder", erinnerte ihn Gerhardus. „Und das ist in dieser abgelegenen Provinz Grund genug."

„Man wird uns schon nicht umbringen", versuchte Julianus seine Freunde zu beruhigen, obwohl auch ihm das Herz heftiger klopfte. „Nein, ich weiß es genau, uns kann nichts passieren. Wir müssen nach Magna Hungaria gelangen. Wir können nicht schon am Anfang des Weges elend zugrunde gehen."

Alles sah jedoch danach aus, daß nicht nur der Weg nach Magna Hungaria, sondern auch ihr Lebensweg hier zu Ende ging. Denn die sich nähernde Schar breitete sich fächerartig aus und schloß sie von allen Seiten ein. Von Süden her schnitt ihnen das Kubantal den Weg ab. Die Begleitmannschaft aber schwang sich auf die Pferde, und statt sich zur Verteidigung der Reisenden anzuschicken, umgab sie die Lastpferde und ritt auf die sich nähernden Reiter zu. Kaum hörte man da und dort ein mit tiefer Stimme gesprochenes, den Mönchen unverständliches circassisches Wort. Sie waren in eine Falle geraten, und Julianus sah, daß sie nicht entkommen konnten. Die Begleiter, das sah man deutlich, steckten mit den Angreifern unter einer Decke. Der Anführer der Schar würdigte die Kaufleute nun keines Blickes mehr. Es lief alles wie am Schnürchen.

„Man hat uns verraten", flüsterte Desiderius blaß.

„Man raubt uns unsere Waren, schneidet uns die Kehlen durch wie den Hühnern, zieht uns die Kleider aus, entdeckt unsere Goldmünzen und Denare und wird dabei kein einziges Wort sprechen."

„Wir wollen uns auf den Tod vorbereiten, Brüder", rief Desiderius.

„Wir wollen uns vorbereiten, aber wir werden nicht umkommen, ich kann es nicht glauben", sagte Julianus leise. „Gott läßt nicht zu, daß man uns . . . die wir uns ein ganzes Leben rüsteten, um das Licht des Evangeliums unseren ungarischen Brüdern und Schwestern zu bringen . . ."

Die beiden Reiterscharen vereinten sich, dann drehten sie den Mönchen den Rücken zu und ritten im fröhlichen Trab auf den Kuban zu. Die vier blieben zurück, sie hatten zwar das Leben behalten, waren aber gerupft worden wie die Gänse im Herbst. Wortlos schauten sie den Reitern und den beladenen Tieren hinterher, wie sie immer kleiner wurden und dem sich weit dahinziehenden Flußufer zuritten. Sie wußten genau, wo sich die Furt befand, dort begaben sie sich einzeln ins Wasser. Nur die Köpfe der Pferde und die Oberkörper der Reiter waren auf dem silberweißen Band zu sehen, als kröchen Käfer über das Wasser. Endlich verloren sie sich in der Ferne, verschwanden hinter den mit Büschen bewachsenen Hügeln des jenseitigen Ufers.

Als alles vorüber war, machten die Mönche ihrer Verbitterung Luft. Sie waren völlig ausgeplündert worden. Kaum hatten sie sich von ihrer Enttäuschung über das schändliche Verhalten des griechischen Schiffers erholt, traf sie erneut das niederschmetternde Gefühl ihrer Ohnmacht, Verlassenheit und Hilflosigkeit. Sie setzten sich ins Gras und starrten in die Ferne, als hofften sie, die Schar würde wieder auftauchen, das glänzende silberne Band überqueren und laut lachend zurückkehren: „Das ist nur so ein Brauch, an den wir uns hierzulande unbedingt halten müssen, sooft wir fremde Reisende begleiten, doch jetzt wollen wir in Gottes Namen weiterziehen . . ." Als hofften die Mönche, ein Trugbild, das ihnen die ungewohnte Sonnenglut vorgaukelte, abschütteln zu können. Aber es blieb so still, als wäre die ganze Welt öd und leer. Selbst der Vogel war fortgeflogen, dessen schläfrigen Ruf sie zuvor vernommen hatten.

„Die sind auf und davon", seufzte Gerhardus nach langem Schweigen.

„Als würden wir es nicht selbst sehen", fügte Paulus hinzu.

„Aber warum danken wir nicht Gott, daß er unser Leben gerettet hat", tadelte Julianus die Brüder. „Was haben wir schon verloren? Einige Ballen Samt und golddurchwirkte Stoffe. Wir selbst aber sind unversehrt, bewundern gesund und bei guter Kraft den strahlenden Himmel und sind bereit weiterzuziehen, bis wir ans Ende unseres Weges gelangen. Wir wollen guter Hoffnung und fröhlichen Herzens sein, laßt uns nach Matrika zurückkehren, Geld haben wir noch, wir kaufen wieder Pferde und dingen Begleiter."

So machten sie sich auf den Rückweg und gelangten nach einem langen Fußmarsch, der sie viel Schweiß kostete, vor Bitterkeit fröstelnd, in der Nacht wieder in die Karawanserei zurück.

Dort vernahmen der Wirt und die neugierige Gästeschar der Karawanserei ihr Mißgeschick mit großer Entrüstung. Wer hätte das gedacht? Noch nie sei in diesem Gebiet eine so schmähliche Sache vorgekommen. Das hier sei ein ehrliches christliches Land. Ihre Reisebegleiter seien keine Hiesigen gewesen. Es stehe niemandem auf der Stirn geschrieben, was in seinem Herzen wohne. Das seien Schufte gewesen, die aus den Bergen hierher gekommen waren, doch nun sei alle Mühe umsonst, denn sie seien längst auf und davon.

So mußten die Vier lange Wochen untätig in Matrika verharren, sie warteten auf geeignete Begleiter und debattierten darüber, ob sie neue Waren kaufen sollten oder nicht.

Auch diese Zeit der Tatenlosigkeit nützte Julianus, sich in der Stadt nach den Madjaren zu erkundigen; aber er erfuhr nichts Sicheres. Entweder hatte man noch nie von ihnen gehört, oder man sprach von den verstreuten Madjaren im Gebiet am Maeotis, verwechselte sie auch wohl mit Chasaren und Kumanen, ja, sogar mit Russen. Zuverlässige, ortsansässige Begleiter jedoch wollten sich nicht finden, vergebens bemühte sich der Wirt. Schließlich begannen die vier Mönche zu argwöhnen, daß er sich vielleicht gar nicht bemühte, anscheinend war er fest entschlossen, diese biederen Kaufleute nicht ziehen zu lassen, solange noch ein einziger Denar in ihren Taschen klapperte.

Die sommerliche Hitze nahm zu, die Stadt war tagsüber wie ausgestorben, als liege ein Fluch über ihr. In den Morgen- und Abendstunden jedoch drängten sich die Händler brüllend, schreiend und zankend und boten ihre Waren feil: Melonen, Äpfel, Birnen, Fisch und irgendein in Teig gebackenes Fleisch. Reiter kamen und ritten wieder von dannen, stattliche, schwarzhaarige, olivbraune Kerle mit feurigem Blick, in prunkvoller Kleidung und mit prächtigen Waffen. Maultiere, Esel und Kamele, schwerbeladen mit Bündeln, schleppten die Kostbarkeiten des Orients. Julianus und seine Gefährten erfuhren allmählich, daß sich die vornehmen Circassen zwar den Kopf kahl schoren, aber als Zeichen ihres Adels hinter dem linken Ohr ein Büschel Haar stehenließen. Und sie sahen auch, daß sie in ihren herrlichen Gewändern und mit ihren Waffen, die ein Vermögen wert waren, sich aufplusterten wie die Pfauen, wenn sie stolz durch die Menge ritten, und daß sie sich nie mit irgendwelchen Kaufleuten in Gespräche einließen, wenn diese sich nach Begleitern erkundigen wollten.

Paulus ermunterte seine Gefährten immer wieder, sie sollten zu Fuß aufbrechen, so wie sie waren, und keinen Augenblick mehr zögern. Denn die Zeit, die sie später möglicherweise durch das Reisen mit Pferden sparten, verlören sie hier durch unnützes Warten. Und vielleicht fänden sie in einer anderen Stadt leichter Pferde und auch Begleiter.

Desiderius jedoch beharrte darauf, daß sie sich Waren und Begleiter beschaffen müßten, wenn ihr Unternehmen erfolgreich werden sollte, und Julianus meinte, zu Fuß würden sie die lange, schwere Reise nach Alanien nicht durchstehen. Er hatte nämlich erfahren, daß sie eine Steppe durchqueren mußten, um in das Gebiet der Alanen zu gelangen, und daß dieser Weg selbst zu Pferd lang und schwierig war.

Eines Tages zog Julianus nachdenklich durch die Stadt und hielt Umschau. Plötzlich erweckte ein schrecklicher Anblick seine Aufmerksamkeit. Neben einem Steinhaufen lag wie tot ein halbnacktes Kind. Die glühende Sonne ergoß unerbittlich ihre sengende Glut. Julianus war betroffen. Hatte der Schwarze Tod das Kind hinweggerafft? Wie war es hierher auf die Straße gelangt und lag nun im Staub wie der Kadaver eines krepierten Hundes? Warum zogen die Menschen so gleichgültig an dem Kind vorüber? Warum brachten sie es nicht weg, beerdigten es nicht, wie es jedem Christenmenschen zukam? Oder war es gar nicht tot, sondern nur krank? Was war ihm zugestoßen? Julianus eilte an den Steinhaufen, beugte sich über das Kind. Es schien, als würde es noch leben, denn die Lippen und die Augenlider bebten, und auch der magere, knochige, schmutzige Körper zuckte dann und wann. Aber das Gesicht war gelb, hilflos lagen die Hände auf der nackten Brust, man sah, daß das Kind nichts mehr von sich wußte und daß es nur noch wenige Augenblicke zu leben hatte.

Julianus kniete nieder, um das Kind aufzuheben und an eine Stelle zu bringen, wo die Sonne den kleinen Körper nicht traf, die schwärmenden Fliegen nicht über ihn herfielen, wo keine mitleidlosen Fremden vorbeizogen, wo er dem kranken Kind einen Schluck Wasser oder einen Schluck Wein geben könnte. Da erkannte Julianus, daß er das Kind nirgends mehr lebend hinbringen konnte, denn die dunklen, matten Augen öffneten sich, als Julianus es berührte, sie öffneten sich, starrten in das bärtige Gesicht und blieben offen. Auch der Mund öffnete sich und seufzte ein letztesmal.

Julianus schlug das Kreuzzeichen über dem Kind und sprach dann das Totengebet. Voll Trauer dachte er daran, wieviel das arme Kind hatte leiden müssen, bis es hierher gelangte, um verlassen, ohne Mutter und Vater, ohne Bruder und Schwester, im Staub der Straße zu sterben. Dann grübelte er darüber, was er mit dem Leichnam anfangen sollte. Er müßte ihn wegbringen von hier, um ihn außerhalb der Stadt zu beerdigen.

Während er so nachsann und das tote Kind betrachtete, näherte sich aus der Ferne eine glänzende Reiterschar. Der Truppe eilte ein Trommler voraus, der eifrig auf sein großes, dumpfklingendes Instrument schlug. Inmitten der Schar trugen vier baumlange, halbnackte, braunhäutige Sklaven im rhythmischen Schritt eine goldene Sänfte mit purpurnen Vorhängen. In die Sänfte konnte man nicht hineinsehen, die roten, goldbestickten Vorhänge versperrten den Einblick. Beim Herankommen des Zuges drückten sich alle Menschen an die Häuserwände, sanken in den Staub, beugten den Kopf und streckten die Hände aus.

Während Julianus noch überlegte, wer die fürstliche Person sein könnte, die in einem so glänzenden Geleit daherkam und vor der alle niederknien mußten, war die Schar schon bei ihm angelangt. Ein reich gekleideter, würdevoller Mann mit hochmütigem Gesicht und prächtigem Bart, hinter dessen linkem Ohr eine lange Haarsträhne schwebte, lenkte seinen Rappen aus dem Zug, schwang die Lederpeitsche und wollte auf Julianus einschlagen. Dieser hob schützend den Arm über sich. Der Reiter schrie ihn an. Julianus sah ihm ins Auge und wies auf das tote Kind. Hierauf stutzte der vornehme Reiter und ließ die Peitsche unwillkürlich sinken.

Aber der Zug kam für kurze Zeit zum Stehen.

Eine mit Ringen geschmückte Hand zog den Vorhang der Sänfte beiseite, und ein schönes, ovales, ernstes Frauengesicht schaute verärgert durch die Vorhänge. Hierauf besann sich der Circassier, hob die Peitsche noch einmal und schlug auf Julianus ein. Die bleibesetzten Riemen der geflochtenen Peitsche trafen Julianus ins Gesicht und hinterließen brennende Spuren. Ein Glück, daß nichts Schlimmeres geschehen war. Die Frau in der Sänfte gab einen Befehl, und die zum zweitenmal ausholende Peitsche blieb in der Luft stehen. Da streckte die Frau den Kopf ganz heraus und fragte etwas mit schnellen Worten. Julianus sah nur, daß die Stirn und die Schläfen der Frau mit gelben Goldblättchen bedeckt waren und ein roter Schleier ihr Haar umhüllte. An ihrem braunen Hals bebte eine Kette aus großen Perlen, und ihre ringgeschmückte Hand mit roten Nägeln winkte ungeduldig. Der Circassier beugte sich aus dem Sattel hinunter, faßte Julianus an der Schulter und zerrte ihn vor die Sänfte.

Die beiden fremden Augenpaare sahen einander lange an: aus der hohen Sänfte die fürstliche Frau mit dem braunen Antlitz und den dunklen Augen und von der Straße her der braunbärtige Kaufmann mit den roten Striemen im Gesicht. Rings um sie scharten sich ungeduldig die Reiter auf ihren mit Gold und Silber geschmückten Rappen, finster den dreisten Sterblichen anstarrend, der sich vor der Fürstin nicht in den Staub geworfen hatte. Die Fürstin schaute lange, forschend in das gezeichnete Gesicht, ihre Züge milderten sich, ihre Verärgerung wich, in mitleidiger Neugier spitzte sie die roten vollen Lippen.

Mit ihrer tiefklingenden Stimme richtete sie eine Frage an Julianus. Aber er verstand sie nicht. Da wiederholte die Frau ihre Worte in griechisch, und Julianus entnahm ihren Worten soviel, daß sie fragte, wer er sei und warum er sich nicht vor ihr verneigt habe! Julianus antwortete griechisch. Langsam, die Worte deutlich betonend, zeigte er auf das tote Kind.

„Dieses Kind ist vor meinen Augen gestorben. Ich betete und wollte es wegbringen, um es zu beerdigen."

Die Frau war verwundert.

„Ist es dein Kind?"

„Nein. Ich bin ein Kaufmann aus dem Land der Ungarn, und das Kind ist gestorben, als ich eben hier vorüberkam."

„Du bist aus dem Land der Ungarn?", wiederholte die Frau neugierig und starrte Julianus noch eindringlicher an. Ihre großen dunklen Augen ruhten jetzt freundlich auf ihm. „Und warum hast du für das Kind gebetet, warum wolltest du es wegbringen?"

„Weil dies ein christliches Land ist, und sicher war auch das Kind getauft", antwortete Julianus. Aus seinen Worten klang Anklage. Er konnte es nicht ertragen, daß ein Kind vor den Augen der Menschen starb und keiner es auch nur eines Blickes würdigte.

„So bist du ein Christ?"

„Ja, das bin ich. Im Namen unseres Herrn Jesus Christus betete ich für das Seelenheil des Kindes."

Die Frau warf ihm wieder einen neugierigen Blick zu, dann wandte sie sich an den Mann mit der Peitsche und sagte in schnellen befehlenden Worten etwas zu ihm.

„Wo bist du abgestiegen?"

„In der Karawanserei mitternachtwärts."

„Es ist gut. Den Schlag, den du bekommen hast, verzeihe ihm im Namen Jesu Christi, dem man auch ins Gesicht geschlagen hat."

„Ich verzeihe ihm, hohe Frau, und danke ihm sogar dafür."

„Bist ein seltsamer Kaufmann", die Frau nickte verwundert. „Ziehe in Frieden."

Julianus hob die Finger an die Stirn und verneigte sich. Die Vorhänge schlossen sich, die Sklaven hoben die Sänfte auf ihre breiten Schultern, die Trommel wirbelte, und der Zug zog weiter. Aber zwei Sklaven blieben zurück. Mit finsterer Miene hoben sie das tote Kind auf, verneigten sich tief vor Julianus und brachten den Leichnam fort.

Als Julianus seinen Gefährten das seltsame Ereignis erzählte, sah Gerhardus gleich einen Fingerzeig Gottes darin. Gott habe es in ihrem Interesse so gefügt, daß sich Julianus, obwohl als Kaufmann verkleidet, gerade da wie ein Mönch verhielt, als die bevorzugte der hundert Frauen des Landesfürsten eben vorbeikam. Gott habe es gefügt, daß die Peitsche des hohen circassischen Herrn Julianus ins Gesicht traf. Er deutete die Worte der Frau günstig.

„Ihr werdet sehen, liebe Brüder", sagte er, „sie hat nicht umsonst gefragt, wo Julianus abgestiegen sei."

„Gewiß nicht", Desiderius seufzte, „denn sie will ihn ergreifen lassen, damit man ihm den Kopf abschlägt oder ihn zumindest auspeitscht, weil er sich nicht vor ihr verneigt hat."

„Aber sie hätte ihn dort auf der Stelle ergreifen lassen können!" gab ihm Paulus zu bedenken.

„Sie will ihn zuvor noch ausfragen. Will mehr über ihn erfahren."

„Was könnte sie schon erfahren wollen?"

Am gleichen Abend erschien in der Karawanserei der würdevolle Mann mit dem schönen Bart in Begleitung von zwei anderen Reitern und fragte in stolzem, befehlendem Ton nach dem ungarischen Kaufmann. Der Wirt kroch fast auf den Knien vor ihm, verneigte sich, die gekreuzten Arme auf der Brust, stammelte, wurde blaß, schlug die Augen nieder. Ein kumanisch sprechender Mann rief unter den Arkaden nach Julianus, wo dieser sich mit seinen Gefährten zur nächtlichen Ruhe vorbereitete. Mit Hilfe des Dolmetschers entwickelte sich dann das folgende Gespräch:

„Die Fürstin hat befohlen, dich in den Palast zu begleiten."

„Sage dem hohen Herrn, daß ich nicht allein bin. Ich bin mit drei Gefährten hier."

„Der hohe Herr sagt: Deine drei Gefährten sollen mitkommen. Die Fürstin wünscht dies und jenes über euer Land und euren König zu erfahren, denn einem Ungarn ist sie noch nicht begegnet, obwohl sie schon viel über dieses große Volk gehört hat. Und sie will auch wissen, was euch hierher führt, warum ihr den weiten Weg aus eurem Land zurückgelegt habt und wohin ihr reisen wollt. Sie will dem Mann behilflich sein, den ich geschlagen habe."

„Teile dem hohen Herrn mit, daß wir mit tiefer Ehrfurcht und hoher Achtung vor die Fürstin treten werden. Von dem Schlag aber wollen wir nicht mehr sprechen."

„Verzeih, ich erfüllte meine Pflicht."

Sie mußten auf der Stelle in den fürstlichen Palast mitkommen. Julianus rief seine Gefährten herbei, teilte ihnen das Begehren der Fürstin mit und forderte sie auf, sich zu bemühen, ihr Gefallen zu erringen, denn er habe das Empfinden, daß Gott sie zu ihrer Hilfe geschickt habe.

Der fürstliche Palast verdiente seinen Namen nicht, wenn man ihn mit den Palästen in Esztergom oder in Konstantinopel verglich. Im östlichen Teil der Stadt auf einem niedrigeren Hügel erhoben sich auf einer ausgedehnten Fläche mit einer breiten, hohen Lehmmauer umgebene, aus Stein gebaute, mächtige, unförmige Gebäude. Der Wohnsitz des Fürsten gliederte sich in mehrere Höfe. Das Gebäude, in dem seine Frau wohnte, lag verborgen in der Mitte eines üppigen Gartens, zwischen duftenden Blumenbeeten. Nach allen Seiten durchquerten schmale steinerne Rinnen den Garten und bewässerten Tag und Nacht die in der drückenden Hitze matten Pflanzen. Palmen, Tamarisken, Ölbäume, fast schwarze Zypressen strömten einen schweren, süßen Duft aus. Irgendwo plätscherte ein Springbrunnen.

Aber so häßlich und wenig einladend das Gebäude von außen war, so blendend und prunkvoll war es im Inneren. Auf dem Fußboden wetteiferten aus kleinen bunten Steinen geformte Mosaiken mit dem Glanz kostbarer Teppiche, Mosaiken schmückten auch die Wände, immer wieder Mosaiken und Teppiche, Teppiche, Hunderte und aber Hunderte Teppiche. An den Wänden entlang lagen dicke bunte Kissen, in den Ecken standen mit Gold geschmückte niedrige Tischchen aus Ebenholz. Der stolze Herr mit dem schönen Bart geleitete die vier Ungarn durch mehrere Räume, manche waren klein, andere so groß wie eine Basilika. Vor den schweren Purpurvorhängen an den Türen standen Sklaven; die Arme auf der nackten Brust gekreuzt, verneigten sie sich tief vor den Ankommenden. Schließlich trat der Herr vor einem Vorhang zur Seite und ließ die Gäste eintreten, er aber blieb draußen.

Julianus und seine drei Gefährten gelangten in einen kleineren Saal. Hier gab es noch mehr Teppiche und Kissen als in den vorhergehenden Räumen. Die Wände waren mit Einlegearbeiten aus Gold und Onyx geschmückt. In einer Ecke leuchtete auf einem niedrigen Tischchen eine bootsförmige Bronzelampe, deren beide Flammen im Halbdunkel flackerten, auf einem anderen Tischchen ringelte sich aus einem goldenen Gefäß süßlicher schwerer Rauch. Gegenüber der Tür, an der Wand, erblickten sie auf dicken seidenen Polstern halb liegend, halb sitzend, von Kopf bis Fuß in blaßgrüne Schleier gehüllt, die Fürstin. Sie sah die Eintretenden neugierig an und war offenbar überrascht, daß Julianus nicht allein, sondern in Begleitung dreier Männer kam, die wie Kaufleute anmuteten.

Die Mönche blieben an der Schwelle stehen, führten die Finger an die Stirn und verneigten sich tief.

„Tretet näher", sagte die Frau mit ihrer ein wenig tiefklingenden Stimme, „und setzt euch. Dich kenne ich, du bist es, den dieser dumme Mann mit der Peitsche geschlagen hat, dich habe ich rufen lassen. Aber wer sind deine Gefährten?"

Julianus sprach die griechischen Worte langsam, Silbe für Silbe betonend und bat um Vergebung, daß er auch seine Gefährten mitgebracht habe, aber sie gehörten zusammen, hätten sich zu einer gemeinsamen Aufgabe entschlossen, und auf die Güte der Fürstin vertrauend, dürfe er vielleicht hoffen, daß sie ihm dies nicht verarge.

Dann setzten sie sich bescheiden auf die Kissen. Die Unterhaltung verlief nur langsam, stockend, denn das klassische Griechisch, das die Mönche – und von ihnen auch nur Julianus und Gerhardus – gelernt hatten, unterschied sich sehr von der Alltagssprache und erst recht von dem Dialekt, der sich in dieser Provinz herausgebildet hatte. Man mischte häufig fremde Worte in das Griechisch, sogar in Konstantinopel, besonders aber hier, wo die Söhne vielerlei Völker zusammenkamen und die Sprache nach eigener Laune, nach eigenem Geschmack und Bedürfnis formten. Aber man konnte sich miteinander verständigen, denn sowohl die Fürstin als auch Julianus mühten sich, den anderen zu verstehen.

Kaum hatten die Männer Platz genommen, klatschte die Fürstin in die Hände. Der Schleier glitt von ihren Armen zurück, und man sah ihre breiten, mit Edelsteinen reich besetzten klirrenden Armreifen. Sie beugte den Kopf lächelnd zur Seite, als würde ihn das Gewicht der auf ihrer Stirn und an ihren Schläfen gelb schimmernden Goldblättchen herunterziehen. Auf der Stelle trat eine Sklavin ein und wartete mit gebeugtem Knie auf Befehl. Es war keine Sekunde vergangen, da brachten sich geräuschlos bewegende Sklavinnen auf niedrigen Lacktischchen goldene Schüsseln herein mit duftenden Melonen, Äpfeln, Birnen, Feigen, persischen Pflaumen, goldene Krüge mit Getränken, in grünen Onyxgefäßen wie Edelsteine glänzende kandierte Früchte und auf goldenen Tellern Honiggebäck.

„Greift zu und schenkt euch ein", forderte die Fürstin sie auf und nahm sich selbst eine kandierte grüne Frucht, von der die Männer nicht zu sagen gewußt hätten, was es war.

Die Mönche schlugen das Kreuzzeichen über den Früchten und nahmen sich ehrerbietig davon.

Als die Verlegenheit des ersten Augenblicks überwunden war, berichtete Julianus, daß sie Kaufleute aus Ungarn seien, im Auftrage ihres Königs in das Gebiet der Alanen reisten, daß sie schon dorthin unterwegs gewesen seien, aber zurückkehren mußten, weil ihre Begleiter mit Räubern gemeinsame Sache gemacht und ihnen alles geraubt hätten. Seither seien sie in der fremden Stadt zur Untätigkeit verurteilt, fänden keine zuverlässige Begleitung, bekämen keine Pferde und wüßten nicht, ob sie erneut Waren kaufen sollten, denn Geld besäßen sie nicht mehr viel, und sie fürchteten, wenn man sie noch einmal ausraubte, dann würden sie das Letzte verlieren.

„Seht, welch wackere, ehrliche Kaufleute!" rief die Fürstin und betrachtete die bescheiden dasitzenden, mageren, von den Strapazen gezeichneten Männer mit zusammengezogenen schmalen Augen, aber durchaus nicht kühl. „Welch ehrliche Kaufleute euer König hat, Kaufleute, die man von Konstantinopel bis Matrika gleich zweimal reinlegte, statt daß sie andere hereingelegt und ihre Taschen mit Goldstücken gefüllt hätten."

Sie lachte.

„Und du", wandte sie sich an Julianus, „hast noch einen weiteren Beweis deiner Rechtschaffenheit gegeben, als du über dem Leichnam eines fremden Kindes betetest und ihn begraben wolltest. Du warst bei diesem gottgefälligen Werk so vertieft, daß man dich sogar gepeitscht hat. Du hast in unserem Land nicht nur schwere Verluste, sondern auch noch Schmach erleiden müssen."

„Ich habe nur meine Christenpflicht erfüllt und getan, was mir unser Herr befohlen hat", antwortete Julianus.

„Warum strebt ihr nach Alanien", fragte die Fürstin und schenkte aus dem goldenen Krug Wein in fünf goldene Becher. „Was habt ihr dort zu tun? Seid ihr schon einmal in diesem Land gewesen?"

Julianus probierte den fremdartig duftenden, nach Honig schmekkenden Trunk, dann berichtete er, seine Worte wohl wägend, sie wollten Waren dorthin bringen, seien noch nie dort gewesen und wüßten nur, das Land jenseits eines weiten Steppengebietes werde von Alanen bewohnt.

„Seltsam", sagte die schöne Frau nachdenklich und nippte langsam aus ihrem Becher. „Und was wolltet ihr dorthin bringen?"

„Samt und mit Gold und Silber durchwirkte Stoffe."

„Seltsam", wiederholte die Frau, setzte ihren Becher ab und sah die Kaufleute lange prüfend an. „Werden denn bei euch solch seltsame Gewebe gefertigt?"

Julianus verstand sich nicht aufs Lügen. Bescheiden gestand er, daß die kostbaren Gewebe aus Bologna stammten und der ständige Lieferant seines Königs, der Kaufmann Wilam, sie nach Esztergom geliefert habe, auf direkte Bestellung des jungen Königs. Er fühlte jedoch, daß die Fürstin die Angelegenheit immer weniger glaubhaft fand, und erschrak. Er glaubte nun nicht mehr an das Wohlwollen, das freundliche Gesicht irgendeines Menschen, sondern vermeinte, man habe in diesem Land die Heuchelei zu einer solchen Kunst entwickelt, daß das leichtgläubige Herz selbst in der Umarmung von einem Dolch getroffen werden konnte. Und tatsächlich, nach einigem Überlegen und Nicken lachte die Fürstin auf und rief:

„Ihr seid ja gar keine Kaufleute!"

„Oh, großmächtige, gütige Fürstin!" rief Julianus.

Gerhardus, der das Gespräch verstand, war ebenfalls betroffen, die anderen beiden Mönche jedoch, die der griechischen Sprache nicht mächtig waren, beobachteten die Sprechenden genau und waren bemüht, von ihren Gesichtern abzulesen, worum es ging.

„Wer seid ihr?" fragte die Fürstin leise und neigte sich auf ihren Kissen weit nach vorn.

Julianus hatte das Gefühl, an den Rand eines Abgrundes gestoßen worden zu sein, er mußte springen – so oder so. Denn er fühlte deutlich, seine Verstellungskunst hatte versagt. Wenn er darauf beharrte, sie seien Kaufleute, stürzte er unrettbar ab, gestand er dagegen, daß sie Mönche seien, erreichte er vielleicht rettenden Boden, auch wenn er nicht wissen konnte, was später käme. Er bekreuzigte sich und sprach:

„Du hast recht, großmächtige, gütige hohe Frau."

Sie lächelte zufrieden.

„Wer aber seid ihr? Vielleicht gar keine Ungarn?"

„Wir sind Ungarn, Mönche des von Pater Dominikus gegründeten Ordens."

„Und ihr zieht nach Alanien, um das Volk zu bekehren."

„Nicht Alanien ist unser Ziel."

„Wohin wollt ihr dann?"

Die Zunge Julianus' löste sich. Er fühlte sich wie von Fesseln befreit, leicht, beschwingt. Ausführlich erzählte er alles. Daß sie unterwegs zu den Madjaren seien, die irgendwo im Osten lebten, sie wüßten selbst nicht genau wo. Er sprach von Frater Otto, der Nachricht von ihnen in die neue Heimat gebracht hatte, aber nichts Weiteres über sie berichten konnte, weil man ihm bei seiner Rückkehr gleichsam nur noch das Sterbesakrament reichen konnte. Wie ein gehetztes Pferd war er bis nach Hause gerannt und daheim zusammengebrochen. Doch er, Julianus, forsche seit seiner Jugend nach diesen Madjaren und sei sich seiner Sache sicher.

„Warum reist ihr nicht über Kiew?" fragte die Fürstin. „Wäre es nicht leichter, so nach dem Morgen zu gelangen?"

„Wir haben gehört, und auch die Überlieferungen sprechen davon, daß es auch entlang des Kaukasus Madjaren geben soll, vielleicht sind sie es, die wir suchen. Und wenn sie es nicht sind, wie ich annehme, dann wissen sie vielleicht Näheres über die Gesuchten. Über Kiew wäre die Reise noch gefährlicher. Dort in den Waldungen leben heidnische Völker, die selbst die Russen nicht zu zügeln vermögen. Sicher würden sie uns umbringen."

Nun hatten sie kein Geheimnis mehr, und die Fürstin nickte zufrieden. Ihre dunklen Augen blickten schwärmerisch auf die vier schweigsamen Männer.

„Schon dort auf der Straße ahnte ich, daß du kein richtiger Kaufmann bist", sagte sie mit gedämpfter Stimme. „Wärst du ein Kaufmann, hättest du dich sofort auf die Erde geworfen, als du den Trommelwirbel hörtest, das verlassene Kind aber gar nicht gesehen. Und als dich die Peitsche traf, wärst du nicht so sanft geblieben; so verhält sich nur ein wahrer Diener Jesu. Du hättest den Schlag nicht verziehen, geschweige denn, ihn als ein Geschenk entgegengenommen. Das wahre Christentum kann man ebensowenig verheimlichen wie die Schlechtigkeit oder das Elend. Ich hatte schon Achtung vor dir bei unserer ersten Begegnung", sagte sie noch leiser, fast ergriffen, „aber jetzt, nachdem du mir alles anvertraut hast, ist meine Achtung noch gestiegen. Ich bitte dich, gib mir deinen Segen."

Unsagbare Freude erfüllte die Mönche. Obgleich Desiderius noch immer argwöhnisch war und befürchtete, die schöne, vornehme

Frau könne plötzlich aufspringen, schadenfroh lachen und die hinter Vorhängen lauernden Leibwächter herbeirufen. Gerhardus' Gesicht aber strahlte, Paulus dagegen verfolgte staunend die sonderbare Szene und brummte auf Ungarisch:

„Will sie sich bekehren, oder ist sie bereits Christin? Hast du es gestanden, daß wir Mönche sind?"

„Ich habe es gestanden, habe ihr alles gesagt, liebe Brüder", rief Julianus, dann wandte er sich wieder der Frau zu, betete mit dankerfülltem Herzen und segnete sie.

Nun verlief das Gespräch in ganz anderer Stimmung. Die Frau war nicht mehr die zweifelnde, ein wenig herausfordernde Fürstin, sondern eine kluge, etwas nachdenkliche Frau voller Verehrung, Bewunderung und Begeisterung für die Mönche aus dem fernen Ungarn. Sie unterhielten sich so offen und so ungezwungen miteinander, als hätten sie sich schon seit langem gekannt.

Das Herz Julianus' lief über. Ausführlich schilderte er ihren Plan, dann sprach er davon, wie er als Kind im Kodex des Klosters auf die ersten Spuren der Madjaren stieß, wie er mit seinen Gefährten nach Bologna ging und wie sie dann daheim in Ungarn das neue Kloster errichteten. Er sprach von Pater Dominikus und von Franziskus, von den Wundern, von den Predigten des Dominikus in Bologna, von der göttlichen Wiege im Tal von Spoleto, wo die strahlende Sonne der neugeborenen christlichen Liebe und Demut aufging. Er erzählte von den Kumanen in der Walachei, dann kam er wieder auf Ungarn zu sprechen und schilderte in großen Zügen die Geschichte der Madjaren. Immer mehr griechische Worte fielen ihm ein, und immer leichter sprach er sie mit hiesigem Tonfall. Er verstand auch die Worte der Frau immer besser. Mit der einen oder anderen Frage veranlaßte sie Julianus weiterzusprechen und lauschte seinen Worten mit unersättlicher Freude. Auch Gerhardus warf da und dort ein Wort ein und brachte mit seinen heiteren Bemerkungen die schöne Gastgeberin zum Lächeln.

„Und wie steht es um deine Seele, meine Tochter?" fragte Julianus schließlich sanft die Fürstin.

Sie dachte nach, schaute lange auf die Spitze ihrer roten Pantoffeln. Dann seufzte sie, strich sich mit den zarten Fingern mehrfach über die Stirn.

„Dieses Land und dieses Volk sind christlich", sagte sie leise. „Auch ich bin Christin, und der Fürst ist ebenfalls Christ. Aber du hast gesehen, was das hier für ein Christentum ist! Auf unseren Straßen kann ein Kind sterben, ohne daß sich jemand darum kümmert, ehrliche Kaufleute werden betrogen und ausgeraubt, nach allen Seiten toben Grausamkeit, Gewalttätigkeit, Raub und Lüge. Der Fürst hat, wie ihr wißt, hundert Frauen. Das bedeutet Schmach und Unzucht, aber ich darf mich nicht beklagen, denn ich bin die Erste unter ihnen. Wenn er sterben sollte, wovor mich Gott behüte, würde ich weiter regieren. Und dennoch erfüllt mich Bitternis, denn ist diese heidnische Unzucht nicht eine Verspottung des Christentums? Mein Volk ist stark, mutig, ehrlich, aber es weiß nicht recht, wo das Heidentum endet und wo das Christentum beginnt. Ich bin gewiß, daß die Räuber, als sie euch ausplünderten, an nichts Schlechtes dachten, sie haben sogar gebetet und sich bekreuzigt, bevor sie ihr Unternehmen begannen. Der schöne Erfolg dann mag sie noch zu einem Dankgebet bewegt haben. Wie auch könnte es anders sein, hier, wo das Meer den Abschaum der verschiedensten Länder ans Ufer spült wie den Unrat, die verendeten Fische, die Muschelschalen? Und könnte man hier anders an die kreuz und quer durchs Land ziehenden Händler denken, als an anzuzapfende Schläuche? Denn diese Kaufleute, meist selbst gottlose Betrüger und Räuber, schröpfen die Einheimischen, wo sie nur können. Jesus hat den Weg gezeigt, doch wann werden wir ihn gehen können? Seht ihr, Patres, auch ich bin Christin, dennoch muß ich dulden, daß der Fürst – Gott möge ihm hundert Jahre schenken – mit neunundneunzig Frauen in heidnischer Unzucht lebt, gerade mit neunundneunzig, weil das althergebrachte Gesetz es so besagt. Und wird unser Volk, das von altersher das aus der Erde hervorbrechende Feuer, den Satan, anbetete, jetzt, da es christlich ist, nicht auch weiterhin noch vor dem aus der Erde hervorlodernden Feuer niedersinken?"

So klagte und rechtfertigte sich die Fürstin, und ihr Gesicht wurde ganz traurig.

„Betet für mich und mein Volk", endete sie ihre Worte. „Bittet Gott, er möge Menschen zu uns schicken, wie ihr sie seid, und er möge uns auf den Weg der Frömmigkeit führen."

Jetzt trat der glänzende Herr mit dem schönen Bart herein, kreuzte die Arme auf der Brust, verneigte sich tief und sprach mit großer Ehrerbietung zu seiner Herrin. Sie nickte.

„Die Zeit der Ankunft des Fürsten ist da", sagte sie zu Julianus. „Ich entlasse euch. Da ihr aber Kaufleute seid", fügte sie lächelnd hinzu, „benötigt ihr Waren, und weil man euch in meinem Land ausgeraubt hat, nehmt eine Entschädigung von mir an."

Sie sagte nun etwas zu dem ehrerbietig dastehenden Mann, worauf dieser rückwärtsschreitend schnell den Raum verließ.

„Du hast uns für alles entschädigt, hohe Frau", sträubte sich Julianus.

„Jetzt läßt sie uns umbringen", raunte Desiderius.

„Ihr habt mich getröstet und gestärkt", erklärte die Fürstin und machte mit dem schönen Arm eine abwehrende Bewegung. „Es ist mir eine Freude zu leben, weil ich weiß, daß es Männer gibt, die Jahre hindurch für die Wahrheit kämpfen, ihr Leben für die Worte unseres Herrn Jesus Christus geben und in denen so große Liebe wohnt, daß sie die Nacht zum Tag machen und für ihre fernen Brüder und Schwestern schwere Bürde auf sich nehmen, obwohl sie diese nie gesehen haben und nicht einmal wissen, wo sie leben, ob es sie überhaupt noch gibt. Deshalb gebührt euch Entschädigung und innigster Dank."

„Wir wollen nichts, wir sagen dir Dank dafür, daß du uns zugetan warst und uns mit Hoffnung erfüllt hast", wehrte Julianus ab. „Wir werden für dich und dein Volk beten und Gott danken für die Heimsuchung."

„Der Hoffnung bedürft ihr nicht. Aber ihr werdet Gold nötig haben. So nehmt es also guten Herzens, und Gott möge euch geleiten. Findet eure Brüder und Schwestern, und werdet glücklich!"

Der Herr mit dem gepflegten Bart trat wieder ein und überreichte Julianus in tiefer Ergebenheit einen golddurchwirkten seidenen Beutel.

„Ihr bekommt auch Geleit. Das Kind aber werde ich auf christliche Weise beerdigen lassen."

Sie winkte, nun kein Wort weiter. Jetzt war sie wieder ganz Fürstin und duldete keinen Widerspruch. So erhoben sich die vier von ihren Plätzen, verneigten sich tief und verabschiedeten sich. Während sie den Saal rückwärtsschreitend verließen, sahen sie, daß über die Wangen der Frau zwei Tränen rollten.

Der hohe Herr führte sie aus dem Haus, durch die im Lampenlicht buntschillernden Säle, vorbei an den hünenhaften Sklaven, die mit verschränkten Armen dastanden, dann durch den in Dämmerlicht getauchten Garten bis zum Tor. Die Baumriesen wölbten sich wie schwarze Zelte im kühler werdenden Abend, in den Rinnen schimmerte silbern das plätschernde Wasser, der schwere Duft der Blumen erfüllte die regungslose Luft. Julianus und seinen Gefährten war es, als schritten sie durch eine Traumwelt.

„Wird uns der Schwarzbärtige nicht doch noch umbringen lassen?" flüsterte Desiderius.

„Schäme dich deiner Befürchtungen", erwiderte Gerhardus, ebenfalls flüsternd.

„Oh, war das eine schöne Frau!" Paulus seufzte.

Julianus ermahnte ihn.

„Keiner von euch sollte eine Frau in ihr sehen. Sie war niemand anders als der wundersame Engel, der mir in Bologna auf den Stufen zur Kirche im Sonnenschein erschienen ist."

Als sie durch das schwere Tor der Lehmziegelmauer schritten, dessen Flügel dröhnend hinter ihnen zuschlugen, blieben die vier Männer stehen und sahen einander in der Dunkelheit an.

„Ich fürchte noch immer, aus einem Traum zu erwachen", brummte Gerhardus.

„Hast du den Beutel, lieber Bruder?" fragte Paulus.

„Ich habe ihn."

„So träumen wir also doch nicht", er seufzte beglückt.

Und dann fielen sich die vier in die Arme.

Am nächsten Tag erschienen fünfzig ausgesuchte Reiter in der Karawanserei. Alle auf Rappen und mit glänzender Bewaffnung. Der Wirt rannte ihnen entgegen, mit der Nase fast in der Erde wühlend. Der Anführer suchte die ungarischen Kaufleute. Nur Gerhardus und Desiderius waren zugegen, Julianus war mit Paulus in den Basar und in den Hafen gegangen, um Waren zu kaufen. Der Dolmetscher erklärte mit zitternden Lippen, daß der Fürst die Bewaffneten schicke, damit sie die Kaufleute bis Alanien begleiteten, und daß sie mit ihrem Kopf dafür hafteten, wenn den Fremden auch nur ein Haar gekrümmt würde.

Im Morgengrauen am nächsten Tag schwangen sie sich auf die Pferde und verließen die Karawanserei.

Ihr Weg glich jetzt einem Triumphzug. Vor etwa sechs Wochen waren sie niedergeschlagen, ausgeraubt und mutlos in diese schreckliche Stadt zurückgetrottet, jetzt ritten sie in Begleitung von fünfzig vortrefflichen Reitern auf schwarzen, ausgesuchten Pferden. Die Rosse waren mit kostbaren Schabracken bedeckt. Ihre schlanken Beine tänzelten, als wären sie auf einer Hochzeit. An dem kühlen, feuchten Morgen trabten sie schnell auf das Kubantal zu. Die sanft abfallenden Hänge verbreiteten in der Morgendämmerung einen starken, erfrischenden Erdgeruch, und die Bäume standen so ruhig in der Landschaft, als würden auch sie die vier Ungarn bewachen. Nur weit entfernt im Süden schimmerte der rote Schein des Höllenfeuers.

„In Gottes Namen und mit seiner Gnade ziehen wir nun weiter auf unserem vorbestimmten Weg", sprach Julianus andächtig, und seine tiefe Stimme hallte über die stille Flur. „Wir danken dir, Gott, daß du uns bis hierher geleitet und uns dein Antlitz zugewandt hast, als wir in Not und Bedrängnis waren und Kleinmut sich unserer

Herzen bemächtigte. Mit wundersamen Mitteln bist du uns zu Hilfe geeilt, hast uns deinen schützenden Engel gezeigt und durch seine Hand unsere zaudernden Hände erfaßt. Wir danken dir, Gott und Vater, für deine Güte und deine fürsorgliche Gnade. Wir bitten dich, führe uns weiter auf unserem Weg. Zeige uns die Richtung, in der wir über Berge und Täler, durch Wüste und Steppe, durch tausend Gefahren geradewegs zu unseren Brüdern und Schwestern gelangen. Gib, daß die Liebe in uns nie versiegt und daß sie unsere einzige Waffe bleibt in allen Kämpfen gegen Bosheit und Versuchung. Stärke unsere Herzen gegen Leid, Ermüdung, Erschöpfung und Schrecken und unsere Körper gegen Hunger und Durst, gib uns Kraft und Ausdauer."

Die Pferde trabten flott dahin, von Zeit zu Zeit schnaubten sie, das Zaumzeug und die Waffen klirrten, die Sättel knarrten. Die Stimme Julianus' klang immer ergriffener und andächtiger in der Stille des weiten Landes.

„Wir wissen, Vater, daß wir fehlbare, törichte Männer sind, Strauchelnde auf deinem Weg, schwach gegen Versuchungen, häufig ungerecht und auch schwankend in der Liebe. Dennoch entziehe uns deine stützende Hilfe nicht, gütiger Vater, sondern habe Erbarmen mit uns. Blicke auf uns herab in dieser Fremde, wie du bisher auf uns geblickt hast, und siehe deine Söhne, die in einem unbekannten Land, in Begleitung fremder Krieger, deren Sprache sie nicht einmal kennen, ihren lieben Brüdern und Schwestern und dir entgegeneilen. Öffne uns, Herr, die Berge, trenne die Gewässer, ziehe vor uns her, bei Tag in einer Wolkensäule, bei Nacht in einer Feuersäule, damit wir sehen, wohin wir ziehen müssen. Gib, o barmherziger Gott, daß ein Bissen wie zwei sättigt, wenn uns hungert, daß ein Schluck Wasser wie zwei erfrischt, wenn uns dürstet, daß ein Hemd wie zwei wärmt, wenn uns friert, ein zuversichtliches Wort wie hundert klingt, wenn wir zagen, ein Seufzer wie tausend, wenn wir zu dir flehen! Und du, Mutter Maria, der unser erster König sein schwaches Volk anvertraut hat, lächle uns zu mit der Mildherzigkeit und der Sanftmut einer Mutter aus der Herrlichkeit an der Seite deines Sohnes."

Er schwieg für einen Augenblick, dann fuhr er mit stockender Stimme fort:

„Solltest du, Herr, es aber um des Heiles unserer Seelen willen für richtig finden, daß wir in der Fremde verlorengehen und die winzige Flamme, mit der wir zu unseren Brüdern und Schwestern unterwegs sind, in unserer Heimat erlischt, gib, daß wir uns still deinem Willen beugen und, dir dankend, unser Haupt zur ewigen Ruhe neigen. Und öffne unseren Seelen dein strahlendes Reich, damit wir, deine Größe laut preisend, zu dir kommen und freudig vor dir, vor unserem Herrn Jesus Christus und der Mutter Maria niedersinken und dich in alle Ewigkeit preisen. Amen."

„Amen, amen, amen", bekräftigten die Mönche die Worte Julianus' und bekreuzigten sich.

„Nun aber wollen wir singen, liebe Brüder, denn wir müssen freudig weiterziehen bis an das Ziel unseres Weges."

Schmetternd stimmte Julianus einen Psalm an, und die drei Mönche fielen begeistert mit ein. Weithin wogte das Lied. Im Osten leuchtete die erste Botschaft der Sonne, ein schmaler silberner Streifen am Rande des Horizontes, dort wo die Steppe begann.

SIEBENTER TEIL

Genau dreizehn Tage ritten sie durch unbewohntes, gras- und strauchbewachsenes Gebiet, in dem sie keinen einzigen Menschen sahen, kein einziges Haus, kein Zelt, weder eine einzige Kuh- noch Pferdeherde. Sie lebten die ganze Zeit nur vom mitgeführten Proviant. Bäche und Quellen fanden sie genügend, und ihre Begleiter wußten, wo sie Wasser suchen mußten, so hatten sie und auch ihre Pferde zu trinken. Die drückende Mittagszeit nützten sie zum Ruhen und ließen dann die Tiere weiden.

Als sie die Steppe durchquert hatten, erreichten sie einen recht breiten Fluß mit klarem Wasser. Da erklärte der Anführer ihres Geleits, bis hierher bezöge sich ihr Befehl, nun müßten sie allein weiterreiten, jenseits des Flusses liege bereits bewohntes Gebiet des Alanenreiches. Man nahm höflich Abschied voneinander, die Mönche bedankten sich für die Freundlichkeit ihrer Begleiter und ritten mit ihren vier Saumpferden allein weiter, immer weiter nach Osten. Die Gegend wurde zusehends abwechslungsreicher, obwohl die weißen Gipfel des Kaukasus im Süden sich allmählich ganz verloren. Nun folgte eine bewaldete, wasserreiche Ebene. Nach einem ganztägigen Ritt gelangten sie erschöpft in ein armseliges Dorf. Zwischen den aus Holz oder Lehmziegeln gebauten elenden Häuschen eilten lärmend halbnackte Frauen, eine Schar Kinder und einige mürrische, bärtige Männer herbei, um die sich mit Schellen ankündigende Schar der Kaufleute zu bestaunen. Julianus sprach sogleich einen würdevollen, großen, breitschultrigen, bärtigen Alten in allen ihm vertrauten Sprachen an und fragte, wo sie Quartier und Nahrung bekommen könnten. Doch der Alte schüttelte nur den Kopf, das Volk aber gaffte, griente und staunte. Da Julianus so nicht weiterkam, entnahm er seiner Tasche ein Geldstück, zeigte es vor und deutete mit den Händen und dem Mund an, daß sie etwas zu essen haben wollten. Hierauf erstrahlten die Gesichter, die Augen hafteten begierig an der Münze, und alle Köpfe nickten eifrig. Der bärtige Greis, in dem die Mönche den Dorfältesten vermuteten, winkte, sie sollten ihm folgen. Bald konnten sie sich auf dem Hof eines Lehmhauses niederlassen, wo zwei Pferde zusammen mit vier weißen Kühen weideten und wo Ziegen ihre Bärte schüttelten, als gehörten auch sie zu den Greisen des Dorfes, und die Ankömmlinge neugierig beäugten.

Julianus und seine Gefährten dankten Gott, daß er ihnen geholfen hatte. An die zehn Kinder umringten sie. Alsbald erschienen eine junge Frau und ein junger bärtiger Mann – offenbar ihr Ehemann – und brachten ihnen mit freundlichem Lächeln Milch, Käse und Hirsefladen. Die vier segneten die Speisen, stillten ihren Hunger und bereiteten sich auf ihren Gepäckstücken ein Nachtlager.

Der Abend senkte sich hernieder. Im Dorf wurde es still. Die Mönche fielen in einen tiefen Schlaf. Mit einemmal erwachte Julianus davon, daß ihn jemand an den Schultern faßte. Erschrocken richtete er sich auf. Erst glaubte er, einer seiner Brüder wollte ihn wachrütteln, aber es stellte sich sogleich heraus, daß viel derbere Hände am Werk waren. Ja, sie faßten ihn nicht nur an den Schultern, sondern auch an der Kehle. Entsetzt schrie er nach Gerhardus, aber seine Worte erstickten. Noch hatte er sich vom Schreck nicht erholt, da war er an den Handgelenken und an den Knöcheln so straff gefesselt, daß er vor Schmerz stöhnte.

„Herr Jesus, wir sind verloren", seufzte er entsetzt, und Schweiß trat ihm auf die Stirn. „Lauft davon, Brüder!" rief er krampfhaft.

Doch seine Gefährten konnten genausowenig fliehen wie er selbst, denn im gleichen Augenblick, als man ihn überwältigte, hatte man auch die anderen gefesselt. Sie schrien und wehrten sich vergebens. Alsbald lagen sie alle vier in einer Reihe nebeneinander in dem vom Tau feuchten hohen Gras, und die stille Nacht blinkte mit ihren Sternenlichtern teilnahmslos auf sie herunter.

Im Halbdunkel rannte eine ganze Schar dunkler Gestalten hin und her, ohne daß man herausfinden konnte, wie viele es waren, und keiner sprach ein Wort. Nicht ein einziger Ruf war zu hören. Sie waren gut aufeinander eingespielt, jeder hatte seine feste Aufgabe.

„Wir wollen beten, liebe Brüder", rief Julianus seinen Gefährten zu. „Hier werden wir alle umkommen."

„Vater im Himmel, nimm dich unserer armen Seelen an", flehte Desiderius.

„Nehmen wir Abschied von unserer Heimat und von unserem Leben", ermahnte sie Julianus, qualvoll stöhnend.

„Wäre ich nur nicht so fest gebunden", klagte Frater Paulus.

„Bis zu unserem Tod wird es schon gehen", tröstete ihn Gerhardus.

Vorerst jedoch kam niemand mit einem Messer, um ihnen die Kehle durchzuschneiden wie einem Huhn, sondern alle waren mit den Pferden beschäftigt. In großer Eile luden sie die Gepäckstücke auf, zäumten die Reitpferde, dann schwang sich einer aufs Pferd und sprengte in der Dunkelheit dahin. Wiehernd nahmen die Pferde Abschied von ihren Besitzern.

„Nun ist die Reihe an uns", stöhnte Desiderius. „O Gott, allmächtiger Herr, gib, daß wir bis zu unserem letzten Atemzug deiner Liebe teilhaftig sind! Amen. Julianus, lieber Bruder! Bete für mich, ich fürchte mich!"

„Seid stark, liebe Brüder", sagte Julianus mit beruhigender Stimme, als spräche er zu Kindern. „Was kann uns zustoßen? Noch in dieser Stunde ziehen wir in die Ewigkeit Gottes ein."

„Circumdederunt me...", stimmte Gerhardus das Sterbelied an.

„Sie kommen schon! O weh!" rief Desiderius, und sein Ruf wurde zu einem wilden Schrei.

Zwei Gestalten traten an sie heran, silbern blinkten im Halbdunkel die Messer, die sie in der Hand hielten. Die Mönche wälzten sich mit Mühe und Not auf die Knie und schlugen mit den gefesselten Händen hastig das Kreuzzeichen. Ergeben neigten sie den Kopf, um so das niederstoßende Messer zu empfangen. Die Messer jedoch stießen nicht zu, die beiden dunklen Gestalten griffen zwar nach ihren Stricken, aber nicht um den Gefesselten das Messer ins Herz zu stoßen oder ihnen die Kehlen durchzuschneiden. Man packte sie, schleppte sie in das Gebüsch hinter dem Haus, schrie sie mit heiseren befehlerischen Kehllauten an und ließ sie in Gottes Namen zurück.

Die Mönche warteten noch ängstlich, daß man sie niederstechen werde, aber ringsum wurde es still, wie ausgestorben, nur die Blätter raschelten geheimnisvoll lispelnd im nächtlichen Wind.

Nachdem sie schon geraume Zeit gelauscht und keine verdächtigen Geräusche vernommen hatten, waren sie endgültig überzeugt, daß man ihnen das Leben gelassen hatte, wenn auch alles andere verloren war.

„Man will uns doch nicht töten", seufzte Desiderius erleichtert.

„Offenbar sind auch sie Christen", fügte Frater Gerhardus hinzu.

„Man sah es ihnen vom ersten Augenblick an", sagte Paulus spöttisch.

„Was sollen wir nun anfangen, Brüder?" fragte Julianus. „Wir wollen zusammenrücken und Gott danken, dann aber genau überlegen, was jetzt zu tun ist."

Sie lösten einander die Fesseln, rückten zusammen und beteten leise. Danach erklärte Desiderius, das beste wäre, umzukehren und in Matrika noch einmal um die Unterstützung der Fürstin zu bitten. Gerhardus machte Desiderius darauf aufmerksam, daß er vorausgesagt hatte, es sei besser, mit leeren Händen zu reisen. Darum sprach er sich heftig gegen den Plan aus, erneut Waren zu kaufen und sich wieder ausrauben zu lassen.

„Siehst du den Fingerzeig Gottes noch immer nicht, lieber Bruder?" fragte er Desiderius. „Hat uns der Herr nicht klarer als die Sonne bewiesen, daß wir das Gelübde der heiligen Armut nicht übertreten dürfen. Siehe, man hat uns in zwei Fällen gerupft wie Gänse. Jetzt sind wir dort angelangt, wo wir hätten beginnen müssen. Aber wir wollten ja Kaufleute sein statt Mönche, und so ist es uns ergangen, wie es den Kaufleuten ergeht.“

„Auch ich bin der Meinung“, erklärte Paulus, „daß Bruder Gerhardus recht hat. Ich danke Gott, daß wir unseren Weg nun in Armut fortsetzen können.“

„Unsere Brüder Gerhardus und Paulus haben recht“, pflichtete Julianus bei. „Es war der Wille Gottes, daß man uns zweimal ausgeraubt hat. Beherzigen wir demütig diese Mahnung und ziehen so weiter.“

„Wir wollen auch auf der Stelle aufbrechen“, Gerhardus sprang auf.

„Aber wann werden wir so nach Magna Hungaria gelangen?“ fragte Desiderius besorgt.

„Wenn es die Weisheit Gottes für richtig hält“, schloß Julianus die Debatte und erhob sich. „Brechen wir frohen Herzens und mit unerschütterlicher Zuversicht auf. Gott hat uns das Leben gelassen, weil er etwas vorhat mit uns, und er hat uns unsere Waren und unser Geld genommen, weil wir dessen nicht bedürfen.“

Unverzüglich machten sie sich auf den Weg, lenkten ihre Schritte nach den Sternen und zogen in dem dichten Gras zu Fuß dahin.

Die Bevölkerung Alaniens war in der Tat christlich, aber die Mönche wurden sich dessen erst bewußt, als sie schon Wochen in dem Land verbracht hatten. Wären sie nur hindurchgeritten mit sicherem Geleit, hätten sie niemals wahrgenommen, daß die Menschen hier Christen waren. Denn das zu erkennen, war gar nicht leicht. Sooft sie ein Dorf erreichten, wurden sie schon am Tor der Umfriedung von baumlangen, bis an die Zähne bewaffneten, düsteren Männern angehalten. Sogar die auf die Felder ziehenden Frauen und Sklaven wurden von bewaffneten Scharen hinausbegleitet und bewacht, damit sie nicht von den Bewohnern des Nachbardorfes überfallen und hingemordet würden. Die vier sahen immer wieder solche unter bewaffnetem Schutz arbeitende Menschen auf den Feldern, selbst in den Dörfern kamen und gingen die Männer bewaffnet mit Säbel, mit Pfeil und Bogen, mit Schild und Spieß, als sammelten sie sich zu einem Krieg oder erwarteten eine Belagerung. Jetzt zeigte es sich, wie gut es Gott mit den Mönchen gemeint hatte. Wären sie mit Waren und Pferden gekommen, hätte man sie gewiß nicht ungeschoren gelassen. Vielleicht hätte man sie sogar getötet.

Anfangs konnten sie nicht ergründen, warum alle Männer, selbst im kleinsten, armseligsten Dorf bis an die Zähne bewaffnet einhergingen, warum sie Tag und Nacht so eifrig wachten, die zur Arbeit ziehenden Frauen und Sklaven begleiteten, auf den Feldern Wachen aufstellten, an festgelegten Plätzen, offenbar nach einem bestimmten Plan, warum sie jedem Holzfuhrwerk aus dem Wald mit Pfeil und Bogen Schutz gaben. Wäre ihnen die Sprache des Volkes vertraut gewesen, hätten sie danach fragen können, wenn sie um Almosen oder Quartier baten. Aber wie viele Sprachen Julianus auch beherrschte, hier erwiesen sich alle als nutzlos. Mit Gesten bettelten sie, mit Gesten bedankten sie sich für die kärglichen Almosen, für die unter einem Strauch oder im Heuschober gewährte Unterkunft, für den Trunk Wasser, und winkend nahmen sie Abschied, um ihren nicht endenwollenden Fußmarsch fortzusetzen. Soviel jedoch stellten sie dennoch fest: In jedem Dorf lebten andere Menschen, die sich verschiedener Sprachen bedienten. In manchem Dorf lebten kleine, untersetzte, brünette Menschen, anderswo große, hagere, blonde. Dann wieder trafen sie auf breitschultrige, hünenhafte, schwarzhaarige. Offenbar bildete hier ein jedes Dorf und eine jede Gemarkung ein anderes kleines Land, und in jedem herrschte innerhalb seiner engen Grenzen ein anderer König. So meinte Desiderius.

Anscheinend war dies der Grund dafür, daß die Bewohner strengen Auges über die eigene Sicherheit und den Besitz, wohl auch über ihr Leben wachten.

Einmal kamen die vier Mönche in ein Dorf, in dem man mit lautem Geschrei, mit Verwünschungen, weinend und wehklagend an die fünfzehn arg zugerichtete blutige Tote auf Tragen herbeischleppte. Was konnte sich anderes ereignet haben, als daß die Bewaffneten des Nachbarortes über sie hergefallen waren und ihnen den Garaus gemacht hatten? Aus dem Umstand, wie die Dorfbewohner durcheinanderrannten, kreischten und mit den Fäusten in eine bestimmte Richtung drohten, konnte selbst ein Blinder erkennen, daß sie Verwünschungen gegen die Bewohner des benachbarten Ländleins ausstießen und gelobten, sie mit Stumpf und Stiel auszurotten.

Schließlich wurde es den vier zur Gewißheit, daß die Menschen hier dennoch Christen waren. Sie waren es nicht nur, weil halbwilde und ungebildete Priester sie getauft hatten, sondern auch, weil all ihre Wildheit und Rachsucht vor dem heiligsten Zeichen des Kreuzes zurückwichen. An einem trüben Tag, als düster, mit drohenden Blitzen ein Gewitter heranzog und der hoch oben wirbelnde Wind ungestüm segelnde Vögel aus dem Süden gen Norden trieb, begegneten sie einer zu Pferd und auf Karren daherjagenden Menschenmenge. Die Karren waren beladen mit Weinschläuchen und vollen Obstkörben, auf den Pferden saßen Männer und Frauen, aber ohne jegliche Waffen. Gerhardus blieb verwundert stehen, und als sähe er Gespenster, rief er aus:

„Die haben ja keine Waffen bei sich!"

Die Mönche staunten über dieses Wunder und glaubten, das Opfer einer Sinnestäuschung zu sein. Dann wieder mutmaßten sie, daß die Männer ihre Waffen versteckt hatten. Aber nichts deutete darauf. Paulus erriet die Erklärung für das Geheimnis, als er in der Hand eines bärtigen Mannes mit wehendem Haar ein langes Kreuz erblickte. Als die Gestalten der vier Brüder unverhofft hinter einer drohend im Winde rauschenden Baumgruppe auftauchten, stieß der Mann mit dem langen Bart in einer unverständlichen Sprache einen Ruf aus und hielt das Kreuz empor. Julianus und seine Gefährten knieten in natürlicher Demut nieder, beugten das Haupt und bekreuzigten sich vor dem heiligen Zeichen. Paulus erkannte gleich nach dieser Begegnung, daß diese Menschen im Schutze des Kreuzes standen, deshalb zogen sie so mutig dahin, ohne jede Waffe. Der bärtige Mann mit dem wehenden Haar mochte ihr Priester sein, wenngleich er durchaus nicht wie ein Priester aussah.

„Sie haben also doch Menschlichkeit im Leibe!" rief Paulus beglückt. „Wenn sie mit ihrem Priester und unter dem Kreuz ziehen, fühlen sie sich in Sicherheit."

Dieses kleine Erlebnis gab ihnen Trost. Sie sahen, daß auch in den gewalttätigsten Völkern ein Funke der Güte und Barmherzigkeit Gottes wohnte. Später erfuhren die vier auch, daß einsame, unbewaffnete, friedliche, nicht hier beheimatete Reisende ein Kreuz mit sich trugen und es vorzeigten, wenn sie Bewaffneten begegneten, damit ihnen nichts zustieße. Die vier Mönche setzten sich darum ins Gras, Gerhardus schnitt lange Stöcke, und jeder fertigte sich ein Kreuz. Unter dem Schutz dieses Zeichens zogen sie dann sicher ihres Weges. Man öffnete ihnen bereitwillig die Tore, gab ihnen auf die erste Bitte Almosen und Schlafgelegenheit, und man musterte sie nicht mit so scheelen, drohenden, düsteren Blicken.

Gerade ein Monat war vergangen, seit sie in Matrika aufgebrochen waren, als im Süden, am Rande des Horizontes, ein Dunststreifen auftauchte, der ein großes Wasser ankündigte. Sie betrachteten den schwebenden Streifen und beratschlagten, ob sie wohl am Itil angekommen seien. Ja, das mußte er sein!

Ringsherum ragte das Grün unendlicher Wälder aus der grasbewachsenen Ebene. Der Himmel strahlte in sanftem Blau, kleine silberne Wolken ballten sich, die Sonne schickte ihre Strahlen nicht mehr mit solch ermattender Glut. Seit drei Wochen stand sie schon im Zeichen der Waage und schickte sich an, in den noch sanfteren Skorpion überzugehen. Müde zwar und bis auf die Knochen abgemagert, aber erleichtert, standen die Mönche auf einem Hügel, hielten die Hände schirmend über die Augen und betrachteten den noch kaum sichtbaren, hauchzarten Dunststreifen. Wenn er tatsächlich den Itil anzeigte, mußten sie alsbald eine große Stadt erreichen, und dort würden sie gewiß einen wohltätigen Menschen finden, der ihnen behilflich war, Pferde zu beschaffen, damit sie sich zu Pferd durch das Wüstengebiet am jenseitigen Ufer aufmachen konnten.

Zuversichtlich zogen sie nun weiter, um die Stadt alsbald zu erreichen.

Sie marschierten bis spät in die Nacht. Der glänzend am Himmel seine Bahn ziehende Mond und fallengelassener Mist von Tieren, die vor ihnen hier langgezogen waren, zeigten ihnen den Weg. Und in der Tat, schon spürten sie den Duft des Wassers, in der Niederung tauchten Weiden und Pappeln auf, hie und da schlängelte sich der Weg über höhere Erdwälle zwischen toten Armen des Flusses, aus den entlegenen Röhrichten trug ihnen der Wind den Schrei von Wasservögeln entgegen . . . Jetzt vernahm man ein leises Quaken. Und dann erfüllte die Welt das Konzert Tausender und Abertausender Frösche.

Noch in dieser Nacht ans jenseitige Ufer zu gelangen, erwogen sie nicht. Selbst das Stück Weg bis zum Fluß verschoben sie auf den nächsten Tag. Sie kauten an einer Handvoll gekochter Hirse, die sie sich in der letzten Siedlung erbettelt und für den Abend aufgehoben hatten und legten sich an einer geeigneten Stelle auf einem rasenbewachsenen, von Weidenbüschen bestandenen Sandhügel zur Nachtruhe. Sie hüllten sich in ihre Kleidung ein, legten die Hand auf die Brust, und bis der Traum sie umfing, unterhielten sie sich leise und zufrieden miteinander.

Sie mußten unbedingt Reitpferde besorgen, denn wenn sie zu Fuß durch die Wüste aufbrachen, von der sie nur soviel wußten, daß sie am östlichen Ufer des Itil jenseits vom ausgedehnten Sumpfgelände des Mündungsgebietes begann, würden sie gewiß umkommen. Ohne Pferde konnten sie sich auch keiner Karawane anschließen. Denn wer könnte mit den Pferden oder Kamelen einer Karawane Schritt halten. Und selbst wenn sie sich durch die Wüste schlügen, wenn sie nicht durch Hunger und Durst, die tausenderlei Gefahren durch wilde Tiere in der Wüste den Tod fänden, wie lange würde es dauern, bis sie zu den Madjaren gelangten? Sie aber wurden getrieben von der ungeduldigen Sehnsucht, endlich mit eigenen Augen zu sehen, ob es jene Brüder und Schwestern gab, ob sie noch lebten und ob es tatsächlich Madjaren waren.

Vor Aufregung vermochten die vier Mönche kaum zu schlafen. Bald fragte der eine, bald der andere leise: „Schläfst du, Bruder?" Jedesmal stellte sich heraus, daß der Angesprochene nicht schlief, höchstens ein wenig eingenickt war. Es war kalt in der Nacht, reichlich fiel der Tau, und die Nähe des Wassers reizte ihre Nasen. Sie spürten, welch riesige Wassermasse es sein mußte, die sich jenseits der Weiden- und Pappelhaine, der durch die Flußarme zerstückelten Sumpfwälder dahinwälzte, welch ungeheure Lunge ihnen ihre Seufzer entgegenschickte.

Bei Tagesanbruch meldeten sich nacheinander die Vögel, die Frösche aber verstummten. Gleich Wolken zogen Schwärme von Wildenten dahin, in unendlich langen Keilen die Wildgänse. Fischadler kreischten, Störche kreisten, Reiher flogen mit trägem Flügelschlag und doch schnell gen Osten, unsichtbare Scharen von Rohrspatzen lärmten, Uferschwalben zogen mit schrillem Zwitschern auf morgendliche Jagd. Die Luft war erfüllt vom Schnattern, Flöten, Tschilpen, Kreischen und Quaken.

Die vier Männer verrichteten ihre Morgenandacht und brachen sogleich auf, um ihre in der feuchten Kälte erstarrten Glieder in den Strahlen der rot aufsteigenden Sonne zu erwärmen. Sie waren hungrig, schwankten förmlich vor Schwäche. Seit geraumer Zeit hatten sie sich nicht mehr satt gegessen. Dieses strenge Fasten während eines ganzen Monats hatte ihre Körper geschwächt, zumal sie täglich von frühmorgens bis spät abends marschiert waren, bis sie fast zusammenbrachen. All ihre Glieder schmerzten, sie klapperten förmlich vor Magerkeit. Das ungekämmte Haar wallte ihnen schmutzig und verfilzt auf die Schultern, in ihrem Bart hingen Erde, Grashalme und Dornen. Die Höllenglut der Sommersonne, der Wind, der Regen und die nächtliche Kälte hatten ihr Gesicht gegerbt. Die langgewordenen Fingernägel hatten sie halbwegs mit dem Messer abgeschnitten. Ihre Kleidung war zerrissen und voller Schmutz, die Fetzen wedelten im Wind um ihre Körper, als wären sie heidnische Schamanen. Steine und Sand hatten die Sohlen ihrer Sandalen zernagt, das Wasser sie hart werden lassen. Sie boten einen verwahrlosten Anblick, und die Befürchtung ließ Desiderius sagen:

„Welch edler Mann wird uns Gehör schenken, wenn er uns so sieht? Wer wird uns helfen, wer wird uns Pferde geben?"

„Je armseliger unser Äußeres ist", tröstete ihn Gerhardus, „um so eher wird man uns helfen. Man wird doch nicht dem helfen, der in glänzendem Gewand einherstolziert und in dessen Taschen Goldstücke klimpern?"

Nach langem Marsch über Sandhügel hinweg und zwischen Gesträuch hindurch erreichten sie um die Mittagszeit das Flußufer.

Den Weg konnten sie leicht finden, allerlei Unrat, alter und frischer Mist von Kamelen und Pferden ließen ihn im Sand erkennen.

Breit und würdevoll wälzte sich der Strom vor ihnen dahin, gesäumt von Sumpfeichen, Weiden und Ginster, soweit das Auge sah. Dabei war dies nur ein schmalerer Arm. Sie baten einen Fischer, sie mit seinem Boot ans andere Ufer hinüberzubringen. Glücklich angekommen, zogen sie weiter. Von hier war die Stadt nicht mehr weit. Immer häufiger begegneten sie Reisenden und später auch Karawanen. Pferde und Kamele mit Schellen zogen gleichmütig dahin, in langen Reihen aneinandergebunden, als würde sie jemand dort in der Stadt mit enormer Kraft langsam zu sich heranziehen.

Torgikan, die große Stadt, verschlang die vier durch ihre breite, graue Maueröffnung, erschloß ihnen ihre niedrigen, schmutzigen, aus Schilf, Holz und Lehmziegel bunt durcheinander gebauten Häuser. Sie waren also angelangt. Erschöpft blieben sie stehen, um vorerst ihre Gedanken zu sammeln.

Das war wieder eine Stadt, wo niemand ihre Sprache verstand. Während sie die wimmelnde Menschenmenge beobachteten, dem Gespräch der Menschen lauschten, drang nicht ein einziges Wort an ihr Ohr, das für sie einen Sinn ergeben hätte. Wohin sollten sie gehen, an wen sich wenden in diesem fremden Gewimmel, in diesem riesigen, einem Heerlager ähnelnden Durcheinander von Häusern aus Lehmziegeln, Holz und Schilf? Wo gab es hier eine Kirche, deren Turm ihnen die Richtung gewiesen hätte? Wo einen Palast, in dem ein hilfsbereiter, gebildeter hoher Herr oder ein Priester wohnte? Sie sprachen in Gedanken das Dankgebet, weil Gott sie bis hierher geleitet hatte, aber sie fühlten sich wie ein Huhn, das sich in einen fremden Hof verlaufen hat, und spürten, daß sie vergebens nach rechts und links rannten, niemand würde ihnen helfen.

„Oh, hat es uns weit fort verschlagen!" seufzte Desiderius.

„Daheim ist man jetzt bei der Weinlese", sann Paulus nach, während ein Kamel mit gleichgültig in die Welt blickender Miene gelangweilt an ihnen vorübertrottete, einen Mann im Turban auf seinem Buckel tragend.

„Sieh, Bruder, dein Hund!“ Gerhardus zeigte auf einen kleinen schwarzen Köter. „Schau nur! Hat er sich vielleicht wieder eingefunden?“

Julianus kauerte beglückt nieder, um den Hund heranzulocken, aber der fletschte die schneeweißen Zähne, zeigte die roten Lefzen und rannte argwöhnisch davon. Seit der kleine Hund Julianus verlassen hatte, trauerte er ihm nach, suchte ihn unwillkürlich überall, hätte ihm gern den harten, glatten Kopf gestreichelt, das Stoßen seiner kalten Nase gespürt. Jetzt, da Julianus den Hund sah, der dem seinen ähnelte, klopfte sein Herz heftig. Als er seinen Irrtum erkannte, war er niedergeschlagener als zuvor. Itil war in Matrika verschwunden, und es war gewiß nicht die Stunde, einem kleinen Hund nachzutrauern und ihn zu suchen, wo eine so viel größere, eine heiligere Aufgabe vor ihnen stand. Dennoch schrak Julianus häufig aus dem Schlaf, glaubte das Stöhnen Itils zu vernehmen, wie er in dem fremden Land zwischen fremden Menschen und fremden Gerüchen einherrannte und ihn suchte. Noch nie hatte er den Verlust des kleinen Hundes so bedauert wie in diesem Augenblick, im Treiben dieser wildfremden Stadt, zwischen diesen Menschen mit der ihm unverständlichen Sprache.

So begann eine lange Heimsuchung. Sie nahm sechs Monate lang kein Ende. Hätten sie nicht unerschütterlich an Gott geglaubt, wären sie verzweifelt. An Magna Hungaria aber glaubten sie nicht mehr so fest. Paulus, wie immer, fand sich schnell mit dem Gedanken ab, daß sie die Madjaren nie erreichen würden, und Desiderius erklärte unumwunden, er sei bereit, für seinen Jesus die ganze Welt zu durchziehen und kraft des heiligen Gehorsams auch Hungers zu sterben oder gar das Opfer menschenfressender Wilder zu werden, aber daran, daß es jene Madjaren gäbe, an die Julianus so blindlings glaubte und von denen Frater Otto auf seinem Sterbebett gesprochen hatte, daran wollte er nicht einmal mehr im Traum glauben. Denn die alten Schriften mochten sich irren, die letzten Worte Frater Ottos konnten im Fieber gesprochen worden sein. Es wäre daher besser umzukehren, auf dem nun bekannten Weg nach Matrika und von dort nach Hause zurück, und die Wahrheit zu gestehen.

Die vier Mönche hausten draußen am Rande der Stadt in einem Ginstergebüsch. Sie hatten sich eine Schilfhütte gebaut, in die zogen sie sich vor Regen und Wind zurück. Täglich gingen sie in die Stadt, bettelten um Almosen und beteten. In Wirklichkeit hielt sie nur das Gebet aufrecht. Die Bewohner Torgikans waren nicht sehr gebefreudig, manchmal kehrten die Mönche drei Tage hintereinander mit leeren Händen in ihre Behausung zurück. Die Menschen sahen sie grinsend an, wenn sie bettelnd die Hand ausstreckten, oder man jagte sie wie unbekanntes, zerlumptes Gesindel verärgert fort. Glück hatten sie nur dann, wenn sie auf ein Haus stießen, in dem man ein paar Worte Kumanisch verstand. Dann legte Julianus seine ganze Seele in seine Rede und erklärte, welch harter Schlag sie getroffen habe, und er bat im Namen Gottes und um Jesu willen, man sollte ihnen helfen. Einem Menschen jedoch, der geneigt gewesen wäre, Pferde für sie zu beschaffen, begegneten sie nicht.

Sie fanden auch kein Kloster und keinen Priester. Zwar wußten sie, daß die Menschen in der Stadt größtenteils christlich waren, worin aber ihr Christentum bestand, vermochten sie nicht herauszufinden. Ein Zeichen erkannten sie höchstens darin, daß das Leben in der weiträumigen Stadt seinen alltäglichen Lauf nahm, daß aber an jedem siebenten Tag – manchmal auch dazwischen – das Drängeln unterblieb und das Kommen und Gehen sich legte. Daraus schlossen die Mönche, daß es Sonntag oder Feiertag war. Aber keine Glocke läutete, nirgends war Gesang oder ein Psalm zu hören, nirgendwo zogen festlich gekleidete Menschen in eine Kirche, sie verschwanden nur einfach von der Straße – wenn man die Wege zwischen diesen in Grüppchen gebauten Häusern überhaupt Straße nennen konnte –, oder sie setzten sich außerhalb der Lehmumfriedungen auf einen Stein und schwatzten miteinander. Sie kauten Kürbiskerne und spuckten die Schalen ringsum auf die Erde.

Muselmanen und Heiden aber hetzten auch an diesen Tagen durch die Gassen, das Knarren der Karrenräder, das Dröhnen der Pferdehufe, der Zug der Kamele, das Kreischen und Peitschengeknall der Treiber erstarben auch dann nicht völlig.

So wurde es Herbst. Überall auf den Druschplätzen hörte man das Klopfen der Dreschflegel, die Mahlsteine der Mühlen summten, die Flachsbrechen klappten, auf großen Planen trockneten Nüsse. Im matten Sonnenschein standen Frauen, die Leinenröcke zwischen die Knie gepreßt, gegen den Wind da und reinigten schwingend Getreide. In Bottichen fuhr man die Trauben ein, stampfte und preßte sie und zapfte den Most ab. Die Blätter an den Bäumen färbten sich, die Gärten wurden in Gold und Purpur getaucht, die Landschaft erschien heller, durchsichtiger. Das breite Band des Itil, das sich jenseits der Stadt dahinzog, hüllte sich allmorgendlich in Dunst. In großen Scharen sammelten sich die Zugvögel und traten ihre Reise an. Die Zahl der krächzenden Krähen und der in schwarzen Scharen umherschreitenden Raben nahm zu. Die Mönche saßen abends beisammen am sorgsam gehüteten Feuer und beratschlagten hilflos immer wieder aufs neue, was sie tun könnten, was sie zu erwarten hätten. Dabei kamen sie immer häufiger auf zu Hause zu sprechen.

Meistens begann Desiderius. Er seufzte tief und bemerkte:

„Ja, liebe Brüder, daheim ist man jetzt bei der Herbstarbeit, die Dreschflegel dröhnen, Hanf und Flachs stehen in Garben, der Wein reift, man erntet schon die Bohnen . . ."

„Sprich nicht davon, lieber Bruder, stimm mich nicht traurig, es ist ohnehin schwer genug, auch nur daran zu denken", erwiderte Paulus.

„Um diese Zeit knattern die Wagen in den Höfen der Klöster", fing auch Gerhardus an, „entsinnt ihr euch noch an das lebhafte Treiben, wenn die Bauern mit ihren Wagen hereingefahren kamen? Welch frohes Lachen und Schreien erfüllte den Hof! Wie sich die Männer unter den Schläuchen und den Säcken krümmten."

„Und dann die großen Fische!" rief Desiderius.

„Sprich nicht von den Fischen, lieber Bruder", meldete sich Paulus wieder zu Wort, „auch wenn der Fisch ein heiliges Symbol ist, führt er doch in Versuchung."

Julianus hörte diesen Gesprächen stumm zu, und das liebliche Bild des heimatlichen Lebens tauchte auch vor ihm auf. Er dachte an die Mahnung des alten Abts in Várad: „Paß auf, daß dein Herz nicht über deinen Geist und deinen Willen siegt!" Er hob die Stimme und den mahnenden Finger und sagte tadelnd:

„Verdrängt die Trauer aus eurem Herzen, liebe Brüder! Wir müssen Gottes Willen freudig annehmen und uns darein schicken, was er auch über uns verhängt. Denkt nicht an das, was hinter euch ist, blickt vorwärts. Der Teufel wendet euer Gesicht nach hinten, daß ihr den Weg nicht mehr seht, den Gott uns bestimmt hat."

Ihre Nahrung bestand aus Früchten, dann und wann aus Fisch und manchmal auch aus einer Handvoll Hirse. Fleisch bekamen sie nicht zu sehen. Da es Herbst war, gab es auch keine Vogeleier. So verschleierte der Nebel des ständigen Hungers ihren Blick.

Eines Tages – der Herbstregen hatte schon eingesetzt, die Gegend schien trostlos, und der Boden war schlammig – verschlug es einen schmächtigen, fast nackten kleinen Jungen zu ihnen, der in seinem Hemd vor Kälte schlotterte. Ängstlich äugte er zu den Männern. Julianus winkte ihn heran. Nachdem der Junge sich überzeugt hatte, daß man ihm nichts tun wollte, näherte er sich behutsam und betrachtete die sanften, wenn auch struppigen und verwilderten Gesichter.

„Seht ihr, liebe Brüder", sagte Julianus erfreut, „Gott hat uns zum Trost wieder einen Engel geschickt! Den ersten schickte er uns in Matrika, als er mich mit dem sterbenden Kind zusammenführte."

Julianus hatte recht, denn nachdem sich der Junge ans Feuer gewagt hatte, wärmte er sich die Glieder unbeschwert und betrachtete die vier lumpigen Fremden bald mit lächelnder Miene. Er redete in seiner Sprache zu ihnen und wunderte sich, daß sie ihn nicht verstanden. Desiderius reichte ihm einen Apfel. Er biß hastig hinein und aß ihn mit Stumpf und Stiel. Man sah ihm an, daß er hungrig war. Offensichtlich war er ein verwaistes, verstoßenes Kind. Zerzaust hing ihm das schwarze Haar in die Stirn, jeden Augenblick war er bereit, aufzuspringen und zu fliehen.

Aber der Knabe floh nicht, er schlief bei den Mönchen in der Hütte und wartete in der Frühe strahlenden Auges, daß man ihm zu essen gäbe.

„Wir haben nichts!" erklärte Paulus, den Satz mehrmals wiederholend und die leeren Hände nach außen drehend. „Die diesjährige Ernte ist schlecht ausgefallen! Wir haben nichts!"

Der Junge war erstaunt, sperrte den Mund auf, riß die schwarzen Augen weit auf. Als er Paulus verstand, wurde er traurig. Dann erstrahlte sein Gesicht, er jauchzte laut und jagte auf flinken bloßen Beinen in Richtung der Stadt davon.

„Den hast du aber erschreckt", Gerhardus lachte.

„Er hat unsere Lage erkannt und ist erschrocken", fügte Paulus hinzu.

„Nun, Gott mit ihm, es war doch kein Engel", Julianus schlug betrübt das Kreuz hinter ihm her.

Dann machten er und Desiderius sich ebenfalls auf den Weg, um in der Stadt etwas zu erbetteln oder wie durch ein Wunder endlich den Mann zu finden, der sie verstand und ihnen zu Pferden verhalf.

Es war Abend, als sie nach Hause kamen, in durchnäßter Kleidung, müde, ausgehungert, frierend. Das Ergebnis ihres langen Weges war ein wenig Hirse. Aber der Knabe saß schon am Feuer. Auf dem Herdstein stand ein angeschlagener irdener Topf, und aus dem Topf quoll Dampf.

„Kommt, Brüder", rief ihnen Gerhardus begeistert zu, „und seht mit eigenen Augen, was uns Gott durch seinen Engel geschickt hat."

Die Gesichter der beiden Mönche und des Jungen strahlten. In dem Topf kochten Fleisch und Hirse. Sogar Zwiebel war darin. Der Duft entzückte ihre Nasen.

„Das Kind beschämt uns", brummte Gerhardus.

Sie setzten sich um den Topf, nahmen Hirse und Fleisch mit den Händen heraus und stillten ihren Hunger. Dabei waren sie darauf bedacht, daß der Junge das Beste bekam.

Nach ihrem Gebet legten sie das Kind auf trockenes Schilf zum Schlafen, sie selbst aber begannen wie üblich zu beratschlagen.

„Gott hat uns also doch einen Engel geschickt", sagte Julianus gerührt. „Nicht des Fleisches wegen, das er gebracht hat, sondern weil mir dabei etwas eingefallen ist. Seht, Brüder, seit langer Zeit kochen wir zum erstenmal in einem Topf. Womit hast du die Hirse gerührt, Bruder Paulus? Sicher mit einem Stock. Die Frauen aber rühren den Brei mit einem Löffel, schöpfen mit einem Löffel und essen auch damit. Laßt uns Löffel schnitzen, die bringen wir in die Stadt und verkaufen sie. Dafür werden wir dann zu essen bekommen."

„Und vielleicht auch Geld, wenn wir viel schnitzen!" rief Paulus.

In Gerhardus kehrte die gute Laune wieder.

„Das Geld sparen wir und kaufen dafür neue Sandalen."

„Keine Sandalen! Esel werden wir dafür kaufen, Brüder", begeisterte sich Paulus.

„Esel! Nein, Pferde!"

„Ach, ihr laßt euch von diesen Pferden wieder mitreißen", Desiderius winkte ab. „Dabei werden wir kein Geld bekommen, vielleicht gibt es in dieser Stadt überhaupt kein Geld."

„Bis zum Frühjahr werden wir uns durchschlagen", lenkte Julianus das Gespräch wieder in rechte Bahnen. „Wenn es aber Frühling ist, bewegen sich die Räder unseres Gehirns leichter. Bis dahin werden wir auch jemanden finden, von dem wir Pferde bekommen. Bis zum Frühling können wir uns ohnehin nicht vom Fleck rühren."

Am nächsten Morgen jauchzte der Junge wieder laut und rannte davon. Desiderius und Julianus gingen um Almosen in die Stadt. Gerhardus und Paulus aber hielten Umschau nach geeigneten Pappeln und Weiden für die Löffel.

Am Abend war der Knabe zu Hause, Fleisch kochte im Topf, Hirsebrei wallte, und in der Ecke der Hütte lag sogar ein Häufchen Zwiebeln. Die beiden Mönche aber saßen am Feuer, wärmten sich die Füße und zogen die Rinde vom Weidenholz ab. Am dritten Tag kam der Junge wieder mit Fleisch nach Hause, aber diesmal brachte er in seinem Hemd auch Äpfel und Birnen und obendrein zwei Holzlöffel. Offenbar hatte er erraten, daß die Männer Löffel schnitzen wollten. Oder dachte er, mit dem Löffel esse es sich besser als mit den Fingern? Hatte er Angst um seinen Anteil?

Als sich die ersten kalten Tage einstellten, lag eine ganze Anzahl schmucker Löffel in der Hütte, und die Blasen an den Händen der Mönche zeigten, wie fleißig sie gearbeitet hatten. Nun machten sich Julianus und Gerhardus auf den Weg, jeweils in einen anderen Teil der Stadt, um dort die Löffel zu verkaufen. Abends kehrten sie mit soviel Händen Hirse zurück, wie sie Löffel zum Tausch mitgenommen hatten, und der Junge war wieder mit Fleisch gekommen, einem großen Stück Rindfleisch, und mit Zwiebeln. Die Mönche mußten einsehen, daß Löffelschnitzen eine mühselige, geringe Arbeit war und daß sie auf diese Weise weder zu Geld noch zu Pferden kamen, wohl nicht einmal zu einem Esel. Ihren bloßen Lebensunterhalt jedoch vermochten sie damit besser zu bestreiten als mit Betteln. Die Bewohner Torgikans verabscheuten Almosengeben, aber einen Holzlöffel von den armen Fremdlingen tauschten sie hin und wieder ganz gern gegen eine Handvoll Hirse, gegen fünf oder sechs Zwiebeln, einige Äpfel oder ein paar Nüsse.

Die Mönche begannen den Knaben zu unterrichten. Sie rechneten damit, wenn sie ihn die eigene Sprache lehrten und er sie verstand, könnten sie ihn in die Seligkeit des Glaubens an Jesus Christus einführen. Vielleicht war der Junge getauft, vielleicht aber auch nicht. Doch ob getauft oder nicht, man mußte ihn unterrichten. Julianus brachte sogar den Gedanken auf, daß sie ihn mit nach Hause nehmen, nach Ungarn, und ihn zu einem guten Ordensbruder erziehen könnten. Er sei doch offensichtlich eine vater- und mutterlose Waise. Und ein guter Junge, er beobachte sie, sei folgsam, renne sogar bei schlimmsten Wetter in die Stadt und kehre nie ohne Almosen zurück.

Sie sparten sich das Essen vom Munde ab, sammelten die Hirse. Eines Tages tauschte sie Julianus gegen eine Pelzjacke und Bundschuhe ein. Für den Jungen. Am Abend kleideten sie ihn dann ein und freuten sich, daß er künftig nicht mehr zu frieren brauchte. Der Knabe klatschte in die Hände, hüpfte und jauchzte vor Freude, umarmte die Mönche der Reihe nach und kehrte am nächsten Tag mit einem doppelt so großen Stück Fleisch zurück wie sonst.

Während sie den Knaben unterrichteten, lernten auch sie ein wenig alanisch. Sowohl auf ihren Wegen in der Stadt als auch im Umgang mit dem Knaben blieben ein paar Worte an ihnen haften. Sie konnten schon grüßen, vermochten die wichtigsten Dinge zu benennen und hatten die bittenden und segnenden Formulierungen gelernt, die beim Almosensammeln notwendig waren.

In der Tat, den Jungen hatte ihnen Gott geschickt. Nicht nur, weil er mit unermüdlichem Eifer bei der Beschaffung der täglichen Nahrung half und sich rings um die Hütte fleißig zu schaffen machte, sondern weil sie das Gefühl hatten, ihre Gemeinschaft habe sich um einen neuen Bruder vermehrt. Das Kind war ihnen ein jüngerer Bruder, wenn nicht gar ein Sohn. Sie waren ihm die älteren Brüder, und jeder von ihnen fühlte sich vielleicht auch als sein Vater. Ihre Gespräche bewegten sich jetzt nicht mehr nur um das Elend, um Heimweh und den bevorstehenden Tag – einen immer größeren Raum nahm der Junge ein. In der Hütte legte man ihn an die wärmste Stelle. Von ihrer dürftigen Nahrung gaben sie ihm die besten Bissen. Sie hüteten ihn, hüllten ihn in seinen weiten, bis unter die Knie reichenden Pelz, wickelten ihm die eigenen Fußlappen um die Füße, sie nahmen seine rotgefrorenen Hände in ihre Hände und rieben sie warm. Sie freuten sich, wenn es ihm gelang, ein ungarisches Wort auszusprechen, streichelten ihn, wenn er Holz fürs Feuer gesammelt, wenn er auf die Hirse aufgepaßt oder Zwiebeln geschält hatte. Wenn sie ihn aber anschauten, freute sich ihr Herz, Freudentränen stiegen ihnen in die Augen, und sie dankten Gott täglich, daß er ihnen diesen heimatlosen Jungen zugeführt hatte.

Er war ein hartes Bürschlein. Der Wind zauste das schwarze Haar, das ihm in die Stirn hing, der Regen benetzte ihm den Kopf, und dennoch zog er Tag für Tag aus und brachte jedesmal etwas mit, unter seinem Pelz versteckt, mit den eiskalten Händen festgehalten. Ein magerer, knochiger Junge war er. Wieviel Jahre er genau zählte, wußte niemand. Seit sie sich um ihn kümmerten, wurde er sichtlich kräftiger. Er entwickelte sich gut, und wenn ihm nichts zustieß, würde ein starker Mann, der harter Arbeit gewachsen war, würde ein guter Mönch aus ihm. Mit seinen dunklen Augen sah er sie klug und heiter an, manchmal lächelte er schelmisch, schielte zur Seite wie eine Amsel, wenn sie sich eine reife Kirsche aussucht.

Besonders Desiderius schwärmte für den Jungen. Sie verstanden sich großartig. Zu zweit gingen sie Reisig sammeln, zu zweit mühten sie sich um das Feuer, und dabei schwatzten sie in einem fort. Der Knabe alanisch, der Frater ungarisch. Dann und wann erfaßten sie ein Wort des anderen, das Restliche errieten sie aus Zeichen, aus dem Mienenspiel, aus dem Blick. Desiderius brauchte nur mit den Augen zu winken, und der Knabe verstand ihn auf der Stelle.

„Diese beiden sind wie der Eichelhäher und die Krähe, wenn sie in einem Hof leben. Sie schwatzen ununterbrochen und verstehen sich doch“, sagte Gerhardus lachend.

„Die Ähnlichkeit ist jedenfalls gegeben.“ Auch Frater Paulus lachte.

„Steckt keine Dornen in eure Worte“, ermahnte sie Julianus.

So gingen sie in den Winter. Die Schilfhütte litt arg unter dem Wind, sie mußten sie immer wieder ausbessern. In den Buchten des Itil schnitten sie Rohr, schafften Knüttel heran, um ihre Behausung auszubauen. Mit dem Messer gruben sie einen reichlich ellenbogentiefen Graben in den Boden und schütteten mit der Erde einen Wall rings um die Hütte, damit das Regenwasser nicht eindringen konnte und der Wind nicht hindurchblies. Paulus, Desiderius und der Junge flochten sogar eine Tür, befestigten sie mit Weidenrinde und verschlossen sie mit einem Riegel. Auch das Feuer mußten sie in ihre Behausung bringen, nur einen Herdstein fanden sie nicht, denn Steine waren in dieser Gegend eine Seltenheit.

Sie hatten weder Kerze noch Kienspan, aber was hätten sie bei deren Licht auch lesen oder schreiben sollen! Selbst ihr Brevier war mitsamt ihrem Quersack verlorengegangen.

Torgikan erlebte in diesem Jahr einen harten Winter. Obwohl man am Stand der Sonne sah, daß es südlicher lag als Ungarn, war die Kälte doch bissiger; sie drang in Mark und Bein. Aus dem Norden, von den fernen Wüsten und Steppen her, fegten wilde Stürme auf Torgikan zu, brachten Schneeregen mit, peitschten den Strom und das Weidengebüsch, schlugen gegen die Mauern der Stadt und heulten nachts so fürchterlich, daß die Mönche fürchteten, der Sturm könnte alles von der Erde hinwegfegen, als erstes ihre Schilfhütte. Jetzt stellte sich das wirkliche Elend ein, denn manchmal konnten sie tagelang den Fuß nicht vor die Hütte setzen. Ihre Kammer aber war leer, kein Fleisch im Rauchfang, im Faß nicht ein gesalzener Fisch, an der Wand kein Zwiebelzopf, und im Lager gab es weder Hirse noch Korn.

„Ein vortreffliches Kloster, das muß ich sagen!“ klagte Gerhardus. „Außer dem Kapitelsaal ist nichts da, vor allem aber keine Vorratskammer.“

„Wir haben den Weg umsonst zurückgelegt, hier werden wir umkommen“, Desiderius seufzte. „Und nun nicht mehr nur zu vieren, sondern zu fünfen.“

Sie saßen oder lagen auf dem trockenen Schilf, ihre Gesichter waren aschgrau, ihre Augen blickten matt, Hunger nagte und zwickte an ihren Eingeweiden, Kopfschmerzen quälten sie. Julianus schwieg. Er starrte vor sich hin, konnte seinen Gefährten nicht recht in die Augen schauen. Er glaubte, Heimweh darin zu sehen, verborgene Anklage, bittere Vorwürfe. Vielleicht war ihnen das gar nicht bewußt, aber auch sie scheuten seinen Blick.

Er spürte, wie dunkle Hoffnungslosigkeit in ihnen wuchs und sich in der engen Behausung ausbreitete. Julianus richtete die Augen auf das kleine hölzerne Kreuz an der Wand und betete. Seine Gedanken versuchten, den Willen Gottes zu ergründen. Ohne sein Wissen konnte nichts geschehen! Kein noch so kleiner Sperling fiel vom Baum, wenn er es nicht wollte! Geschweige denn vier Menschen gingen verloren, und jetzt gar fünf. Oder dachte der Junge anders, war er doch hier in seiner Heimat. Vielleicht machte er sich aus dem Staube. Wenn er nur ginge! Gott konnte ihn doch nicht geschickt haben, damit er ihnen eine Weile behilflich war und dann mit ihnen Hungers starb? Oder hatte ihn womöglich der Teufel geschickt? Um eitle Hoffnungen in ihnen zu nähren, ihnen in der Gestalt des Jungen einen Ausweg vorzugaukeln und ihnen dann eine noch tiefere Kluft aufzutun? Wollte er ihnen zeigen: Ihr könnt nicht einmal für dieses Kind sorgen, wie könntet ihr da nach *Magna Hungaria* gelangen? Sollten ihre Sorgen und ihre Bitternis noch damit gemehrt werden, daß ihnen die Verantwortung für ein Kind aufgebürdet wurde? Nein, sie mußten nach *Magna Hungaria* gelangen. Und sie würden auch. Aber wann? Wie? Jetzt hatten sie sich nicht um *Magna Hungaria* zu sorgen, sondern um Nahrung. Und darum, daß sie im Frühjahr Pferde brauchten, wenn sie den Frühling überhaupt noch erlebten . . . Oh, wenn sie nur ein einziges Brot aus der Heimat hätten, ein Stück Fleisch, einen Fisch! Nur einen Schluck Wein! Wenn sie doch einen Tag lang in einem Kloster ausruhen könnten. Fänden sie nur einen einzigen Menschen, der ihnen behilflich wäre!

„Um diese Zeit sind sie daheim im Arbeitshaus bei fröhlicher Arbeit", sagte Desiderius. Er konnte sein Heimweh nur schlecht verhehlen und seufzte tief.

„Sie singen, sie arbeiten, und der Küchenfrater müht sich emsig am Herd", fügte Paulus hinzu.

„Die Armen aber versammeln sich im Klosterhof und warten auf Almosen."

„Liebe Brüder", sagte Julianus, „wir wollen den Blick in unsere Gegenwart wenden."

„Aber das tun wir doch gerade", antwortete Gerhardus, „das ist ja das Übel."

„Aber seht doch, der Winter wird vorübergehen, und wir werden Gott danken, daß er uns erhalten hat, und wir werden mit einer Karawane weiterziehen."

„Ob wir es denn erleben?" fragte Desiderius bitter.

„Wenn nicht, müssen wir den Tod aus der Hand Gottes freudig entgegennehmen."

„Gewiß doch, nur sind wir dem Tod selbst entgegengegangen", fuhr Frater Desiderius fort. „Wir hatten auch daheim unsere Arbeit, Gott gab uns einen großen Weingarten, um darin zu wirken. Warum mußten wir weggehen und eitlen Träumen nachjagen? War es nicht das Werk des Teufels, daß wir unser Kloster verließen, unser geliebtes, warmes Nest und hier auf fremden Boden sinnlos umkommen? Haben wir denn nicht gelernt, um zu lehren? Wir aber liegen hier müßig auf dem Schilf, lauschen dem Heulen des Windes, und unsere ärgste Sorge ist nicht das Reich Gottes, sondern daß der Sturm uns das Dach über dem Kopf wegträgt."

„Wir essen den Brei des Teufels und werden immer hungriger", stimmte ihm Gerhardus zu.

„Wenn wir ihn gekocht haben, müssen wir ihn auch auslöffeln", sagte Paulus. „Wer kann dafür?"

„Ja, wer? Ich nicht. Ich habe nie gesagt, daß zwischen den himmelhohen Bergen Madjaren leben und daß wir ihnen das Licht des Evangeliums bringen müssen."

„Ich habe einen Befehl bekommen und mußte ziehen, weil ich das Gelübde abgelegt habe", fügte Paulus hinzu. „Ich frage nicht, ob es diese Madjaren gibt oder nicht. Wenn es sie gibt und wir erreichen sie, werden wir sie unterrichten, gibt es sie nicht, dann war unser Weg Sühne für eine unserer Sünden oder für die Sünden anderer."

„Eure Worte sind sündig, liebe Brüder", rief Julianus verzweifelt. „Warum habt ihr kein Vertrauen? Ist denn unser Herr nicht mit uns?"

„Ich glaube, er ist es nicht", antwortete Desiderius mit klangloser Stimme. „Er hat sich wegen unserer Sünden von uns abgewandt und uns unserem Schicksal überlassen."

„Er ist solange mit uns, solange wir ihm vertrauen und an ihn glauben."

„Dennoch war nicht er es, der uns eingegeben hat, wir sollen nach *Magna Hungaria* ziehen, Bruder, sondern ein anderer."

„Ich habe euch in dieses fremde Land geführt", sagte Julianus mit leiser Stimme und senkte das Haupt. „Ich verkündete immer wieder, daß es diese Madjaren geben muß. Und ich glaube auch heute noch, daß es sie gibt."

„Das glaube ich auch", fügte Gerhardus hinzu, „nur zweifle ich daran, daß wir sie erreichen."

„Ich glaube nicht einmal, daß es sie gibt", Desiderius' Stimme war ohne Hoffnung. „Ich habe es nie geglaubt."

„Ich frage nicht, ob es sie gibt oder nicht, ich will gehen, soweit mich meine Füße tragen."

Julianus sprang auf, sein Kopf stieß gegen das Schilfdach. Mit funkelndem Blick musterte er die Gesichter seiner Gefährten. Die schauten düster ins Feuer und sahen ihn nicht an.

„Dich narrt der Teufel!" rief er verärgert. „Kleingläubiger Desiderius, siehst du die Sache nicht, um deretwillen uns der Heilige Vater, unser Orden und der König geschickt haben! Begreifst du nicht, daß wir bis zu unserem Tod gehen und alles andere dem Willen Gottes anvertrauen müssen!"

„Wir wollen weder nach rechts noch nach links schauen, sondern auf der Stelle aufbrechen, so wie wir sind", sagte Paulus.

„Es ist nicht so, wie unser Bruder Desiderius sagt", fuhr Julianus mit lauter Stimme fort. „Ich bestreite es! Seht, draußen heult der Sturm, und uns hat Gott ein Obdach gegeben. Draußen fällt Schneeregen, und uns hat er Feuer gegeben. Draußen leben lauter fremde Menschen, und uns hat er Gefährten gegeben!" Seine Stimme versagte. „Uns hat er Gefährten gegeben . . . Oh, wärt ihr mir nur solche Gefährten, wie ich euch ein Gefährte bin . . ."

„Frater Julianus!" rief Gerhardus und sprang auf. „Hier bin ich. Du hast recht. Wir haben uns versündigt, strafe uns."

„Warum sprichst du so, Julianus?" fragte Paulus gerührt und schaute zu ihm empor. „Du weißt, daß ich bis zu meinem Tode getreu mit dir gehe. Vergib mir."

Gerhardus stand bereits neben Julianus, und geduckt unter dem niedrigen Dach umfaßte er dessen Schultern und küßte ihn auf beide Wangen.

Julianus strich traurig über den zerzausten Kopf des Fraters, dann setzte er sich ans Feuer zurück und fuhr ruhiger fort:

„Es schmerzt mich, euch so zu sehen, liebe Brüder. Ich frage mich täglich hundert- und aber hundertmal, ob ich einem Phantom nachjage? Wir sind Menschen und fehlbar. Ich könnte mich irren. Dann aber muß ich mich vor Gott für euch verantworten. Aber seid unbesorgt. Die Krone, der Lohn, ist euch gewiß. Glaubt nur und haltet aus bis zu eurem Tode. Ich irre nicht . . . ich kann mich nicht irren! . . . Brüder, unsere Hoffnungen gehen in Erfüllung, und der Erfolg gehört uns. Wir geben der Welt ein Beispiel! Der Lohn Gottes wird uns gehören!"

„Wahrlich, uns wiegelt der Teufel auf, damit wir verzweifeln sollen", brummte Frater Paulus.

„Ihr redet euch nur selbst etwas ein, um nicht in Verzweiflung zu fallen", wandte sich Desiderius wieder zu den anderen, seine brennenden Tränen unterdrückend.

„Apage!"

„Wahrlich, wenn du es dir eingestehen würdest, gäbst du mir recht. Du glaubst selbst nicht an *Magna Hungaria* und auch nicht, daß wir es jemals erreichen. Aber, liebe Brüder, verzeiht mir . . . Ich bin schwach. Ich möchte so gern daheim im Kloster sein . . . beten in meiner stillen Zelle, in der Bibliothek die Kirchenväter lesen. Wie gern würde ich im Arbeitshaus wirken, auf heimatlichem Boden, zwischen meinen Brüdern und Schwestern, kommen und gehen . . . Was kann ich dafür, daß ich schwach bin und Angst habe, wir vergeuden unser teures Leben umsonst, ohne etwas für den Glauben an Jesus Christus zu tun?"

Julianus ließ den Blick über die klägliche, zerlumpte, schmutzige Gestalt seines Bruders gleiten, über sein fahles, struppiges Gesicht, die glanzlosen Augen. Tiefes Mitleid empfand er mit ihm. Er trat zu Desiderius und strich ihm über den Kopf.

„Wahrlich, Bruder, dich muß ich mehr lieben als all die anderen, denn du bist schwächer als wir, und dich verschlingt der schwarze Rachen der Verzweiflung früher als uns. Verzeih mir! Ich habe dir harte Worte gesagt."

„Oh, Frater Julianus, Frater Julianus!" rief Desiderius schluchzend. „Bete für mich, sonst bin ich verloren."

Seine gebeugten Schultern bebten, er verbarg das Gesicht in seinen Händen.

„Kopf hoch, Frater Desiderius", rief Gerhardus. „Lerne von unserem jungen Bruder Paulus. Er fragt nicht, er duldet nur. Wenn er nicht gehen kann, wartet er. Wenn er nicht warten kann, geht er. Wenn er sterben muß, wird er sterben."

„Nun aber gehe ich in die Stadt und versuche unser Glück", sagte Julianus und machte sich auf den Weg.

Sie baten ihn zu bleiben, denn er gehe bei diesem Wetter umsonst. Aber er hörte nicht auf sie, spürte, daß er gehen mußte, um ihren Glauben zu stärken. Er zog die zerschlissene Pelzjacke fester um sich und kroch zur Hütte hinaus.

„Gebt acht auf Peter", rief er aus der schwarzen Türöffnung zurück. Peter – so nannten sie den Jungen – schlief tief, wie benommen in einer Ecke, und seine halbgeöffneten Lippen glänzten feucht.

Da geschah das Wunder, das Julianus und seine Gefährten bis tief in die Seele erschütterte und ihre Gesichter mit Schamröte überzog.

„Lieber guter Vater, blicke aus der Höhe auf meine schwachen Gefährten herab und errette sie", flehte Julianus, als er aus der Hütte trat und den tobenden nassen, kalten Sturmwind im Gesicht zu spüren bekam. „Zeige dein Antlitz, sonst sind wir verloren! Hilf unserem armen Bruder Desiderius und stärke seinen Glauben. Steh uns in der Hoffnungslosigkeit bei!"

Der Schneeregen peitschte ihm ins Gesicht, durch die armseligen dünnen Fetzen hindurch schnitt der Sturm seinen Körper wie mit scharfen Messern, als würde er sich an seinem Leid ergötzen und schallend über ihn lachen. Es war stockfinster. Mit seinen löchrigen Bundschuhen versank Julianus in Schlamm und Pfützen. Er spürte, daß er von diesem verzweifelten Gang nichts erwarten konnte, fühlte sich schwach und schwindlig, seine Augen schmerzten. Nach vorn geneigt und vom Sturm immer wieder hin und her geworfen, drang er vorwärts, den nächstgelegenen Häusern der Stadt zu. Er beschloß, an der erstbesten Tür zu klopfen, sich auf den Fußboden zu werfen, die wenigen alanischen Worte hervorzustammeln, die er gelernt hatte, und nicht eher zu gehen, als bis er seinen Gefährten einen Bissen zu essen bringen konnte.

Während er mit dem Wind rang, bestürmten ihn seine Gedanken genauso hart wie der Wind. Er wußte nicht, was für einen Weg er schon zurückgelegt hatte, aber ihm war, als wäre er schon sehr lange unterwegs. Er sah dunkle Flecken vor seinen Augen. Vielleicht waren es die Häuser der Stadt, vielleicht narrte ihn auch nur der Hunger. Er kümmerte sich nicht darum, ging immer weiter, als würde ihn eine unbesiegbare Kraft vorwärtsziehen, nur vorwärts, ohne daß er die Richtung kannte.

Als er zwischen die Häuser gelangte und den ein wenig trockeneren, festgetretenen Pfad betrat, stieß sein Fuß gegen etwas. Er glaubte, es sei eine Erdscholle und trat es zur Seite. Aber er konnte es gar zu leicht mit der Spitze seines Bundschuhs wegstoßen, es mochte wohl irgendein Lumpen sein. „Nun, wenn es ein Lumpen ist, hebe ich ihn auf. Wer weiß, wozu er gut ist", dachte Julianus. Er hob ihn auf, befühlte ihn, starrte mit hervortretenden Augen darauf. Zwar konnte er nichts sehen, aber seine Finger betasteten das Gefundene immer hastiger. Sein Herz klopfte, ihm wurde schwindlig. Er fühlte eine Schnur, erkannte eine Tasche und ertastete darin einen harten runden Gegenstand. „Geld", stammelte Julianus, und er taumelte. „Nein, nein, der Hunger täuscht mich . . . der Teufel narrt mich . . . Gott gaukelt mir etwas vor . . ."

Hastig befingerte er den Beutel noch einmal und den runden harten Gegenstand darin. Es mußte eine Münze sein. Er versuchte, den Beutel zu öffnen, riß, zerrte, drehte, aber in der Dunkelheit konnte er die Öffnung nicht finden.

„Ich kehre um", dachte er, „daheim werde ich ihn öffnen. Was verliere ich schon? Ich muß mich höchstens noch einmal auf den Weg machen . . ."

Er kehrte um und erreichte nach hastigem Lauf die Hütte, nach einer ihm unendlich lange erscheinenden Mühe. Er stieß die Tür auf und stürzte förmlich über die zwei Stufen hinab in die im Erdreich versenkte Hütte.

Die Mönche knieten um das Feuer und beteten inbrünstig.

Paulus hob als erster den Kopf und starrte Julianus an, als sähe er einen Geist.

„Du bist schon zurück?"

„Bei diesem Unwetter kann man nicht hinausgehen", rügte ihn Gerhardus und schlug das Kreuzzeichen. „Leg dich hin. Morgen ist ein neuer Tag."

Julianus jedoch sagte kein Wort, griff nur nach seinem Messer und schlitzte den schlammigen, durchnäßten Beutel auf, der mit irgendeinem Schnörkel verziert war. Zögernd griff er hinein. Ängstlich betasteten seine Finger die Münze. Nun wußte er, was er in den Fingern hielt, aber er wollte es nicht glauben. Er zog das Metallplättchen heraus, so daß es im Schein des Feuers glänzte. Es war Geld.

„Eine byzantinische . . . Goldmünze . . .", stammelte er, und sein Gesicht wurde weiß.

Die anderen glaubten, er habe den Verstand verloren. Sie sprangen auf und eilten zu ihm. Zwischen seinen Fingern glänzte tatsächlich ein goldener Byzantiner.

„Gold . . ."

„Träumen wir auch nicht?" stammelte Desiderius.

„Seht es selbst und sprecht ein Dankgebet", rief Julianus freudig.

Die Goldmünze wechselten sie am nächsten Tag in Silberdirham. Für einen Dirham kauften Gerhardus und Paulus bei den Händlern Fleisch, Salz, einen Korb Hirse, einen Zopf Zwiebeln, vier Paar Bundschuhe und für den Jungen eine Pelzmütze und ein paar kurze Stiefel.

Am Abend brodelte Essen im Topf, der Brodem füllte die Hütte. Der Junge sprang vor Freude hin und her, zog die Stiefel auf der Stelle an und stülpte sich die Mütze auf den Kopf. Die Mönche zogen die schäbigen, klaffenden Bundschuhe von den Füßen und schlüpften in die neuen. Dann knieten sie nieder und beteten laut. Den Jungen bogen sie in die Knie, damit er sich am gemeinsamen Gebet beteiligte. Danach sangen sie, bis der Brei gekocht war. Sie saßen um den Topf und tauchten andächtig die Löffel ein, das Wasser lief ihnen im Mund zusammen, ihre Augen funkelten. Als der Duft der mit Zwiebeln zubereiteten Hirse Desiderius aus unmittelbarer Nähe in die Nase stieg, schluchzte er vor schmerzlicher Wonne und schlug zweimal das Kreuzzeichen über seinen Löffel. Man hätte weinen können über soviel trauriges Glück.

Nun hatten sie noch vier Dirham, und wenn sie sparsam wirtschafteten, das heißt, keine Kleidung mehr kauften, konnten sie bis zum Ende des Winters durchhalten.

Verzweifelt und mutlos hatten sie geklagt. Sie hatten die Worte Jesu vergessen: „Fragt nicht: was sollen wir essen, was sollen wir trinken, und was sollen wir anziehen? . . ." Sie hatten das Gleichnis von den Lilien auf dem Feld und von den Vögeln des Himmels vergessen. Sie hingen an irdischen Gütern und verloren den Kopf, sobald sie Entbehrungen erdulden mußten. Sie hatten sogar vergessen, daß sie ein Obdach besaßen und Feuer ihnen die Füße wärmte. Gott hatte ihnen in der Tat einen Spiegel vorgehalten, sie konnten sich darin sehen und erkennen, welch schlechte Christen sie waren, schwach, zweifelnd, weit von der wahren Armut entfernt. Wie wenig sie die Worte Jesu, den Befehl Pater Dominikus', die wahre Macht und Schönheit des Gelübdes der Armut verstanden hatten. Der Spiegel, die kleine, gelbe Münze, beschämte sie, und sie hatten guten Grund, demütig den Kopf zu beugen, sich reumütig gegen die Brust zu schlagen und ihre Schwäche zu bekennen.

„Die Pönitenz erlasse ich", Julianus lächelte. „Die Lage, in der wir uns befinden, ist uns allen Sühne genug."

Der Winter in Torgikan übertraf den grimmigsten Winter des Theißgebietes. Die durch Mark und Bein dringende Kälte hätten sie gewiß noch mit Leichtigkeit ertragen, wenn nur nicht ständig der Sturm getobt hätte! So waren selbst Tage mit geringerem Frost unerträglich. Denn der Sturm wehte durch alle Ritzen der Schilfhütte und schnitt ihnen wie Messer in den Rücken, während Brust und Beine am Feuer brieten. Außerdem zogen sie abwechselnd dem Jungen ihren Pelz über, und derjenige, der damit an der Reihe war, mußte zwischen die anderen kriechen, um nicht zu erfrieren. In das Brausen und Toben des Windes mischte sich nachts das Heulen hungriger Wölfe. Draußen zogen sie in Rudeln umher, strichen durch das Schilf, ständig auf Beute bedacht, um ihren quälenden Hunger zu stillen.

„Die Höllenhunde heulen", pflegte dann Paulus mit Worten aus der Heimat zu sagen.

Manchmal schneite es eine volle Woche. In der Stadt mühten sich die Pferde durch kniehohen Schnee. Die Menschen schaufelten Gänge, auf der Straße konnte man nur Oberkörper und Köpfe sehen. Der Hauch der kirgisischen Steppe ließ alles Leben erstarren.

Hätten die Mönche nicht einige Dirham gehabt, wären sie jetzt gewiß verhungert. Auch die Herzen der Menschen in der Stadt erstarrten wie die breiten Überschwemmungsgebiete des Itil. Die Bäume schienen die zum Almosensammeln ausziehenden Mönche mit ihren fuchtelnden Armen zu bedrohen. Die Menschen aber zogen sich in ihre Häuser zurück, da klopften die Bettler umsonst. Die Einheimischen schauten heraus und riefen ergrimmt, sie sollten sich im Namen Gottes oder Allahs fortscheren, was mußten sie sich als Fremde hier herumtreiben? Warum holte sie nicht gleich der Teufel? Die Leute konnten nicht begreifen, was die Fremden seit dem Herbst hier zu suchen hatten, die von Haus zu Haus zogen, um Almosen zu erbetteln. Man hatte ihnen einmal gegeben, hatte ihnen zehnmal gegeben, aber nun war es genug. Was man hatte, brauchte man für sich selbst.

Für einen Dirham jedoch bekamen sie soviel Fleisch, Hirse, Zwiebeln, Nüsse, Salz, daß sie sich davon einige Wochen über Wasser halten konnten. Das Fleisch hingen sie auf Bäume, daß es hart fror wie ein Stein. Aber die Krähen witterten es doch und fielen in Schwärmen darüber her, lärmend und zankend, als wollten sie sich selbst zerfleischen.

Wann Weihnachten und Neujahr war, wann die milden Tage um das Dreikönigsfest, wußten sie nicht. Manchmal verstummten sie und lauschten.

„Pst! Ist es nicht Glockengeläut, was ich höre?“

„Dir klingt es nur in den Ohren.“

„Es muß doch schon Weihnachten sein!“

„Vielleicht ist es sogar schon vorbei“, Julianus seufzte.

Das heimatliche Weihnachtsfest fiel ihm ein, der Klang der Glocken, der Gesang der von Haus zu Haus ziehenden Sänger, die Christmette, die tiefverschneite Stille. Und er dachte an das Dreikönigsfest, an dem die Mädchen heimlich Blei gossen, Knödel kochten, auf der Scherenspitze ein Sieb drehten, über die Schulter in den Spiegel schauten und erregt danach forschten, wer ihr Zukünftiger werden würde. Gewiß war das heidnischer Aberglaube, aber Julianus fand das alles jetzt so liebreizend, so verspielt. Ob man auch in den Häusern Torgikans, hinter hartherzig verschlossenen Türen Blei goß, Knödel kochte, in den Spiegel schaute? Gab es hier eine Mitternachtsmesse und wo? Sänger hatten sie bisher in der Stadt noch nicht gesehen, Christspiele gab es also nicht. Aber vielleicht feierte man hier nicht einmal Weihnachten. Wann nahm der Winter ein Ende? Wann sprossen hier die Knospen? Wann wurden die Weiden samtig wie die Gänseküken im Frühjahr? Wann begannen die Bäche zu fließen, wann setzte die Schneeschmelze, die Überschwemmung ein?

Die Tage gingen langsam dahin, der Wind tobte, trieb den Schnee. Die Wölfe heulten und bellten, der Himmel über der Stadt war schwarz von Rabenschwärmen. Sie zogen tief am Himmel dahin wie Sturmwolken, auf den kahlen Bäumen hockten große Krähen, die träge aufflogen, wenn sich Menschen näherten. Über der kleinen Schilfhütte zerriß der Wind den blauen Rauch, und die fünf zum Warten Verurteilten schnitzten tagaus tagein Holzlöffel, sie beteten und machten Pläne oder saßen einfach um das Feuer und starrten müde in die Glut. Aus ihren eingefallenen Gesichtern traten die breiten Wangenknochen hervor, matt glänzten in ihren bärtigen Gesichtern die Augen. Ihre Hände waren vom vielen Schnitzen schwielig und so knochig, daß sie aussahen, als wären sie aus Holz geschnitzt.

Wenn es sich aufklärte und die Sonne hervorguckte, machte sich der Junge gleich auf den Weg und ließ sich bis zum Abend nicht wieder sehen. Nie kam er mit leeren Händen. Er vermochte auch jetzt noch Almosen aufzutreiben. Aber er brachte immer auch Fleisch. Die Mönche vermochten sein Geheimnis nicht zu ergründen. Schließlich fanden sie sich damit ab, daß die besondere Gnade Gottes mit dem Jungen sei, und sie waren überzeugt, daß der geheimnisvolle Befehl des Herrn ihn zu ihrem Trost geschickt hatte.

Endlich setzte die Schneeschmelze ein, und ringsum verwandelte sich alles in ein Schlammeer. Aber die Stürme tobten wohl noch heftiger als bisher. Im Wind jedoch konnte man schon den Duft ferner nackter Felder und anschwellender Gewässer spüren, und die Brust der Mönche weitete sich, ihr Herz schöpfte Hoffnung. Die Tage wurden länger, und die stürmischen, regnerischen Nächte kürzer. Die Sterne standen im Zeichen des Fisches. Der Lenz war da! Allenthalben begannen sich die Weidenbäume zu färben, als hätte Gott Gold darüber gehaucht. Nachts zogen die Wildgänse in langen Keilen mit lautem Geschrei gen Norden. Und aus dem Süden folgten ihnen ständig neue Scharen. Die Mönche schauten ihnen immer wieder hinterher, wie sie in ihren nicht endenwollenden Zügen dahinzogen, schwebend die Flugrichtung änderten, als würde jemand am Himmelszelt eine endlose Peitsche schwingen. Dann mischten sich zwischen die kreischenden Keile andere Vogelscharen. Laut trompeteten die Kraniche. Abends, wenn sich die Sonne neigte, schwärmten Wolken von Bekassinen herbei und fielen meckernd in die Sümpfe ein.

Die Zeit war gekommen, daß die Mönche über ihre Weiterreise berieten. Erneut machten sie sich auf den Weg, ihre Löffel zu verkaufen, insgeheim hoffend, einen guten Preis dafür zu bekommen, und wenn es für sie keine andere Möglichkeit gab, wollten sie sich auf diese Weise für den weiteren Fußmarsch rüsten. Aber im sanften Sonnenschein des Frühlings keimte in ihnen sogar die Hoffnung auf, daß sie irgendeinen Priester oder Edelmann kennenlernen könnten, daß Gott ihnen einen Schutzengel schickte wie in Matrika und daß sie sich zu Pferd auf den Weg durch die Wüste machen könnten. Zusammen mit ihren Hoffnungen wuchs auch ihre Ungeduld. Die Erregung der Zugvögel packte sie, mit dem Einzug des Frühlings wären sie am liebsten geflogen, geflogen gegen Norden, als erwartete sie in der unbekannten Ferne ihr Nest.

Alles Geld war ausgegeben. Jetzt lebten sie nur vom Erlös für die Holzlöffel und vom Fleisch, das Peter erbettelte. Eines Tages jedoch waren auch die Holzlöffel alle. Ihre Bettelgänge blieben erfolglos. Die hartherzige Bevölkerung jagte sie mit der Bemerkung fort, sie sollten in andere Gegenden ziehen, wo es zu dieser Zeit, zu Ausgang des Winters, noch überflüssige Hirse, Zwiebeln, Mehl und Salz gäbe. Die Mönche versuchten sich notgedrungen mit dem Fischfang. Da sie keine Angeln beschaffen konnten, gelang es ihnen nur mit Mühe und Not, dann und wann einen dürren Hecht oder Weißfisch zu fangen; auch die Fische waren während des Winters mager geworden. So wie sich das Wetter erwärmte, die Gegend freundlicher wurde und im Herzen Zuversicht und Hoffnung keimten, so wuchs ihr Elend. Der irdene Topf war leer, und auf dem Feuer weinten bitterlich die tränenden Zweige.

Es sah aus, als wäre alles zu Ende.

Ein Unglück kommt jedoch nur selten allein.

Eines Tages erblickten sie zwei verdächtig umherschleichende, ungeschlachte bärtige Männer zwischen dem Ginstergebüsch in der Nähe ihrer Hütte. Sie trugen Knüttel bei sich. Die Mönche glaubten, sie strebten dem Abtritt zu, den sie, recht weit von der Hütte entfernt, zwischen den Sträuchern gegraben und sogar mit einem Sitzbrett versehen hatten. Aber die beiden sich langsam nähernden Gestalten waren keine zufällig daherkommenden Landstreicher, denn sie blieben zwischen den Sträuchern stehen und ließen die Hütte nicht aus den Augen.

Da kam Peter in seiner weiten Jacke, seinen kurzen Stiefeln und mit der Pelzmütze auf dem Kopf heimwärts, fleißig den vor Wasser patschenden Rasen stampfend. Als er die Hütte erreicht hatte und mit siegreichem Grinsen das Fleisch unter seiner Jacke hervorzog, um es gewohnheitsmäßig in der Luft zu schwenken und laut zu rufen, sprangen die beiden Männer hervor, rannten auf ihn zu und versuchten den Knaben zu packen. Peter kreischte laut, erblaßte, warf das Fleisch weg und begann dann aus vollen Kräften nach der Stadt zu laufen. Seine Angreifer rannten eine Weile brüllend hinter ihm her, aber der Junge war schneller als sie. Seine jungen Beine trugen ihn flink dahin, er schlug immer mal einen Haken wie ein gehetzter Hase und hatte alsbald einen so großen Vorsprung, daß seine Verfolger ihre Jagd aufgaben. Der Junge war am Rande der Stadt zwischen einer Reihe niedriger Lehmhäuser verschwunden.

„Dieb! Dieb!“ brüllten die beiden Alanen aus voller Kehle, als würfen sie ihm eine Leine aus Schreien nach. Aber die Leine faßte den Jungen nicht, nur ein paar Dahinziehende blieben stehen und gingen dann gleichgültig weiter.

Die beiden Männer wandten sich jetzt um und kamen mit grimmigen Schritten auf die vor der Hütte versammelten Mönche zu. Die schwarzbärtigen Gesichter der beiden waren bedrohlich wie die von wütenden Bären. Ihre Knüttel schwingend und heftig sprechend, näherten sie sich.

„Die schlagen uns tot!“ rief Frater Desiderius, und sein ohnehin fahles Gesicht erblaßte noch mehr.

„Wenn es sein muß, wollen wir den Tod unschuldig von ihren Händen empfangen“, sagte Julianus. „Auf die Knie, liebe Brüder.“

Zugleich warfen sie sich alle vier auf die Knie.

„Gott und Vater“, begann Julianus laut, „wir danken dir, daß wir unschuldig für die Wahrheit leiden. Gib uns einen leichten Tod durch die Knüttel der beiden wilden Alanen. Vergib ihnen ihre Sünden, denn sie wissen nicht, was sie tun. Kurz ist das Leid, die Qual, aber ewig die Seligkeit! Habt keine Angst! Jesus! Jesus!“

Die beiden Alanen kamen nun schon gerannt. Aber als sie sahen, daß die Männer nicht flohen und auch nicht zum Stock griffen, daß sie vielmehr auf den Knien beteten und den Namen Jesus rufend, sich sanft ihrem Schicksal ergaben, stutzten sie, ließen ihre Knüttel sinken und starrten sie verwundert an.

So vergingen einige lange Augenblicke. Dann trat der eine Alane langsam vor die Mönche und sagte mit rauher, tiefer Stimme:

„Ihr seid Diebe! Ihr werdet sterben! Wir schlagen euch tot!“

„Schlag, schlag nur“, rief Julianus und bekreuzigte sich. „Aber Diebe sind wir nicht.“

„Seit dem Herbst stehlt ihr unser Fleisch“, brüllte der Alane.

„Ich weiß nicht, was du sagst“, antwortete Julianus, „aber wenn du willst, erschlage uns alle.“

„Nicht nur das meine, sondern auch das seine“, zeigte er grimmig, aber unschlüssig auf seinen Gefährten.

„Ich weiß nichts davon, ich weiß nichts davon. Aber sollten wir schuldig sein, so erschlage uns."

„Und nicht nur seins, auch das von anderen. So haben wir geschworen, den Dieb zu erschlagen, wenn wir ihn ergreifen können. Jetzt haben wir euch, wir schlagen euch tot. Ihr betet umsonst."

„Schlagt nur zu. In Jesu Namen."

Aber sie spürten schon alle, daß man sie nicht erschlagen würde. Sie verstanden nur nicht, wie sie in diese Gefahr gekommen waren. Sollte der Junge ein Dieb sein und Monate hindurch das Fleisch gestohlen haben? Und sollten sie von gestohlenem Fleisch gelebt haben? Unmöglich! Die Alanen traten nun ganz nahe an sie heran und fragten die vier kreischend, warum sie den davongelaufenen Jungen stehlen geschickt hätten. Die Mönche waren verwundert. Heftig schüttelten sie die Köpfe: Sie haben von nichts gewußt.

„Wir wissen nur soviel", radebrechte Julianus das Alanisch, noch immer in dem nassen Gras zwischen seinen Gefährten kniend und sanft in das Gesicht des sich vor ihm auftürmenden Alanen blickend, „wir wissen nur soviel, daß der Junge um Almosen bettelte und häufig Fleisch brachte. Wir haben es in Jesu Namen angenommen und gegessen. Das ist unsere Schuld. Wenn ihr wollt, erschlagt uns. Wir werden uns nicht wehren, sondern im Namen Jesu eure . . . eure . . .", er wollte sagen: „eure Knüttel empfangen", das Wort Knüttel aber kannte er nicht. So schwieg er.

„Beim Namen Gottes, bei Jesus und Maria, ist es so gewesen?" fragte der finster dreinblickende Alane streng.

„Würde ich den Namen Jesu auf die Lippen nehmen, wenn es nicht so wäre? Würden wir dann so geduldig auf unseren Tod warten?"

Der Alane brummte, sah sie unentschlossen, prüfend an. Dann begann er mit seinem Gefährten zu beratschlagen.

„Nun so krepiert, wie ihr wollt. Wir werden keine Hand an euch legen", sagte er schließlich. „Vielleicht sagt ihr die Wahrheit. Den Jungen aber werden wir suchen, bis wir ihn gefunden haben, und ihn totschlagen. Euch soll der Teufel zur Rechenschaft ziehen."

Es folgten traurige, stumme Tage, die vier konnten sich nicht einmal mehr der warmen, goldschimmernden Frühjahrssonne freuen. Ihre Gedanken waren stets bei Peter. Sie fragten, ob ihn nicht einer in der Stadt gesehen habe. Ob die Alanen ihn wohl ergriffen und in ihrer grausamen Wut erschlagen hatten? Mußte er sein Leben geben, weil er die sanften Mönche liebte, deren Sprache er nicht verstand? Oder hatte ihr Gebet ihm geholfen, und er war entkommen?

Wohin mochten ihn seine flinken Beine tragen, wohin sollte er sich in der weiten Fremde wenden?

Aber auch sie fühlten sich endgültig verlassen, sie waren noch immer hier und mußten essen und weiterziehen. Almosen bekamen sie nirgends mehr. In der Stadt knauserten alle mit dem über den Winter geretteten Korn und der Hirse. Auf dem Markt mitten in der Stadt aber nahm das Treiben zu. Immer mehr Karawanen trafen ein mit aneinandergebundenen Kamelen, mit Glocken tragenden Pferden. Der Wind wirbelte große Staubwolken über dem weithin berühmten Marktplatz von Torgikan. Auf dem sich ins Unendliche erstreckenden Wasserspiegel des mächtigen Itil schwebten schwere Boote und Galeeren, am Ufer wimmelte es von Menschen und lasttragenden Tieren, Pelztierjäger und Krämer zankten sich . . . Nur für die vier niedergeschlagenen Mönche öffnete sich kein Weg. „Magna Hungaria!" seufzte Julianus, während er sich taumelnd durch das Gewühl drängen ließ oder das gewaltige Wasser des Itil betrachtete und die in der Ferne lebhaft grünenden, riesigen Waldungen. „Irgendwo dort, jenseits der kirgisischen Steppe . . ." Aber wo?

Eines Abends saßen sie müde und schweigsam um das Feuer. Mit stockender, fahler Stimme ergriff Julianus das Wort.

„Liebe Brüder, wir müssen in Gottes Namen etwas unternehmen. Entweder wir verhungern alle, oder wir beschließen zu handeln."

„Wenn es nur schon Vogeleier gäbe!" stöhnte Frater Paulus mit verzerrtem Gesicht.

„Ich weiß, was wir tun müssen", flüsterte Desiderius wie von Sinnen und kaute und zupfte ständig an seinem Bart. „Wir müssen umkehren nach Matrika."

„Und wie sollen wir die Steppe durchqueren?"

„Irgendwie werden wir uns schon durchschlagen. Die Gefahr umzukommen, ist dort auch nicht größer als hier in dieser verdammten Stadt."

„Umkommen können wir hier auch", sagte Julianus. Dann zwang er sich mit Mühe und Not weiterzusprechen, aber man sah ihm an, daß er lieber geschwiegen hätte. „Aber ich habe etwas anderes gedacht, Brüder. Erschreckt nicht. Schaut auf Jesus. Ihn hat man für dreißig Silberlinge verkauft, obwohl er Gottes Sohn war und ein freier Mann. Was wäre, wenn wir auch uns verkauften?"

„Was sagst du da?" Gerhardus war betroffen und starrte Julianus an, als sähe er einen Wahnsinnigen. „Lieber Bruder . . . lieber Bruder, komm zur Besinnung!"

„O wehe uns!" rief Desiderius.

„Ich bin nicht von Sinnen“, Julianus lächelte wie im Fieber und schüttelte das struppige Haupt. „Warum sollten wir uns besser dünken als Jesus Christus?“

„Er ist doch wahnsinnig geworden, Gott erbarme dich seiner“, raunte Desiderius entsetzt.

„Sind wir nicht viel geringer, sind wir nicht fehlbare Sünder? Vielleicht gibt man für uns – wenn schon nicht dreißig Silberlinge – so doch wenigstens drei für einen. Vielleicht auch mehr.“

„Aber wo? Wer? Für wen?“

„Hört zu, liebe Brüder. Ich dachte, wir stellen uns auf den Markt, dort, wo man die Sklaven kauft und verkauft. Wir stellen uns auf und geben bekannt, daß wir uns als Sklaven verkaufen.“

„Ja, er hat den Verstand verloren . . .“

„Wer zu seinem Bruder sagt: Du Narr!, soll dem Feuer der Hölle verfallen sein“, rief Julianus fiebrig. „Gott möge euch verzeihen.“ Er schwieg und starrte nachdenklich vor sich hin. „Ich habe mich erregt, Brüder, vergebt mir. Aber ich hatte mir gedacht, wen immer man von uns als Sklaven kauft, den Preis bekommen jene, die man nicht kauft. Wir verkaufen zwei von uns. Die Übrigbleibenden kaufen für das Geld Pferde und machen sich auf den Weg.“

„Aber wenn man dich kauft und Gerhardus und wir übrigbleiben?“ fragte Desiderius.

„Dann befehle ich euch kraft des heiligen Gehorsams: Brecht auf, überquert die kirgisische Steppe und zieht mit Gottes Hilfe, bis ihr *Magna Hungaria* erreicht. Dixi.“

Nun folgte ein langes Sinnen. Julianus betrachtete prüfend die verworrenen Gesichter seiner Brüder. Sie sagten nicht mehr als ein „Hm“, kauten kräftig an ihrem Bart, kratzten an ihren Bundschuhen. Sie waren mitleiderweckend blaß, sahen fast wie Tote aus. Wen würden die Händler wohl kaufen? Welches Schicksal erwartete sie? Der Plan ließ Julianus erschaudern, aber er verhärtete sein Herz, biß die Zähne zusammen, ballte die Hände zur Faust. Dabei hätte er weinen können. Seine Augen brannten. Aber er zwang sich zur Ruhe. Es war ja möglich, daß er zuerst gekauft wurde! Doch eine andere Lösung gab es nicht. Umkehren konnten sie nicht. Sie mußten *Magna Hungaria* erreichen!

„Was sagt ihr zu meinem Plan?“ Er drängte sie mit ruhiger Stimme.

Gerhardus meldete sich als erster.

„Ich glaube an *Magna Hungaria* und werde zum Sklaven, wenn ich gewiß bin, daß zwei von uns um diesen Preis das Ziel erreichen.“

„Ich glaube zwar nicht daran, wie ihr wißt, aber ich bin bereit, mich zu verkaufen. Auch Jesus hat man verkauft", sagte Desiderius heiser.

„Mir ist es so recht und auch anders", Paulus zuckte mit den Schultern. „Du, Frater Julianus, behauptest, daß in jenem Gebiet Madjaren leben. Du, Frater Desiderius, sagst, daß es sie nicht gibt! Was kümmert es mich? Wenn man mir kraft des heiligen Gehorsams befiehlt, daß ich Sklave werde, dann werde ich ein Sklave. Anders kommen wir von hier ohnehin nicht fort, weder nach *Magna Hungaria* noch nach Hause."

„Aber daß wir uns selbst verkaufen!" rief Desiderius, sich die Sache genauer überlegend.

„Wir verkaufen zwei von uns und fertig. Die übrigbleiben, ziehen weiter."

„Nun gut. Morgen gehen wir auf den Markt. Jetzt aber laßt uns andächtig beten, liebe Brüder, daß wir einem Händler begegnen, der uns kauft und einen recht hohen Preis bezahlt. Wir tun es für Jesus", schloß Julianus die Beratung.

Sie legten sich zur Ruhe, konnten aber nicht einschlafen. Sie drehten und wälzten sich auf dem Schilf, seufzten, flehten, stöhnten. Auch Julianus schlief nicht. Obwohl er alles reichlich überlegt hatte, fragte er sich immer und immer wieder, ob es wohl der rechte Weg sei?

„Es ist doch merkwürdig", sagte Frater Gerhardus leise, „daß wir, die wir die Freiheit des Menschen verkünden und uns auf dem Meer erregt haben, als wir das Schicksal der Galeerensklaven miterlebten, jetzt einander auf dem Sklavenmarkt feilbieten wollen. Es ist doch seltsam . . ."

„Wir gleichen den Söhnen Jakobs, die ihren Bruder Joseph an die Ismaeliter verkauften."

„Und siehe, Bruder Desiderius, die Sache nahm ein gutes Ende, denn schließlich wurde Joseph zur rechten Hand des Pharao und rettete seine Familie vor dem Hungertod."

„Das ist wahr. Julianus hat wieder recht", stimmte Gerhardus zu.

„Dennoch ist unser Plan ein Hohn auf die Freiheit. Gott hat durch Jesus, seinen Sohn, den Menschen die Freiheit gegeben, und wir wollen einander in die Sklaverei stoßen."

„Was aber nützt dem Menschen seine Freiheit, wenn er sie nicht dem Befehl Gottes unterstellt? Der Befehl Gottes aber lautet: Wir sollen gehen, um unsere ungarischen Brüder und Schwestern zu finden und ihnen das Evangelium zu verkünden", erläuterte Julianus leise. „Es ist der Befehl der Kirche, und es ist auch der Befehl des

Königs, ihre Befehle aber sind auch der Wille Gottes. Niemand hat gesagt, wir sollten auf halbem Wege umkehren, wenn wir hungern, frieren oder in Bedrängnis sind. Jesus hat vielmehr befohlen, die Last auf sich zu nehmen, denn sein Joch ist sanft, und seine Last ist leicht. Hat Jesus Christus auch nur gezögert, als sie ihm das Kreuz auf die wunden Schultern legten und ihn nach der Schädelstätte trieben, dem Ort seines Leidens und seines Todes? Wieviel leichter haben wir es, liebe Brüder, wir wohnen in einer Schilfhütte, liegen ums Feuer, kein Regen benetzt unsere Köpfe, wir leiden nicht durch die Kälte, und nun ist auch der Lenz da! Jesus blühte kein Lenz mehr, ihn erwartete Leid und sicherer Tod. Und dennoch wollte er nicht umkehren. Er war ein Gefangener in den Händen unbarmherziger Juden und Römer. Ein Gefangener, den man ans Kreuz schlug. Dabei war ihm die Freiheit nicht versagt, Gott hätte zwölf Legionen Engel schicken können, um ihn der Kreuzesqual zu entreißen und vor aller Augen ins flammende Himmelreich zu entführen."

„Sprich nicht so, sprich nicht so, Bruder!" rief Desiderius. „Alle deine Worte klagen uns an."

„Ich sage dies nicht als Anschuldigung, lieber Bruder", tröstete ihn Julianus. „Ich spreche mir selbst Mut zu, denn auch ich bin schwach. Aber siehe, was nützt die Freiheit des Körpers, wenn die Seele versklavt ist? Ihr konntet sehen, welch mächtige, freie Herren es in der Welt gibt und wozu sie ihre große Freiheit gebrauchen. Sie versklaven damit die eigene und auch die Seele anderer. Aber die Sklaverei des Leibes kann uns nicht schaden, wenn die Seele frei ist! Grämen wir uns also nicht, Brüder, daß wir zu Sklaven werden müssen. Joseph wurde von seinen Brüdern verkauft, das ist wahr. Doch sie haben ihn auf schändliche Weise verkauft und sich selbst nicht feilgeboten. Sie haben Denare und Dirham für ihn bekommen, sie sind dem Neid und der Rache gefolgt und haben ihrem Vater vorgelogen, wilde Tiere hätten ihren Bruder gefressen. Aber ihr wißt, Brüder, daß das Schicksal jeden von uns treffen kann. Wir bieten uns alle als Sklaven feil. Uns treibt weder Neid und Rache noch Habsucht, und die Sache, um deretwillen wir uns versklaven, ist eine heilige Sache. Es ist die Sache unserer Kirche, unseres Königs, unseres Landes. Warum sollten wir also klagen? Legen wir unsere Freiheit ab, um frei handeln zu können!"

„Du hast recht", stimmte ihm Gerhardus wieder brummend zu, „und ich hatte geglaubt, du hättest den Verstand verloren. Dabei hast du weiter gesehen und mehr begriffen als wir, deine fehlbaren Brüder."

„Vergib mir“, bat ihn Desiderius.

„Was dreht und wendet ihr die Sache“, sagte Paulus ärgerlich. „Der Befehl lautete, wir sollten nach *Magna Hungaria* gehen. So gehen wir. Jetzt lautet der Befehl, zwei von uns sollen Sklaven werden. So wird es sein. Was braucht man darüber soviel zu grübeln. Wir sind in Gottes Hand, er allein weiß, was er mit uns vorhat. Und wer sich selbst aufgibt, den läßt Gott fallen.“

„Laßt uns also schlafen, Brüder.“

Es wurde wieder still. Aber Julianus stand alsbald auf und ging hinaus. Die kühle Frühlingsnacht lächelte mit Tausenden Sternen.

Julianus schaute zum Himmel empor. Im Westen gewahrte er eine seltsame Erscheinung. Blaß, nebelartig stand ein Säbel am Himmelszelt und wies mit dem Knauf zur Erde, seine breite gebogene Klinge funkelte unheilvoll. Lange betrachtete Julianus das Zeichen, und Furcht beschlich sein Herz.

„Es wird einen großen Krieg geben“, flüsterte er. „Gott, erbarme dich unser aller.“

Er beschloß, seinen Gefährten nichts von dieser Erscheinung zu sagen.

Der Sklavenmarkt erstreckte sich außerhalb der Stadt. Er wurde auf der einen Seite von den Mauern der Karawanserei, auf der anderen von dem aus Ruten geflochtenen, mit Lehm verschmiertem und mit Erde ausgefülltem Pfahlwerk der Stadt begrenzt. Jenseits der Karawanserei zog sich das endlos flimmernde Band des Itil dahin, gesäumt von grünenden Weiden- und Sumpfeichenwäldern.

Die Sonne schien warm, der Wind wirbelte den Staub auf und ließ Sandtrichter entstehen; er wehte den Dreck in die Höhe und trug ihn ein Stück weiter. Aus der Karawanserei schaukelten Kamele heraus mit schweren Lasten auf dem Rücken; mit Lanzen bewaffnete Reiter begleiteten die Tiere. Sie zogen in die kirgisische Steppe oder in Richtung nach dem Kaukasus. Chasarische, kumanische, armenische, persische, alanische und griechische Kaufleute lungerten umher, feilschten und stritten um die Gruppe der Sklaven – ein babylonisches Sprachengewirr. Die Sklaven aber saßen, hockten oder standen in großer Schar in der Mitte des Platzes; sie schauten gleichgültig zum Himmel oder sprachen mit ihren Gefährten. Hie und dort sah man ganze Familien, die vor Angst weinten, daß man sie voneinander trennen könnte. Es gab viele Russen unter ihnen, aber es fanden sich auch andere Völker, Gott weiß aus welchen Gegenden der Erde.

Julianus wurde von einem Griechen gemustert, die anderen drei kauerten neben ihm und beobachteten erregt den sich anbahnenden Handel.

„Wer ist euer Herr? Wo ist er?“ fragte der Grieche alanisch. Es war ein bärtiger Mann im besten Alter, mit behenden Bewegungen, funkelnden Augen, dessen Lippen von zwei tiefen Furchen in einen strengen Rahmen gefaßt wurden.

„Einen Herrn haben wir nicht. Wir vier wollen zwei von uns verkaufen“, sagte Julianus sanft.

„Ihr seid von Sinnen.“

„Kaufe zwei von uns, ganz gleich welche. Die dir gefallen.“

Der Grieche schüttelte den Kopf, befühlte den Arm, die Brust, das Bein von Julianus, wie man es bei Pferden zu tun pflegte. Mit schmutzigen Fingern zog er ihm die Lippen hoch und betrachtete seine kräftigen, breiten Zähne.

„Siehst elend aus. Bist krank.“

„Bin gesund, Herr . . . bin . . . bin . . .“, beteuerte Julianus heftig und wollte sagen kerngesund. Aber das Wort „kern“ fiel ihm alanisch nicht ein.

„Dich weht ja schon ein Windhauch fort.“ Der Grieche schürzte geringschätzig die Lippe, und die beiden Furchen an der Spitze seines Schnurrbartes schienen noch dunkler.

„So kaufe mich“, trat Gerhardus vor. „Ich bin wie Eisen.“

Er beugte den Arm und zeigte eifrig, wie stark er sei.

„Siehst elend aus, noch elender als jener.“ Der Händler winkte geringschätzig ab. „Laßt mich die anderen sehen.“

Als ersten befühlte er Paulus, dann Desiderius. Er prüfte sie, tastete sie gewissenhaft ab. Dann zog er mit den Fingern ihre Lippen hoch. Die schwachen Zähne, die lange, gekrümmte Gestalt des Desiderius gefielen ihm erst recht nicht. Zu Paulus kehrte er zweimal zurück. Er betastete ihn immer wieder von neuem.

„Was ist dein Preis?“

„Zwei byzantinische Goldstücke.“

„Ach geh!“ Der Grieche winkte ab und spuckte aus. „Hol euch der Teufel.“

Vergebens riefen sie ihm hinterher, vergebens zeigten sie ihre Arme, versicherten, daß sie der Arbeit gewachsen seien, der Grieche beachtete sie nicht mehr. Er ging zu einem Chasaren hinüber und ließ sich mit dem auf einen Handel um zwei vierschrötige, düster dreinblickende Russen ein.

Die vier standen lange da, und keiner fragte nach ihnen. Manchmal näherte sich zwar von hier oder dort ein Händler, aber er musterte sie nur flüchtig und ging weiter. Der Markt war voll im Gange, man wählte und feilschte. Manche Sklaven wurden gruppenweise aneinandergefesselt und zur Seite gestellt. Andere wechselten einzeln oder zu zweit den Herrn. Ein arabischer Muselman wählte, sich eifrig den schönen schwarzen Bart streichend, nur junge Frauen. Er prüfte sie gründlich, fühlte und tastete sie ab, ließ sie ausziehen, drehte und wendete sie, musterte sie von allen Seiten, sah sich sogar die Backenzähne an, betrachtete mit zusammengekniffenen Augen die Form ihrer Hände und ihrer Fingernägel, dann ließ er sie der Reihe nach vor sich hinschreiten, kauerte sich nieder und verfolgte so ihren Gang wie bei den Pferden. Nacheinander kaufte er an die zehn Sklavinnen und holte behutsam Goldmünzen aus seinem vollen Beutel, zählte sie sorgsam ab und forderte dann als Zugabe ein kleines hübsches, langhaariges, großäugiges, außergewöhnlich weißhäutiges Mädchen. Das Kind begann bitter zu weinen, verbarg das Gesicht im Schoß seiner Mutter, fuchtelte mit den Armen und wehrte sich, die Mutter flehte mit schnellen russischen Worten, aber der Chasare faßte das Kind und stieß es seinem neuen Herrn zu.

Ja, der Markt war im vollen Gange, vom Itil her trieb man neue Scharen heran, die gekauften Sklaven brachte man in die Karawanserei oder in die Stadt. Nur die vier Mönche wollte keiner haben.

„Für uns gibt man keinen Pfifferling“, sagte Gerhardus.

„Gott wird uns schon beistehen, und wir können Sklaven werden“, gab Julianus müde seiner Hoffnung Ausdruck.

„Wenn wir wenigstens etwas zu essen hätten!“ Desiderius seufzte. „Ich sinke vor Hunger zusammen.“

„Sei standhaft, denn es kommt ein Händler“, flüsterte Gerhardus schnell, machte einige stolze Schritte, straffte sich und wölbte den hohlen Bauch.

In der Tat ein alter Alane näherte sich. Sie sahen schon von weitem, wie er forschend nach rechts und links schaute, gleichsam grübelnd, ob er kaufen sollte oder nicht, und wenn ja, in welcher Gruppe er gute, aber elend aussehende und gerade darum billige Sklaven kaufen könnte. Die Mönche zogen ihn förmlich mit ihren Augen an.

Der Alte kam auch zu ihnen, musterte und betrachtete sie aus einigen Schritten Entfernung eingehend und trat dann näher.

„Wo ist euer Herr?“

„Wir haben keinen Herrn“, antwortete wieder Julianus.

„Warum steht ihr dann hier, unter den Sklaven?“

„Damit man uns kauft.“

Der Alane überlegte, nickte, befühlte sie gemächlich der Reihe nach, ein „Hm“ war alles, was er sagte.

„Welcher ist zu verkaufen? Alle?“

„Es ist jeder verkäuflich, aber du kannst nur zwei kaufen, die anderen zwei erhalten das Geld.“

Wieder begann er von vorn, sprach wieder sein „Hm“, befühlte sie, sah sie an, drehte sie nach allen Seiten. Sogar in ihre Gesäßbacken kniff er kräftig, um zu sehen, ob sie muskulös waren.

„Du kannst jeden von uns betrachten“, sprach ihm Gerhardus zu. „Wohl sind wir mager, doch nicht das Fett arbeitet, sondern die Sehnen. Solch zähe Sklaven wirst du nirgends bekommen.“

Endlich stellte der Alte Gerhardus und Paulus zur Seite und fragte sie:

„Könnt ihr pflügen?“

„Wir haben zwar noch nicht gepflügt, aber wir können es.“

„Ach! Und mahlen?“

„Das ist eine Kleinigkeit!“ rief Gerhardus. „Man schüttet das Getreide in den Trichter, und das Wasser dreht den Stein. Hast du vielleicht Angst, wir brechen unter den Getreidesäcken zusammen?“

„Du möchtest ein Herr sein, nicht wahr?“ spöttelte der Alte. „Das Getreide in den Trichter schütten! Den Stein mußt du drehen, hörst du!“

„Ich werde den Stein drehen.“

„Pflügen könnt ihr nicht, mahlen könnt ihr nicht, seid ausgezehrt und elend. Eure Gesichter sehen aus, als hätten euch die Fische zwei Wochen auf dem Grund des Itil gewälzt, was wollt ihr hier? Schert euch in die Hölle!“

Verärgert ging er fort und begann etwas weiter um zwei Sklaven zu feilschen.

„Man will uns nicht“, seufzte Julianus mißmutig und strich sich über die vor Schwäche schweißnasse Stirn. „Aber wir müssen uns verkaufen! Laßt uns beten, damit Gott uns beisteht!“

Sie bekreuzigten sich, und Julianus betete laut:

„Vater, blick auf uns herab! Erhöre unser Flehen. Stehe uns bei! Gib, daß die Augen der schändlichen Krämer an uns haftenbleiben! Verbirg unsere Schwäche, damit sie nur unsere starken Knochen und Sehnen sehen! Gib, daß sich Käufer finden. Wähle zwei von uns aus und mache sie denen ähnlich, die man dort aneinandergefesselt hat und davontreibt! Aber wenn du willst, daß wir hier auf fremdem Boden vor Hunger und Durst sterben und unsere Brüder und Schwestern nicht sehen werden, so geschehe dein Wille, jetzt und immerdar. Amen.“

„Amen! Amen!"

„Seht nur, liebe Brüder, dort hat man wieder zwei Sklaven gekauft", stellte Gerhardus betrübt fest.

„Die können glücklich sein!" Paulus seufzte.

„Vielleicht haben wir einen zu hohen Preis gefordert?" grübelte Desiderius.

„Wenn sich ein rechtschaffener Mann fände, der nach uns fragte, könnten wir uns auch für ein Goldstück verkaufen."

Sie warteten weiter und hielten Ausschau. Aber es fand sich weder ein schändlicher Krämer noch ein rechtschaffener Mann, der sie haben mochte.

Am nächsten Tag stellten sie sich wieder auf den Markt. Und am nächsten Tag kaufte sie wieder niemand, nicht einmal für ein Goldstück.

Als auch ihr dritter Versuch erfolglos blieb und es sonnenklar war, daß sich in der ganzen Stadt kein Käufer fand, der für zwei von ihnen wenigstens anderthalb Byzantiner bezahlte, ließ Julianus den Blick traurig über sie gleiten und sagte:

„Liebe Brüder, nun können wir nichts mehr tun. Deshalb sage ich, zwei von uns mögen nach Matrika und von dort nach Hause zurückkehren, zwei aber sollen versuchen, die kirgisische Steppe zu überwinden. Die heimkehren, müssen berichten, wie und wohin wir gezogen sind. Für zwei wird sich eher Nahrung finden als für vier. Dann braucht man zwei Handvoll Hirse nicht mehr durch vier zu teilen, und aus zwei Handvoll Mehl werden nur noch zwei Fladen gebacken, und damit begnügt man sich. Zwei um Almosen Bettelnde bekommen in der fremden, unerbittlichen, hartherzigen Stadt eher etwas als vier. Und sollte es am Ende gelingen, zu Pferden zu kommen, dann bekommt man zwei leichter als vier. Habe ich recht?"

„Du hast recht", rief Desiderius. „Hättet ihr auf mich gehört, könnten zwei schon zu Hause sein und die beiden anderen hätten vielleicht schon längst weiterziehen können."

„Schicke uns nicht heim, lieber Bruder", flehte Frater Paulus betrübt. „Oder wenn du zwei nach Hause schickst, erlaube, daß ich hier bei dir bleibe."

„Mit mir muß der kommen, welcher dafür der Geeigneteste ist", wies ihn Julianus zurecht.

„Ich bin geeignet! Sieh, mein Gesicht ist nicht so gelb wie das eure. In meinen Armen gibt es nicht nur Sehnen, sondern auch Fleisch! Sieh sie dir an!" Er schob den gebogenen Arm Julianus vor die Nase. „Faß die Muskeln an, Bruder! Jeder Händler hat genickt, als er sie befühlte. Und mein Magen ist so gesund, daß er auch ein Hufeisen verdaut. Schlafen kann ich sogar im Gehen."

„Und doch wirst du mit Frater Desiderius heimkehren", sagte Julianus lächelnd.

„Ich? Ich soll heimkehren?" fuhr Frater Paulus auf.

„Wir wollen lieber alle beisammenbleiben. Schick mich nicht fort, lieber Bruder." Desiderius beugte den Kopf. „Ich weiß, daß ich mich mit keinem von euch messen kann. Aber in mir wohnt wahre Liebe, und vielleicht . . . vielleicht . . ." Er senkte wieder den Kopf und schwieg.

„Warum sprichst du nicht weiter", ermahnte ihn Julianus sanft.

Desiderius winkte ab, drehte sich zur Seite.

„Ich weiß, was er sagen wollte", antwortete statt seiner Gerhardus, mit bewegter Stimme. „Er wollte sagen: Vielleicht leben zwischen den himmelhohen Bergen doch Madjaren. Er schämt sich nur, es auszusprechen. Wolltest du das sagen, lieber Bruder?" wandte er sich an Desiderius.

Dieser vermochte auch jetzt nichts zu sagen, er nickte nur. Einige Augenblicke saßen sie in ergriffener Stille. Julianus betrachtete lange seinen Bruder, der das gebeugte Haupt abwandte und dem langsam Tränen über den blonden Bart rollten.

„Ich danke dir, lieber Bruder", sagte er dann mit heiserer Stimme. „Doch jetzt forschen wir nicht danach, ob es sie gibt oder nicht. Jetzt geht es um etwas anderes. Da wir gesehen haben, daß uns niemand als Sklaven kauft und daß wir auf diese Weise nicht weiterziehen können, halte ich es für richtig, wenn du, Desiderius, mein lieber Bruder in Christo, und du, Paulus . . ."

„Warum gerade ich?" rief Paulus erneut abwehrend. „Warum nicht Bruder Gerhardus? Wo hat er solch sehnige Arme, eine so gewölbte Brust, so feste Beine, einen so guten Magen, einen Adlerblick wie ich? Ich hebe mit den Zähnen ein Rind aus."

„Du hebst ein Rind aus, wer zweifelt daran", Julianus lächelte.

„Aber, Bruder, wenn du es nicht glaubst . . ."

„Wer könnte daran zweifeln, lieber Bruder. Ich befehle jedoch kraft des heiligen Gehorsams, daß du mit Desiderius zurückkehrst."

Dies sagte er mit gehobener Stimme und richtete seinen Blick gebieterisch auf seine Gefährten.

„Ich glaubte, Frater Julianus, daß du mich liebst", raunte Desiderius nach langem Schweigen und begann mit einem Zweig langsam im Feuer zu stochern. „In Bologna war es so . . . Und haben wir denn nicht in Fejérvár das erste Kloster unseres Ordens gemeinsam gegründet?"

„Ich liebe euch alle, mehr als mich selbst", Julianus wurde gerührt und schlug die Augen nieder, damit man seine Ergriffenheit nicht sehen sollte. „Lange Jahre hindurch waren wir im Guten und Bösen beisammen. Wenn wir uns trennen, habe ich das Gefühl, man hat mir die Glieder abgeschnitten und ich ziehe verstümmelt in die Wüste. Aber seid nicht traurig und zweifelt nicht, Brüder. Ich halte es so für richtig, und so wird es sein. Finden wir uns mit der Trennung ab, Brüder. Desiderius und Paulus kehren heim, Gerhardus aber kommt mit mir. Willst du, Bruder Gerhardus, frohen Herzens mit mir kommen?"

„Freilich will ich, wie sollte ich nicht?"

„Wenn wir verlorengehen, so trifft es nur uns beide. Ihr sollt am Leben bleiben und Kunde von uns geben."

„Wenn einer verlorengehen soll, will lieber ich es sein, nicht aber Bruder Gerhardus", versteifte sich Paulus. „Ich habe nicht soviel gelernt wie er. Ich war nicht in Bologna. Mit ihm ginge mehr Wissen verloren."

„Genug, Bruder. Bete, daß Gott dir deine Hartnäckigkeit vergeben möge."

Am nächsten Tag sammelten sie Almosen, und es gelang ihnen auch, etwas Hirse und ein wenig Mehl zu bekommen. Die Hirse röstete Frater Paulus in dem Topf, das Mehl knetete er zu Teig und buk ihn in glühender Asche. Wortlos, mit betrübter Miene verrichtete er diese Arbeit, obwohl er doch aus dem Teig dreißig kleine Fladen formen konnte und an jenem Abend jeder auch noch eine Handvoll geröstete Hirse bekam.

Aber sie waren alle ernst und schweigsam. Desiderius hatte die lange Entbehrung dermaßen geschwächt, daß er nicht mehr Herr seines Willens war. Immer wieder brachen seine Tränen hervor und rollten über seinen schmutzigen, zerzausten blonden Bart. Gerhardus zeigte zwar ein fröhliches Gesicht, frohlockte über das fürstliche Mahl und machte seine Gefährten darauf aufmerksam, daß der Koch des Abschiedsessens an diesem letzten Abend sie mit einem reichen Mahl erfreue, aber die anderen spürten, daß er hinter den heiteren Worten nur seine Traurigkeit verbarg.

„Warum hast du bisher nicht auch soviel Fladen gebacken und Hirse geröstet?" tadelte er Paulus. „Jetzt endlich fängst du damit an, gerade wenn ihr aufbrecht."

Paulus antwortete nicht, winkte nur mit der Hand ab.

„Acht Fladen werden euch reichen, bis ihr ins erste Dorf gelangt", sagte Julianus mit klangloser Stimme und regungslosem Gesicht. „Wir aber ziehen mit zweiundzwanzig Fladen durch die Steppe."

„Nehmt alle dreißig Fladen mit“, drängte ihn Desiderius.
„Nein, acht sind für euch.“
„Und wenn es davon abhängt, daß ihr den Weg durch die Steppe schafft?“
„Auch eure Heimkehr kann davon abhängen. Wenn ihr dann in Matrika ankommt, sucht gleich die Fürstin auf und erzählt ihr alles. Sie wird euch helfen, wird euch Geld geben, damit ihr ein Schiff besteigen und nach Konstantinopel segeln könnt, dort aber nehmt euch Pferde. Wenn ihr Matrika erreicht, seid ihr zu Hause. Ich hoffe, daß die Fürstin bei guter Gesundheit ist. Ich wünsche es aus reinem Herzen. Wenn ihr nach Hause kommt, gehe einer von euch zu König Béla und berichte ihm, Frater Julianus und Frater Gerhardus entböten Seiner Hoheit ihren Gruß, sie handelten nach seinem Befehl und seien durch die kirgisische Steppe aufgebrochen. Und dasselbe berichtet ihr dann dem Pater Vikar und allen unseren Ordensbrüdern. Sie mögen für uns beten und dem Willen Gottes vertrauen. Und wenn wir nicht heimkehren . . . dann sollen sich weitere vier Mönche . . . vielleicht auch ihr, auf den Weg machen. Gehen auch sie verloren, werden andere aufbrechen. Solange, bis sie *Magna Hungaria* gefunden und unseren Brüdern und Schwestern das Evangelium gebracht und sie in die . . . neue Heimat geleitet haben.“
Julianus sprach entschlossen, sein Gesicht starrte regungslos in die Glut. Erschüttert hörten ihm seine Gefährten zu, als läge er auf dem Sterbebett und verkündete seinen letzten Willen, sein Testament.
„Habt ihr verstanden?“
„Ja.“
„Und du, Frater Gerhardus, hast du nichts daheim auszurichten?“
Gerhardus räusperte sich und überlegte eine Weile.
„Doch, Bruder“, wandte er sich an Paulus. „Ich habe einst einen sehr guten, kleinen Pinsel, einen Pinsel aus Rehhaaren gebunden. Seine Spitze ist dünn wie eine Nadel. Diesen Pinsel und die vier Ternien Pergament, die auf dem Regal in meiner Zelle liegen, gib Frater Martinus.“
„In deiner Zelle auf dem Regal?“
„Ja. Ihr findet sie leicht. Wenn man sie in der Zwischenzeit nicht schon weggeholt hat.“
„Einen anderen Wunsch hast du nicht?“
„Einen Humpen Wein, sonst nichts.“
Er lachte, blickte aber gerührt auf Desiderius und Paulus. Die lange, bestürzend magere Gestalt des Desiderius war gebeugt, sein blondes Haar fiel ihm in die Stirn, seine hellen Augen starrten glanz-

los ins Feuer. Paulus aber, der einst einem jungen Bären glich und im Klosterhof, wenn sie spielten, seine Gefährten der Reihe nach niederrang, erschien wie ein Knochengerippe, dem man Lumpen umgehängt hat.

Er wandte das Gesicht ab, räusperte sich und sagte:

„Wir sitzen zum letztenmal am Feuer beisammen, Brüder ... Laßt uns sehen, was Sankt Eusebius über das Evangelium sagte ..."

Am nächsten Tag waren alle bemüht, ihre Ergriffenheit zu verbergen. Besonders Julianus. Er mochte noch nie lange, schmerzliche Abschiedsszenen. Wenn man gehen mußte, sollte man möglichst ohne viele Worte aufbrechen, um die Trennung, die Erfüllung des Willens Gottes nicht noch schwerer zu machen. Die Mönche waren alle schweigsam, jeder mied den Blick des anderen.

Die Sonne war noch gar nicht aufgegangen, als er seine Gefährten weckte und drängte, sich fertigzumachen. Das war schnell geschehen. Da sie keine Quersäcke hatten, steckten sich Desiderius und Paulus jeder vier Fladen in die Kleider, tranken einen Schluck Wasser, ergriffen den Stock und nahmen Abschied.

Sie küßten sich rechts und links auf die Wangen, Julianus segnete sie, und dann zogen sie mit langsamen, schweren Schritten davon.

Paulus wandte sich noch einmal um.

„Solltest du es dir anders überlegt haben, noch bin ich da!" rief er mit versagender Stimme.

Julianus aber schüttelte den Kopf und lächelte.

Dann verschwanden sie langsam in Richtung der Stadt, um durch das jenseitige Tor den Karawanenweg nach dem Westen zu erreichen.

Jetzt waren sie also nur noch zu zweit. Lange standen sie in der Dämmerung, betrachteten den blauen Morgen, die regungslosen, niedrigen Häuser, die breit ausladenden Bäume. Es war, als wäre alles aus Blei, aus schwerem, totem Blei gegossen.

„So sind sie also gegangen", Julianus seufzte. „Wir wollen für sie beten, und dann machen auch wir uns auf den Weg."

Sie knieten im taubenetzten Gras nieder und beteten still.

Danach löschten sie das Feuer und zertraten die Glut, sahen sich noch einmal in der Hütte um, in der sie so viele trostlose Tage verbracht, in der sie so lange Abende um das Feuer gesessen und dem Sausen des Windes, dem Klopfen des Regens, dem Toben des Schneesturms und dem Heulen der Wölfe gelauscht hatten. Julianus war, als verließe er sein Zuhause. Auch Gerhardus hielt lange Umschau und sagte schließlich:

„Trotz aller Not waren wir doch glücklich, nicht wahr?"

„Wir wollen gehen. Soll das Haus für andere stehenbleiben, die nach uns kommen und ebenso arm und elend sind, wie wir es waren."

„Wie wir es sind."

„Ja, wie wir es sind..."

Auch sie nahmen ihren Stock und brachen auf.

Als die Sonne flammend aufging und ihren rotgoldenen Schein über das in kalten Farben schweigende Land ergoß, erreichten sie das Ufer des Itil. Ein kühler Wind erhob sich, die Weiden rauschten, das Wasser bebte, als fröstelte es. Nur ganz allmählich verdrängte der Sonnenschein die Kälte des Morgens und verwandelte die bleiernen Bäume in der breiten Au in goldene Wälder.

Wie wundervoll war dieser Morgen! Die beiden Mönche vergaßen all ihr Elend, all ihren Kummer, spurlos verschwanden ihnen die dunklen Tage, als hätten sie eine lange Nacht überwunden, und es strahlte nun der ewige Morgen vor ihnen. Blaßrote Wolken schwammen am endlosen Himmel, und rote Streifen funkelten auf dem endlosen Wasser. Die Luft füllte sich mit Schreien, Schnattern, Zwitschern, Trompeten und Kreischen. Tausend und aber tausend Vögel flogen durch die Luft. Aus der Tiefe des Wassers schnellten Fische, als wollten auch sie vom morgendlichen Sonnenschein trinken. Unterhalb des zerklüfteten Ufers fanden die beiden Mönche die Hütte des Fährmanns. Eine alte und eine junge Frau hantierten vor der Hütte, und fünf nackte Kinder streckten ihre Hungerbäuche in die Sonne. Julianus und Gerhardus mußten inständig bitten, daß der junge, schweigsame Mann sie ans jenseitige Ufer hinüberbrachte. Sie nahmen all ihre Beredsamkeit zu Hilfe, beriefen sich auf Gott, auf Jesus, auf die Jungfrau Maria, erflehten den Segen auf den Fährmann und all seine Nachkommen. Nach langem Bitten gab der schweigsame Mann endlich einen Wink, sie sollten ihm helfen, das Boot ins Wasser zu schieben und selbst auch zu den Rudern greifen. Glücklich rannten die beiden auf den Sand und schoben unter Aufbietung ihrer schwachen Kräfte das Boot ins Wasser. Dann stiegen sie taumelnd vor Schwäche ein.

Sie hatten das Gefühl, der strahlende Lichterglanz des Morgens mache sie körperlos und hebe sie in die ewige Seligkeit empor. Ihre Arme zitterten, ihre Augen funkelten, in ihrem Kopf drehte es sich. Aber sie bissen die Zähne zusammen, legten sich in die Riemen und drückten das Boot nach vorn, immer weiter nach vorn, dem jenseitigen, erlösenden Ufer zu.

Die Sonne stieg höher und geizte nicht mit ihrer Wärme. Die beiden geschwächten Männer sahen sich schwindelnd auf dem gewaltigen Wasser um, und um nicht in die Tiefe zu sinken, richteten sie den Blick auf das Gesicht des wortlos dasitzenden Fährmanns. Dieser sah offenbar, wie schwach sie waren, denn er legte das kurzschäftige Steuerruder aus der Hand und griff selbst nach den Riemen, um ihnen zu helfen. Die Fahrt dauerte lange, sehr lange, und die beiden wußten nicht, wo sie waren, noch, wohin sie gelangten. Waren sie überhaupt noch am Leben?

Endlich erreichten sie das gegenüberliegende Ufer und landeten an einer seichten Stelle. Der Bug des Bootes glitt knirschend auf den Sand. Sie richteten sich auf und verließen taumelnd das Boot.

Julianus bedankte sich mit stockenden Worten für die Freundlichkeit des Fährmanns und segnete ihn feierlich. Der Alane empfing den Segen ernst und bekreuzigte sich von rechts nach links.

„Zieht in Frieden", sagte er mitleidig.

Die beiden Mönche blickten über das weit sich dahinstreckende Weidengebüsch. Endlich entdeckten sie eine Lichtung, wo die gelben und blauen Sumpfblumen und auch der frische Rasen niedergetreten waren und wo alter und frischer Mist erkennen ließ, daß von hier Karawanen in die kirgisische Steppe zu ziehen pflegten. So brachen sie dann auf durch das sumpfige Labyrinth und gelangten nach stundenlangem, mühseligem Fußmarsch aus der sumpfigen Flußniederung. Das Weidendickicht lichtete sich, Sträucher tauchten auf, und in der Ferne öffnete sich das Himmelszelt. Dort säumte kein Wald mehr den Horizont, eine grasbewachsene Steppe dehnte sich vor den Blicken gleich einem frischgrünen Meer, geschmückt mit roten, blauen, gelben Blumentupfen und einsamen Tamariskensträuchern.

Die beiden Gefährten ruhten ein wenig, teilten einen Fladen und aßen ihn, dankten Gott und machten sich wieder auf den Weg.

Nichts störte die Einsamkeit der endlosen, menschenleeren Ebene. Nur Grillen hüpften, durch ihre Schritte aufgeschreckt, im Gras, da und dort rief eine Wachtel, in der Höhe schwebte ein Bussard auf der Lauer nach einem Feldhasen, einem Ziesel oder einer Maus. Sonst herrschte Totenstille ringsumher. Die Sonne glühte heiß. In ihrem Schein spiegelte die Luft in silbrigem Flimmern.

Sie gingen und gingen in der großen Einsamkeit wie zwei winzige, sich verlierende Punkte. Sie gingen, der spärlichen Spur der Pferde und Kamele folgend, in nordöstliche Richtung.

Zur Abenddämmerung setzten sie sich unter einen Tamariskenstrauch, nahmen den zweiten Fladen heraus und teilten ihn. Langsam zermalmten sie die Bissen, um jeden Brosamen genießen zu können. Wasser hatten sie nicht. So war ihnen nach ihrem Mahl, als hätten sie nichts gegessen, als wären sie noch hungriger geworden.

Sie verrichteten ihre Gebete und legten sich ins Gras.

Unten erstreckte sich die endlose Ebene, über ihnen wölbte sich trostlos der endlose Himmel. Dann und wann drang ein Vogelschrei oder der Laut eines unsichtbaren Tieres zu ihnen. Die Erde lebte und atmete, obwohl sie sich in Dunkelheit hüllte und alle Zeichen des sich regenden Lebens in Nacht zu verbergen trachtete. Selbst die geduckten Sträucher der schütteren Tamarisken. Der abendliche Wind erhob sich, fegte mit leisem Schwingen über das Land, als wäre er ein unsichtbarer, auf Jagd ziehender, riesiger Vogel.

„Wo mögen wohl unsere beiden Brüder sein?" raunte Julianus schweren Herzens. „Ob sie nach Hause gelangen werden? Oder werden wir, fern voneinander, umkommen, so daß wir einander nicht einmal trösten können im Augenblick des Todes?"

„Alle haben dich verlassen", Gerhardus seufzte. „Zuerst dein kleiner Hund. Jetzt deine beiden Gefährten. Nur ich bin bei dir geblieben, dein schwacher Bruder . . . Und wer weiß, ob nicht eines Tages auch ich zurückbleibe?"

„Du kommst mit mir bis ans Ziel", ermunterte ihn Julianus.

„Ach, lieber Bruder, ich fühle, ich werde das Ziel nie erreichen. Ich bin schwach . . . Ich bin wohl sehr krank, Frater Julianus. Ich habe nur deshalb nichts gesagt, damit du nicht glauben solltest, ich wollte nach Hause ziehen. Aber vielleicht wäre es besser gewesen, du hättest Bruder Paulus mitgenommen. Er ist der Stärkere. Er wäre allen Widerwärtigkeiten besser gewachsen."

„Sei nicht traurig, Gerhardus!" Julianus erhob die Stimme und griff in der Dunkelheit nach dem Gefährten, hielt und drückte ihm die Hand. Er fühlte kalte, schweißnasse, zitternde knochige Finger, als wäre es die Hand des Todes. Dieser Gedanke ließ ihn erschauern. Jetzt erst fühlte er es, als er Gerhardus' Schwäche nicht sah, sondern nur spürte. Aber er ließ die Hand nicht los. „Ob sich meine Hände auch so anfühlen?" dachte er entsetzt. „Wie kann ich diesen Weg zu Ende gehen? Müssen wir hier umkommen?"

Fünf Tage zogen sie nun schon durch die Steppe. Sie vermochten sich kaum noch zu schleppen, schluckten ihre hervorquellenden bitteren Tränen, spähten ständig nach dem Horizont der endlosen Ebene, mußten aber die flimmernden Augen immer wieder schließen, die trockene Zunge mit Gewalt vom Gaumen lösen. Abends legten sie sich unter einen dürftigen Tamariskenstrauch und aßen den harten, nach nichts schmeckenden, in zwei Teile gebrochenen Fladen. Sie gingen weiter und trösteten und ermutigten sich damit, daß sie sich das Ziel setzten, noch bis zu diesem oder jenem Strauch zu gehen und sich dann hinzusetzen oder zehn, zwanzig oder fünfzig *Paternoster* zu sprechen und nach dem fünfzigsten oder hundertsten auszuruhen. Oder damit, daß sie in dem immer spärlicher werdenden Gras Ausschau nach Vogeleiern hielten. Selbst das Sprechen fiel ihnen schwer, besonders während des Gehens, so murmelten sie heiser ihre Gebete vor sich hin und hoben sich das Sprechen für den Abend auf, aber selbst dann sagten sie kaum noch ein Wort.

Die Gegend wurde trostlos, das Gras immer kümmerlicher, die Sträucher hockten in immer größerer Entfernung voneinander, dann und wann schritten sie durch feinen pulverigen weißen Sand, und an manchen Stellen schimmerten große Sandflecken im Sonnenschein. Der Himmel war wolkenlos, immer von gleicher Bläue, immer gleich weit. Hasen, Ziesel, Mäuse waren kaum noch zu sehen, nur Steppenadler und Falken, die riesige Entfernungen bewältigen konnten, begleiteten sie schreiend, mit dunkel schwebenden Schwingen. Weit und breit kein Tropfen Wasser. Manchmal tauchte zwar eine silbrig glänzende Pfütze auf, aber wenn sie sie erreichten, sahen sie, daß das von Trockenheit gerissene Lehmufer von Salz bedeckt war, als wäre es Schnee, und daß das Wasser warm, faulig, bitter, ungenießbar war.

Und doch zogen sie weiter, gingen hartnäckig, nach vorn geneigt, in ihren zerschlissenen Bundschuhen, wateten durch den weichen, weißen Sand, das welkende Gras. Zuweilen schlossen sie für längere Zeit die Augen, damit auch sie ruhen konnten von der Anstrengung. Stets achteten sie auf die hie und dort anzutreffenden Spuren der Karawanentiere und den Stand der Sonne, um die eingeschlagene nordöstliche Richtung nicht zu verlieren. Häufig gingen sie wie im Traum. Ihre Füße bewegten sich von selbst, gegen ihren Willen. Von Zeit zu Zeit schraken sie zusammen, blieben stehen, sahen sich um. All ihrer Anstrengung spottend, zeigte sich stets das gleiche Bild: endlos blauer Himmel, das Funkeln des glühenden Sonnenscheins auf weißen Sandflecken, armselige verkümmerte Sträucher, Salzpfützen, Grasbüschel . . . Sonst nichts.

Abends, wenn sie vor Müdigkeit niedersanken und ihren Fladen gegessen hatten, fielen sie auf der Stelle in einen der Ohnmacht ähnelnden Schlaf. Aber selbst im Traum zogen sie weiter, setzten einen Fuß vor den anderen, und die Steppe umgab sie auch dann mit gleichgültiger Eintönigkeit, streckte ihnen von allen Seiten ihr leeres, hämisches, aber unerbittliches Gesicht entgegen. Ihr Inneres erzitterte, ihr ganzer Körper badete in kaltem Schweiß, ihre Lippen waren aufgesprungen.

„Es geht nicht . . . es geht nicht mehr“, stöhnte Gerhardus heiser, als sie schon eine Woche ihren nicht endenwollenden Leidensweg gezogen waren. „Bruder, es geht nicht mehr . . . ich bin am Ende . . .“

Er setzte sich in den Sand und schluchzte lautlos. Es schien, als würden sein Haar und sein Bart, die im Steppenwind wehten, das Gesicht eines Toten umwedeln. Seine dünnen, gelben, pergamentartigen Hände hingen leblos von seinen Knien herab, irren Auges starrte er auf die Erde.

„Nur bis dahin, nur noch bis dahin“, stöhnte Julianus heiser und wollte lächeln, aber seine trockenen Lippen rissen auf und ein Tropfen salzigen Blutes klebte an seiner Zunge. „Schau, ich kann noch. Sieh nur.“ Er versuchte sich aufzurichten, als koste ihm das keine Mühe. „Auch du kannst noch ein paar Schritte gehen . . . nur bis zu jenem Strauch, lieber Bruder. Dort ist Schatten, schau nur.“

Gerhardus hob den schweren Kopf und nickte.

„Schatten!“ flüsterte er. „Aber Wasser . . . Wasser . . . Nur Wasser!“

„Hier wird es auch Wasser geben. Auf diesem Weg ziehen Pferde und Kamele, die müssen doch auch trinken. Nicht wahr? Nun, komm, steh auf . . . Denke an unseren Herrn, wie er unter der Last des Kreuzes wankte!“

„Er war Gottes Sohn“, stöhnte Gerhardus, und Tränen rollten ihm über die Wangen.

Eine Weile saß er da, als hätte er die Seele ausgehaucht, aber seine ausgedorrten Knochen würden nicht zulassen, daß er sich auf der Erde langstreckte, dann sagte er: „Einmal . . . in Bologna . . . habe ich zwei Feigen weggeworfen . . . sie waren ein wenig angefault . . . Wenn ich diese Feigen jetzt hätte! Du lieber Gott, warum habe ich sie weggeworfen?“

„Wahrlich, man wirft vieles weg, lieber Bruder . . . Und später, am Ende des Weges, bleibt uns nichts, nur unser Glaube . . .“

„Glaubst du an *Magna Hungaria*?“

„Ich glaube daran“, sagte Julianus mit klangloser Stimme.

„Auch jetzt noch?“

„Auch jetzt noch.“

„Sagst du das beim Namen Jesu?“

„Glaube mir, Bruder, ich werde den Namen Jesu diesmal nicht unnütz auf die Lippen nehmen.“

„Nun . . ., so hilf mir . . . aufstehen . . .“

Stöhnend richtete sich Gerhardus auf und schleppte sich bis zu dem Tamariskenstrauch. Dort sanken sie beide in dem spärlichen Schatten nieder und schlossen die Augen.

„Ich glaube, heute mußt du zwei Fladen essen, Bruder", sagte dann Julianus und holte die Fladen hervor.

„Nein, nein, nur einen. Ich einen und du einen."

„Du zwei und ich einen."

„Nein, nein, nur einen! Ich kann noch. Schau, jetzt ruhe ich mich aus . . . Ich fühle mich gar nicht so schwach. Das war nur so eine Anwandlung. Es kam von der Sonne, weißt du. Aber hier, im Schatten, erhole ich mich."

„Kraft des heiligen Gehorsams befehle ich dir, zwei Fladen zu essen", bedrängte ihn Julianus und reichte ihm die harten Fladen.

Gerhardus nahm sie und kaute stöhnend daran. Es war, als kaute er an einem Stein.

Dann verschwand das Gras völlig. Nur Sand, vom Wind schuppenförmig gewellter, feiner weißer Sand bedeckte das Land bis hin zum Horizont. Weißer Sand, kümmerliche Tamarisken, vereinzelte Saksaulsträucher, spärliche Disteln waren alles, was diese öde, hoffnungslose Sandwelt belebte. Blendender Himmel, blendender Sand, nichts weiter. Je müder, je schwächer sie wurden, je mehr der Wille, der ihre Beine gewaltsam vorantrieb, aus ihnen wich, um so schwerer wurde der Weg, um so qualvoller mußten sie durch den weichen Boden waten.

Dann und wann schimmerte der Spiegel einer Wasserpfütze auf. Dieses Aufblitzen verdoppelte ihre Kräfte. Aber wenn sie das Wasser mit Mühe und Not erreicht hatten, mußten sie erkennen, daß es wieder ungenießbar war. Wie Schnee lagerte rings um die Lachen das Salz. Und im Wasser gab es weder Fische noch Käfer. Es war so salzig, daß es alles Leben tötete.

Und dann, als die blendende Helligkeit am größten war, sank Gerhardus zusammen, schloß die Augen und flüsterte kaum hörbar: „Mein Gott . . . Es geht nicht weiter . . . Ich bin am Ende . . ."

„Bruder", flehte Julianus und kniete sich neben ihn, „nur noch ein Stückchen . . . raff dich zusammen . . . Hörst du? Gerhardus . . . lieber Bruder . . ."

„Nein", hauchte Gerhardus mit trockenen Lippen und schüttelte kaum sichtbar den Kopf.

Julianus sah sich verzweifelt um. Er faßte nach der Hand Gerhardus', als wollte er das bißchen Lebenskraft, das er noch besaß, in ihn überströmen lassen. Die flimmernden Augen ließ er über den trostlosen Horizont schweifen. Ebene, Sand, mit Tupfen spärlicher Sträucher ... Hie und dort vom Wind zusammengewehte, heute errichtete, morgen wieder weggetragene Hügel. Nirgends ein Mensch, ein Tier, nicht einmal mehr ein Vogel. Nur weit oben ein schwarzes schwebendes Pünktchen am ewig klaren Himmel.

„Iß noch einen Fladen", empfahl Julianus, denn sonst hatte er keinen Trost.

„Nein ... Ich kann nicht kauen ... Bete für mich, ich sterbe ...", raunte Gerhardus.

„Ich bete, wir wollen zusammen beten ... Doch horch", Julianus hob den Kopf und lauschte in die Ferne. „Hörst du's? Bruder! Musik."

Auch Gerhardus hob mühsam den Kopf, schloß die Augen und lauschte. Ein mattes Lächeln ergoß sich über sein Gesicht. Er berührte mit der Zungenspitze die aufgesprungenen Lippen.

„Hörst du's?"

„Ich hör's. Es kommt von dort, von oben ..."

„Von dort. Ich höre es deutlich. Eine Motette ...", raunte Julianus und lauschte dem Klang. „Eine Orgel ..."

„Eine Zither."

„Eine Geige."

„Ja, jetzt ist es eine Geige ..."

Sie lauschten lange, um die Harmonie der wundersamen Musik nicht zu stören.

„Nun ... so iß doch diesen Fladen ...", flüsterte Julianus und reichte ihm das harte Backwerk.

Gerhardus nahm all seine Kräfte zusammen, kaute und schlang. Auch Julianus zermalmte einen Fladen. Während sie aßen, schlossen sie die Augen und gaben sich mit gen Himmel gewandtem Gesicht ganz der überirdischen Musik hin. Strahlender Sonnenschein und wundersame Harmonie ergossen sich aus der Höhe über sie. Aus ihren bärtigen Gesichtern sprach tiefe Andacht. Die letzte Röte des Blutes kehrte in ihre Wangen zurück. Über ihren Bart rollten Tränen.

„Das ist ... schon Himmelsmusik ...", raunte Gerhardus.

„Himmelsmusik. Hörst du! Gott zeigt uns, was uns erwartet ..."

„Laß uns ... weitergehen ..." Gerhardus stöhnte, biß knirschend die Zähne zusammen, stützte sich auf den Ellenbogen und wollte sich erheben.

Julianus richtete sich auf, faßte Gerhardus unter den Armen und half ihm.

Sie trotteten wieder weiter, zwei Schatten gleich.

Doch dann erblickten sie dichtere Sträucher und sogar ein wenig grünes Gras in der Ferne. In den winzigen, sich bewegenden Punkten bei den Sträuchern glaubten sie die höckrigen Gestalten von Kamelen zu sehen. Sie rissen die von Sonne und Sand entzündeten roten Augen auf, als wollten sie die ganze Welt erfassen. Aber sie wagten nicht zu sprechen, blieben nur stehen wie Kinder vor dem auf einer Blume rastenden Schmetterling, um ihn nicht zu erschrecken.

„Eine Karawane", flüsterte Julianus.

„Ein Trugbild . . . eine Sinnestäuschung", hauchte Gerhardus.

„Komm, Bruder, raff dich zusammen. Nur noch ein Stückchen . . .", flehte Julianus.

„Nein. Nein, Bruder. Ich kann nicht mehr."

Julianus sah verzweifelt, daß Gerhardus sich setzte und vor sich hinstarrte. Er begann ihn anzuflehen.

„Wir sind gerettet! Komm! Eine Karawane!"

„Nein", beharrte Gerhardus mit irrem Blick und schüttelte den Kopf.

„Wenn du nicht mitkommst, Bruder, gehe ich allein und hole Wasser. Vielleicht auch Hirsebrei . . . und Früchte."

Julianus machte sich auf. Er wollte sich zur Karawane schleppen und Wasser und etwas Essen holen. Aber der Gedanke entsetzte ihn, daß sein Gefährte hier in der prallen Sonne, unweit der rettenden Karawane umkommen könnte. Er konnte nicht ohne Gerhardus gehen. Vielleicht war er gar nicht mehr recht bei Sinnen. Er durfte ihn keinen Augenblick verlassen, geschweige denn für so lange Zeit, wie er sie bis hin zur Karawane und wieder zurück brauchen würde. Er griff Gerhardus unter die Arme, nahm all seine Kräfte zusammen, zerrte ihn von der Erde auf und schrie ihm ins Gesicht.

„Eine Karawane! Wasser!"

„Ein Trugbild . . .", lallte Gerhardus, aber seine Füße setzten sich in Bewegung.

Jeder Schritt schien eine Ewigkeit. Aber das Bild der Karawane trat immer deutlicher aus der flimmernden Luft, schütteres Gras belebte den Sand, und immer dichter standen die Tamarisken und Salzsträucher. Schließlich bildeten sie ein kleines Gebüsch.

Die Männer der Karawane, die um den Brunnen in der Steppe rasteten, gewahrten die beiden sich taumelnd nähernden Gestalten, und als seien es die Seelen Verstorbener, starrten sie ihnen erschrocken entgegen. Es waren an die fünfzehn Männer in langen Röcken und kurzen Stiefeln, mit silberdurchwirkten Gürteln um die

Taille, an denen der Säbel hing. Eine spitze Filzmütze bedeckte ihren Kopf. Sie waren bärtig, ihre edlen Gesichtszüge schön und ernst.

Die beiden Mönche brachen am Rande des Lagers zusammen.

„Wasser! Gebt uns Wasser!" röchelte Julianus arabisch.

Einer der Männer trat zu ihnen und reichte Julianus eine Kalebasse. Auf Kumanisch sagte er:

„Trinkt im Namen Okans."

Julianus gab Gerhardus zu trinken, trank dann auch und wusch ihrer beider Gesichter. Die Männer kamen heran, umringten die Mönche und rätselten kumanisch, wer sie wohl seien und woher sie kämen

Als die beiden zerlumpten, kranken Männer getrunken und sich im Grase liegend ein wenig erholt hatten, erhoben sie sich mühsam, um zum Haupt der Karawane zu gehen. Zwischen den Sträuchern stand der Brunnen. Ein steinernes Brunnenhäuschen schützte ihn. (Woher hat man diese Steine hierher geschleppt?) Wie tief der Brunnen war, konnten sie an dem langen Seil sehen, an dem ein schaukelndes Kamel den Eimer aus der Tiefe zog. Rings um das Häuschen waren Tröge, und in den Trögen plätscherte frisches Wasser. Kamele standen mit gleichgültiger Miene umher. Im Gras lagen Gepäckstücke aufgestapelt.

Ein kleiner untersetzter, etwas gebeugt gehender Mann mit braunem Gesicht kam auf die beiden zu, an seinem Handgelenk hing eine fünfschwänzige Peitsche mit Bleikugeln besetzt. Am schmucken Gürtel trug er einen reich mit Silber verzierten Säbel. Die roten Juchtenstiefel glänzten im Sonnenschein, sein Rock aber war grün wie das Gras. Auf dem Kopf saß ein wenig verwegen eine breitrandige spitze Mütze. Er hatte einen schönen dunkelbraunen Bart.

„Wer seid ihr?" fragte er kumanisch. Seine Stimme war ein wenig heiser, und seine scharfen, schwarzen Augen drangen durch und durch.

Julianus sank der Mut, als er diese Frage hörte. Ihm verschnürte sich die Kehle.

„Wir sind arme Reisende, Herr", stammelte er mit klangloser Stimme, dabei strömte ihm der Schweiß von der Stirn, und seine Hände zitterten.

„Wer seid ihr, und wer sind eure Väter?" erklang wieder die rauhe Frage.

„Wir wollen uns auf die Knie werfen", sagte Julianus zu Gerhardus, und als wären sie von einem Pfeil getroffen, sanken sie nieder. „Herr", rief er voll Leid, und Tränen perlten ihm auf den

Bart, „man hat uns ausgeraubt, wir haben nichts mehr und gehen in der Steppe zugrunde, wenn du nicht gestattest, daß wir uns eurer Karawane anschließen! In Gottes Namen, im Namen Okans! Habt Erbarmen!"

„Wer sind eure Väter?"

Diese Frage traf sie wieder wie eine Schlachtaxt.

„Unsere Väter stammen nicht aus diesem Land", sagte Julianus. „Aber wir haben einen Gott, und er hat uns zu euch geführt, damit wir nicht umkommen. Vater Tengri, der dort aus der Höhe auf uns herniederblickt, er flüstert: Hilf den beiden armseligen Fremden, laß sie mit euch ziehen . . ."

Der stolze, strenge Fremde betrachtete sie lange, sein Gesicht verfinsterte sich, seine Augen funkelten ärgerlich. Einige Male schwenkte er die Peitsche. Dann wandte er sich an die anderen, und sie begannen zu beratschlagen.

„Er spricht kumanisch. Sie kommen in der Tat um."

„Aber es sind Fremde."

„Sie können uns nicht die Namen ihrer Väter nennen."

„Tengri schaut auf uns herab", brummte der mit der Peitsche unentschlossen.

„Das ist wahr. Sie können uns auch verfluchen, und der Fluch kann uns treffen", gab ein ängstlicher Mann zu bedenken, dem Narben die gewölbte braune Stirn verunstalteten und das Gesicht entstellten.

„Hört", hob der mit der Peitsche die Stimme, und man merkte, daß er sich nur schwer zügelte, „nach unseren Gesetzen seid ihr Fremde. Ihr kennt den Namen eurer Väter nicht. Ihr seid nichts, weniger als die Kamele, denn von denen wissen wir, von welchem Vater und von welcher Mutter sie abstammen, wissen, daß es edle Tiere sind. Ihr seid weniger als die Pferde und die Hunde, denn selbst von denen wissen wir, woher sie stammen. Aber es kann sein, daß ihr aus den Gräbern aufgestanden seid, um Opfer von uns zu fordern. Ich will ein Opfer bringen. Ihr könnt mit uns ziehen, wenn ihr wollt. Ihr könnt auch aus dem Brunnen trinken, essen aber müßt ihr, was ihr habt. Wenn ihr Tote seid, hat man euch ins Grab zu essen mitgegeben, eßt davon. Wenn ihr Menschen seid, schulden wir euch nichts, denn ihr seid Fremde. Nach unseren Gesetzen müßtet ihr eure Väter aufzählen, doch ihr zählt sie nicht auf. Wir haben nichts zu schaffen mit euch. Kamele geben wir euch nicht. Seid ihr Tote, werdet ihr euren Weg ziehen wie bisher. Seid ihr aber Menschen, brauchen wir euch keine Kamele zu geben, denn ihr kennt eure Väter nicht."

„Sei bedankt, Tengri segne dich mit guter Gesundheit, langem Leben, einer Schar Kinder und großem Reichtum", raunte Julianus im Staub kniend.

„Steht auf." Er winkte mit seiner Peitsche und schritt weiter.

Julianus half Gerhardus auf und übersetzte ihm die Worte des Karawanenbaschis. Ihre Freude war grenzenlos. Sie wankten sogleich zum Brunnen, tauchten das Gesicht in das kühle, sanft streichelnde Wasser, wuschen und badeten es. Auch die Hände tauchten sie hinein und ergötzten sich am Spiel des Wassers. Sie atmeten seinen Duft, lauschten seinem Plätschern, dem Fließen, es klang ihnen wie zarte Musik. Sie tätschelten das Wasser, ließen es durch die Finger rinnen, befühlten und streichelten es wie ein liebes Tier. Dabei kamen ihnen die Tränen. Als sie sich erfrischt hatten, legten sie sich in den Schatten der Sträucher und holten ihren Fladen hervor. Sie weichten ihn im Wasser, das sie in ihre Mütze geschöpft hatten, und aßen. Ihr schwerer Blick erholte sich am Grün des Rasens und der Sträucher. Sie bewunderten die ruhenden, malmend wiederkäuenden Kamele und all die Gepäckhaufen.

Leise begannen sie ihr Dankgebet.

Nur zwei Tage blieben sie bei der Karawane.

Wohl wahr, das Wasser hatte sie erfrischt, sie konnten ihren Fladen darin weichen lassen, das Gesicht, die Hände, die gequälten Füße darin baden, und es belebte sie auch, daß sie endlich unter Menschen sein konnten, auch wenn es Heiden waren. Dennoch konnten sie ihrem Schicksal nicht entrinnen.

Die Männer sahen anfangs in ihnen tatsächlich dem Grabe entstiegene Tote, die von ihren Feinden geschickt, in der nächtlichen Dunkelheit um sie lauerten, sie beobachteten und belauschten. Aber allmählich kamen sie dahinter, daß es keine Toten waren, daß man auch nichts von ihnen zu befürchten hatte. Es waren lebende, richtige Menschen. Nur Tengri mochte wissen, woher sie gekommen waren, wohin sie strebten und was sie vorhatten. Und als sie das erkannt hatten, wich ihre Anteilnahme auf der Stelle. Waren es doch Fremde, die ihre Väter nicht aufzählen konnten. Gesindel, Hergelaufene . . . mochten sie zugrunde gehen! Man jagte sie zwar nicht davon, sah aber mitleidlos zu, wie sie den Kamelen, die mit ausgreifenden Schritten dahinzogen, nachhetzten, taumelnd, matt vor Schwäche. Als sie gekommen waren, hatte man andächtig die für die Toten bestimmten Opfer dargebracht. Die beiden hatten die Opfergaben, eine Handvoll Brei, den man unter einen Strauch gestellt hatte, auch gegessen. Seitdem aber ein spitzfindiger Bursche mit dunklem Gesicht erkannt hatte, daß sich die beiden in fremder Sprache miteinander unterhielten und das Kreuz schlugen, kümmerte man sich nicht mehr um sie. Ein Brosamen, ein Körnchen Hirse, eine Zehe Knoblauch sind wahrhaftig nicht viel, aber nicht einmal das gab man ihnen.

In der folgenden Nacht fuhren die beiden Mönche erschrocken aus dem Schlaf, als man sie festhielt und ihre Kleider durchsuchte. Sie glaubten, man wolle sie töten. Gerhardus war es gleichgültig, ob sie auf diese oder jene Weise starben! Bitter rief er aus:

„Die glauben wohl, wir hätten Geld!"

„Ihr wollt uns ausrauben?" fragte Julianus betrübt.

„Wir wollen sehen, was ihr mit euch führt", schrien die Heiden.

„Das Leben haben wir noch und einige vertrocknete, in Asche gebackene Fladen. Sonst nichts. Wenn ihr hungrig seid, nehmt, eßt sie. Ihr werdet Tengri Rechenschaft geben müssen."

Enttäuscht knurrten die Männer, doch sie nahmen ihnen die Fladen nicht weg und gingen davon.

Am dritten Morgen zogen Julianus und Gerhardus nicht mehr mit der Karawane weiter. Hunger, Durst, erlahmende Müdigkeit und Schwäche schlugen sie in bleierne Fesseln. Niedergeschlagen sahen sie zu, wie die Karawane aufbrach und davonzog. Alsbald zeigte nur noch eine weiße Sandwolke an, wie sie sich in der grauen Landschaft unter dem blauen Himmel weiter entfernte. Dann schwand auch diese Wolke, und wieder senkte sich die Einsamkeit auf die beiden verlassenen Mönche.

Betrübt sahen sie einander lange an. Gerhardus erklärte, er gehe keinen Schritt mehr weiter. Aber Julianus ergab sich dem Schicksal auch jetzt noch nicht. Er redete Gerhardus solange zu und stützte ihn, bis er endlich auf den Beinen stand, knirschend die Zähne zusammenbiß und sich wieder mit auf den Weg machte.

Auch die vierte Woche verging. Aber außer Sand, salzigen Tümpeln, Tamarisken und Saksaulsträuchern gab es nichts zu sehen. Ihre müden Beine wateten durch den gleichen weichen, pulverigen Sand, über ihnen wölbte sich endlos blauer Himmel – nur die Sonne war nicht die gleiche, denn sie schien jetzt im Sternbild des Stiers noch unbarmherziger.

Nun konnte auch Julianus nicht mehr glauben, daß sie jemals das Ende der Wüste erreichten. Vielleicht hatte sie gar kein Ende. Oder hatten sie die Richtung verfehlt? Irrten im Kreise, bis sie zusammenbrachen? Aber sie richteten sich doch nach dem Stand der Sonne, ergründeten nachts nach den Sternbildern, in welche Richtung sie weiterziehen mußten! Und die Spur der Kamele und Pferde zeigte, daß hier Karawanen vorbeizukommen pflegten, Karawanen, die aus einer Stadt auszogen und in einer anderen Stadt ankamen! Karawanen zogen doch nicht ins Nichts.

Aber als Gerhardus an einem dürftigen Saksaulstrauch in das spärliche Gras niedersank und dieselben Zweifel äußerte, rügte ihn Julianus.

„Schau, die Juden sind vierzig Jahre lang durch die Wüste gewandert und haben doch herausgefunden."

„Sie hat eine Feuersäule, eine Wolkensäule geleitet", stöhnte Gerhardus.

„Und leitet sie uns nicht? Schau nur!"

Er zeigte zum Horizont. Da war er selbst betroffen und wollte seinen Augen nicht trauen. Eine Feuersäule sah er zwar nicht, aber er sah etwas anderes, was ihn gleichsam schwindeln machte. In der gleißenden Mittagsluft erblickte er in der Ferne über den immer kleiner werdenden Sandhügeln der Ebene eine Karawane. Er sah gerade nur Tupfen, wie sie langsam gegen Norden zogen. Irgendeinen blaßgrauen, flimmernden Streifen, der die Form einer Wolke hatte. Eine durch die Karawane aufgewirbelte Staubwolke. „Lieber Bruder!" rief er heiser. „Schau dort!"

Gerhardus hob den Kopf, seine matten Augen weiteten sich.

„Karawane", lallte er mit aufgedunsenen Lippen.

„Auf, lieber Bruder! Nehmen wir all unsere Kräfte zusammen. Gott zeigt uns eine Feuersäule."

In fieberhafter Eile half er Gerhardus auf, obwohl er selbst auch fast zu Boden sank. Sie packten ihre Stöcke und nahmen sich bei der Hand. Auf zittrigen Beinen strebten sie der Karawane zu. Ihre Augen hafteten gierig an der wundersamen Erscheinung.

Und sie zogen dahin in der glühenden Aprilsonne, unter dem blendenden fremden Himmel, bis sie zusammenbrachen.

„Jetzt verschnaufen wir ein wenig", sagte Julianus. „Dann gehen wir wieder ein Stück. Schau, wenn wir uns das Ziel setzen, erst jenen schiefen Strauch zu erreichen, dann jenen kümmerlichen dort, und danach etwas weiter den kleinen, taubenförmigen, schließlich den flachen, breiten – gewahren wir es gar nicht und haben doch einen weiten Weg zurückgelegt. Schau nicht in die Ferne, Bruder, sondern richte deinen Blick auf den nächstgelegenen Strauch, auf den Sandhügel vor uns. Du wirst sehen, das Gehen fällt dir leichter!"

Gerhardus blickte auf den Strauch, dann auf den Sandhügel und tatsächlich, das Laufen ging leichter.

„Jetzt ruhen wir wieder ein wenig", riet Julianus, und obwohl er seine Schwäche verbarg, sank auch er fast ohnmächtig nieder wie sein Gefährte. „Schau, die Karawane ist schon deutlicher zu sehen. Dort zieht sie, da . . . ein wenig links . . ."

Sein gelbes Gesicht wurde jetzt aschgrau. Was er sah, war zum Verzweifeln. Denn dort am Rande des Horizontes zogen Kamele, auf den Kamelen saßen Menschen, man konnte sie deutlich ausmachen, wenn sie auch klein waren wie Ameisen, die ihre Beine wie Fühler bewegten . . . aber Kamele und Reiter zogen nicht auf der Erde, sondern schwebten über einem flimmernden Wasserspiegel, mit dem Kopf nach unten.

Julianus rieb sich die geblendeten Augen und spähte noch einmal. Entsetzen verschnürte ihm die Kehle. Seine Schläfen hämmerten so wild, daß er die Hände darauf drückte, damit sie nicht platzten. Die Kamele zogen in einer Reihe, alle mit dem Kopf nach unten, hoben flink ihre Beine wie Fühler, ihren leicht gebogenen Hals, aber sie schwebten über dem Wasserspiegel an der gleichen Stelle, wo er sie schon vorher gesehen hatte.

„Du Bruder", lallte Gerhardus, „wir ziehen blindlings dahin. Das dort ist ein Trugbild . . ."

„Was? Ein Trugbild?" Julianus machte ein erstauntes Gesicht und starrte Gerhardus an, als würde er ihn zum erstenmal sehen. „Wie könnte das ein Trugbild sein? Wie meinst du das?"

„Lieber Bruder . . . sollte ich blind sein? Oder siehst du nicht gut? Ich sehe zwar Kamele, und sie scheinen auch gegen Norden zu ziehen, aber sie kommen keinen Schritt vorwärts, schweben dort über einer Wasserfläche."

„Deine Augen sehen schlecht!"

„Wohl die deinen . . ."

„Das kommt von der Sonne."

„Der Hunger, die Erschöpfung machen schwindlig. Es ist ein Trugbild."

„Eine Karawane!"

Sie sahen einander prüfend an. Gerhardus hatte seine traurigen, entzündeten Augen forschend auf Julianus gerichtet. Dieser sah ihn an wie ein unschuldiges Lamm. Ein verzeihendes Lächeln überzog sein Gesicht.

„Nun . . . nun", stammelte Gerhardus leise, „dann . . . dürfen wir nicht sitzen . . . müssen weitergehen . . . Hilf mir, in Gottes Namen . . . Wir wollen versuchen weiterzugehen."

Das hatte Julianus nur gewollt. Er wandte das Gesicht ab, damit sein kraftloser Gefährte nicht die Lüge auf seinen Zügen sah, richtete sich mit Müh und Not auf, half Gerhardus, und Arm in Arm wankten sie auf die Karawane zu.

Sie richteten die Augen auf die Erde, schauten auf die krausen Wellen des Sandes, die weich waren wie Wasser. Bald richteten sie ihr Augenmerk darauf, daß sie auf einen rieselnden Wellenkamm traten, dann wieder darauf, daß sie den Fuß ins Tal setzten. Als die Erschöpfung erneut Herr über sie wurde, der kalte Schweiß ihr Haar durchfeuchtete und die krausen Sandwellen wankten, sich unter ihren zitternden Füßen so senkten und anschwollen, daß sie stehenbleiben mußten, trat ein, was Julianus befürchtet hatte. Die Karawane hob sich vielleicht um eine Elle über die Erde, der wie bei einer Überschwemmung angestiegene Wasserspiegel schwebte gleich einer Wolke über der Wüste, und eine andere, ebensolche Karawane watete darin bis zu den Knien, mit dem Kopf nach unten.

„Mein Gott . . .", raunte Gerhardus und sank zusammen wie ein leerer Schlauch. „Schau . . . sieh nur . . ."

Er verzog den Mund, schloß die Augen und streckte die Hand zitternd nach der Fata Morgana aus.

Julianus sagte nichts. Auch er sank auf die Erde nieder, vergrub das Gesicht in den Händen und schloß ebenfalls die Augen. Die Welt drehte sich erst langsam, dann in immer größerer Geschwindigkeit mit ihm, daß ihn schwindelte, ihm war, als läge ein faustgroßer Stein in seinem Magen, und er mußte sich erbrechen. Sein Kopf rauschte wie eine Mühle, und ein rhythmisches, wildes Hämmern drohte seine Schläfen zu sprengen. Dann erschlaffte sein ganzer Körper, als wären alle seine Sehnen gerissen. Und wie er so mit geschlossenen Augen in den dunkelroten Nebel sah, schienen ihm Kopf und Körper anzuschwellen, stürmisch anzuschwellen, sich zu weiten wie eine Blase. Dann wurden sie zu einer riesigen Kugel, und innerhalb der Kugel sah er sich selbst zu einem erschreckend kleinen Punkt zusammenschrumpfen. Er befürchtete, auseinanderzubersten. Dann verging die Kugel plötzlich, aber sie wuchs aus dem kleinen Punkt wieder an, weitete sich, spannte sich, drehte sich . . . und verging wieder. So wiederholte sich das von Augenblick zu Augenblick. Nur der winzige, mohnkerngroße Punkt blieb immer derselbe, und es war, als würde die riesige Kugel immer von neuem daraus entstehen.

Der dunkelrote Nebel umhüllte ihn nun ganz.

Ob eine Nacht vergangen war oder eine Woche, keiner von beiden wußte es. Als Julianus zu sich kam, wandte er sich gleich seinem Gefährten zu. Gerhardus lag neben ihm im Sand, von ihm abgewandt, die Knie ein wenig angezogen, die eine Hand auf dem Gesicht, die andere gegen die Brust gedrückt. Er lag da, den Kopf unter die spärlichen Zweige des Saksaulstrauches gesteckt, wie ein schlafendes Kind. Sein bärtiges Gesicht war gelb und wie Pergament, auch die Finger waren gelb, als hätte er sie in Safran gewaschen. Er atmete schwer, zwischen seinen halbgeöffneten, aufgedunsenen, blauen Lippen entwich der röchelnde Atem.

„Er lebt", dachte Julianus, empfand aber weder Erleichterung noch Freude. Er wußte ja nicht einmal, ob er selbst noch am Leben war oder im verworrenen, zwischen Wirklichkeit und Traum schwebenden Zustand des Sterbens. Er flüsterte nur: „Er lebt . . ." Aber er empfand nicht die besondere Bedeutung dieser Worte.

Gleichsam tastend ließ er den Blick über das Land streifen. Es war kühl, obwohl die Sonne schon aufgegangen war. Blaues und rotes Licht ergoß sich über die Steppe. Die Büsche schimmerten rot im morgendlichen Sonnenschein, sie muteten an wie leuchtende Hagebuttensträucher. Langgezogener, schleierartiger Nebel schwebte über dem Horizont.

Julianus sah, daß sie an der gleichen Stelle waren wie gestern, vorgestern oder vor einem Monat. Nichts ringsumher hatte sich verändert. Sie waren weder aufgewacht noch eingeschlafen. Er griff sich an die Brust: Es waren noch zwei Fladen da unter dem zerschlissenen Gewand. Einen nahm er hervor und betrachtete ihn. Es war ein flaches, aschgraues, buckliges Gebilde, ohne jeden Geruch. Der Versucher hatte Jesus Macht angeboten, Steine in Brot zu verwandeln. Der Teufel in der kirgisischen Steppe hatte das Brot zurückverwandelt in Stein und lauerte hohnlachend auf den Augenblick, da er die beiden frommen Seelen hinwegraffen konnte . . .

Julianus faßte Gerhardus bei den Schultern und begann ihn zu schütteln.

„Bruder!"

Doch Gerhardus rührte sich nicht.

„Wenn es mir nicht gelingt, ihn zum Bewußtsein zu bringen, wird er sterben", dachte Julianus und beobachtete scharf das gelbe, struppige, verwilderte Gesicht, das kaum noch menschliche Formen zeigte. War das der liebenswürdige, fröhliche Gerhardus von einst? Und er selbst? Sah er auch so aus? Wieder schüttelte er den Gefährten an den Schultern.

„Bruder! Frater Gerhardus!"

Nach langem Schütteln bewegte er sich endlich, öffnete die Augen, sah sich mit unstetem Blick um, er wußte nicht, wo er war.

„Was ist? Wer bist du?" fragte er mit klangloser Stimme.

„Ich bin es, Julianus."
„Du bist es? Noch immer du? Wo sind wir?
„Hier in der Wüste."
„In der ... Wüste ... Und was willst du, Julianus?"
„Ich will, daß du diesen Fladen ißt. Und daß wir aufbrechen. Die Sonne ist aufgegangen."
„Nein. Nein."
„Später wird uns das Laufen dann schwerfallen."
„Und jetzt ist es gut?"
„Ja."
„Nein. Ich will schlafen."
„Gerhardus."
„Wenn wir draußen sind ... sag's ..."
„Gerhardus! Heh!"
„Wer ruft mich?"
„Iß den Fladen. Ich esse meinen auch."
„Den Fla ... den Fladen ... Was für einen Fladen ... Von wem ist er?"
„Schau, hier ist er. Ich ... ich esse meinen auch."
„Ist gut. Haben wir's geschafft, sag."
Julianus vermochte Gerhardus nicht aufzurütteln. Er lag noch immer zusammengekauert da, schaute bald auf ihn, bald in die Ferne, man sah, daß er nichts von sich wußte, daß ihm Trugbilder vorschwebten, daß er die Worte nur mit dem Ohr aufnahm und antwortete, ohne ihren Sinn zu erfassen.
„Gott, steh mir bei", seufzte Julianus und schaute hilflos zum Himmel empor. Er mußte Gerhardus zum Essen bewegen und dann versuchen weiterzugehen. Dort, wo die Nebelschleier schwebten, dort mußte die Wüste zu Ende sein. Ja, dort war sie zu Ende. Dort war alles zu Ende.
„Gerhardus!"
„Wer ruft?"
„Ich bin es, Julianus. Iß den Fladen!"
„Ja. Reich mir die Hostie!"
„Hier habe ich den Fladen in der Hand. Kannst du essen?"
„Ich kann, ich kann alles."
Seine Stimme klang heiser, ähnelte nicht der des Gerhardus. Aber auch seine eigene Stimme klang Julianus fremd und seltsam.
Mit Mühe und Not brach er ein Stück von dem steinharten Fladen und steckte es Gerhardus zwischen die aufgedunsenen Lippen. Langsam begann der Frater zu kauen.
„Wo sind wir?"

„Iß, lieber Bruder, dann gehen wir weiter. Dort hinten im Nebel ist die Steppe zu Ende."

„Zu Ende."

„Kommst du?"

„Nein. Ich kann nicht herauskriechen . . . herauskriechen aus der Höhle . . ."

„Kriech heraus, lieber Bruder. Schau, ich bin schon herausgekrochen", bat er ihn wie ein Kind.

„Laß mich. Laß mich. Du bist es doch, nicht wahr, Julianus?"

„Ich bin es. Raff dich auf, wir wollen gehen."

„Laß mich zurück. Bitte, laß mich zurück", sagte er und sah ihn mit klarem Blick flehend an. „Sing das *Circumdederunt*."

„Es darf nicht sein! Hörst du?"

„Ich hör's. Laß mich zurück. Es geht nicht weiter. Ich will ein christliches Lied hören . . . jetzt in meiner letzten Stunde."

Julianus betrachtete ihn eine Weile hilflos. Was sollte er anfangen? Warten, bis er tatsächlich starb? Oder ihn verlassen? Sollte er mit ihm hier umkommen?

„Bruder!" rief er ihn im befehlerischen Ton an. „Kraft des heiligen Gehorsams verlange ich, iß den Fladen."

„So gib ihn her."

Gerhardus nahm den Fladen und begann langsam zu kauen. Julianus aß den anderen. Es war kein Essen, nur noch ein Kauen. Ihre Kiefer bewegten sich zwar, aber ihre Zunge, ihr Gaumen empfanden nichts. Als sie den letzten trockenen Bissen hinuntergeschlungen hatten, glaubte Julianus, noch soviel Kraft zu haben, um seinem todesschwachen Bruder auf die Beine zu helfen. Er schrie ihm zu.

„Kraft des heiligen Gehorsams, im Namen Christi befehle ich dir, stehe auf!"

Gerhardus hob den Kopf, stützte sich auf alle Viere und sah Julianus traurig an.

„Hilf mir."

„Nun, so komm. Halte dich fest an mir."

Er zog ihn von der Erde hoch, zog den knochigen Arm des Gerhardus auf seine Schulter und befahl ihm wieder:

„Heb das Bein! Setz es vorwärts, lieber Bruder. So, ja, schön . . . Siehst du, du kannst doch noch laufen, und du wolltest hier in der Steppe umkommen? Fünf Schritte haben wir schon getan. Dort, dieser große dicke Strauch, gleich erreichen wir ihn. Komm nur, komm!"

Zentnerschwer lastete der kraftlose Körper auf ihm. Er krümmte sich unter dem Gewicht. Seine Knie drohten einzuknicken. Seine

Lunge keuchte, sein Kopf sauste. Und während er Gerhardus schleppte und ermutigende Worte zu ihm sprach, schlich sich der Teufel heran und flüsterte ihm Worte der Versuchung ins Ohr. Julianus wollte sie nicht hören und hörte sie aber doch.

„Warum hast du dich gerade für diesen Gefährten entschieden", flüsterte die Stimme des Versuchers. „Warum hast du nicht Paulus gewählt? Wie hat er mit seinen Kräften geprahlt, wie hat er sich gewehrt, du solltest ihn nicht heimschicken. Entsinnst du dich, wie kräftig er schon als Novize war? Wie ein Bär. Langsam, schwerfällig in seinem Handeln, ein wenig einfältig auch. Aber er hat alle rings um sich im Hof niedergerungen. Entsinnst du dich? Nie ist er krank gewesen. Jetzt würde er dich stützen, dir beistehen. Du selbst bist doch am Ende deiner Kräfte, sinkst auf der Stelle zusammen, so schwach bist du. Gewiß, du bist gesund, aber müde, todmüde! Und schleppst noch diesen Halbtoten mit dir. Warum? Wenn einer nicht allein gehen kann, soll er bleiben. Du hast dir das Kreuz auf die Schulter geladen ähnlich deinem Herrn. Haha!"

„Komm nur. Schreite aus, lieber Bruder", sagte Julianus laut. „Fürchte dich nicht, hab Vertrauen. Die Wüste ist nun zu Ende. Stütz dich kräftig auf mich. Mir macht das nichts aus. Mir fehlt nichts, ich bin stark. Schone mich nicht."

„Setz mich nieder, lieber Bruder", raunte Gerhardus, „laß mich zurück. Laß mich hier wie einen nutzlosen, morschen Stamm. Gehe deinen Weg allein. Zum Ruhme Gottes. Ich muß sterben."

„Du wirst nicht sterben. Wir kommen durch, schau dort den bläulichen Nebel. Siehst du ihn? Dort ist die Wüste zu Ende."

„Du erbarmst mich, Julianus", schluchzte Gerhardus mit trockenen Augen. „Verlaß mich. In Gottes Namen, ich lege mich zur Ruhe. Es wird für mich gut sein und besser auch für dich."

„So heb nur ein wenig den Kopf, schreite nur aus. Siehst du, du kannst gehen! Stütze dich nur auf mich. Ich schaffe es."

„Setz mich nieder ... Verlaß mich ... Ich bin ein Kreuz auf deiner wankenden Schulter ... Julianus ... nur noch ein Kreuz bin ich dir und keine Stütze mehr ..."

„Komm nur, fürchte dich nicht. Und wärest du ein Kreuz, ich brächte dich um Christi willen hier heraus", sagte Julianus, und tiefes Mitleid erfüllte sein Herz. Er neigte sich über Gerhardus und küßte ihn auf die schweißnasse, kalte Stirn.

Aus der drückenden Hitze gerieten sie unversehens in einen kalten Regen, der sie erstarren ließ. Der Himmel hatte sich bewölkt, der Wind heulte. Oder empfanden nur sie, daß der Winter zurückgekehrt war? Vielleicht war es ein gewöhnlicher Frühlingswind mit Regen, der nur ihnen so durch Mark und Bein blies?

Aber wenn er sie auch erstarren ließ; es war doch Regen, und es war Wind, und ihre Füße wateten nicht mehr durch lockeren Sand. Hohes, nasses Gras schlug ihnen an die Knie. Blumen blühten im Gras und neigten sich ergeben vor der Macht des fegenden Windes. Eichen, Birken und Linden lösten die schütteren Tamarisken- und Saksaulsträucher ab, und dann schimmerten in der Ferne fahl die Lehmmauern einer Stadt unter den dunklen, niedrig dahineilenden Wolken. Gierig atmeten die beiden den nach Erde und Gras duftenden Wind, ihre Gesichter und Hände badeten in den kalten Strömen des Regens, der ihnen in die Augen peitschte. Sie schöpften neuen Lebensmut.

Gerhardus konnte nicht mehr laufen. Julianus schleppte ihn, halb auf der Schulter, halb zog er ihn auf der Erde hinter sich her wie einen Toten. Der kalte Wind und der Regen brachten Gerhardus zwar wieder zu sich, aber hartnäckig, ohne Unterlaß wiederholte er, er werde sterben, Julianus solle ihn in Frieden sterben lassen.

Endlich konnte ihn Julianus unter die ausladende rauschende Krone einer großen Linde setzen. Er lehnte ihn gegen den Stamm des Baumes und ermunterte ihn, in Frieden zu ruhen. Er werde indessen Quartier suchen und ihn dann holen. Gerhardus warf ihm einen Abschiedsblick zu, Tränen rollten aus seinen Augen, aber er sprach kein Wort. Sein Blick jedoch verriet seine Gedanken: Julianus würde schließlich doch allein weitergehen, ihn seinem Schicksal überlassen. Es schmerzte ihn, daß Julianus es ihm verschwieg, daß er nicht ein letztesmal mit ihm betete und ihm das Sterbelied sang.

Julianus aber durfte keine Zeit verlieren. Sie brauchten ein Obdach, mußten zu essen und zu trinken haben. Sie brauchten einen warmen Platz, an dem sie sich ausruhen konnten. Er ließ darum den Gefährten am Rande der Stadt unter der Linde zurück, winkte ihm zum Abschied zu und ging so rasch, wie es seine kraftlosen Beine zuließen. Von Schritt zu Schritt fühlte er körperliche Kraft, Seelenruhe und Sicherheit zurückkehren. Sah er doch über sich die Wolken, hörte das grimmige Heulen des Windes, fühlte, wie hohes, üppiges Gras ihm gegen die Beine schlug. Die Bäume bogen sich und rauschten im Wind, Regenwasser peitschte sein Gesicht, benetzte seinen verwilderten Bart und sein Haar. Die armseligen Bundschuhe ließen das Wasser durch, wo es eben hineinwollte, seine Zehen belebten sich wie die aus dem Winterschlaf erwachenden Frösche, wenn sie wieder im Wasser schwimmen können.

Bis zum Abend aber verschlechterte sich das Wetter noch mehr. Der Wind tobte, die Bäume stöhnten und rauften sich verzweifelt das Haar wie wehklagende Mütter am Grab ihres Kindes. Das Gras wogte. Es goß in Strömen, so daß der Regen die Stadt in eine Wolke hüllte.

Julianus rannte zurück, so schnell ihn nur die Beine trugen. Er fürchtete, Gerhardus könnte schon gestorben sein. Und wenn er noch nicht tot war, mußte er in diesem kalten Regen tödlich erkranken. Über der Schulter trug er einen Quersack, in der Hand hielt er einen Topf Milch. Nur Quartier hatte er nirgends bekommen können. Als man sah, daß er ein Fremder war und wie heruntergerissen er aussah, wagte man nirgends, ihn ins Haus zu lassen.

Endlich tauchte die große Linde vor ihm auf, und darunter saß Gerhardus, genauso wie er ihn zurückgelassen hatte. Er rannte zu ihm, kniete sich vor ihn hin. Gerhardus schlief benommen, halb zur Seite geneigt im kalten Regen.

Julianus drückte seinen Kopf an sich, rüttelte ihn aus der Erstarrung und führte ihm, ihn sanft ermunternd, den Milchtopf an die Lippen. Der Erschöpfte trank im Halbschlaf, schlürfte, saugte die Milch wie ein Säugling. Julianus weinte vor Freude.

Als Gerhardus ganz zu sich gekommen war und Julianus erkannt hatte und schließlich auch den Geschmack der Milch wahrnahm, fing er an zu weinen, und seine Tränen fielen in die Milch. Dabei trank er hastig, verschnaufte, keuchte, trank wieder, ruhte erneut. Seine fiebrigen Augen starrten auf Julianus wie die eines Hundes.

Dann gab Julianus ihm Brot.

„Lieber Bruder", raunte Gerhardus, „hast du denn gegessen?"

„Ich habe unterwegs gegessen und auch getrunken. Nun trink und iß du. Nur ein Dach über den Kopf hat Gott uns nicht gegeben. Man hat Angst vor mir, vergebens sagte ich ihnen, daß ich meinen kranken Bruder draußen im Freien gelassen habe. Doch schau her!"

Julianus griff in sein Gewand und zog einige Silberdirham hervor.

„Weißt du, was das ist?"

„Geld." Gerhardus staunte.

Julianus setzte sich neben ihn ins feuchte Gras, zog sich die Jacke aus und breitete sie über Gerhardus.

„Du hast Fieber. Schlüpf hinein. Sonst erfrierst du bis zum Morgen. Ja, es ist Geld!" rief er aus, um dem Sträuben des Fraters zuvorzukommen, mit dem dieser die Jacke zurückgeben wollte. „Geld! In dieser Stadt gibt es gute Menschen. Wie ich hörte, heißt sie Bunda. In unserer Sprache heißt das Pelzrock. Nun, einen Pelzrock haben wir nicht, nicht einmal ein Lager aus Stroh, aber wir haben

Brot, Milch und Geld. Weißt du, wer es mir gegeben hat? Das Oberhaupt der Stadt. Hier können sie kumanisch, und so habe ich verstanden, wo dessen Haus ist. Ich ging hin und bat um Einlaß. Der Fürst, er wohnt in einem kleinen Haus, kam heraus. Ich sank vor ihm nieder, und Gott sandte uns Rettung."

„Was ist geschehen?"

„Ich habe ihm alles erzählt, auch daß wir Christen sind und Brüder des Dominikus. Der Fürst hörte mich an und sagte: Bruder, auch ich bin Christ, und bald werden wir alle hier Christen sein. Im Namen Christi nimm diese geringen Almosen, und er gab mir fünf Dirham."

Julianus ließ die klingenden Silberlinge aus einer Hand in die andere gleiten. Er vergaß den dunklen kalten Abend, den heulenden Wind, den peitschenden Regen. Er schaute nur auf die im Halbdunkel glänzenden Silbermünzen und lächelte.

„Ich werde uns Pferde beschaffen, Bruder", rief er freudig, und sein blasses Gesicht leuchtete im Halbdunkel, seine Augen funkelten vor Begeisterung fast im früheren Glanz. „Pferde, zwei. Du wirst nicht mehr zu Fuß gehen müssen, lieber Bruder. Wir werden reiten und *Magna Hungaria* erreichen."

Gerhardus lächelte traurig, aber Julianus sah dieses Lächeln nicht. Er machte das Kreuzzeichen und sprach das Dankgebet.

Der Wind heulte mit heiserer Stimme durch die Dunkelheit, hinaus zwischen die rauschenden Bäume und fröstelnden Felder.

Da Julianus fünf Dirham in der Tasche hatte und die notwendige Nahrung durch Almosen beschaffen konnte, die Wüste hinter ihnen lag und es ihm gelungen war, Gerhardus dem Rachen des Todes zu entreißen, schienen ihm Flügel zu wachsen. Er hatte das Gefühl, über unbeschränkte Macht zu verfügen – zumindest aber über soviel, daß er zwei, wenn auch ältere, so doch leidliche Pferde kaufen konnte. In dieser Stadt sprachen viele sowohl kumanisch als auch petschenegisch. Er war auch auf Händler gestoßen, die Felle im Bulgarenreich kaufen wollten, und er hatte erfahren, daß jenseits von Bolgar am Oberlauf des Itil in den von hohen, undurchdringlichen Bergen geschützten Gebieten tatsächlich Menschen lebten, die sich „Madscharen" nannten. Sie brächten Felle in die Städte des Bulgarenreiches, tauschten sie gegen Weizen und Hirse, denn sie selbst betrieben keinen Ackerbau, weideten nur Tiere. Julianus fühlte sich also doppelt glücklich und erleichtert. Er hatte Geld in der Tasche, viel Geld, und glaubte dafür alles kaufen zu können, wessen sie bedurften. Er fühlte sich gesund, sein Gesicht hatte sich wieder gerötet, und er hatte sichere Kunde von den Madjaren erhalten.

Als hätte er das Wasser des Lebens getrunken, wurde er zusehends kräftiger. Er schlief fest und wachte erfrischt auf. Keine Sorgen belasteten ihn. In seinem großen Eifer vermochte er nur schwer zu glauben, daß sich der Zustand des Gefährten mehr und mehr verschlechterte – obgleich er alle bedrohlichen Anzeichen sah. Er hielt es für natürlich, daß auch Gerhardus wie er selbst wieder zu Kräften kam, sich erholte, erstarkte und wieder der alte, liebenswürdige, treue, stets fröhliche Frater wurde. Bis zu dem Augenblick, als er mit Schrecken erkannte, daß der arme Mönch nur noch dasaß, schlief, kraftlos schwieg und nickte, hatte er auf die Genesung von Gerhardus gewartet. Doch dann sah er ihn sich näher an, und mit Entsetzen erkannte er, daß er auf das Schlimmste gefaßt sein mußte.

In seiner zuversichtlichen Stimmung traf ihn diese Erkenntnis wie plötzlicher Nachtfrost einen in voller Blüte stehenden Baum.

Julianus hätte in die Stadt gehen müssen, aber als er in das gelbe, erschreckend magere Gesicht des Bruders blickte, das sich aus dem braunen, struppigen Bart heraushob, die scharf hervortretenden breiten Wangenknochen sah, die matten, ergeben dreinschauenden, glanzlosen Augen, die schief lächelnden Lippen und die in seinem Schoß ruhenden Hände, als er bemerkte, wie er all seine Kräfte zusammennahm, um aufzustehen und einige Schritte zu machen, sich dabei an den Stamm des Baumes klammerte, wie ein Kind an die Knie der Mutter, mußte er die Wahrheit erkennen: Gerhardus war am Ende seines Weges angelangt.

Und doch wollte er es nicht wahrhaben.

„Wie geht es dir?" fragte er, als er in die müde blickenden Augen seines Gefährten schaute. „Es geht dir doch besser, nicht wahr?"

„Ja besser, lieber Bruder." Gerhardus lächelte, als hielte er nichts von der Frage, auch nichts von der Antwort und noch weniger von sich selbst.

„Möchtest du was essen?"

„Ja", stimmte Gerhardus gehorsam zu.

Julianus bettelte zwar jeden Tag ein wenig Milch, ein bißchen Brot, einige Eier, aber er sah, daß der Bruder auch Fleisch und Wein brauchte. Die Burtassen jedoch gaben ihm weder Fleisch noch Wein; vergebens wandte er seine ganze Beredsamkeit auf, all seine Redekunst in der kumanischen und petschenegischen Sprache, umsonst erflehte er den reichsten Segen Tengris und Okans auf sie herab. Es war die Zeit nach dem Winter, Fleisch war knapp, und Wein war noch schwieriger zu bekommen. Er mußte jedoch Wein und Fleisch um jeden Preis beschaffen. Es blieb ihm keine andere Wahl, er mußte einen Dirham opfern. Von einer Frau kaufte er ein Huhn und von einem alten Burtassen einen Humpen Wein. Erleichtert rannte er damit nach ihrer Lagerstätte. Er freute sich im voraus über die Freude des Gerhardus, sah voraus, daß er sich beleben würde wie das Glut schlingende Zauberpferd.

Kaum war er am Baum angekommen, da schlug er auch schon Feuer und begann, in ihrem einzigen Topf das fette Huhn zu kochen. Er tat auch Salz, Hirse und Zwiebeln dazu. Er war emsig beschäftigt, spähte nach dem schäumenden Topf, beobachtete, wie die Brühe gelb vom Fett des Huhns wurde. Dabei redete er eindringlich auf den gleichgültig, mit schiefem Lächeln dasitzenden Gerhardus ein, nur noch ein wenig Geduld zu haben, gleich könne er essen, und er werde sehen, er fühle sich dann mit einemmal wie neugeboren.

„Ich werde mit einemmal wie neugeboren“, Gerhardus nickte. Und seine Augen verschleierten sich beim Anblick des großen Eifers von Julianus.

Endlich war die köstliche Brühe fertig. Das Fett schwamm in goldgelben Perlen darauf, und der Duft des weichen weißen Fleisches war berückend. Julianus schaute selbst sehnsüchtig auf das Mahl. Dabei war es gewiß nichts Berauschendes, durch die unkundig mitgekochte Hirse und die Zwiebeln. Aber seit langer Zeit war dies ihre erste Fleischsuppe, und wie sie auch zubereitet sein mochte, sie verdiente Anerkennung und Bewunderung.

„Jetzt nehme ich das Huhn vom Feuer, und wir wollen noch eine Weile warten, bis es sich etwas abgekühlt hat.“ Julianus hantierte eifrig. „Lieber Bruder, du wirst sehen, du schlürfst mit dieser wunderbaren Brühe neues Leben ein!“

Als die Suppe etwas abgekühlt war, brachte er sie Gerhardus und half ihm, sie zu trinken. Mit dem Holzlöffel rührte er die Hirse auf und reichte dem Kranken auch davon. Gerhardus schluckte langsam die Suppe, aß den Brei und lächelte. Das Essen rutschte nur schwer. Julianus nahm sein Messer, schnitt die eine Keule ab und drückte sie Gerhardus in die Hand.

„Nein, nein“, seufzte er und wandte das Gesicht ab. „Ich kann nicht . . . ich bringe es nicht hinunter . . .“

„Ich befehle dir kraft des heiligen Gehorsams, iß um Christi willen!“ Julianus hob die Stimme und runzelte die Stirn.

Gerhardus seufzte tief und gehorchte dem Befehl. Ihm war schon alles einerlei, und warum sollte er seinem Gefährten nicht eine Freude bereiten, mit dem er seit der Jugend in guten wie in bösen Tagen im Dienste Gottes zusammen war, der ihn in der Wüste nicht verlassen, ihn auf der Schulter herausgeschleppt hatte, obwohl er selbst dicht am Abgrund des Todes wandelte? Er kaute also an der Hühnerkeule und tat, als würde es ihm schmecken.

„Hast du jemals in Bologna ein solches Huhn gegessen?" fragte Julianus, unwillkürlich den Mund bewegend und mit Gerhardus im gleichen Takt kauend. „Nein, Bruder, eine solche Hühnerbrühe gibt es in ganz Italien nicht. Dort gibt es in Öl gebratenen schlechten Fisch und allerlei Grünzeug. Aber eine solche Hühnersuppe! Selbst in Ungarn wirst du sie nur selten finden."

Gerhardus würgte die Keule hinunter und schob dann den Topf von sich weg.

„Nun ist es genug", flüsterte er erschöpft.

„Das andere ißt du später", verfügte Julianus und stellte den Topf zwischen die Wurzeln des Baumes an eine kühle Stelle. „Auch wenn ich in der Stadt bin, findest du ihn. Iß nur, Bruder."

Er legte sich so zufrieden zur Nachtruhe, als hätte er selbst einen Topf mit Hühnersuppe gegessen.

Julianus streifte kreuz und quer durch die Stadt, suchte Pferde, fand auch welche, kleine, untersetzte Steppenpferde mit dickem Fell, aber als er nach ihrem Preis fragte, erschrak er. Er hatte geglaubt, für vier oder fünf Dirḥam die ganze Stadt Bunda kaufen zu können. Und jetzt mußte er niedergeschmettert erkennen, daß unter fünfzehn bis zwanzig Silberlingen kein Pferd zu bekommen war – und er brauchte deren zwei. War er so arm, obwohl er doch Geld in der Tasche hatte? Was war das für ein Land, wo man ihm für sein kostbares, sorgfältig gehütetes Geld nicht zwei Pferde gab? Ja nicht einmal eins? Was sollte er jetzt anfangen? Gerhardus vermochte, selbst wenn er wieder zu Kräften kam, nicht zu Fuß zu gehen! Hierlassen aber durfte er ihn nicht ... Und er konnte auch nicht warten, bis Gerhardus wieder zu Fuß gehen konnte. Da würde es ihnen genauso ergehen wie in Torgikan. Sie müßten über Winter bleiben. Aber wie sollten sie ohne Quartier den Winter überstehen?

Außerdem waren die Madjaren hier in unmittelbarer Nähe, er mußte um jeden Preis so schnell wie möglich zu ihnen gelangen. Dort würde es ein Obdach geben, die Möglichkeit zum Ruhen, auch Brot, Fleisch und Wein, dort konnte Gerhardus endgültig wieder zu Kräften kommen. Nur weg von hier, so schnell wie möglich.

Nach langem Grübeln und nicht ohne Selbstironie fand er den rettenden Gedanken. Er würde Esel kaufen. Esel waren billiger als Pferde und doch fast Pferde. Auch Jesus war auf einem Esel in Jerusalem eingezogen. Seine Eltern flohen mit ihm auf einem Esel nach Ägypten.

Julianus begeisterte sich an dem Gedanken, Esel zu kaufen, auf Eselsrücken in *Magna Hungaria* einzuziehen, wie einst der Verkünder des Glaubens in Jerusalem. Er sah die freundlichen, grauen Esel schon vor sich, wie sie die Ohren bewegten und eifrig auf ihren kleinen Hufen trotteten, auf ihren Rücken die Verkünder des Evangeliums tragend.

So sah er sich jetzt nach Eseln um. Der Marktplatz der Stadt war klein und geradezu ärmlich im Vergleich zu dem in Torgikan. Besonders jetzt im Frühjahr, da man weder neue Früchte noch Fleisch auf den Markt bringen konnte. Zwar standen einige Sklaven auf dem grasbewachsenen Platz unweit der Karawanserei unter der Aufsicht burtassischer, chasarischer und petschenegischer Händler, es gab einige Wagen mit Gerste, Korn und Hirse, sogar einige Schläuche Wein und etwas Weizen, in Rindenkörben sah man auch große runde Schafskäse – nur Esel gab es keinen einzigen.

Nach langem Suchen und Fragen erfuhr er, daß er im Hof der Karawanserei sicher zwei Esel bekommen könnte, wenn er sie gut bezahlte. Er ging in die Karawanserei, fand auch Esel, doch ihr Preis war auch viel zu hoch. Ein Esel sollte fünf Dirham kosten, er aber hatte nur vier Dirham und brauchte zwei Esel. Vergebens feilschte und flehte er, vergebens nahm er all seine Redekunst zusammen, der Händler, der bereit gewesen wäre, ihm zwei Esel zu verkaufen, beteuerte schreiend, er zahle selbst bei fünf Silberlingen auf das Geschäft noch drauf, diese Esel seien mehr wert als das beste Pferd. Er ziehe die Strafe Tengris schon allein dadurch auf sich, weil er von dem ursprünglichen Preis heruntergegangen sei. Schließlich geriet er in Zorn, und als er dann noch erfuhr, daß Julianus insgesamt nur vier Münzen besaß, da stieß er so häßliche Verwünschungen aus, daß der Frater es für klüger hielt, schleunigst zu fliehen.

Es gab also auch keine Esel. Julianus war sehr traurig, und Tränen drangen ihm in die Augen, seine Kehle verschnürte sich. Sie würden also nicht zu zweit auf Eselsrücken traben, würden nicht auf Eseln in das herrliche Land *Magna Hungaria* einziehen wie einst Jesus in Jerusalem. Gewiß, Pater Dominikus hatte bestimmt, seine Ordensbrüder sollten zu Fuß gehen und nicht einmal einen Stock mit sich führen, aber Gerhardus konnte nicht laufen! Doch Julianus erkannte die eitlen Gedanken, die die Krankheit des Gerhardus zum Vorwand nahmen, und er schämte sich seines Kummers. Siehe, selbst dann lauerte der Versucher neben ihm, wenn er seinem kranken Gefährten helfen wollte. Er, Julianus, wollte Jesus ähneln, wie dieser unter Freudenrufen in Jerusalem einziehen . . .

Julianus verstand und nahm die Strafe Gottes demütig an. So ging er zurück aufs Feld.

Er hoffte, daß die kräftige Hühnerbrühe inzwischen Wunder bewirkt und den kranken Frater in einen starken Jüngling verwandelt hatte und daß sie frohen Mutes zu Fuß weiterziehen konnten. Aber Gerhardus hatte seither den Topf nicht wieder angerührt. Er neigte das gelbe Gesicht zur Erde, seine Augen waren geschlossen, und er hockte schlafend unter dem Baum. Vor ihm schimmerte rot nur noch ein wenig Glut. Er nährte das Feuer nicht, obwohl ihn Julianus am Morgen darum gebeten hatte.

In geringer Entfernung blieb er stehen und betrachtete den schlummernden Frater.

Gerhardus saß mit dem Rücken an den dicken Stamm gelehnt, über die hochgezogenen Knie geneigt, seine im Schoß gekreuzten Hände leuchteten wie vergilbte Blätter hervor. Mit seinem struppigen, braunen Bart, dem herunterhängenden, langen Haar spielte der Abendwind. Leblos war sein Gesicht. Seine zerlumpte, schmutzige, verblichene Kleidung machte ihn einem morschen Baumstumpf ähnlich. Er rührte sich nicht einmal. Um seinen Kopf schwirrten schillernde Fliegen im rötlichen Schein der Dämmerung.

Julianus sah sich die unter dem Baum hockende, regungslose Gestalt lange an, und Entsetzen verschnürte seine Kehle.

Langsam schritt er zu ihm hin, kauerte vor ihm nieder, schaute ihm ins Gesicht.

Gerhardus lebte, war nur tief versunken im ohnmächtigen Schlaf. Lange mußte er ihn rütteln, anrufen, bis er zu sich kam und sich verwundert umschaute. Seine Lippe hing schief herunter.

„Bist du es, lieber Bruder? Bist zurückgekommen?"

„Ja. Warum hast du nicht gegessen?"

„Ich mag nicht."

„Hast keinen Schluck getrunken, keinen Bissen gegessen?"

„Ich mag nicht."

„Oh, welch ungehorsamer Mönch du doch bist, lieber Bruder", rief Julianus und griff sich an den Kopf. „Du versündigst dich! Treibst dich mit Gewalt in den Tod! Habe ich dir nicht gesagt, du sollst essen?"

„Ich hatte kein Verlangen . . . habe lieber geschlafen . . ."

„Wenn ich krank wäre", fuhr Julianus tadelnd fort und glaubte, das Herz müßte ihm vor Mitleid brechen, „ich würde drei Töpfe Hühnersuppe essen, um gesund zu werden. Warum ißt du nicht? Willst du nicht wenigstens jetzt essen? Ich schüre das Feuer und wärme dir die Suppe."

Der Kranke sah ihn lange an, dann schüttelte er langsam den Kopf.

„Nein."

„Was sagst du da? Du willst nicht essen?"

„Nein."

Julianus starrte ihn an.

„Du willst nicht gesund werden?"

„Nein."

„Was willst du denn dann, mein unfolgsamer Bruder?"

„Nichts."

Hilflos schaute Julianus auf den schweigend vor sich hinstarrenden Kranken. Vermochte er ihm nicht mehr zu helfen? Konnte er ihn nicht mehr aufrütteln, damit er den Willen hatte zu essen, gesund zu werden und mit ihm zu ihren ungarischen Brüdern und Schwestern zu ziehen? Standen sie doch gleichsam schon am Tore *Magna Hungarias*. Am liebsten hätte er ihn bei den Schultern gefaßt und ihm zugerufen: „Erwache! Komm zu dir! Wir können *Magna Hungaria* schon mit den Händen greifen, für das wir soviel gelitten und erduldet haben! Laß mich doch jetzt nicht allein!"

Doch er winkte ab, dann legte er Reisig aufs Feuer, stellte den Topf darüber und setzte sich. Während das Essen warm wurde, sagte keiner von ihnen ein Wort. Julianus betrachtete die untergehende Sonne, die Bäume, die üppige Wiese, Gerhardus aber sah in die knisternden Flammen.

Als das Essen warm war, führte Julianus dem Kranken den Topf an die Lippen.

„Trink."

„Quäle mich nicht", stöhnte Gerhardus mit flehendem Blick und hob die schwere dünne Hand, um den Topf wegzuschieben. „Zwinge mich nicht . . . laß mich doch . . ."

„Trink, ver . . .", fuhr Julianus auf, viel hätte nicht gefehlt, und er hätte geflucht. „Trink, ich bitte dich, trink wenigstens zehn Schluck. Mir zuliebe . . . Damit ich nicht in die Sünde des Zorns falle!"

Gerhardus trank zehn Schlückchen und lächelte mit herunterhängender Lippe.

„Zürne mir nicht, Bruder. Und jetzt bitte ich dich, iß du auch. Iß das Hühnerfleisch."

„Ich?" rief Julianus. „Ich bin ja so gesund und kräftig, daß ich diesen Baum samt Wurzeln herausziehen könnte! Ich könnte Steine zermalmen, Eisen kneten!"

„Kraft des heiligen Gehorsams", lallte Gerhardus.

„Ich gehorche nicht! Du mußt gehorchen. Dir befehle ich, iß von dem Huhn!"

„Ich ... befehle es auch ..."

„Was ist, Bruder? Wir geraten wohl wegen eines gekochten Huhnes miteinander in Streit?"

„Ich gebe nach, wenn auch du nachgibst."

„Nun gut. Ich esse davon, wenn auch du ißt."

Julianus nahm sein Messer heraus, schnitt zwei Stücke von dem Huhn ab, gab das größere Gerhardus und aß selbst von dem kleineren, knochigeren. Was das für Hühnerfleisch war! Nie hätte er geglaubt, daß in einem gekochten Huhn so viel Geschmack, so viel Würze, so viel Duft sei. Daß er so gut zu kochen verstand. Das beste wäre, das Ganze zu essen. Und nicht nur das eine Huhn, sondern noch ein zweites. Und einen ganzen Topf goldgelber, wohlriechender Brühe auszuschlürfen. Sich voll zu essen mit gekochter Hirse. Und dann einen Becher Wein darauf zu trinken. Gewiß würde es ihm Gott nicht verargen, wenn er nach so viel Leiden, Fasten und Dulden in *Magna Hungaria* ein ganzes gekochtes Huhn essen würde. Nur eins, und nur ein einziges Mal.

Sorgsam kaute er die Knochen ab, knaupelte die winzigen Reste herunter, brach sie mit seinen kräftigen breiten Zähnen auseinander, dann warf er sie betrübt weg. Er dachte an seinen verlorenen Hund.

Die Nacht verlief ruhig. Am zeitigen Morgen weckte er Gerhardus und drängte ihm einen Schluck Wein auf. Dann aß er selbst ein Stückchen Brot und begann zu überlegen, wie sie weiterziehen könnten.

„Geht es dir besser?" fragte er Gerhardus.

„Ja."

„Genesest du wieder?"

„Ich genese."

„Spürst du, daß dir die Suppe und der Wein Kraft geben?"

„Ich spür's, Bruder."

„Könntest du aufstehen?"

„Wenn du mir hilfst, ja ... vielleicht ja ..."

„Denn ich meine, wir müßten aufbrechen."

„Aber ... die Pferde ...", fragte der kranke Frater erschrocken.

„Ich habe keine Pferde. Sie sind zu teuer, ich konnte keine kaufen. Dann wollte ich Esel kaufen, doch auch dazu reicht das Geld nicht. So müssen wir zu Fuß gehen. Lieber Bruder, kannst du laufen, sag?"

„Ich kann."

„Dann laß uns aufbrechen."

Er kniete nieder, betete laut, dann löschte er die Glut, nahm den Topf mit dem restlichen Essen unter den Arm, schwang den Quersack mit Brot, Zwiebeln und Hirse über die linke Schulter und ergriff Gerhardus' Hand. Unter eifrigem Zureden half er ihm auf. Den Stock mußte er zurücklassen, weil er keine Hand frei hatte. Mit der Rechten griff er dem Kranken unter den Arm und stützte ihn.

Langsam machten sie sich im Namen Gottes auf. Aber alsbald mußten sie beide einsehen, daß sie so nicht weit gelangen würden. Gerhardus konnte nicht besser laufen als am letzten Tag in der Wüste. Vergebens strengte er sich an, nahm all seine Kräfte zusammen, sein Kopf sank vornüber, seine Augen schlossen sich, die Füße versagten ihm den Dienst. Julianus setzte ihn ins Gras und hielt sich ratlos den Kopf.

Dann hängte er den Quersack dem Kranken über die Schulter.

„Halte dich jetzt an meinem Rücken fest."

„O weh, lieber Bruder, laß mich zurück. Laß mich hier. Ich bin ein nutzloser Baum, schleppe mich nicht weiter mit", flehte Gerhardus.

„Entsinnst du dich deiner Kindheit?" fragte Julianus, ohne das Flehen seines Gefährten zu beachten. „Entsinnst du dich, wie wir in unserer Kindheit geritten sind? Nun, so wirst du jetzt auf mir reiten. Pferde konnte ich zwar nicht kaufen, aber sag nicht, du müssest zu Fuß nach *Magna Hungaria* gehen." Er lachte und hob Gerhardus auf.

„Oh, wie ich mich schäme . . . Welch Kreuzeslast bin ich für dich."

„Das Kreuz unseres Herrn wog schwerer. Ach, du bist ja leicht wie eine Feder! Schau nur. Das Pferd, das du bekommen hättest, wäre gut weggekommen, wenn ich es hätte kaufen können."

Er buckelte Gerhardus, nahm den gehüteten Topf unter den Arm und machte sich auf den Weg. Die Sonne stand schon im Sternbild der Zwillinge, es wehte ein kühles Frühlingslüftchen, die Gegend glich einem Blumenmeer. Am Himmel zogen schnelle Wolken gen Westen. Julianus schritt leicht aus mit dem kranken Bruder auf dem Rücken. Er spürte fast nicht, daß er jemanden trug. Und er wußte, unter der Last der Schuld, ihn irgendwo in der Wüste oder vor der Stadt unter der Linde zurückgelassen zu haben, wäre er zusammengebrochen.

Zwei Tage schleppte Julianus seinen Gefährten, da erreichten sie das weidenbestandene, grasbewachsene Ufer eines größeren Flusses. Sie hatten bis dahin einen weiten Weg zurückgelegt, waren vom zeitigen Morgen bis zum späten Abend gegangen. Mittags hatte

Julianus seinen Gefährten unter einen schattigen Baum gesetzt und ihm aus dem Topf zu essen gegeben. Er selbst aß Brot und Zwiebeln. Dann nahm er ihn wieder auf den Rücken und zog weiter. Wenn er merkte, daß der Kranke sehr matt wurde, sang er leise einen Psalm. Er verhielt sich, als wäre er fröhlich, als hätte er weder Kummer noch Sorgen. Im geheimen aber betrachtete er das hoffnungslos gelbe Gesicht des Gerhardus, den glanzlosen Blick, und innig betete er zu Gott, er möge ihn noch solange am Leben erhalten, bis sie *Magna Hungaria* erreichten. Gerhardus sollte in der letzten Minute seines Lebens das Land erblicken, für das er soviel gelitten hatte und für das er sterben mußte. Er sollte wenigstens noch ein einziges ungarisches Wort hören! Mochte er dann die Augen im Bewußtsein schließen, daß es ihm vergönnt war, das Land der Verheißung zu betreten.

Ein Fischer war bereit, die zerlumpten, bärtigen Fremden hinüberzubringen. Er ließ seine Netze liegen, mit deren Ausbesserung er beschäftigt war, und schob sein Boot ins Wasser.

Sie legten Gerhardus ins Boot und griffen nach den Rudern. Die Stadt glich einer Schafherde, die in eine graue Staubwolke eingehüllt war. Sie näherten sich zusehends.

„Hier werden wir Quartier finden", ermunterte Julianus den schweigenden Gerhardus. „Hier wirst du gesund, lieber Bruder. Du ruhst dich aus und läufst dann vergnügt weiter. Denn damit du es weißt, dieser Fluß entspringt schon in den himmelhohen Bergen, auf jenem Gebiet, wo unsere ungarischen Brüder leben."

Als sie am jenseitigen Ufer ankamen, gab Julianus aus Freude dem Fischer einen Dirham. Dieser hatte bis jetzt mit einer gewissen Scheu die zerlumpten Fremden mit den verwilderten Bärten betrachtet und gelauscht, in welcher Sprache sie sich miteinander unterhielten. Er konnte sich nicht vorstellen, warum der eine Heruntergerissene den Halbtoten mit dem gelben Gesicht geschleppt hatte. Aber als er den Dirham bekam, war er endgültig verwirrt. Wann hatte er jemals Geld gesehen! Bis jetzt wußte er vielleicht gar nicht, wie es aussah. Und jetzt glänzte es auf seiner großen, schwieligen Hand, und auf der Silbermünze die verschnörkelten arabischen Schriftzeichen! Ein solches Wunder hatte er noch nicht erlebt. Er warf das Geld immer wieder in die Höhe, als glühte es ihm in der Hand, und betrachtete es erschrocken.

Die beiden Fremden jedoch hatten es eilig, denn der Gesunde nahm den Kranken auf den Rücken und ging mit schnellen Schritten zwischen den Weiden und den blumenbestandenen Bülten auf dem von Menschen und Tieren getretenen Weg dahin.

Julianus setzte Gerhardus außerhalb der Stadt wieder unter einen Baum, er selbst aber machte sich gleich auf den Weg. Ein Labyrinth von niedrigen Stein- und Lehmziegelhäusern, von Hütten aus Stroh und Lehm öffnete sich vor ihm, als er den aus Erde aufgeschütteten Wall hinter sich hatte. Es ging auf den Abend zu, in der Stadt herrschte reges Treiben. Wer die Stadt noch verlassen wollte, beeilte sich, um rechtzeitig hinauszugelangen, die eintreffenden Reiter und Kamelkarawanen aber sputeten sich, um noch ihr Nachtquartier zu erreichen. Vom Marktplatz strebten viele Menschen mit Schubkarren heimwärts. Julianus sperrte Augen und Ohren auf, um vielleicht Menschen zu sehen, die nach ihrem Aussehen Madjaren sein konnten, oder um ungarische Worte zu hören. Sein Herz stockte immer wieder, sein Gesicht wurde blaß. Vielleicht war dieser Mann dort in ledernen Beinkleidern, mit ledernem Hemd und einem Überwurf aus einem Wolfsfell ein Madjare? Vielleicht war jene Frau in dem rotgesäumten weißen Gewand und der schmucken Haube eine Madjarin? Vielleicht gingen jetzt Madjaren an ihm vorbei. Waren das ungarische Worte? Er horchte angestrengt und ging unwillkürlich langsam. In der Stadt Bunda hatte man gesagt, die „Madscharen" verkehrten oft im Gebiet der Bulgaren, um Felle gegen Getreide und Juchtenleder zu tauschen. Wenn das stimmte, dann mußten auch jetzt Madjaren in der Stadt sein. Aber wie sollte er sie finden? Es war, als suchte man eine Nadel in einem Heuhaufen.

Dennoch, das Wissen, in einer Stadt, in einem Gebiet zu sein, wo jetzt in diesem Augenblick auch Madjaren sein konnten, ließen ihn förmlich fiebern.

Doch wie sehr er auch lauschte, die Sprache war ihm völlig unbekannt. Sie klang zwar ähnlich wie das Kumanische oder das Petschenegische, manchmal glaubte er sogar, sie sprächen kumanisch oder petschenegisch, dennoch verstand er kein einziges Wort.

Hilflos grübelte er, was er anfangen, an wen er sich wenden, in welcher Sprache er sprechen sollte, als ihm ein bärtiger, großer Mann mit Turban und gelbem Rock, reich mit Silber geschmückt, entgegenkam. Julianus erkannte, daß es ein Muselman war, und nach der gelben Hautfarbe zu urteilen, mußte es ein Araber sein. Er sprach ihn an.

„Herr! Allah segne dich mit Gesundheit, langem Leben, Reichtum und vielen Kindern."

Der Mann blieb stehen und blickte mit ernster Würde auf den Fremden, der ihm wie ein Landstreicher anmuten mußte.

„Willst du Almosen?"

„Herr, wenn du mir welche gibst, danke ich dir dafür. Doch schenke mir erst Gehör. Ich habe einen kranken Gefährten draußen vor der Stadt, den ich auf dem Rücken bis hierher getragen habe. Er ist so elend, daß er jeden Augenblick sterben kann. Sag, Herr, in Gottes Namen, wo finde ich ein Obdach, damit er wieder genesen kann?"

„Wer seid ihr?"

Julianus erschrak, weil der Araber nach seiner Herkunft forschte. „Mein kranker Gefährte ist wie ich auch Madjare. Vor einem Jahr haben wir uns mit Waren von zu Hause auf den Weg gemacht, aber man hat uns zweimal ausgeraubt. Wir waren zu viert, doch zwei unserer Gefährten mußten wir zurückschicken, um nicht alle in der Fremde umzukommen. Zu Fuß sind wir zwei durch die kirgisische Steppe gezogen. So gelangten wir bis hierher, aber mein armer Gefährte ist durch die lange Mühsal so schwach geworden, daß er seit langem schon mit dem Tode ringt. Ich bitte dich, Herr, sag, wo könnten wir uns ausruhen, damit mein kranker Gefährte wieder gesund wird?"

Der Sarazene schaute mit langem, ernstem, dunklem Blick auf Julianus. Er schien nachzudenken.

„Madjare . . . Madjare . . .", sagte er und nickte, wobei er sich wohlgefällig über den gepflegten Bart strich. „Habe ich noch nie gehört. Wo wollt ihr hin?"

„Nach Magna Hungaria." Julianus seufzte andächtig, und die Stimme versagte ihm.

„Wohin? Nach Magna . . . Magna . . ."

„Ins Gebiet der Madjaren, jenseits des Bulgarenreiches."

„Madscharen . . . Madscharen! Ich weiß schon, in jenes baskirische Land. Damit du siehst, armer Mann, daß ich gottgefällig handeln will, werde ich mich deines kranken Gefährten erbarmen. Gestern hat Allah mich mit einem Knaben beschenkt. Kommt in mein Haus, ich will Gutes tun, damit meinem Sohn Glück widerfährt. Begleite mich zu deinem Gefährten, bei mir könnt ihr euch ausruhen!"

„Oh, Herr", rief Julianus beglückt, „Gott schenke deinem neugeborenen Sohn ein langes Leben."

Dann machten sie sich auf den Weg, um Gerhardus zu holen, damit sie noch vor Torschluß das Haus des Sarazenen erreichten.

Das aus unbehauenen Steinen gebaute Haus mit flachem Dach stand in der Tiefe eines blühenden Gartens. In diesen von allen Seiten mit einem hohen Plankenzaun umfriedeten Garten konnten nur Vögel gelangen. Stille, Frieden, Blumenduft und die flüsternden

Kronen alter Linden nahmen die beiden müden Wanderer auf. Die Sklaven staunten, als ihr Herr mit einem zerlumpten Fremden nach Hause kam, der auf seinem Rücken einen zweiten Zerlumpten schleppte.

„Lieber Bruder", rief Julianus voller Staunen und blieb für einen Augenblick stehen, um sich umzusehen. „Das ist wie das Haus Herrn Smaragds, des Ismaeliten, in Esztergom!"

Es war, als träumte er, die Umfriedung, der Garten, das Haus mit dem flachen Dach, alles war genauso oder doch fast so wie das in Esztergom. Selbst der Hausherr hier mutete wie der ältere Bruder des Herrn Smaragd an. Auch die grobgliedrigen, halbnackten Sklaven standen herum wie seinerzeit dort in Esztergom. Der eine Sklave war Russe. Es fehlte nur noch, daß Julianus hier auch Rose begegnete! Gewiß narrte ihn ein Trugbild, und das Ganze war nur eine Augentäuschung. Plötzlich würde er zu sich kommen und sehen, daß sie noch immer in der kirgisischen Steppe lagen, im spärlichen Schatten einer Tamariske, und am Rande des Horizontes schwebte kopfunter eine Karawane in der Luft und löste sich dann in Nichts auf.

Aber sie betraten das halbdunkle Haus, und der Sarazene wandte sich in fremder Sprache an einen der Sklaven.

Der Sklave ging voraus und führte die beiden Fremden über einen dunklen schmalen Gang, in dem man nur tastend vorwärtsgehen konnte. Dann zog er einen Vorhang zur Seite. Julianus mußte zwei Stufen hinaufgehen und gelangte in eine kleine, halbdunkle Kammer. Durch die Fensteröffnung drang das graue Licht des nahenden Abends herein. In der Ecke stand eine niedrige Lagerstatt mit einem Bärenfell. Ob man diesen Bären in *Magna Hungaria* erlegt hatte?

„Hier könnt ihr euch ausruhen", sagte der Sarazene auf der Schwelle, sich zufrieden den schönen krausen Bart streichend. „Ihr bekommt gleich zu essen. Bleibt hier, bis dein Gefährte gesund oder gestorben ist. Allah mag liebevoll auf meinen neugeborenen Sohn blicken."

Mit diesen Worten verließ er die beiden Mönche.

Julianus bettete Gerhardus auf das Lager, ließ den leeren Quersack in der Ecke fallen, kniete dann nieder, schob den Arm unter den Kopf des Kranken und flüsterte:

„Ist es besser so?"

„Oh, lieber Bruder", Gerhardus schluchzte, und die Tränen liefen ihm in das gelbe Gesicht, „wie gut du zu mir bist! Wie soll ich es dir danken . . . wie . . ."

„Sprich nicht und ruhe dich aus", sagte Julianus leise und erhob sich. „Wir werden alles haben. Milch, Fleisch, Brot. Bete, danke Gott, ihm allein gebührt der Dank."

Julianus lag die ganze Nacht über vor der Liegestatt auf dem Bärenfell auf dem Fußboden. Leise sprach er seine Gebete, meditierte, gab sich den Erinnerungen hin und fiel dann und wann in Schlummer. Aber wenn sich der Kranke rührte oder seufzte, neigte er sich sogleich zu ihm und fragte, was er wünschte, wie er sich fühlte. Er gab ihm Milch zu trinken, fütterte ihn mit Fleisch und Eiern. Gespannt beobachtete er seine Gesichtszüge, ob sich nicht doch wieder Lebensmut darin spiegelte, prüfte die Farbe seiner Wangen, ob das Gelbe wich, ob seine Augen wieder lächelten. Wenn Gerhardus schlief, und er schlief meist in ohnmachtähnlicher Benommenheit, schlummerte auch Julianus ein wenig, zog aber im Traum noch immer durch die Wüste und spürte die Last seines Gefährten auf den Schultern. Von Zeit zu Zeit schrak er auf, doch er sah sich beruhigt in dem Kämmerlein um, das ein flackerndes Licht traulich beleuchtete, freute sich, daß er nur geträumt hatte. Dann aber neigte er sich erschrocken über den Kranken. Lebte er vielleicht nicht mehr? Wenn Gerhardus wach war, sprach er ihm Mut zu, er werde gesund werden und *Magna Hungaria* sehen. Er lächelte ihm zu und verhielt sich, als wäre alles in bester Ordnung.

Gegen Morgen drang ein ferner Hahnenschrei durch den schmalen Fensterspalt. Julianus hob lauschend den Kopf, und plötzlich überkam ihn quälendes Heimweh. Er sah den Hof des Klosters in Fejérvár, die friedlich scharrenden Hühner, den Hahn mit dem braunen, glänzenden Gefieder, wie er stolz auf einen Pfahl flog und herausfordernd krähte. Ihm wurde bewußt, wie weit entfernt von diesem Hof er war, und ihn schwindelte fast. Aber alsbald durchschaute er die Versuchung des Teufels, dachte an jenen Hahn, der in Jerusalem krähte, als Petrus seinen Herrn verleugnet hatte. Wenn er sich jetzt nach Hause sehnte, obwohl ihm von Gott und Jesus Christus der Befehl ergangen war, in dieses ferne, fremde Land zu ziehen, war dies, als würde auch er seinen Herrn verleugnen. Er durfte jetzt nicht an zu Hause denken! Er mußte seine Arbeit verrichten, die Jesus und der Orden von ihm verlangten. Alles andere war nicht seine Sache, sondern stand in Gottes Hand. Er hatte ihm schon, als er noch ein Knabe war, das Verlangen ins Herz gepflanzt, die Madjaren aufzusuchen. Er hat ihn an der Hand bis hierher geleitet, nicht selten so, daß Julianus selbst es gar nicht wußte.

Gegen Morgen schien es Gerhardus besser zu gehen. Seine Augen blickten klarer. Sein Geist erhellte sich, seine Lippe hing nicht mehr so schief herunter. (Dieses seltsame schiefe Lächeln vermochte Julianus kaum zu ertragen. Ihm war, als würde Gerhardus von sehr, sehr weit auf die Welt herunterblicken.)

„Ist dir leichter?“ fragte Julianus.

„Ja, leichter. Aber lieber Bruder, ich muß beichten. Jetzt fühle ich mich wohler, mir ist, als hätte sich der schwere Nebel von meinem Gehirn verzogen. Ich weiß, daß ich sterbe, laß mich also beichten.“

„Beichte, Bruder, reumütig, ich höre. Aber du wirst nicht sterben. Wir bleiben hier, bis du zu Kräften gekommen bist, dann ziehen wir weiter, zu zweit wie bisher. Wir werden unsere ungarischen Brüder und Schwestern gewiß erreichen.“

„Du brauchst mich nicht zu trösten, ich habe keine Angst vor dem Tod. Ich werde nicht wieder gesund. Ich werde sterben. Nicht lange mehr bin ich dir zur Last. Dieses Kreuz wird dir von den Schultern genommen.“

Er lächelte und machte das Kreuzzeichen.

„Confiteor Deo omnipotenti . . .“, begann er leise, stockend.

Julianus hatte sich vor das Bett gesetzt, die Beine gekreuzt, er ließ die gefalteten Hände im Schoß ruhen und hörte andächtig zu. Die eintönigen Worte des Gefährten fielen leise. Es war, als befänden sie sich in einer Gruft, kein Geräusch der Welt war zu hören.

Gerhardus beichtete, immer wieder verhaltend, mit ruhiger Stimme.

„In meiner letzten Stunde will ich Rechenschaft über mich geben. Wenn ich auf mein Leben zurückblicke, sehe ich, wie unvollkommen ich war, sowohl in meinen guten Absichten wie in meinen guten Taten. Meine Kindheit in Bars war schwer, wir waren arm, mein Vater war ein schwacher Christ, fast noch ein Heide. Er hielt sich Beischläferinnen, lebte wie ein Kumane. Meine Mutter grämte sich deswegen und sagte immer wieder, gehe mein Söhnchen, werde ein Mönch, bete dein Leben lang zu Gott, er möge die Sünden deines Vaters verzeihen, ihn nicht in die Hölle stoßen, sondern den Heiligen Geist über ihn senden, damit er seine Fehler erkenne und bereue. So zog ich dann ins Kloster . . .“

Er seufzte, rang mit den Worten, verhielt.

„Du weißt, wie ich heranwuchs, kennst mich seit langem. Ich mühte mich in den Wissenschaften, in der Andacht, war bestrebt, ein guter, wahrer Mönch zu sein. Ich war fröhlich, du weißt es. Haben wir doch lange in Bologna zusammen gelebt und studiert. Aber meinen Vater habe ich vergessen. Ich dankte Gott – so sündig war ich –, daß ich nicht bei meinem Vater zu sein brauchte und nicht die unzüchtigen Weiber sehen mußte, die er ins Haus brachte, daß ich nicht mehr die Klagen und das Jammern meiner Mutter hörte. Ich empfand solchen Abscheu vor meinem Vater und vor den Leiden meiner Mutter, daß ich die Eltern vergaß. Mea culpa! Mea maxima culpa!" seufzte er und schlug sich mit der knochigen Hand gegen die Brust. „Wenn ich einmal an den Vater dachte, habe ich nur mit Abscheu an ihn gedacht, habe ihn in Gedanken einen gemeinen, niederträchtigen Mann genannt, mich aufgeblasen, viel besser zu sein als er. Ich fühlte mich wohl unter den Mönchen, zwischen den Büchern, verrichtete meine Arbeit, war unterwegs und predigte, habe lange Wege zurückgelegt, verfiel nie in Trägheit ... Aber meine schwere Sünde trug ich in mir: Ich habe meinen Vater verachtet und den Willen Gottes nicht erkannt. Denn er wollte, daß ich die liebevolle Bitte meiner Mutter erhörte, ihre Tränen verstand, meinen in der Sünde lebenden Vater an der Hand zu nehmen und ihn zur Reue und ins Reich Gottes zu führen. Himmlischer Vater, reumütig bekenne ich in meiner letzten Stunde: Ich habe deinen Willen nicht befolgt. Du gabst mir Wissen und einen scharfen Geist, ein frohes Herz und einen unermüdlichen Körper. Alles hast du mir gegeben, himmlischer Vater. Und ich habe nicht für diesen sündigen Mann gebetet, der mein Erzeuger war und dem ich es letztlich zu danken hatte, daß ich leben und Jesus dienen durfte."

Wieder schwieg er lange.

„Ich bin nicht zu ihm gegangen, obwohl er sich vielleicht nach mir sehnte und wünschte, meine Worte zu hören, mein Antlitz zu sehen. Ich habe die Eltern nie wieder aufgesucht, weder meinen Vater noch meine Mutter. Vielleicht war er krank und erschrak vor dem grausigen Anblick des Todes, entsetzte sich vor den Drohungen des Teufels, fragte sich in der Stunde der Verzweiflung, ob ihm Gott gnädig sein werde ... Und ich bin nie zu ihm gegangen, war nicht an seiner Seite, habe ihn nicht beschworen: Bekenne dein Unrecht, Vater, deine Abwege, bereue sie, und ich vergebe dir." So sprach er leise, mit ruhiger Stimme wie jemand, der Gericht über sich hält und nichts verschweigen will. „Sicher hatte er Augenblicke der Einsicht, in denen er, wäre sein Sohn neben ihm gewesen, sich bekehrt hätte. Er hat mich sehr geliebt, war stolz auf mich, hat allen erzählt, wie schnell ich begriff, glaubte fest daran, daß ein großer Mann aus mir würde. Selbst vor Fremden lobte er meinen scharfen Verstand. Doch siehe, ich bin nicht zu ihm gegangen. Lange Wege habe ich zurückgelegt, zwischen Gläubigen und Ungläubigen, habe gelehrt, bekehrt, die Beichte vieler Sünder gehört und Absolution erteilt. Ich habe für Tote gebetet, sie zur ewigen Ruhe gebettet. Nur nach Örhalom, meinem Heimatdorf, führte mich kein Weg, obwohl mich manchmal die Sehnsucht packte, heimzukehren und meinen Vater, die Mutter, die Angehörigen zu sehen. Das Häuschen, in dem ich meine Kindheit verbrachte, die Wiesen und Wälder, wo ich groß geworden bin, den Bach, in dem ich mir die Füße kühlte. Das Haus, in dem mein Vater lebte und vielleicht heute noch lebt. Den Raum, wo mich meine Mutter umsorgte, mir Speise und Trank gab und mich ermunterte, ein Diener Jesu zu werden, ins Kloster zu gehen. Den Ort, da ich von ihren Lippen die erste Kunde von Gott erhielt. Nie führte mich mein Weg dorthin zurück. Wie sehr ich mich auch danach sehnte, ich gab dem Verlangen nicht nach. Ich hörte auf den Hochmut, die Überheblichkeit, die Stimme des Teufels. Von der Verachtung ließ ich mich leiten, die ich für meinen Vater empfand. Und jetzt in diesen letzten Tagen, als wir durch die Wüste zogen, dachte ich, so ist vielleicht auch mein Vater durch die Wüste gezogen, aber er hatte niemanden, auf den er sich hätte stützen können. Du, Bruder, warst mir Trost und Stab, hast mir beigestanden, hast mich bis zum letzten Augenblick nicht verlassen. Ich habe mich von meinem Vater abgewandt, obwohl ich der Stärkere war. Du hast mir zu essen und zu trinken gegeben, ich aber gab meinem Vater weder den Leib Christi zu essen noch sein Blut zu trinken, obwohl er vielleicht dürstete und seine Lippen blau und aufgedunsen waren wie die meinen. Du, Bruder, hast mich in meiner Schwäche und Hinfälligkeit nicht verachtet. Doch ich habe den Vater verachtet und verabscheut. Du hast die Nase nicht gerümpft, als ich im Dreck lag. Ich aber rümpfte die Nase wegen der Unreinheit seiner Sünden. Du hast mich auf deinen Rücken genommen", raunte er ganz leise, kaum noch vernehmbar und richtete die Augen angestrengt auf das Gesicht Julianus', „du hast mich auf den Rücken genommen gleich einem Kind und mich tagelang getragen, damit ich *Magna Hungaria* erblicke ... Du hast mir Mut zugesprochen ..."

„Sprich nicht über mich, Bruder, ich bin dein Beichtvater, beichte", ermahnte ihn Julianus ergriffen und schloß die Augen.

„Ich habe ihn nicht auf den Rücken genommen, obwohl er mein Vater war, habe ihn nicht getragen, damit er das Reich Jesu Christi erblicke, habe ihm keinen Mut zugesprochen ..."

Er stockte, aus seinen Augen quollen Tränen.

„Erst, als wir in der Wüste waren und die Tage des Elends erlitten, zog des Abends mein Leben an mir vorbei, und ich begann klar zu sehen, fühlte, wie sündig ich bin. Ja, gern wäre ich ans Ziel gelangt, hätte *Magna Hungaria* gesehen. Doch dann wäre ich wieder heimgekehrt ... um ins Haus meines Vaters zu ziehen, vor seiner Tür niederzuknien, mir gegen die Brust zu schlagen und zu sagen: Es ist meine Schuld, meine schwere Schuld! Ich bin der verlorene Sohn, habe das Erbe meines Vaters vergeudet, das ich aus Gnade durch die Taufe von Gott erhalten habe. Jetzt aber bin ich hier, knie auf deiner Schwelle, schlage mir gegen die Brust und bitte dich, Vater, vergib mir! Schenke mir Gehör! Ich bin dein Sohn, wenn du schuldig bist, dann bin auch ich schuldig ... Da ich in der Wüste meine Sünde allmählich immer klarer schaute, wurde mir bewußt, Gott hat mich mit dir geschickt, Bruder, damit ich in der Wüste Buße tue und faste. Ich mußte zum Kreuz auf deinen Schultern werden, auf daß ich erkannte, mit welcher Demut und wie fröhlich du mich getragen hast, mich, der seinem schuldigen Vater nicht die Schulter bot. Als ich dann unter jener Linde saß ... vor der Stadt Bunda ... und du, Bruder ..."

„Beichte, mein Sohn, sprich nicht über mich, ich bin dein Beichtvater", ermahnte ihn Julianus erneut, aber seine Kehle verschnürte sich, und er wandte sich ab.

„Ich bekenne vor dem allmächtigen Gott, als ich dort unter dem Baum saß ... und du Milch brachtest, ein Huhn kauftest und es kochtest ... als du meinen Kopf stütztest und mir zu trinken und zu essen gabst ... da dachte ich, himmlischer Vater, in jenem kleinen Haus, in dem mein sündiger Vater und meine betrübte Mutter vielleicht heute noch leben, gab auch mein Vater mir den Hirsefladen, damit ich nicht hungerte ... Als aber er die Gnade Gottes begehrte und nach seiner Barmherzigkeit dürstete ... hilflos war und allein nicht gehen konnte ..., bin ich nicht zu ihm geeilt mit der Speise des Trostes und der Vergebung ... Oh, Vater, was für ein schlechter Sohn bin ich!"

Gerhardus ließ den Kopf zurücksinken, bedeckte sein gelbes Gesicht mit den mageren Fingern. So blieb er lange Zeit. Julianus hielt sich zurück und wartete. Am Ende erschrak er: Vielleicht ist er für immer eingeschlafen? Doch er lebte. Seine eingefallene Brust hob und senkte sich unter dem zerschlissenen Gewand, sein struppiger Bart bebte. Julianus wartete, bis er sich gefaßt hatte.

„Mea culpa, mea culpa", raunte Gerhardus, nahm die Hände vom Gesicht, hob den Kopf und schaute auf Julianus. „Ich bereue aus ganzem Herzen, aus ganzer Seele ... Hier im fremden Land, im fremden Haus erkenne ich, was ich getan und was ich versäumt habe. So weit mußte ich gehen, um meinem Vater nahe zu sein, seine Hand zu ergreifen ... Tausend und abertausend Meilen mußte ich zurücklegen, um mein Leben zu verstehen. Mein Vater war mir ein Kreuz auf der Schulter, und ich setzte es ab. Jetzt, da ich bereit bin, es aufzunehmen, ist es zu spät. Gott geleitet mich nicht nach Hause, für mich führt kein Weg zurück. Ich setze den Fuß aber auch nicht auf den Boden von *Magna Hungaria*. Mein Leben auf dieser Welt war kurz! Aber ich finde mich mit der Strafe Gottes ab, danke ihm sogar, daß er mich hierher brachte und mich meine Sünde sehen ließ, die ich bisher nicht gebeichtet habe, weil sie mir nicht bewußt war. Gebeichtet habe ich zwar Augenblicke des Zorns, unkeusche Gedanken und Handlungen, gebeichtet habe ich meine Trägheit, doch die Schuld gegenüber meinem Vater habe ich nie gebeichtet. Erst jetzt habe ich sie offenbart. Ich bitte dich, Pater, vergib sie mir um der Verdienste Jesu Christi. Damit ich in Frieden sterbe und in die Ewigkeit eingehe ... die Gott für mich vorbereitet hat ..."

Lange Stille herrschte.

„Möchtest du nicht noch etwas sagen?" fragte Julianus und sah Gerhardus eindringlich an. „Fällt dir nichts weiter ein?"

„Warte ... Ich möchte dich um etwas bitten, Pater", raunte Gerhardus, zog die Brauen zusammen und hantierte mit den Fingern an seiner Jacke. „Ich kann nicht mehr dahin gehen. Nach Örhalom. Ich bitte dich um Jesu willen, geh du hin. Nimm dir ein oder zwei Tage Zeit dafür. Wenn du dich dem Ort näherst, ist das Haus gleich linker Hand. Zwei hohe Pappeln stehen davor. Du wirst es finden. Gehe hinein, knie auf der Schwelle nieder und sag: Ich komme im Auftrag eures Sohnes, des Fraters Gerhardus. Er schläft seinen ewigen Schlaf irgendwo zwischen Itil und Jaik, in Asien. In letzter Stunde hat er seine Sünde bekannt, der er sich an seinem Vater schuldig machte. Dann tritt ein und setze dich an den Tisch. Sprich ihnen von Jesus. Erzähle den Eltern auch, wie ich gestorben bin. Und daß ich mit meinem letzten Seufzer sagte: Bekehre dich, Vater, damit dein Tod friedlich und beglückend und die Erde dir leicht werde ... damit wir uns vor dem Angesicht Gottes wiedersehen können. Tust du das?"

„Ich tue es." Julianus nickte ergriffen.

„Und die zwei Pappeln, vergiß es nicht ... Vielleicht kann ich meine Schuld auf diese Weise wiedergutmachen ... Bitte, Pater, erteile mir jetzt Absolution und segne mich."

Julianus sprach ihn von den Sünden los und machte das Kreuzzeichen.

„Jetzt, jetzt bin ich glücklich." Gerhardus ließ den Kopf, der ihm schwer geworden war, auf das Bärenfell fallen.

Der Zustand des kranken Gerhardus zwang Julianus, ständig neben ihm zu sein, ihm zu helfen, ihn zu trösten und in seiner letzten Minute neben ihm zu sein, ihm die Augen zu schließen und für ihn zu beten. Vielleicht würde er mit dem letzten Seufzer auch noch etwas sagen, was er, sein Beichtvater, hören mußte. Aber die große Aufgabe, die ihm gestellt war, gebot Julianus, sich in die Stadt zu begeben und nach den Madjaren zu fragen, und wenn möglich, einen zu finden. Auch um die Weiterreise mußte er sich kümmern. Dann wieder schöpfte er Hoffnung, daß Gerhardus nach der Beichte noch einmal Kraft schöpfen werde, als Lohn für seine reumütige Buße. Wie oft hatte Julianus schon erlebt, daß ein Sterbender, nachdem er gebeichtet und kommuniziert hatte, sich plötzlich leichter fühlte, daß seine Kraft wiederkehrte, er Appetit bekam, zu genesen begann und schließlich gesund wurde. Er hätte sich nicht gewundert, wenn es auch Gerhardus so ergangen wäre. Julianus sah sogar verheißungsvolle Zeichen. Der kranke Gefährte schlief zwar viel, sank aber nicht mehr in dunkle, verworrene Bewußtlosigkeit wie bisher. Er atmete ruhiger, seine Lippe hing nicht mehr so verächtlich nach unten, und auch sein Blick war klarer. Er schien auf dem Weg der Genesung zu sein. So ließ ihn Julianus, nachdem er ihm zu essen und zu trinken gegeben und gemeinsam mit ihm gebetet hatte, immer einmal für kurze Zeit allein, um in die Stadt zu gehen.

Wenn er dann durch die Gassen zog, sorgte er sich um den Kranken. Weilte er bei ihm, sorgte er sich um die Weiterreise. Der Gedanke, daß es in dieser großen Stadt einige Madjaren geben mußte, ließ ihn nicht ruhen.

Er begab sich bald zu dem einen, bald zum anderen Stadttor, beobachtete und belauschte die Kommenden und die Gehenden. Während er so am südlichen Tor lungerte, befürchtete er, daß zu gleicher Zeit Madjaren durch das nördliche Tor gehen könnten, stünde er jetzt dort, würde er ihre Worte verstehen, sie erkennen. War er stattdessen am nördlichen Tor und beobachtete die Karawanen, die Männer und Frauen, dachte er, womöglich könnte er eben jetzt am Südtor auf einen Madjaren stoßen. Er verweilte auch am Flußufer zwischen den Booten und Barken in der Hoffnung, unter den Händlern, die Felle brachten, einem Madjaren zu begegnen. Er besuchte den Marktplatz, beobachtete die Sklaven, die Feilschenden, die Reiter und die Karrenfahrer. In allen glaubte er, Madjaren zu sehen. Nicht selten sprach er jemanden ungarisch an und zog dann stammelnd weiter, wenn sich herausstellte, der Betreffende verstand ihn nicht. Die Wachen an den Toren, die Marktaufseher lachten über ihn und vermochten nicht zu begreifen, was dieser zerlumpte, langbärtige Fremde, der kein Wort ihrer Sprache verstand, hier suchte. Einige Male schon hatte man ihn für einen herumschleichenden Dieb gehalten und laut kreischend Steine nach ihm geworfen.

Eines Tages sah Julianus einen vierrädrigen leichten Wagen, vor den drei Pferde gespannt waren. Der Besitzer stand mit gespreizten Beinen im Wagen und lenkte mit geschwellter Brust die Pferde. Er trug Hemd und Beinkleider aus Leder, eine Fellmütze und kurze Stiefel. Julianus sprang pochenden Herzens an den Wagen und winkte. Der Mann hielt die Pferde zurück und fragte etwas in bulgarischer Sprache.

„Bist du Madjare?" stammelte Julianus mit rotem Gesicht und versagender Zunge.

Der Mann machte große Augen und schüttelte den Kopf.

„Madjare? Madjare?" wiederholte Julianus, das Wort langsam sprechend, damit der Mann ihn besser verstand.

„Madschar!" Der Mann nickte.

Dem Mönch klopfte das Herz in der Kehle, ihm wurde fast schwindlig.

„Ja, ja, Madschar!" rief er außer sich.

Aber der Mann wunderte sich nur, lachte, daß seine weißen Zähne zu sehen waren, und schüttelte wieder den Kopf, zeigte mit der Peitsche auf den Wagen und wiederholte:

„Madschar!"

Dann schnalzte er, gab den Pferden die Peitsche und stob mit lautem Gerassel dahin.

Das Wort „Madschar" hatte der Mann also verstanden. Er ähnelte augenfällig jenen ein wenig untersetzten, breitschultrigen Bauern mit braunem Gesicht und breiten Wangenknochen, die in Ungarn die Dörfer bewohnten. Aber warum verstand er dann doch nicht, was Julianus sagte?

Trotz alledem nahm Julianus das Wort *Madschar* gleich einer gefundenen Perle mit nach Hause, drehte und betrachtete sie, legte sie in die flache Hand, wog sie ab. Diese Perle hatte geheime Kunde gebracht, aber er verstand den Sinn nicht.

Von seiner Begegnung erzählte er dem würdevollen Sarazenen mit dem schönen Bart. Er zeigte großes Interesse für den zerlumpten Fremden, den er aus Freude über die Geburt seines Sohnes ins Haus genommen hatte. Er ließ sich von Julianus erklären, wer diese Ungarn seien, wer ihn geschickt habe, wo sein Land liege, wie ihr König heiße, was für Städte sie hätten und welchen Glaubens sie seien. Sie standen unter den duftenden großen Bäumen. Er strich sich den Bart und wunderte sich. Je mehr er von der Reise des Julianus und seiner Gefährten hörte, um so mehr wuchs seine Achtung vor den Männern. Er spürte selbst, welch große Aufgabe sie sich gestellt hatten. Dann schlug er sich gegen die Stirn.

„Ist dieses Hungaria Nova nicht jenes Land, in das auch von hier aus, vom Itil, mehrere bulgarische Kaufleute gezogen sind?"

„Ja, das ist es."

Das Gesicht des Sarazenen erstrahlte. Mit doppeltem Vergnügen strich und kräuselte er sich den seidigen schwarzen Bart.

„Und wie leben sie dort?"

„Sie leben sehr gut, Herr. Die Zölle des Landes, die Münze und die Salzregalien befinden sich in ihren Händen. Sie treiben die Zölle ein", erzählte Julianus und dachte dabei, wieviel Bitternis diese Ismaeliten daheim verursachten, wie man sie haßte und welch riesige Vermögen sie aus dem Schweiße des Volkes anhäuften.

Aber der Sarazene war mit der Auskunft sehr zufrieden.

„Und sprechen sie denn noch bulgarisch?"

„Nur die ganz alten, und auch die kaum."

„Sie sehnen sich nicht hierher zurück?"

„Wahrlich nicht. Das Land dort gehört gleichsam ihnen."

„Das ist schön, sehr schön", der Sarazene nickte.

Es war, als wäre durch dieses Gespräch zwischen ihm und Julianus eine enge Beziehung entstanden. Er befahl einem Sklaven, er solle sich nicht nur um Milch, Fleisch und Eier sorgen, sondern auch um Heilmittel für den Kranken. Den Frater bat er in seine eigenen Gemächer, bot ihm Platz an in einem großen, mit Teppichen und Kissen reich ausgestatteten Zimmer, setzte sich selbst und ließ Becher und einen Honigtrunk bringen. Julianus mußte alles erzählen. Wie die Madjaren zum Teil gegen Westen gezogen waren, nach Atelcusu und von dort nach Hungaria Nova, zum Teil in die Gebiete jenseits des Maeotis, am Fuße des Kaukasus, und zum Teil gegen Norden, in das Quellgebiet von Itil und Jaik. Wie man in der neuen Heimat aus den Chroniken herausgefunden hatte, daß jene Madjaren irgendwo hier leben mußten, wie er und seine Gefährten aufgebrochen und über Matrika und Torgikan schließlich bis hierher gelangt waren. Nur darüber sprach Julianus nicht, daß sie Mönche des Dominikanerordens waren und das Licht des Evangeliums verbreiten wollten.

„So gelangten wir schließlich bis hierher, mit Gottes Hilfe", beendete er seine Worte und war selbst erstaunt, welch weiten Weg sie zurückgelegt hatten, mühsam, Schritt für Schritt.

„Nun, und was will euer König mit jenen Madjaren?" erkundigte sich der Sarazene.

„Er will Nachricht von ihnen erhalten, denn die Achtung alter Überlieferungen stärkt die Macht der Länder", antwortete Julianus.

„Ihr habt einen weisen König, einen vortrefflichen König, Allah schenke ihm ein langes Leben", stimmte der Sarazene nickend zu und strich sich den Bart. Julianus wußte, in welch großem Ansehen hier ein gepflegter Bart stand und strich sich dann und wann auch über seinen struppigen Bart.

Dann bat er den Sarazenen, ihnen behilflich zu sein, sobald sie weiterziehen könnten. Der Sarazene versprach es, wenn er auch verschwieg, worin die Hilfe bestehen sollte. Julianus hoffte, er werde ihnen Pferde und Begleiter geben.

Nicht nur Arznei, sondern sogar einen Arzt sandte der gefällige Hausherr. Als Julianus gegen Abend durch das unnütze Forschen müde nach Hause kam, fand er einen schweigsamen, würdevollen Greis mit langem Bart am Lager des Kranken. Er hatte vierzig kleine Brotstücke auf die Erde gelegt, kauerte am Boden mit geschlossenen Augen und sprach unverständliche Worte vor sich hin. Dann bildete er aus den Brotstücken sieben Kreise um den Kopf des hilflos daliegenden Gerhardus. Nun gab er Julianus einen Wink, er sollte ihm helfen, den Kranken auszuziehen. Dabei sah er ihn mit stechenden schwarzen Augen gebieterisch an, und Julianus hoffte, daß die Methode dieses heidnischen Gelehrten vielleicht doch helfe. Er überredete daher Gerhardus, es geschehen zu lassen, daß man ihm das Gewand auszöge. Als das geschafft war, wusch der Greis den abgemagerten, gelben, zitternden Körper, der jeden Augenblick umzufallen drohte, mit einer Flüssigkeit aus einem Napf. Dann hob er, sich verneigend, die Finger an die Stirn und streckte Julianus die Hand hin. Diese Bewegung bedeutete in allen Sprachen der Welt: Gib mir etwas. Julianus suchte einen Dirham hervor und gab ihn dem Greis. Der betrachtete und bewunderte die Münze, prüfte sie mit seinen kräftigen Zähnen und entfernte sich dann unter häufigen Verneigungen und mit Segenswünschen. Seine Schuhe waren aus Birkenrinde.

„Warum hast du ihn nicht hinausgeworfen", stöhnte Gerhardus. „Was kann solche Quacksalberei helfen! Du hättest deinen Dirham behalten sollen."

„Vielleicht versteht er doch etwas von der Heilkunst", widersprach Julianus. „Du hast gesehen, welch langen Bart er trägt. Gewiß besitzt er großes Wissen."

„Das ist das Reich der Bärte", stöhnte Gerhardus, doch er lächelte. „Seit wir nach Matrika gekommen sind, gibt es nur Bärte und nochmal Bärte. Pflege nur deinen Bart, lieber Bruder, dann gelangst du gewiß leichter nach *Magna Hungaria*."

Julianus lachte. Gerhardus war wieder der alte, oder er tat wenigstens so.

Am Abend ließ der Hausherr Julianus rufen. Als er in das von Lichtern beleuchtete, mit Teppichen ausgelegte Zimmer trat, saß auf dem Kissen neben dem Sarazenen noch ein Mann, der einen kostbaren Rock und rote Stiefel trug. Er hatte einen noch herrlicheren, noch gepflegteren Bart als der Hausherr, eine richtige schwarze Mähne, wenngleich hie und da silbrige Fäden darin schimmerten. Er begrüßte Julianus mit großer Freundlichkeit und sah ihn mit seinen rotlidrigen, schlauen, andächtelnden Augen neugierig an. Seine gebogene Nase krümmte sich gleichsam über den Schnurrbart, seine genießerisch breite Lippe hing herunter. Ein korbartiger Turban krönte sein Haupt. Sein mächtiger Körper hockte in dem schwellenden Kissen wie eine breit dasitzende alte Glucke.

„Dieser vortreffliche Mann", sagte der Sarazene und verneigte sich, „Allah schenke ihm ein langes Leben", er strich sich den gepflegten Bart, „ist mir seit langem ein verehrter Freund. Er ist ein Molla, zu unser aller aufrichtiger Freude. Er interessiert sich für euch. Erzähle ihm, wer ihr seid und was ihr vorhabt. Wo ihr hinwollt."

Der Mann im Turban nickte.

„Ich will in die gleiche Richtung ziehen", sagte er mit heiserer Nasalstimme, „und dort die Macht Allahs verkünden." Er verbeugte sich und strich sich mehrmals den Bart. Der Sarazene tat genauso. „Ich bin ein Molla, wie du gehört hast, ein einfacher, armer Molla, der Verkünder der Lehre Allahs und Mohammeds, seines Propheten."

Während er sprach, schloß er bescheiden die Augen, und beim Erwähnen Allahs und des Propheten strich er sich abermals den üppigen Bart.

„Ich habe einiges gelernt", fuhr er mit falscher Bescheidenheit näselnd fort. „Ich war in Aleppo und Damaskus in der Medresse. Dort habe ich auch arabisch gelernt. Darum bin ich neugierig, wer ihr seid und was ihr da oben wollt unter den Madscharen."

Julianus erzählte bedacht, seine Zuhörer immer wieder lobend, das, was der Sarazene ohnehin schon wußte. Er verschwieg auch nicht, daß sie Christen seien. Aber das gefiel dem Molla nicht, er zog die Brauen unwillig zusammen, räusperte sich wiederholt und schürzte die vollen roten Lippen.

„So seid ihr also ungläubige Hunde", sagte er ruhig.

„Der Glaube an Jesus Christus ist der wahre Glaube", antwortete Julianus mit unterdrückter Leidenschaft.

„Jesus war ein großer Prophet, aber der einzige wahre Prophet ist Mohammed. Du bezeichnest deinen Glauben als den wahren Glauben, weil du den Glauben Mohammeds nicht kennst. Nun, fahre fort." Er winkte nachsichtig, nachdem er beim Erwähnen Mohammeds sich erneut über den Bart gestrichen hatte.

Der Molla schloß die Augen, doch Julianus spürte, daß er ihn unter den Wimpern scharf beobachtete. Deshalb machte er ein freundliches Gesicht und sprach mit sanfter Stimme weiter.

„Wenn dein Gefährte nicht krank wäre", gab sich auch der Molla gütig, „würde ich euch als Diener dingen, damit ihr mich auf meinem Weg begleitet. Seid ihr doch so arm, so bedürftig, ihr elenden Giaurs. Meinem Freund zuliebe würde ich es tun." Er verneigte sich gegen den Sarazenen. „Damit er sieht, seine Wohltat endet nicht an der Schwelle seines friedlichen Hauses. Und auch ich täte dies um das Glück seines neugeborenen Sohnes. Denn sein Sohn steht meinem Herzen so nahe, als wäre er mein eigener Sohn."

Sie verstanden es großartig, einander Höflichkeiten zu sagen, zu lächeln, sich zu verneigen, einander zu verehren und anzustaunen.

„Ich danke dir, guter Herr, für deine Gefälligkeit. Ein langes Leben sei dir beschieden in ewigwährender Gesundheit." Julianus verneigte sich und bat Gott im Innern, ihm der heiligen Sache zuliebe seine Schmeichelei zu verzeihen. „Aber mein Gefährte ist krank und wird vielleicht sogar sterben ..."

„Hat mein hochgeschätzter weiser Freund und Herr", der Molla verneigte sich, „ihm keinen Arzt geschickt?"

„Doch, das hat er, mein Herr, wir können es ihm nicht genug danken."

„Nun, dann wird er gesund werden. Aber ich befürchte, seine Genesung dauert lange, und ich muß aufbrechen. Dabei hätte ich dich gern gedungen, du Giaur. Die Christen sind ehrlich, stehlen nicht, sind standhaft in der Not, sie können dulden und klagen nicht. Und sie sind mit wenigem zufrieden."

„Auch ich wäre mit wenigem zufrieden, Herr."

„Nun, du könntest zu Pferd reisen, bekämst auch zu essen", fuhr der Molla näselnd fort, mit einem Gesicht, als streute er Julianus Rubine und Diamanten vor die Füße. „Auch ich bin arm. Könntest du deinen Gefährten nicht zurücklassen? Er hat hier einen guten Platz. Hier könnte er auf dich warten."

„Ich verlasse ihn nicht, Herr. Entweder er wird gesund und geht mit mir, oder er stirbt hier."

„Das ist schön, sehr schön von dir, zeugt von einem reinen Herzen. Schade, daß du ein Ungläubiger bist, Fremder."

„Er kann sich ja noch bekehren", gab der Hausherr seiner Hoffnung Ausdruck. „Allah ist barmherzig."

„Gebe Allah, daß er sich bekehrt. In mir fändest du einen guten Herrn, Fremder", sagte er bescheiden und schloß die Augen. „Ich fordere zwar ehrlichen Dienst, Treue, Mut, gebe aber auch alles. Du hättest zu essen, könntest reiten. Ich bin kein Geizhals, mißgönne meinem Diener das Essen nicht. Und ich verlange nicht zuviel. Du müßtest die Pferde versorgen, satteln und absatteln, und sollten uns Räuber überfallen, würdest du mich beschützen."

„Räuber braucht man hier kaum zu fürchten", warf der Sarazene ein, „dies ist ein friedliches Land, ein friedliches Volk, das die Felder bestellt, die Gärten bebaut, sein Gewerbe betreibt."

„Ja, aber die Maholen", erinnerte ihn der Molla, und aus seinen stechenden Augen sprach Angst. „Sie rüsten emsig. Man hört schreckliche Nachrichten über sie. Allah möge sie alle vernichten."

Julianus hörte nicht zum erstenmal von den Maholen oder Mohalen. Das Entsetzen, das sich in den Gesichtern der beiden Männer widerspiegelte, zeigte, welch gewaltiges, gefürchtetes Volk es sein mußte. Er fragte auch bescheiden, was das für Menschen seien und wo ihr Siedlungsgebiet liege. Soviel hatte er schon in Torgikan gehört, daß man der Kraft der Maholen nicht widerstehen könne und daß sie kein Erbarmen kennten; in dem Land, das sie angriffen, bliebe kein Stein auf dem anderen, und selbst das Gras würde vertrocknen. Der Molla und der Sarazene jedoch schwiegen.

„Wir wollen nicht über sie sprechen", sagte der Molla schließlich heiser und war blaß, als hätte er unter Magenkrämpfen zu leiden. „Wir wollen nicht über sie sprechen. Du weißt, wie es Choresm ergangen ist. Dabei war dies ein tapferes Volk, ein reiches Land, in dem die Wissenschaften und die Künste blühten! Wir wollen sie gar nicht erwähnen."

„Sie sind sehr nahe", der Sarazene seufzte, „wenn sie tatsächlich über uns herfallen, ist es um uns geschehen."

Aber das Gespräch wurde unterbrochen, und man kam nicht wieder auf die Maholen zurück.

Als Julianus in die kleine Kammer zurückkehrte und sein Blick auf das im Lampenlicht gelb schimmernde Gesicht des Kranken fiel, beruhigte er sich. Gerhardus schlief mit etwas zur Seite geneigtem

Kopf, die Hände friedlich auf der Brust gefaltet. Sein Gesicht war friedlich, nur beängstigend gelb.

Julianus freute sich, daß das Mittel des Arztes doch etwas geholfen hatte. Er kniete neben Gerhardus nieder, betete und legte sich dann auf das Bärenfell auf dem Fußboden. Er spürte noch keinen Schlaf, das Gespräch hatte ihn erregt. Alles kreiste in seinem Kopf wirr durcheinander. Der Arzt, der Molla, der Sarazene, die Maholen, Choresm, die Worte des Wagenlenkers. Das Angebot des Mollas, ihn als Diener zu dingen. Und daß sie zu Pferd durch das Bulgarenreich ziehen könnten. Dies nährte Hoffnung und Zuversicht in ihm. Wenn Gerhardus aufwachte, würde er es ihm erzählen. Er würde gesund werden! Die Beichte hatte ihn erleichtert.

Und er dachte über Gerhardus' Schuldbekenntnis nach.

Lange lag Julianus schlaflos. In der Kammer herrschte tiefe Stille. Nur das Licht knisterte. Schließlich begann ihn die Stille zu beunruhigen. Warum hörte er den leisen Atem des Kranken nicht? Warum bewegte er sich nicht? Erschrocken setzte sich Julianus auf.

Eine Fliege erhob sich auf das Geräusch, kreiste summend in dem engen Raum, dann setzte sie sich wieder an die alte Stelle. Auf das offene Auge von Gerhardus.

Grün schillernd saß die Fliege im Augenwinkel des Fraters, und er rührte sich nicht einmal, um sie zu verjagen. Seine glanzlosen Augen starrten an den Deckenbalken.

„Er ist tot!" raunte Julianus. Lange schaute er ihm in das ruhige, unbewegliche, friedliche Gesicht. Dann schloß er die Augenlider, verjagte die hartnäckig wiederkehrende grüne Fliege. „Requiescat in pace. Et lux perpetua luceat ei."

Kopf, die Hände friedlich auf der Brust gefaltet. Sein Gesicht war friedlich, nur beängstigend gelb.

Julianus freute sich, daß das Mittel des Arztes doch etwas geholfen hatte. Er kniete neben Gerhardus nieder, betete und legte sich dann auf das Bärenfell auf dem Fußboden. Er spürte noch keinen Schlaf, das Gespräch hatte ihn erregt. Alles kreiste in seinem Kopf wirr durcheinander. Der Arzt, der Molla, der Sarazene, die Mahoien, Choresm, die Worte des Wagenlenkers. Das Angebot des Mollas, ihn als Diener zu dingen. Und daß sie zu Pferd durch das Bulgarenreich ziehen könnten. Dies nährte Hoffnung und Zuversicht in ihm. Wenn Gerhardus erwachte, würde er es ihm erzählen. Er würde gesund werden! Die Beichte hatte ihn erleichtert.

Und er dachte über Gerhardus' Schuldbekenntnis nach.

Lange lag Julianus schlaflos. In der Kammer herrschte tiefe Stille. Nur das Licht knisterte. Schließlich begann ihn die Stille zu beunruhigen. Warum hörte er den leisen Atem des Kranken nicht? Warum bewegte er sich nicht? Erschrocken setzte sich Julianus auf.

Eine Fliege erhob sich auf das Geräusch, kreiste summend in dem engen Raum, dann setzte sie sich wieder an die alte Stelle. Auf das offene Auge von Gerhardus.

Grün schillernd saß die Fliege im Augenwinkel des Fraters, und er rührte sich nicht einmal, um sie zu verjagen. Seine glanzlosen Augen starrten an den Deckenbalken.

„Er ist tot!" raunte Julianus. Lange schaute er ihm in das ruhige, unbewegliche, friedliche Gesicht. Dann schloß er die Augenlider, verjagte die hartnäckig wiederkehrende grüne Fliege. „Requiescat in pace, et lux perpetua luceat ei."

ACHTER TEIL

Als der rechtschaffene Molla erfahren hatte, daß der Gefährte des Giaurs gestorben war, wiederholte er sein gütiges Angebot – aus reiner Menschlichkeit und aus unauslöschlicher Freundschaft zu dem Sarazenen, die nur noch von seiner Hochachtung vor ihm übertroffen wurde. Der Sarazene mochte ein sehr reicher Kaufmann sein, wenn dem Molla das Glück von dessen neugeborenem Sohn so am Herzen lag.

Nachdem drei Sklaven das Grab für Gerhardus zwischen zwei hohen Pappeln ausgehoben hatten, damit er an seiner letzten Ruhestätte auch auf fremdem Boden die Pappeln von Örhalom rauschen hören konnte, wartete der Molla schweigend ab, bis der zerlumpte Fremde mit dem wirren Bart kniend sein Gebet verrichtet, das Kreuz geschlagen und sich die Tränen abgewischt hatte. Bevor man auf den mit gefalteten Händen und geschlossenen Augen friedlich daliegenden Toten die Erde schaufelte, warf er eine Handvoll Erde auf ihn und flüsterte:

„Sti wilje pusanda, kaschar!"

Auch Julianus warf eine Handvoll Erde auf den Gefährten: Dann gab er den Sklaven einen von seinen drei Dirham, worauf diese so erschraken, daß sie Hals über Kopf davonrannten. Offenbar befürchteten sie, der zerlumpte Fremde habe den Verstand verloren, und wenn er zu sich käme, würde er das Geld zurückfordern, oder er sei ein Zauberer und die Münze nur Blendung.

Nun hatte Julianus keinen Grund mehr, länger durch die Stadt zu streifen oder die Stille des gastlichen Hauses zu genießen.

Daher ging er freudig auf das Angebot des Mollas ein und wurde sein Diener.

In der Nacht vor ihrer Abreise hatte es geregnet, es war ein gesegneter, warmer Frühlingsregen. Im Schein der aufgehenden Sonne leuchteten und funkelten alle Halme und Blätter. Es war noch kühl, die Obstbäume standen in voller Blüte und dufteten. Julianus tröstete sich damit, daß er sich an der mit Blumen übersäten Gegend erfreute, dem Klappern der Hufe lauschte und dem ihm unverständlichen Gespräch der drei Diener. Er achtete darauf, den umgegürteten Säbel so zu tragen, daß er nicht darüber stolperte. Er fand es sogar belustigend, daß er, Frater Julianus, mit einem Säbel an der Seite durch das hohe Gras schritt, mit einem Säbel wie ein Krieger. Wenn Gerhardus das sehen könnte, er würde sich vor Lachen ausschütten.

Gegen Mittag, als es schon sehr warm war und man essen und auch füttern mußte, befahl der Molla zu halten. Er ließ sich von Julianus aus dem Sattel helfen, er selbst aber half seiner Frau.

„Schlag das Zelt auf", befahl er Julianus mit heiserer Stimme. Und wiederholte es dann auch auf bulgarisch.

„Wozu zum Kuckuck sollen wir das Zelt aufschlagen", grübelte Julianus. Aber sie gingen an die Arbeit, lösten von einem der Pferde den Packen mit der Plane, den Stangen und Seilen für das Zelt, wobei die schwerste Last, wie schon beim Aufladen, wieder auf die Schulter Julianus', des fremden Hundes, gepackt wurde. Der Molla beobachtete sie dabei mit strengen Blicken.

„Wie hältst du die Stangen, du Ochse!" schrie er heiser, und seine roten vollen Lippen und sein würdevoller Bart zitterten. „Hast du noch keine Zeltgestänge gesehen? Weißt du nicht, was ein Zelt ist? Gebe ich dir deshalb zu essen und zu trinken und tue Gutes an dir, habe ich dich deshalb vor dem Untergang gerettet?"

Julianus ergab sich in sein Schicksal und bemühte sich, alles richtig zu machen. Seine drei Gefährten jedoch fühlten sich ihm überlegen und unternahmen alles, sich ihre Aufgabe zu erleichtern und sie dem Fremden aufzubürden. Der eine, ein junger Bursche, stellte ihm sogar verstohlen ein Bein, als er unter der Last der Plane wankte und nicht auf den Weg achten konnte. Er tat zwar, als wäre es nur versehentlich, aber als Julianus stolperte, lachten alle drei schmetternd, und der Molla kreischte vor Vergnügen.

Warum ein Zelt aufgerichtet werden mußte, erklärte der Molla selbst.

„Meine junge Frau ist mir die liebste von allen sieben, denn sie zählt erst fünfzehn Lenze und ist schön wie der aufgehende Mond. Vielleicht schadet ihr die mittägliche Sonne."

Als das Zelt errichtet war, führte der Molla seine Frau liebevoll hinein, ließ ihr mit Honig und Nüssen bereitetes Gebäck und in Honig gekochte Früchte bringen, goß aus einem kleinen Schlauch ein dickflüssiges Getränk in einen silbernen Krug, zog sich zwischen die Kissen des Zeltes zurück und schloß den Eingang.

Die Pferde weideten, die Diener aßen ihre Hirsefladen, unterhielten sich. Julianus aber beachteten sie überhaupt nicht. Er wartete eine Weile, daß man ihm etwas zu essen gäbe, aber man hatte keinen Bissen für ihn übrig. So ergab er sich in sein Schicksal, ging beiseite, kniete nieder und verrichtete sein Stundengebet.

Als die Glut der Sonne nachließ, brachen sie das Zelt wieder ab, und der Molla und seine Frau setzten sich auf die Pferde. Julianus hatte wieder unter der Last zu stöhnen und zu wanken, aufzupassen, daß man ihn nicht zu Fall brachte, und mußte außerdem die Beschimpfungen und den Spott des gestrengen Molla über sich ergehen lassen. Sie marschierten bis zum Abend. Wieder wurde das Zelt aufgeschlagen. Der Molla ließ Gebäck, gebratenes Fleisch, Weizenfladen und in einem Krug süßen Trunk ins Zelt bringen, dann schloß er die Zeltöffnung. Die Diener holten sich Hirsefladen, beteten gen Osten gewandt und aßen. Julianus aber legte sich hungrig und durstig unter eine Eiche in das taufeuchte Gras.

Aus tiefem Schlaf schreckte ihn der Schrei des Mollas auf.

„Heh! Heh! Wo bist du, Fremder? Wo hast du dich verkrochen? Bist du weggelaufen?"

Julianus raffte sich auf und rannte zum Zelt.

„Da bist du ja", sagte leise der im weißen Nachthemd im Mondschein dastehende Molla und lächelte vertraulich, seine Nase bog sich über seinen herunterhängenden herrlich glänzenden Schnurrbart. „Du bist Christ. Dir vertraue ich. Leg dich hierher, vor den Eingang, damit diese Kerle nicht bei mir eindringen und mich berauben. Wenn du siehst, daß sich einer nähert, gehe auf ihn los und schlag zu, wo du ihn triffst. Aber schlaf nicht ein und lauf nicht davon, denn meine Verwünschungen holen dich ein und werden dich vernichten."

Damit ging er ins Zelt zurück und verschloß den Eingang.

So durfte Julianus jetzt den ungestörten Schlaf des wackeren Muselmanen hüten, konnte wachen, ohne einen Bissen gegessen und einen Schluck getrunken zu haben, nachdem er den ganzen Tag zu Fuß unterwegs war und Lasten geschleppt hatte. Er setzte sich vor den Zelteingang, und mit seiner Müdigkeit ringend, betete er. Seine Gedanken waren bei Gerhardus. Er betrachtete die dunklen Schatten der im Mondschein fröstelnden Bäume, die grasenden Pferde, lauschte dem Kreischen der jagenden Eulen. In einem Tümpel quakten Frösche, es klang so einschläfernd, daß er die Augen kaum offenhalten konnte.

Aber es würde schon Morgen werden und das ganze ein Ende nehmen . . . Und *Magna Hungaria* war nun nicht mehr weit.

Nach einer endlos erscheinenden Zeit wurde es Morgen. Die dunkelblauen Wolken röteten sich, die Sonne erhob sich rot am Horizont, die wohlausgeruhten Diener packten Julianus wieder die Lasten auf die Schulter. Sie aßen, ihm aber gaben sie keinen Bissen. Der Molla schrie seine Befehle, zankte, krächzte und spuckte. Vor der Weiterreise wandte er sich gegen Süden, kniete auf einem kleinen Teppich nieder und verrichtete unter häufigen Verneigungen und dem Streichen seines Bartes seine Andacht. (Siebenmal am Tage betete er auf diese Weise.) Dann brachen sie auf.

„Warum bist du so traurig, Fremder?“ geruhte der im Sattel sitzende Wohltäter Julianus anzusprechen. „Bist du vielleicht krank? Warum hast du es nicht gesagt? Hätte ich's gewußt, würde ich dich nicht gedungen haben.“

„Ich bin weder traurig noch krank, gütiger, weiser Molla“, antwortete Julianus sanft lächelnd und schritt flink neben dem Pferd aus. „Ich habe nur Hunger, gütiger Molla.“

„Wieso?“ Der Muselman zog die Braue hoch.

„Seit gestern morgen habe ich weder gegessen noch getrunken, habe nur gearbeitet und bin gelaufen. In der Nacht aber bewachte ich deinen Traum und deine Freuden, gütiger Molla.“

„Warum hast du denn nicht gegessen?“

„Weil man mir nichts gegeben hat.“

„Nun, ist nicht schlimm, mittags kannst du essen“, tröstete er ihn und schloß die Augen mit den Tränensäcken. Denn offenbar fühlte er sich wieder als guter Mensch, und die Bescheidenheit war seine schönste Zier.

Julianus bedankte sich.

Mittags folgte wieder das Aufschlagen des Zeltes, das Schleppen, das Hineinbringen des Gebäcks und des Trunks. Die Frau bekamen sie nie ohne Schleier zu sehen, obwohl die drei Diener sehr neugierig auf sie waren. Nur ihre blauen Augen leuchteten durch den Spalt des Schleiers gleich zwei großen Veilchen.

Der Molla verrichtete seinen Mittagsschlaf im Zelt, und Julianus nutzte die Gelegenheit, um auch ein wenig zu schlummern. Er wußte, nachts würde er ohnehin wachen müssen vor dem Zelt. Auf Essen wartete er vergebens, man gab ihm nichts.

Auf diese Weise würde er bald am Ende seiner Kräfte sein, und es konnte geschehen, daß er noch vor *Magna Hungaria* verhungerte. Aber seine Befürchtung war überflüssig. Denn während sie das Zelt abrissen, fragte ihn der Molla, ob er gegessen habe. Und er ließ ihm ein Stück Hirsefladen geben.

„Ich bewundere dich, du ungläubiger Hund“, sagte er, als sie weiterzogen, „wie friedlich du Mühe und Hunger erträgst. Wenn es mir nicht eingefallen wäre und ich nicht ein so gutes Herz hätte“, er schloß die Augen, „wenn ich nicht auch im geringsten Geschöpf Allahs eine fühlende Seele sähe“, er strich sich den Bart, „würdest du vielleicht solange geschwiegen haben, bis du vor Mattigkeit zusammengebrochen wärest.“

„Warum soll ich klagen, gütiger Herr“, antwortete Julianus. „Du würdest noch sagen, ich stelle Forderungen. Deshalb bemühe ich mich um Jesu willen, alles ohne ein Wort der Klage zu ertragen, was er mir als Prüfung auferlegt.“

„Um deinen Jesse", murrte der Molla gereizt. „Warum sprichst du immer von deinem Jesse?"

„Weil er für uns alle gelitten hat und am Kreuz gestorben ist. Auch für dich, gütiger, weiser Herr."

„Jesse war ein großer Prophet", brummte der Molla mit verdrießlicher Miene, „er folgt gleich nach Mohammed. Das erkenne ich an. Miriah, seine Mutter, war eine Jungfrau. Jesse wurde vom Heiligen Geist empfangen und von einer Jungfrau geboren, in der Tat. Aber er verkündete verworrene Lehren, wünschte, daß seine Jünger keine Waffen ergriffen und dem, der ihnen auf die eine Wange schlug, sollten sie auch die andere hinhalten. Der wahre Prophet ist Mohammed, der einzige Prophet Allahs."

Julianus wunderte sich, daß der Molla mit solcher Achtung von Jesus sprach. Ein Hoffnungsschimmer leuchtete in ihm auf: Vielleicht konnte er den Molla bekehren. Vielleicht wohnte unter diesem abstoßenden Äußeren eine sanfte und wahre Seele? Vielleicht mußte man ihn nur von den Verirrungen des Korans befreien, damit der wahre Mensch hervorkäme? Julianus durfte die Gelegenheit nicht versäumen.

„Du hast herrlich von Jesus gesprochen", lobte er ihn und neigte den Kopf. „Aber du mußt wissen, daß Jesus der Sohn Gottes ist, den er in Menschengestalt auf die Erde geschickt hat, damit er für uns leide und sterbe und so uns Menschen von der Erbsünde erlöse."

„Er war ein Prophet, aber Mohammed ist Allahs wahrer Prophet", erklärte der Molla wieder mit heiserer Stimme und strich sich den Bart.

„Wenn er vom Heiligen Geist empfangen und von einer Jungfrau geboren wurde, wie sollte er da nur einer der Propheten sein? Wie kann er geringer sein als Mohammed, der weder vom Heiligen Geist empfangen noch von einer Jungfrau geboren wurde."

„Allah ist Allah, und Mohammed ist sein Prophet, du ungläubiger Hund", fuhr ihn der Molla an und strich sich den Bart. „Und wenn du nicht aufhörst damit, deinen Jesse zu preisen und Mohammed zu schmähen, schlage ich dich nieder, bringe ich dich um."

Am Abend jedoch mußte wieder Julianus vor seinem Zelt wachen, denn der Molla vertraute nur ihm und fürchtete seiner Landsleute wegen um sein Leben, seine Frau und seinen Besitz.

Diese Debatten wiederholten sich täglich. Der Molla erkannte, daß der zerlumpte Giaur ein sehr kluger Mann war, der viel gelernt hatte und den man außerdem nicht aus seiner Ruhe bringen konnte. Er bewunderte das wortlose Dulden, mit dem er den täglichen Fußmarsch ertrug, nicht das versprochene Pferd forderte, die Arbeit des

Zelterrichtens und Abbauens und den Hunger hinnahm. Denn wenn er ihm nicht eigens ein Stück Hirsefladen gab, er selbst würde nichts verlangen. Seine Beweisgründe gegen Mohammed sagte er ihm so sanft und ruhig ins Gesicht, als hätte er nicht alle Sinne beisammen. Auch wenn er ein Narr war, schuldete man ihm Achtung. Dennoch: konnte er als Anhänger des Propheten dulden, daß ihm der Giaur auf dem ganzen Weg widersprach? Auch diese heidnischen Bulgaren waren ungläubige Hunde, aber sie diskutierten wenigstens nicht mit ihm. Er wußte, daß sie ihn haßten, aber nicht um seines Glaubens willen, sondern weil er sie zu Fuß gehen ließ, ihnen außer Hirsefladen und Wasser nichts gab und den Lohn erst am Ende des Weges zu zahlen versprach. – Dort aber würde er nicht mehr allein sein, sondern Schutz im Hause seines Bekannten genießen, und dort würde er sie ohne großes Opfer, mit etwas Glück und ohne Gefahr um sein Leben abzuschütteln wissen.

Sie zogen durch eine herrliche Gegend mit blumigen Wiesen, sanften Hügeln, klaren Bächen. Sie ruhten im Schatten jahrhundertealter Eichen, sahen Birnbäume, silbrige Birken, schlanke Pappeln, duftende, von honigsüßen Blüten strotzende Linden. Dann wieder führte ihr Weg durch dunkle, raunende Eichenwälder, sie scheuchten Schmetterlinge auf, vergnügtes Vogelgezwitscher umgab sie. Eichhörnchen flohen vor ihnen auf die Bäume, ein Fuchs schlich dahin, ein Hase schlug einen Haken und verschwand im Dickicht. Auch Rehe sahen sie häufig, die mit sanften Mädchenaugen aus dem Gestrüpp lugten und dann mit unschuldiger Ruhe weiterzogen, wobei ihr Spiegel leuchtete. Wenn Gerhardus das hätte erleben können! Wie würde er sich freuen am Schweben der roten, gelben, blauen und weißen Schmetterlinge, am Schnüren des mißtrauischen Reineke, dem Lied der Vögel und den graziösen Bewegungen der Rehe. Wie würde sein Herz weit beim Anblick der vielen vertrauten Bäume. Die ganze Landschaft erinnerte an Ungarn!

Schon die Gegend, die Bäume zeigten wohl an, daß sie sich *Magna Hungaria* näherten.

Julianus war es recht, wenn er zu Fuß gehen mußte. Trottete er zu Pferd so langsam, brächte ihn die Ungeduld um. Dabei wußte er wohl, daß Ungeduld auch Sünde ist. So aber fühlte er, daß er ging, sich mit jedem Schritt *Magna Hungaria* näherte.

Nach einem Marsch von einigen Tagen erreichten sie ein Dorf. Die Diener blieben außerhalb der Dorfumfriedung. Der Molla aber zog mit seiner Frau in die Ortschaft, mit ihren halb in die Erde gegrabenen Hütten, den blühenden Gärten, den einladenden dichten

Bäumen und Sträuchern, schritt würdevoll zwischen den gaffenden Frauen und Kindern dahin und suchte den Dorfältesten. Nachdem er erfahren hatte, daß im Dorf Rechtgläubige lebten, rief er für den Sonnenuntergang, nach Beendigung der Arbeiten auf den Feldern, die ganze Dorfbevölkerung zusammen. Dort predigte er dann, sprach mit heiserer, kreischender Stimme von Allah und seinem Propheten, schüttelte die Faust, strich sich den Bart, schloß bescheiden die Augen, hämmerte sich gegen die Brust, bald erbost, bald wieder besänftigt. Das Volk steckte die Köpfe zusammen, riß verwundert die Augen auf und konnte sich nicht satt sehen an der Schönheit seines Bartes, an seinem runden Turban, den Verzierungen seines bestickten Rockes und seinem bewundernswerten Mienenspiel.

Das wiederholte sich in einigen Dörfern. Hinterher setzte sich dann der Molla zufrieden vor sein Zelt, um sich zu freuen an den Farben der Abenddämmerung. Er hielt Ausschau und meditierte.

In einem Dorf wäre es fast zur Schlägerei gekommen. Hier gab es keinen einzigen Muselmanen. Aber der Rat der Alten hatte dennoch die Einwohner zusammengerufen, und sie warteten nun, was werden sollte. Der Molla ereiferte sich wieder, begann zu drohen und zu schimpfen, sprach häufig den Namen Allahs und Mohammeds, strich sich eifrig den Bart, schlug sich gegen die Brust, schüttelte die Faust. Offenbar wetterte er gegen die heidnischen Götter, schmähte sie und verspottete die Geister. Im Volk wurden Stimmen laut, es gab zornige Einwände, Fäuste hoben sich in die Luft, Knüttel wurden geschwungen, gehetzte Hunde bellten. Der Molla aber setzte seine Darbietung mit um so größerem Eifer fort. Da sauste ein Pfeil an seinem Turban vorbei – als Warnung. Der eifrige Priester mußte Reißaus nehmen. Mit der Rechten ergriff er den Arm seiner kreischenden Frau, mit der Linken faßte er seinen bis an die Stiefel reichenden Rock und begann zu laufen, wobei sein Bart wie die Fahne des geschmähten Glaubens wehte. Steine flogen hinter ihm her, Pfeile surrten, aber wohl nur, um ihm Schrecken einzujagen. Das sanfte ackerbauende Volk begnügte sich mit der schnellen Flucht des Jüngers Mohammeds, lachte schallend und zeigte mit den Fingern hinter ihm her. Nur ein graubärtiger Greis, der wie ein Schamane aussah und Bundschuhe aus Birkenrinde trug, schüttelte die Faust, daß er es nicht wagen sollte, sich noch einmal in dieser Gegend sehen zu lassen.

Der Molla kroch mit seiner Frau in das Zelt, verschloß den Eingang und gab den Dienern schreiend seine Befehle. Diese lachten und zückten den Säbel. Julianus aber setzte sich pflichtgetreu vor den Zelteingang, um sich für einen niederträchtigen Molla erschlagen zu lassen, wenn die Dorfbewohner diesem nach dem Leben trachten sollten.

Julianus hatte mit den Dienern nun keine Schwierigkeiten mehr. Allmählich begriffen sie, daß er nichts von ihnen wollte, ohne Murren die schwerste Arbeit verrichtete und sie nicht mit scheelen Blicken musterte. Darum gaben sie ihm nun von dem ewigen Fladen und legten sogar ein oder zwei Zwiebeln dazu.

So zogen sie friedlich wohl acht Tage lang dahin, als zwischen den fernen Hügeln eine Stadt auftauchte, von hier oben zu urteilen war sie noch größer als Torgikan oder Bunda und vielleicht sogar größer als die letzte Stadt, deren Namen Julianus nicht wußte. Ein breiter Fluß schlängelte sich vor der Stadt dahin, dichte Weidenhaine grünten am Ufer, ringsum wogten silbrige Getreidefelder in der untergehenden Sonne. Julianus bekreuzigte sich und sprach leise ein Dankgebet. Er beschloß, den Molla nicht weiter zu begleiten.

Auch wenn er neugierig auf die Stadt gewesen wäre, hätte er sich nicht viel darum kümmern können, so sehr hatte sich die Erregung seiner bemächtigt, daß er nun in unmittelbare Nachbarschaft der Madjaren gelangt sein mußte. Er fragte nicht einmal nach dem Namen der Stadt.

Sie machten im Hof eines niedrigen Hauses halt. Es war aus unbehauenen Steinen gebaut und mit einem Obstgarten umgeben. Julianus ließ den Blick freudig umherschweifen, als er die Äpfel-, Birnen- und Pfirsichbäume sah, deren Blüten wie Schnee fielen. Nach allen Seiten hin gab es Obstbäume. Ihr Duft vermischte sich mit dem durchdringenden Geruch aus den schmutzigen Höfen, in denen die Bottiche der Gerber standen. Dieser Gestank war überall zu spüren, er verkündete, daß man in der Heimat des berühmten Juchtenleders war. Und in den winkligen, engen Gassen konnte man ständig die „Sammler“ sehen. Es waren hauptsächlich arme Leute, die vom Morgen bis zum Abend mit der Schaufel unterwegs waren und den trockenen, weißen Hundekot aufsammelten. Damit wurden die Häute gegerbt.

Als sie vor dem Haus anhielten, kam ein graubärtiger, kleiner Greis mit einer spitzen Ledermütze auf sie zugetrottet, machte ein freudiges Gesicht, führte die Hand an die Stirn und verneigte sich wiederholt vor dem Molla. Mit ihm kamen vier junge Männer heraus, und sie eilten sogleich zu den Pferden. Aus der würdevollen Leutseligkeit, mit der der Molla vom Pferd stieg und die Begrüßung empfing, aus der Dienstbeflissenheit, mit der die jungen Männer zu den Pferden eilten, den Zaum hielten, sogleich auch mit dem Absatteln und Abladen begannen, konnte man deutlich sehen, welcher Wertschätzung sich der angekommene Gast hier erfreute.

Der Molla ging ins Haus, sie aber stellten die Pferde unter einen Schauer und versorgten sie. Julianus aber machte sich sofort auf in die Stadt, obgleich ihn der lange Fußmarsch ermüdet hatte und er auch hungrig war.

Zuerst suchte er den Marktplatz auf. Ganz allmählich senkte sich der Abend, dennoch fand er den Markt leicht, weil es dort selbst jetzt noch von einer großen Menschenmenge wimmelte, so daß ein Blinder den Markt hätte finden können. Julianus war gewiß, hier würde er einem Madjaren begegnen, es war nicht ausgeschlossen, daß er gleich mehrere traf.

Lange zog er durch Staub und Unrat, ließ sich herumstoßen, Ohren und Augen aber hielt er offen. Er hatte das Gefühl, schon aus einer Meile Entfernung ein ungarisches Gesicht zu erkennen und aus einem einzigen Seufzer die ungarische Sprache zu hören. Doch umsonst, er sah nicht ein Gesicht, das ihm vertraut erschien. Und alle, die er in seiner Muttersprache ansprach, schüttelten nur mit dem Kopf, keiner verstand ihn. Ungarische Worte drangen nicht an sein Ohr. Das heißt, ein ungarisches Wort hörte er auch hier: das Wort *Madschar*. Aber er kam bald dahinter, daß man die leichten vierrädrigen Wagen so nannte. Und davon gab es sehr viele auf dem Markt. Zwei oder drei Pferde waren davor gespannt, genau wie daheim in Ungarn.

Wieder schreckte ihn die Angst: Vielleicht kam oder ging gerade jetzt ein Madjar durch eines der Tore, während er hier auf dem Marktplatz herumstand? Er rannte ans Tor. Dort aber befürchtete er, daß, während er hier stand, womöglich ein Landsmann zum anderen Tor hereinkäme. Nach langem Umherstehen streifte er wieder durch die weitläufige Stadt, trieb sich in den dunklen Gäßchen herum, wartete wieder eine Weile, bis die Tore für die Nacht geschlossen wurden und nur die mit Spießen, Pfeilen und Streitäxten ausgerüsteten Wachen zurückblieben; die aber sprachen eifrig dem Bierfaß zu und warfen die abgenagten Schafsknochen in den Staub.

Ganz allmählich verstummte die Stadt, die Bewohner zogen sich in ihre Häuser zurück, von allen Seiten stieg Rauch in den Frühlingshimmel, die Schwalben beendeten ihre Jagd. Da und dort brüllte eine Kuh, wieherte ein Pferd, in den Höfen bellten die Hunde. Und irgendwo oben auf einem hohen hölzernen Turm heulte langgezogen, wehmütig ein Horn auf, gleich einem weidwunden Tier. Dann drang über die friedlichen abendlichen Geräusche wie das Summen einer Fliege der Ruf: *„La illah il allah …“*

Nun brauchte er auf keine Begegnung mehr zu hoffen, aber obwohl er sehr müde und hungrig war, wartete und wartete er, daß vielleicht ein Wunder geschah und ihn jemand ungarisch ansprach, der von irgendwoher kam, Gott weiß, woher. Wenn der arme Gerhardus noch lebte, könnten sie zu zweit nach den Madjaren suchen. Einer von ihnen hätte sie gewiß schon gefunden. Denn daß es welche gab, daß es welche geben mußte in dieser großen bulgarischen Stadt, in die sich die Fremden ergossen wie das Wasser in einen tiefen See, darauf hätte er seinen Kopf gesetzt.

Er kehrte noch nicht in sein Quartier zurück, sondern machte sich erneut auf den Weg nach dem Marktplatz. Er hatte gesehen, daß es dort eine große Karawanserei gab. Wenn Madjaren in die Stadt kamen, war es wahrscheinlich, daß sie in einer Karawanserei abstiegen.

Die hier am Markt war eine Karawanserei wie alle anderen auch, die er bisher gesehen hatte: Ein kahler, schlammiger, mistiger, stinkender Hof, umfriedet mit einem Plankenzaun. In der Mitte des Hofes befand sich der Brunnen mit breitem Kranz und langen Trögen, an denen einige Zugochsen die triefenden Mäuler hoben. Etwas weiter entfernt vom Brunnen sah er Pfähle, an die Pferde gebunden waren. Sie wieherten und stampften. Drüben standen Karren und Wagen, lagen Packen und Schläuche. Unter einer langen, rings um das Gebäude laufenden Überdachung lagen auf Stroh oder auf ihren Bündeln Männer, die sich unterhielten, die Zither zupften oder ihre Pfeifen schrillen ließen. Von Zeit zu Zeit riefen sie ihre unruhigen Pferde an. Noch weiter entfernt stand ein langes, niedriges, steinernes Haus, dessen Dach mit Stroh gedeckt war. Reisende strömten aus und ein. Und aus dem Halbdunkel vernahm man die Stimmen von kichernden Frauen.

Er ging rings um den Hof, lauschte den Stimmen. Dann schritt er zum Brunnen, nahm einen Schluck aus dem Eimer, nur um zu hören, in welcher Sprache sich die Treiber unterhielten, die hier ihre Ochsen tränkten. Nun begab er sich in das Haus, setzte sich ans Ende der langen Bank und musterte die vom Schein des Kienspans erhellten Gesichter. Von dem großen, breitschultrigen, braunbärtigen Wirt verlangte er wohl in fünf Sprachen Fisch, Brot und Bier, doch der Wirt verstand nur das Kumanische, und fuhr ihn in gebrochenem Kumanisch verärgert an, was er sich denke, ob er in dieser lumpigen Kluft sich vielleicht als Fürst fühle, weil er annehme, er werde sich jetzt noch an den Herd stellen und ihm Fisch braten? Bier könne er bekommen, auch Brot und Zwiebeln, doch womit wolle er dafür bezahlen? Julianus zog einen Dirham hervor und ließ ihn auf dem breiten niedrigen Eichentisch erklingen. Der Wirt haschte danach, verließ rückwärts den Raum und kam nicht wieder zum Vorschein. Madjaren gab es jedoch auch hier nicht. In einer Ecke hockten Mütter mit ihren Kindern, die eine stillte ihren in ein Tuch gewickelten Säugling, dabei summte sie in fremder Sprache.

Schließlich ging Julianus auch von hier weg. Er trottete müde und niedergeschlagen durch die Straßen, murmelte seine Gebete und dachte, er wäre nicht so einsam in der großen, fremden Welt, wenn Gerhardus bei ihm wäre. Wie gern hätte er ihn auf dem Rücken bis nach Hause getragen, auch bis Fejérvár, nur um dann und wann ein paar Worte mit ihm wechseln zu können.

Es war Nacht geworden, bis er den Garten und den Hof endlich gefunden hatte. Er begab sich unter den Schauer und sank nieder in das duftende Heu. Ihm war, als drehte sich die Welt erst langsam, dann immer schneller mit ihm. Einen Augenblick noch sah er im Mondschein die winzigen Kieselsteine im Hof glänzen, sah das Strohdach vom gegenüberstehenden Steinhaus, dann sank er in einen tiefen Schlaf und wußte bis zum nächsten Morgen nichts von sich.

In der Frühe beschloß er, wieder die Tore, den Marktplatz und alle Karawansereien zu besuchen. Auch zum Ufer des Flusses würde er gehen und nicht eher ruhen, bis er einen Madjaren gefunden hatte. Denn er mußte welche finden! In all seinen Gliedern spürte er mit Gewißheit: Hier würde er auf Madjaren stoßen. Vielleicht könnte er sogar einen madjarischen Begleiter ausfindig machen, der ihm den kürzesten Weg nach *Magna Hungaria* zeigte?

Als er sich aber von Ruhelosigkeit getrieben auf den Weg machen wollte, um die Stadt zu durchstreifen, sah er vor dem Haus die drei Diener. Zwei blieben stehen und warteten aufgeregt, der dritte aber ging entschlossen ins Haus. Alsbald drang Streit, entrüstetes Schreien und schließlich grimmiges Brüllen heraus. Gleich darauf erschien der Molla in der Tür mit einem Turban auf dem Kopf, aber in einem langen, bis an die Fersen reichenden, bunten Hausmantel und Pantoffeln an den Füßen. Er schüttelte den schönen Bart, verdrehte die Augen, schimpfte, was seine immer wieder versagende, heisere Stimme nur hergab.

Die Diener erwiderten sein Brüllen mit geröteten Gesichtern. Sie schüttelten die Fäuste, sprachen häufig den Namen Kajar, den Julianus von zu Hause so gut kannte. (Jetzt belebte es ihn förmlich, als er ihn hörte!) Und sie beschworen Tore, ihren im siebenundsiebzigsten Himmel wohnenden Hauptgott. Sie spuckten ununterbrochen, als hätten sie den Mund voller Sand. Julianus stand nur da und staunte.

Plötzlich traten hinter dem Molla zwei von den jungen Männern mit Streitäxten heraus. Da wichen die Diener zurück. Hinter sich spuckend, unter ständigen Verwünschungen mit der Stiefelspitze die Erde nach hinten scharrend wie die Hunde, verzogen sie sich. Lange noch war aus der Ferne ihr lautes Schimpfen zu hören.

„Und warum scherst denn du dich nicht davon?“ kreischte der entrüstete Molla, der sich in seinem Recht gekränkt fühlte.

„Sei nicht böse, guter Herr, ich werde auch gehen“, sagte Julianus besänftigend. „Laß mich im Namen Gottes von dir Abschied nehmen.“

„Scher dich schon fort, mach nicht so viele Worte, du ungläubiger Hund.“

„Sei bedankt, daß du mich gedungen, mir zu essen gegeben und mich an deiner Seite geduldet hast“, fuhr Julianus friedlich fort. „Ich bitte Gott, deinen weisen Geist zu erhellen, dein gütiges Herz zu bewegen, damit du dich zum wahren Glauben bekehrst und Jesus, dem Erlöser, treu dienst. Ich will beten, damit du dein unzüchtiges Leben aufgibst, deine sündigen Vergnügungen, damit du deine Frauen verjagst und dein Alter in Reue und in dich gekehrt verbringst, auf daß du einen schönen Tod, sanfte Ruhe und ewiges Leben erlangst im Herrn. Amen.“

„Genug. Pack dich! Der Zorn Allahs möge dich treffen, du schändlicher, elender Fremder, du ungläubiger Hund.“

„Ich danke dir im Namen Gottes auch für deine Beschimpfungen.“

Damit ging Julianus.

Der Molla aber starrte ihm mit rotem Kopf hinterher. Offenbar hielt er die Worte Julianus' für Hohn.

Julianus aber ging geradewegs auf den Marktplatz. Die Sonne stand schon recht hoch. Von allen Seiten knarrten Karren und Wagen heran, Reiter wirbelten den Staub auf, Lärm, Kreischen, Streiten erfüllte den großen, kahlen Platz. Felle lagen in mächtigen Bergen, die frechen Spatzen hüpften auf den Matten rings um die aufgeschütteten Haufen von Hirse, etwas weiter wurden lange Fichtenstämme abgeladen, an anderer Stelle standen oder saßen Sklaven und warteten gleichmütig auf ihren Käufer. Man ließ sich die feilgebotenen Pferde vorführen, Stoffballen und gegerbte Häute wurden von Kamelen abgeladen. Bulgarische, arabische, kumanische und andere ihm unbekannte Worte vermischten sich miteinander. Aber nicht ein ungarisches Wort vernahm Julianus in diesem Stimmengewirr.

Er bat die Händler der Reihe nach um Almosen, bekam auch bei dem einen ein Stück Fladen, bei dem anderen einen getrockneten

Fisch. Dann setzte er sich an den Eingang der Karawanserei auf die Erde und begann langsam zu essen.

Danach ging er in den Hof und trank am Brunnen aus dem Eimer.

Später suchte er der Reihe nach die Stadttore auf, eilte mit schnellen Füßen von einem zum anderen. Er stand da, wartete, lauschte und beobachtete. Vergebens.

Am Nachmittag streifte er wieder auf dem Marktplatz umher und verfolgte nun schon abgestumpft das Treiben. Er beschloß, sich am zeitigen Morgen des nächsten Tages auf den Weg zu machen und weiter gegen Norden zu ziehen. Mit Gottes Hilfe würde er schon an sein Ziel gelangen.

Als das Horn des Muezzin auf dem hölzernen Turm erklang und er sein langgezogenes *La illah il allah* . . . anstimmte, war Julianus auf dem Weg zur Karawanserei. Er hoffte, dort einen Winkel zu finden, in dem er ausruhen konnte. Vielleicht bekam er von einem gutherzigen Reisenden auch etwas zu essen.

Als er durch das Tor schritt, kamen ihm ein Mann und eine kleine, rundliche Frau im weißen Leinengewand entgegen. Der Mann ging zwei oder drei Schritte vorneweg. Seine grauen Leinenhosen waren an den Waden festgebunden. Dazu trug er Bundschuhe, über der Schulter aber ein Wolfsfell und auf dem Kopf eine schiefsitzende hohe Mütze. Sein langer Schnurrbart hing herunter, der braune Vollbart kräuselte sich auf der Brust. Er rief immer wieder etwas zu der behende hinter ihm hereilenden ganz jungen vollbusigen Frau, deren Mundwerk ohne Unterlaß ging. Ihr rundes braunes Gesicht strotzte von Gesundheit und guter Laune. Auf dem Kopf trug sie ein Leinentuch. Von Kopf bis Fuß war sie weiß gekleidet, selbst ihre Bundschuhe waren aus weißem Leinen und leuchteten im schwarzen Straßenstaub.

Als Julianus an ihnen vorbeiging, blieben sie stehen und musterten ihn. Julianus hatte sich schon daran gewöhnt, daß man ihm wegen seines zerschlissenen, schmutzigen Gewandes nachschaute, seine ganz schwarz gewordenen Bundschuhe, sein langes Haar und seinen struppigen Bart bestaunte. Besonders seinen Bart, weil er gar so ungepflegt war. Er mußte hier im „Land der Bärte", wie Gerhardus gesagt hatte, mit Recht Aufsehen erregen. Was für ein nichtswürdiger Mann, der nicht mal auf seinen Bart bedacht ist! Sie blieben stehen, die Frau fragte ihn etwas mit schneller Zunge und lachte kindlich dazu.

Julianus schüttelte den Kopf und sagte kumanisch:

„Ich verstehe dich nicht, meine liebe Tochter."

Hierauf aber schüttelte die Frau den Kopf und lachte noch mehr. Der Mann ermahnte sie, forderte sie offenbar auf, weiterzukommen.

„Oh, Isteneg!" rief die Frau kindlich.

Julianus wurde blaß. Sein Herzschlag stockte. Nein, das konnte nicht wahr sein. Er hatte wohl falsch gehört. Oft schon glaubte er Worte zu vernehmen, die wie ungarische Worte klangen. Ein Spiel der Sprachen. Sicherlich gab es auch im Bulgarischen ähnliche Wörter. Aber er spürte, daß er sich jetzt nicht irrte. Dieser leise, ungeduldige Ausruf konnte nur ein ungarisches Wort sein: Istenem, mein Gott.

„Bist . . . bist . . . du vielleicht Madjarin?" stammelte er und starrte die Frau an, als wollte er sie verschlingen.

„Madschar! Madschar!" Sie nickte mit dem Kopf und sah Julianus verwundert an. Ihre braunen Augen strahlten heiter und zugleich sanft aus den Falten des weißen Tuches.

„Oh, mein Gott!" lallte jetzt Julianus und errötete. Schweiß trat ihm auf die Stirn, und glühende Hitze lief ihm über den ganzen Körper.

„Du hast Gott gerufen? Bist du krank?" fragte die Frau erschrocken.

Aber Julianus brachte kein Wort heraus. Er starrte die Frau an, als wäre er seiner Sinne nicht mehr mächtig, seine Lippen bebten. Dann sank er nieder auf die Knie.

„Hab Dank, mein Gott, mein Vater! Hab Dank! Ich habe sie gefunden."

Über seine Wangen, seinen struppigen Bart rollten Tränen.

Erschrocken stand die Frau vor ihm, ihr Mann aber schaute verärgert, wenn auch mit einer gewissen Achtung von oben auf Julianus herab. Er glaubte, es sei ein Irrsinniger, und auch die Irrsinnigen mußte man achten. Denn Gottes Wort kann auch aus ihnen sprechen.

Die Welt um Julianus versank. Er konnte nichts mehr sehen, nur noch die Frau, wie sie mit erschrockenem Gesicht dastand, ihn mit geweiteten Augen ansah und nicht wußte, was sie anfangen sollte. Julianus nahm den reinen Glanz ihres Kleides in sich auf, ihre Gestalt, ihr rundes, pausbäckiges, rotbraunes Gesicht, ihre wohltuende Frische, den klaren kindlichen Blick ihrer braunen Augen. Die Frau hielt ein kleines Bündel in der Hand.

Aber nun beherrschte er seine Gefühle wieder und sprach sein Dankgebet. Dann wischte er sich schnell mit dem Ärmel seiner Jacke über die Augen. Er stand auf und lächelte unter Tränen. Seine Brust keuchte, nur stockend brachen die Worte aus seiner verschnürten Kehle.

„Träume ich? Ist es nur ein Traum?"

„Traum?" fragte die Frau zögernd, als hätte sie nicht richtig gehört. „Nein, kein Traum . . ."

Sie hatte eine volle, aber mädchenhafte Stimme.

„Es ist kein Traum, ist Wirklichkeit. Du bist eine Madjarin."

„Ich bin Madscharin", wiederholte sie, sprach dabei das Dj wie Dsch, wie ein lispelndes Kind. Sie verstand nicht, was daran erstaunlich sein sollte. Warum verschlang dieser erschreckend zerlumpte Halbnarr sie mit den Augen, was seufzte er, warum errötete und erblaßte er, warum stammelte er so? Und warum betete er so inbrünstig? Warum fragte er sie immer wieder, ob sie Madscharin sei? Warum sprach er die Worte mit so fremder Zunge? Was ist das für ein Madscharisch? Sollte er ein Zauberer sein?

Dem Begleiter, offensichtlich der Ehemann der Frau, gefiel die Sache nicht. Er nahm sie bei der Hand und sprach strenger zu ihr.

Sie gab seinem Drängen nach, schaute aber noch immer auf den zerlumpten Mann. Sie mochte den Blick nicht von ihm wenden, spürte, daß sich hier etwas Denkwürdigeres ereignete als die alltägliche Begegnung mit einem fremden Landstreicher.

Sie wandte sich an ihren Mann und fragte ihn etwas. Der Mann kratzte sich widerwillig am Kopf.

„Woher kommst du?" wandte sich die Frau erneut an Julianus und lächelte.

„Aus dem Land der Madjaren! Von weit her."

„Aus dem Land der Madscharen . . . weit her . . . Ist nicht weit, ist ganz nahe."

Julianus wurde es erneut schwindlig. Ihm war zumute wie einem Goldgräber, der Jahre hindurch mit den zehn Fingern Tag und Nacht gegraben hat, hungernd und dürstend, und jetzt endlich vor sich in der Erde die ersten Goldkörner sieht. Goldkörner, Edelsteine. Er hebt sie auf, dreht sie und erfreut sich an ihrem Glanz. So erstrahlten Julianus die schlichten Worte der Frau in seltsamem Glanz. Es waren ungewohnte Laute, wie er sie noch nie hörte, die Frau sprach die tiefen Laute tiefer, die hohen aber höher, als es sein Ohr gewohnt war. Es lag etwas Kindliches in ihrer Aussprache. Kleine Kinder, die erst anfangen zu reden, sprechen die Worte so weich und ein wenig lispelnd. Ihr S klang fast wie Sch. Sie drückte gewiß die Zungenspitze nicht an die Zähne, sondern ein wenig mehr nach hinten an den Gaumen.

„Wer bist du?" fragte Julianus sie mit großem Erstaunen.

„Du siehst es", die Frau lachte und senkte schamhaft den Kopf. „Ich heiße Aksin, bin Madscharin und kam aus dem Tal der Wölfe in dieses Land."

Der Mann drängte die Frau erneut. Sie aber zögerte noch immer. Sie sprach schnell, flehte ihn an. Julianus wußte, daß sie über ihn sprach. Und in der Tat. Sie ging noch nicht, sondern wandte sich wieder mit einem freundlichen Lächeln an Julianus.

„Mein Mann drängt, ich sollte endlich mit ihm gehen. Komm auch du mit uns."

Julianus ließ es sich nicht zweimal sagen. Beglückt ging er mit. Soeben hatte er noch befürchtet, der Mann würde die Frau zum Mitgehen zwingen, ihn aber verjagen, so daß er die wundersame Gestalt für immer verlöre. Ihm erschien die Frau nicht als Menschenwesen, sondern als Gesandte des himmlischen Vaters.

Sie gingen schnell, die Frau sprach mal mit flehender, besänftigender Stimme zu ihrem Mann, mal wieder zu Julianus, freundlich, erregt, kindlich. Wenn sie bulgarisch sprach, klang ihre Stimme nicht so kindlich, nur wenn sie sonderbar lispelnd ungarische Worte sagte. Sie fragte erneut, wo das Land liege, aus dem Julianus komme, und schüttelte ungläubig den Kopf, als sie hörte, daß es weit weg im Westen ein großes Reich der Madjaren geben solle, das er vor zwei Jahren verlassen habe, und daß das Volk dieses Landes die gleiche Sprache spreche wie sie selbst. Aber viele seiner Wörter verstand sie nicht.

So kamen sie an den Stadtrand, wo die Frau wohnte. Dort stand unter Obstbäumen und zwischen Ställen ein halb in die Erde gegrabenes, schilfgedecktes Bauernhaus. Davor trippelte ein kleines Kind im Gras und spielte mit Steinchen. Als es die Eltern erkannte, lief es ihnen jauchzend entgegen. Etwas weiter entfernt im Gemüsegarten hantierte eine alte Frau. Ein graubärtiger, langhaariger Greis in leinenen Beinkleidern und Bundschuhen aber führte eine Kuh unter den Obstbäumen hervor.

„Wir sind daheim", sagte die Frau, rannte zu dem Kind, schwenkte es in die Höhe und bedeckte es mit Küssen. Sie sprach bulgarisch zu ihm, zeigte auf Julianus, lachte über das Staunen des Kleinen, und ihr braunes Gesicht rötete sich vor Stolz.

Auch die beiden Alten kamen herbeigetrottet und starrten den Fremden verwundert an. Sie verstanden nicht, was er hier suchte, aber als Gast empfingen sie ihn mit Achtung, führten die Hand an die Stirn und verneigten sich vor ihm. Auch Julianus verneigte sich, sah sich unentschlossen um wie jemand, der nach Hause gekommen ist, wo sich aber inzwischen soviel verändert hat, daß er nichts mehr auf seinem alten Platz findet.

„Wir wischen dir dein Näschen", sagte die Frau zärtlich zu dem Kind, hob ihren Rock und wischte dem Kleinen das verschmierte

Näschen. „Jetzt bist du hübsch, ganz hübsch. Der Gast soll nicht denken, daß du ein schmutziger Junge bist!"

Dann rief sie Julianus ins Haus, füllte Milch in den auf dem Bänkchen stehenden Napf und reichte sie ihm. Julianus schlug das Kreuzzeichen darüber, dann trank er hastig. Solch süße, wohlschmeckende Milch hatte er noch nie getrunken. Die Frau lachte kindlich, weil er ein Kreuz machte, und war verwundert, daß er vor dem Trinken von der Milch nichts auf die Erde schwappte.

„Ruhe dich aus", drängte sie, „setz dich."

Er setzte sich jedoch nicht, sondern wollte sogleich für die Bewirtung arbeiten. Er ging hinaus in den Obstgarten, sah sich die Gartengewächse an. Hier zwischen den Zwiebeln gab es genügend Unkraut, das die alte Frau heute nicht mehr hatte jäten können. Julianus machte sich daran und jätete das Beet schnell zu Ende. Der alte Mann zog laut stöhnend aus einem Schober Heu für die Kuh, die noch gemolken werden mußte. Julianus schob den Alten sanft beiseite, zog einen Armvoll Heu heraus und warf ihn vor die weiße Kuh. Ein zottiges, ungepflegtes kleines Pferd stand an einen Pfahl gebunden. Julianus nahm zwei Strohwische und machte sich daran, das Pferd abzureiben. Es wieherte, wollte ihn beißen, zog drohend die Lippen von den großen gelben Zähnen, aber der Mann erschrak nicht vor dem Tier. Er wischte und rieb ihm den angetrockneten Schlamm gründlich vom Fell.

Der Hausherr und die beiden Alten verfolgten zufrieden sein emsiges Tun. Es war ihnen zwar peinlich, daß der Gast arbeitete, aber sie sahen es auch gern. Aus der Ferne verfolgten sie aufmerksam jede seiner Bewegungen und nickten. Er machte alles so, wie man es machen mußte.

Die junge Frau hängte währenddessen den Kessel über das vor dem Haus lodernde Feuer und bereitete Hirsebrei mit Zwiebeln. Während der Brei brodelte, kauerte sie nieder und stillte ihren Knaben. Als er eingeschlafen war, küßte sie ihn und brachte ihn behutsam ins Haus.

Bis zum Abendessen blieb Julianus noch Zeit, sich umzusehen. Unter dem Schauer fand er einen Holzpflug und eine Egge. Daneben stand eine zur Seite geräumte Hanfbreche. Auch zwei oder drei Spaten sah er, aber die Stiele waren kürzer als bei den Spaten zu Hause, und sie waren auch nicht so gut beschlagen. Er fand auch eine Heugabel, eine hölzerne Schaufel und einen Dreschflegel. In der Scheune gab es noch ein wenig ungedroschenen Weizen. Julianus nahm einige Garben, breitete sie auf der festgestampften Tenne aus und begann zu dreschen. Heiter, rhythmisch klopfte der Dreschflegel, und das Herz des Mönches füllte sich mit Inbrunst und Freude. Laut sang er das *Salve Regina* und arbeitete vergnügt bis zum Dunkelwerden. Er schwitzte tüchtig, von seiner Stirn rann der Schweiß. Er harkte das Stroh zusammen und setzte es in die Ecke. Dann nahm er den Birkenbesen, fegte die ausgedroschenen Körner zusammen und schaufelte sie in einen aus Rinde geflochtenen Korb. Morgen würde man es schwingen können. Er fand alles, was er brauchte, wußte mit allem umzugehen, genau wie zu Hause in den Scheunen des Klosters oder bei den ungarischen Bauern.

Dabei mußte er wiederholt innehalten und sich umsehen. Er konnte nicht glauben, daß er hier war, viele tausend Meilen von daheim entfernt, und daß alles genauso war wie zu Hause. Er strich sich mit der Hand über die Stirn, seufzte, und ein lautloses Schluchzen ließ seine Brust erbeben.

Dann setzte man sich an den niedrigen Tisch, der in der Mitte ein Loch für den Kochkessel hatte. Zuvor hatten die Hausleute nach dem Osten gewandt in bulgarischer Sprache gebetet, wobei häufig das Wort „Schirlach" fiel, was offenbar „Erbarme dich" bedeutete, und sich einige Male verneigt. Julianus aber bekreuzigte sich, machte das Kreuzzeichen auch über dem Hirsebrei und betete. Darüber waren die Hausleute wiederum sehr verwundert. Die junge Frau lächelte. Sie war so schön in ihrem reinweißen Gewand, als der Schein des Feuers auf ihrem runden, braunen Gesicht und in ihren freundlich glänzenden braunen Augen spielte, daß Julianus wieder die Tränen kamen.

Das Essen verlief genau wie zu Hause auf dem Dorf. Erst nahm sich der Greis einen Löffel Hirsebrei aus dem Kessel, dann der Hausherr, dann die alte Frau, die junge Frau und schließlich der Gast. Man hatte ihn zwar aufgefordert, sich als erster zu nehmen, aber Julianus rührte den Brei nicht an, bevor alle anderen genommen hatten. Auch das gefiel den Hausleuten sehr. Sie sahen in ihm einen reisenden Narren, der zwar seinen Bart nicht pflegte, aber ein anständiger Mensch war, der sanft lächelte und wußte, was Anstand hieß, der sogar aus freien Stücken gearbeitet hatte.

Die junge Frau war der Dolmetscher bei dem langen, bis in die Nacht hineinreichenden Gespräch, das nun begann. Der Garten und die Erde dufteten. Die kleine Familie kauerte friedlich um das leise brennende Feuer, ihre weißen Gewänder leuchteten in der Dunkelheit.

Aber wenn sie auch beide Ungarn waren, verstanden sie sich doch nicht so ohne weiteres, denn Julianus gebrauchte zahlreiche Wörter, die die Frau noch nie gehört hatte. Sie wußte nicht, was eine Kirche oder ein Kloster war, kannte Wörter wie Evangelium, König, Bischof, Papst, Burg oder Palast nicht, selbst Wörter wie Frau oder Nest verstand sie nicht. Auch Julianus mußte all seine Aufmerksamkeit zusammennehmen, um die oft andersklingenden Worte der Frau zu verstehen.

Die Hausleute stießen immer wieder einen Schrei des Staunens aus, wenn Julianus von Ungarn erzählte. Sie zweifelten seine Worte an. Aber die Frau übersetzte so eindringlich, was er erzählte, daß sie es schließlich doch glauben mußten. Mit düsterem Gesicht hörten sie zu, wie man ihn und seine Gefährten unterwegs ausgeraubt hatte, wie sie sich auf den Marktplatz stellten, um einander zu verkaufen, wie sie in der Hütte darbten und wie sie sich schließlich durch die Wüste schlagen mußten. Als er erzählte, wie sie nach der Fata Morgana, der kopfunter ziehenden Karawane, rannten, schrie die Frau entsetzt:

„Das war Kajar!"

Schließlich erzählte Julianus, wie er seinen armen kranken Gefährten zwei Tage lang auf dem Rücken getragen hatte und wie er ihn beerdigte. Lange Stille entstand, zwischen den Baumblättern säuselte der Wind, und das erschrockene Hausvolk flüsterte bulgarisch und madjarisch:

„Geh, ruh dich aus, vergiß es, wenn jemand dich geschickt hat! Du weißt schon alles, wir noch gar nichts!"

Dies galt dem Toten, damit er sie nicht behelligte, sondern friedlich in seinem fernen Grab ruhen möge.

Julianus jedoch wollte erfahren, wo die Madjaren lebten und wie man auf schnellstem Wege zu ihnen gelangen könnte. Am Morgen schon wollte er aufbrechen. Die Frau erklärte es ihm.

„Zwei Tagesmärsche von hier", sagte sie. „Gehe nur geradeaus mitternachtwärts. Nach zwei Tagen erblickst du den Itil. Jenseits des Flusses, auf dem Weg ins Tal der Wölfe, wohnen die Madscharen."

Also nur noch zwei Tagesmärsche! Wieder wurde Julianus so erregt, daß er am liebsten gleich aufgebrochen wäre. Aber auch hier wäre er gern noch geblieben. Saß doch ihm gegenüber am Feuer eine ungarische Frau, lächelte ihm ein Gesicht zu, Augen blickten ihn an, die an zu Hause erinnerten.

„Die alten Leute bei uns erzählen", sprach die Frau in Gedanken versunken, „daß unsere Vorfahren oft von den Verwandten gesprochen haben. Diese sollen weit fort nach Sonnenuntergang gezogen sein."

Und sie erzählte, daß man jedes Jahr eine Feier begehe, bei der dann am Tisch mit dem Hirsebrei ein Platz freigelassen werde, ein gedeckter Platz – zur Erinnerung an die Fortgezogenen. Aber nur die ganz Alten wüßten noch, für wen dieser leere Platz gedacht sei. Die Jüngeren meinten, er sei für die Toten gedacht. Die junge Frau berichtete dann auch noch, daß sie der bulgarische Mann, als er bei ihnen zu tun hatte, für zwei Rinder, fünfzig Metzen Wein und zwanzig gegerbte Kalbsfelle als Frau gekauft habe. Schließlich, als die Zeit zum Schlafengehen gekommen war, begaben sich die beiden Frauen ins Haus zur Ruhe, die drei Männer aber trotteten in die Scheune, um sich im Stroh ein Lager zu suchen. Der Hausherr wandte sich wieder gegen Osten und betete, die anderen verneigten sich. Dann stellte er einen Birkenbesen mit dem Stiel nach unten vor die Haustür gegen die bösen Geister. Julianus zeigte er, wo er schlafen könne. Er behandelte ihn mit großer Ehrerbietung, deutete und winkte eifrig und lächelte.

Julianus aber konnte nicht einschlafen, obwohl er sehr müde war. Nach langer Zeit fühlte er wieder weiches, duftendes Stroh unter sich, ringsherum herrschte Stille, nur der nächtliche Wind lispelte manchmal und bewegte leicht die Schatten der Bäume vor der Scheune. Nur die Eulen kreischten. Julianus betete, und in seinem Kopf jagten sich die Erinnerungen.

Gegen Morgen erschien ihm erneut die Unbekannte, die ihn in seiner Jugend so oft im Traum besucht hatte. Sie nahm ihn in den Schoß, wiegte ihn langsam und summte ihm ein nie gehörtes Lied. Es war jene Frau, von der er einst vor langer Zeit gedacht hatte, sie warte weit weg, am Ende der Welt, auf ihn. Und sie glich dieser ungarischen Frau hier im Haus, sah ihn an und lächelte ihm zu, irgendwoher aus der Ferne, so daß man die Gesichtszüge nicht mehr genau erkennen konnte . . .

Bei Sonnenaufgang war Julianus auf den Beinen. Der Hausherr beschäftigte sich mit seinem Pferd, tränkte es und ging dann, um den Pflug herauszuholen. Julianus half ihm. Die Frau melkte die Kuh. Sie lachte.

„Guten Morgen, guten Morgen", rief sie mit ihrer kindlichen Stimme.

„Guten Morgen. Was macht der Kleine?"

„Er schläft noch."

„Ich ziehe nun weiter. Gott segne euch alle."

„Warte, ich will eine Gans schlachten." Die Frau hielt ihn zurück. „Ich muß nur erst noch die Kuh melken."

Julianus erlaubte nicht, daß die Frau eine Gans schlachtete. Er bedankte sich, daß sie ihm in den Quersack Fladen, Zwiebeln, gebratenes Fleisch und einige Äpfel steckte. Vor dem Aufbruch ging er in das Haus, blickte auf das schlafende Kind, segnete es und ließ auf der Schwelle behutsam seinen letzten Dirham fallen.

Dann führte er die Hand an die Stirn, verneigte sich vor dem alten Mann und dem Hausherrn, nahm mit Tränen in den Augen Abschied von der Frau und segnete das ganze Haus. Alle standen unter der großen Linde und schauten ihm nach, bis er ihren Blicken entschwand. Die kindliche Stimme der Frau schallte ihm hinterher.

„Gott segne dich!"

So machte er sich mit neuer Kraft wieder auf den Weg. Er ging geradewegs nach dem Norden, außerhalb des Stadttores fast im Laufschritt. Zwei Tagesmärsche! Vielleicht konnte er die Zeit um einen halben Tag verkürzen.

Der Monat der Zwillinge ging seinem Ende entgegen, der Weizen war schon verblüht, die Sonne schien warm. Üppiges, taufeuchtes Gras benetzte seine zerschlissenen Schuhe. Immer höhere Hügel türmten sich vor ihm auf, und ihm war, als würden in der Ferne die schneebedeckten Gipfel der himmelhohen Berge aufschimmern. Oder waren es nur weiße schwebende Wolken?

Er kam schnell voran, hatte bis Mittag schon einen weiten Weg zurückgelegt, Einsamkeit und Stille umgaben ihn, nur der Ruf einer Wachtel war manchmal zu hören. Linker Hand erstreckten sich endlose Waldungen, rechts die grasbewachsene Ebene.

Aber die Frau mochte sich geirrt haben, denn erst nach vier Tagen erreichte Julianus den Lauf des großen Flusses. Er glaubte, es müßte der Itil sein. Hier reihten sich nicht mehr Hügel aneinander, sondern immer höhere, dicht bewaldete Berge, tiefe, breite, üppige Bachtäler öffneten sich und badeten träge im Sonnenschein. Julianus zog die Bundschuhe aus und watete im klaren Wasser weiter. Ihm war, als würde er den Zengő sehen und die sich duckenden Berge des vertrauten Mecsekgebirges, die den Zengő wie einen Vater umlagerten und flüsternd miteinander sprachen. Er sah den Rékabach, in dem er so oft mit bloßen Füßen geplantscht hatte, wo er mit kindlich reinem Herzen selbst darüber lachen konnte, daß die winzigen Wellen gleich kleinen schillernden Fischen mit weichen Mäulchen an seinen Waden zupften. Er hörte einen Kuckuck und begann unwillkürlich zu zählen, wie vielmal er rief. Rote, gelbe und weiße Schmetterlinge blitzten über dem Blumenteppich. Am liebsten wäre er ihnen nachgerannt, um sie zu fangen. Über einem entlegenen, waldbestandenen Berg schwebte ein Adler. Und vor seinen Füßen huschten goldgrüne Eidechsen dahin, als hätten seine frohen Erinnerungen Gestalt angenommen. Vielleicht stieß er in einer Hütte sogar auf Vater Majs. Und er fand Cseperke inmitten ihrer spielenden Kinder in einem kleinen Holzhaus, nach dem sie sich so sehr gesehnt hatte. Er fühlte, er würde alles finden . . .

Als er das Bett des zwischen Steinen dahineilenden Baches verließ und einen Hügel erklomm, um sich von oben umzusehen, erblickte er in der Tiefe den breiten Fluß, spürte, daß er endlich am Ziel war.

Tief atmete er die leichte, würzige Luft ein und wandte die schweißbenetzte Stirn dem Wind zu. Eine alte, vom Blitz getroffene Eiche raunte auf dem Berggipfel. Unten zwischen dichten Weiden und Ginster glänzte silbrig das Wasser. Links, jenseits des Bachbettes, zogen sich bewaldete Berge hin. Rechts strebte eine Bergspitze hoch empor, zwischen den Bäumen sah Julianus kahlen Fels schimmern, als würde der Gipfel seine gewaltigen Knochen zeigen. Gegenüber aber, jenseits des Flusses, standen gleich Pilzen einige Zelte im Schein der untergehenden Sonne. Das sich in der Ferne öffnende Tal strahlte üppig grün. Dort weideten Pferde, von hier oben schienen sie nicht größer als Hunde. Die Hunde aber, die auf der Weide hin- und herrannten waren klein wie Mäuse. Ihr Gebell hörte sich von hier oben an, als würde ein spielendes Kind Holzstücke gegeneinanderschlagen. Einige Männer standen und lagen vor dem vorderen Zelt. Dann tauchten aus einem anderen Zelt zwei weißgekleidete Gestalten auf.

Julianus setzte sich unter die Eiche. Er wagte sich nicht zu rühren, als müßte er fürchten, diese sonnenbeschienene grüne Landschaft, die wie Spielzeug anmutenden Zelte, Pferde und Menschen zu verscheuchen. Die Rufe eines Würgers hoch über seinem Kopf klangen, als würde er Haselnüsse knacken. Das Laub des gewaltigen Baumes flüsterte friedlich. Und es herrschte eine Stille wie einst in der „schönen Kirche" zu Esztergom, als er vor dem Marienaltar seine einsamen Gebete verrichtete.

Julianus verschnaufte lange auf dem Gipfel und hielt Ausschau. Er vertiefte sich in seine Gedanken, sein Geist spielte mit den Gefühlen und Empfindungen, die sich seiner bemächtigten. Sein Herz füllte sich mit Frieden und mit leichtem Schmerz.

Wie viele waren auf seinem Weg zurückgeblieben, bis er endlich hierher gelangt war! Als erstes das kleine Mädchen, das seine Spielgefährtin war und so gern mit ihm im Wald in einem kleinen Holzhaus leben wollte. Dann der Vater, die Stiefmutter, das Brüderchen. Der gütige greise Abt des Klosters, der ihn zwischen die Knie zu stellen und eindringlich anzuschauen pflegte. Jetzt hörte er förmlich sein erstickendes Husten und die mahnenden Worte: „Paß auf, mein

Sohn, damit deine Gefühle nicht stärker werden als dein Wille.“ Er hatte recht ... Wenn er seinen Willen nicht gestählt hätte, wäre er nie bis hierher gelangt. Dann Frater Otto. In Konstantinopel die ihn begleitenden Krieger, in Matrika der kleine Hund, in Torgikan Desiderius und Paulus. Und schließlich der arme Frater Gerhardus.

Julianus schluchzte, neigte den Kopf auf den Arm und weinte. Er weinte so heftig, so kindlich, so glücklich und schmerzlich, daß er sich dabei ganz verlor. Er brauchte sich um nichts zu kümmern, niemand war um ihn, er mußte sich nicht beherrschen. Er ließ zu, daß seine heißen Tränen flossen, strömten wie das Wasser eines seit Jahren gestauten Baches, das jetzt den Damm durchbrach, alles hinwegschwemmte und ihn reinigte, damit er, Julianus, in dieser Stunde frei und rein vor Gott treten könne, den er im Wind des Sonnenuntergangs hörte, den er sah in den Strahlen der Sonne, die die Welt, das ganze Leben erhellten.

Julianus war allein. Er stand hoch oben über der Welt. Alles rings um ihn versank, die Zeit blieb stehen.

Endlich fühlte er sich befreit, wischte sich die Augen mit dem Ärmel seiner Jacke und sank auf die Knie. Er bekreuzigte sich und betete laut.

„Ich danke dir, Vater, daß du mich in die Welt geschickt hast, daß du mir in der Kindheit Várad gabst, den Vater und die nie gekannte Mutter, die Stiefmutter, das Brüderchen und die Spielgefährten, ich danke dir, daß du mir den Zengő gabst, den Bach und den Wald. Ich danke dir, daß du mich an einem längst vergangenen Sonntag ins Kloster geleitetest und mir die zu dir führende Pforte öffnetest. Ich danke dir, Vater, daß du mir das Buch in die Hand gabst, in dem ich zum ersten Mal von den Madjaren las und in dem ich das schöne Wort fand: Wünneclîch. Ich danke dir, daß du mich von ihnen hast träumen lassen und mich ermuntertest, es sei mehr als ein Traum, es sei Wirklickeit. Ich danke dir, Herr, für Fejérvár und Bologna. Ich danke dir, daß du mir deinen schützenden Engel schicktest, als ich am Rande der Sünde wandelte und irrte. Ich danke dir, Herr, daß du mich an der Hand führtest und mich nicht verließest, damit auch ich dich nicht verlasse. Ich danke dir, daß du mich auf diesen Berg geleitetest und mich den Erfolg meines Lebens und meines Kampfes hast sehen lassen. Deo gratias! Deo gratias!“

Er sprach die Worte stockend, seufzte immer wieder auf und wischte sich die Augen.

„Ich danke dir, Herr, daß du mir Gefährten gabst und Widersacher. Vergib mir, daß ich meine Gefährten oft für schwach und fehlbar hielt und meine Widersacher manchmal haßte. Jetzt erkenne ich, daß sie mir auf meinem Weg ebenso geholfen haben wie die guten Gefährten, weil sie mich zwangen, all meine Kraft zusammenzunehmen. Führe Desiderius und Paulus gesund nach Hause, und lasse den Seelen meiner Brüder Otto und Gerhardus dein ewiges Licht leuchten. Oh, Herr, gib mir dein loderndes Feuer in die Hand, damit ich meinen lieben Brüdern und Schwestern die Wahrheit deines Evangeliums verkünden kann. Stehe mir bei! Stehe meinem Volke bei, das mich jenseits des Flusses in sich aufnehmen möge wie der See den zurückfallenden Wassertropfen, den der Sturm ihm entrissen hat. Gib, daß ich eins mit ihm werde und mein Volk eins wird mit mir! Amen."

Als Julianus sein Gebet beendet hatte, saß er noch lange still da, geläutert und beschwingt vor Glück. Die Sonne versank glühend hinter den bewaldeten Bergen. Lange Schatten und rote Lichtstrahlen durchschnitten das Tal. Die Kronen der Bäume leuchteten wie Glut, während die Stämme anmuteten, als stünden sie im dunkelgrünen Wasser. Allmählich versanken die Sträucher und die dichten Weidenbüsche im Dunkel. Das Wasser schimmerte schwarz. Aber strahlend glühten noch die fernen Berge, und die Felsen des steil emporragenden Gipfels zur Rechten erschienen jetzt wie in Glut getaucht.

Er mußte sich auf den Weg machen, wenn er noch vor Einbruch der Dunkelheit über den Fluß gelangen wollte. Und er wollte es. Jetzt, da er auch von der Last seiner Gefühle befreit war, wäre er am liebsten geflogen. Vielleicht waren das dort drüben gar keine Madjaren? Vielleicht hatte sich die Frau nicht um zwei, sondern um mehrere Tage geirrt? Plötzlich glaubte er zu wissen, warum sie zwei Tage gesagt hatte. Sie hatte die Entfernung zu Pferd zurückgelegt. So stand er also doch an der Pforte von *Magña Hungaria*. Und am jenseitigen Ufer waren tatsächlich Madjaren. Er stand auf, schulterte seinen Quersack, nahm den Stock in die Hand und ließ den Blick über den Fluß gleiten.

Jenseits schwang sich ein Mann aufs Pferd und trieb die anderen Pferde zum Tränken an den Fluß. Die kleine Herde stand da, im dunklen Wasserspiegel. Julianus sah deutlich, wie die Pferde die Mäuler ins Wasser tauchten. Rufe erschallten. Ein Pferd hob den Kopf, schaute in die Ferne und wieherte langgezogen, als würde es lachen.

Zwischen den Zelten erklangen leise Zitherklänge. Eine Männerstimme sang, dann fielen auch die anderen ein . . . Der Wind trug dann und wann die frohen, auf- und abschwingenden Klänge heran wie im herbstlichen Sonnenschein die glänzenden Fäden des Altweibersommers. Julianus lauschte. Ja, es war dasselbe Lied, das die Krieger auf dem Weg nach Konstantinopel gesungen hatten! Dasselbe Lied! Und doch nicht dasselbe. Jetzt klang es ganz anders. Dann aber war es wieder das gleiche, das schmetternde Lied der fröhlichen Reiter von damals.

Die Worte drangen nicht über das Wasser, wohl aber die Melodie. Die Zither klang, als zirpten die Grillen. Und aus der Vergangenheit kam schmetternd die Stimme der reitenden Soldaten als Antwort.

Wußte er doch, wußte er doch vom ersten Augenblick an, daß da drüben Madjaren saßen. Jetzt lachte er dennoch lautlos in sich hinein. Er rief in die Ferne: „Hahoo! Hahooo! Heej!"

Seine Stimme erscholl wie ein Hornruf und hallte wider an den Bergen. Als fragten sie einander verwundert: „Hahoo! Hahooo! Heej!"

Julianus wartete gespannt.

Dann kam von der anderen Seite die Antwort, als würden Kinder spielen.

„Hahoo! Hahooo! Heej!"

Und Julianus lief den Hügel hinunter.

Nachwort

In der Bibliothek des Vatikans befindet sich ein Bericht aus dem Jahre 1237, in dem die Reise des Dominikanermönches Julianus geschildert ist, zu der dieser mit drei weiteren Ordensbrüdern im Frühjahr 1235 aus Ungarn aufgebrochen war, um die in der Urheimat verbliebenen Madjaren zu suchen. Der Bericht lautet:

Aus der Chronik *Gesta Ungarorum* hatten die zum Christentum bekehrten Madjaren die Kunde vernommen, daß es noch ein anderes, ein größeres Ungarn gegeben hat, aus dem die sieben Heerführer mit ihren Völkern ausgezogen waren, um sich Wohnsitze zu erobern, da ihr Gebiet die große Anzahl der Bevölkerung nicht ernähren konnte. Nachdem sie viele Länder durchzogen und verwüstet hatten, erreichten sie das Gebiet, das man heute Ungarn nennt, damals aber als Weide der Römer bezeichnet wurde. Dies erwählten sie zu ihrem Wohnsitz und unterwarfen die Völker, die damals hier lebten. Hier hat sie dann István der Heilige, unser erster König, zum Christentum bekehrt; während die Urmadjaren, von denen sie abstammten, im Heidentum verharrten und auch heute noch Heiden sind.

Nachdem die Dominikanermönche in der *Gesta Ungarorum* auf diese Kunde gestoßen waren, empfanden sie Mitleid mit den Madjaren, von denen sie abstammten, weil diese bis zum heutigen Tage im Heidentum irrten. Sie schickten daher vier Mönche zu ihrer Suche aus, die sie mit Gottes Hilfe auffinden sollten, wo immer sie sich aufhielten. Aus der Überlieferung war soviel bekannt, daß sie im Osten lebten. Aber wo genau, ahnte man nicht einmal.

Die besagten Mönche, die man ausgeschickt hatte, setzten sich zu Wasser und zu Land großen Strapazen aus, suchten sie mehr als drei Jahre lang; aber durch die vielen Gefahren unterwegs konnten sie nicht auf ihre Spur stoßen, mit Ausnahme des Priesters namens Otto, der nur so reisen konnte, daß er sich als Kaufmann ausgab. Er traf im heidnischen Land mit Menschen zusammen, die seine Sprache sprachen. Von ihnen erfuhr er, in welchem Gebiet sie lebten, konnte aber nicht in ihre Provinz gelangen. Er kehrte daher nach Ungarn zurück, um weitere Mönche auszuwählen, die mit ihm zu den dortigen Madjaren reisen und ihnen den christlichen Glauben verkünden sollten. Aber durch die vielen Strapazen geschwächt, verschied er am achten Tag nach seiner Rückkehr in Christi, nachdem er den Weg und die Umstände ihres Suchens berichtet hatte.

Da die Dominikaner aber die Ungläubigen bekehren wollten, schickten sie wieder vier Mönche zum Auffinden des besagten Volkes aus. Nachdem die vier den Segen ihrer Ordensbrüder empfangen hatten, tauschten sie ihre Ordenskleider gegen weltliche, ließen sich nach Art der Heiden den Bart und das Haar wachsen und trafen durch Bulgarien, das Land des Iwan II. Assen, und durch Rumili – im Geleit und auf Kosten Herrn Bélas, des jetzigen Königs von Ungarn – in Konstantinopel ein. Hier bestiegen sie ein Schiff und erreichten nach dreiunddreißig Tagen das Sikia genannte Gebiet, die Stadt namens Matrika (das heutige Taman an der Ostküste des Schwarzen Meeres in der Nähe der Mündung des Kuban-Flusses. Sikia ist der Name der Provinz)*, dessen Fürst und Volk sich Christen nennen; sie schreiben mit griechischen Buchstaben und haben griechische Priester. Der Fürst hat angeblich hundert Frauen. Die Männer scheren sich die Köpfe kahl und lassen sich einen prächtigen Bart wachsen; mit Ausnahme der Adligen, die als Zeichen ihres Standes über dem linken Ohr ein Haarbüschel stehenlassen, der restliche Teil des Kopfes ist kahlgeschoren. Hier haben die Mönche in der Hoffnung auf Reisegefährten fünfzig Tage verharrt. Gott aber war ihnen in der Person einer edlen Frau gnädig, die die höchste der hundert Frauen des Königs war. Sie empfing sie mit großer Zuneigung und versorgte sie mit allem Nötigen.

Von hier zogen sie nach Hinweisen und mit Hilfe der hohen Frau weiter und überquerten in dreizehn Tagen eine Einöde, in der sie weder Behausungen noch Menschen fanden. So erreichten sie das Gebiet der Alanen, in dem Christen und Heiden zusammen leben. (Landstrich zwischen Kubanmündung und Terekfluß im Gebiet des Kaukasus.) In jedem einzelnen Dorf gibt es einen anderen Fürsten, und keiner von ihnen betrachtet sich dem anderen untertan. Fürst gegen Fürst, Dorf gegen Dorf stehen im ewigen Kampf miteinander. Zur Zeit des Pflügens ziehen alle Männer des Dorfes gemeinsam aufs Feld, und auch die Ernte wird gemeinsam eingebracht. So geschieht es überall in der Provinz, und was immer man außerhalb des Dorfes zu erledigen hat, Holz einzufahren oder irgend etwas anderes, alle ziehen bewaffnet gemeinsam aus. Allein oder in Begleitung von nur wenigen anderen können sie die ganze Woche über das Dorf nicht verlassen, ohne ihr Leben zu gefährden, mit Ausnahme des Sonntags, von früh bis abends. Den Sonntag halten sie in solcher Ehre,

---

* Die Ergänzungen in den Klammern stehen nicht im Bericht, sie dienen der Lokalisierung bzw. sollen eine geschichtliche Einordnung erleichtern. – Der Herausgeber.

daß jedermann, welch ruchloser Handlung er auch schuldig geworden ist oder wie viele Feinde er auch hat, sich selbst unter denen sicher bewegen kann, deren Eltern er ermordet oder an denen er sich sonst versündigt hat, unabhängig davon, ob er Waffen bei sich trägt oder nicht. Jene, die sich hier Christen nennen, halten sich daran, daß sie aus einem Gefäß, in dem eine Maus verendet ist oder aus dem ein Hund gefressen hat, nicht trinken oder essen, ehe ihr Priester das Gefäß ausgesegnet hat, und wer anders handelt, den schließt man aus den Reihen der Christen aus. Wenn jedoch jemand von ihnen, aus welchem Grund auch immer, einen Menschen getötet hat, braucht er dafür keine Buße zu tun, erhält aber auch keinen Segen, weil das Töten eines Menschen bei ihnen nicht zählt. Das Kreuz hält man in so großer Ehre, daß selbst Arme – ganz gleich, ob es Einheimische oder Fremde sind –, die sich kein Geleit leisten können, sich jederzeit getrost zwischen Christen und Heiden bewegen können, wenn sie irgendein Kreuz auf ihre am Spieß getragene Fahne heften und dies hochgehalten vor sich hertragen.

An diesem Ort konnten die Mönche keine Reisegefährten für die Weiterreise bekommen, da alle Angst vor den Tataren (Mongolen) hatten, die angeblich im angrenzenden Gebiet lebten. Deshalb kehrten zwei von ihnen um, zwei aber blieben, sie hatten nämlich in größter Not sechs Monate hier verbracht, in dieser Zeit kein Brot gegessen und außer Wasser nichts getrunken. Einer der geweihten Mönche stellte Holzlöffel und sonstige Geräte her; dafür erhielten sie manchmal etwas Hirse, von der sie sich notdürftig am Leben halten konnten. Sie hatten daher beschlossen, zwei von sich zu verkaufen, damit die anderen beiden für den Erlös ihre angetretene Reise fortsetzen konnten, aber sie hatten keinen Käufer gefunden, da sie weder zu pflügen noch Korn zu mahlen verstanden. So traten von hier zwei von ihnen notgedrungen die Heimreise nach Ungarn an, die anderen beiden aber blieben, weil sie ihren Plan nicht aufgeben wollten.

Diese machten sich dann in Gemeinschaft von einigen Heiden auf den Weg, zogen siebenundzwanzig Tage lang immer durch die öde Wüste (das Steppengebiet nördlich des Kaukasus), und während dieser Zeit haben sie nur zweiundzwanzig in Asche gebackene Brote verzehrt, und diese waren so klein, daß sie sie in fünf Tagen hätten essen können, ohne davon satt zu werden. Der Mönch, der gesund, aber kraftlos war, hat seinen Gefährten unter größter Mühe und Qual, doch freudig aus der Wüste geführt; der kranke Mönch aber, der den Gesunden mehr bedauerte als sich selbst, beteuerte häufig, er solle ihn als nutzlosen Baum tot in der Wüste zurücklassen, um nicht seinetwegen die Sache Gottes zu vernachlässigen. Dieser jedoch willigte nicht ein, sondern kümmerte sich um ihn bis zu dessem Tode. Ihre heidnischen Reisegefährten, die glaubten, sie hätten Geld bei sich, haben sie durchsucht und fast umgebracht.

Nachdem sie die weg- und pfadlose Wüste durchquert hatten, erreichten sie am siebenunddreißigsten Tag in dem islamischen Land, das man Veda nennt, die Stadt Bundaz (Burdas, die Stadt der Mordwinen an der Wolga). Hier konnten sie überhaupt nirgends Quartier bekommen und mußten sich auf dem freien Feld aufhalten bei Regen und Frost. Tagsüber aber ging der gesunde Bruder in die Stadt und bettelte für sich und seinen kranken Gefährten, und er bekam Nahrung und auch sonstiges, hauptsächlich vom Stadtvorsteher, der, als er erfuhr, daß der Bettelnde Christ war, ihm freudig Almosen gab, denn der Vorsteher wie auch die Bevölkerung dieser Gegend sagten offen, daß sie bald Christen werden und zur römischen Kirche gehören würden. Von hier zogen die beiden in eine andere Stadt, wo im Hause eines Mohammedaners, der sie in Gottes Namen aufgenommen hatte, der erwähnte kranke Mönch mit Namen Gerhardus im Herrn verschied und hier auch beerdigt wurde.

Danach wurde Frater Julianus, der allein geblieben war und nicht wußte, wie er seine Reise fortsetzen sollte, Diener eines islamischen Molla und dessen Frau, deren Reiseziel *Magna Bulgaria* war, das sie auch erreichten. (Das Reich der Wolgabulgaren lag in dem Gebiet südlich des Zusammenflusses von Wolga und Kama.) Magna Bulgaria ist ein großes und mächtiges Land, das reiche Städte hat, aber die Einwohner sind alle Heiden. In diesem Land sprechen sie ganz offen davon, daß sie bald zu Christen werden und sich der römischen Kirche unterordnen müßten, doch den Tag, wie sie sagten, wüßten sie nicht – so hatten sie es von ihren Gelehrten gehört.

In einer großen Stadt dieses Landes, die angeblich fünfzigtausend Krieger stellen kann (vermutlich *Bolgary*, die Hauptstadt des Reiches), begegnete der Mönch einer ungarischen Frau, die aus dem gesuchten Gebiet hierher geheiratet hatte. Diese erklärte dem Frater den Weg, wie er gehen sollte, und behauptete, daß er zwei Tagesmärsche von hier sicher die Madjaren finden könne, die er suche. So geschah es auch.

Er fand sie am großen Itil (am linken Ufer der Wolga, östlich und nordöstlich des Abschnittes zwischen dem heutigen Uljanowsk und Kuibyschew). Die ihn sahen und verstanden, daß er Madjar und Christ war, freuten sich sehr über seine Ankunft. Sie führten ihn in ihre Häuser und in ihre Dörfer und erkundigten sich eingehend über den König und das Land der zum Christentum bekehrten Madjaren. Was immer er ihnen sagte, vom Glauben oder sonstigem, sie hörten ganz aufmerksam zu, weil ihre Sprache ganz die Sprache der Ungarn in der neuen Heimat war; sie verstanden ihn, und auch er verstand sie. Sie sind Heiden, haben keinerlei Kenntnisse von Gott, beten aber auch keine Götzen an, sondern leben wie die Tiere. Sie bestellen keine Felder, essen Pferdefleisch, Wolfsfleisch und dergleichen und trinken Stutenmilch und Blut. Sie sind reich an Pferden und Waffen und sehr mutig im Kampf. Aus der Überlieferung ihrer Vorfahren wußten sie, daß diese Madjaren (in der neuen Heimat) von ihnen abstammten, aber wo sie lebten, das wußten sie nicht.

Die Mongolen leben in ihrer unmittelbaren Nachbarschaft, aber in Kampf verwickelt, konnten diese Mongolen sie nicht besiegen, erlitten in der ersten Schlacht sogar eine Niederlage. Deshalb schlossen sie sich als Freunde und Waffengefährten zusammen, und sie haben gemeinsam fünfzehn Provinzen verwüstet. In diesem Gebiet der Madjaren begegnete der besagte Mönch Mongolen und einem Gesandten des mongolischen Fürsten, der ungarisch, russisch, kumanisch, deutsch, sarazenisch (persisch) und mongolisch sprach. Er sagte, daß das Mongolenheer, das fünf Tagesmärsche von hier lagere, gegen Deutschland ziehen werde, aber man warte auf ein zweites Heer, das man gegen Persien geschickt habe. Der selbe sagte auch, daß jenseits des Mongolenreiches ein großes Volk lebe, größer und kräftiger als jede andere Menschenrasse, und die Menschen dort hätten einen so großen Kopf, daß er gar nicht zu ihrem Körper passe. Dieses Volk wolle seine Gebiete verlassen, um gegen alle zu kämpfen, die ihm widerstehen, und alle Länder vernichten, die es besiegen könne.

Als der Mönch all dies erfahren hatte, blieb er, obwohl ihn die dortigen Madjaren zu halten versuchten, aus zwei Gründen nicht länger. Erstens, wenn sich in den Ländern der Heiden und in Rußland, die zwischen den christlichen und den dortigen Madjaren liegen, die Nachricht verbreiten sollte, daß man jene Madjaren dort zum katholischen Glauben bekehrte, würde sie dies beunruhigen, und sie würden von dieser Zeit an alle Wege schließen aus Angst davor, daß, wenn es gelänge, die beiden ungarischen Stämme im Christentum zu vereinen, sie dann sämtliche dazwischenliegenden Länder erobern würden. Zweitens, weil er sich überlegte, wenn er krank werden oder gar sterben sollte, wäre seine ganze Arbeit umsonst gewesen, da er sie allein nicht bewältigen konnte, seine Ordensbrüder aber nicht wüßten, wo die madjarischen Brüder und Schwestern zu finden seien. Als er daher auf seine Rückkehr bestand, empfahlen ihm die dortigen Madjaren einen anderen Weg, auf dem er schneller reisen konnte. So machte sich der Mönch am dritten Tag vor Johanni auf den Heimweg, reiste zu Wasser und zu Land, hielt nur einige Tage Rast und durchschritt zwei Tage nach Weihnachten das Tor Ungarns, obwohl er durch Rußland und Polen zu Pferd gekommen war.

Auf seiner Heimkehr aus dem besagten Land der Madjaren überquerte er in fünfzehn Tagen auf einem Fluß das Land der Mordwinen. (Das Gebiet der Mokscha-Mordwinen westlich des Landes der Wolgabulgaren.) Diese sind Heiden und so grausame Menschen, daß sie einen, der nicht schon viele Menschen getötet hat, überhaupt nicht achten. Und wenn jemand von ihnen auf die Reise geht, trägt man alle von ihm abgeschlagenen Köpfe vor ihm her, und je mehr Köpfe man vor einem herträgt, um so angesehener ist er. Und sie fertigen aus menschlichen Schädeln Trinkgefäße, aus denen sie gerne trinken. Einer, der noch keinen Menschen getötet hat, darf nicht heiraten. Als diese Mordwinen von ihren Wahrsagern erfuhren, daß sie das Christentum annehmen müßten, schickten sie Gesandte nach Groß-Lodomerien, zu dem Fürsten des benachbarten russischen Gebietes, damit er ihnen Priester schicke, um von denen zum Christentum bekehrt zu werden. Aber dieser antwortete: Dies zu tun, ist nicht meine Aufgabe, sondern die des römischen Papstes, denn die Zeit ist nahe, daß wir alle den Glauben der römischen Kirche annehmen und ihm gehorchen müssen. (Der besagte Fürst war Herrscher des Großfürstentums Wladimir-Susdal im Gebiet Moskau, Juri II. Wsewolodwitsch [1212–1238].)

Von dem Schreiber des in lateinischer Sprache verfaßten Berichtes an die päpstliche Kurie ist nur der Name überliefert: Frater Richardus. Ob er ein Ordensbruder des Julianus war, wie manche Geschichtsforscher annehmen, oder ein Mönch, der als Schreiber am königlichen Hof tätig war, wie andere meinen, läßt sich nicht mit Gewißheit sagen.

Jedenfalls ist Julianus, der Held des Romans, eine historische Person. Bekannt ist, daß er einige Wochen nach seiner Rückkehr, also Anfang 1237, nach Rom reiste und über seine Reise auch persönlich berichtete.

Im Vatikan würdigte man nicht nur die Missionsarbeit der Dominikaner, sondern erkannte auch die politische Wichtigkeit der Kunde, die Julianus von den Europa bedrohenden Mongolen brachte. Früher schon hatten Kreuzfahrer von einer gefahrbringenden Macht im Osten berichtet. Julianus unternahm noch im gleichen Jahr mit neuen Gefährten eine zweite Reise zu den im Osten lebenden Madjaren, doch bevor sie deren Gebiet erreichen konnten, erfuhren sie, daß es von den Mongolen zerstört worden war. So kehrten die Mönche nach Ungarn zurück. Die Hiobsbotschaft von den Mongolen aber sollte sich schnell bewahrheiten. 1241 fielen sie in Ungarn ein und verwüsteten das Land.

János Kodolányi (1899–1969) wurde in Telki, einem kleinen Ort westlich von Budapest, geboren. Sein Vater war Oberforstrat. Kodolányi wuchs in Südungarn auf, in dem Dreieck zwischen Donau und Drau, einem Landstrich, in dem die Zahl der Bevölkerung ständig zurückging, weil die Bauern nur noch ein Kind hatten, um das Vermögen nicht teilen zu müssen. Die Schule besuchte Kodolányi in Pécs und Székesfehérvár, und er verließ schon bald nach dem Abitur das zerrüttete Elternhaus, um seine Ideale verwirklichen zu können. In die Literatur trat er Anfang der zwanziger Jahre ein mit düsteren Erzählungen, in denen er die gesellschaftlichen und moralischen Verhältnisse in seiner engeren Heimat geißelte. Mitte der dreißiger Jahre wandte er sich historischen Stoffen aus dem ungarischen Mittelalter zu und schilderte in drei großangelegten Romanen die tragischen Ereignisse vor und nach dem Mongolensturm auf Ungarn.

„Dort zwischen den himmelhohen Bergen" ist 1938 erschienen, in einer Zeit, da in Ungarn historische und biographische Romane in hoher Blüte standen. Das Werk Kodolányis ragte sowohl durch seine Zielstellung als auch seine künstlerische Gestaltung aus den Durchschnittswerken heraus. Das ungarische Mittelalter, das zu gestalten er sich zur Aufgabe gestellt hatte, war weitgehend unerforscht. Die im Roman zitierten Geschichtswerke waren in den Wirren der Jahrhunderte verlorengegangen und in späteren Abschriften nur noch lückenhaft vorhanden. Von dem einstigen Zeitgeist war kaum noch etwas geblieben. Auch fehlen in Ungarn Heldenepen aus dieser Zeit. Als Quellen blieben dem Autor die Geschichtswissenschaft und die Sitten und Bräuche des Volkes, die in einer geschlossenen Gemeinschaft weitgehend unberührt geblieben waren.

Aus dem Leben Julianus' ist außer seinen Reisen zu den in der alten Heimat verbliebenen Madjaren nichts überliefert. Seine Kindheit in Várad, die Jahre in Fejérvár, Bologna, Esztergom und Kumanien hat Kodolányi mit großem Einfühlungsvermögen frei gestaltet. Man geht wohl nicht fehl, wenn man annimmt, daß das Kind Györk, der spätere Julianus, autobiographische Züge trägt. Bekannt ist, daß die Marienklage, das zweitälteste ungarische Sprachdenkmal, im 13. Jahrhundert entstanden ist, daß zur Zeit der Handlung unseres Romans Mönche aus Ungarn die Universität in Bologna besuchten und daß sie es waren, die die Ordensregel der Dominikaner nach Ungarn brachten und danach hier die ersten Klöster dieses

Ordens gründeten. Überliefert ist auch, daß vor Julianus schon Frater Otto die weite Reise nach Magna Hungaria unternommen hatte, daß er die gesuchten Madjaren zwar nicht gefunden, aber sichere Kunde von ihnen gebracht hatte. All diese Fakten hat Kodolányi in seinen Roman einfließen lassen und die Reise des Julianus und seiner Gefährten minuziös nach dem im Vatikan aufbewahrten Bericht gestaltet.

Dem bedeutenden ungarischen Autor ist es gelungen, in seinem Roman die Welt des Mittelalters mit ihrem Machtbestreben, aber auch mit ihrer ungebrochenen Gläubigkeit einzufangen. Wir bewundern diese Männer, die für ihre Ideale solche Strapazen auf sich nahmen, die den Gedanken nicht ertragen konnten, daß ihre Brüder und Schwestern nie erführen, was Gott durch Christus geoffenbart hat. Sie folgten seinem Missionsauftrag: Darum geht zu allen Völkern, und macht alle Menschen zu meinen Jüngern, tauft sie auf den Namen des Vaters und des Sohnes und des Heiligen Geistes (Mt 28,19). Die Mönche, die diese gefahrvolle Reise auf sich nahmen, wollten keine Verdienste erwerben, nur ihre Schuldigkeit tun. Ihre Redlichkeit und Glaubwürdigkeit stehen außer Zweifel. Kodolányi schreibt in einem Nachwort zu einer ungarischen Ausgabe: „Die Mönche, die eine solch schwierige und gewichtige Aufgabe übernahmen, waren pflichtbewußte, vom Gottesglauben durchdrungene, verantwortungsvolle Männer, und sie hätten sicherlich eher die schrecklichste Marter über sich ergehen lassen, als daß ein einziges unwahres Wort über ihre Lippen gekommen wäre." König Béla, der Bruder der hl. Elisabeth von Thüringen und der Vater der seligen Margarete, deren Leben die Leser des St. Benno-Verlages bereits aus dem Roman von G. Gárdonyi „Wie der Mond sich spiegelt im See" kennen, ließ sich einerseits vom herrschenden Ideal des christlichen Mittelalters leiten, die in der Dunkelheit irrenden Brüder und Schwestern in den Schoß der Kirche Jesu Christi zu führen, um sich mit dieser gottgefälligen Tat Verdienste im Himmel zu erwerben. Andererseits mochte ihm der praktische Glaube vorgeschwebt haben, mit den in der alten Heimat verbliebenen Madjaren die Reihen seines Volkes zu stärken. Die geschilderten Ereignisse liegen fast acht Jahrhunderte zurück. Dennoch spüren wir, wie sehr die politische und geistige Geschichte Europas vom christlichen Denken geprägt wurde. Wie immer wir auch heute empfinden, wir stehen auf den Schultern unserer Vorfahren. Mögen sich auch die Frömmigkeitsformen gewandelt haben, der selbstlosen Liebe, der Anspruchslosigkeit und Opferbereitschaft dieser Mönche können wir unsere Anerkennung nicht versagen. *H. W.*

Zeittafel

um 830	verlassen die Ungarn ihr damaliges Siedlungsgebiet nördlich des Kaukasus. Ein kleiner Teil kehrt in die frühere Heimat (Magna Hungaria) an der Wolga und Belaja zurück, der Hauptteil aber besetzt das Gebiet um die Donmündung, das sie nach ihrem Heerführer *Lebedien* nennen.
um 880	weichen die Ungarn dem Druck der Petschenegen und ziehen in das Gebiet zwischen Dnepr und untere Donau *(Atelcusu)*. Hier wählen die sieben ungarischen Stämme den Heerführer Árpád zum Fürsten. Er wird zum Namensgeber des ersten ungarischen Königsgeschlechts.
895/896	erobern die Ungarn die neue Heimat *(Hungaria Nova)* im Karpatenbecken.
955	Schlacht auf dem Lechfeld.
997–1038	Regierungszeit Istváns I. (Stephan der Heilige).
1061–1063	Béla I., ein Neffe Istváns I., König von Ungarn
1077–1095	László I., König von Ungarn
1095–1116	Kálmán, König von Ungarn
1116–1131	István II., König von Ungarn
1131–1141	Béla II., der Geblendete, König von Ungarn
1205–1235	András II. (Endre), König von Ungarn
1221	Gründung des ersten Dominikaner-Klosters in Ungarn
1223	Schlacht an der Kalka
1232	Frater Otto macht sich mit drei seiner Ordensbrüder auf den Weg, um die im Osten verbliebenen Madjaren zu suchen.
1235–1270	Béla IV., König von Ungarn
1235	unternimmt Frater Julianus mit weiteren drei Dominikanern die Reise in das Siedlungsgebiet der Madjaren. Er allein erreicht das Ziel, kehrt Ende 1236 zurück und berichtet 1237 in Rom über seine Reise.
1241	Einfall der Mongolen in Ungarn

Worterklärungen

András II. (Endre): Von 1205–1235 ungarischer König. Vater von Béla IV. und der hl. Elisabeth von Thüringen. Durch inneren Zwist und weitreichende Schenkungen untergrub er die königliche Macht. Seine Frau, Gertrud von Meran, wurde 1213 von Verschwörern ermordet. 1217 weilte der König mit dem 5. Kreuzzug im Heiligen Land. 1222 Erlaß der „Goldenen Bulle".

Apage! (griech.): Weg mit dir, Satan! (Mt 4,10)

Árpád: Ungarischer Fürst (gest. 907). Unter seiner Herrschaft eroberten die Ungarn ihr heutiges Land. Er war der Urgroßvater König Istváns I. und Namensgeber des ersten ungarischen Königsgeschlechts.

Atelcusu: Name des Gebietes zwischen Dnepr und unterer Donau, in dem die Ungarn des 9. Jahrhunderts, vor der Eroberung des Karpatenbeckens, lebten.

Bakkalaureus: Gelehrter des niedrigsten akademischen Grades.

Béla I.: Ein Neffe Istváns I., von 1061–1063 ungarischer König.

Béla II. (der Geblendete): Saß von 1131–1141 auf dem ungarischen Thron. Von König Kálmán 1112 geblendet, hielten ihn seine Anhänger jahrelang im Kloster von Várad versteckt.

Béla IV.: Ungarischer König (1206–1270). Sohn von András II. und Gertrud von Meran. Seine Gemahlin war Maria Laskaris, die Tochter Theodors, des Kaisers von Nikäa. Er wurde bereits als Kind zum jüngeren König gekrönt und kam nach dem Tode seines Vaters 1235 auf den Thron.

Botond: Legendärer Führer aus der Zeit der Landnahme der Ungarn und ihrer Streifzüge.

Bulcsu: Führte Mitte des 10. Jahrhunderts gefürchtete Streifzüge gegen die Nachbarländer im Westen und gegen Byzanz. Nach der Niederlage der Ungarn im Jahre 955 auf dem Lechfeld bei Augsburg ließ ihn König Otto I. hinrichten.

Bulgarisch-Weißenburg: Das heutige Belgrad

Circumdedérunt me ... (funes mortis, et láquei inferórum supervenérunt mihi, in angórem et aerúmnas incidi (lat.): Mich umfingen die Fesseln des Todes, mich befielen die Ängste der Unterwelt, mich trafen Bedrängnis und Kummer (Ps 116,3).

Citramontani: An den Universitäten bildeten sich sogenannte Nationen. In Italien unterschied man Citramontani und Ultramontani.

Confiteor Deo omnipotenti ... (lat.): Ich bekenne Gott, dem Allmächtigen ... (Allgemeines Schuldbekenntnis)

Dekretalen (lat.): Päpstliche Schreiben, die (hauptsächlich in disziplinären Fragen) bindende Entscheidungen beinhalten.

Gertrud von Meran: Gemahlin von András II., Mutter von Béla IV. und der hl. Elisabeth von Thüringen. 1213 von Verschwörern ermordet.

Gesta Ungarorum: Ende des 11. Jahrhunderts entstandene Sammlung mit Aufzeichnungen aus der Geschichte des ungarischen Volkes in lateinischer Sprache. Sie ging im Laufe der Jahrhunderte verloren, aber in vielen mittelalterlichen Schriften wird darauf verwiesen.

Géza: Regierte von 972–997 als Fürst in Ungarn, bevor das Land im Jahre 1000 zum Königreich wurde. Géza bereitete den Streifzügen ein Ende und leitete die Christianisierung des Landes ein.

Giaur (pers., türk.): abschätzige Bezeichnung für Nichtmohammedaner

Goldene Bulle: Name des Gesetzes, das der Adel König András II. 1222 abgerungen hat. Das Gesetz schränkte die Macht des Königs ein und berechtigte den Adel sogar, sich mit Waffengewalt gegen den König zu stellen, wenn dieser die Gesetze nicht einhalten sollte.

Haec autem est illa dulcis et fructuosa coniugatio rationis et verbi (lat.): Das ist die süße und fruchtbare Vermählung des Verstandes mit dem Wort.

Hunnisch-ungarische Sage: Darin wird berichtet, daß den Söhnen Nimrods (Menrot), Hunor und Magor, bei der Jagd am Asowschen Meer (Maeotis) eine Hirschkuh erschienen sei, die sie tagelang verfolgten. Dabei stießen sie auf die beiden Töchter des Alanenfürsten Dula, raubten und heirateten sie. Von ihnen sollen die Hunnen und die Ungarn (Madjaren) abstammen. Eine erst im 16. Jahrhundert entstandene Kompilation.

István I. (Stephan der Heilige): Regierte von 997–1038 und wurde im Jahre 1000 zum ersten ungarischen König gekrönt. Er führte das Christentum ein und ist der Gründer des ungarischen Feudalstaates.

István II.: Von 1116–1131 ungarischer König. Die ständigen Kriege mit den Nachbarstaaten schwächten das Land und führten zur inneren Zwietracht.

Itil: Wolga. Mit Oberlauf des Itil wurden im Altertum sowohl der Oberlauf der Wolga als auch die Belaja, ihr linker Nebenfluß, bezeichnet.

Jaik (Fluß): Ural

Jüngerer König (rex junior): Der zu Lebzeiten des herrschenden Königs gekrönte Thronfolger. Dies war in der Zeit, als die Könige von Ungarn gewählt wurden, üblich, um der königlichen Familie den Thron zu sichern.

Kálmán: Saß von 1095–1116 auf dem ungarischen Thron. Ist als weiser und erfolgreicher, aber auch unerbittlicher Herrscher in die Geschichte eingegangen, der seinen Bruder und dessen Sohn, den späteren König Béla II., hat blenden lassen.

Komplet: Schließt das Tagesoffizium ab. Danach muß im Kloster Stillschweigen bewahrt werden.

Kumanen: Ein türkischer Volksstamm, der sich, vor den Mongolen fliehend, in Ungarn niedergelassen hatte.

László I. (Ladislaus): 1040–1095. War einer der erfolgreichsten und gerechtesten Könige des ungarischen Landes, erwarb sich große Verdienste bei der Festigung des Christentums und wurde 1192 von Papst Cölestin III. heiliggesprochen.

Lebedien: Siedlungsgebiet der Ungarn zu Beginn des 9. Jahrhunderts zwischen den Flüssen Don und Dnepr.

Lél (Lehel): Einer der Heerführer der ungarischen Streifzüge im 10. Jahrhundert. Nach der Niederlage der Ungarn im Jahre 955 auf dem Lechfeld bei Augsburg ließ ihn König Otto I. hinrichten.

Maeotis: Asowsches Meer

Maholen: Mongolen

Mea culpa! Mea maxima culpa! (lat.): Durch meine Schuld, durch meine große Schuld.

Offizium: Chorgebet der Ordensleute. Es gliedert sich in sieben Teile, die nach den jeweils dafür festgelegten Gebetszeiten benannt werden: Matutin: Stunde des Morgensterns; Prim: 1. Stunde des Tages, heute 6 Uhr; Terz: 3. Stunde des Tages, heute 9 Uhr; Sext: 6. Stunde des Tages, heute 12 Uhr; Non: 9. Stunde des Tages, heute 15 Uhr; Vesper: Abendstunde; Komplet: Abschluß des Tages.

Pontus Euxinus: Schwarzes Meer

Requiescat in pace. Et lux perpetua luceat ei. (lat.): Er möge ruhen in Frieden. Und das ewige Licht leuchte ihm.

Schlacht an der Kalka: 1223 schlugen die Mongolen in der Schlacht an der Kalka die Gefolgschaften der russischen Fürsten und konnten in den folgenden Jahren für ihren großen Feldzug nach Osteuropa rüsten.

Schlacht auf dem Lechfeld: Die Madjaren erlitten hier 955 von einem Ritterheer unter König Otto I. eine entscheidende Niederlage, durch die ihren gefürchteten Streifzügen auf deutsches Gebiet ein Ende gesetzt wurde.

Sieben Fürsten: Von denen angeführt, eroberten die in sieben Stämme gegliederten Madjaren zur Zeit der Völkerwanderung die heutige Heimat.

Streifzüge: Nach der Landnahme streiften die Ungarn mit ihren schnellen berittenen Scharen noch ein dreiviertel Jahrhundert durch halb Europa und versetzten es von Südfrankreich bis Byzanz in Angst und Schrecken.

Strigonium: lateinischer Name für Esztergom

Tanais: Don

Tataren: Mongolen

Turkia: Bezeichnung für das Land der Ungarn. In mehreren mittelalterlichen Schriften, so auch in den Aufzeichnungen des byzantinischen Kaisers Konstantin VII. Porphyrogennetos, werden die Ungarn als Türken bezeichnet.

Ultramontani: siehe Citramontani

Vigil: Nächtliches Wachen bei Gebet, besonders in den Ordensgemeinschaften.

ISBN 3-7462-0120-9

1. Auflage 1988
Lizenznummer 480/165/88
LSV 6510
Lektorin: Theresia Solf
Printed in the German Democratic Republic
Gestaltung: Lothar Gabler, Leipzig
Satz und Druck: Graphischer Betrieb Jütte, Leipzig
Bindearbeiten: Buchbinderei Südwest, Leipzig
01630